区域与全球的互动
——明代至民国的中国东南文学考察

苏文菁/著

图书在版编目(CIP)数据

区域与全球的互动：明代至民国的中国东南文学考察/苏文菁著.—北京：北京大学出版社,2013.8

ISBN 978-7-301-16256-9

Ⅰ.①区… Ⅱ.①苏… Ⅲ.①文学研究－中国－明代～民国 Ⅳ.①I209

中国版本图书馆 CIP 数据核字(2009)第 222826 号

书　　　名：区域与全球的互动——明代至民国的中国东南文学考察
著作责任者：苏文菁 著
组　　　稿：王炜烨
责 任 编 辑：王炜烨
标 准 书 号：ISBN 978-7-301-16256-9/I·2175
出 版 发 行：北京大学出版社
地　　　址：北京市海淀区成府路 205 号　100871
网　　　址：http://www.pup.cn　新浪官方微博:@北京大学出版社
电 子 信 箱：zpup@pup.pku.edu.cn
电　　　话：邮购部 62752015　发行部 62750672　编辑部 62750673
　　　　　　出版部 62754962
印　刷　者：北京大学印刷厂
经　销　者：新华书店
　　　　　　787 毫米×1092 毫米　16 开本　27.5 印张　408 千字
　　　　　　2013 年 8 月第 1 版　2013 年 8 月第 1 次印刷
定　　　价：75.00 元

未经许可,不得以任何方式复制或抄袭本书之部分或全部内容。
版权所有,侵权必究
举报电话:010-62752024　电子信箱:fd@pup.pku.edu.cn

目录

绪论	001
第一章 他者之镜	
——外国人眼中的福建形象	043
第二章 海洋文明	
——中国东南沿海的文化特征	119
第三章 新文学传统	
——传统资源与外来文化之间的整合	209
第四章 东学西渐	
——向西方传播中国文明	335
索引	415

绪　论

我们所居住的地球是太阳系八大行星之中唯一被水所覆盖的星球，也是目前已知唯一有生物体生命的星球。地球上的所有生命都源于水，水是所有生物体的重要组成部分。人体中水占70%。地球表面的71%被水覆盖，其中的97.2%是海洋。海洋与地表中的水蒸发到天空中形成了云，云中的水通过降雨落下来变成雨，冬天则变成雪。落于地表上的水渗入地下形成地下水；地下水又从地层里冒出来，形成泉水，经过小溪、江河汇入大海；这样形成一个水循环。人类文明的起源绝大多数都在江河流域。水孕育了生命，水滋养了文明。

中国东南沿海区域，北起渤海，南至曾母暗沙，是一个向西太平洋开放的、长达19 000千米的广阔的海岸线。海岸线外，还有宽广的大陆架和5 000多个大小不等的岛屿。在这些区域，我们可以看到远古时代人类海洋活动的诸多遗存。中国夏、商、周三代（前2000—前221）的活动中心是在黄河中游。与此同时，生活在亚洲大陆西岸的主要是两个以海洋为主要活动对象的族群：东部，包括现在的渤海湾、山东半岛、江苏北部的主要是"夷"；生活在东南、南方沿海，包括现在的浙江、福建、两广区域的是"闽"。"夷"经过商、周两朝的打击，其海洋性的区域文化消失得较早。"闽"的情况则比较复杂，多数区域，如两广的大部分地区、浙江，都在汉朝期间"消解"了区域文化的特性；而福建的漳州地区，直到唐朝中后期才被"征服"。所以，先秦的中国海洋活动其实只是"夷"与"闽"的活动；而且，"夷"、"闽"的海洋活动惯性一直是此后中国海洋事业的坚强支持。

百川归海,海洋更是人类活动的对象与场所。人类与海洋的互动关系构成了人类文明史的重要部分。20世纪以来,人们在世界各地沿海区域发现了不少的贝丘遗址。这些遗址所展现出来的渔猎生活充分表明:原住民已具有典型的海洋行为(maritime activities)。我们认为在远古时代,由于不同区域之间交往的不便,人类大规模迁徙的困难,许多区域性文明是在相对独立的环境中发展起来的,只有这样才能保证人类文明的多元状态。秦始皇统一中国之前,中国是一个"松散的联邦国家",各诸侯国由于所处地域的不同,早就有了不同的文化——风土民情。从多元文化的观念来看,不同区域之间的文化很难用单一的标准去度量,文化作为人类与环境长期磨合的结果,实难以"先进"、"落后"来定论。中国文化从源头开始就是认同文化差异性的。中华文化中最早的诗歌集《诗经》(前11—前6世纪)是中国最后一个"松散的联邦国家"周朝的产物,从现存的《诗经》305首看,占绝大多数的还是周朝各诸侯国和地方的乐曲(160首)。由此可以相信,在秦嬴政"统一"中国之前,中国不同区域不仅早已形成各自的风俗民情,而且还得到"最高联邦政府"的关注——最高统治者将采集不同区域的民风作为了解不同区域民情的好办法。

我们认为中华文明的博大精深不仅表现在文明发展与延续的长度上:她是世界四大文明源头之一,同时也是唯一延续至今的文明;而且也表现在其丰富性与多样性上:中国领域的多样性从人类生存的最初就为我们的祖先提供了从游牧文明到农业文明以及海洋文明的不同典范,这些"次"文明体系共同构成了中华文明的多样性;更有意义的是,中华文明中的各种文明体系在漫长的历史发展中互相渗透、相互影响,在不同的历史阶段既显现出不同的文化特征,又共同体现了中华文明的特质。在中华文明的区域性个性里,如果说"黄河—长城"以北的区域呈现着典型的游牧文明的特色,并在中国历史上表达了中华民族溢出单一的农业文明的生活形态,那么,东南沿海区域从唐朝中后期开始就以鲜明的海洋因素在中华文明中占有一席重要的地位。

今天的世界是近五百年来人类海洋活动的结果。16世纪以来,欧洲人的航海突破了大西洋的局限,与亚洲在太平洋上相遇,由此拉开了人类全球化活动的重要序幕。从海洋文明的视野看,海洋并不是人类交往的阻隔,而是人类交际更大的通途。我们极为重视人类在陆地上的迁徙与交流活动,也更应该给以海洋为媒介的人类交往以足够的重视。

从这样的文化视野出发,我们对"历史"的"断代"即是以人类对海洋的作用程度,人类以海洋为媒介产生的交流、交换、碰撞、征服、融合的过程与程度为基本的依据。以此,从中国文化发展的立场出发,我们将远古至20世纪上半叶的以海洋为媒介的文明交往划分为三个时期。第一时期,从远古至16世纪,人类对海洋的作用能力尚处于近海航运、近海捕捞的状态。与此能力相结合,海洋对于人类大规模的交往起着一定的阻隔作用,虽然我们并不排除人类在一定的海域范围内形成了小规模的海洋文化圈,就像远古时代的地中海文化圈、印度洋文化圈、北冰洋文化圈、南中国海文化圈的形成一样。近海梯度航行可以在一定的海域内形成规律性的交往,进而形成文化共同体。从8世纪开始,以阿拉伯人为主,编织起了印度洋与西太平洋之间的航线,将印度洋文化圈与南中国海文化圈联系在一起,在陆地的"亚洲"之外,构建起海域上的"亚洲"。但是,我们知道,海域的特色是无疆界,我们人为地划分了"五大洲"、"七大洋";大部分的"五大洲"为海域所分割,而"七大洲"却从来都是一体的。一直到16世纪之前,人类对于大西洋与太平洋之间以及跨越太平洋的航路都没有完成。人类由海洋网络编织而出的全球化格局的形成,还有赖于人类对造船技术、航海能力的进一步提高;当然,更有赖于人类对"海外财富"的欲望的膨胀。这是我们将远古至中国的宋元时代列为人类以海洋为媒介的文明交往的第一时期的依据。第二时期,16—19世纪,大约中国的明清时期。从世界海洋文明发展的立场看,这是一个人类终于可以将"海洋变通途"的时代。欧洲人自豪地将之称为"地理大发现",欧洲各殖民国家通过海洋网络完成了他们的原始积累、海外殖民扩张以及文化输出。而从中国的立场来看,这是一个中央意志与区域的民间选择开始背离与冲突的时代。中国明清两朝中央政权囿于极端保守的立场,在浩浩荡荡的世界潮流面前关起了国门,厉行禁止个体海洋贸易的"海禁",以及一系列诸如驱逐传教士、迁界封海等拒绝与世界交往的政策。以福建为代表的中国东南沿海海洋族群从区域的文明顺应历史的潮流,开台湾、下南洋、走西洋、去东洋,代表亚洲之中国继续参与世界文化与经济的大循环;同时中国海商持续、大规模的海洋活动必然造成中华文化在海外的迁播。第三时期,1840—1940年,欧洲携工业革命之技术优势与启蒙运动之制度优势,以铁甲船取代木质帆船,不仅通过海洋争夺形成了今天世界的基本格局,同时将欧洲这一特定区域的文明形态"演变"为全球普适的普遍规律。欧美的"话语"作为"世界语"而世界通行,只要是"欧洲"的就可以冠以"世界"的。就中国的文化形态看,中西之间的文化也从"对立"、"并行"之形态转变为以西方的价值为价值的时代。

一 以海洋为媒介的文明交往：远古至宋元

早在人类文明的萌芽时期,我们就感受到了东方与西方文明的相互倾听。古希腊神话传说告诉后代：在极远的美狄亚的故乡的国宝是"金羊毛";维吉尔的《农时》诗歌里告诉罗马人：远方的"赛里丝"(Seres)国度,人们是用金剪子收获金羊毛的。这是我们所见到的西方文明较早对东方中国的"想象"。古希腊罗马时代的欧洲人是如何获得中国的丝绸,并以此为核心展开了一系列对中国的想象呢？至今考古学与人类学给出的合理的解析就是：古代居住在中东的人民是东方中国与西方欧洲的中介[①]——物资与文化交易的中介。在甘英出使大秦(中国汉朝称罗马为大秦)而不得的具体经历中,后人还是获知中东部族对这条商路的垄断意识。[②]其实,从远古到纪元前后,东方与西方都在努力走近对方。就在中国的大汉王朝要向西边拓展空间的同时,罗马商人马埃斯·蒂贤奴斯也派出代理商前往远方的"丝国",并写下了游记,虽然原书已逸,但相关的内容还是在托勒密的著作里保留了下来。他们虽然不能确定"丝国"的具体位

---

① 参见[英]赫德逊:《欧洲与中国》,北京:中华书局,1995年,第55—59页。托勒密(Claudius Ptolemaeus,约90—168),古希腊天文学家、地理学家和光学家。地理学在古希腊相当高度的发展。而到了托勒密生活的时代,罗马人的世界性大帝国大大增进了欧、亚、非三大洲各民族之间的了解和交流,无数军人、官吏、僧侣、商人、各色人等的远方见闻,正有利于古代地理学向一个新的高度迈进。托勒密的《地理学》代表了当时欧洲人对世界的地理的最高知识。

② 据《后汉书》载：和帝永和九年(公元97),都护班超遣甘英使大秦,抵条支,临大海,欲渡,而安息西界船人谓英曰："海水广大,往来者逢善风,三月乃得渡,若遇迟风,亦有二岁者⋯⋯海中善使人思慕乡土,数有死亡者。"英闻之,乃止。

置,但是"在亚洲极东的海岸上"是他们的描述。这个盛产"金羊毛"的"丝国"①在古代欧洲又有了其他的称谓。

关于欧洲人对中国的称呼,应该有海路与陆路两个不同来源的名称。就像英甘在安息(巴比伦)人的"恐吓"之下放弃了渡海的计划,理由就在《晋书》卷九七中,他说:途经大海,海水苦咸不可食。这一定是一个出生于内陆、生活在内陆的人的生存知识,在熟悉大海的沿海民众那里就未免荒唐了。Seres(赛里丝)一词来自陆路,是途经中东的陆上贸易之路产生的命名。稍晚,又出现了(秦)Thin,或 Chin,或 China,这个称呼来源于海路,是经由海路从南部的印度支那半岛开始的对中国的称呼。② 中国广大的国土以及由欧亚大陆向东延伸到海的格局使得中国在历史上就必定具备两种不同的与外界交流的路线:海路与陆路。

就中国东南沿海的区域文化而言,福建无疑是核心的代表性地区,这也正是本书主要以福建的人与事为代表的原因。有文献记载以来,福建就是中国历史上由海路实现对外交流的典型地区。③ 至汉代,福建区域的海洋性文化特征由于闽越国与朝廷的交恶而凸显了出来。我们从《史记》的多处记载中都看到了中央王权对古老之"闽族"④的"防范心理"。汉在建国之初,就将原来的"闽"一分为三。海洋子民的扩展个性与海洋贸易所带来的财富结合在一起,这才构

---

① 中国文字中"丝"以及"丝"之变体、如"走丝旁"等,都是中国汉字字体的重要构成部分,以其为偏旁的汉字数量不在少数。

② 参见[英]赫德逊:《欧洲与中国》,北京:中华书局,1995年,第60—61页。

③ "福建"在此的指称并不仅限于地方行政区的概念,而是中国东南沿海北起长江流域边缘的杭州湾、南到珠江流域北缘的韩江流域的广大地区。该区域与台湾海峡东岸的台湾岛无疑是中国海洋文明最为典型的代表,该区域的海洋性文化特征源于地理环境、气候、族群、时代等因素。相关论述可参见拙著《福建,世界海洋文明发源地》,美国强垒出版社2006年12月版;卢美松:《闽中稽古》,厦门大学出版社2002年8月版,第2—112页。2009年5月,中国中央政府国务院发布了《关于支持福建省建设海峡西岸经济区的若干意见》,《意见》中的"海峡西岸经济区"正是源于这样的区域文化共同性。

④ "闽"是中国历史上最为古老的族群之一,在西周之《周礼》中就是一个与"四夷、八蛮、九貉、五戎、六狄"共同组成了中华大家庭的重要成员。今天,我们已经难觅"夷"、"蛮"、"貉"、"戎"、"狄"等族群,而今天的福建人就是远古时代"七闽"的后裔。

成了"富可敌国"。① 三国时代，福建从长达288年的军事管制下进入了吴国海军与船舶基地的时代。一直到唐朝中叶，由于怛罗斯战役(751)的失利与"安史之乱"(755—763)的爆发，由汉朝拓展的、连接东西方的陆上丝绸之路被截断。中国的经济与文化重心由黄河中、上游开始向东、向南转移。地处东南的福建逐渐走入中原文化的视野。在文化上，这块浸透着海洋咸湿气味的土地重新被中原、北方所命名——从歧视性的"闽"到祝福性的"福"与"建"。"福建"、"福州"之命名源于天宝年间。② 福建人是"有文化的"概念的获得也从福建籍的第一位进士薛令之(706)开始。有唐一代，福建逐渐形成了沿海经济文化带，并初步出现了以三个主要河流入海口为中心的繁荣区：闽江入海口区域、木兰溪入海口区域和晋江入海口区域。③ 就中古时代世界贸易网络来说，7世纪以来，中亚的阿拉伯人迅速崛起，从大西洋、地中海到东方的印度洋、太平洋，阿拉伯人建构起第一个世界贸易体系。中国东南沿海包括福建人都积极参与其中，特别是在西太平洋与印度洋构成的东方海洋贸易网络中，福建人的作用举足轻重。其对福建本土发展的促进结果是：福建沿海经济从海洋捕捞型为主向海洋商贸型为主转变。这对于强化自古以来的福建经济文化的区域性特色有十分重要的意义：以福建为中心的中国东南沿海成为构建中古世界海洋贸易与文化交往的重要枢纽。唐末王氏闽国能够在福建统治长达近一个世纪、在五代十六国中成为强国，不能不说与王氏集团充分利用福建的海洋文明特性有相当的关系。

---

① 汉初，中央王朝即将秦之闽中郡一分为三：福建封给了闽越王无诸，浙南的温、台、处封给东瓯王摇，闽粤交界处的潮、汀封给南海王织。三国中闽越国发展最快。汉文帝初年，南海王反汉，败，举国被迁往江西的上淦(《汉书·严助传》)，南海之地归闽越所有。汉武帝建元三年，闽越举兵攻东瓯，东瓯向朝廷请旨，举国4万多人迁庐江郡。东瓯地盘为闽越所占。闽越国这种征战的国力来源于海洋军事与贸易的力量。闽越国的余善于公元前111年举兵反汉。闽越人敢于和朝廷对抗，除了其海军力量与经济实力之外，还有一个重要的原因：对海外交通与地理环境的娴熟。早在建元六年(前135)，余善在其兄郢发兵反叛朝廷时就说："……今杀王以谢天子。天子听，罢兵，固一国完；不听，乃力战，不胜，即亡入海。"《史记·东越列传》。可参见廖大珂：《福建海外交通史》，福建人民出版社2002年，第1—3页；林翔瑞等：《福建简史》，北京：国际华文出版社，2004年，第31—37页。

② 参见林祥瑞、刘祖陛著：《福建简史》，北京：国际华文出版社，2004年，第60—61页。

③ 较长一段时间以来，宋代闽北区域文化的发达造成了"闽文化的发端在闽北，并由闽北而闽东、闽南、闽西"的"假象"。从唐朝福建的经济与文化——主要以科举为例我们可以看出，福建的经济与文化的繁荣都与海洋经济的发展、支持有关。到了唐晚期更是与世界贸易体系的变化有千丝万缕的联系。关于唐朝福建沿海经济文化带的形成，参见《文化的地理过程分析》，林拓著，上海：上海书店出版社，2004年，第30—39页。

宋代对于福建的独特意义史家多有论述,同时宋代也是福建的海洋文化特性彰显的时代。① 宋代的统治者在中国历史上第一次提出以"开洋裕国"为国策。宋朝最高统治者认为:"市舶之利最丰,若措置合宜,所得辄以万计,岂不胜取之于民?"任何一种国策的实施都是一种文化建构的过程。福建的区域海神信仰最具有支撑"开洋裕国"的文化精神素质,福建的海神妈祖被册封为国家神祇(1156)。从宋朝开始,以福建为代表的中国东南沿海区域文学出现了与海洋文明发展相关的、独特的内容——海外交通、世界地理、异国风情。时任福建路市舶提举(设泉州)的赵汝适,在泉州任职期间常阅诸蕃图,求询外国商贾和水手,根据得知的各国国名、风土、山泽、物产等情况,以及其他有关资料,撰成《诸蕃志》。② 该书成于宝庆元年(1225),所记海国很广,东自今日本,西抵今意大利的西西里岛,沿海诸古国几列举无遗。书中对北非、东非的记载也相当详细,此书是有关宋代海上交通的重要文献,也是中国古代一部重要的边疆与域外地理著作。如果说宋朝是由于长期的南北对峙使得中国传统的对外陆路交通几近断绝,而海外交通显得特别的重要,那么,元朝不仅重建了汉唐以来统一的中国,而且将版图几乎扩展为整个欧亚大陆。雄心勃勃的元朝取代了阿拉伯人的地位,使得中国成为当时世界上最大的海洋贸易国家。福建民众从事海洋贸易活动的情况早在苏轼(1037—1101)的《论高丽进贡状》中就有所记载:"惟福建一路,多以海商为业。"大规模、持续的海洋贸易活动自然带来不同文化的交流与融合。在中国传统的汉语诗歌中出现了不少描写福建沿海港口城市与海外各国繁荣的贸易现象。如南宋寓居泉州的李文敏称赞泉州港是:"苍官影里三州路,涨海声里万国船。"谢履的诗有:"隔岸诸番国,江通万粤州。"南宋中期出任泉州知府的王十朋更有"北风航海南风回,远物来输商贾乐"的诗句。除了诗歌中增添了这类吟咏"帆船"、"商贾"的意象之外,在中国传统的官方史书之外多

---

① 汉语典籍中宋代的各种统计与资料都说明福建文化、经济地位的显赫。《宋史》"儒林传"和"道学传"载福建籍人17名,居全国第一。宋朝进士总数约为28 900人,福建籍约占五分之一,为全国第一。《宋元学案》中立案学人988人,福建籍178位,全国第一。

② 赵汝适,相传为太宗八世孙。曾任卿、监、郎官等。嘉定(1208—1224)至宝庆(1225—1227)年间任福建路市舶提举。1225年,以任内采访所得,撰成《诸蕃志》2卷。上卷记载东自日本,西至北非的摩洛哥共50余国的概况。下卷记载物产,以物为纲,具述产地、制作、用途及运销等。末尾附《海南地理志》。是研究宋代海上交通、对外贸易以及与各国友好交往的重要文献。原书已佚。今本辑自《永乐大典》。近人冯承均有《诸蕃志校注》。

了区域与全球互动的知识结构,宋朝的《诸番志》,还有元代汪大渊的《岛夷志略》等都是这一类的世界地理文化书籍。

人类海洋活动所带来的文化交流活动历来是一个互动的过程。从唐末中国东南沿海民众参与建构西太平洋与印度洋的海洋贸易网络开始,一方面是阿拉伯人在福建港口城市形成了"离散族群"(diaspora)[①];另一方面是以福建人为主的中国东南沿海民众也逐渐在海外形成了"离散族群"。关于阿拉伯人在东南沿海港口城市所形成的"离散族群",最典型的莫过于在泉州形成的阿拉伯人"离散族群"。由于福建沿海是中古世界海洋贸易网络上的重要一环,阿拉伯人到泉州港经商、传教与游历的人员多达数万计。当地政府就在城南便利船舶出海处设立"番坊"[②],建立"番学",甚至产生了像蒲寿庚家族那样控制泉州、福建,乃至决定宋元改朝换代时福建之色彩的阿拉伯裔商人。元代的泉州还是天主教在中国的第二大传教区(最大的传教区是当时称为"汉八里"的北京),来自意大利的方济各会在泉州活动了60余年,留下了像《鄂多立克东游记》[③]、《马黎诺里游记》[④]等反映当年福建与欧洲交往的著作。今天,泉州地面与出土文物都保留了诸多当年中东阿拉伯文化、欧洲基督教文化与中华文化交融的遗产。在世界文化典籍里,除了有马克·波罗不朽的《游记》,近年还出现了更为不朽的《光

---

① "离散族群"之英文源于希腊文,本指纪元前被掠到巴比伦的犹太人。研究非洲土著的人类学家首先使用该词意中"脱离故国"这一含义,用来说明跨文化、跨部族的贸易网络的形成方式。"离散族群"是一种嵌入寄居地社会的暂时性或永久性的聚众。对于寄居地而言,"离散族群"的成员是外国人或外地人,是他族。离散族群内部具有相同的、独立与寄居地的自我文化认同。来自同一原乡或同一国度的人,一方面保留了原乡的文化,另一方面也学习寄居地的部分文化,首先是语言,因此,"离散族群"的成员能够承担原乡与寄居地之间的文化中介。"离散族群"成员的生活形态就是比较文化、跨文化研究的最好范本。同一原乡的人可以在不同的异乡分别建立"离散族群",而这些分散开来的"离散族群"因为分享相同的原乡文化,所以不难串成一条条跨越空间的人际网络。有意义的是,哪怕与原乡失去联系或者原乡已经消失不见了,"离散族群"的网络运行是不变的。
② 参见[日]桑原骘藏著:《蒲寿庚考》,北京:中华书局,1954年,第47页;《福建对外文化交流史》,林金水主编,福州:福建教育出版社,1997年,第42—45页。
③ 鄂多立克(Odoric,1286—1331),意大利天主教方济各教士,也是中世纪欧洲四大旅行家之一。他于1316年开始周游世界,1321年经海道到中国,游历泉州、福建。1328年启程回国。回国后,他口述见闻,由他人记录为《鄂多立克东游记》,在欧洲广为流传。中国内地于1981年,由中华书局出版了何高济翻译的版本。
④ 马黎诺里(Marignolli,约1290—?)是天主教教皇派出的最后一位出使元朝的使节。他出使回国时由泉州出海,回国后将其东行历程收入其撰写的《波希米亚历史》(1354年)一书中。19世纪初,德国人梅纳特将这一部分辑出,即成今天的《马黎诺里游记》一书。《马黎诺里游记》对泉州颇多记载。该书一直是中西文化交流史上的经典之作。

明之城》①。

　　只是对于我们的研究来说,这些都是序幕。

　　我们从沉重的明朝开始。对于中国东南沿海人民来说,有明一朝是悲情的时代,宋元时期中国在海洋上的业绩,以及由此积累起来的海洋知识、造船能力、海洋经贸网络等,我们能够称之为"海洋文化知识"的东西在明朝的官方层面重归于零。历史的航线在这里进入了一个逆转的漩涡。不知道仅仅是中国的历史偶然错误地选择了一个不具备舵手素养的朱氏家族来做这艘庞大航船的领航人,还是中华帝国命定开始了漫长的衰败过程。15世纪初的1402年,中国明朝的第三任皇帝朱棣即位——朱氏家族里或许只有朱元璋与朱棣具有"王者之像",三年后,他开始了一项人类历史上罕见的洲际大航海活动。10年后,1415年,地处欧洲最南端伊比利亚半岛的葡萄牙国王洛奥一世(1385—1433)和他的小儿子亨利(1394—1460)带领舰队进抵北非,将直布罗陀海峡南岸的休塔城(Ceuda)建成欧洲人沿北非西海岸南下的据点。这两位野心勃勃的君王所做的事情是否向历史暗示着:东方与西方在海上就要相逢了呢?只是对于明朝来说我们都知道了这个故事的谜底。那么,欧洲人呢?就在东方的中国皇室结束了下西洋的大航海那一年——1433年,葡萄牙人在非洲西海岸上向南不断延伸航线,就要征服今天的撒哈拉海岸的博哈多尔角了。亨利王子创办的人类文明史上的第一所航海学校,这一创举为葡萄牙成为欧洲历史上第一海洋强国积聚了人力资源。几代葡萄牙人的努力终于铺就了迪亚士(Bartholomew Diaz,1450—1500)于1488年越过非洲最南端进入印度洋的航线。1498年,葡萄牙王

---

①　2005年,国际汉学界爆出一则新闻——1271年8月25日,一名叫雅各·德安科纳的意大利犹太商人,沿着海上丝绸之路来到中国东南沿海的国际城市——刺桐港(即今天的泉州),在这里度过了充满传奇色彩的半年时间,并用古意大利文写下了厚厚的一部刺桐见闻录。700多年过去了,历史进入了20世纪90年代,一位英国学者在一个偶然的机会获得了这部手稿,并把其译成英文,取书名为《光明之城》。消息传出,轰动了各国学术界,同时也引起一场真伪之辩。美国一家出版社原定于2006年11月出版这部译作,由于有的学者认为它是伪作,而取消了出版计划。但英国的一家出版社还是出版了《光明之城》,书的封面上写道:"在马可·波罗之前,一位意大利犹太商人冒险远航东方,他的目的地是一座中国都市,称做光明之城。《马可·波罗游记》是第一部欧洲人撰写的向欧洲乃至世界介绍中国的见闻录。但是,这部游记的真伪问题已经争论了数百年,至今仍有不同说法。如果《光明之城》确系史迹,势必动摇《马可·波罗游记》的历史地位,而且对研究中亚历史和中国13世纪的政治、经济、文化及中外交通都具有极为重要的意义。所以《光明之城》的真伪问题是当今国际汉学界关注的一个"热点"。对于中国学术界而言,面对这样的一个"热点",我们首先要问的应该是:今天的欧洲为何还在记忆中国东南沿海的一座城?

室派遣达·伽马(Vasco da Gama,1460?—1524)率一支准备已久的探险队于1497年进入印度洋。同时,伊比利亚半岛上的另一个国家西班牙也加入了海洋拓展的冒险事业之中。西班牙女王伊萨贝拉(1474—1504年在位)与意大利人哥伦布(Christopher Columbus,1451—1506)签立了《圣大非协议》。哥伦布不仅获得了女王出售自己的首饰筹集来的资金,还获得国王签署的护照与三份国书:一份是准备好的、呈给中国"大汗"的;其他两份是空白的。哥伦布没能把这封国书呈给中国的"大汗",他把加勒比区域当做亚洲了。那一年是1492年。伊比利亚半岛上的两个国家都想通过海洋独霸"世界"。在教皇的调停之下,出台了欧洲历史上第一个瓜分世界的条约《托尔德西拉斯(Tordesillas)条约》:子午线以西是葡萄牙的势力范围,以东是西班牙的势力圈。

如果哥伦布真的来到中国,又会是什么情景呢? 在他们的想象里,中国还是那个马可·波罗笔下的财富之帮:政府开明,人民富足。

在地球的东面,大中国的明朝对这些资讯不了解,即使了解了,相信皇帝也是轻蔑地一笑:"尔等小国!"明朝自洪武七年(1374)关闭浙江、福建、广东市舶司,厉行阻止个体海商进行海上贸易的海禁以来,有明一朝276年,海禁是作为明太祖的"祖训"代代坚守的。前期只是朱棣在朝的20年间稍有"驰"动;后期却直至隆庆元年(1567)才开放福建漳州月港的私人贸易,在诸多限制之下"准放东西洋"。在明朝的大部分时间里,中国东南沿海商人个体的出海经商活动都是"违法"的。在朝廷文献里,个体出海经商者就是"寇"与"盗";另一方面,明朝还保留着与东南亚一些国家的"官方""朝贡"关系,维系着一定程度的朝贡贸易活动。此间,中国历史上最大的海事活动——"通琉球"与"下西洋"都利用了福建人传统以来的海洋文明的结果:木质帆船时代的航海技术与造船工艺,对海外航路网络的掌控,以及不可或缺的海神妈祖的信仰支持。

二 以海洋为媒介的文明交往:明清时期

无论是必然还是偶然,中华帝国的大明王朝表现出了一个国家政体停滞、衰败与了无生机的气象。但是,我们必须以明朝为观察的起点,以民国初年为终点,这是一段人类文明史上东西方文化惊心动魄的交往阶段,是中华古老帝国开始停滞至最后的奄奄一息的衰败过程。古老帝国的停滞,鲜明地表现在国家统治意识形态与民间区域社会发展的不协同性上。① 明清两朝的国策与中国东南沿海的经济、社会发展产生了极大的冲突,那些"国策"严重制约、阻碍,甚至断绝了东南沿海的发展。中华文明中的海洋性发展力量被代表着内陆文明中极端保守力量的明清两朝所覆盖、扭曲、扼杀。对于中国的海洋文明而言,明清两朝的历史就是中国海洋文明不断被边缘化甚至"失语"的历史。以福建为中心的东南沿海民众的海洋行为不能见容于明清两朝的主流意识形态,却成为欧洲东来的殖民者了解中国的第一个样板与第一扇窗口。② 我们需要借助他们的记载来补缀、链接中华民族的海洋文明片段。假如,此际的世界形态还处于"老死不相往来"的阶段,历史还可能允许我们的祖先慢慢地调整、适应。遗憾的是,世界其他区域的文明形态产生了巨大的变化。欧洲自文艺复兴以来,新兴的资产者努力挣脱"封建"与"宗教"的枷锁,用枪炮与各种世俗力量塑造了个人权益的理念。这种注重个人在世俗社会中价值的实现、尊重个人的才能及其所得,是欧洲发展工业文明与资本主义的文化基础。这种理念从人的思想上解放了生产力,为"工业"与"技术"奠定了生长的土壤。我们从16世纪以来欧洲各老殖民国家的海外扩张中,就能感受到这种文化理念对国家意识形态与普通民众的精神意义:使之上下齐心,实现世俗生活中最大的国家荣誉与个人利益。因此,欧洲各国的海洋贸易就不仅仅是个体商人的事业,而是国家的利益与上帝的荣耀。王室成员参股、国王积极支持是欧洲各国发展海外事业的正常形态。就在这种差异中,中国与欧洲的社会形态向"剪刀差"之状态发展,直到20世纪末,中国"这只睡狮"开始警醒。

---

① 如果说明朝在政权建立的初期实行禁止私人海洋贸易的"海禁"有其控固政权的积极意义的话,那么,以实行"海禁"为一代明朝的"祖训",则是对历史潮流的违抗。统治者实行的"国策"不能做到与时俱进、顺应时代潮流,是国家、人民的灾难。清朝在对外关系上继承了明朝的衣钵,而且比其更为"坚定"与"彻底"。我们从明朝东南沿海的经济发展以及人民以生命为代价"犯禁"下海、贩洋海外、武装反抗"海禁"的事实中可以总结出这点。

② 参阅苏文菁(苏西):《闽海传奇录——闽、闽商、闽文化》,载《管理与财富》2004年第5期,第27—34页。

选择"明代至民国"这一特定历史时期,还由于以下三个原因。首先,当代的全球格局是由16世纪以来的各国对海洋势力的争夺而形成的,这种争夺既是军事的、政治的,又是经济的与文化的。与人类传统的以陆地为交锋主场不同的是:它们以"海洋"为载体,其独特性是不言而喻的。第二,16—20世纪前半叶,欧洲文明在"坚船利炮"[①]的帮助下,野蛮地"征服"了全球范围内其他形态的文明。只有在中国,中国完备的文明形态及其国家政治制度迫使欧洲人开始思考不同文明的价值与意义。在明朝,最早进入中国的天主教耶稣会传教士无不采取"适应"政策。由于天主教不同教派之间的文化策略不同而产生了意义巨大的"礼仪之争",地处中国东南沿海的福建福安恰恰是"礼仪之争"的发源地。[②]第三,中国传统之"中央大国"的观念第一次受到了挑战。由于在长期的历史进程里,在已知世界范围中不存在可以抗衡的对手,以中国中原王朝为中心的朝贡体系[③]从纪元前的商周至19世纪一直得以存在,其中又以明朝时期的朝贡体

[①] 为"坚船利炮"加上引号,是因为我们认为像中国这样历史悠久、有自己完整的文明形态,且幅员辽阔的国家,是不可能仅仅败于技术的。"坚船利炮"所表现出的"技术至上"的观念,以及将文化与技术相分离的做法,说明了我们文化自省能力的却失。

[②] 明末在中国传教的天主教耶稣会采取迎合儒家思想的"适应"策略,方法之一就是允许中国信徒祭祖祭孔,但是,随后进入中国的多明我会和方济各会对耶稣会的"适应"策略有不同看法。一方济各会士在向一王姓福安信徒学汉语时,王姓教徒将"祭"等同于天主教的"弥撒",由此拉开了东西文化"礼仪之争"的大幕。参见林金水主编:《福建对外文化交流史》,福州:福建教育出版社,1997年,第255—268页。

[③] 朝贡体系由"外交"与"贸易"共同组成。朝贡外交是中国古代王朝特有的一种外交体系,其立足点是传统政治思想中的中心大国的定位。自商周以来,中原王朝一直认为自己居天人之中,是"天朝上国",是世界的主体,故自称"中国"、"中华";而周边乃至更远的地区与国家都是蛮夷戎狄居住的化外之地。他们与中原王朝的关系被限定为自下而上的朝贡关系。朝贡外交的实质是名义上的宗主认同外交,并不是扩张式的帝国外交,因而,在政策导向上则是"王者不治夷狄,来者不拒,去者不追"。在实施过程中,便形成了一个定式:凡肯朝贡的国家、地区、部族,不论远近,不论是否有过恩怨前嫌,一概慨然接纳,只要与中原王朝建立关系、展开外交者,必须以朝贡方式进行。在这一外交政策下,中国王朝的对外交往不仅不以经济利益为目的,相反,还以经济的付出换取朝贡来仪的名义。所谓朝贡贸易,就是通过两国官方使节的往返,以礼物赠答进行交换的贸易方式。在中国古代,每一次官方使节的往返都伴随着礼物的"交易"。明清时代,面对近代国际贸易的不断发展,明廷仍然认为:"天朝物产丰富,无所不有,原不藉外夷货物以通有无。"一方面坚持把贸易归入朝贡体系中;另一方面,继续奉行"厚往薄来"的政策。如明朝即规定:"凡贡使至,必厚待其人;私货来,皆倍偿其价。"这样的朝贡贸易自然会使各国纷纷来"贡",其结果则是明王朝"岁时颁赐,库藏为虚。"只好对来贡者的时间、次数加以限制。如明朝对安南即规定三年一贡,使者不过三四人,但安南却总是提前来贡,人数与贡物也超出规定,其目的当然是要借"朝贡"之名换取更大的经济利益。

系最为"鼎盛"①。而"侵入"中国传统朝贡圈的欧洲各殖民国家开始挑战以中国为中心的朝贡体系：文化上，葡萄牙、西班牙与荷兰等都不再是传统政治意义上"依附"于中国的"夷狄"，且携带着当时国人完全陌生的基督教；经济上，他们以获取中国的商品为目的，展现在明清两朝统治者面前的是他们完全不能理解的商品交换理念。这三个方面为我们提供了一个难得的东西方不同文明之间的误解、对话、抵抗、批评、理解的过程。如果说明朝对于欧洲还是一个强大的帝国，进入这个帝国必须学习服从其文化规则，需要以平等甚至敬畏的感情来与之对话，那么，经过明清的缓慢发展，特别是清朝的驱教闭关之后，古老的帝国终于在"鸦片战争"与"甲午海战"之中显现出了腐朽之身。在这一过程中，中国与世界的广泛交往增多了，但是中国与欧洲的对话渐渐失却了平等之可能。

16世纪以来，欧洲各国对海洋势力范围的角逐，打通了"七大洋"对地球各大陆板块的阻隔，自然地理之障碍在人类的贪婪面前被夷为平地。欧洲人跨越大洋，凿空峻岭，左脚写着"财富"、右脚刻着"传教"走遍了世界。他们不仅将各国人民的财富掠为己有，更是将基督教②视为人类文明的唯一强加到不同文明的族群身上。因着他们的强势文化，将不同文明进程的国家与部族强扯进欧洲人设计的全球化的运转之中。"闭关锁国"的中国明清两朝也不能"幸免"。就在葡萄牙人占领马六甲之时，中国明朝就开始进入了近代世界的全球化网络。葡萄牙是16世纪把中国"扯进"欧洲历史的第一个国家。马六甲(Malakal)，中国人叫它满剌加。马六甲具有重要的战略地位，就航海线路而言，它是东西交通的必经之路，拥有马六甲既可以把印度人和阿拉伯人排除出亚欧贸易航线，又可以控制通往南中国海和香料群岛的航线；马六甲还是当时亚洲进行香料贸易的主要贸易中心，方圆数千平方千米以内的商业和贸易活动必须经过它，控制马六甲可以牢牢把握东西方贸易的主动权。1511年葡萄牙人攻占了马六甲。对于这个中国重要的藩属国的沦丧，直到9年后的1520年(明正德十五)，明武

---

① 据《明实录》载，朱元璋为了实现"君临万邦"的制度，颁行了严格的"海禁令"：禁止中国人私自渡航到海外，也禁止外国朝贡使节团以外的任何船只到中国来。中外贸易的形式，只能由外邦使节在特定时间和地点，在明朝官员监督下公开进行。明朝之前，中国皇帝在接受外邦使团朝贡同时，朝廷允许民间与这些使团进行自由贸易。然而，这一朝贡与贸易分开的做法在明朝建国之初即演变为政府的垄断事业，而民间贸易的管道也因为朝贡贸易制度而完全封死。

② 我们在本研究中讨论的"基督教"指广义的、以 BIBLE 为信仰对象的宗教，包括宗教改革后的新教各教派与天主教各教派。

宗才知道这件事。葡萄牙人用武力占领马六甲是对当时朝贡体系、一种以中国为主导的"自古昔帝王，居中国而治四夷"的东亚国际秩序的直接威胁。《明会典》上所载63个朝贡国有2/3位于马六甲以西，一旦失去马六甲则意味着朝贡体系有动摇、瓦解的危险。明武宗本应帮助马六甲苏丹击败葡萄牙人，但当时的明朝已没有了建国初年的积极进取精神。马六甲虽然重要，但毕竟只是中国的外围藩属国，它的丢失并不影响中国大明朝自身的安危。占领马六甲为葡萄牙带来了巨大的经济利益，马六甲成为"葡萄牙国王王冠上的珍珠"，葡萄牙人步步紧逼，于1553年霸占了中国南海岸上的小半岛——Macao（澳门），Macao这个源于福建海神妈祖的声音①与这个小半岛一样在中西文化交往中扮演一个重要的角色。由于地理上的便利，葡萄牙人开始只是在广东沿海做着半明半暗的贸易，1523年西草湾之战后，广州及其附近沿海彻底关闭了与外界的贸易，葡萄牙人大量北上，将福建漳州、厦门区域当做主要的贸易点。1548年末，有两艘未售完货物的葡萄牙商船与30人左右的葡萄牙人没有回马六甲过冬，他们羁留在漳州诏安的走马溪。这回，葡萄牙人遇到了厉行海禁的闽浙新任总督朱纨，次年3月，福建海防军在走马溪之战中俘虏了"走私者"90余人，其中包括那30名左右的葡萄牙人。这些葡萄牙人被押在福州一年有余，后又有一些葡萄牙人被流放到广西，其中有几位得到中国商人的帮助，逃到澳门。这批人有几位记录下了他们在中国的这段经历，其中又以盖伯特·伯来拉的《中国报道》最

---

① 闻一多的《七子之歌》中关于澳门的吟唱如下：
你可知"妈港"不是我的真名姓？我离开你的襁褓太久了，母亲！
但是他们掳去的是我的肉体，你依然保管着我内心的灵魂。
三百年来梦寐不忘的生母啊！请叫儿的乳名，叫我一声"澳门"！母亲！
我要回来，母亲！
在诗中，诗人将Mocao—中国海神妈祖之名号当做是葡萄牙殖民者强加给澳门的称呼，从另一个层面表现出中原农业文明对东南海洋文化的漠视。澳门作为中国南部上的小半岛，一直是中国自古以来"梯岸航行"的重要口岸，沿海的民众早就将海神妈祖供奉在码头，而葡萄牙人以中国的海神之名号来称呼该地，实在是喊出了它的灵魂了。

著名。①

哥伦布带着西班牙人在地球上绕了大半圈,他们进入中国传统的朝贡势力圈要比葡萄牙人晚几十年,但是他们却将中国"拉进"了"亚洲—南美洲—欧洲"的大循环之中。1565年,西班牙人占领菲律宾群岛,这里便成了西班牙人进入中国的跳板。1575年,传教士马丁·德·拉达以西班牙使者的身份从菲律宾跟随贸易船来到中国福建,在福州滞留了四个月的时间,目的是通过福建官员让西班牙也能像葡萄牙人一样在福建沿海获得一个如澳门一样的贸易点。拉达的福建之行不仅购得了百多本中国书籍,重要的是产生了两个报告:《出使福建记》和《记大明的中国事情》。这两部书后来成了在欧洲影响更大的门多萨的《中华大帝国史》的素材。②

在与福建的关系中,荷兰人后来居上。17世纪是荷兰人的"黄金时代",也是荷兰东印度公司在福建区域活动最为频繁的时期。1604—1662年,荷兰人以武力占领了澎湖、台湾。1663—1683年,被郑成功逐出台湾的荷兰人,转向清朝,与清军联合夹击郑氏集团。1683年郑氏降清,1685年10月荷兰使团22人在福州修整之后,于次年7月抵北京,并定福建为荷兰"进贡"之口。③ 荷兰人在福建活动近一个世纪,各种身份的人都留下了不同的资料,它们与葡萄牙文、西班牙文,以及后来的英文一样构成了宝贵的、对中国东南沿海的记载。荷兰东印度公司为了扩张在亚洲的贸易,在亚洲各地建立约二十几个商馆,东到日本,西到印度,而在巴达维亚城设总督,总管亚洲贸易。巴达维亚城总督和各地所设商馆,相互建立一个完整的信息传递网站,来调查传递信息,推动其贸易。从文化交流的角度看,这些非虚构性文字的记载具有很高的社会认识价值与文化

---

① 该段史实在《明史·佛郎机传》载:"至嘉靖二十六年(1547),朱纨为巡抚,严禁通番,其人无所获利,则整众犯漳州之月港、浯屿。"朱纨坚决执行海禁,以武力镇压"走私"与海盗活动。朱纨在执行公务中深刻意识道:"大抵治海中之寇不难,而难于治窝引接济之寇;治窝引接济之寇不难,而难于治豪侠把持之寇。"朱纨向朝廷列数了把持大宗走私偷渡的大多是权贵之家。闽浙富豪惶惶不可终日,他们对朱纨想尽了办法,无奈朱纨是"软硬不吃",最后,闽浙富豪串联朝中闽浙官员,群起攻之,弹劾朱纨,不仅将朱纨免职捕问,而且迫使朱纨饮药自尽。临死,朱纨破涕叹曰:"纵天子不死我,大臣且死我,即大臣不死我,闽浙人必死我。"这段朝廷的派系争斗,在伯来拉的《中国报道》里也有反映。

② 门多萨(Gonzales de Mendoza,1487—1537)。西班牙传教士,1585年出版西班牙文《大中华帝国史》,随后十年内被翻译为意大利文、法文、英文与荷兰文,是16世纪末欧洲一部重要的、影响深远的介绍明帝国的作品。在该书中,福建成为明朝是一个被有效控制着的强大、富裕的国家形象的代表。

③ 参见林金水等主编:《福建对外文化交流史》,福州:福建教育出版社,1997年,第121—139页。

认识意义。当时,不少与闽台相关的荷兰人写下的著作还成为欧洲的畅销书,构成了欧洲"东方热"的一个方面。此类书中以邦特库的《东印度航海记》影响最大,据该书的中文译者姚楠介绍,该书是 17 世纪荷兰最受欢迎的畅销书之一,在荷兰文学作品中所能夸耀的许多优秀的旅行记中,没有一本比邦特库船长的书更受欢迎了。

1600 年,英国为了与荷、西、葡争夺亚洲市场也建立了东印度公司。起初,英国人尝试过从葡萄牙人手中夺取澳门(1637);不成功,遂开始把目标转移到福建。英国东印度公司不仅与郑成功集团建立起贸易关系,且在厦门设立了办事机构。1662 年,郑氏从台湾驱逐荷兰人之后,英国东印度公司与郑氏集团的贸易交往更为密切,驻台的郑氏不仅允许英国人在台湾设立商馆,还减其关税,希望从英国人手里获得军火,与清朝及荷兰对抗。康熙平台之后(1683),福建再次成为英国人投资与贸易的重要基地之一。这一时期,英国东印度公司的商人、探险家、传教士关于"远东"的见闻与东方的商品一道都是英国社会各阶层所津津乐道的内容。

从 16 世纪开始直至 18 世纪,近二百年来,一方面是这些商人、传教士、殖民者、探险家、军人的文书、游记与对中国典籍的翻译,另一方面是那些琳琅满目的东方商品,它们从精神与物质上构成了欧洲的"中国热"[①]。16 世纪,正如我们所讨论的,有关中国的描述就开始渗入欧洲。描述者有耶稣会士、曾到过中国东南海岸的航海者和欧洲各国使团的成员。在这些人的第一手资料之外,又有许多从未到过东方的文人对这些资料素材进行了合理的想象与夸张;在这些描述中,浮现出一个高度理想化的中国:一个由受过教育的社会精英充当官员、

[①] 仅以天主教耶稣教在明清两朝在华活动期间为例(明万历至清乾隆年间),耶稣会前后共有 500 余人在华活动。在他们的活动中,除了传教事务,还大量著书:一方面向中国传播欧洲的文化知识;另一方面向欧洲宣传中国的文化与习俗。以 1867 年至中国传教的费赖之(Louis Pfister,1833—1891)编撰的《在华耶稣会士列传及书目》(冯承均译,北京:中华书局,1995)为例,即有著作目录约八百种。同时,来华传教士在华期间还收集各种汉语典籍寄回欧洲,仅就法兰西学院汉学研究所所藏的汉籍善本书目提要(参见法国魏丕信监修、中国学者田涛主编的《法兰西学院汉学研究所所藏汉籍善本书目提要》,北京:中华书局,2002)就有 30 万册,且许多是明清时期的善本。

组成政府,并由仁慈的专制君主所领导的"乌托邦"①。它财富充盈,农业发达,足可养活世界上最多的人口。就在欧洲的这股中国热过程中,一个中国福建人的身影浮现了出来,他就是黄嘉略②。在中欧文化交流史上,黄嘉略有许多第一:从1702年抵欧洲,直到去世,他绝大部分的时间都住在巴黎,与法国人结婚,育有一个女儿,是用法文编写汉语语法、汉语字典,翻译中国小说、诗歌的第一人;是200年后的另一个让法国人着迷的福建人陈季同的"前驱者"。黄嘉略不仅是启蒙思想家孟德斯鸠的中国老师,还是孟德斯鸠小说《波斯人的信札》里主人公的原型。随着中欧贸易的增长,中国的瓷器、漆器、家具、纺织品在欧洲自由出售,而不再只是上流社会才能享受得到的奢侈品。欧洲各国的东印度公司在自己培养起来的市场里富得流油,他们的生存进一步促进了本国工商业的发展,且自身也成为欧洲普通人的活样板,刺激着欧洲中国热的不断升温,甚至还激发了欧洲工匠们设计出完全不同与古希腊美学风格的新的样式。

但是,欧洲的"中国热"很快就随着欧洲社会的转型而"退热"。1640年,英国发生资产阶级革命,标志着人类历史进入近代社会,人类(欧洲)文明开始由封建主义社会形态向资本主义社会形态转型。1689年,英国在制宪会议的操纵

---

① 像魁奈(Quesnay)这样的道德哲学家对中国的体制称赞不已,并敦促欧洲君主们仿效中国皇帝。在奥地利,神圣罗马帝国皇帝约瑟夫二世看来也确实采纳了这些建议:有描绘他犁耕的图画,是模仿中国皇帝而来的(《欧洲与中国的皇帝》,*Europa and die kaiser von china* 1985:304)。英国也同样卷入对中国的赞扬性描述之中。17世纪晚期,威廉•坦普尔(William Temple)爵士写了许多称赞儒学的著作,其他英国著者则将中国视为托马斯•莫尔(More)的乌托邦的部分实现。这种情感到18世纪依然盛行。在评论耶稣会士杜赫德(Du Halde)为《绅士》杂志所写的小品时,塞缪尔•约翰逊在笔下热情乐观地描述了儒学和中国(阿普尔顿 Appleton,1951:42—51 和范 Fan,1945)。

② 黄嘉略(1679—1716),中文原名黄日升,教名 Arcadio,又称"嘉略",出生在福建莆田的一个天主教家庭,7岁开始跟随在福建等地传教的天主教方济各会的教士李斐理、梁宏仁学习,他们努力将其培养成一个中国籍的神职人员。10年后,黄嘉略开始独自在南中国游学。1702年,随回欧洲报告发生在中国的"礼仪之争"的梁宏仁到达欧洲。他们这次的活动将改变历史:由于梁宏仁等方济各会与多明我会人员在罗马的周旋,罗马教廷终于做出禁止中国教徒祭孔祭祖的决议,引发了清政府的强烈反应——驱逐传教士。黄嘉略滞留在巴黎,成为明清以来少数留驻欧洲且对欧洲文化产生深刻影响的人。参见许明龙:《黄嘉略与早期法国汉学》,北京:中华书局,2004年。

下,确立了君主立宪制。从此,英国开始了在人类(欧洲)近代化历程中的领跑。① 300 年来,欧洲人在工业革命的缓慢进程里清理自己的思想资源,获得对人类生存更为深刻的认知。与农业文明完全不同的社会系统和生活品质给他们带来前所未有的自信与傲气。"欧洲文明中心论"的所有文化偏见都是在这样的条件下诞生了。就是这样的一个工业化的欧洲在晚清再次遭遇中国时,我们可以想见这是怎样的一番景象:在工业文明的标尺之下,昔日的后进者开始把它的先驱们远远抛至身后。中国—福建的形象在欧洲人的眼里显得丑陋、肮脏、邋遢。

就在英国确立近代领跑地位的同时,中国发生了什么? 中国正在"改朝换代",经过明朝历练发展起来的中国东南沿海的海洋力量在中华文明的发展上产生了严重的分化:郑氏家族所代表的中国东南海洋力量被逐出大陆,退守台湾。1646 年,郑芝龙被从草原部落杀出来的不谙水性的铁骑诱降。1661 年,郑芝龙被清王朝所杀,同年 3 月 26 日,其子郑成功带领兵士 2.5 万人、战船 400 艘,收复台湾,击沉荷兰战舰"赫克托"号。1662 年 2 月 1 日,荷兰总督揆一在投降书上签字。

从明朝到清朝,尽管经历了明清之际惊心动魄的改朝换代,尽管明朝中后期那些极端无能与腐朽的汉族统治者被稍有朝气的满族统治者所取代,但在社会形态上,中国依旧是世界上最大的农业国。从宋朝开始在中国长江以南沿海区域滋生起来的农业文明之外的因素,如资本、市场与劳动力的自由配置,明清两朝的统治者采取的是始而漠视、继而镇压的态度。自古以来,中国传统社会就有一种对商业的歧视,这种对商人、商业以及相关的文化的歧视到明代竟发

---

① 同时,我们不得不说,在 15 世纪,没有任何迹象表明英国会成为首先爆发工业革命的国家,尽管在接下来的 3 个世纪中,英国开始逐渐在西欧国家的角逐中崭露头角,为工业革命做好了准备。工业革命为什么首先在英国发生,根本的一个因素是:"光荣革命"后英国建立了一个合适的政治制度,这个制度保证社会有宽松、平和的环境,让人们追求个人的目标,最大程度地发挥创造能力。诺思就认为:"随后而来的 17 世纪的政治动荡产生了这样一个政治结构,它进一步巩固了自愿团体的所有权,使经济活动的增益为一个社会所有,在这个社会要素和产品市场已发展到足以促进这种扩张。"又如意大利著名经济史学家卡洛·M·奇波拉所总结的那样:工业革命之所以首先发生在英国,主要是由于该国……社会和政治结构、人民精神面貌以及价值标准已经发展到适合于工业化的程度。……工业革命在漫不经心的观察者看来仅仅是经济和技术问题,实际上它是可怕的非常复杂的政治、社会和文化的大变动问题。因此,"工业革命"也必然是一个漫长的过程。

展成敌视。① 清朝初期的统治者与中晚期的明朝统治者相比不能不说是有生命力与战斗力的,但是明朝制度遗产里对海洋的畏惧与现实生活中郑氏家族与南明朝廷的存在,使得满族统治者在对外关系与对待东南沿海民众的海洋行为时,只能采用海禁的政策,而且比明朝更为极端,终于断送了中国自发走上近代化的道路。②

与明朝相比,清代的海禁立法"名副其实"。③ 清朝政府先后于顺治十二年(1655)、康熙十一年(1672)颁布禁海令,规定"寸板不得下海",出海捕鱼、贸易者以通敌治罪,连地方官也不能幸免。此外,顺治十八年(1661)和康熙元年(1662)、十七年(1678)还三次颁布"迁海令"。这是人类历史上罕见的强迫迁徙行为。我们知道:自中唐以来,中国经济、文化的重心就开始逐渐向东南沿海转移;"迁海令"对中国经济与社会的破坏是显而易见的。康熙二十二年(1683)收复台湾后,清廷一度放开海禁。但康熙五十六年(1717)再次禁止与南洋的贸易。直到雍正六年(1728)方全面取消海禁,允许闽、粤二省人民出洋。如果分析法律条文的话,清朝的"禁海令"和"迁海令"才是实实在在的海禁法令。

从 16 世纪到 20 世纪初,欧洲与中国终于在地球上最浩瀚的大洋——太平

---

① 从汉代的律令中就有一些对商人的活动的限定。到了明代,朱元璋通过一系列立法来确定其治下的臣民的地位时,将农民放在最高的位子,将商人的地位贬得最低。在《大明集礼》《洪武礼制》《礼仪定式》等一系列规章制度里明文规定:农民可穿绸、纱、绢、布四种面料的服装;而商贾只能着绢、布两种面料的服装;农民家里有一人做生意的,全家都不得穿纱穿绸(1381)。到了 1389 年则进一步规定,农民可以戴斗笠、蒲笠进入市井,非农民则绝对不可。

② 明朝虽然说是"海禁",但在立法上却以打击走私为名。在洪武后期颁布的《大明律》卷 15 中有"私出外境及违禁下海"专条。该条规定:"凡将马牛、军需、铁货、铜钱、缎匹、绸绢、丝绵私出外境货卖及下海者,杖一百。挑担驮载之人,减一等。货物船车并入官,于内以十分为率,三分付告人充赏。若将人口、军器出境下海者,绞。因而走泄事情者,斩。"有的学者认为这一条文是明代海禁的基本法律依据。后来的清律照抄了这一内容。明朝皇帝发布的海禁诏令亦是如此。如明初洪武四年(1371)"禁濒海民不得私出海"。二十七年(1394)"严禁私下诸番互市者","违者必置之重法"。三十年(1397)令民人"无得擅出海与外国互市"。嘉靖三年(1524),诏严禁福建、浙江、广东一带居民与番夷私下交易、私自代购货物、私鬻海船,违者按照"私贩苏木、胡椒十斤以上例"、"私将应禁军器出境例"处罚。所有法令中几乎都有一个"私"字反对的是个人的贸易。"海禁"与"朝贡"是联系在一起的,所以像郑和这样由中央组织就是"公"的,就可以扬帆西洋了;同样,在福建"36 姓使琉球"也是国事,是福建人民可以公开进行的海事活动。

③ 之所以出现这个差别,主要原因在于国内外政治形势的差别。明朝虽然在建国之初就不断遭到倭寇的骚扰,而且在嘉靖朝还演变成一场倭寇之乱。但总的来说,倭寇并不是要夺取明朝的政权,而且其中大部分都是中国人。因此其威胁甚至还比不上制造了"土木之变"的"北虏"骁悍。故而明朝的海禁立法没有走向极端。但是清朝的情况则与此迥异。清朝是清入关建立的政权。它一直面临一个如何收复汉族人心的问题。而占据台湾的郑成功一直奉明朝为正朔,且其将领多出身海商,并得到沿海人民的支持,其威胁实非明朝的倭寇可比拟,因此才会实行"迁海令"这样的下策。

洋上相遇了,双方都以怎样的眼光来注视着对方,他们如何从欣赏到敌对？从欧洲的视野看：起初,中国是一个富裕、精致与文明的形象；18世纪后期,生活在工业社会里的欧洲人必然将中国描绘成一个停滞不前、腐朽不堪的帝国,到了19世纪甚至成了不堪一击的纸老虎。500年间,欧洲对中国的感受是一个变化的过程,在此过程中,主要的原因并不在于中国的变化与发展,而是将"中国"作为客体的主体欧洲自身的变化造成的。而在此过程中,中国东南沿海由于其区域文化的独特性①,在对待外来文化上显现了许多与内陆完全不一样的精神面貌。

第二,16—20世纪前半叶,欧洲文明在"坚船利炮"的帮助下,野蛮地"征服"了全球范围内其他形态的文明。只有在中国,中国的文明及其制度迫使欧洲人开始思考不同文明的价值与意义。这500年来以海洋为媒介的人类交往,在一定的程度上是基督教文明对全球不同文化的"征服过程"。有的文化就在这一过程中被"灭绝"了,如南美的玛雅文化；有的被野蛮地"覆盖"了,如非洲、大洋洲等地的文化形态。当那些手举十字架、心中充盈着欧洲文化与民族的优越感的传教士们横行世界时,他们唯一的阻碍来自中国：不仅是官方的政策,更来源于中华根深蒂固的文化。明末清初的耶稣会士在中国的高度文明中发现：中国人,这些没有基督教的"异教徒",却能够有着高度伦理与文明的生活。在与中国人的对话过程中,耶稣会士不断修正自己的传教方式。从"适应法"到"本地化",传教士与中国人良好的互动关系既促进了彼此的了解,也促进了彼此的自

---

① 福建的空间地理特征是：境内崇山峻岭阻隔了与浙江、江西、广东的陆路交往,而发源于境内,且在境内注入大海的河流系统,使福建被排除在中国的三大河流体系(黄河、长江、珠江)之外。这种生存空间的相对独立性在漫长的历史里形成了自己独特的生存文明：海洋文明,并在与其他文明的互动中保存了自己的文化形态。生存在"闽"的族群是一个不安现状、敢于创新的族群。他们由土著闽人、入闽汉人、海上来的阿拉伯人共同组成。如果说福建的原住民是以海洋文化特色著称的"闽",从汉到三国,闽地的民族结构便开始发生变化,自晋经唐到宋,经过几次民族融合高潮,闽地人口逐渐改变为以汉人为主。宋元时期,大量定居于福建的阿拉伯商人所携带的海洋文明因素更是不言而喻的。入闽的汉人时间不同、身份各异,但他们有一点是相同的,那就是对自己处境的不满,他们总觉得生命中有一种躁动的力量,在一定的程度上,他们都是传统农业文化的不安分者,就像当年乘上"五月花"号离开英国海岸、驶向北美洲的开拓者一样,他们要到"新大陆"实现自己的梦想,哪怕这种追求是以生命为代价也在所不惜。参见苏文菁：《试论福建海洋文化的独特性》,载《东南学术》2008,3；苏文菁《区域文化与区域经济的发展——以闽文化为例》载《福建社会主义学报》2004年第3期；苏文菁：《福建：世界海洋文明的发源地》,强磊出版社,2006年。

我了解。这个典型的事例就是发生在福建福州的"三山论学"①,主角是闽籍士者的代表叶向高与耶稣会传教士艾儒略。在基督教进入中国之前,欧洲的神学家并未意识到"传教"与不同文化的协调、适应问题。"传教"或"宣教"一词,源自拉丁文 missio,当时尚未指涉将福音传给外邦的意思,通常指涉天父透过基督在圣灵里向"世界"展开的创造、护理与救赎行动,而这个"世界"显然只是文明基础较为统一的欧洲。天主教会内部面对宗教改革所带来的冲击,产生了许多不同的修会。耶稣会、多明我会、方济各会等相继成立,其中,耶稣会是最早随着商人积极向欧洲之外扩张领土的一个天主教修会。missio 正式被用在对非欧洲文化区域的传教的事业上。当耶稣会来到中国,所面对的是高度发展,甚至超越欧洲的文明,她拥有自成体系的宇宙观、人性论与伦理架构。中国本地文化的强势迫使耶稣会的传教改变策略:与当地文化紧密结合。对比当年欧洲对外殖民扩展时所表现的民族、文化优越感,耶稣会在中国的做法是个例外。在使中国的教徒西方化,还是使在中国的传教士中国化上,欧洲文化在这一回的全球征服过程中,第一次开始了"文化适应"(accommodation)②政策,也就是选择了在中国传教士的"中国化"。利玛窦、艾儒略等在中国的耶稣会教士都是"文化适应"的成功实践者。

随着葡萄牙人到东方航线的开辟,紧跟着就是天主教各差会的传教士开始了在东方的传教活动。在利玛窦成功进入中国之前,已经有许多传教士被中国

---

① 历史上将发生于 1627 年 5—6 月在福建福州的中国士人与艾儒略之间的关于天主教与中国文化之间的对话称为"三山论学"。我们该处所指的"三山对话"还包括此前与此后发生的关于天主教与中国文化之间对话的其他事件与文集,重要的有《熙朝崇正集》《圣朝破邪集》。

② 广义的基督教对于欧洲而言也是外来的文化。其在欧洲也有一个妥协、适应的过程,第一阶段是罗马帝国转变阶段,从罗马帝国统治的局部文化通过协调、转变,成为罗马帝国的文化。第二阶段是欧洲北部转化阶段,他们的功绩就是将基督教文化与中北欧的凯尔特人、高卢人、日耳曼人等不同的文化相结合,构成了所谓的欧洲文化。参见王美秀等主编:《基督教史》,南京:江苏人民出版社,2006 年,第 4—5 章;还可参阅[美]邓恩著、余三石等译《从利玛窦到汤若望》,上海:上海古籍出版社 2003 年,著者前言。

欧洲人在这种文化中,从文艺复兴走到工业革命。滋生起了"欧洲文明中心观"。特别是在 15 世纪"地理大发现"之后,这种思想在最早卷入的葡萄牙人与西班牙人中蔓延开来。在他们的海外扩张中,对任何非天主教的文化形态缺乏敬意,更不要说理解、对话与支持了。参见[美]邓恩著、余三石等译《从利玛窦到汤若望》,上海:上海古籍出版社,2003 年,前言及第一章。

的高墙——明朝的政策是其形、中国的传统文化是其实,挡在国门之外①,直到利玛窦(1552—1610)于1582年抵达澳门。利玛窦在两个层面上使自己"中国化",首先在外形上习汉语、着汉服,极力在感官上使自己在中国人眼里不太"异类"。其次,学儒书、讲科学,利玛窦认为掌握中国人的话语体系是与中国人交往的有力工具,儒家经典作为中国人知识谱系的重要来源,是与中国士大夫对话的基础与工具;而科学技术又是使自己区别与普通的中国士大夫,并坚持西方文明特色的有效成分。就这样,利玛窦在中国取得了巨大的成功。② 在利玛窦中国传教的历程里,我们看到一个相当有趣的现象:利玛窦未到过福建,但是却与福建籍在广东、南京、北京任职、宦游的士大夫结下了深厚的友情,其中包括叶向高、李贽,他们对利玛窦的传教事业多有支持。③ 此间,我们考察的重点是被誉为"西来孔子"④的传教士艾儒略。中国明朝中后期的东南沿海区域,经济与社会形态已产生了巨大的变化,局部社会孕育着一种革新的力量⑤,这是一个需要新思想、呼唤新理念的时代。李贽(1527—1602)作为一个生长在具有浓厚商业文化与多元文化氛围的福建泉州的士人,十分敏锐地捕捉到了时代发展的脉搏:中原王朝的政令与被僵化的孔子学说在这个时代是那么的格格不入。他在寻找一种在中国传统文化中全新的市民意识,公开为商人辩护,说"商贾亦何可鄙之有?"主张各从所好,各骋所长,发挥各种各样的人的个性和特长。这种思想作为一种政府倡导的主流意识形态,还需要四百多年的时间。与李贽的苦苦追求几乎同时的是发生在欧洲的文艺复兴运动,这场运动开始了欧洲文化在基督教一统控制下的世俗化过程,个人在世俗生活中的欲望与激情在文化观

---

① 沙勿略(1506—1552)就是一个典型。1541年,沙勿略等人受葡萄牙国王派遣,以教皇使者的身份远赴印度果阿传教。这也是耶稣会首次派人到远东布教。沙勿略是耶稣会东方使团的总负责人。在他的努力之下,天主教在印度、东南亚、日本等地从无到有,信徒日众。在日本期间,由于发现日本人非常重视中国,沙勿略得出结论:要使日本皈依,必定要先使中国皈依。1552年,沙勿略到达广东香山县附近的上川岛,但由于当时明朝海禁甚严,他未及进入大陆传教便染上热病,于12月死在岛上。

② 参见王心冶:《中国基督教史纲》,上海:上海古籍出版社,2004年,第八章。[美]邓恩著、余三石等译:《从利玛窦到汤若望》,上海:上海古籍出版社,2003年,"译者前言"。

③ 参见林金水等主编:《福建对外文化交流史》,福州:福建教育出版社,1997年,208—223页。

④ 这是福建"护法派"的观点,他们认为基督教可以"步儒"、"益儒"和"超儒",认为"天儒相印"。参见注③,第244—252页。

⑤ 明代中后期在东南沿海的一些手工业部门出现了资本主义性质的生产关系,即雇佣关系。同时,沿海人民不顾明政府的"海禁",大规模、持续性地进行海洋贸易,形成了集团化的海洋商业军事共同体。参见:廖大珂:《福建海外交通史》,福州:福建人民出版社,2002年,第203—271页。

念上获得了地位,包括以商贾之途获取财富与他人的尊重。我们在欧洲文艺复兴的夜幕上看到的是满天的星斗、遍地的巨人。我们感叹李贽的孤独,那种栏杆拍遍、无人会登临意的激愤,才是他以 76 岁的高龄切腕自尽的原因。李贽试图与利玛窦交往,是什么原因使得可能成为知己的人失之交臂呢?假如李贽与利玛窦在南京也有一个"金陵论学",李贽还会那么孤独吗?而命运给了叶向高这样的机会。①

如前所说,耶稣会传教士采用适应法(accommodation),从语言学习开始进入中国文化的圈子,从西方的角度理解中国思想,用中国的语言来传递西方的思想与精神。由于语言与思想文化的同构关系,欧洲人学习中文的过程就是一个接受或拒绝某些中国思想的过程,最后以中文表达他们的西方思想与神学。在与他们对话的中国人这边也有一个诠释过程:他们在接触耶稣会士之前已经接受儒家教育,当他们接触到传教士以中文诠释过的西方思想时,他们是在中国文化的脉络中理解耶稣会士所表达的西方思想。一个文化过滤的过程也同样发生在中国人身上:接受或拒绝某些西方基督宗教的思想和神学,最后以自己的中文表达他们所理解的欧洲文化。诠释过程中,也有创新的部分,新的诠释会产生以适合本地与时代的需求。的确,在耶稣会与中国文化的遭遇(encounter)过程中,如同谢和耐的观察,双方确实发生冲突②。但是,诚如许理和(Erik. Zurcher)所提出的这是"误解的交谈"③,中西接触过程双方都以本身的眼光来"打量"对方;然而,正是在这样的"大声沟通"之下,彼此的认识加深了。耶稣会士与中国士者对话的成果表明:双方的思想是交流、互动的。换句话说,在

---

① 叶向高与利玛窦的相识是 1599 年在南京定居之后。资料表明,叶向高和利玛窦之间有多次交往,叶向高对利玛窦所展现的世界地图、观天仪十分感兴趣。利玛窦死后(1610),是叶向高向皇帝请求拨给墓地的。从发生在 1627 年的"三山论学"看,叶向高对天主教的思想有了解的兴趣与好感,但始终不能理解。李贽与利玛窦如果有机会一起论学,结局大概是一样的。我们今天与西方的对话又能比我们的祖先进步多少呢?

② 谢和耐(1921—),法国著名汉学家,其《中国社会史》(1972 年初版。中文版本是江苏人民出版社 2005 年 7 月版)是欧美各大学最通行的中国文明史教材之一。该书的第三章"近代中国的开始与明末的危机"之第三部分是专论"欧洲的入侵与耶稣会传教士"的。关于耶稣会传教士与中国文化的对话、交流,谢和耐使用的总结就是"对话的困难"。

③ 许理和(1953—),荷兰著名汉学家。主要的研究贡献在于中国地区的佛教发展史。近年来许理和专注于天主教的中国本地化运动(又称为"儒家—神教"〈Confucian Monotheism〉)的研究,他认为,儒家和早期儒家学说的入世特点给了基督教"补儒"的机会,即它主张崇高的现世道德教导,没有"来生"的空间,这对基督教是一个最好的机缘,因为基督教有能力补充这一空缺(Erik Zürcher, "Confucian and Christiuan Religiosity in Late Ming China", *Catholic Historical Review*, Oct. 97, Vol. 83 Issue4, pp. 4—7)。

耶稣会士将基督教教义传给中国人的同时，中国思想也在促进西方神学做自我反省和批判。中国人对人性、自然、天人关系的认识以及伦理思想，随着耶稣会带回欧洲，并因着"礼仪之争"而声名大噪，引起欧洲社会各界广泛的重视，不但开启欧洲汉学研究的先河，也为欧洲启蒙思潮开拓了新的视野。

第三，中国传统之"中央大国"的观念第一次受到了挑战。① 由于在长期的历史进程里、在已知世界中不存在可以抗衡的对手，以中国中原王朝为中心的朝贡体系从公元前3—19世纪一直得以存在，其中又以明朝时期的朝贡体系最为鼎盛。明朝最后确立的朝贡体系成为东方世界的通行国际关系体制。在这个体制中，中国中原政权成为一元的中心，各朝贡国承认这一中心地位，构成中央政权的外藩。15世纪前期，随着郑和船队对印度洋的巡航，以及永乐帝朱棣对北方蒙古势力的扫荡，朝贡体系达到了它的巅峰：在明朝陆海军的"威逼"和"厚往薄来"政策的"利诱"之下，向明朝政府朝贡的国家和部族一度达到了65个。就在这种"巅峰"时刻，葡萄牙人与西班牙人通过不同的航线进入太平洋，闯入中国传统的贸易网络、朝贡体系圈。在这个历经百年的过程里，明王朝对于"外番"的"沦陷"，只要不威胁到王朝的核心利益，一般以"训令"为主，一副大家长维护吵吵嚷嚷的家庭纷争的模样。在明王朝的权力核心圈里，我们几乎看不到他们对"亚洲—中华文化圈"之外的可能想象。欧洲人那种"商业扩张与文化征服"同构的文明是在中国文明的认知之外的。中国由朝贡构成的在东亚的传统势力范围开始被蚕食：东南亚有些区域，如三佛齐、菲律宾等成为葡萄牙、西班牙的殖民地；另一些区域则表现为对中国"控制"的"摆脱"，如暹罗、安南等。

同时，我们注意到明朝在工商业发展与自由思想产生方面是个十分重要的时期。一方面是中国包括科举制、对外政策、文官体系在内的文化、政治体系正

---

① 国内学术界普遍认为：中国"天朝帝国"的秩序遭到挑战是始于1848年的鸦片战争。我们认为"天朝帝国"源于以中国为核心的"朝贡体系"。朝贡体系，是自公元前3世纪开始，直到19世纪末期，存在于东亚、东南亚和中亚地区的，以中国中原帝国为主要核心的等级制网状政治秩序体系，常与条约体系、殖民体系并称，是世界主要国际关系模式之一。1371年，明太祖朱元璋明确规定了安南、占城、高丽、暹罗、琉球、苏门答腊、爪哇、湓亨、白花、三弗齐、渤泥以及其他西洋、南洋等国为"不征之国"，实际上确立了中国的实际控制范围。朱元璋确定了"厚往薄来"的朝贡原则，由此最后确立了朝贡体系成为东方世界的通行国际关系体制。在这个体制中，中国中原政权成为一元的中心，各朝贡国承认这一中心地位，构成中央政权的外藩。一旦这种"朝贡体系"面临挑战、削弱、瓦解，那么就是这个帝国体系的威胁来临。16世纪，葡萄牙人占领马六甲，撕开了明朝朝贡体系的网络，从此在传统中国的势力范围内四处伸手，并把据点推进到中国的家门里。

在一步步走向僵化与落伍,另一方面是中国的东南沿海区域由于参与了国际贸易体系的编织过程,特别是海洋贸易的活跃导致了该区域工业技术、市场经济、市民文化的高速发展。在科学技术方面,明代中后期集中出现了一批讨论工艺技术、总结各类经验成果的书籍:宋应星的《天工开物》、徐光启的《农政全书》、茅元仪的《武备志》、李时珍的《本草纲目》、徐弘祖的《徐霞客游记》等长篇巨著。① 中国传统的手工业、农业以及武器制造业,都是彼此支持、相互提升的;而且,这些著作都表现出既整理传统资源,又在其基础上发展创新的趋势。中国的读书人在阐释先贤的典籍之外,第一次集体性地将智慧奉献给日常生活技艺的总结和推广,这是一件耐人寻味的大事,充分说明了在明朝中后期不仅孕育了工业技术革命的萌芽,而且出现了对传统经验型知识系统化、理论化、知识化的整理工作,这些都孕育了近代科学的思想火花。经济方面,明代也表现出突破传统小农经济与官方朝贡的市场经济特色,特别是在对外海洋贸易方面。②随着人民生活的宽裕与富足,市民意识与市民文化勃然兴起。明代的市民意识不仅体现在李贽的思想上,更体现在冯梦龙的"三言"、凌濛初的"二拍"③以及汤显祖的戏剧、江南的"吴门四家"④的绘画等方面。就在这个需要新思想、需要新的思考资源的时代,传教士们所带来的西方文明无疑为明代知识者言说新思想找到了很好的言说资料与言说方向。

---

① 《天工开物》初版于崇祯十年(1637),是作者任江西分宜教谕时(1634—1638)撰写成的。《农政全书》由徐光启的门人陈子龙等人负责修订,于崇祯十二年(1639),亦即徐光启死后的6年刻板付印。《武备志》为茅元仪集历代兵书2000余种,经15年独立辑成,明天启元年(1621)刊行。《本草纲目》是以宋朝唐慎微的《证类本草》为资料主体增删考订而成,1578年写就,1596年出版。有意思的是这三位作者都是中国东南区域人士,宋应星,江西南昌人氏;徐光启,上海人氏;茅元仪,浙江湖州人氏。出生于湖北的李时珍,由于宋代以来,我国的药物学有很大发展,尤其随着中外文化交流的频繁,外来药物不断地增加,但均未载入本草书,认为有必要在以前本草书的基础上进行修改和补充。徐弘祖,江苏人氏。

② 我们认为明代的私人海洋贸易的"市场经济"特征,主要表现在两个方面:首先,私人海洋贸易完全源于国际化的贸易网络的拉动,是一种国际市场的需求,与明代官家的作坊指派的性质完全不同。第二,私人海洋贸易的市场化特色还表现在船主与雇用之间的关系,他们的关系也是由市场来决定的,以至于他们之间已形成最早的股份制形式。参见苏文菁:《闽、闽商与闽文化》,载《管理与财富》2004年第5期。

③ 有意义的是,冯梦龙是李贽的好友,他们同为反对理学、倡导个性、为人之"贪欲"辩护的市民思想代表者。冯氏在"三言"中广泛描写商人的生活,肯定他们对物质财富的渴望是人之常情。但是凌氏却是典型的卫道人士,但在"二拍"里,也是用白话文的写作工具,同样的大量描写市民们的生活方式。这正说明市民意识的影响与作用。

④ 指沈周、文徵明、唐寅、仇英。他们是明代中期文人画的重要代表,画风强调个性的表现与主观的意境。唐寅是其中杰出的代表。

我们看到，明代的中国，特别是由于参与构建全球性海洋经济网络的东南区域，其社会状态与13、14世纪的意大利沿海城市有诸多的相似之处。意大利沿海的威尼斯、佛罗伦萨等城市在海洋贸易的刺激之下发展起来的新兴阶级以及该阶级所建设文化的过程就是人类文明史上的"文艺复兴"。"文艺复兴"虽说是对失落的古希腊、罗马文明的复兴，其实只是借了古代的衣衫来生长自己的躯体，其中有一点为我们所忽略：那些古希腊、罗马典籍可都是从充当远东与欧洲之间的中介者——中东传过去的；我们甚至能够在薄伽丘的《十日谈》叙事的"框架结构"里找出东方的叙事风格。① 东方的某些文化因素也成为欧洲人构建人文主义新思想的思维资源与言说方式。

我们回到明代的中国，看看天主教传教士们所带来的欧洲科学观念与技术成果都在哪些层面上在明朝帝国内部悄悄地"改装"着中华传统的世界观与宇宙观。我们首先想到他们带给中国的《万国坤舆全图》、自鸣钟、三棱镜、浑天仪等科学仪器。当时来中国的天主教传教士大都兼有数学家、历史学家、天文学家、艺术家、传教士等多重身份。他们在传播天主教教义的同时，也把当时西方的技术与科学思想带给中国，其中包括天文历法、数学、农田水利、矿学、建筑学、物理学、生物学、哲学、音乐、艺术等，从而给中国各类技术和文化的发展以较大的推动力。在数学方面，晚年写作《农政全书》的徐光启早年积极向利玛窦学习科学技术，同利氏合译了欧几里得的《几何原本》，创中国几何学之始。我们今天几何学上所用的"点"、"钱"、"切线"、"弦"等，大都是他们二人所创立。徐光启还在利氏的帮助下编译了《测量法义》、《测量异同》、《勾股义》等。在天文历法方面，传教士因着先进的天文科学技术，被朝廷委托主持历局，修订历法，修造天文台。我们现在所使用的公历（阳历）就是从清朝传教士所修订的100卷《崇祯历》开始的，它取代了当时陈旧的回回历、大统历。可以说，传教士们使得当时仍相信"天圆地方"的中国天文历学来了一个前所未有的更新。农田水利方面，徐光启与传教士熊三拔合译《泰西水法》，在天津等地试办水利及营田事，大大改进了我国农田水利建设。文字工作方面，法国传教士张诚撰有《满文字

---

① 比较文学的研究认为：文艺复兴时期欧洲短篇小说的"框架结构"形式源自东方文学的影响。虽然我们尚未找到中国古代文学中小说的"框架结构"与古代印度《五卷书》之间的关系，但是，从《五卷书》（在阿拉伯语世界被译成《卡里来与狄木乃》）到《一千零一夜》中是有传播与影响的轨迹可循的。它们是中古时期欧亚大陆广泛的水陆贸易、频繁的人员交往所产生的文化结果。

典》,利玛窦撰《中意葡字典》《中国文法》。音乐方面,作为音乐家的传教士徐日升著《律品正义》,详记中国音乐和西方音乐,为中国、西方音乐艺术的交流做出了贡献。哲学方面,传教士傅泛际与明代科学家李之藻合译《寰宇诠》(讲学宇宙)、《明理探》,这是我国关于西方逻辑最早的译本。张诚译有满文《哲学原理》①。这一切的一切,似乎都在预示着中国社会将有一个大变局。但是,我们清醒地看到,在中国,无论是学术上的集大成,还是思想上的推崇个性,不仅是区域性的,而且绝大部分停留在民间与个人的层面,在一定的程度上,甚至表现为官方意识形态与民间大众选择的严重背离②,难以影响国家意识形态,更不能推动中国社会产生质的变化。

清朝的制度与文化遗产不仅是对大明王朝的可怜的"复制",而且变本加厉,在对外文化交流上的极度自大到极度的自虐,国家体制上的僵化,官僚系统的腐败与无能都走向极端。马克思在《中国革命和欧洲革命》中指出:"仇视外国人,把他们逐出国境,这在过去仅仅是出于中国地理上、人种上的原因,只是在满洲鞑靼人征服了全国以后才形成一种政治制度。"③我们且看在康熙时期发生的"禁教"(1642—1742)活动④。这是一场发生在明末清初来华传教士内部的

---

① 明清天主教传教士对中国科学文化所作出的贡献,我国和国际科学界、学术界都有中肯的评价,利玛窦被誉为"西学东渐第一士"、"向西方介绍中国文化的第一人";传教士处于"学问饥饿"的中国士林带来"丰富的食粮","在中国文化发展的坐标图上画出了一条前所未有的异色曲线"。参见中科院《自然辩证法通讯》1987年第5期;沈福伟:《中西文化交流史》,上海人民出版社1985年12月第一版,第399—487页。

② 中国传统的科举制度作为中国政治文化的一种方式,自明代显现出对士人思想的禁锢。明代开国不久,在科举考试中就不再重视对时务的策问,而制定以八股文申述儒家思想;永乐时期,官方钦定《四书大全》、《五经大全》《性理大全》,并以程朱理学为唯一正统思想。在这种文化氛围中,任何与程朱理学无关的知识体系自然就排除在绝大多数士人的眼光之外。但是,对于普通的百姓而言,这种知识才是生活的力量。参见许倬云:《万古江河》,上海文艺出版社2006年,第244—249页。

③ 马克思:《中国革命和欧洲革命》,见《马克思恩格斯选集》(第一卷),北京:人民出版社,1995年,第690页。

④ 16世纪,天主教内部不同的修会之间对于"适应"政策有不同的意见,其中,多明我会与方济各会的做法与耶稣会的"适宜"政策完全不同。1632年,多明我会与方济各会的修士也进入福建福安传教,但福安原是耶稣会的地盘,教徒可以祭祖祭孔。方济各会的利安修士向一位王姓教徒学习中文,当学习"祭"字时,王姓教徒说:"祭"就相当于天主教的"弥撒",由此引发了在中国历史上长达一个多世纪的"礼仪之争"。参见林金水等主编:《福建对外文化交流史》,福州:福建教育出版社,1997年,第255—268页。从世界文明史的角度看,这场"礼仪之争"的范围与意义似乎更大,1742年,由于康熙皇帝的"禁教",这场关于如何评价中国文化的"礼仪之争"就在中国之外继续展开,直到1939年罗马教廷的"最新"决定为止。

"礼仪之争"①而引发的"禁教"。最初,这是一场从文化层面展开的、中西两种不同文化如何相互理解、相互阐释的沟通问题。在中国文化乃至世界文化史上,"礼仪之争"又一次把中国宗教礼俗与异质文明的天主教加以比较,也就是说,它再一次"触动"了中国的纲常名教、文化核心。② 如果说佛教与中国传统文化的"调适"不仅使得中华文明更为丰富,从而也使得源于印度的佛教通过中国而获得更大的生命力,那么,从文化的互相交流、相互滋养、共同进步的层面上看,这场由耶稣会开始的与中华文明的对话无疑是中国文化、欧洲文化乃至世界文化的幸事。③

"礼仪之争"以中国封建皇权的表面胜利而告终。从此中国不与西方国家往来一百年。但在中国朝廷的胜利中包含着极大的不幸和悲哀:闭塞落后的中国更形孤立,积弱积贫日甚一日。中国更加远离世界文明发展的主流,特别

---

① 中国学术界关于"礼仪之争"有以下四种不同的观念:第一:殖民势力争夺论,有些人以为礼仪之争纯粹起因于多明我会、方济各会与耶稣会各怀宿怨、互相嫉恨、争权夺利、贪得无厌的恶劣本性,而他们的背后又分别是西班牙、法国与葡萄牙争夺远东传教权的斗争,因而是一场争夺殖民势力范围的斗争。其代表作为《中国天主教的过去与未来》,上海社会科学出版社 1989 年;《中国天主教述评》,上海社会科学出版社 2005 年。第二:礼仪之争是教会的内讧,中国皇帝对天主教的禁教是教会的"咎由自取"。曾供职于福建协和大学的历史教授王心冶是主要代表,代表作为《中国基督教史纲》,基督教文艺出版社(香港)1959 年。第三:主张中国风俗不合天主教义,就是不尊重中国风俗文化,就是反对把基督教同中国习俗结合起来。江文汉是其代表学者之一,其代表作是《明清间在华的天主教耶稣会士》,上海知识出版社 1987 年。第四:认为礼仪之争是传教士对中国国家主权和内政的干涉。认为康熙"坚持了一个独立主权国家应有的尊严,反对了任何形式的外来干涉","康熙雍正禁止传教士在中国的传教活动,使中国从这一道防线基本上堵住了殖民势力的渗透达一百多年。"顾长声的《传教士于近代中国》(上海人民出版社,2004 年)是其代表作。本文认为:"礼仪之争"是中国文化与欧洲基督教文化的一次对话,我们总希望有一个平等的,不受民族、阶级、文化偏见,更不用说携带着武力强权干预的"纯粹"的文化交流与对话。遗憾的是,我们在历史与现实中都鲜有这种案例。

② 在中华文明的形成与发展过程中,与欧洲基督教的交流、对话、融合并不是中华文明与异质文明交流的唯一。从汉末开始至唐前期的佛教在中国的适应过程就是第一次外来文明对中国传统宗教礼俗的挑战。佛教自印度传来时,已经具备了一套系统化的宗教理论、因果报应的说教以及种种宗教仪式、修行方法和清规戒律。进入我国后,又注意与中国固有的传统封建文化结合,特别是在对待中国家庭伦理观念的"孝亲"与君臣关系的"忠君"上做出了极大的"让步",尽可能减少人们的思想阻力,并在日后的发展中逐渐中国化,不仅成为儒家与道教的同盟,而且成为中国封建文化的组成部分。这样,在中国的封建时代,它不仅积极维护地主阶级的根本利益,得到封建统治者的提倡,而且做到了和儒家思想的融合,并由于宣扬因果报应等说教,从而在劳苦大众中也大有影响。故此,佛教这一外来宗教得以在几千年的封建社会生存下来并流传至今,影响渗透到封建社会的各个领域,成为中国传统文化的组成部分。

③ 以利玛窦与艾儒略为代表的耶稣会的对待中华文化的调适政策,虽然在当时并未获得罗马教廷的坚定支持,但是他们所表现出来的对待宗教的宽容与对话精神一直得到文化学者与相当部分宗教界人士的肯定。1982 年,罗马教廷在庆祝利玛窦到达中国 400 周年的纪念活动中,教皇保罗二世就赞誉利玛窦是欧洲文明与中国文明的"桥梁"。宽容与对话才是文化交流的基础已成为有识之士的共识。

是海洋发展的潮流；与工业技术发达的国家更缺乏共同语言,而处在较低的对话层次上。18世纪以来,欧洲各国携思想上的启蒙解放思潮、工业技术所带来的生产力解放以及海外殖民市场的开拓进入了高速发展的阶段,社会形态、国家制度与人民的生存状态都得到很好的改良。而此时的清王朝还沉浸在"康乾盛世"之中,自居"天朝上国",不屑过问域外事务。有清一朝对于域外的知识积累上未能在明代的基础上有所进步,究其原因,有以下两个方面：首先,"礼仪之争"之后,在公开层面上,在华传教士被限制在内廷与司天监,不得有其他的活动,中国知识者很难获得与他们交往的机会,更不用说如"三山论学"般切磋学问了；同时,罗马教廷与耶稣会矛盾渐深,从此派到中国的传教士也都是平庸之辈,罕见如耶稣会传教士的博学多才。更何况欧洲在这段时间里发生的诸多变化,如民主政治、启蒙思潮等都是以罗马教廷为敌人的,天主教传教士也不可能向中国解释欧洲世界的变化。第二方面,则在中方的涉外人员对域外事务态度的变化。明朝尚有两个不同的渠道将来自海洋的资讯传递到中央：一是不断在南中国海徘徊的葡萄牙、西班牙、荷兰等国的海商将域外的信息传递到北京；另一个是东南沿海民众大规模的海洋活动迫使朝廷接受来自海上的消息。到清代情况产生了变化：康熙二十二年(1683)夏,清朝获得台湾的统治权。在海上的政敌被消灭之后,翌年九月初一,康熙颁发了"开海贸易"的谕旨。开海贸易后,清政府正式设立了粤、闽、浙、江四个海关,不久,对外贸易就只有粤海关,也就是"十三行"。洋货十三行作为清代官设的对外贸易特许商,要代海关征收进出口洋船各项税饷,并代官府管理外商和执行外事任务。这是清代对外贸易的主要特点。① 这些涉外的"皇商"在职业上只与粤海关官员以及内务府官员打交道,坐收丰厚利润。清朝官员就这样一次一次拒绝向他人学习的可能,这也再一次证明：任何社会的变革动因主要来源于自身的内驱力。

---

① 康熙二十五年四月,抚院有《分别住行货税》的文告发出,正式宣布设立金丝行和洋货行,分别承揽本地销售的货物及外洋贩来或出海贸易的货物。显然,这洋货行当是在粤海关最早主持对外贸易的商人组织,亦即清代广东十三行的最早名称。早期十三行的官办牙行性质是十分明显的。这是中国封建社会牙行制贸易方式在对外通商上的应用,目的在于保证封建王朝的税收和防范外夷。这种交易方式,不只不让商人与直接生产者谋面,而且使中国内地客商也无法同外商直接接触。由此形成的对商品流通过程的独占,为行商提供了垄断赢利的机会；同时,这也便于各级封建官吏染指其间。因此利用封建特权谋取对外贸易的垄断,以及商业资本同封建权力的结合,便成为一种自然的发展趋势。参见梁嘉彬：《广东十三行考》,广州：广东人民出版社,1999年。杨万秀：《广州外贸史》,广州：广东高等教育出版社,1996年。

晚清禁教政策的解冻,是随战败订立的不平等条约逐渐实现的。传教士在此过程中起着推波助澜的作用。被迫废除禁教条约在朝廷和民间引起的无奈和愤懑,是晚清此起彼伏的反洋教斗争的重要原因之一。有意义的是,如果基督教这样一个外来宗教不希望和另一个民族的宗教,特别是和它的民间宗教和民间文化交往,那么它怎么可能在这个民族中扎根?汉斯·孔在谈到基督教在中国民间宗教中的两难境地时说:"要么基督教责难民间宗教,那它就只能始终是外来宗教;要么它容纳民间宗教,那它就会失去其本身的特征。"[1]这样的文化冲突在人类文明史上是有先例的,早期基督教面对希腊和罗马文化时,中世纪基督教面临德国和斯拉夫文化时都出现过这种困境,"礼仪之争"就是这两种倾向的一次激烈的冲突。

三 以海洋为媒介的文明交往: 晚清至民国时期

早在明朝,中国的经济就已经进入了今天我们所称的全球化经贸体系,中国东南沿海已是全球化市场的重要部分,有的区域,像漳州月港堪称当年全球市场的枢纽。到了晚清,中国在欧洲社会建立起来的世界体系里已经成为他人任意宰割的对象,而这一面相的真正显露需要一系列历史性的事件:从中英鸦片战争(1840)到中日甲午战争(1894)。如果说鸦片战争只是清朝中国败像的初显,朝廷上下还有一种侥幸的心态:这只是偶然,或者是我们在"技术上落后了"。那么到了甲午海战,当时亚洲最好的海军、当年最开明的洋务派们的救国举措都在这场海战中化为灰烬。此时,精英们才发现:中国不仅是技术落后了,中华文明都将面临极大的危机。在这种中华文明数千年之未有的大变局中,知识界普遍弥漫着一种挫折感与沮丧感。这种感觉直到百多年后的今天,在中国的知识界还是如影随形。在此过程中,我们可以感受到几代中国知识者的一个认知发展过程:第一阶段以龚自珍、林则徐、魏源为代表,体现了中国人民对这一"变局"的两种不同的反应。龚自珍(1797—1841)代表着"返求诸己"的一批士

---

[1] 汉思·孔:《基督教的困境》,选自《中国宗教与基督教》,秦家懿、汉思·孔著,吴华译,北京:生活·读书·新知三联书店,1990年,第52页。

人,从中国文化的当代性弊端寻求"衰世"的由来,吁求通过对传统的再认知进而对现状进行改革。魏源(1974—1857)则不同,1840年鸦片战争失败后,受林则徐嘱托,魏源于1842年编成《海国图志》一书,提出"师夷长技以制夷"的思想,为中国近代思想的发展提出了一个全新的命题。魏源代表着一批以"知彼"求国家振兴的另一批士人。中华文明在漫长的"复古—复兴"理路之外,多了"外来资源—文化复兴"的建设方法!第二阶段以张之洞(1837—1909)为代表。张之洞折中龚自珍与魏源的思想,主张"中学为体,西学为用",以"正人心"维系中国道德价值,又以"开风气"学习西方的技术、制度。其实这种"折中"的态度与思想方式,远不只是张之洞那几代人的选择。第三阶段以严复(1853—1921)的《天演论》为标志。在康有为、梁启超的推动下,一时间,中国的知识界人人必谈"进化"。① 从此,原本是并行的中、西文化,一变为"中国(传统)文化落后、西方(现代)文化进步","中—西"、"传统—现代"之间有了高下优劣之别了。

在这样的社会文化气氛中,中国文化的出路就具体落实到汉语知识谱系如何重构上。但是,事情远不是仅仅从"中国"这个角度或是"东南沿海"这个视野那样的单纯,而是一个十分复杂、精细的世界文化上的互相启发、过滤、误读、重构的过程。我们起码从以下的三个层面上感受到区域与全球在文化建设上的互动:首先,中国知识界将域外,包括欧洲的特殊经验当做汉语世界可供借鉴的资源来"引进"、介绍。这是中国近代文化思想史的主流。第二,以福建籍士者为代表的中国东南沿海民众,努力使世界知识谱系不被欧洲完全垄断,以"微薄"的力量力图使世界知识谱系成为全人类共享与开放的普遍性场域。我们希

---

① 严复在《天演论》中实际上是糅合了三种不同的观念与思想:赫胥黎的《进化论与伦理学》中的文章与观念;达尔文的生物进化论;严复以西方话语震醒国人的用心。达尔文本人并不希望他在动物世界里观察到的"弱肉强食"也是人类的生存原则,因而拒绝马克思将《资本论》英文版题赠给自己。(参见《简明不列颠百科全书》第二卷,中文参见中国大百科全书出版社1985年,第348页)严复在自己的"序"中也鲜明地表达了对中国现行文化制度的不满与对先秦中国文化的仰慕之情。当时,严复的"进化论"在警醒国人方面的确有其历史的贡献。严复《天演论》问世稍晚于康有为的"三世说",但在随后的《孔子改制考》里,康氏就接过了严氏的"进化论"。梁启超更是严氏的信徒,处处进化,处处维新。今天在后殖民的语境中重新理解"进化论"则是另一番的滋味:将"弱肉强食"的丛林原则当作人类社会发展的规则的时候,欧洲各殖民国家对各殖民地的侵略、掠夺、屠杀都是合理的了。就中国当代对自己传统的态度而言,"进化论"无疑与"欧洲文化中心论"构成了同谋,形成了中国人对本土文化认同的强烈阻碍。

望在这样的视野里来理解辜鸿铭①、陈季同②、林语堂③这"三杰"向西方传播中国文化的意义。第三,与中国主流知识界接受欧洲的话语与标准的同时,也就是19世纪末20世纪初,西方的现代主义开始反思西方的写实传统,期间,"尚表现"的中国艺术在不短的时间里一直是欧洲借以反传统的有力形式④,欧洲人借用中国传统风格以构建他们的新传统。

从中国东南沿海区域的层面来看16世纪以来的全球化,不同文化之间的互动远比将"中国"作为一个观察的视角更为典型。第一,远从明代开始,中国东南沿海民众就利用自己的区位优势不断扩展关于海外、世界的有关知识。明代漳州士子张燮的《东西洋考》就是这方面的成就。清末,从林则徐的《四洲志》、林钅咸的《西海纪游草》,到徐继畬的《瀛寰志略》⑤,都在努力从区域的经验出发,改变中国主流知识体系"天朝大国"的狭隘观念。同时,"林译小说"致力于用欧洲的感情经验改变中国人的情绪感受方式:林琴南用典雅的桐城古文向国人讲述着不同于中国传统的情感故事,从哀婉缠绵的《茶花女》,到刚烈反抗的《黑奴吁天录》。这些文学故事建立在中国文学的"传统资源与外来影响"之上⑥:中国传统的汉语结构系统,表达着中国人相对陌生的思想内容。"林译小说"不仅孕育、滋养了整整一代中国新文学作家群,而且完全在传统诗歌"诗言志"与

---

① 辜鸿铭(1857—1928),祖籍福建,出生于马来西亚。20世纪初,当中国知识界中的精英们大力宣讲西方文明时,他却用西方人的语言倡扬古老的东方精神,他的思想和文笔在极短的时间内轰动了整个欧洲,并产生了巨大的影响。他创造性地向西方译介了"四书"中的三部,即《论语》、《中庸》和《大学》。其英文著作有《中国的牛津运动》、《春秋大义》等。作为第一位致力于向西方介绍中国典籍、中国精神的人,辜鸿铭是应该被历史记下的。新文化运动领导人之一李大钊言:"愚以为中国二千五百余年文化所钟出一辜鸿铭先生,已足以扬眉吐气于二十世纪之世界。"吴宓亦赞曰:"辜氏实中国文化之代表,而中国在世界唯一之宣传员。"

② 参见本书"陈季同的困境—清末中西文化碰撞缩影"。

③ 参见本书"论林语堂笔下的苏东坡形象"。

④ 诺思罗普·弗莱与劳伦斯·宾庸都是以东方文化"拯救"西方文明的代表。弗莱1910年发表《东方艺术》明确提出:西方艺术的未来出路在于西方艺术家对东方艺术的学习。他认为,现代西方艺术必须拒绝西方写实主义的传统标准,才能发展出未来的艺术;此间,东方艺术的"表现"无疑是值得西方艺术家学习的。宾庸1908年发表《东方绘画史》一书,对唐宋文人的"形似"与"写意"赞许有加。到了1911年的《蛟龙飞腾》,则进一步提倡在西方现代艺术领域要利用中国画论来取代西方的写实理论。参见《读书》2007年第3期。

⑤ 关于这四部作品及作者的情况,参见本书"论明清时期闽文化与文学的外向型拓展"。

⑥ 参见本书"在中国文化传统与外来文学资源之间"。

明清民间文学的"因果报应"①之外,建立了一个新的传统:促使几代中国人关注个人情感与遭遇,进而谴责造成个人悲剧命运的社会体系与官僚机构。第二,汉语语言的重构,汉语从传统形态向当代形态的转变——白话文运动的完成,也是在印欧语系的模式下进行的。我们在此考虑的是"翻译"在现代汉语建构里的意义,从严复的翻译著作到冰心与梁遇春的小品诗歌翻译,都以"翻译"为汉语完成了从文言文到白话文的过渡。② 第三,新的文学传统与文献理念的建设。民国时期的中国新文学许给自己一个任务,那就是拥抱全世界。在这样的理念之下,郑振铎的《文学大纲》(1926年初版)就是个有意义的"创造"。任何时代新的文学史的编撰都是一种新的文学传统与文学理念建立的过程,也是新的文学经典与文学大师确立的过程。在对待世界各国,特别是欧洲、日本等国的文化遗产时,中国学术界一开始就显现出一种矛盾的状态:一方面,我们将不同与中国的所有国家都统称为"外国";另一方面,在论及其他国家文学时却鲜有综合、归纳的倾向,而是分而论之,以"英国文学"、"日本文学"、"俄罗斯文学"等名目出现。在此,郑振铎的《文学大纲》显示出与其他文学史全然不同的文学理念:《文学大纲》按照时间顺序排列中西文学,将"中国文学"作为"中西总体文学"的一个部分而囊括之中。全书80余万字,中国文学部分约占四分之一篇幅,在46章中,中国文学部分占12章。这种"中国就在世界之中"、"中国文学构成世界文学不可分割的一部分"的理念和胸怀,与所谓的"中国走向世界"、"中国与国际接轨"是有天壤之别的。③

不管明清两朝政府如何"闭关锁国",葡萄牙人、西班牙人、荷兰人、英国人还是在南中国不断地叩门,或以使者、或以商贾、或以旅游者的身份进入南中国,他们自觉不自觉地构成了近代以来中西文化交流的第一代人;另一方面是

---

① 从明代开始,民间文学建立起了不同于官方正史的一个系统,从《封神榜》、《东周列国志》、《三国演义》,到《说唐》、《杨家将》、《飞龙传》、《包公案》,以及《说岳》、《大明英烈传》、《铁寇图》等等,历史的变化发展是由于个人的恩怨与因果报应以及一系列足以颠覆正统思想的观念。如朝代的更替与君王的政治操守无关,而完全是"因果报应"的结果;"正义"也转由"清官"来实行,皇帝已转换成概念性的"尚方宝剑";杨门女将则以武力威逼那些男人娶自己为妻,把正统社会"男强女弱"的规矩颠倒了个儿。而"桃园结义"所表达的个人与个人之间的联盟、契约高于"君臣"、"夫妇"关系的信息更是对传统纲常的破坏。只可惜,20世纪以来的新文化建设者往往都忽略了中国文化内发性的革命因素,在制度革命的同时,连着把盆里的婴儿也一同倒掉了。关于民间文学的相关资料,参见许倬云:《万古江河》,上海文艺出版社,2006年,第301—305页。
② 参见本书"梁遇春小品文的外来影响"、"从梁遇春的翻译实践到小品文创作"。
③ 参见本书第三章第7节"新文学观与文学史的建构:以《文学大纲》为例"。

中国东南沿海的个体海商以不同的方式在海洋上闯荡,继续在海外形成庞大的"离散族群"。由此,我们的研究力求在三个纬度上进行：1. 欧洲文化如何在中国东南沿海与中华文化碰撞、交流,相互吸取营养。2. 中国东南沿海民众所携带的中华文明如何在异邦与所在地文化产生互动。3. 东南沿海民众的海洋活动乃至域外活动如何改变中国传统的知识谱系。与传统教科书所划定的研究范围有所不同,本研究所涉的明至近代的"中国东南沿海文学"以"中外文化交流"为核心,由此构成了与传统国别文学史中区域文学研究的差异。我们认为以"中外文化交流"为核心的"中国东南沿海文学"应该包括以下两类作者：这些作家可能无法进入传统文学研究所划定的视野,他们的作品在文学性上也未必每一部都是经典。他们大概是这样的两个群体：

（一）外国商人、外交官、传教士与其他旅行者。该类作者有：耶稣会教士艾儒略[1],西班牙使者拉达,葡萄牙人伯莱拉、克路士,俄国使臣米列斯库,法国驻福州领事克罗代尔,美国商人麦凯,日本旅行者左藤春夫,美国传教士卢公明、丁韪良,美国旅行者约翰·汤普生,英国传教士麦高温、麦利和,等等[2]。他们中有的在福建有较长的生活经历,如艾儒略,在福建生活了25年,遗骸留在了福建南平。卢公明在福州生活了20多年,克罗代尔在福州生活了7年。西班牙使者拉达在福建的厦门与福州之间住了4个月左右的时间。有的并没有亲临福建,但由于福建文化的独特性,他们也在自己的著作里留下了有关中国东南沿海的记录与评价,如俄国使臣米列斯库。由于这类作家的作品阅读对象多属本国人民,因此,他们的写作自然构成了"中国形象"在海外的传播源。从文化接受与传播的层面看,他们的作品作为本国民众"想象中国"的最大的资源,不仅构成了公众心目中的"中国形象",同时也是知识界构造新的知识话语的"原初"资料。如西班牙人门多萨,他在写作《大中华帝国》时并没有在中国生活的经历与经验,但是并不排除他的《中华大帝国》成为欧洲几代人关于中国知识谱系的最重要的来源。

（二）中国东南沿海特别是福建籍的人士,或在福建工作、生活较长时间的外省籍人士。他们或作为"离散者"在海外有较长的生活经历,或有短期旅居海

---

[1] 参见本书第二章相关内容。
[2] 参见本书"西方福建形象研究：以克罗代尔为中心"。

外的经历或往返与福建和海外。这些人中又有三个不同的群体：第一，有海外生活经验者。明清两朝，大量出海的沿海民众并非都受过很高的教育[①]，但是，大规模、持续性的海洋活动，自然就有知识者裹挟其中，自然就有海洋活动的文化代言人的产生。他们的笔尖触到了自己生活中最有意义与个性的部分：东南沿海的区域文化特色，特别是与海洋、海外的关系。黄乃裳[②]、林鍼、程逊我、王大海[③]等，这个群体还包括了清末民国时期以留学生身份到海外生活的人群，如严复、林语堂。第二，在国外与外国人士进行交往、酬和的人士。他们或以留学的身份，或以使节的身份生活在异国，并与所在国的知识界相互交往、相互学习。他们身上鲜明的"他国"气质吸引着所在国"好奇"的目光。他们既是中国文明的代表者，又是有着鲜明区域文化特色的文化携带者。他们与所在国知识界的交往在一定的程度上都能够改变或修正所在国知识者原有的对于中国的刻板印象。如黄家略、辜鸿铭、陈季同、薛绍徽[④]等。第三，以访问外籍人士或以亲历者的写作为资源进行创造的作者。如叶向高[⑤]、张燮、陈伦炯[⑥]、林则徐、徐继畬、郁永河[⑦]、黄衷[⑧]等。沿海民众大量的海洋交往行为为该区域的知识者提供了一个获取新的知识、补充中华知识谱系不足的平台。张燮、林则徐、徐继畬等人并没有在海外生活的经验。但是他们通过三个渠道获取了对于世界新知

---

① 早期的航海者大多是体力劳动者，在中国的主流文化体系中"商"的社会地位一直很低。中国东南沿海区域民众的受教育程度并不普及。直到李光耀在其回忆录里还提到东南亚华人大多是"福建省苦力"的后裔的事实。参见李光耀：《李光耀回忆录（1965—2000）》，新加坡联合早报，2000年，第678页。

② 黄乃裳（1849—1924），福建闽清人。与人合译《天文图说》、《大美国史略》，提倡"格致"之学。1896年在福州创办福建最早的报纸《福报》，鼓吹维新变法。1898年参与"百日维新"运动。翌年九月，移居新加坡，任《星报》主笔。1900年到英属沙捞越诗巫，与沙捞越王二世查理斯·布律克爵士签订垦约，以"港主"身份承包土地垦殖权。接着，归国招募垦民，途经新加坡时，结识孙中山，成为孙中山革命事业的追随者。黄乃裳把诗巫垦场称为"新福州"。

③ 程逊我（1709—1747）和王大海。二人原籍均为福建漳浦，他们到爪哇向华人豪门子弟施教。前者于1729—1736年间居住在噶叭吧（Kelapa，即巴达维亚，今雅加达），为一名原籍其县的高级官吏蔡术（1707—1799）所纪一篇短文，叫做《噶叭吧纪略》，此文仅于其死后才刊行。后者（王大海）曾相继客居于巴达维亚（Batavia）、三宝垄（Semarang）和北胶浪（Pekalongan），长达10年（1783—1793）之久。王氏于1791年写成一部论著，叫做《海岛逸志》，首次刊行于1806年。

④ 参见本书第四章相关内容。

⑤ 参见本书第二章相关内容。

⑥ 陈伦炯（1685？—1748），福建同安人，清代海军将领，著有《海国见闻录》、《七十一西域见闻录》。

⑦ 郁永河（17世纪生人），浙江人士，寓居福建多年。著有《裨海纪游》、《海上纪略》。

⑧ 黄衷（1474—1553），广州人士，历任福建转运使、广西参政、云南布政使、总兵部侍郎。所作《海语》，详述海上奇幻之状。

识的理解：1. 亲历者的记载。2. 通过各种渠道进入沿海区域的外国书籍、资料。3. 对有海外生活经验的人与外国人的访问。如林则徐主编的《四洲志》，主体译自英国人默里（Murray）编纂的《世界地理大全》，经加工润色而成。徐继畲在道光廿四年写出《瀛寰考略》一书。该书是《瀛寰志略》的初本，徐继畲在该书的序文中略叙了成书的经过：

> 道光癸卯冬，余以通商事久驻厦门。米利坚人雅裨理者，西土淹博之士，挟有海图册子，镂板极工，注小字细如毛发，惜不能辨其文也。暇日引与晤谈，四海地形，得其大致。就其图摹取二十余幅，缀之以说，说多得之雅裨理。参以陈资斋《海国见闻录》、七椿园《西域闻见录》、王柳谷《海岛逸志》、泰西人《高厚蒙求》诸书，题曰《瀛寰考略》。

我们提到的三种获得资讯的方式徐继畲都用上了。

四 研究的方法与内容

当我们设定这个研究课题时，一开始就面临着一系列方法论的探求。首先，"明代至民国文学发展"这样一个线性的时间概念如何在"中国东南沿海"这么一个地域空间的概念上进行？第二，我们梳理了"中西文化观念"如何从"对立、并行"到"西方—现代"优于"东方—传统"的过程，我们意识到现代汉语在构建这个"过程"中的作用，那么，我们将用什么样的语言来还西方经验以原有的特殊性？第三，从传统的人文学科看，援引经典作者或经典作品是证明自我学理基础的重要方法；而在传统经典的视野里，"中国东南沿海"区域文化的独特性则是典型的中华文明强大农业文化的"灯下黑区域"。我们将从何处获取一种新的方法论的力量呢？

第一个问题之所以作为一个问题提出，笔者觉得大概是个人学识局限的问题。本人在几十年的教坛生涯里，所主讲的几门课都与"史"相关：从"外国文学史"、"西方文论发展史"到"比较文学发展概论"，一种线性的、因果关系的、普适性的发展是这些学科给予的思维定式。但现实生存的区域性感受却适时逼迫着我们去思考关于中国文学、中国文化的一些非"普适性"的概念：在"中国是农业文明国家"之下,如何理解东南沿海民众保存至今的海洋意识? 当明清两朝禁止个体海洋贸易,将国际贸易紧紧纳入朝贡体系时,恰是欧洲各殖民国家完成海洋扩张与海洋掠夺的过程;是谁在与欧洲各东印度公司在南中国海进行贸易? 1840年的鸦片战争是中国人第一次"睁眼看世界"吗? 中国是"走向世界"还是"在世界之中"? 这些问题都在提示我们将"历史的线性"与"区域的空间"联系在一起。于是有了十分粗略的关于"中原—农业"与"沿海—商业"的区域以及与区域相关的文化属性的区分。又由于沿海区域涵盖了北起渤海湾、南至曾母暗沙的广阔的海岸线,只能将沿海区域划定在中国海岸线上唯一与黄河、长江、珠江流域无涉的、以福建为代表的东南沿海。我们力图在这个特定的区域空间里来考量500年来中国乃至世界文化与文学的发展,在设定"中国东南沿海"这个特定的区域空间时,我们并没有将其视为一个封闭的"场"。500年前初露端倪的全球化是一种涵盖面广、渗透性强的趋势,影响着文化与文学场域的变迁及发展。上个世纪末"冷战"结束以来,欧(美)洲文明所营造的全球化最终落实到了实处。在全球化的时空中,族群、科技、财经、理念等景观的移动,已产生种种繁复且混杂的文化现象,而中国东南沿海文学与文化的发展在全球的时空脉络下,势必也将产生新的文学视野及文化研究面向。因此,区域文学及文化的研究,势必要打破传统学科界限,进行跨领域的知识对谈,展开融合的、广博的、跨越疆界的、比较的、批判性的学术视野,并借由跨领域的对话创造反思性的学术视角。一方面,我们认为"中国东南沿海"这一特定的区域为我们考查全球性的话题提供了一个独特的空间—场域;另一方面,"中国东南沿海"同时又是一个开放的场域,由于港口与海洋航线网络的关系,以福建为核心区域的"中国东南沿海"成为中国传统文化与外来文明碰撞、交流、综合的产物;而且,这个"场域"也是一个流动的过程,且不说在不同的具体时间里"中国东南沿海"作为可分的区域里的侧重点的不同,就是中国东南沿海民众在其他区域,包括海外的离散族群也构成了"中国东南沿海"作为文化空间的开放性。由此,我们期待在研究中复原一个在"中国东南沿海"而超越"中国东南沿海"的文学交流、观念交流之区域空间。"中国东南沿海"在此的限定就不是研究主题的地方化,只是凸显了研究问题的空间特征。

或许,第二个问题不仅是我们研究中最为困惑的问题,同时也是技术上相当难以操作的问题。一方面,我们深知现代汉语的西方语法架构,以及现代汉语中大量存在的对中国文化的"歧视性"词汇[①];另一方面,我们又别无选择,只能用这套语言来表述我们的观念、思维以及思想的过程。当我们力图在语言上避免一些明显的欧洲中心主义的词汇时,我们又唯恐与中国内地当下的学术界有了距离。于是,我们希望在此将我们认为是显而易见的一些充满歧视色彩,或者是欧洲文化中心色彩的词汇做一些必要的说明。首先,在时间表述上,我们放弃以欧洲基督教纪年方式为尊的"公元",代之以客观描绘性的"西元";对于西元的12月25日,我们也更正为客观性较强的"耶诞"[②],以此表达我们对世界上多元文化的尊重,以及对各种宗教信仰的平等态度。我们深知:当我们一方面在呼求尊重世界文化的多样性,另一方面又使用以欧洲基督教纪年方式为尊的"公元"时,那种语言本身的解构、反讽色彩就不言而喻了。其次,清除现代汉语中由"崇洋"理念沉淀出的部分词汇。中国近代史是饱受西方殖民者凌辱的历史;但是在我们的现代汉语里,这些殖民国家却成为"列强",他们的侵略工具是"坚船利炮",我们被凌辱的历史是"落后就要挨打"……我们可以说"列强"是"一系列强盗"的简称;但是,当"强"与"弱肉强食"、"适者生存"这些概念联系在一起,并且总结式地得出结论"落后就要挨打"时,作为这个民族的一分子,我们感到无限的悲凉:21世纪的今天、后殖民的当代,我们是这样为西方殖民者辩护的!我们今天还不够"先进",我们还很"落后"!我们认为:中国近、现代的停滞,决不是技术水平的问题,当我们还在一遍一遍地重复着"坚船利炮"的时候,我们又比百年前的洋务派高明多少呢?我们研究的对象以清末民初为多,我们不愿意使用这类在描绘这段历史时通用的词汇,我们甚至不满这种词汇给中华民族的子孙们造成的精神价值的混乱。在这个问题上,我们还有很多的思考与感慨,只是已经超出了"区域与全球互动"的课题了。

处理新材料无疑的需要新的工具。当我们力图在一个前人较少耕耘的领地劳作时,我们也很难获得他人经验的太多的支持。特别在我们开始对现代汉语的"被污染"感到痛苦的时候,我们在引证所谓的经典时就充满了警觉,我们

---

① 大陆学术界对大陆普遍使用的语言缺乏应有的梳理与界定,日常词汇中充满了欧洲文化中心主义的色彩。参见《福建是世界海洋文明的发源地:著名学者苏文菁教授访谈录》,载《华人》2005年第277、278期。

② 最早对西元12月25日被称为"圣诞"的警觉,源于20年前的几位台湾朋友,他们认为如果基督教的耶稣生日是"圣诞",那么,佛教的佛祖悉伽摩尼的生日,以及中国人的圣人孔子的生日、伊斯兰的穆罕默德的生日又能是什么诞呢?他们虽然不是文化圈人,但是他们对民族语言的本能自觉让我敬佩。同时,中国内地学术界的同仁应该注意的是,台湾学界与普通民众是以"西元"称呼基督教纪年的。

宁愿信赖事实与逻辑的力量,而不再仅仅仰赖他人语录的支持。同时,以他者作为理解自己的工具,也是我们可能选择的一种研究方式。任何主体性的获得其实都是一个"主体性形成的过程",就像我们对某一事物特色的确认是在与其他事物相比较而获得的结果一样。以福建为代表的中国东南沿海区域的文化特色也是在与中国其他区域的文化的对照中显现的。当我们言说"东南沿海"作为一个区域具有强烈的文化外向性特征时,我们是在与明清两朝中央政权的保守政策相比照而获得的。作为当下的研究者,我们随处可见携军事、经济强势的全球化,对于非西方国家的文明是一个毁灭性的灾难,"地方性知识"①或许是全球化弊端的矫枉,我们力图作一个区域文化的"内在持有者",对我们研究、观察的对象满怀理解与同情,而不是居高临下的蔑视。一方面充分意识到区域文化在相对意义上的局限性;另一方面给予区域文化以足够的理解与阐释。中华文明在不同的区域、不同的历史时期呈现出各具特色的文明形态,其中既有一定时期内主流文化的辐射、影响,又有局部—区域文化自身的传承因素,更有局部—区域文化与主流文化在特定时空里的相互妥协与利用。我们过去在讨论中华文明时,注意力主要放在特定时期里主流文化对局部—区域文化的覆盖与影响上,因为这是文明发展中较为显见的一个层面。官方教育是主流文明实施影响的最显著的手段,受教育者立马就可以用教育者的观点进行书写、记录、传播。区域文化的特性很容易就消解在这样的知识者中。我们阅读"书籍",最容易得到这样的"结论"。其实,如果从局部—区域文化的立场出发,我们还是可以看到许多"书籍"记载试图遮蔽的一些东西。我们还是可以感受得到主流文化与区域文化的"紧张关系",感受到他们的相互妥协与相互利用。我们清醒地知道,我们要在世界之中描绘中国甚至是"东南沿海"这样的区域文化与文学,我们并没有"发现"什么的慧眼,只是把立场从欧洲文明中心论上转移到人类文明多元共生的立场上来,将视线从中华文明的一元论移到中华文化的多样性上来。期待这种立场的转移能够给学术研究提供一些新的内容与意义。

---

① "地方化"、"本土化"是几乎与全球化同时出现的一对范畴。20 世纪后半期,世界文化呈现出三个方面的变化:1. 史无前例的世界人口大循环。2. 信息、资讯的大融合。3. 各种思想通过现代科技手段的大量传播而趋同。在这种情形之下,各文化间的越来越多的互动成为常态,人们打磨掉自己的文化特征,向着地球村的方向看齐。这种新的互动关系产生出地方性知识的世界观与全球性知识的世界观的概念。而地方性与全球性的冲突恰是引发后现代思维的契机,以及后现代试图解决的一个重要问题。参见[美]吉尔兹:《地方性知识》,王海龙等译,中央编译出版社,2000 年,导言。

我们期待通过四个部分的研究来建构我们有关中国东南沿海区域文学与文化的新的知识谱系。

由于中国的海洋文明在传统汉语典籍中的"失语"状态,我们希望借"他者"的视野"复原"一些中国东南沿海文化与文学中被覆盖、扭曲、消音的内容。为此,我们设立第一部分的研究。元朝开始,欧洲人从海上进入中国东南沿海,并且大量记载他们眼中与心中的"中国"。明至民国,几百年间,在欧洲人的眼里"中国"是个变化中的形象。18世纪之前,中华大帝国是个富饶的象征;同时,他们也敏锐地感受到位于帝国东南沿海的福建具有与帝国的其他区域不同的个性:善于经商,长于航海。如果说这种区域个性在农业文明的视野里是"闽之俗逐末"的话,那么,在欧洲东来的商人、传教士、外交官眼里却是他们引为同调的精神气质。有意义的是,这些关于"中国(福建)"的形象已是欧洲殖民者最早建构他们的文化知识谱系的一部分。但是,从19世纪中期开始,享受了工业技术革命的成果与启蒙思想的精神洗礼之后的欧洲人,就以一种完全不同的、居高临下的态度看待这个"睡过去"的中华大帝国了:它贫穷、腐朽,满是行将就木的死亡气息,却唯有东南一角的福建还有些许海洋文明的精神,还能隐约可见对"命运"的抗争。这是让20世纪的法国人克罗代尔都为之感慨的精神能量。在这一部分,我们特别安排了一个"东方他者"的视角:琉球士人的"中国(福建)"形象。明清两朝,作为中国传统朝贡体系中的一个成员,琉球进入中国的第一口岸是福建。在此,福建就是琉球人心目中的中国。我们希望琉球的视角能够与欧洲的视角构成三个方面的对照:1. 与欧洲前工业社会时期的映照关系:欧洲文明相对与中国(福建)文明的异质性,与朝贡体系内文明的同构性。2. 欧洲文明自身的变化促使"福建"形象的改变,与琉球社会的停滞而保持了对福建形象的一致性。3. 琉球诗人笔下所流露的文化自卑心态与晚清中国人文化心态的可能对照。

任何一种文化、文学传统都必须建立在一系列相关的经典作品、经典作家、经典事件之上。以中国的海洋文明为考察立场,以16世纪以来全球化的端倪为背景,我们就有了属于这个视阈的作品、作家与事件。这是我们设置的第二部分。明代开始,有两股力量在欧亚大陆的东南滨海区域交融在一起:一股是由海路而来的欧洲殖民者,他们经东南亚区域,追随马克·波罗的足迹,直奔财富而来,同船的还有天主教差会的传教士;另一股则是冒触犯天朝律法的中国东南沿海海商,他们以福建漳州月港为枢纽,海洋活动的轨迹遍布"东西洋"。这种活动既反映在张燮的《东西洋考》里,更敏锐地表达在感受到民间与统治者选择的背离的知识者的焦虑与不安上,正是有这种焦虑与寻求对抗不安的努力,才有了"三山论学"的发生。相对与后代中国士人对西来文明的态度,明朝的中国东南沿海人民是不亢不卑的,他们可以对天主教以及传教者表示理解与敬意,也可以自由地表达对天主教的蔑视与警觉。正是这样的精神气质,产生了完全不同的"护教"之《崇正集》与"破教"之《破邪集》。至清末,福建同安人林鍼写下的中国最早的美国游记《西海纪游草》和徐继畬的《瀛寰志略》也还有一种文化自尊、平等待人的心态。中国东南沿海区域的外向性文化与崇洋媚外是不可同日而语的。

今天中国白话文的传统是由西方文化传统与中国传统文化之间博弈、妥协的结果。我们在新文化运动的纷繁复杂的历史事件里选择了三个极具代表性的事件作为研究的第三部分:首先,"林译小说"以典雅的文言演义的欧美文学故事,以及林纾译本序言中自觉的世界文化视野。其次是梁遇春的翻译与文学创作的关系,以及从翻译中获得的经典的中国现代文文法。第三,郑振铎的世界文学观念,以及《文学大纲》所表达的包括中国文学在内的世界文学的多样性的文学理念。我们试图在中国传统如何应对现代化、外国语如何通过翻译成为中国现代汉语的组成,以及新的世界文学传统的建设这样三个层面来解读今天中国新文学传统的由来。

当西方的话语突破区域的界线成为全球普适性的知识时,福建出现了致力于"东学西渐"的"三杰":辜鸿铭、陈季同、林语堂。他们努力在西方人一统天下的知识里涂上些许的东方文明色彩。这是我们第四部分的研究。

历史由于后人的关注而鲜活,知识在我们的生活之中而成为生存的力量。

第一章
他者之镜——外国人眼中的福建形象

第一节　和而不同：海洋东南与财富福建

福建是中国从海路实现与其他国家交往的主要区域,也是其他国家认识中国的第一窗口。历史以来,作为中国在海外最具知名度的省份之一,西方人的"福建形象"是"中国形象"具有突出个性的重要组成部分。同时,"西方中国形象"又构成了解"福建形象"的前提条件。

许多外国人或亲临福建,或通过海外经商的闽人间接了解福建,他们留下许多关于福建的文本。这些文本既是文本创作者言说福建的结晶,也是其他人遥想福建的原材料。不同时期、不同文化背景的外国"注视者"以不同的角度言说福建。复杂多元的福建像一面多棱镜折射出"他者"的多重视角,构建出一系列在中西交流史和世界文明史上具有重要地位的立体多面的福建形象。

大规模地翻译为深化研究提供了丰富的文本基础,中国内地学术界关于"西方中国形象"的研究,产生了大量的研究成果,主要表现在以下几个方面：

(一) 对"西方中国形象"史进行梳理：代表作有周宁《西方传说和学说中的中国形象》、姜智芹《欲望化他者：西方文学中的中国形象》等。

(二) 分国别对中国形象进行分析：代表作有钱林森主编的《外国作家与中国文化》丛书、孟华《从艾儒略到朱自清：游记与"浪漫法兰西"形象的生成》等。

(三) 针对某一特定时段西方中国形象的分析：崔丽芳《被俯视的异邦——19世纪美国传教士著作中的中国形象研究》、祝春亭《明清时期西方人眼里的中国形象》等。

（四）对具体作家、作品中的中国形象进行分析：代表作有唐琼《芥川龙之介和中国形象》、姜智芹《哥尔斯密笔下的中国形象》等。

（五）从"套话"的角度分析中国形象：霍小娟《被消音历史的"复声"——从〈中国佬〉中〈关于发现〉谈起》、周宁《20世纪初西方的"黄祸"恐慌》等。

（六）从某一中国人物形象作为切入点进行分析的：代表作有葛桂录《"黄祸"恐惧与萨克斯·罗默笔下的傅满楚形象》等。

（七）自20世纪90年代末期，大陆学术界出现了针对中国某一区域的区域形象研究：其代表作有叶向阳的博士论文《17、18世纪英国来华游记中的中国形象》、吴健熙《美国报人鲍威尔眼中的上海》等。

纵观以上"中国形象"形象研究，绝大部分研究成果将"中国"限定为"农耕文明的中国"，把中华文明所涵盖的游牧文明、海洋文明等多样文明因素排除在研究视野之外。因此，在解读"中国形象"之时往往陷入了"农耕文明"一元论的死角，遮蔽了中华文明是由多元文化交融而成的事实，也忽视了西方对中国不同区域文明特殊性的展现。

面对全球化对各个民族、国家文化特质的挤压与消融，"区域化"作为全球化的有力补充引起越来越多学者的关注。"区域化"强调的是某一区域区别于其他区域的文化特质，鲜明的区域特色成为在全球化语境中认识自我、突出自我的重要标志。在其他领域，不少大陆学者已经开始了对区域文化的关注。比较文学中国形象领域的区域研究起步较迟，但发展势头良好，虽然只是为数不多的几篇文章，却为"中国形象"指明了不同于以往研究的新方向。

中国区域形象研究主要集中在北京、上海两地，这是中华文明非常具有代表性的区域；却忽视了另一个在外国人眼中具有高知名度，并能够代表不同于主流中原农耕文明形态的区域——福建。

"福建形象"作为中国形象最重要的组成部分之一，从不少外国人士对福建的表述中，可以发现"福建"某种程度上是作为中国主流农业文明的对立面而存在。这种内括与游离的双重视角,却很少引起研究"中国形象"的学者的关注①。

我们希望能在原有研究的基础上,深化对"外国人眼中福建形象"这一领域的研究。

关注外国人所创造的福建形象,不仅有利于认识他人、认识世界,更有利于认识福建、认识中华文明中的海洋文明个性。在"外国人眼中的福建形象"所表现出的福建区域特质正是中国改革开放的有利本土资源。关注"福建形象"在今日中国具有非常重要的现实意义。改革开放实质上就是"开洋裕国"、重新回到世界多元文化格局的举措。当今世界经济政治格局的形成是近五百年来海洋角力的结果。中国曾经拒绝海洋,失去海洋的结果就是失去本民族在全球范围内的竞争力,历史的教训应当成为今日的借鉴。"外国人眼中的福建"为我们提供了通过"他者"眼睛来审视本土文化的可能。从更高的层面上来讲,只有认识到福建区域文化的特质,才不会在全球化的趋势中迷失自我文化发展的方向。将观察者自身文化与异域(福建)文化双重关照下的特定文本视为一个场域,探讨"福建形象"在文化遭遇和文本形成中的重要意义,是本书的研究基点和着力点。

为了更好地阐述本论题,必须对以下几个相关的概念进行界定,理清概念的外延和内涵。

"西方"

"西方"作为一个地理文化概念,在历史上是不断变化与发展的。中世纪的西方基本上等于拉丁基督教地区。地理大发现与资本主义扩张,将北美等地纳入"西方"的范畴。"冷战"时期,东西方以柏林墙为界,划分社会主义的"东方"和资本主义的"西方"。"冷战"结束后,"东西方"的格局再一次重新洗牌。

---

① 目前关注"福建形象"特殊性的文章并不多见,笔者所能找到的研究文章主要有如下三篇:
廖大珂:《早期西班牙人看福建》,载《国际汉学》第5辑,任继愈主编,河南:大象出版社,2000年。该文从历史学的角度阐述16世纪的西班牙人如何看待"福建",列举了许多16世纪福建与西班牙交往的详细史料,并分析了当时西班牙的社会思潮,以及西班牙人言说福建的内在心理动因。
曾筱霞发表过《俄国使臣的福建印象》(《福州社会科学学院学报》2005年第3期)和《法国诗人笔下的福州形象》(《法国研究》2006年第3期)两篇文章,分别从不同的角度分析俄国使臣米列斯库和法国外交官克洛代尔笔下的福建形象,通过对两者"福建形象"的文学性和创作者自身的文化动因的分析探讨,突出福建所表现出的与中原主流文明不同的因素:积极冒险主动向海洋进军是闽人的天性,与海外的交往是福建文化内在的诉求。

这里的"西方"时间跨度涵盖从 13 世纪到 20 世纪七百多年的时间,所涉及的主要是指欧洲和北美等地。

"福建"

同"西方"一样,"福建"①也是不断变化发展的概念。历史上的朝代更替,造成福建区域的扩展与缩减,反映在各个时期不同的文本中,"福建"的指涉范围是有所更迭的。翻开中国古代历史,唐代之前,史籍中不存在"福建"的地名,而是称之为"闽"。《山海经》记载:"闽在海中。"②这一神话传说不但指明了福建的地理方位、地形特点,还揭示了闽文化的区域特色。不仅"闽"是一个复杂变化的区域,而且"闽文化"更是不受法定的界线(行政区划)与天然的界线(自然地理区域)所限制的文化。闽文化延伸到福建以外的广东东南部的潮汕地区,在明代士人王士性的《广志绎》里就说道:"(潮州)以形胜风俗所宜,则隶闽者为是。"当然,若仅以闽方言为准,则闽文化区还可以扩大到在地域上并不连属的广东雷州半岛、海南岛、浙江的温台与台湾地区。在福建这一文化区域中又有明显的地域差异性,闽西北山区和闽南沿海地区就表现出相当大的差异性,在闽这一文化区域中还可以细分为几个彼此区别的亚文化区。

因此,"福建"概念就显得相当的错综复杂,要把握福建文化特质也显得相当困难。这里对"福建"的把握,主要是根据外国人对福建的描述而生成的对福建区域特质的表述。由于外国人观察福建的主要区域集中在福州、泉州、厦门和漳州四个沿海地区,而书写福建的西方人士,多从自身的文化视野出发观察福建,他们基于自身海洋文明的文化立场,以及在福建感受到的海洋体验来表现福建,关注更多的是福建的海洋层面,山地因素则较少进入西方人士看福建的视野中。在我们的研究中的福建区域文化特质并非是追寻福建自身的所有的文化特征,而是西方人士笔下所表现出的福建文化特征,与其自身的互动关系。

因此,这里所探讨的"西方福建形象"并非当代行政区域意义上的"福建",

---

① 福建地名变化:秦始皇统一中国后,在此设闽中郡。汉时称福建为闽越国。唐开元年间设福建节度使,管辖福、建、泉、漳、汀五州,福建是前两州的名字组成的。宋置福建路;元设福建行省;明置福建省,后改福建布政使司;清改福建省,省名至今未变。辖区古为闽越族聚居地,故简称"闽"。

② 《山海经》卷十《海内南经》。

而是中国海洋文明最为典型的东南沿海区域的代表。

"他者"是关注自己在一个"非我"的文化系统中的自我形象,它是与"自我"相对应的概念。他者形象不可避免地表现为对"他者"的否定,对"自我"空间的补充和延长,从而言说了"自我"。① 自我的存在必须靠一个被视为异类、对比的"他者"来作辩证。② 在后殖民的理论中,西方人往往被称为主体性的"自我",非西方的、殖民地的人民则被称为"殖民地的他者",或直接称为"他者"。

"他者"在这里的论述中,并非后殖民理论中"他者",而是指与"自我"相区别的"非我"。在我们所选取的文本作品中,"他者"既可以作为西方为认识自身、表达自身所创设的关于"异域"(福建)的影像,也可以看成是福建认识自我的参照物。

福建历来就是多元文明荟萃之地,中原主流的农业文明、闽地特有的海洋文明,以及外来的阿拉伯文明、西方文明相互交融,彼此影响。多样复杂的福建就像是一面多棱镜,不同的注视者从不同的角度看到的往往是不同的侧面,相应的"福建形象"必然纷繁多样。

"福建形象"并非是对福建现实的客观摹写,而是不同文化属性的个体对福建的认识与想象。因此,不同时期西方注视福建观念视野的变化,是主导"西方福建形象"变化的主因。

虽然"福建形象"复杂多变,但不同文本却往往表现出部分共同特征,这些特征共同指向的是福建区域文化的特殊性。

福建现实的复杂多元性、西方观念视野的变化性以及福建区域文化的独特性,三者之间的互动影响了"西方福建形象"的变化与发展,生成了一系列和而不同的"西方福建形象"。

目前已知的西方人最早对福建的记载是从《光明之城》开始的,书中记载了商人兼学者雅各·德安科纳的旅行,年代为1270年至1273年。他于1271年,即南宋度宗咸淳七年,到达光明之城(即中国泉州)。据该书的"发现者"英国退休海军塞尔本的说法:"《光明之城》这本书,乃是比《马可·波罗游记》更早的欧

---

① 孟华:《比较文学形象学论文翻译、研究札记》,见《比较文学形象学》,北京:北京大学出版社,2001年,第25页。

② [法]萨特:《存在与时间》,陈宣良等译,北京:生活·读书·新知三联书店,1987年,第298页。

洲人访问中国的游记。"①且不论此书的真伪,据说这本书的原件是塞尔本在1990年无意中发现的,之前并未公布于众。因此,《光明之城》无法进入近代之前西方集体无意识对福建的想象构造。西方大众对福建的想象,应当从马可·波罗开始。"蒙元世纪是欧洲中国形象生成的起点。"②同时也是西方福建形象生成的起点。此前西方关于中国的想象,如赛里斯(Seres)的传说、金羊毛的传说等,太过虚幻而零碎,西方人仅仅将之作为"传说"或者"神话"。

蒙古的铁骑横扫亚欧大陆,欧洲人到中国旅行的梦想变得不再遥不可及,西方公众心目中的"中国形象"方才逐渐明晰起来。在蒙元时期来到福建的欧洲人士,除了马可·波罗外,还有圣方济各会士马黎诺里、中世纪著名的旅行家鄂多力克等,当然还有很多没有留下姓名的旅行者。他们拉开了"西方中国形象"的言说序幕。

《马可·波罗游记》在欧洲引起巨大的轰动,他向西方世界展示了"契丹"的存在,拓展了中古时代欧洲人的地理视野,在他们面前展示了东方的富庶和文明,"到东方去收获黄金"成为当时西方社会的共同梦想。"福建"随同马可·波罗奇谈中的"东方"一道进入了西方人的视野。此后七百多年的时间里,西方在建构中国形象的同时,也在建构福建形象。

1. 马可·波罗笔下的福建

马可·波罗曾经先后两次来到福建③,第一次时间不详,第二次是1292年利用护送蒙古公主远嫁波斯的机会,马可·波罗从福建泉州港出发,经海路踏上了回归的旅程。福建是马可·波罗中国之行的终点站,也是马可·波罗得以扬名西方的关键区域。马可·波罗将当时的福建刻画成一个充满了财富、自由贸易的世俗天堂,将刺桐港勾勒成世界上最大的港口;马可·波罗所描述的泉州海船,被西方认为是不可思议的奇迹。

马可·波罗将福建称为"楚迦"(Kon-cha)王国,主要介绍了首府福州、建宁府,还有泉州港和德化。

马可·波罗言说的福建形象的第一个层面就是物产丰富、人民生活富裕。

---

① [意]雅各·德安科纳、[英]塞尔本编译:《光明之城》,杨民等译,李学勤审校,上海:上海人民出版社,2000年,封面语。
② 周宁:《中国形象:西方的学说与传说》,北京:学苑出版社,2004年,第19页。
③ 元设福建行省,包括福州路、建宁路、泉州路、漳州路、汀州路、延平路、邵武路和兴化路。

他所描述的福建物产品种丰富、价格低廉,其中生丝、德化瓷器、香料等都是当时欧洲社会的奢侈品,极大地满足了欧洲对物质的想象。过着平和安逸生活的泉州居民则是处于中世纪贫困动荡生活之中的欧洲人艳羡的对象:"这个地区风光秀丽。居民崇信佛教。一切生活必需品非常丰富。这里的居民,民性和平,喜爱舒适安逸,爱好自由……"①

发达的商业和繁荣的贸易成为马可·波罗构建福建形象的第二个层面,也是核心关键。

《马可·波罗游记》将元代泉州港的繁华渲染到无以复加的境地:宏伟秀丽的港口,往来如梭的船只,还有不计其数的外国商品……在马可·波罗看来,刺桐港是世界最大的港口之一。西方著名的亚历山大港比起刺桐港的繁华,简直是相形见绌:"运到那里的胡椒,数量非常可观。但运到亚历山大港供应西方世界各地需要的胡椒,就相形见绌,恐怕不过它的1％吧。刺桐是世界上最大的港口之一,大批商人云集这里,货物堆积如山,的确难以想象。"②

马可·波罗对刺桐港的描述充满了想象的夸张,对于福建的另外一个港口福州港,马可·波罗同样报以了极大的热情。"有一条大江(即闽江)穿城而过。江面宽一点六公里,两岸簇立着庞大、漂亮的建筑物。在这些建筑物前面停泊着大批的船只,满载着商品,特别是糖,因为这里也制造大量食糖。许多大船从印度驶达这个港口。印度商人带着各色品种的珍珠宝石,运到这里出售,获得巨大的利润。这条江离刺桐(Zai-tun,泉州)港不远,河水流注海洋。从印度来的船只沿江而上,一直开到泉州市。这里各种物质供应充足,还有许多赏心悦目的园林,出产优质味美的瓜果。"③

风景优美、物质供应充足、生活舒适、能够自由贸易并充斥了外来的各种奇珍异宝……马可·波罗展示的是他那个时代欧洲人所渴望的理想生活。

值得特别注意的是,马可·波罗一方面高度赞美福建,另一方面对福建也表现出少见的抨击。他认为:

---

① [意]波罗口述、鲁思梯谦笔录:《马可·波罗游记》,陈开俊等译,福州:福建科学技术出版社,1981年,第191页。
② 同上书,第192页。
③ 同上书,第191页。

> 这一带(指福州)的人,很喜欢吃非自然死亡者的肉,以为人肉比其他肉类味道更美。当他们出征打战时,头发蓬乱地披在耳朵上,并且把脸涂成淡蓝色。他们的武器是长矛和剑。除了首领骑马外,其他人一律徒步行军。他们是一种野蛮的人。它的野蛮竟然达到了这样的地步,一旦在战斗中杀死敌人,便迫不及待地吸尽他的血,然后争食他的肉。①

马可·波罗从别处听来传闻,然后将偶然的事例进行夸大化的描写,除了作者带有猎奇的倾向外,还鲜明地折射出欧洲人心目中对骁勇善战的"中国人"(特别是蒙古人)潜意识的恐惧。作为西方福建形象生成起点的《马可·波罗游记》,将福建的繁华与恐怖带入了西方大众的视野之内。

总而言之,无论福建的现实如何,都不是马可·波罗想要表达的重点。马可·波罗为世人勾勒了一个富庶、商业繁荣的世俗天堂——福建,其间虽也有些不和谐的杂音(如食人风俗),主旋律是以绝对的赞赏为基调。13世纪的西方需要的是一个充满财富和商机的黄金国度,马可·波罗的描述迎合了中世纪西方对遥远中国的想象,透射出西方人渴望摆脱神权束缚、追求世俗财富的欲望。

2. 西班牙人的福建想象

随着科技的发展与新航路的开辟,西方人开始了向印度洋、南太平洋沿岸的殖民扩张。

在以葡萄牙、西班牙为先驱的西方殖民者到达印度洋、南太平洋海域之前,福建与这一带的交往和贸易已有上千年的历史。当时到菲律宾贸易的中国商人绝大多数都是福建人,正如《明史·吕宋传》所云:"先是闽人以其地近且饶富,商贩者至数万人,往往久居不返,至长子孙。"②因此,大航海时代的西方人最早接触到的是漂洋过海在东南亚菲律宾等地贸易、垦殖的闽人。正如《福建:海洋文明发源地》一书的绪论《闽在海中》所谈到的:

> 从16世纪—19世纪,当以海外扩张为特征的欧洲资本主义东来的时候,他们在印度洋、南中国海遇上的并不是当地的土著,而是讲"福建话"的中国商人,于是在老欧洲人看来——先是葡萄牙人、西班牙人,接着是英国

---

① [意]波罗口述、鲁思梯谦笔录:《马可·波罗游记》,陈开俊等译,福州:福建科学技术出版社,1981年,第189页。
② 张廷玉等:《明史》6卷323《吕宋传六》,北京:中华书局,1974年。

人、法国人等,在他们的眼里福建商人的语言就是中国话,福建商人的一切举动就是中国文化。总之,具有独特区域色彩的福建文化是中华文明向欧洲人打开的第一扇窗。①

欧洲将福建视为"进入伟大中国的立足点和跳板"②,这一时期对中国的想象集中在对福建的言说,言说福建的主力则是西班牙人。西班牙在菲律宾建立了殖民据点,极力拓展漳州月港——菲律宾——墨西哥的大帆船贸易,自然与福建的互动最为频繁。

1590年,西班牙神父沙拉扎(Dominigode Salazar)在从马尼拉写给西班牙国王的信中写道:"漳州是最靠近这块土地(指菲律宾)的中国省份,所有来这里贸易的生理人都是从该地起航的。"③所谓"生理(Sangley)人"是菲律宾人对中国商人的称呼,这是闽南语"生意"的音译。在这些到达菲律宾等地的西方传教士看来,"生理人"勤劳、勇敢、富有智慧,他们将福建视为"生理人"的故乡,因此坚定了到福建传教的信念。这一时期来到中国的绝大部分是传教士,他们向欧洲传回了不少关于中国的知识与传闻,福建则是传教士们进入中国的重要门户之一。先后到达福建的有西班牙奥斯定会会士马丁·拉达、圣多明我会宣道团修士加斯帕·达·克路士等人,其中最有名的是奥古斯丁会士拉达。

拉达1577年从菲律宾群岛出使福建,在福建停留了四个月零十六天,后来将在福建的见闻写成《拉达出使福建记》。拉达、克路士等人的旅行纪录,成为门多萨《中华大帝国史》的原始素材。借助这些传教士的记载,门多萨发挥天马行空的想像,将福建塑造成一个富足、和平,人民英勇、聪慧并且风度优雅、举止高尚的帝国省份。

虽然拉达未能顺利地完成预期的任务,但是从门多萨的叙述中,欧洲人能想象到的是福建富足和风度:"他们经过的街道都是摆满摊铺,有各种奇特的货物,以及吃的东西,如各种鲜鱼和咸鱼,各种大量的鸡禽和肉食、水果和青菜,数量之多足以供应塞维尔城。"④一个普通的小县街道的货物供应量就足以供应欧

---

① 苏文菁:《福建:海洋文明发源地》,强磊出版社,2007年,第1页。
② E. H. Blair J. A. Robertson, *The Philippine Islands*, 1493—1898. Cleveland, 1903) 1907. Vol 7. P. 124。
③ 同上,第255页。
④ [西班牙]门多萨:《中华大帝国史》,何高济译,北京:中华书局,2004年,196页。

洲的城市,可见其富庶的程度。门多萨想象"这座城市(福州)在全国是最富足和供应最好的"①。在拉达出使福建的过程中,沿路福建官员动辄上百道菜肴的宴请,也让欧洲读者印象深刻。

门多萨借助拉达之口赞美了闽人的才智,并声称这是拉达出使福建的契机:"在所有事上都比群岛的人更有才能或天赋,而特别表现在他们的英勇、聪明和智慧上,因此他马上产生极大的愿望和他的同伴前去,向那些有良好资质接收福音的人宣讲。"②福建官员在门多萨看来是具有高贵气度和高尚举止的典范,福建官员表现出中国其他区域所不曾表现出的对外来事物的好奇心。这种好奇和宽容正是福建区域文明所赋予的特质。

然而,同时期的西班牙驻菲律宾总督桑得③,却发出了与门多萨截然相反的言辞:"他们是可鄙的人……是懦夫,虽然有许多马,但没有人能骑到马上,因为胆小不敢骑";"那里有大批强盗和拦路抢劫者,沿途劫掠。他们非常懒惰,除非强迫他们,他们就不事耕种,也不收获农作物";"他们讲话缓慢而又暴躁,吹牛且又狂妄。我们的书写范式和生活方式使他们感到惊讶,他们认为比他们的方式好。当他们用出血法进行治疗时,就刮皮肤直至出血,用灯芯烧灼伤口,他们根据经验中所了解的,也给病人某些麻醉药。"④

桑得口中的"他们"主要是指那些来到菲律宾谋生的闽人。桑得是基于鼓动国王入侵中国的不良动机而刻意横加指责。桑得对中国人的抨击和轻蔑并没有得到同时代人的响应,当时的大众舆论更倾向于门多萨塑造的温顺高尚的大中华帝国形象:

> 从我们看到和听到的中国人来看,中国人是非常恭顺的人,看到他们奉行有礼貌和卫生的方式,他们与我们非常友好。⑤
>
> ——米兰道拉(西班牙传教士)

他们是干净的、衣着良好的民族,具有高尚的道德,这是值得相信的,

---

① [西班牙]门多萨:《中华大帝国史》,何高济译,北京:中华书局,2004年,第213页。
② 同上书,第158页。
③ 桑得为1575—1580年西班牙驻菲律宾总督。
④ 廖大珂:《早期西班牙人看福建》,载《国际汉学》第5辑,郑州:大象出版社,2000年,第70页。
⑤ 同上书,第69页。

> 因为中国人来这里贸易,我们看到他们到处徘徊,穿着很好、很像样的衣服。……无论男人和女人都是精力充沛,外表轻松……他们是非常诚实和谦虚,穿着棉布和丝绸之作的长袍;他们像西班牙人一样穿宽大的裤子,衣袖宽大的衣服,以及长袜;他们是非常机灵和干净的人。①
>
> ——黎牙实备(西班牙传教士)

16世纪的西方大众接受的是门多萨所传递的完美福建的形象,而不是桑德所宣扬的邪恶懦弱的闽人。这种现象,与其说是福建的现实决定的,倒不如认为是西方自我的欲望决定的,这一时期的西方文明正值向海外探索、扩张的时期,富裕、和平的福建形象更符合欧洲自我欲望的宣泄。

3. 耶稣教会士的福建记忆

到了18世纪,耶稣会士成为言说福建的主力,其中收录在《耶稣会士中国书简集》中的利国安神父和冯秉正神父关于福建的论述,在当时非常具有代表性。

耶稣会士利国安神父的信中,几乎就是详细的福建物产报告,报告中描述了福建的芒果和荔枝、大黄、槟榔、茶叶、丝绸、瓷器、烟草、漆器、金鱼、海参……

在这些神父的报告中,对丰富物产的赞美与对和尚的严厉抨击形成了鲜明的对比。这符合了这一时期耶稣会联儒拒佛的传教策略。

在利国安神父看来,"和尚们往往出生于民众中的败类"。"他们照样不断寻找机会满足自己的情欲;如果没有女人,这些邪恶的家伙就用别的东西来满足兽欲。他们表面道貌岸然、一本正经,内心却往往卑劣下流、无恶不作……"②神父还警告外国人士不要轻易进入和尚们的房间,因为和尚们可能会私藏女人,"由于担心被告发,他们可能会对过于冒失的好奇心进行报复"③。

利国安神父还特地讲述了这么一个故事:某位进士美貌的女儿在福州的一座名寺内被和尚绑架,明理的进士不受和尚的欺骗,最终救出了连同进士女儿一起的30多名被绑架的女子,并一把火烧掉了藏污纳垢的寺庙。在这则故

---

① 廖大珂:《早期西班牙人看福建》,载《国际汉学》第5辑,郑州:大象出版社,2000年,第70页。
② [罗马尼亚]尼古拉·斯帕塔鲁·米列斯库:《中国漫记》,蒋本良、柳凤运译,北京:中国工人出版社,2000年,第128页。
③ 同上书,第127页。

事中,耶稣会士利国安神甫将和尚和进士将军们区别对待。他大肆抨击和尚们的荒淫无耻,却赞美进士和将军的明智。利国安神甫认为:"进士与所有文人一样,受过蔑视和尚的教育,不像小民百姓那样愚蠢轻信。"①从中可以发现,耶稣会士推崇福建的文人,将之与和尚和百姓区别对待,暗示这是值得联合的力量。利国安神甫的福建形象暗含着传教士们共同的心愿:将福建甚至是整个中华大地收归上帝的怀抱。

另一位耶稣会传教士冯秉正神甫与利国安神甫一样抨击了佛教的虚伪,但其关注的焦点在于福建的海上力量。冯秉正神甫详细地描写了福建的船只,特别是厦门的战船。他认为这些战船有自己的优点,但仍无法与他们的战船相比。与此同时,冯秉正神甫也注意到了中国人(在这里指福建人)"是相当熟练的海员,很熟悉沿海的海路"②。冯秉正神甫还写了郑成功收复台湾、郑克塽降清的故事,突出了几场重要的海战。此外,冯秉正不得不承认福建海商郑芝龙是人们见过的海上最强大舰队之一的首领。基于对海洋的推崇,冯秉正神甫将福建定位为中华帝国最富庶最美丽也是最重要的省份之一。

这两位神甫对福建的描述基本上代表了当时耶稣会士对福建形象的构建,重点在三方面:福建物产丰富,商业活跃;关注福建海上力量,比较中西的海上实力;抨击偶像崇拜者,指出福建是亟待上帝拯救的地方。

诚然,"西方福建形象"的变化与发展,离不开复杂多元的福建现实。然而,现实因素必须通过西方文化视野的筛选和过滤,方能成为塑造"西方福建形象"的组成因素。因此,考察"西方福建形象"的改变,首先必须考察西方文明的发展。

前工业文明时代的西方,将福建塑造成一个富庶而繁荣的省份。从马可·波罗到耶稣会士,他们不断地强化关于福建物产丰富、贸易自由、商业繁荣的想象。言说福建就是言说他们自己对财富的渴望,福建成为前工业文明时代的西方人士投射其财富欲望和商业天性最好的载体。

同一时代,不同个体对福建的不同态度,会形成相互矛盾的不同福建形象。

---

① 冯秉正:《冯秉正神甫致德科洛尼亚神父的信》,见[法]杜赫德编:《耶稣会士中国书简集》(卷二),郑德弟译,郑州:大象出版社,2001年,第128页。

② 同上书,第160页。

推崇中华文明的门多萨和敌视中国的西班牙总督桑德，他们眼中的福建就出现了文明与野蛮的两极。不同创作者的个人体验和情感倾向，也是影响福建形象的重要因素。

无论不同时期、不同个人所创造的"西方福建形象"如何变化，有一点是历代西方涉及福建的文本所共同关注的，那就是"福建与海洋"密不可分的联系，这也是"福建形象"区别与整体"中国形象"最大的特色。西方对"福建与海洋"的把握主要集中在四个层面：环山面海的地理层面、器物层面（主要是海船）、海外贸易和闽人的精神气质。

第二节 《中国漫记》：双重视野中的福建印象

优越的海陆位置、高超的造船航海技术和福建人勇于冒险开拓进取的海洋天性，使福建成为与海外交流最密切、在海外知名度最高的省份之一。马可·波罗笔下富庶繁荣的刺桐港不知激发了多少西方人士对东方的憧憬和向往，大量的旅行家、商人、传教士留下了众多关于这个省份的记载。他们有的亲临福建，留下了宝贵的第一手资料；有的虽未到过福建，却从传说和听闻中勾勒福建。俄国使臣米列斯库的《中国漫记》就是后者的杰出代表。

1675 年，作为俄国沙皇阿列克谢·米哈伊洛维奇的外交使臣——尼古拉·斯帕塔鲁·米列斯库（Nicolae Spataru Milescu）[①]率使团前往当时康熙统治下的大清帝国，并于次年 5 月 20 日到达北京。使团在紫禁城驻留了三个多月之后，于同年 9 月 1 日自北京出发返回莫斯科。

米列斯库此行的主要目的有三：1. 全面考察乌拉尔河以东西伯利亚的俄国疆土；2. 尽力与远东建立商业和外交联系，避免波罗的海和黑海封锁的影响；3. 了解中国的经济、政治、行政、文化和军事等各方面的实情。

《中国漫记》正是米列斯库中国之行的主要成果，它详细地记录了俄国使团

---

① 尼古拉·斯帕塔鲁·米列斯库，生于 1636 年，精通多国语言，是著名的罗马尼亚学者，同时也是一位资深的外交家，曾担任奥斯曼帝国使节出使过瑞典和法国，后任职于俄罗斯帝国外务省。1675 年 3 月 3 日，米列斯库奉俄国沙皇之命率使团自莫斯科启程赶赴"中华帝国"（当时康熙统治下的清朝），回国后著有《旅华日记》和《中国漫记》等。

在中国的所见所闻,是一部具有里程碑意义的作品,"此书是俄国文学中全面介绍当时对如此陌生的中国的第一部著作"(《苏联大百科全书》)①。《中国漫记》既是了解 17 世纪的中俄关系的重要史料,见证了中国与罗马尼亚友好往来的历史。胡锦涛在罗马尼亚议会演讲,提起中罗两国人民友好交往的悠久历史时便是以《中国漫记》为例:"《中国漫记》一书,成为史料记载中第一位与中国交往的罗马尼亚人。"②

虽然只是三个月的短时间游历,但此书绝非仓促之作,在此书的序言中译者讲述道:"作者在北京期间曾通过多种渠道的考察了解,并花了两年时间加以修改润色,以其鲜明的感受生动地描绘了一个对俄罗斯乃至整个欧洲都是十分新奇的国家。"③身为一名资深外交家,同时也是严谨的学者,米列斯库以认真的态度而非猎奇的心态来处理他所掌握的素材,使臣的身份更决定了米列斯库必须尽可能如实地反映他在中国的见闻。虽然在中国的三个多月期间,米列斯库和他的使臣队伍一直被要求待在北京的使馆内,无法深入到中国各地进行考察,但是米列斯库还是凭借着他"良好的教育,丰富的经历,卓绝的写作才华"(译者言),将在北京的所见所闻结合先前浏览过的许多商人旅行家游记及教士传回欧洲的资料写作了这一部具有划时代意义的《中国漫记》。《北京日报》曾如此高度评价《中国漫记》:"本书是关于中国古老文明的一幅才华卓绝的壁画,它来源于作者对于时代的积极的、科学的、进步的观点,也来源于他对美的艺术敏感,两者交相融合,浑然一体。"④

全书共有 58 章,分为均衡的两大部分。第一部分 20 章,叙述了"中国人的公众事务,帝国情况和风俗习惯,以及一般介绍所涉及的其他情况"(如历史、地理和经济,外交与政治军事等)。第二部分 38 章则是"对所有的十五个省份分别作了专门的描述,介绍了这些省的省会和较小的城市,河流山川、自然资源、物产种类"。最后两章介绍了朝鲜和日本。

---

① 柳凤运:《中国漫记·重印题记》,见《中国漫记》,北京:中国工人出版社,2000 年,第 4 页。
② 网络新闻:《巩固传统友谊,扩大互利合作——国家主席胡锦涛在罗马尼亚议会的演讲》,中国民主同盟,http://www.dem-league.org.cn/yaowen/2004-07/02/content_2420221.htm。
③ 柳凤运:《中国漫记·重印题记》,见《中国漫记》,北京:中国工人出版社,2000 年,第 6 页。
④ 中国数字图书馆:书海导航:02.96.31.103:8080/d-library/newsite/book_navigation/shdh_sz_xxmb.jsp? id=21-9k。

米列斯库的到来，正值清朝的鼎盛时期，他以欣赏的笔触描绘了这个古老帝国的灿烂文明，也使人感受到中国的保守和自大。一方面，他极力的赞美"中国人精耕细作，技艺高超。中国景色之优美，物产之丰盛是无与伦比的"①。并高度赞扬中国人热爱和平的天性、对知识的尊重和对长者的敬重，尤其是对中国的科举制表现出高度的推崇；另一方面也写了中国人的自大和陋习。例如当介绍中国这一名称的来源时，这位俄罗斯使臣这样写道："中国人自称中华，意为中央华园或中心之花。他们自称中国，即中央帝国，因为他们自认为他们的帝国处于世界的中心，其他帝国都微不足道。他们说其他国家的人都是野人，只会用一只眼睛看人，只有他们才会用两只眼睛看人。在中国，皇帝的意思就是世界大主人、人间的上帝。除了自己的皇帝，他们不会承认其他任何皇帝。"②从这段叙述中我们可以明显地感觉到对中国盲目自大的讽刺。此外，他还十分不能理解中国女人缠足的陋习，甚至感叹"如此聪慧的民族竟会创造出裹足这种残忍的陋习，使妇女忍受非人的痛苦来取悦男人，的确令人惊讶"③。

可以说作者对整个中国文明的观察和把握还是比较到位的。米列斯库的《中国漫记》之所以成为我们探讨的对象，除了作品所呈现的对中华帝国的总体形象鲜明而直观的把握外，更重要的是身在遥远京城的米列斯库向世人展现了一个与众不同的福建。

一、"他者"的福建

虽然身处遥远的北京城，虽然无法走出厚重的城墙，虽然远隔千山万水没能亲自来到这个远离都城的东南省份，但米列斯库还是在第 47 章和第 48 章中花了不少笔墨来描写福建。47 章简要的描述了福建的概况，并按照城市的规模重点介绍了福州府（Foheus）、泉州府（Tiveheu）和漳州府（Hanheu）。第 48 章介绍了建宁府（Kiaking）、延平府（Ianting）、兴化府（Hinhua）、汀州府（Tinheu）和邵武府（Ksauvu），顺带介绍了与福建隔海相望的福尔摩莎岛（台湾岛）。

和许多欧洲先行者一样，米列斯库大致地介绍了福建的地理位置、天气情

---

① 尼古拉·斯帕塔鲁·米列斯库：《中国漫记》，蒋本良、柳凤运译，北京：中国工人出版社，2000 年，第 29 页。
② 同上书，第 9 页。
③ 同上书，第 53 页。

况、物产、各个府的城市概貌、人口规模等,其中穿插了不少奇闻逸事,例如变铁成铜的湖的传说等,其中更是以钦羡的笔触描述了这个东南省份的繁荣与富足:

> 本省靠海,商业繁荣,商船成群。
>
> ……
>
> 这个省的物资特别丰富,因为这里是商业集散地……中国的外国货就是这样来的,除了葡萄牙人通过澳门运到广东来的,其余所有的外国货都是经过本省再运往全国各地。
>
> 每年缴纳赋税 194000 俄磅生丝,600000 匹丝绸。海关在这里征税最多,每只船都要按大小缴纳关税。①
>
> 本省第二大城市名泉州府,商业繁荣,经济富裕,规模宏大,因而十分有名。这里的房屋建筑和公德牌坊都十分华丽……(泉州)城市位于海滨,海湾伸入城内,因而大船能直接进入城市。海湾沿岸还有一些大镇,其富庶程度毫不逊色于府城。海湾里建有一座举世无双的、极其壮观的大桥。②

在高度评价福建的经贸发展的同时,他却是如此形容福建的人民和闽文化的:

> 这个省的居民既不注意自己的仪表,形体肮脏。这里的语言复杂,各个城市有不同的语言,而且这里读书人很多。这里有许多海盗,中国人把他们叫做"邪恶的人"。这里的人还处在他们祖先的那种愚昧无知的状态,比起其他地区的中国人,他们是最后接受中国习俗的,因而他们的语言文字与其他地区也不相同。③

这里使用了他在描述中国的其他省份所不曾用到的贬斥口吻,与文中对福建经济的无限崇敬之情形成了鲜明的对比。

---

① 尼古拉·斯帕塔鲁·米列斯库:《中国漫记》,蒋本良、柳凤运译,北京:中国工人出版社,2000年,第184页。
② 同上书,第190页。
③ 同上书,第185页。

米列斯库访华的康熙年间,正值清廷与郑氏集团隔海对峙之时(直至1683年才由施琅将军收复台湾,结束对峙局面)。海禁政策和迁海令的颁布,对福建的经济,尤其是对外贸易造成了严重破坏。这一重大变故并未在《中国漫记》中有所表现,作品中的福建仍是马可·波罗和门多萨笔下的海外贸易的天堂,丝毫看不出战乱破坏和政策的限制。相反,福建文化经过数百年的发展,涌现出以柳永词章、朱子理学、李贽学说为代表的杰出成就,"今世之言衣冠文物之盛,必称七闽"①。作为封建文化象征的科举制度在福建得到了普及,南宋至清,福建的士子中举人数之多在全国名列前茅,福建的不少区域都因其浓厚的学术氛围被誉为"海滨邹鲁"。

当时福建如此高水平的文化发展却无法进入米列斯库的视野,作者对当时海禁对福建经济的打击和福建人民的反清斗争一字不提,他笔下的福建繁华依旧而人民仍处于未开化的蒙昧状态,是帝国文化最落后的省份,可见作者的福建印象严重滞后于真实的福建发展。《中国漫记》中的福建并非史实上的福建,而是停留在作者想像中的"他者"的福建。

既然是作为西方文化的"他者",米列斯库笔下的福建必然是不同于史实的存在,作者向后人展示了一个"福建又不完全是福建"——经过加工变形了的福建形象,表现出一种文化对于异质文化的"误读"。这种"误读"是通过文化主体的文化视角表现的。

> 一般说来,外国人士对异域他者的描述可以有两种截然不同的态度。一种是异国文化的正面增值,就是对本土文化的贬低。在此情况下,这些作家就表现出一种对异国他者的向往甚至狂热,而呈现出某种乌托邦式的文化幻象。另一种则是与本土文化相比,异国文化现实被视为低下和负面的,因而对它怀有一种贬斥与憎恶之情。②

《中国漫记》的特殊之处便在于其对福建的看法是混合了这两种截然不同的态度:既把福建当做财富的乌托邦而充满崇敬之情,但又表现出某种居高临下的贬斥之意。

---

① 陈必复:《南宋群贤小集·端隐吟稿序》,转引自林拓:《文化的地理分析过程》,上海:上海书店出版社,2004年,第47页。

② 葛桂录:《他者的眼光——中英文学关系论稿》,银川:宁夏人民教育出版社,2003年,第4页。

二、双重文化审视下的福建

1. 从赞赏到共鸣——从西方文明的视角看福建

> 异域知识为作家创作异国题材的作品提供了一个契入点,这种异域知识的来源可以是书本经验,也可以是亲身经历。①

在分析作者的文化视角之前,有必要考察对于一个从未到过福建的俄罗斯使臣而言,他是通过怎样的渠道获得关于福建的知识的。

米列斯库对于福建的知识储备无疑是十分丰富的,但不是来自于亲身经验,而是来自于他所阅读的许多先辈们关于福建的纪录。从《中国漫记》的序言可知,他来到中国之前阅读了大量西方旅行家、商人和传教士对中国的介绍。文中多次引用了《马可·波罗游记》、《中华大帝国史》(门多萨)和《中国新舆图》(卫匡国)的材料,有的甚至是原文照搬,可见这些先行材料为作者留下了多么深刻的印象。

最早将福建带入西方视野中的莫过于鼎鼎大名的《马可·波罗游记》,在这部闻名于世的作品中,来自意大利的旅行家高度评价了福建的经济繁荣,尤其是笔下的刺桐城更是超越亚历山大港的国际性大都市,此后,无论是商人还是传教士的作品绝大部分都沿用了这一基调。门多萨的《中华大帝国史》(又译为《大中华帝国志》)无疑是"崇华"倾向的典型代表。

> 它塑造了一个完美的优越的中华帝国形象,它的意义不是提供了某一方面的真实的信息,而是总结性的在西方文化视野中竖立了一个全面、权威或者价值标准化的中国形象,为此后两个世纪欧洲的"中国崇拜"提供了一个知识与价值的起点。②

在这些 17 世纪前的作品中,西方人笔下的中国特别是福建无疑是个充满财富、处处是商机的繁华之都。当历尽沧桑的泉州早已辉煌不再时,作者笔下的刺桐城却繁华如故。这种对福建文明的赞赏与全书对中华帝国的推崇基调是完全一致的,吻合了 19 世纪之前欧洲人对东方情调的赞颂和向往。因此,

---

① 葛桂录:《他者的眼光——中英文学关系论稿》,银川:宁夏人民教育出版社,2003 年,第 5 页。
② 周宁:《大中华帝国·引言》,北京:学苑出版社,2004 年,第 3 页。

《中国漫记》中的福建形象与其说是米列斯库天马行空的个人想像,倒不如说是沉积在西方文化视野中的福建记忆借助作者的笔触的复苏再现,是西方社会集体想象物在具体文本中的集中表现。

如果说对整个中华帝国的赞赏只是对欧洲人的东方印象的追忆,那么对于福建,作者怀着一份区别于其他省份乃至是整个中原文明的特殊情感。

闽文化不同于中原封闭的黄土文明,它是崇尚商业、积极向海外冒险的海洋文明。杨国桢曾经指出:"南中国的沿海地区,长期处于中央王朝权力控制的边缘区,民间社会以海为田、经商异域的小传统,孕育了海洋经济和海洋社会的基因。"①而在《闽在海中——追寻福建海域发展史》一书更明确地指出了"闽人是一个航海民族"②。由于闽文化有着区别于主流黄土文明的特殊性,因此福建文化在很大程度上被边缘化,闽人的心声遭到了中原统治者的忽视,闽人出海寻求财富与商机的生存方式自然得不到主流文明的认同。

西方海洋文明对财富的追求和对冒险的渴求,在这个远离中原心脏的边缘省份找到了共鸣:"全中国唯有这个省具有这种习惯和做法:居民离别故土,远涉重洋去别国经商。他们从中国运出黄金、麝香、宝石、水银,各种丝织品、棉麻织品、优质铁器、藤器和各种杯盘。他们的行迹很广,遍及印度、印度群岛、日本岛、福尔摩萨、菲律宾群岛等,并从那里运回银子、丁香、桂皮、胡椒、檀香树、玛瑙、珊瑚等。"③

把书中对福建的贸易与财富所表现出的崇敬之情与当时俄罗斯帝国对远东贸易的渴求、对资本原始积累的渴望的文化心理相联系,不难发现,米列斯库的福建印象很大程度是以自身西方海洋文明的视角来对福建进行文化审视的,其文化主体是作者代表的对财富孜孜追求、对冒险无上热情的西方人士。

在西方的文化传统中,推崇冒险、离家寻找财富和机遇、经商积累财富是值得肯定的。有一块纪念在掠夺财富的远征中战死的瑞典人的石碑,上面刻着这样的诗句:"人们远行是为了寻找黄金。"④在西欧人看来,为了寻找财富和获得

---

① 杨国桢:《明清中国沿海社会与海外移民》,北京:高等教育出版社,1997年,第1页。
② 杨国桢:《闽在海中——追寻福建海域发展史》,南昌:江西高校出版社,1998年,第1页。
③ 尼古拉·斯帕塔鲁·米列斯库:《中国漫记》,蒋本良、柳凤运译,北京:中国工人出版社,2000年,第184页。
④ 邓庆平译:《巨舰横行——北欧海盗》,济南:山东画报出版社、北京:中国建筑出版社,第8页。

荣誉而客死他乡是十分荣耀的事。从这一角度出发看待福建,看待这个"商船成群,商业繁荣"的省份自然是充满了钦佩之情。福建的特殊之处就在于它不仅是作者欲望的产物——想像中遍地是财富与商机的理想乐园,更是西方海洋文明在古老的中华帝国少有的共鸣体。

2. 来自农业文明的偏见——关于隐藏的视角

离开财富和商业,米列斯库笔下的福建便贬值了许多:

> 这个省的居民既不注意自己的仪表,形体肮脏。
>
> 这里有许多海盗,中国人把他们叫做"邪恶的人"。这里的人还处在他们祖先的那种愚昧无知的状态,比起其他地区的中国人,他们是最后接受中国习俗的……

至此,我们可以发现从未到过福建的米列斯库对这个省份的描述出现了无法统一的两个方面:一方面肯定福建在海外贸易和商业发展的重大作用;另一方面则认为福建文化落后,闽人野蛮愚昧。

而早在米列斯库之前的外国人士之中也早就表现出这种自相矛盾,正像我们在第一节所谈到的西班牙人拉达与桑得截然相反的看法。

那么我们不禁要问,从未到过福建,也未接触过福建人的米列斯库的福建印象从何而来?

要解决这一问题,同样必须先了解作者的信息来源。

从米列斯库的《旅华日志》可知,"17世纪的中国,外人很难进入其内,且一旦跨入,即处处被监视,处处受限制"[①]。在中国期间(三个多月),米列斯库和他的使臣队伍一直被要求住在北京的使馆内,"居住在一座像监狱般有封闭围墙的大宅院"。因此使团的行动自由受到了很大程度上的限制,中原农耕文化的封闭性质在皇城达到了无以复加的程度,直到一百多年后英国马噶尔尼使团的到来都没有改变。一位使团成员回忆说:"我们进入北京时像乞丐,在那里居留时像囚犯,离开时则像小偷。"[②]可见当时的米列斯库是在多么封闭的文化氛围之中。

---

① 柳凤运:《中国漫记·重印题记》,见《中国漫记》,蒋本良、柳凤运译,北京:中国工人出版社,2000年,第6页。

② 解本亮著:《凝视中国——外国人眼里的中国人》,北京:民族出版社,2004年,第155页。

米列斯库在《中国漫记·序》中写道,他是通过与中国的侍郎、布哈拉商人、通译、在北京的俄国侨民以及耶稣教会士,还有就是在北京的各地官员了解到许多关于中国的方方面面。但米列斯库所会见的人士中,外国人数不多,而且他们在中国的处境也不会比这位俄国使臣自由多少,他们的见闻所能提供的信息资源也很有限。因此,对米列斯库的中国之行起关键作用的,便是那些身处北京、人数众多的中国官员,而这些官员恰恰是中国主流文化的代言人。① 米列斯库正是借助他们的眼睛来完成对福建的审视——既中原农业文明对福建海洋文明的审视。这是隐藏在米列斯库本身视角背后的中国主流农业文明的视角,但文化主体不再是米列斯库代表的外国人士,而是中国主流中原文明的忠实捍卫者。

占中国主流地位的中原文明对于福建海洋文化存有偏见:他们从以农为本的角度出发,提倡"父母在不远游",将人与土地紧密地联系在一起;贬低商人的地位,认为"商人重利轻离别",实际上就是要将人民与土地牢固地拴在一起,以维护封建土地所有制。从捍卫农业文明的角度出发,自然无法认同闽人背井离乡、远渡重洋去经商的行为活动,以及由此形成的一系列重商与海洋文化心理。

这种文化歧视心态在郁达夫的散文中也得到了充分的表现:"我们从前没有居住过福建,心目中总只以为福建人种,是一种蛮族。后来到了那里,和他们的文化一接触,才晓得他们虽则开化得较迟,但进步得却很快;又因为东南是海港的关系,中西文化的交流,也比中原僻地为频繁……所以闽南的有些都市,简直繁华摩登得可以同上海来争甲乙。"②

能够与郁达夫一样亲临福建、感受福建文化并进行反思的中原人士实在太少。因此闽文化作为边缘文化,长期为占主流地位的中原文化所忽视,中原文化中心主义者对于以海洋文明为特征的闽文化总带着歧视的眼光。千百年来,农业文明所代表的主流文化将福建的海洋文明边缘化,在传统的汉语典籍中,闽人的活动或是不见记载,闽文化在诸多场合中处于"失语"的状态;或是处于

---

① 当然在这些官员中也不排除闽籍官员,但在清朝前期闽籍官员的人数有限,而且作为朝中大臣,他们所反映的仍是主流意识形态。
② 郁达夫:《饮食男女在福州》,见鲁迅等:《南人与北人》,北京:中国人事出版社,1997年,第756页。

扭曲与边缘的状态。

对中国文化不甚了解的外国人士，如果认同了中国农业文明的意识形态，便很容易从主流的角度看待闽文化。这种看法明显地影响了来自罗马尼亚的俄国使臣，于是在其作品里出现了"这里的人还处在他们祖先的那种愚昧无知的状态"的论断。当然之所以能够认同农业文明对闽文化的看法，也和米列斯库的个人因素有关，他本身是罗马尼亚人，同时任职于俄国外务省。罗马尼亚和俄罗斯都主要是内陆国家，其时还处于农奴制社会，本身的资本主义萌芽发展缓慢。这位在北京的俄国使臣对于中国农业文明表现出赞赏之情（他在文中多次赞美中国人的精耕细作），因此在不知不觉中充当了主流农业文明的代言人，并从农业文明的角度出发审视福建文化。

如果这种理解具有一定的合理性的话，我们就能说明为什么米列斯库对当时福建作为海防前线所受到严重的冲击只字不提（根据当时对外国人的潜在的敌视心理，而且在东南沿海与郑氏集团的对峙斗争向来是清廷的敏感问题，身为朝廷要员自然不可能向这位使臣透露一星半点），而对从未见到过的福建文化和福建人民却作出了罕见的批判性的判断，无疑是受到了北京主流文明对福建的文化偏见的影响。

3. 视角间的转换和统一

《中国漫记》的可贵之处便在于他同时为我们提供了两种不同的看待福建的视野，而且是出自于东西不同的文化主体。米列斯库笔下的福建是处于中原文化和外国文化的双重审视之下。米列斯库认同了中国主流的农业文明对福建的定位判断，但他却没有全方位地赞同这一定位。最明显的一点表现在：典籍中记载"闽之俗逐末"，这是封建社会对闽人商业天性的贬斥，在封建社会商人地位低下，商业活动也不为政府所嘉奖。但位于遥远京城的米列斯库却以饱满的热情来赞美福建——这个崇尚商业、以商业为生命线的东南省份。这无疑是源于米列斯库自身固有的文化机制（西方海洋文明对冒险的肯定和对财富的热情）。由此可见作者在描述福建时并非完全采用中原文明对闽文化的评判标准，而是根据自己的理解重塑福建，创造出既不同于本土主流文明视野中的福建，又不同于纯粹西方视野中的福建形象。在面对介绍福建的具体细节时，作者常常会不经意地实现不同的视角切换，在表述福建的物产和商业时就选用西方文明视野，而一旦涉及对福建人民的看法时则切换到中国主流文明的视角中。

两个视角的相互切换之间,表现出作者在文化接受方面的某些分裂与统一。对于并不愚昧的福建人,并非落后的福建文化和繁荣的福建商业文化之间,由于接受途径、信息来源等方面产生的"误读"被割裂了,将福建分裂成商业上的繁荣和文化上的落后这一截然相反的两方面。当然,由于经济文化发展的不平衡,历史上不乏经济发展与文化发展相脱节的范例,但本文探讨的米列斯库笔下的福建不属于这一情况。南宋诗人刘克庄曾云,"闽人务本亦知书,若不耕樵便读书;唯有刺桐南廓外,朝为原宪暮陶朱",生动描绘了福建亦商亦儒的风气。商业和读书这两个在中国封建社会看似互相对立的两极在福建却找到了和谐的契合点。可是这种契合却得不到中原文明和米列斯库的承认。

福建形象的分裂却又是统一在米列斯库本人的文化选择之中:多年在西南欧的游学生活经历以及自身的文化背景,尤其是马可·波罗、门多萨等人作品中的那个富庶壮丽的商业和海外贸易省份,早在他来到中国之前便深深地烙印在他的记忆中;由陆路来到北京,感受到封建农业文明对闽文化的看法,这不能不对这位使臣产生影响。而米列斯库的出生地罗马尼亚和俄罗斯的内陆性的特点和农业文明占主导地位的特征(虽然已经有缓慢的资本主义萌芽),使他在文化接受上难免倾向于北京城内封闭的氛围。因此,个人经历和文化心理的多样性,具体表现在作品中便出现了福建形象的分裂和不统一。

因此,考察一部关于异域形象的作品,离不开对其使用视角的发掘,寻找出隐藏在形象后的文化主体的文化心理,从接受的"误读"中寻找解读异域形象的切入点。

三、特质——在文化的夹缝中体现

《中国漫记》中的福建形象表现的是俄国使臣对福建的想象和欲望,但他所表现的不仅是西方文明对自身缺憾和追求的弥补性想象,更间接地反映了中原农业文明对于异质海洋文明的文化优越感。福建作为崇拜和贬斥的混合体,作为西方文明和中国主流文明双重视角审视下的独特存在,她的特质正是在这种不同文化视角的夹缝中得以凸现。

通过作者对中原主流文明的把握,我们可以很清楚地看到闽文化的海洋特质:

中国人视土地为至高无上的义务,把农业视为人类一切活动之本。他们常说民以食为天,以农立国。……所以他们毫不欺压庄稼汉,对农业施行森严的法制,这里每一寸土地都精耕细作,要找一分荒地都是徒然。即使是飞沙走石之地,一经他们精巧的耕作,就会变成肥沃的农田。①

当然,米列斯库的叙述虽有夸大之嫌(可以理解成受到中国官员强烈的主观情感的影响),但基本正确。而作者是如此评价福建的:"这个省的物资特别丰富,因为这里是商业集散地,全中国唯有这个省具有这种习惯和做法:居民离别故土,远涉重洋去别国经商。"并通过这样一则传说来突出闽文化的特殊性:

人们传说,一次有一位外国人买了一只鹦鹉想带回自己的国家。当鹦鹉看到要将他带出中国,便说话了:我是中国鸟,我也不愿意流落他乡。说罢,立即死去。②

米列斯库对这个故事留下十分深刻的印象,他是这样评论这则故事的:"这个故事的寓意非同寻常,它说明不但中国人热爱自己的祖国和风俗习惯,不愿离开故土,甚至禽鸟也不愿意投奔异国他乡。"③的确,他的评论相当的中肯,这则故事说明了在农业文明占统治地位的中国人民心中,固守土地、固守家乡是相当普遍的思维方式和生活理念。但到了福建,这个普遍性的观念便遭到了质疑。因为"纵观整个中国,再也没有比这里更好的海军,更敢闯敢干的商人了。即使生活比天子的其他子民更安逸,但福建人还是背井离乡,远涉重洋,寻求冒险和财富。饥荒使他们外出谋生,这是事实,但他们选择了积极抗争,避开饥荒而不是忍受饥荒"④。

正是通过作者隐藏的第二重视角——中国农业文明的视角,才能更好地突出福建有别于中原文明的海洋特性。他还从自身的文化角度出发来描述福建的舟船文明:"这里的险滩很多,但他们的驶船技术高超,行舟如履平地,驶船

---

① 尼古拉·斯帕塔鲁·米列斯库:《中国漫记》,蒋本良、柳凤运译,北京:中国工人出版社,2000年,第127页。
② 同上。
③ 同上。
④ [法]老尼克:《一个番鬼在大清国》,钱林森、蔡宏宁译,济南:山东画报出版社,2004年,第77页。

轻易得犹如我们驾驶马车。"①

将行船比做驾驶马车,这是从西方人的普遍经验来介绍福建人的海洋特性,使得欧洲人能更加轻易地认知福建文化。

四、分裂的形象背后

但无论从哪个视角看福建,有一点十分值得关注:文中的福建形象表现出的不仅仅是作者的个人的文化接受,很大程度上也反映了当时整个西方文明对古老的华夏文明,特别是福建文化的看法。当时(17世纪)的西方社会,英法等老牌资本主义国家已踏上了资本主义发展的征程,而相对落后的俄罗斯帝国也开始了资本主义的脚步。(别忘了,米列斯库到中国的使命之一便是"与远东建立商业和外交联系"!)

当时的清政府却逆潮流而动,关闭海洋大门,压制商业的发展,固守成规与偏见。见到了中华帝国这个曾经的欧洲人梦寐以求的天堂的现状,对于亲临到访的作者本人以及他所代表的西方文明而言,无疑是百感交集的,理想的光环尚未散去,而蒙昧与傲慢却越来越深重地覆盖了中华大地,使得原本十分推崇中国的以米列斯库为代表的西方人士的热情遭遇了挑战。失落的情绪预示着西方后来对华态度的大转变,就连原本在西方世界的想象中光芒四射的福建也开始变得愚昧而邪恶。所以混合着崇敬与鄙夷的福建形象很大程度上象征了中国在西方眼中悄悄发生质变的缩影。

第三节 晚清东南"福建形象"

中西礼仪之争,引发了罗马教廷和清政府双方的不满。1735年,教皇停止耶稣会士的在华工作,清政府也开始厉行禁教。1746年,乾隆发布不准福建、广东行教开堂之命,极大地阻碍了西方人进入中国的脚步。虽然禁教期间不乏西方人冒着生命危险潜入福建,但是这一时期文本记载相对匮乏。直到1840年

---

① 尼古拉·斯帕塔鲁·米列斯库:《中国漫记》,蒋本良、柳凤运译,北京:中国工人出版社,2000年,第184页。

鸦片战争五口通商后,西方传教士、商人、外交官等纷纷涌入福建,相应的文本记载也丰富起来。从西方人记载福建的文本中,我们可以窥见晚清时期(第一次鸦片战争结束到清政府灭亡)"西方"是如何从不同的层面、不同的角度建构福建形象。

1. 法国医生眼中的晚清福建

法国医生岱摩(后改名为"平西")在《开放的中华——一个番鬼在大清国》一书中记载了鸦片战争前后在大清国的数年游历和见闻。

就全书总体的基调而言,作者对中国没有什么特别的好感,相反带着那个时代欧洲人特有的傲慢与偏见来看待当时的中国,关于辫子的滑稽描写很能说明岱摩对整个中华帝国的看法:"中国人的辫子总让我觉得滑稽可笑。他们的辫子可是集千种用途于一身。我见过佣人们用辫子掸家具上的灰尘,就像用鸡毛掸子一样,见过农民们用辫子不断抽打不肯向前走的公猪。"①

在岱摩眼中,大清国"不过是一个贫乏无力的专制政府",金发碧眼的他居然能顺利避开主考官员的检查,轻易获知科举考试的题目和答案,结果高中乡试第一名,这使他对中国的科举制度和文化教育感到啼笑皆非。

但对于福建,岱摩却表现出了与全书批判基调截然不同的好感。

这位法国医生将闽人塑造成为全帝国最值得尊重、最有活力的群体。他相当赞赏闽人的奋斗精神:"纵观整个中国,再也没有比这里更好的海军,更敢闯敢干的商人了。即使生活比天子的其他子民更安逸,但福建人还是背井离乡,远涉重洋,寻求冒险和财富。饥荒使他们外出谋生,这是事实,但他们选择了积极抗争,避开饥荒而不是忍受饥荒。"②

岱摩高度赞扬了闽人勤劳开拓的精神:"他们技能娴熟,积极主动,正直诚实,勤俭节约。广东剃头匠、佣人几乎都是福建人。而且,上千移民从福建前往台湾岛美丽的山谷中开荒种地。"③

在岱摩眼中,背井离乡去寻求冒险和财富,是闽人的海洋天性。闽人出海拓殖不像欧洲人那样仅仅只是为了追求财富。岱摩动情地描述了闽人(特别是

---

① [法]老尼克:《开放的中华——一个番鬼在大清国》,钱林森、蔡宏宁译,济南:山东画报出版社,2004年,第77页。

② 同上书,第77页。

③ 同上。

厦门侨民)为回报贫困的故乡所做出的努力:"他们的家乡土地贫瘠,几乎颗粒不收……厦门侨民的归乡意识尤为强烈。不论他们飘荡到哪个地方,交趾支那或日本、暹罗,或者是天朝帝国的内陆,只要有点积蓄,他们就会返回家里,花光微薄的财产,然后再次出发,重新挣钱攒钱。"①

这位法国医生将闽人塑造成了"最勇敢的水手,最义无反顾的侨民"②,并成了回报家乡的典范。这是在其他外国人士对福建记载中所不曾发现的。从中可以传递出法国医生对无视于回报家乡、回报社会、缺乏奉献精神的西方个人主义精神的不满。

对于前辈们所极力抨击的福建宗教信仰流行的现象,岱摩是以一种宽容的心态来看待闽人的虔诚的。出于猎奇,岱摩最早留意到的是"偶像崇拜"的风俗庆典。岱摩饶有兴致地列举了福建不可胜数的寺庙和偶像,特别提到了福建最有名的妈祖海神信仰:"然而航海家偏爱的一个女人的娘妈,生于福建省兴化附近叫作莆田的村庄。"③

法国医生以孩子般的好奇来看待福建的偶像崇拜。在他看来,福建的民俗庆典就像一场热闹的游行:"孩子们也在这个节日里扮演了角色。不是可以看见一个六七岁的军官,三法尺高的个头,背着箭筒,手持弓箭,骑着一匹类似苏格兰高地小种马的小马。还有袖珍版的神话人物,中国的朱庇特,中国的尼普顿。"④这位法国医生把福建民间的娱神活动当成了欧洲的游行庆典,他用自己的理解来想象庆典的人物。

他是这么理解闽人如此虔诚的原因:"如果没错的话,这种虔诚是由于他们飘荡不定的生活。危险重重的渡海之前,或远途平安归来,很自然会祈求上天,或感谢上天。水手、商人、赌徒都是如此,祈求神明给予好运。"⑤很显然,他是从人们渴望从神灵那儿获得战胜凶险海洋的精神支柱这一心理诉求来解读福建盛行的偶像崇拜之风。比起历史上和同时期的外国到闽人士对福建宗教

---

① [法]老尼克:《开放的中华——一个番鬼在大清国》,钱林森、蔡宏宁译,济南:山东画报出版社,2004年,第77页。
② 同上。
③ 同上书,第49页。
④ 同上书,第46—48页。
⑤ 同上书,第81页。

信仰的冷嘲热讽,岱摩则显得宽容和深刻得多。正是基于这种宽容,使得岱摩认同闽人的文化优点。

勇于进取、向海洋进军的商业天性和伴随海洋危险性而产生的虔诚信仰,构成了法国医生福建想象中最深刻的两个层面。

2. 卢公明记录的福州社会生活

1850年,因美国"美部会"①福州传教团工作之需,卢公明拉开了他在华活动的序幕。1850—1874年是卢公明在中国传教活动的时期(其间曾于1864年回国,后于1866年再次来华),在其间所著的《中国人的社会生活》被认为是同类作品中涉及中国人社会生活方面内容"取材最为丰富的一本书"②。

《中国人的社会生活》一书是以福州人的社会生活作为主要考察对象。卢公明笔下以福州为中心的福建形象,是世界茶都,是深受西方影响的通商口岸,同时也是迷信和陋习盛行的堕落之乡。

(1) 世界茶都

卢公明1850年抵榕至1873年返美期间,正处于福州茶叶贸易迅速发展的阶段。卢公明曾经担任琼记洋行的翻译,直接参加了茶叶贸易的全过程,对福州的茶叶贸易的关注超出了同时期的外国宗教界人士。在卢公明笔下,福州被描绘成了鸦片战争之后东西方贸易的重要"茶都":

> 由于红茶贸易的缘故,福州已经大踏步地成为中国最重要的领事港之一。目前有报道说,1850—1851年间英国政府考虑到福州微不足道的商业地位,曾打算放弃福州或考虑起用其他的港口。但是茶叶贸易的兴起,使英政府打消了这一念头。茶叶是福州的主要输出品,作为交换,它进口了鸦片、棉花、木制品、白银和一些其他小物品。截止到1863年12月31日,福州进口货物总值超过1050万美元,其中500多万元是用于购买鸦片的。与广州上海不同的是,福州无丝绸可出口。③

卢公明以数据说明了福州茶叶的迅猛发展。在卢公明看来,福州作为"茶

---

① 美国新教差会之一。
② [英]约·罗伯茨:《十九世纪西方人眼中的中国》,蒋重跃、刘林海译,北京:时事出版社,1999年,第90页。
③ Justus. Doolittle. *Social Life of the Chinese*. Vol.1 Introduction P. 20。

都"不仅表现在其是福建茶叶对外贸易的重要港口,也是茶叶的重要产地。他曾经亲自到过福州北岭茶园,参观红茶和乌龙茶的制作过程。其间他对茶园风光的刻画激发了欧美在印度、锡兰其他殖民地开辟茶园的欲望,可以说卢公明在《中国人的社会生活》一书中,为西方读者营造了一个活跃的充满商机的"茶都"福州形象。

(2) 近代商业社会

众所周知,鸦片战争后,福州被辟为通商口岸,门户开放后,西方资本主义的各种商品大量涌入福州,对当地市场和社会产生了强烈的冲击,西方的一些商业法规、习俗特别是一些商业行为,如银行业务等也伴随着西方物品一起涌入了福州,对福州商业变化发展的走向产生了相当大的影响。最明显的标着就是外国银行的设立。1850 年,英国丽如银行(Oriental Banking Corperation,又称"东方银行")在福州、厦门设立分行。这是最早来闽的外国银行。1861 年,英国汇隆银行(Commercial Bank of India)在福州设代理处。著名的英国汇丰银行(Hongkong Shanghai Banking Corporation)于 1865 年在福州设立分理处,1858 年升为分行,1873 年又在厦门设置分行。到 1882 年,有 7 家外国银行在福州设立分机构。这些外国银行在闽主要经营国际汇兑业务、金银买卖、发放纸币。① 外国银行和其他的西方资本主义经营方式的输入,为闽人主动学习西方的商业方式,实现与西方商业惯例接轨提供了良好条件。

从卢公明的记述中可以发现当时福州社会商业(商务)情形已经在很大程度上被西方商业特色所浸润,商品经济运作的一些法规和惯例已经和西方方式接轨,但也顽强地保留了各种传统商业社会存在或是延续下来的惯例、习俗。卢公明通过对各种商业法规、惯例及习俗的记载和梳理,凸现了以商业为经济命脉的近代福州。这也从另一侧面反映了闽人的商业意识是如何在西方文明的冲击下,发挥其主观能动性,积极参与中西经贸往来和多元文明对话。

(3) 迷信陋习的大本营,等待上帝救赎之地

民间信仰活动盛行的福建,在卢公明看来就是一个亟待上帝救赎的未开化之地。

法国医生岱摩看到的是宗教为闽人的海洋生活提供了精神动力,而卢公明

---

① 《闽海关十年报(1882—1891)》,载《福建文史资料选辑》第 10 辑,第 87 页。

看到的却是偶像崇拜是导致福建人堕落生活的主因。基于传教士的立场,他将闽人所有形式的祖先崇拜和宗教信仰都视为罪恶:"这种无论何处,在人们头脑中或是表现出来的对已故祖先的崇拜是中国人这种迷信和偶像崇拜的表现,因此是一种罪恶的崇拜。"①

偶像崇拜和迷信活动层出不穷,它们蔓延在中国社会的各个角落,使本来就"病入膏肓"的晚清社会更显得窘态百出。卢公明笔下的晚清福建简直就是个迷信和陋俗的大本营:好赌成性、残杀女婴、考场上舞弊成风、考试的内容僵化死板等等,种种陋习严重窒息了中国社会的发展。

"鸦片福州",这是卢公明福建形象最丑陋的一面:

> 这里的中国人有一句流行话叫"烟馆比米店还多"。
>
> 在谈生意的过程中,或者在平常的聊天中,朋友之间经常会互相请抽鸦片。在一起抽抽鸦片已经变得很流行(用鸦片"招待"客人已经变成很流行的方式)。在上层社会里,请客人或朋友抽鸦片可能已经达到和美国三四十年前请朋友喝葡萄酒、朗姆酒、白兰地等传统的待客之道一样普遍了。②

在他看来,这里的人们缺乏正确的精神指引,过着堕落贫困而麻木的生活,急需上帝神光的指引。卢公明笔下的福州形象折射出19世纪中叶西方对福建的种种欲望:世界茶都反映的就是西方人士对茶叶的需求和垄断福建对外贸易的渴望;对福州近代商业社会的描述,特别是对西方经济方式与福州传统商业惯例较量的表现,则暗示西方从经济上征服福建的欲望;卢公明突出了在西方人士看来福建社会的陋习,勾勒出一个贫弱混乱的福州社会图景,其目的在于暗示出基督教,或者推而广之的西方文明进入福建的必要性与紧迫性。

3. 丁韪良关于福建的《花甲记忆》

比起曾经在福建有过较长生活时间的卢公明、克洛代尔等人,路过福建的丁韪良对这个省份的观察可以用"浮光掠影"四个字来概括。

和卢公明一样,丁韪良关注的是福州的茶叶贸易,并借此勾勒出的是风景

---

① 卢公明:《中国基督教化进程中的特殊障碍》(Peculiar Obstacles to the Evangelization of China),译文转自林立强的博士论文《上帝福音的现实困境——美国传教士卢公明与晚清福建社会》。

② Social Life of the Chinese, Vol II. pp. 351—353。

优美的福州形象:"拥有七十万居民的福州是福建省的省会和红茶的主要出口中心,坐落于距海岸线二十二英里的起伏不大的平原上,是中国最干净和建设得最好的沿海城市之一。"①

丁韪良参观鼓山和涌泉寺,曾留下了几行诗:

> The place where I stand is the Creator's shrine,
> For, above and around, all, all is divine;
> (我站立之处堪称是造物主的神龛,
> 环顾四周,所见之物皆为圣品;)

最后两行是:

> Yet the 'glory of man' is turned into shame,
> And uttereth naught but an idol's name.
> (然而"人的荣耀"却被沦为耻辱,
> 除了偶像的名字,什么也不能表达。)②

从上两段文字可以发现丁韪良刻画福州形象包含了这样的两个命题:第一,美丽的自然;第二,对上帝的推崇和对偶像的贬斥。

对于第一个命题,丁韪良没有进一步的阐述,只是一笔带过。关于第二个命题,丁韪良的描述就详细得多。和先前的耶稣会传教士一样,丁韪良对佛教与和尚没有丝毫的好感。他不仅嘲笑面壁苦修的隐士的头发"散发着埃及的瘟疫"③,并质疑佛教的戒律,认为佛教之于中国社会就像青藤之于高塔那样,非但没有正面意义还加速了社会的崩塌:"但很难期望以此为戒律的和尚能在智力上达到很高的水平。一般来说,和尚们面无表情,目光呆滞。他们大多数是文盲,背诵经文是他们唯一的职责。佛教已经不再做任何事来使中国社会变得强盛或振兴;相反,它就像青藤般依附着一座摇摇欲坠的高塔,从腐朽的塔身上汲取自身所需的营养。"④

---

① [美]丁韪良:《花甲记忆——一位美国传教士眼中的晚清帝国》,沈弘、恽文捷、郝思虎译,桂林:广西师范大学出版社,2004年,第19页。
② 同上书,第17—18页。
③ 同上书,第19页。
④ 同上书,第18页。

丁韪良沿用宗教和商业的目光来理解福建盛行的"风水"："就像西方人相信避雷针那样，中国人坚信这类泥土占卜的灵验。他们称之为'风水'，因为这两种因素经常被人们用来判断吉凶。这种看法的起源也许是因为对于风和水的观察跟商业繁荣密切相关。"①对风水的理解集中体现了丁韪良作为传教士和西方商业社会成员对福建的价值判断。这样的阐述从另一层面反映了商业在福建的重要性。

与此同时，丁韪良还敏锐地感觉到了西方文明对福建的影响。他首先介绍了沦为外国租界的鼓浪屿岛上的豪华住宅，见证了厦门一美国传教使团新教堂的落成，还特别介绍了作为物质革新和进步标志的福建马尾的兵工厂、海军学校和造船厂等。丁氏还谈到了1884年发生在闽江附近的中法马尾海战，丁韪良认为是中方指挥官的"浅薄而自负"导致了战争的失利。②

由于篇幅短小，所以丁韪良对福建的描述可以说是相当的简练，也少有精辟之处，对自然风景的赞美、对佛教的评判和对受到西方文明影响下变迁了的福建的纪录是丁笔下福建形象的三个重要层面。

4. 约翰·汤姆森眼中的福建社会

约翰·汤姆森是一名美国摄影家。1868年至1872年期间，汤姆森在香港开设照相馆，其间多次到中国内陆各地摄影。他于甲午海战之后来到福建，用镜头和文字记录下了马关条约之后的福建变化。1898年于英国出版的《镜头前的旧中国——约翰·汤姆森游记》一书中详细地记录了汤姆森经由汕头进入厦门，然后越过海峡来到台湾，继而跨海北上，到达福州和南平路途上的所见所闻。

汤姆森眼中的福州社会刚开始走上近代化进程，但却又步履蹒跚。

汤姆森与丁韪良一样关注到福建现代化的进程，花了很大的篇幅来描写福州的船政局和马尾船政学堂。出于自身工业文明的立场，汤姆森好奇地观看了福州作为一个"学生"是如何向他的西方"老师"学习的。

在汤姆森看来，福州船政局就像是一个英国制造业的村庄：

---

① ［美］丁韪良：《花甲记忆——一位美国传教士眼中的晚清帝国》，沈弘、晖文捷、郝思虎译，桂林：广西师范大学出版社，2004年，第22页。

② 在《花甲记忆》中谈到的在马江海战中瘫痪的造船厂，是经由克洛代尔之手重新整治复工。

如果没有这个纯中国式的建筑,人们就很容易联想到克莱德河上的风光。因为这里也有外国人居住的小洋房;远处的船坞,高大的烟囱,一排排厂房,从那里传来的叮当作响的汽锤声和机器的阵阵轰鸣。……远远看去,就像一个英国制造业的村庄。①

随后,汤姆森进到内部参观了船政局的厂房。在车间,发现工人们在欧洲工头的指导下能够很好地加工出工艺复杂的样品;汤氏还进入了福州船政学堂,看到法国老师在向中国学生传授机械制图和模型。通过亲眼所见所闻,汤姆森确信:"当中国人发现摈弃他们对外国发明与创造持有的粗俗偏见不是一件难事时,他们就会超越一切精密的科学成果,以及这些成果在机器制造中的实际运用。"②

此外,汤姆森还参观了刚刚制造出来下水服役的蒸汽炮舰,他颇有兴致地描述了船舱内的陈设、福州水兵的服饰,并观看了水师的操练。

在汤姆森看来,福建虽然开始了现代化的进程,但是武器装备只能对付海盗船,还不足以跟欧洲的强国抗衡。缺乏严明的纪律性是汤姆森眼中的福建水师的致命弱点。汤姆森对福建船政局的描述,字里行间都流露出福建不如西方的优越感,他敏锐地感觉到这位"学生"虽然勤奋地学习科学成果,却没有从精神上、文化上领会西方"老师"的过人之处。

汤姆森写到了外国在福建的两处租界。一处是厦门鼓浪屿,岛上外国人和本地富商们所建造的豪宅令汤姆森留下了深刻的记忆;另一处则是位于福州苍山的外国租界。福州的外国租界原是当地人的墓地,法国外交官克洛代尔就住在这片"使馆区"中,他自称是"死者的客人"。当然,汤姆森没有克洛代尔的诗情画意,他只是客观地描述金钱如何使本地人放弃了这片安息之地,并以同情的口吻写到了混居在这片墓地的乞丐的悲惨而又麻木的生活。汤姆森所营造的租界的富庶与墓地的荒凉,贫富之间形成了鲜明的对比,进一步暗示出中西文明的差距。

在汤姆森笔下,福建是当时积贫积弱的旧中国的缩影。人们贫困异常,福

---

① [英]约翰·汤姆森:《镜头前的旧中国——约翰·汤姆森游记》,杨博仁、陈宪平译,北京:中国摄影出版社,2001年,第121页。
② 同上书,第122页。

建省遗弃女婴的现象也许要比中华帝国的其他省份更为严重。人们在饥饿线上挣扎,"他们确实很穷,穷到了在我访问他们住处之前全然没有概念的那种悲惨程度。这个地区的周围都是寸草不生的荒地,加之叛乱者的掠夺和清军的骚扰,使百姓更加民不聊生"①。

卢公明看到的是茶叶作为福州财富的象征对西方的利益,汤姆森却看到了闽人的艰难生活:"虽然茶叶是中国式财源滚滚的象征,然而栽培它们的人却几乎一无所有,就像他们那些千百万劳动阶层的同胞们一样,他们只能从这亲手种植的奢侈品中赚得一点点来之不易的收入维持生计。"②

脏乱的充满难闻气味的猪狗横行的街道,衣衫褴褛、面黄肌瘦的人们,随处散乱的裸露的人骨构成了汤姆森笔下的旧福州。汤姆森对福州麻风村的描述,更加深了读者对这片缺乏起码的公共医疗卫生的地区的贫弱脏乱的印象。

通过对历史上西方人士所创作的福建形象的梳理,我们可以发现西方建构福建形象不断变化、不断发展的过程。

诚然,"西方福建形象"的变化与发展,离不开复杂多元的福建现实。然而,现实因素必须通过西方文化视野的筛选和过滤,方能成为塑造"西方福建形象"的组成因素。因此,考察"西方福建形象"的改变,首先考察西方文明的发展。

前工业文明时代的西方,将福建塑造成一个富庶而繁荣的省份。从马可·波罗到耶稣会士,他们不断地强化关于福建物产丰富、贸易自由、商业繁荣的想象。言说福建就是言说他们自己对财富的渴望,福建成为前工业文明时代的西方人士投射其财富欲望和商业天性最好的载体。晚清时期的文本,一改先前赞美福建的主旋律,批判和贬斥成为这一时期文本的主轴。贬低福建是为了抬高西方。这一时期的"西方福建形象"反映了西方工业化进程和海外殖民扩张对西方文明产生的重大影响。西方的工业化进程,是一个自大航海时代以来逐渐发展的过程。工业化从根本上提升了社会的生产力,创造出大量的社会财富,促使社会逐步走向有序化、理性化。当这些充分享受了工业革命成果的传教士、商人、外交官们进入晚清福建时,很自然会使用自身工业文明的视角来看

---

① [英]约翰·汤姆森:《镜头前的旧中国——约翰·汤姆森游记》,杨博仁、陈宪平译,北京:中国摄影出版社,2001年,第119页。

② 同上书,第123页。

待福建。工业文明所创造的巨大的社会财富，使得先前吸引马可·波罗等人的"财富福建"弱化成汤姆森、卢公明眼中的"贫困"福建；受过现代科学教育的西方人士面对着对现代科学几乎一窍不通的闽人（包括官员、士大夫、普通民众等各阶层），在他们眼中闽人自然成为愚昧和迷信的化身；此外，习惯了工业文明有序化生活方式的西方人，看到尚处于农业社会日出而作、日落而息的生活方式，便觉得相当的散漫、懒惰；享受过西方城市洁净街道的西方入闽人士，对于福建街道所散发的各种难闻的气味，表现出特别的敏感和不能接受……

希伯来——基督教文明是西方两大文明源流之一。注视福建的视角中无法回避基督教的因素。自马可·波罗以来，对福建宗教的"青睐"就没有停止过。由于不同群体受基督教的影响程度不同，所以不同群体笔下"西方福建形象"折射出不同层次的基督教因素。商人关心利润，外交官重视政治，而传教士则渴望为上帝收获灵魂。因此，在传教士所塑造的福建形象中，宗教因素绝对占了不小比例。其次，不同时期不同的宗教策略也会导致"西方福建形象"的变化与发展。

无论不同时期、不同个人所创造的"西方福建形象"如何变化，有一点是历代西方涉及福建的文本所共同关注的：那就是"福建与海洋"密不可分的联系。这也是"福建形象"区别与整体"中国形象"最大的特色。西方对"福建与海洋"的把握主要集中在四个层面：环山面海的地理层面、器物层面（主要是海船）、海外贸易和闽人的精神气质。福建的天然良港历来都是西方关注的焦点。前工业文明时代多单纯地从贸易的角度来赞美福建的港口。到了晚清，西方看待福建港口的眼光不仅仅只是停留在经济层面，更是从军事的角度考察福建的海防。西方看待福建海船的视角同样发生了转变，从马可·波罗时代对福建华船的欣赏艳羡，到汤姆森对福建船政的鄙视批判，对福建海船的态度象征了西方中国观的变化。

福建的对外贸易是西方赞赏福建的重要方面。用于出海贸易的商品曾经是西方眼中福建最值得炫耀的财宝。到了晚清，卢公明、汤姆森等人对福建海洋贸易的描述（特别是福州茶叶贸易），则是为了满足西方控制中国、垄断海洋商贸的幻想。

当福建的世俗财富无法再吸引西方人的眼光之时，法国医生等人开始将目光投向了闽人的精神层面。

19世纪,法国医生岱摩比米列斯库看得更透彻:"纵观整个中国,再也没有比这里更好的海军,更敢闯敢干的商人了。即使生活比天子的其他子民更安逸,但福建人还是背井离乡,远涉重洋,寻求冒险和财富。饥荒使他们外出谋生,这是事实,但他们选择了积极抗争,避开饥荒而不是忍受饥荒。"[1]岱摩医生指出了闽人不是被迫出海,而是主动向海洋进军的精神实质,岱摩是以西方海洋文明的精神气质理解闽人的生活方式。

西方看待"福建与海洋"关系的变化能够实现从物质层面向精神层面的提升,是因为西方人的海洋意识随着殖民活动的扩张和工业化的进程的发展,有了飞跃性的提升。

地理大发现和新航路的开辟,为"西方"提供了开始工业化进程的可能。殖民者通过海洋扩张、掠夺资本主义发展所必需的资本、劳动力和原材料:秘鲁的黄金、非洲的黑人、印度的香料、中国的茶叶和丝绸……

借助海洋的力量,欧洲才能实现向工业社会的过渡,西方工业文明的发展是伴随着向海洋扩张实现的。离开了海洋,就没有欧洲的蜕变;离开了海洋,就没有殖民时代西方的优势。

海外殖民市场的开拓极大地强化了西方人的海洋意识,福建区域的海洋文明特征引起了西方特别的关注,他们发现了与自身海洋文明相契合的福建。

基于海洋文明的视角,方能明确地发现福建区域文化的独特性,也正因意识到海洋的重要性,所以才特别关注福建对海洋的利用。

西方关注福建对海洋的利用,很大程度是出于侵略扩张需要和自我防卫的心理,这一心理最明显表现在军事层面。以约翰·汤姆森为典型,汤姆森对福州船政局和福建海军进行了一番细致的描写,目的是比较中西之间的海上军事力量的差距,生怕福建通过海洋获得与西方并驾齐驱的力量。从"西方福建形象"的梳理可以发现福建的海洋文明区别于西方的具有侵略性的海洋文明,它具有宽容和平的精神特质,呼应了当今社会的时代主题。

工业文明、基督教信仰、海洋文明三者共同构成了晚清"西方福建形象"的观念视野。西方观念视野的改变深刻地影响了"福建形象"的变化,却不是影响福建形象的唯一因素,还必须与其他因素相互配合:福建文化的多样性、福建在

---

[1] [法]老尼克:《一个番鬼在大清国》,钱林森、蔡宏宁译,济南:山东画报出版社,2004年,第77页。

中国的独特性。三者相互影响、相互制约构成了复杂多元的"福建形象"。

第四节　克罗代尔笔下的福建形象

从比较文学的视角看,克罗代尔的《认识东方》是研究外国人眼中福建形象的最佳文本。这本散文诗形式的小册子不同于一般"纪实性"的书信、游记、报道,形象塑造者有着强烈的文学自觉,在此基础上探讨西方人对福建的"想像",更符合比较文学学科的要求。此外,克罗代尔与福建的深厚渊源,使之成为我们研究的重要人选。

在探讨克罗代尔与福建的关系之前,有必要对克罗代尔的研究现状进行简要的回顾。

> 长期以来,克罗代尔这位法国诗人在我国几乎不大被人提起……①
> ——徐知免

徐知免在《译者前言》开头的感叹,道出了20世纪90年代前克罗代尔研究在中国内地的研究状态。保尔·克罗代尔②(Paul Claudel)应该是法国文坛和中法文化交流史中具有重要影响的人物。

中国内地关于克罗代尔的最早介绍源于30年代,当时北平出版的《小说月报》15卷号外《法国文学研究》杂志中刊登了一幅克罗代尔的照片,并没有相关文字说明;只是在谈及罗曼·罗兰的时候,顺带谈到了作为其好友的克罗代尔:

> 罗兰和他底挚友保罗·克罗特尔(Paul Claudel)法国现代两大理想著作家。一同穿过学校的门;二十年以后,也差不多同时名振全欧。他们显名的时候,名人已经走了很不同的路了。克罗特尔底脚迹是向天主教神秘的教堂走去的;罗兰走的使踏上法兰西超过现在的法兰西向一个自由欧罗巴的理想进行。但是在那个时候,在他们天天向学校往返的途中或是交换

---

① [法]保尔·克罗代尔:《认识东方》,徐知免译,天津:百花文艺出版社,1991年,译者前言第1页。
② 另译保罗·克劳戴尔、保罗·克罗代尔、保罗·克罗特尔、保尔·克罗代尔、高·侍、高乐侍或高德禄。本文选用的是徐知免的译名。

关于所读书籍的意见,或是互相燃起少年的热情,确是长谈不倦,莫逆于心。①

在当时就已经"名振全欧"的克洛代尔在中国遭遇了长达60年的冷遇。直到20世纪80年代中叶,学者葛雷撰写《克洛代尔与法国文坛的中国热》(1986)一文,将这位法国诗人再一次引入内地学者研究视野之内。

1999年在南京大学所举办"20世纪法国作家与中国:99'南京国际学术研讨会",成为内地克洛代尔研究的关键事件,在本次研讨会上,当时的法国驻中国大使毛磊高度评价了克洛代尔对中法文化交流的贡献。本次的研讨会成为21世纪之前中国克洛代尔研究的一次重大会议。

作为法国象征主义重要作家的克洛代尔,有着极为丰富的创作,然而被翻译成中文的作品并不多。

内地对克洛代尔的翻译主要集中在散文和戏剧两方面,对克洛代尔晚年所致力创作的神学论文鲜有关注。

散文方面,克洛代尔的作品被译成中文的主要有散文诗集《认识东方》和艺术随笔集《艺术之路》等。戏剧方面主要翻译了代表作《缎子鞋》和《城市》。诗歌则翻译了17首"拟中国小诗"和一些零碎分散在各种诗选中的作品。在王忠琪等译《法国作家论文学》中收录了克洛代尔两篇文论:《关于诗的灵感——致布雷蒙神父》和《诗歌是艺术……》。此外,1995年《跨文化对话》第10辑收录了克洛代尔所作的学术报告《法国诗歌和远东之关系》。

在学术研究方面,中国内地对克洛代尔的研究多集中在以下三个层面:

第一,对克洛代尔本人的介绍。如卢岚《领事大人高禄德》。

第二,从中西交流的角度出发,考察克洛代尔与中国的关系。如葛雷:《克洛代尔与法国文坛的中国热》;[法]伊万·达尼埃尔:《克洛代尔和中国文化》;余中先:《克洛代尔戏剧中的中国》等。

第三,对克洛代尔文学作品(包括诗歌、散文)的分析上,如朱静:《差异在第五纬度:从克洛代尔的〈画扇帖〉谈起》;黄昌成:《符号东方》,载于《成言艺术》等。

---

① 沈泽民:《罗曼·罗兰传》,载《小说月报(15卷号外)》,见《法国文学研究》,北京:书目文献出版社,1990年,第23页。

从中西交流的角度来研究克洛代尔是目前克洛代尔研究的焦点。但是作为克洛代尔中国形象研究基点的克洛代尔与福建的关系,却很少涉及。

克洛代尔在福建生活的时期(1895—1906)正是中国经历了鸦片战争至甲午海战一系列失败的对外战争、国际地位一落千丈的时候,也是被迫门户开放的阶段,也是福建中外交流最活跃的一段时间。克洛代尔在中国待了14年,其中一半的时间是在福建度过的(克洛代尔曾在福州担任了7年的法国驻福州领事。1896年3月,任法国驻福州副领事。1901—1905年升任福州领事)。

在担任驻福州领事期间,克洛代尔充分发挥了他的外交手腕,忠实地执行了自己的外交任务——维护法国的殖民统治。如他极力争取福州马尾造船厂,实际是兵工厂的控制权;镇压清末发生在福建一带的教案等。克洛代尔扮演了有效控制清政府的角色,对当时的福建社会产生了重大的影响。考察克洛代尔与福建的关系,可以发现克洛代尔是福建历史上举足轻重的外国人士之一。

当然克洛代尔在华期间的活动领域并不局限于福州,他在中国的汉口、南京等地也留下了足迹,但以福州为中心的福建省才是克洛代尔经常居留和巡游的地方。福建温和的气候、环山面海的地理形态、特有的植被类型、闽人生活状态等,都成为激发克洛代尔想象思索的重要因素。七年的时光,令克洛代尔有足够的时间深入对福建的理解,并将之融入个人的精神建构中。

《认识东方》就是这样一本以福建为主要描写对象的散文集。其间收入了克洛代尔游历科伦坡、中国和日本的所见所感共63篇,其中在福州创作的"就有三十多篇,占全书的二分之一",而剩下不到二分之一的篇幅有:写科伦坡1篇《椰子树》;在汉口创作8篇,如《江》、《雨》、《游廊之夜》等;写南京的有2篇,分别是《钟》和《陵墓》;此外,还有《松树》、《散步者》等5篇文章是写关于在日本的见闻。[①] 剩下的虽然不是在福州创作却也涉及福建生活的内容。《认识东方》中与福建有关的篇目不仅在数量上占了绝对多数,在质量上更是相当优秀,《海上随想》、《榕树》、《戏台》、《走向山野》、《海潮》、《绘画》等名篇绝大多数都是在福州创作的。

从文本中所表现出的"异域形象"的内涵特色来看,克洛代尔笔下的东方(中国)是个气候温润清爽,树木四季常青,生长着榕树、橄榄、芦荟,与海洋有着

---

① 参见保尔·克洛代尔:《认识东方》,徐知免译,天津:百花文艺出版社,1991年,译者前言第4—5页。

密不可分联系的神秘东方。

这个"东方"只可能是以福建为中心的"东方",而不是以北京、上海等中国其他区域为代表的"东方",更不是漫天黄沙的西北大漠。可以说"福建"是克洛代尔"认识东方"的起点,"福建形象"是克洛代尔"中国形象"的基点。通过对克洛代尔"福建形象"的个案解读,以历时、共时双重纬度的其他"西方福建形象"为参照,探讨西方是如何想象福建,福建又是如何通过自身的特殊性影响西方的形象建构。

作为法国象征主义代表诗人的克洛代尔与其他人士在塑造"福建形象"的最大区别是什么?应该在于克洛代尔有着明确的文学自觉。对于福建,克洛代尔明确地表示:

> 但此刻,你们的帝国与我何妨?垂死的一切与我何妨?
> 还有被我留在这里的你们和你们的讨厌的道路,
> 我是自由的,你们的无情的安排与我何妨?至少我是自由的!我已寻得!至少我已身在其外。①

基于置身事外的态度,克洛代尔希望创造的是一个想象的福建,一个能够实现自我言说的福建幻象。

克洛代尔在《夜城》一文中曾经如此总结自己对福州的印象:

> 我走进去,带着这幅繁闹、古朴、杂乱无章的生活的回忆,一座既开放又丰盈的城市的回忆,聚居在一个屋檐底下、复杂的大家族的印象。现在,我看到了旧日的城市,一群人脱离了总的潮流,生活在古朴的杂乱不堪的环境中间。我从整个往昔中走出时只感到头晕目眩。在无数手推小车和轿子的一片嘈杂声中,在麻风病人和痉挛残疾者群里走过几道城门的时候,我蓦地看见租界里的电灯光芒。②

贫困病态却凝聚着古典艺术精华,落后于"总体潮流",却又举步迈向近代:是阳光下生机盎然的原野,也是弥漫着颓废的鸦片烟的夜城……这是多元复杂的福建在作品中的表现。复杂多面既是克洛代尔对福州的感觉,也是克洛代尔

---

① [法]克洛代尔著,秦海鹰译:《五大颂歌·神灵与水》(节译),载《国外文学》1991年第2期。
② [法]保尔·克洛代尔:《认识东方》,徐知免译,天津:百花文艺出版社,1991年,第14页。

所塑造的"福建形象"所展现的多元风貌,克洛代尔的福建形象受到多方面因素的影响,其中,个人体验是书写"福建形象"的重要基石之一。

一、克洛代尔的"个性"福建

克洛代尔是个具有强烈个人特色的"注视者",他所创造的"福建形象"也是具有浓厚个人气息的福建。克洛代尔从自身的审美倾向、精神气质以及个人遭遇出发,塑造了一个有别于同时期福建形象塑造者的"个性福建"。

1. 源自福建的东方美感

在《认识东方》第一篇描写福州的作品《寺庙》中,克洛代尔是以狰狞的乞丐和满是尸骸的枯井拉开了福州想象的序幕。接着他笔锋一转,开始写精美绝伦的七层宝塔和优雅空灵的寺庙:"寺院,这里是一座神殿,一幢华盖,一袭天篷,檐角飞动,云霞万千。"①

闽人的丑陋沉重与闽地建筑的精美空灵形成了鲜明的对比。克洛代尔既延续了19世纪法国大众文化对样貌丑陋中国人的想象,同时也延续了从耶稣会士时代开始的对中国园林建筑的歌颂。

与前人不同的是,对丑陋的闽人的刻画并不是为了贬低中国的人种,而是为了表现克洛代尔"以丑为美"的审美倾向。

在《认识东方》中,有许多"审丑"的表现:其丑无比的乞丐、没有眼珠的小孩、浓妆艳抹像牲畜似的妓女、满是泥泞和臭气的街道、满是尸骸的古井、面目狰狞的神像、蚂蚁窝似的城市概貌……

将《认识东方》比照法国诗人波特莱尔在《恶之华》(也译《恶之花》)中所描写的:巴黎街头被社会抛弃的穷人、盲人、妓女,肮脏飘着臭气的下水道,甚至是横陈街头的女尸……两者之间何其相似。受到波特莱尔的影响,克洛代尔打破了传统观念中程序化的美:"和谐"、"崇高"、"真"、"善"等,而是将"审丑"纳入了审美的范畴。

学者陈望衡在《论丑》一文中指出丑的本质有两层含义:"一是指伦理道德评价也就是恶的内涵,即'积极的恶',或称之为丑恶;二是指审美外观上不和谐的形式,即亚里士多德、各鲁斯、克罗齐所说的'不快感',休谟、桑塔耶纳所说的

---

① [法]保尔·克洛代尔:《认识东方》,徐知免译,天津:百花文艺出版社,1991年,第7页。

'痛感'。"①

克洛代尔笔下的"丑"无疑属于第二种。其目的是打破西方读者对中国形象的审美疲劳。"任何迷住远方文明的美的形象,已经不能使我们震动;我们极其喜欢符合我们情感的,或者,如果乐意的话,称之为符合我们成见的美。"②

克洛代尔面对的是西方观众对集体无意识中中国形象的"审美疲劳":重复前人的"异国情调"已经很难吸引西方读者,只能从"成见"之外寻找美,也就是从"丑陋"、"残缺"等方面寻找新的刺激西方读者的"美"。这是对马可·波罗、传教士们所塑造的满是财富、美女和哲人的"异国风情"的颠覆。

克洛代尔的"福建形象"对于"东方之美"不仅有颠覆,也有回归。

如果说以乞丐为代表的"丑"的意象是克洛代尔为打破西方传统审美经验所作的努力,那么以建筑为代表的"美"的表现,则正是对西方传统美学观念的回归。

园林建筑是17、18世纪的法国"中国热"的重要物质组成部分。乐黛云教授曾指出:"中国工业品导致了欧洲巴罗洛风格之后的洛可可风格,中国建筑使英法各国进入了所谓'园林时代',中国的陶瓷、绘画、地毯、壁饰遍及各地,直接、间接地推动了西方工业革命。"③

园林建筑同时也是历代西方人士"东方美"的典型范例。

在《认识东方》中对中国园林建筑的描写多达十几处,这不能不说是社会集体无意识在克洛代尔的创造中的自然流露,也是克洛代尔对法国大众传统中国美学观的回归。

"美"、"丑"并存的福建形象,实际上就是克洛代尔的美学追求的直观表现。克洛代尔一方面受到波特莱尔的影响,力图突破传统美学观对"美"的限制;另一方面,为了迎合大众的审美观感,则力求回归为大众所认可的"美"。总之,"审丑"或"审美"都是克洛代尔的艺术表现手段,正如前苏联学者奥甫相尼科夫等人在批判资产阶级颓废派艺术时曾指出:"对丑的描绘往往成为目的本身,这就

---

① 陈望衡:《论丑》,载《美学新潮》第3集。
② 刘东:《西方的丑学》,载《美学》第6辑。
③ 乐黛云:《世界文化总体对话中的中国形象》,见史景迁演讲、廖世奇、彭小樵译:《文化类同与文化利用——世界文化总体对话中的中国形象》,北京:北京大学出版社,1990年,第2页。

导致了畸形的唯美化。"①克洛代尔亦是如此。

2. "神性"自然

克洛代尔笔下的"福建形象"突出了对福建自然的歌颂,将自然提升到"神性"的高度。

在克洛代尔之前,不少外国人士谈到福建的风景优美,但都只是把"自然"当作是言说福建的背景。克洛代尔独创性地将"自然"作为书写福建形象的关键主题。《认识东方》超过三分之一的篇幅描写了大自然的和平瑰丽的景象:

> 我要问候这块土地……我抬起头来朝着永恒的山峦凝望,我频频向大地那德高望重的躯体之一。我不再只是看到衣裳了,而是透过云气看到山腰,肢体的巨大接合处,啊,我周围的杯之边缘啊!由于你我们才承受到天上的水,你是弥撒中奉献仪式的器皿啊!这个湿润的早晨,在越过坟墓和树林的大路转弯的地方,我看到了阴郁的巨大海岸,海岸下横着闪烁如练的江水。海岸浑身上下呈乳白色,屹立在正午的阳光之中。②

这段文字可以视为克洛代尔对福建环山面海自然地理的直观把握。他将多山的福建视为奉献仪式的器皿,并赋予了阳光下的大海以神圣庄严的气质。克洛代尔笔下的自然,不仅仅只是地理层面上的"自然",更是克洛代尔的精神家园。

克洛代尔对福建自然的喜爱很大程度是缘于对工业文明的不满,他无法忍受工业文明机械式的复制对个性的抹杀,也无法忍受生活诗意的丧失。对工业文明的批判成为诗人和同时代的西方许多知识分子的共同主题,向西方文明之外寻找精神归依之地,正是克洛代尔建构福建形象的原动力。诗人渴望远离"这骚动的人群,种种婚姻和战争的诡诈,黄金和那些经济权力的交易以及整个混乱的局面……"③

于是他将目光投向了没有受到现代文明污染的福建原野:

> 峰峦像成百个老者垂拱而立。圣灵降临节的太阳把纯净而盛妆的大

---

① 转引自刘东:《西方的丑学》,载《美学》第6辑。
② [法]保尔·克洛代尔:《认识东方》,徐知免译,天津:百花文艺出版社,1991年,第115页。
③ 同上书,第135页。

地照得亮堂堂的,深湛得像座教堂。空气如此新鲜而澄澈,我仿佛觉得自己正光着身子前进,和平肃穆,万籁俱静。四周,好像有人在吹笛子。远方的笛音与把水汩汩地送入田地的水车声遥相应和(一群男女,三个一班,手臂扶在栏板上,汗流满面,欢笑着在三排轮轴上踏步起舞)。这一片可爱而庄严的平原就铺展在旅行人脚下。①

克洛代尔将福建刻画成一个沐浴在上帝荣光之下的牧歌田园,赋予了福建的自然美景净化人心的"神性"力量。

福建的田园气息,使克洛代尔有了一种在现代文明城市所不具备的归属感,在宁静安逸的福州,让他想起了自己远在法兰西的故乡。福建给诗人带来了如故乡般亲切的感觉,"因此他最喜欢这个温暖常绿的南方海滨城市"②。

克洛代尔对福建自然的把握秉承了浪漫主义时期对自然的言说方式,嫁接的内容却是福建的风光。卢梭、华兹华斯等人的"自然观"对克洛代尔的影响至深。

卢梭认为,科学的发展泯灭了人的本性,使人性受到压制,他赞美原始的自然状态,痛恨机械化大生产对个性的扼杀。克洛代尔同样厌倦程序化的"千篇一律":"在现代城市中人们看到街道和市区围绕着交易所、菜场、学校,鳞次栉比,十分拥挤,市政大楼高耸的屋顶和连片的广厦浮现在无数千篇一律的民居上空。"③因此,他特别喜爱福建充满南国风情的个性化原野。福建的自然是克洛代尔心灵的慰藉,他经常漫步于福州的郊外寻求神启。这一点契合了英国浪漫主义诗人华兹华斯的自然观。

在华兹华斯看来:"自然是人类的朋友、老师、乳母与慰藉者,人类应与自然亲切交往;自然是理性的象征,与人类世界的动荡不安相比,它更稳定,更有秩序,更可信赖;自然是神性的表现,人们通过儿童返回自然……"④

克洛代尔并没有完全沿用华兹华斯的观点,他舍弃了关于"儿童是人类返回自然的中介"这一观点,强化的是对自然的亲近感和对神性自然的表现,即

---

① 保尔·克洛代尔:《认识东方》,徐知免译,天津:百花文艺出版社,1991年,第32页。
② 同上书,第4页。
③ 同上书,第75页。
④ 苏文菁:《华兹华斯诗学》,北京:社会科学文献出版社,2000年,第48页。

"将自然神圣化,把上帝的属性转移到自然中来,并将之视为一有机整体"①。克洛代尔将上帝的神圣、平和、庄严肃穆的属性移植到福建的"自然"中,将福建的"自然"视为是对西方知识分子的救赎之地。在他看来,自然作为上帝的创造物,象征着美丽、光明和生命;而城市则是人类的创造物,是自然的对立面,是丑陋、黑暗和死亡的象征。为了能更好地突现福建自然的神性,克洛代尔刻意安排了双重对比:一方面安排的是"西方"与福州的对比,另一方面则刻意安排了福州"城市"和原野的比照。在《走向山野》一文中,克洛代尔设计了这样一个从城里走向郊外的过程,以截然相反的两种笔调分别描写了福州的城市和原野。

城市是脏乱丑陋的:"这些街道仿佛是公墓的路径……街道总是散发出污垢和头发的气味。……还有一个,裤管直卷到大腿,露出了屁股腚上用叶片遮住的发疱膏药,正对着旁边敞开的门撒尿;一个老太婆用双手在梳头,头上满是疮痂……"②

虽然这段表述可以理解成克洛代尔"以丑为美"的美学倾向,但是对照上文引述的克洛代尔对"神性"原野的描述,就可以发现克洛代尔目的是将"城市"和"自然"区别对待。

克洛代尔在城里闻到的是污垢和头发的异味,到郊外则是橘子和油橄榄的清香;在城里看到的是麻木病态的人,在郊外则看到焕发生命活力的农民农妇;在《夜城》中看到的是抽鸦片、卖淫的罪恶,而到了原野则看到了上帝神圣的光芒……克洛代尔将福建形象裂变为"光的原野"和"暗的城市"这样互不包容而又相互影响的两方面。一方面,丑陋、肮脏和贫困的现实置于夜晚城市的黑幕之中,进一步突出了阳光照耀下原野的圣洁,强化了"光与暗"、"自然"与"城市"的对立;另一方面,克洛代尔又将福建作为巴黎、伦敦等大城市的参照,突出了福建未受现代文明污染的一面,将之塑造成为苦于现代文明压迫的知识分子的精神寄托之所。通过双重比照,丰富了福建形象的层次性。

浪漫主义时期"自然"主要的表现对象是乡村景色:农民的劳作、田间的麦草堆、教堂、树林、原野等。克洛代尔将浪漫主义时期的"自然"搬到了远在东方的福建,当时的福建少有教堂,于是克洛代尔将关注的目光投向了福建的寺庙

---

① 保尔·克洛代尔:《认识东方》,徐知免译,天津:百花文艺出版社,1991年,第48页。
② 同上书,第40—41页。

和园林。

> 寺院,这里是一座神殿,一幢华盖,一袭天篷,檐角飞动,云霞万千。……中国的建筑物可说是废去墙垣的,但使屋顶舒展,变化多姿,檐角高挑,优雅地翘起,朝天空中起伏腾跃,形成曲线;它们仿佛悬挂在半天似的,屋顶愈是广阔,愈是足以承重,那么,由于其本身重量,反而更增加了轻快飘逸的感觉……①

福建的寺庙令克洛代尔不由自主地联想起欧洲的教堂:"这块宗教圣地不像欧洲的圣地那样,匀称而严整,蕴含着某种信念和限制的教义的奥秘感觉。它的作用并非为了捍卫绝对、反对外观;它形成某种气氛,可以说是高悬于天上的那种气氛,寺院把整个大自然都渗透到奉献仪式之中了。"②

克洛代尔所营造的宗教氛围令"福建形象"显得分外神圣而庄严。在福建所见的建筑形式,以直观的形象冲击着诗人的视觉,点拨着诗人对东方古老文化的感悟:

> 这个经营有限空间的艺术就是利用回廊、歧路,以扩展视觉范围。高低蜿蜒的波浪似的围墙把这地方割成了好些空间,花墙上露出的树梢和亭台楼阁的屋顶好像都在邀请客人们深入探索内中的奥秘,让他们脚下带着失望的心情不断转换着惊奇感觉,把他们推得更远。③

从园林建筑联想到中国的空间表现,克洛代尔描写的不仅仅是福建的园林,更是感悟着中西文化之间的不同。通过对寺庙、园林等富有东方风情的景物的描写,克洛代尔将"异国情调"与欧洲浪漫主义的"自然"观完美地嫁接起来,实现"中""西"因素的完美统一。

3. "死亡之乡"的"坚忍"闽人

在克洛代尔笔下,福建既有"神性"的自然,又有黑暗堕落的城市。生活在其间的闽人又是如何?

《认识东方》第一篇描写福州的作品《寺庙》中,克洛代尔一开始便遭遇了福

---

① [法]保尔·克洛代尔:《认识东方》,徐知免译,天津:百花文艺出版社,1991年,第7页。
② 同上书,第6页。
③ 同上书,第60页。

州最贫困的人群:

> 我从车上下来,那大路起头处就是一个面目狰狞的乞丐。一只糊满了血污和泪水的独眼,一张嘴巴给癞疮溃烂得皮开肉绽,露出一口骨头似的黄牙,直到根部,长长的就像兔子的门牙,他定定地呆望着;他脸上的其他部分一片模糊不清。①

克洛代尔还目睹了福建最残忍的一面:"这片旷野是一个广阔的坟场。到处都是棺材……我从一个收容所和一口井之间走过,井里尽是小女孩的尸骸,这些尸骸都是他们的父母扔掉的。井一满,人们就填掉;现在该另外再挖一口了。"②

狰狞的乞丐、满是尸骸的枯井揭示了闽人极为艰辛的生活状态。

前工业文明时代,外国入闽人士几乎都以艳羡的口吻谈到了福建丰富的物产和繁荣的贸易。"世俗财富"成为西方前工业文明时期解读外国人眼中的福建形象的关键词。

克洛代尔在《寺庙》开篇所描写的那位乞丐似乎就是为了扭转欧洲对财富福建的想象。克洛代尔还写到了抽鸦片的闽人、等待客人的福州妓女、福州码头贫困的搬运工……《认识东方》所展现出的是一幅幅挣扎在贫困线上的闽人生活图景,飘散着难闻气味的街道和尸骸随意散乱的墓地象征着闽人艰难的生存环境。

在克洛代尔看来,福州甚至是整个中国都是一个"死亡之乡":

> 我们随着黝黑的人群走进十分狭窄的街道……屋里头幽黑处有个孩子在啼哭;在层层堆叠的棺柩中间,一只烟斗正冒出点点火星……一个昏黄色泽的巷底。一个巨大的灯笼吐出耀眼的强光。血的颜色,瘟疫的颜色。
>
> 另一边,凿有一条小河……我们看见河上停泊着不少舢板,灶火明亮,人影憧憧,猬集其间,宛如地狱游魂。③

---

① [法]保尔·克洛代尔:《认识东方》,徐知免译,天津:百花文艺出版社,1991年,第4页。
② 同上书,第5—6页。
③ 同上书,第12—13页。

尸体和骸骨在卢公明和约翰·汤姆森看来是抨击福建的有力证据,在克洛代尔眼中,"死亡"就像生命那样自然。受到老子思想的影响,克洛代尔对死亡有了全新的理解。克洛代尔曾经说过:"在这些(东方的)的宗教里有一种最为矛盾、最有趣味的哲学,这就是老子和《庄子》。道教很有意思。"①在克洛代尔看来,老子的思想提供了人与自然和谐相处的新观念,弥合了物质和精神的矛盾。老子思想体系的最高原则是"道法自然"。在人的生死问题上,道家认为生死乃是自然变化的必然轨迹,视生死为一种很普遍很平常的"自然"现象。在《认识东方》中,克洛代尔表现出与基督教"生死观"截然不同的理念:

> 冬天那寂寞的双手将不会野蛮地剥去大地上的覆盖物。没刮一丝风,没有一点锋利的冰霜,没有一处被淹没的河塘。这里真比五月时还要温和……现在,仿佛一颗心因为你的不断劝说而让步了,谷粒脱出麦穗,果实离开枝头,土地渐渐抛弃了所有坚持的央求者,死亡松开了过于盈溢的手掌。她现在听见的这个词儿比她结婚那天的言词更加神圣,更加丰富:一切均已终结。鸟儿已经熟睡,树木都在冉冉升起的暮霭中入眠,贴近地面的太阳把它的光辉均匀地洒遍大地,白日已尽,一切均已终结。这个终结正是对上天提问的最好回答。②

通过对福建冬天的描写,克洛代尔展示的"死亡"没有下地狱的恐惧,也不存在上天堂的喜悦,而是一种安静祥和的"终结",一种神圣的安眠,这种安眠通向另一番新生。

克洛代尔将福州塑造成"死亡之乡",并非对福建的批评和贬斥,而是对人生的全新思考。这是克洛代尔对中国文化选择和吸收的结果。出于这样的观点,在克洛代尔对在"死亡之乡"生存的"贫弱"闽人也有了全新的认识。

克洛代尔关于"贫弱"福建的写作,符合了当时西方集体无意识对"东方"的想象,却不是克洛代尔渴望表现的主题。写了"福建"的贫弱并非要抨击福建的现实,而是用物质上的极端贫困来凸现闽人精神上的满足:"又粗又壮的卸货工浑身裹着破烂布片,肩上扛着扁担像长矛,在疾风里围着菜肴狂啖大嚼,那些吃

---

① [法]保尔·克洛代尔:《认识东方》,徐知免译,天津:百花文艺出版社,1991年,第8页。
② 同上书,第46页。

过饭的就坐在渡轮小车边上,喜笑颜开,两只手捧着热气腾腾的饭团,感受着还残留在齿颊间食物的余香。"①

就算是乞丐,也同样能够享受安稳的睡眠:"于是我又想起那个鸠形垢面的乞丐,头发蓬乱得像黧黑的灌木丛,他笔直翘起一条干瘦如柴的腿,仰着身子,平躺在这份朦胧的微曦之中。"②

面对匮乏的生存环境,仍然可以安然处之的心态,这正是过度沉迷于物欲的西方人所欠缺,却是克洛代尔所希望展示的精神状态。克洛代尔借助上帝对众生的平等相待,从侧面来表现对贫弱闽人的肯定:"穷人和富人,孩童和老人,正直的人和有罪的人,法官和囚犯,人也和动物一样,他们全体都像兄弟一样,正在啜饮神浆。"③

闽人和西方基督教徒一样,平等地受到上帝的眷顾,这是克洛代尔之前的西方人士所不曾提及的。卢公明等人将中国人视为远离上帝神光的等待救赎者,而克洛代尔则将闽人纳入到上帝神恩的眷顾范围之中,预示着西方对闽人有了更进一步的认识。

借助福州的代表性植物——榕树,克洛代尔高度赞扬了闽人在生存重压之下表现出的坚忍气质。

> 这榕树像阿特拉斯似的稳稳地站在那儿,挺着弯弯扭扭的主干,还有肩膀和双膝,仿佛正扛着天宇的重担……
>
> 这庞然大物用力牵引,缓缓地伸开手脚……粗糙的厚皮都崩裂开来,暴出一根根青筋。他的枝柯朝上直窜,虬曲,纵横交错,扭曲着腰和双肩……胳臂一起落,关节伸缩着举起了全身。……正在努力地挣脱僵硬的土地。榕树简直像是从深处举起重负,全身憋足了劲抗住它似的。④

克洛代尔还将榕树称为"植物界的赫拉克勒斯"⑤。阿特拉斯和赫拉克勒斯都是西方人所熟知的古希腊英雄,将榕树比做这两位英雄不仅形象地写出了

---

① [法]保尔·克洛代尔:《认识东方》,徐知免译,天津:百花文艺出版社,1991年,第122页。
② 同上书,第41页。
③ 同上。
④ 同上书,第38页。
⑤ 同上书,第39页。

榕树与自然抗争的雄伟身姿,更暗示出了闽人潜在隐忍而坚忍的精神气质。克洛代尔将这种气质视为深受敏感、脆弱而颓废等现代精神疾病困扰的"西方"知识分子的治愈良方。

4. 海洋福建

克洛代尔对于福建的海洋气质有着深刻的体会,在《认识东方》中多次写到了大海,克洛代尔通过海洋来到福建,在海上观察福建,从福建思索海洋。克洛代尔的"福建形象"飘散着浓重的海洋气息,在克洛代尔笔下的福建是个将海洋融入血脉之中的海洋省份。

闽人熟练地驾驶着各种各样的船只在河道上、海面上穿行,就连女人都十分善于划船:"那船娘一足独立,像白鹤一样,她用膝盖护住她吸奶的婴孩,驾着舢板,飘过入境的水面……"①

克洛代尔感悟着这个省份与大海剪切不断的血脉联系:闽人在海上颠簸的小船上诞生,在船上成家立业,在海洋的怀抱里长眠,在船上祭奠亡灵,从生到死,闽人离不开养育自己的海洋。海洋已经成为一种生命融入了闽人的血液中。

在《午潮》一文中提到了福州港口的商业繁荣:

> 作为这座商业繁兴的堤岸的过客,我总要去看看波涛带来了一些什么东西……无数船只被潮水牵曳着,连成一线。肚子鼓鼓的帆船在斜风中疾驰,四架帆像铁锹似的绷得紧紧的,福州帆船的船帮上每一边都用绳索绑着巨大的梁木,随后在一群散散落落的三色舢板中间,有欧洲巨舶,满载石油的美国帆船,以及所有马迪安起重浮箱,汉堡和伦敦的货轮,穿梭来往于海岸和岛屿之间的商贩小船。②

来自世界各地的船只为福州带来的不仅是各种舶来品,还有先进的西方文明。在这座海洋所恩宠的城市里,福州帆船和欧洲巨轮、美国帆船一起滋养着城市的发展,福建大海般的包容心态从容面对着时代的变迁。

在克洛代尔看来,大海是福建对外贸易的生命线,"大海"还将自身的印迹

---

① [法]保尔·克洛代尔:《认识东方》,徐知免译,天津:百花文艺出版社,1991年,第42页。
② 同上书,第121页。

烙印在福建的建筑物上。在福州的某间寺院中,克洛代尔看到了"正殿的顶端角上,装饰着两条粉红色的大鱼,翻腾而起,尾巴朝着天空,鱼头上那长长的触须尤颤动不已"①。在另一处园林中,克洛代尔也注意到了"屋顶或高或低,简繁由之,有些透迤如三角楣,有些浮悬如铃铛,其上均饰有各种柱头人物雕像,荷叶蕨和游鱼点缀其间……"②在克洛代尔看来,建筑上铭刻的是关于一个区域集体记忆最深的印象,"海洋"成为支撑闽文化世代传承的血脉。

只有将福建与北京加以对照,方能深刻地体会到克洛代尔对"海洋"福建的把握。对于北京,克洛代尔是这样表述的:

> 可现在,我住在的古老帝国中一个残垣断壁,
> 身边是颜色忧虑的皇宫,树木丛中,屋脊确立,掩映着一尊腐朽的御座。
> 远离自由、纯洁的大海,身处土中之黄土,
> 这里,汇集着龌龊的水渠、失修的孤岛、驴和骆驼的行径,
> 这里,主宰土地的帝王开出犁沟,而后举起双臂,求助于呼风唤雨的皇天上帝。
> 犹如暴风雨到来时,长长海岸线上可以看到,岩石的峰尖和灯塔被雾霭和粉碎的泡沫紧裹。
> 大地的古风中,方正的禁城把它的城堡和城门高耸,
> 黄土的大风中,里三层外三层,重重排列着大象一般高大城门,
> 卷着灰烬和尘埃的大风,卷着硝烟和昏暗的大风,那是索多姆的风,那是埃及和珀斯帝国的风,是巴黎、巴比伦、达德莫尔的风!③

在诗里,诗人以其敏锐的直觉把握了以北京为代表的中原黄土文明的封闭与自守。诗人把北京与历史上那些曾经有过辉煌文明、却走向没落的帝国和都市联系在一起。黄土弥漫的封闭的城,卷着硝烟的昏暗大风,勾勒出大清帝国的末世景象。

作者笔下破败而颓废的北京,与安逸宁静、连死亡都异常温和的福州形成

---

① [法]保尔·克洛代尔:《认识东方》,徐知免译,天津:百花文艺出版社,1991年,第8页。
② 同上书,第16页。
③ [法]保尔·克洛代尔著,秦海鹰译:《五大颂歌·神灵与水》(节译),载《国外文学》1991年第2期。

了鲜明的对比。在克洛代尔的观念中，北京是黄土和狂风主宰的城市，象征着中华帝国逝去的繁荣与威严；福州则是海洋孕育的城市，是"水"的圣地，象征了新生的力量。和北京象征古老王朝的静止不变相比，海洋福建拥有更为顽强的生命力。克洛代尔用西方海洋文明的视角来观察福建，理解闽人的精神气质，正是通过对闽人内在精神气质的把握，他缔造出一个在晚清动荡风云变幻的局势中，以大海般宽容心态包容一切的海洋福建形象。

二、"东方迦南"：与西方集体无意识的"貌离神合"

葛桂录在《他者的眼光——中英文学关系论稿》一文中指出："任何作家对异域文明的见解，都可以看做是自身欲望的展示和变形。比如，当他们描述中国幅员广阔，物产众多，遍地财富，到处城郭时，他们也在展现自身的缺憾，并表达自己的某种欲望。……同样，当谈及中国荒芜颓败、野蛮愚昧时，也显示出自身的那份种族和文化优越感。"①

纵观外国入闽人士所创作的福建形象，言说福建目的是为了言说自身的欲望。克洛代尔也不例外。同时期西方人眼中福建的负面因素，如古老、贫弱等，克洛代尔都对其重构和再解读，极力地美化福建形象。对福建的美化，是出自内心的认可，还是别有所图？

"迦南"一词是对克洛代尔笔下"福建形象"最有力的概括，也是解读克洛代尔内心真实情感的核心关键。

"迦南"最早出现在《经书》的《创世纪》，"迦南"原是挪亚的孙子的名字，后来变成"迦南"一族居住的地方，是上帝许诺给基督徒的"牛奶和蜜的美地"，也是基督教徒的精神家园。②

将福州比做"迦南"，这是虔诚天主教徒的克洛代尔对异域最高的礼赞，足见诗人对这片"玫瑰与蜜"的土地充满了深情。不仅仅是因为在某种层面上，福州的田园景色与自己的家乡相似，唤起了诗人的思乡之情；从更深的精神层面而言，福建的田园山林所表现出的恬静祥和的意境，对于苦于工业文明对人性的压抑的克洛代尔而言，意味着精神的家园和心灵的归宿。福建的海洋气息契

---

① 葛桂录：《他者的眼光——中英文学关系论稿》，银川：宁夏人民教育出版社，2003年，第5页。
② 在《以西结书》中，曾有"主耶和华对耶路撒冷如此说：'你根本，你出世，是在迦南……'"

合了克洛代尔内心的精神波动。

钱林森曾指出:"20世纪东游的这群诗人,是怀疑的一代、探索的一代,尽管他们因着不同的机缘、不同身份离乡远游,但多半出于对自身文化的怀疑和颠覆,出于对'他者'相异性的诱惑和吸引而走进中国,将之视为投放自己梦想的合适场所。"①

克洛代尔正是抱着这种目的来到中国的。在克洛代尔看来,未受工业文明污染的、类似故乡的海洋福建,是投放自身梦想的合适场所。然而,克洛代尔塑造福建形象的目的不仅仅只是为了反思工业文明,熟悉基督教义的人就能理解"迦南"一词所隐含着更深层的含义。

> 耶和华对亚伯兰说:"离开本地、本族、父家,往我所要指示你的地区。我必叫你成为大国。我必赐福给你,叫你的命为大,你也要叫别人的福。为你祝福的,我必赐福与他;那诅咒你的,我必诅咒他。地上的万族都要因你得福。"②

上帝为亚伯兰指明的赐福之地就是"迦南","迦南"的万物得到祝福还是诅咒都是由亚伯兰决定。把福州比做"迦南",联系在《神灵与水》中克洛代尔将自己提升到与造物主同在的高度,就可以发现克洛代尔的态度倾向,这位高高在上的殖民外交官为西方人民指出了另一个"迦南",暗示着让西方人前来征服这块由上帝赐予的土地。通过文学手段来言说的是基督教扩张精神和帝国主义殖民倾向的潜藏欲望。

周宁曾指出:"外国人眼中的他者形象,其中包含着对地理现实的某种认识,也包含着对中西关系的焦虑与期望,当然更多的是对西方文化自我认同的隐喻性表达。"③

克洛代尔对福建的言说,实际上就是对自我身份、自我欲望隐喻性的表达。克洛代尔既作为"美的发现者",发现这片所表现出的相异于西方的美;又是虔诚的天主教徒,在福州的原野和海洋寻找"上帝的神光";更是高高在上的殖民外交官,渴望把这片"迦南"乐土收归西方的怀抱。

---

① 钱林森:《光自东方来:法国作家与中国文化》,银川:宁夏人民出版社,2004年,第289页。
② 《圣经》:简化字现代标点和合本(中英文对照),中国基督教两会,2004年,第16页。
③ 周宁:《中国形象:西方的学说与传说》,北京:学苑出版社,2004年,总序第9页。

《认识东方》中的"福建形象"折射出的不仅是克洛代尔个人的"身份"和情感倾向,而是19世纪西方对中国的集体欲望。19世纪,西方几个主要的资本主义国家相继完成产业革命,开始进入帝国主义阶段,它们纷纷加大了向外殖民、掠夺资源的力度。与此同时,中国由于数百年的闭关自守,已经远远地落后于世界发展的潮流。中西力量对比的逆转以及西方社会内部的自我变革,改变了西方观看中国的视角。"欧洲中心主义"和"殖民主义"是这一时期西方言说中国的关键语境。

克洛代尔一方面不吝啬对福建神性自然、闽人的坚韧品格等加以赞美,但另一方面,克洛代尔描写了很多病弱、残疾、外形丑陋生理上不健全的中国人,以及人民生活贫困,街道肮脏、气味难闻,鸦片泛滥、娼妓成群等在西方人看来颓废衰败的社会现象。在"审丑"的过程中,从克洛代尔看似"客观"的文字表述中,从作者所设置的美丽的风景和丑陋闽人、贫弱社会的对比中,西方读者满足了自我的优越感。

《认识东方》的书名直接揭露了克洛代尔"欧洲中心主义"的倾向。在福建形象的塑造过程中,克洛代尔是以"西方"为参照来认识"东方"的:

"先进"的西方/"落后"的福建(推而广之整个东方)

"现代"的西方/"古老"的福建

"智慧"的西方/"愚昧"的福建

"财富"的西方/"贫困"的福建

……

通过这种二元对立的划分,克洛代尔将关于福建的言说建立在"东方主义"的范本上。

"东方主义"是赛义德在福柯的"权力与话语"理论的基础上发展起来的一套西方人所建构的关于东方的认知与话语系统。赛义德力图从三个层面来解释东方主义:第一,东方主义是建立在"东方"与"西方"二元对立基础上的思维模式。第二,它是一个西方研究东方的学科领域。第三,它是一种权力话语方式,是帝国主义与殖民主义的文化意识形态的表现。在《东方学》一书中,赛义德指出在西方的话语系统中,人为地将世界划分为"东方"与"西方"两个对立的层面。西方关于东方的言说,是西方企图征服东方的产物。作为一种权力话语方式的东方主义,赛义德将其视为"西方用以控制、重建和君临东方的一种方式"①。

"东方迦南"是作者个人身份和西方集体无意识的综合产物。通过对这两个关键词的解读可以发现,虽然表面上克洛代尔不同于极力贬斥福建的同时期西方福建形象塑造者,而极为推崇福建;但实质上克洛代尔与卢公明等人代表的 19 世纪主流的西方福建形象,虽然在表现形式上有所差别,但实质是一样的:都是为了控制、支配东方。可以说克洛代尔笔下的福建形象与这一时期西方对中国的集体想象"貌离神合"。

莫哈在阐述比较文学的方法论时曾经提到:"一个形象最大的创新力,即它的文学性,在于使其脱离集体描述的总和(因而也就是因袭传统、约定俗成的描述)的距离中,而集体描述是由产生形象的社会制作的。因此,只有在对社会集体想象物进行了必要的检视后,形象的文学性方能显现出来。"②

根据莫哈的理论,要考察克洛代尔在《认识东方》中所塑造的福建形象的创新性,或者说是文学性,必须对其社会集体想象进行必要的检视方能凸现。

通过与历时、共时双重纬度"西方福建形象"的对比,克洛代尔的"福建形象"与"集体描述"(也就是西方集体无意识中的福建形象)保持着不即不离的距离。

克洛代尔的"福建形象"表现的是复杂而立体的福建,一方面,克洛代尔对福建极为推崇,将之视为救赎西方现代文明的精神乐土;另一方面,克洛代尔同样是站在"欧洲中心主义"的立场,言说福建实质上是为了占有福建。这一倾向迎合了 19 世纪以殖民主义语境为主导的西方集体无意识。

除了受到时代语境和西方社会集体无意识的影响之外,作者自身的审美倾向、宗教信仰、情感经历以及文化选择等,也都是影响克洛代尔福建形象的重要因素。正是因为这些因素的存在,才使得克洛代尔的"福建形象"不是只做意识形态的"传声筒",同时具有鲜明的个性特征。

在克洛代尔个人体验中,殖民外交官、天主教徒和文学家的三重身份是影

---

① [美]爱德华·赛义德:《东方学》,王宇根译,北京:生活·读书·新知三联书店,1999 年,第 4 页。
② [法]让-马克·莫哈:《试论文学形象学的研究史及方法论》,孟华译,见孟华主编:《比较文学形象学》,北京:北京大学出版社,2001 年,第 29 页。

响其"福建形象"塑造的最关键因素。作为殖民外交官的克洛代尔,希望"西方"特别是法国支配福建这片土地;天主教徒的克洛代尔则通过"福建形象"来言说基督教的扩张精神;身为文学家的克洛代尔则是用象征、隐喻等方式含蓄地表达了自我的欲望。对工业文明的批判和"海洋福建"精神气质的把握,是克洛代尔区别于同时期的其他西方福建形象塑造者最深刻的认知。

总之,克洛代尔的"福建形象"既反映了自 19 世纪以来西方对中国的集体想象和占有欲望,更是克洛代尔个人体验的结晶。

三、"他者"的"福建形象"

以克洛代尔为代表的"西方福建"形象,是区别于现实福建的"他者"。"他者"作为解读"西方福建形象"的关键词,既反映了西方文化构筑中国形象的意义过程与观念视野,也折射出福建的区域文化独特性。我们还是以克洛代尔的"福建形象"作为重点分析对象,探讨"他者"之于"福建形象"的重要意义。

1."他者"言说"欲望"

克洛代尔的"福建形象"将"他者"的双重作用发挥得淋漓尽致。克洛代尔的高明之处就在于他将西方的欲望包装在对福建的赞美中,将对西方的认识和反思借助福建的特质表现出来。

其时在法国的大众文化想象中,中国形象一落千丈,成为"堕落"和"鸦片"的代名词:

> 在 19 世纪法国大众的想象中,中国人粗鲁、欺诈、虚伪,他们沉溺于吸食鸦片,只讲究酷刑和吃喝。儒勒·凡尔纳在《八十天环游地球》一书中,唯独选取了抽大烟的病夫作为典型的中国人来加以描写。[①]

在唯美主义者和象征主义诗人笔下,中国则成为满是才子佳人风花雪月的古典艺术乌托邦。著名的法国女诗人朱笛特的《玉书》向她的同胞们展示的就是这样的一个充满浪漫与激情的古代中国。

比较文学的著名学者巴柔曾经说过:"'他者'都是作为自我欲望的对象存

---

① [法]缪里尔·德特里:《法国——中国:两个世界的碰撞》,余磊、朱志平译,上海:上海译文出版社,2004 年,第 48 页。

在,是自我欲望的补充和延伸。'我'要言说'他者',在言说'他者'的同时,我又否定了'他者',从而言说了自我。"①

法国大众想象的中国反映的是西方的优越感和对东方的殖民占有欲望,而唯美主义者和象征主义诗人则是把中国当成是逃避现实的精神乌托邦。克洛代尔将两者对中国的言说完美地融合在自我的想象中,借助对福建区域特色的言说表现出来。通过对福建自然和闽人坚韧气质的歌颂,克洛代尔将对工业文明的反思和批判融入福建形象中。此外,克洛代尔把对福建海洋属性的把握提升到了前人未有的高度。

前工业文明时代西方关于福建的想象,焦点集中在海洋所带来的财富上,虽然已经感觉到了福建与中国其他区域表现出不同的形态,对福建区域文明独特性的把握还是处于片断零散的状态。

到了工业文明之后,西方经历了大航海时代,深化了自身对海洋文明的理解,对福建海洋特质的关注也从物质转移到精神层面。与克洛代尔同时期的法国医生岱摩等人的福建形象虽然已经涉及了闽人的精神特质,却由于表现力不足,对福建的表现仅仅停留在简单的描述。

克洛代尔的福建形象是对"西方福建形象"的高度概括,他感受到了福建与海洋密不可分的联系,成功地从精神层面把握福建海洋文明的特质。克洛代尔凭借其丰富的表现力,将福建的区域特色展示在西方读者面前,为西方的中国形象注入了新鲜的血液。

福建是中国在海外最具知名度的省份之一,对福建的描述多出现在日记、游记等标榜"真实性"的文本中,以诗意的语言对福建的风物进行详细的勾勒还是相当少见的。葛雷是如此评价《认识东方》这部散文诗:

> 是一组绚丽多彩的中国风情画卷,是一曲曲扣人心弦带有浓郁东方情调的乐章。在形式上他采用了波特莱尔和韩波所用过的散文诗的形式,但在抒情和语言的新颖上则别具一格,前无古人。……和19世纪那些作家笔下的中国相比,内容朴实得多,具体得多,也生动得多。……《认识东方》的出版,把法国文坛原有的中国热推向了一个新阶段,开始了诗人、作

---

① [法]达利埃尔-亨利·巴柔:《形象学理论研究:从文学史到诗学》,见孟华主编:《比较文学形象学》,北京:北京大学出版社,2001年,第203页。

家来中国的新纪元。①

《认识东方》之所以比起19世纪作家笔下的中国"内容朴实得多具体得多，也生动得多"，关键在于克洛代尔引入了鲜明的福建因素。福建温润的海洋气候与特殊的文明特色与外国人心目中以长城和紫禁城为代表的"中国"有着很大的区别。以福建为主要表现对象的《认识东方》一问世，就给西方读者带来耳目一新的感觉。《认识东方》塑造了鲜活而又充满作者个人色彩的福建形象，以其鲜明的地域因素丰富和深化了西方中国形象史对中国的描述和想象。

克洛代尔对福建的创造性想象，在"西方的中国形象"的发展史上有着承上启下的重要意义。一方面，克洛代尔延续了18世纪启蒙主义中国潮，以及19世纪法国盛行将中国视为"艺术乌托邦"的社会集体想象，对中国进行了诗意化的赞美；另一方面，克洛代尔改造和拓展了西方中国形象的内涵，他将哲理福建、海洋福建引入法国社会，创造性地开辟了20世纪法国甚至是整个西方社会对中国的新一轮的想象。

克洛代尔的《认识东方》之所以能在法国甚至是整个西方引起轰动，还有更深层的原因。1805年特拉法尔加海战中，法国的战败导致将海上霸权拱手相让。这一惨痛的经验教训深刻地铭记在法国人的记忆深处。克洛代尔对"海洋福建"的描述，并在某种层面上唤起了法国乃至整个西方对海洋的记忆以及通过海洋征服世界的欲望。

正是由于克洛代尔对以福建为代表的中国做了充满激情的理想化描述，使许多法国读者对中国产生了美好向往。塞加朗、马尔罗、圣琼·佩斯都是在读了《认识东方》之后，才决定来中国，或者更坚定了来中国的决心。在维克多·塞加朗、圣琼·佩和安德烈·马尔罗等人的作品中也可以发现克洛代尔的影响。②

直到当代克洛代尔对法国知识分子还发挥着不可估量的影响。

据蓬皮杜夫人回忆，她和丈夫最早是通过克洛代尔的《认识东方》认识中国

---

① 葛雷：《克洛代尔和法国文坛的中国热》，载《法国研究》1986年第2期。
② 余中先：《克洛代尔与中国传统文化》，钱林森、克里斯蒂昂·莫尔威斯凯主编，见《20世纪法国作家与中国》，1999南京国际学术研讨会，南京：南京大学出版社，2001年，第72页。

的……①

法中文化年法方组委会主席昂格米先生②如此回忆道:"我对中国文化知之甚少。但我读过一些关于中国的书,特别是一些受中国文化影响的作家如保罗·克罗代尔和圣—琼·佩斯等人写的书,从中获得一些印象,进而对中国文化产生了浓厚的兴趣。"③基于克罗代尔的审美创造对整个西方社会,特别是法国的深刻影响,余中先称之为"在中法文化交流史上,他可算是现代法国文坛上向国人介绍中国文化的第一人"④。

2. "他者"凸显"福建"

> 从外部,从另一种文化的陌生角度来观察自己,才能看到许多从内部无法看到的东西。⑤

这句话不仅适用于形象塑造者反思自身文明,同样适用于被注视的"异域"。"他者"的概念是双向的,对于形象塑造者而言,异域形象是不同于自身文明的异域想象;而对于被注视的区域而言,"他者"则是夹杂了他人眼光的关于自我的变形影像。

以克罗代尔的"福建形象"为例,克罗代尔通过福建形象展示的不只是西方征服东方的欲望和西方对自身工业文明的反思,更是表现了福建形象区别于中国形象的特殊性——海洋性。

许多讨论异域形象的作品往往把"他者"作为映照形象创作者自身文化需要的镜子,却忽视"他者"对"异域"自身的重要意义。

苏轼曾经在《题西林壁》一诗中指出:"不识庐山真面目,只缘身在此山中。"只有超脱自我视野的局限,才可能更好地认识自己。外国人塑造的关于本民

---

① 果永毅:《蓬皮杜夫人的中国情》,见人民网,http://www.people.com.cn/GB/guoji/209/5067/5068/20010418/445741.html。

② 法国著名作家、法兰西学院院士,曾任法国外交部文化、科学、技术关系总局局长,法国国家图书馆馆长。

③ 张祝基、王芳、黄十庆:《法中文化年法方组委会主席昂格米专访——"我们渴望更好地了解中国"》,来源:人民日报,http://culture.qianlong.com/6931/2003/10/05/213@1629748.htm. 文字上略作修改。

④ 余中先:《克洛代尔与中国传统文化》,钱林森、克里斯蒂昂·莫尔威斯凯主编,见《20世纪法国作家与中国》,1999南京国际学术研讨会,南京:南京大学出版社,2001年,第72页。

⑤ 乐黛云:《文化相对主义和比较文学》,《比较文学与比较文化十讲》,上海:复旦大学出版社,2004年,第32页。

族、本区域的"他者"形象为超脱自我视野提供了可行的渠道。

周宁在《中国形象：西方的学说与传说》的总序中写道：

> 人，只有在他人的"注视"中，才能获得自我意识。①

同样，一个民族一个区域也只有在感觉到他民族的"注视"时，才能意识到自身的文化意义。"他者"形象虽然是变形的影像，因为对异域的表述总带有误读的成分，但总归是对"异域"的一种认识。借助他人所塑造出的影像来认识自己，不失为一个了解自我的好方法。

通过我们所分析的文本所表现出的福建的海洋特质，可以推翻黑格尔等人对中国的错误看法。

黑格尔在《历史哲学》一书中提出："西方文明是蓝色的海洋文化，而东方文明是黄色的内陆文化。……中国、印度、巴比伦……占有耕地的人民闭关自守，并没有分享海洋所赋予的文明，既然他们的航海——不管这种航海发展到什么程度——没有影响他们的文化。"②换句话说，黑格尔认为中国并没有海洋文明。

很显然，克洛代尔、米列斯库等人关于福建的记述有力地反驳了黑格尔的观点，福建与海的关系不仅仅是单纯的海洋行为，海洋深刻地影响了福建的文化，从日常生活到精神气质。成书于远古时代的《山海经》就记载"闽在海中"，不仅描绘了"闽"的地理方位，也确立了闽文化的区域特点。

由于种种历史的原因，闽文化作为边缘文化，长期为占主流地位的中原文化所忽视，在传统古籍中，闽人的活动不见记载，闽文化在诸多场合中处于"失语"的状态。很多人基于农业文明的视角并不能客观地看待福建区域文化的特殊性，将福建与中原文明不一致的地方视为"野蛮"、"未开化"。

这种定位，在某种层面也遏制了中国内发性海洋力量的发展，也造成了闽人自我的文化自卑感。"当局者迷，旁观者清。"通过以上不同的审视，可以发掘福建形象的文化特性，正视福建海洋文明在多元格局的中华文明框架内的重要地位。

---

① 周宁：《中国形象：西方的学说与传说》，北京：学苑出版社，2004年，总序第11页。
② 黑格尔：《绪论·历史的地理基础》，载《历史哲学》，王造时译，上海：上海书店出版社，1999年，第92页。

纵观"西方福建形象"的建构过程中,福建不是沉默的"他者",被动地折射的是言说者的欲望,而是以其不同时期的变化和自身区域文化独特性,反过来参与言说者对"福建形象的构建"。福建借助"他者"来凸现自我个性。

解读以克洛代尔为中心的"西方福建形象",从中可以发现"他者"的双重意义。

作为"西方的福建形象"不仅反映了形象塑造者言说自我欲望、认识自我的需要,从某种角度而言,"西方的福建形象"也是发现福建区域特质的重要渠道。"福建"在"西方福建形象"的建构中不是被动的"被注视者",而是以鲜明的地域特色主动参与"西方福建形象"的建构。

克洛代尔的"福建形象"把"他者"的双重作用表现得淋漓尽致。

克洛代尔笔下的"福建形象"是西方自我认知的需要(反思工业文明和海洋文明的),也是表达西方征服东方、称霸海洋的欲望。另一方面,克洛代尔对西方的文明的认识是建立在福建区域文化独特性的触动之下。如果离开了福建环山面海的地理条件,离开了福建四季如春的温和气候,离开了闽人和海洋的血脉联系,那么《认识东方》也就不成为今日的《认识东方》。正是克洛代尔所塑造的具有南国风情和海洋气息的福建形象,成就了克洛代尔在中法甚至是中西交流史上的重要地位。

对于闽人而言,借助外国人的眼光发现被主流农业文明所遮蔽的福建海洋特质,有助于增强文化自豪感和本土认同,对解决当今福建面临的许多问题具有现实意义。毕竟,故乡是瞭望世界的起点,也是自我认知的基点。

克洛代尔向西方展现以福建为主体带有南国风情和海洋气息的神秘东方。克洛代尔的"福建形象"既是个人体验的结晶,也与19世纪以殖民主义语境为主导的西方集体无意识对福建的言说"貌离神合"。通过对克洛代尔等人眼中的"西方福建形象"的解读,可以发现西方"福建形象"并非现实福建的再现,而是"西方"区别自我而建构的"他者"。

作为"他者"的"西方福建形象"不仅反映了形象塑造者言说自我、认识自我的需要,从某种角度而言,"西方福建形象"也是现实福建的"他者",有利于福建的自我认识。克洛代尔的"福建形象"将"他者"的双重作用发挥得淋漓尽致,既反映了西方征服东方、称霸海洋的欲望,又从另外一种角度引发了西方对工业文明和海洋的思考。克洛代尔所塑造的"福建形象"更是为被"注视者"——福建,认识自身的文化个性提供了很好的参照对象。

借助外国人的眼睛,我们可以发现自我所忽视的区域文化的特质。福建海洋文明具有永不满足的对外冒险精神,开放意识;闽人一直以来都是参与世界文化交流的先锋和中坚力量。传统内陆农业文明的特征是"父母在不远游"、轻视商业的作用、封闭而保守,与福建海洋文明形成了鲜明地对比。

"福建形象"以其鲜明的地域色彩向世界、向中国宣告了中华文明绝不仅仅只有农耕文明一种文明形态,而是具有多元文明形态的复合体。福建作为与海洋有着密不可分血脉联系的特殊区域,代表了中国走向海洋的内发性力量。

随着经济、文化交流日益频繁,全球化是不可抵挡的趋势。如何在多元文明的交流和碰撞中保持清醒的自我认识,多角度的文化参照必不可少。"西方的福建形象"对现代中国具有非常重要的现实意义,它为我们认识世界、认识自我个性提供了很好的借鉴。

不同时代、不同个体对"福建形象"表现各异,所有的"福建形象"总是包含了某种程度的误读。无视"他人"无法发现"自我",过度以"他人"为尺度则容易迷失"自我"。不该为他人的赞美而沾沾自喜,也不该为"他人"的抨击而愤愤不平。根据自我的文化需要,适当地选取有利于自我认知的成分,这才是对待"他人"言说的最佳态度。

第五节 琉球诗人眼中的福建:以《闽山游草》为例

遥远而庞大的中华帝国对于地处偏远海隅的琉球岛国而言,只是个宏伟而辉煌的图腾。纵然有少数琉球贡使、官生能够幸运地来到北京,短时间的居住与交流是很难了解帝国全貌的。福建与琉球有着难以割舍的血脉联系,到中国的琉球学生必到福建,因为明清时期的福州是与琉球通商的唯一重要口岸,当地设有专门供琉球使臣、来华留学生住宿的柔远驿(今福州台江区南公园附近的琉球馆)。琉球的勤学生[①]也都是先在福州接受教育,条件允许的话再北上国

---

① 琉球到中国求学的留学生分为两大部分:享受公费资助的是"官生",而自费到福州留学的称之为"勤学"。

子监进行进一步深造。福州作为琉球学子们来到中国的第一站,是他们接触中华文明的重要学习场所,在他们心目中留下了难以磨灭的深刻印象。

琉球汉诗作为中琉友好往来的结晶,其创作的繁荣有着深厚的中华文化基础。首先是汉语在琉球的普及,明清时期的琉球上层社会多使用"官话",即汉语,也流行写中国字,并使用汉语进行创作。其次,中琉两国间友好而又频繁的互访活动为琉球汉诗的进一步创作和传播提供了有利条件。

琉球"勤学"诗人们创作了许多歌咏福建的诗作,其中以蔡大鼎的《闽山游草》最具代表性。① 我们将聚焦这部作品,兼论其他琉球诗人的汉诗,从追寻琉球诗人们建构福建形象的心路历程,来认识当时的福建在琉球诗人眼中的"他者"形象。

一、"有山有水有人文"的上国之邦

琉球诗人笔下的福州是个景色优美、繁华富足的礼仪之乡。蔡大鼎在《闽山游草》的《过榕城》一诗中盛赞福州"多少风光见闻广,有山有水有人文"。这一诗句概括性地表现出福建在琉球诗人心目中的总体印象。

1. 水光山色中的海洋福建

琉球诗人由海路来到福建,最先给他们深刻印象的便是福建的水光山色。在蔡大鼎的《春日登鼓山》中,作者详细地描写了福州的地标——鼓山:

> 为爱闽山第一峰,登临此日景无穷。
> 云生脚底千秋石,籁响天边万里风。
> 喝水岩前思古哲,白云洞上接苍穹。
> 舟归极浦波光动,花发平原夕照笼。
> 隔岭悚钟传寺院,长空细雨落仙宫。
> 谷幽境静藤萝密,源远泉流草木丛。
> 啼鸟往还青嶂外,游人吟啸画屏中。
> 泰山小鲁今如此,石上诗章句最工。

---

① 文章若无特殊说明,引用诗文皆出自蔡大鼎《闽山游草》同治癸酉年本,饮思堂藏版,福建师范大学图书馆馆藏。

诗人登临俯瞰榕城美景,远望水中舟,近听山中鸟,寺院的钟声和石壁上的摩崖石刻,营造了一种悠远而深邃的文化氛围。从视觉听觉等方面刻画了鼓山的优美风光。

在《和郑虞臣父子登镇海楼韵》一诗中,作者同样留意到了福建山水共荣的特殊景致:

> 高楼独立望春晖,杨柳依依雨霏霏。
> 卧虎山横形突兀,钓龙人去景依稀。
> 万家树影宵迎月,四面山光画掩扉。
> 坐对西湖吟啸处,为看鱼跃与鸢飞。

诗中的卧虎山、钓龙台、西湖等都是福州的著名景点,本诗写出了山水交融的福建美景。

《渡富武村即景》二首,则是表现寻常村落中的山水风光:

> 周围碧海龙蛇势,一步沙场故国情。
> 水鸟几声飞镜里,回头村落叩头迎。(其一)
> 西表山光村落动,拾来螺贝过前滨。
> 身闲借问江南台,蹑屐技壶欲买春。(其二)

这是很典型的福建海滨村落,"碧海"、"山光"都是福建背山面海的真实写照,而拾螺贝则是滨海人家的经济活动,通过对质朴的乡村生活的描绘来把握福建特有的海洋文明形态。《闽山游草》反复出现登高远眺、凭海泛舟的场景,这是诗人对福建依山傍海的地形特征的直观把握,也是诗人感悟到的福建特殊的文化气候。

福建自古就有"东南山国"之称,两列大山带均呈东北—西南走向,与海岸平行。境内的崇山峻岭使福建与相邻省份之间有了天然屏障。福建省绝大多数水系发源于这两列山系,流经本省并于本省注入大海。独特的山系和水系使福建在漫长的历史过程中形成了相对封闭的生存空间。"山"与"海"的互动以及与其他文明的交流,形成了福建独特的生存文明。

从琉球诗人们的创作中,我们可以发现福建颇具文明特色的"四多":山多、水多、船多、桥多。

"水"是琉球诗人描画福建的主题意象。福建三面环山,东临太平洋,境内河道交错。闽人的生活与水密切相关,上古时代闽人便懂得造舟捕鱼、远航经商。琉球和福建便是经由海路连接。琉球诗人经过长途的海上颠簸来到福建,对于"水"自然是特别敏感。《闽山游草》中超过半数的诗篇与水有关。

"舟"也是琉球汉诗中频率最高的意象之一。福建靠海,舟与水紧密相关,是古代福建人民捕鱼维生的劳动工具,也是出海远洋的唯一交通工具。福建造船业自古以来便很发达,从某种侧面上说,"舟"便是闽文化的重要的物质载体。诗人乘舟而来,诗中多处提到了这个意象:有登高望舟,"画栋彩飘青雀舫,飞栏影动白鸥洲"[1];也有亲临泛舟,"黎明洒扫贡舟中,日暮恭迎自碧穹"[2];更有送人登舟,"从此蒲帆风力顺,洋中安稳载天恩"[3]……

关于"舟"的意象,诗人更多表现的是依依离情和对旅途平安的祝愿:

> 东风有力轻舟稳,相送孤帆五虎川。
> ——《二月廿五日在八重山开洋·之一》
> 十幅蒲帆风正饱,舟痕映雪迅如梭。
> ……安澜万里挂东风,孤帆远影旭日红。
> ——《二月廿五日在八重山开洋·之二》

另一个与水有关,并能代表福州特色的意象便是"桥"。此意象出现的频率也相当高。蔡大鼎诗中出现的桥有"万寿桥"(《万寿桥书怀》)、福星桥(《福星桥越野即事》)、南台天桥等(《南台天桥即景》等。在《南台天桥》即景一诗中,蔡大鼎吟咏到:"卅六长桥三四里,行人往复夕兼晨。"这一诗句形象地描绘了福州桥多、往来人员频繁的繁荣景象。

"山"与"水"共同作为《闽山游草》核心意象,这是形成福建区域特色的重要因素。福州的鼓山、乌石山、屏山等名山几乎都涵盖在诗人的游踪中,诗人写山或登高远眺福州之美景,或抒发思古之情怀,更是为了书写登高远望怀乡之主题。关于"山"与"怀乡"主题的关系,下文将会具体描述。

---

[1] 蔡大鼎:《闽山游草·新港江楼》,同治癸酉年本,饮思堂藏版,福建师范大学馆藏。
[2] 蔡大鼎:《闽山游草·正月初四晚恭逢天上圣母下天口占》,同治癸酉年本,饮思堂藏版,福建师范大学馆藏。
[3] 蔡大鼎:《闽山游草·谒见美崎嶽》,同治癸酉年本,饮思堂藏版,福建师范大学馆藏。

蔡大鼎通过对"山"、"水"、"舟"、"桥"等景物意象的刻画,勾勒了一个区别于中国其他省份的特殊的"山海福建"。

2. 闲适富足的桃源生活

以蔡大鼎为代表的琉球诗人们向故乡人民所传达的福建生活充满诗情与画意。诗人们在福州或品茗赋诗"古意煎茶候,聊吟客趣兴。诗情添雅韵,茗战有良朋"①;或喝酒赏花"独在元诸有所思,今朝相酌菊花卮"②;或登高怀古"闽山第一推乌石,此日登临慕古风"③……

在琉球诗人们的眼中,福建的生活就是琉球人民所追求的目标,在这个"天朝上国"就连日常生活都充满了闲情逸趣:"恍偕童冠浴沂泉,互答行歌趣宛然。最好竹炉翻蟹眼,轻风过处漾茶烟。"④福州以温泉闻名,洗温泉时品茗尝蟹,行歌互答,这是何等惬意何等舒心!《渡富武村即景》所描述的海滨村庄充满了海洋的清新和海滨生活的闲适。

虽然琉球诗人在诗作中对福建经济生活的描述有限,但我们可以从其他的诗句中侧面了解到他对福建商业繁荣的赞赏"虹浦微茫舟似蚁",从江面上如蚁的舟船可以推想出福建海外贸易的盛况。在《榕城顶上周过》一诗中,诗人描述了福州"万井人过通贸易,十闽山秀仰文明"的繁荣景象。

对如此富足繁荣而又不乏闲情逸趣的福建生活的勾勒,向琉球人士展示了一个远在海外上国之邦的世俗桃源。

3. 诗文教化的礼仪之邦

琉球诗人们的文人身份,使他们对商业贸易并不是特别感兴趣,但却对文化氛围特别敏锐。在闽期间,各个书院成为琉球诗人朝圣的地方,在《闽山游草》中多次写到了诗人游历福州书院。如《游贡院》中写到了福州重教的文化传统:"御制诗中崇学校,至今堂是展儒风。"同等题材的还有《游凤池书院口号绝句》、《游贡院》、《辛酉八月朔丁祭谒见文案》等。福建的学习风气给这些异地诗人留下了深刻的印象。

蔡大鼎《游鳌峰书院》一诗写道:

---

① 蔡大鼎:《闽山游草·和丁和承茶话即兴韵》,同治癸酉年本,饮思堂藏版,福建师范大学馆藏。
② 蔡大鼎:《闽山游草·重九即事》,同治癸酉年本,饮思堂藏版,福建师范大学馆藏。
③ 蔡大鼎:《闽山游草·九日登乌石山》,同治癸酉年本,饮思堂藏版,福建师范大学馆藏。
④ 蔡大鼎:《闽山游草·出浴温泉》,同治癸酉年本,饮思堂藏版,福建师范大学馆藏。

> 三山养秀集群贤,十郡英才乐育年。
> 司马文章独步,江淹词赋构新篇。
> 堂称正谊光风爽,祠奉名儒霁月鲜。
> 碌碌违人何所愿,得沾化雨阐薪传。

前两句称赞了福州的人杰地灵,是个群贤英才汇聚之地;后两句道出了作者的心愿,也是琉球人福建之行的最终目的:在福建努力学习,期待将所学知识传播到琉球,改变家乡的文化面貌。从这些诗篇中可以看出,在以蔡大鼎为代表的一干琉球勤学诗人笔下的福州是个文化高度发达的地方:读书风气盛行,人民斯文有礼。

4. 热情好客、满腹经纶的闽人形象

与闽人的交往是琉球诗人的生活重点。在《和丁和成茶话即兴韵》中,诗人具体而真实地记录了与福州友人品茗论诗的生活情趣:

> 古驿煎茶候联吟,客趣与诗添雅韵。
> 茗战有良朋,采摘春三日。
> 推敲夜,一灯悠悠相别后,霁月色尤增。

从中我们不仅看到了琉球诗人勤学不倦的身影,也看到了好客真诚、满腹经纶的闽人形象。此类的诗作在蔡大鼎的作品中还有很多,共有 70 多首。我们也可以在别的琉球诗人的作品中发现同样主题的诗篇,如程顺则入选《中山诗文集》的《送海澄赵二尹归署》(海澄为福建漳州府属县)一诗的"看君皂盖冲寒去,愁杀东封旧酒徒"和《洪江送鸿鹄萧子怡先生还朝》中的"惭愧都无堪赠别,阳关挥泪劝加餐",同样也表现了彼此间的深厚情谊。此外,同类型的题材还有阮宣诏的《寄呈郑夫子、毛夫子》、郑学楷《寄榕城郑夫子》、东国兴《呈榕城陈夫子》等。从这些交游唱和诗中我们可以发现福建人民对琉球勤学生毫无保留的情谊,以及琉球诗人对闽人的崇拜之情。琉球诗人们毫不吝惜对闽人的赞美:

> 不让程朱优学业,浑争杜李仰威仪。
> ——《和答宗老虞臣夫子见赠韵》
> 诗同李白应无敌,书似窦威自有痴。
> ——《和答丁少村先生见赠韵三首》之三

> 高明异质抱精忱，学问研究古与今。
> ——《和答王鸿兴先生见赠韵二首》之一

和答酬唱之诗多少带有言过其实之嫌，但琉球诗人对闽人的崇拜却是真情实意的。蔡大鼎在《呈郑虞臣父子二首》中写道：

> 邂逅论文受益深，春风如坐更沾霖。
> 董帷马帐何堪美，立雪今朝一片心。
> 执经自喜得名师，气象威严恨见迟。
> 从此杏坛敷雨泽，英才乐育定堪期。

诗人化用"程门立雪"的典故表达了他认真严谨的学习态度，用"如坐春风"来表达受教的感恩之情，也从侧面向世人展示了一个态度严谨、才华横溢、无私教学的闽师形象。

能到福建来学习知识技能，对于远在琉球的诗人们是多么难得的机会。《杨兄招饮机洗和云》真实地表达了自己能够到闽学习的喜悦心情："愧我东夷碌碌才，观光自喜八闽来。相评月旦三生幸，更待琼筵醉酒杯。"而能够受到名士指点使自己得沾教化，自然不胜感激。从另一个角度讲，福建名士与琉球诗人的师生交往也代表了福建海洋文明与琉球文明的渊源关系。福建向琉球传播文明，因此琉球诗人的福建之行比起同时代的西方商人、传教士入闽更多了一层文化溯源的意义。

我们通过对琉球汉诗的解读可以发现：琉球诗人所塑造的福建形象与真实的福建是有相当差距的。明清之间既是福建与琉球互动频繁的时期，也是福建多灾多难的时期。明中叶开始的海盗倭患，明清之季郑氏集团与清政府的对抗，民间各种各样的反抗组织，当局者多次颁布的禁海令对民生经济带来的巨大冲击……这些琉球诗人身处福建，对当时福建面临的灾难却"视而不见"，在琉球汉诗中绝少能发现关于福建的兵荒战乱以及民生凋敝的负面描写。我们找寻众多的琉球汉诗，仅在东国兴的《度仙霞关》一诗中觅得"闽南烽火"的蛛丝马迹，然而全诗要表达的还是"承平多乐事"的主题：

> 春风吹角杂鸡声，九折悬岩看驿程。
> 月落关山千里晓，天分粤越一峰横。

闽南烽火当年静。岭上轮蹄尽日行。

最是承平多乐事,戍楼肃肃挂飞旌。

此外,在蔡大鼎的《闽山游草》中的唯一的一首战乱诗《闽浙省为逆匪窜距口占》同样只是整部诗集昂扬基调中的一曲不协调的杂音:"狼烽屡警起烟尘,缩尾流离越地民。不识何时神武振,凯歌一曲送枫宸。"

由此可见,琉球诗人们关注的并非是现实的福建,而是虚构的"他者"福建。琉球诗人们通过对福建的优美风光、尚礼重教而又热情好客的闽人形象以及富有情趣的福建生活等方面的描摹,突出了福建海洋文明特质。在此基础之上,将福建塑造成为了一个文明高度发达的"天朝上国"形象:既是富足安乐的桃花源,更是一个"前村谩读渊明赋,后院初吟子美诗"[①]的礼仪之邦。

之所以蔡大鼎等琉球诗人所塑造的福建形象突出的是福建富足、安乐以及礼教发达的方面,这是由于当时诗人所处的时代背景决定的。琉球"国小而贫,逼近日本,维恃中国为声援"[②]。当时的琉球面临日本的吞并,形势十分危急。面对琉球经济上贫困、政治上受制于人的困境,不少有志之士强烈地希望改善琉球的条件、提高琉球的竞争力。在蔡大鼎等人看来,提高琉球竞争力的关键性举措在于教育,启蒙民众的知识水平和爱国思想。蔡大鼎渴望通过对人民安居乐业、百姓忠君报国的天朝上国形象的塑造,来鼓励琉球人民共同努力,救亡图存,让琉球早日摆脱敌国的威胁,向着儒家所标榜的"衣食足而知礼节"的社会理想迈进。

二、福建虽好,亦是"他乡"

1. "悲情"福建

对于自身缺乏深厚文明根基的海岛小国琉球而言,福建是一个强有力的文明辐射中心。随着福建和琉球交流的日益频繁,以御赐闽人三十六姓为代表的大批闽人的移居琉球,不仅为琉球带来了先进的生产力,更从各个方面深刻地影响了琉球文化:闽地制瓷、种植、纺织等的传入提高了琉球人的生产技术;福建进口的物产极大地丰富了琉球人的生活水平;尤其是舟船技术的传入改变了

---

① 蔡大鼎:《闽山游草·重九即事》,同治癸酉年本,饮思堂藏版,福建师范大学馆藏。
② 赵尔巽:《清史稿·琉球》卷五二,北京:中华书局,1977年。

琉球积贫积弱的面貌,为琉球发展海上转口贸易提供了物质基础;以妈祖信仰为代表的海神信仰更取代了琉球本土神明成为琉球人的精神信仰。

由于受到闽文化的高度浸染,琉球与福建在各个方面有着惊人的相似之处。琉球汉诗诸多以此为题材,描写了对于琉球人而言"熟悉"的福建:

> 杏花吐艳认清明,细雨纷纷落远程。
> 最是关心乡国处,禁烟时节客榕城。
> ——《清明即事》
>
> 多少龙舟吊屈原,更看艾虎绿垂门。
> 开樽纵亦倾蒲酒,竟夕何堪忆故园。
> ——《端午即事》
>
> 独在元诸有所思,今朝相酌菊花卮。
> ——《重九即事》
>
> 闽山第一推乌石,此日登临慕古风。
> 多少纸鸢飞碧汉,往来旅雁傍丹枫。
> 数重城郭金汤固,八郡河山带砺雄。
> 回首越王台不远,翻教异客意忡忡。
> ——《九日登乌石山》

除夕夜。《旅中除夜即事》:"做客羁踪古越中,桃符换旧一年终。围炉细话他乡景,爆竹犹饶太古风。可惜岁华双鬓改,旋怜人事几番空。挑灯旅馆更阑处,望拜吾王碧海东。"

端午划龙舟、插艾蒲、饮蒲酒,重阳登高喝菊花酒、放纸鸢、围炉,这些习惯都与琉球一致,而清明禁烟、除夕围炉换桃符则是琉球所不具备的。在福建这个既熟悉又陌生的环境里催生了乡思之情,因此几乎在每一诗篇的后一句都不约而同地想到了自己远在海外的家乡。

"熟悉"的福建对于琉球诗人而言,毕竟不是自己的故乡。琉球诗人们仰视福建,伴随着这种仰视目光的却是浓郁的乡愁。纵观以蔡大鼎为代表的琉球诗人的汉诗创作可以发现,琉球诗人的诗作中洋溢着一股浓重的悲情意识。这股悲情意识,一方面缘于远离故乡、亲友的孤独感;另一方面,蔡大鼎、林世功等琉球爱国诗人面对日本咄咄逼人的侵略和祖国命运危在旦夕的现实,反映在琉球诗人们所塑造出的"福建形象"中便是难以抹杀的焦虑与哀愁。这种情绪并没有在诗文中得到直接体现,而是以"思乡"的内容间接表现出来。

2. "客"与"夷"——琉球诗人的自我认知

面对自己所塑造的"完美"福建,蔡大鼎认为自己是不属于福建的"孤客":

> 孤灯静对月三更,客邸良宵梦不成。
>
> 随是千重汉江水,安能洗却故乡情。
>
> ——《忆乡即事》

> 王事劳劳为异客,万重山翠豁双眸。
>
> 思随白云到海邹,无奈每逢风雨夕。
>
> ——《寄侯大通事王兼才先生》

> 犬声前村声断续,浑教旅客不胜愁。
>
> ——《鼓山前浦泊舟》

> 入觐天朝为异客
>
> ——《谢贡使向志道中秋招饮客楼》

这种"身在他乡为异客"的离愁别绪不仅充斥着整部《闽山游草》,同样的思乡主题也出现在其他的琉球诗人的创作中,这是诗人们共同挥之不去的游子情怀。如周新命在《初冬晓眺》写道:"千山日落行人急,空有江声断客肠。"蔡肇功则因为莺啼会想到了家乡:"无端客邸雨蒙蒙,山色参差半浑空。最恨深林莺百啭,依稀声似故乡中。"向克秀《柔远驿留别故人》一诗中感叹到:"天涯为客几经春。"东国兴[①]认为在闽省的游历是"愁杀凤山桥下客"。

从琉球诗人们的诗作可以窥见,无论诗人们多么赞赏福建的文化,多么崇拜中华帝国,诗人们始终认为自己是福建的过客、游子,福建作为代表异域文化的"他者",只是个熟悉的"陌生人"。琉球诗人渗透在浓浓的乡愁背后的是一种苦涩的文化自卑。

> 愧我东夷才固陋,羡君南国世蕃昌。
>
> ——《和大杨振采见寄韵》

---

① 东国兴:《凤山桥到水口》,贾贵荣、王冠编,《琉球诗录》,国家图书馆藏琉球资料续编,北京:书目文献出版社,2002年。

"愧我东夷碌碌才,观光自喜八闽来。

——《杨兄招饮即席和韵》之一

诗人将自己称为"夷",虚心地承认自己的故乡是边远的海滨小国:"僻处海域见闻少。"①把福建称为受教化的"他乡",将中华帝国称为"上国":"最喜他乡蒙化沃,勿称上国解愁难。"

从这些措辞中,我们可以窥见琉球诗人们的隐秘心态。"夷"是中原文化对边疆和其他国家的蔑称,认同"东夷"和"上国"等词汇也就承认了自身的文化劣势,正是这种由自卑而产生的距离感,让这些远离故乡的敏感的诗人们产生了无尽的乡愁。

琉球诗人们喜欢夸大福建和故土的空间距离:

球阳万里抵神州,登眺高楼忆昔游。

——《到柔远驿》

东溟水远三更梦,南省途遥两地思。

——《定海抛锭》

独对球阳含泪处,茫茫万里海云昏

——《卟告郑兆荣病故因致追挽二首》之一

在他们笔下,福建与故乡有着千山万水的阻隔,空间上的差距强化了文化上的隔阂。"绰绰孝肥南国慕,怡怡礼瘦海邦闻。"②短短的一句诗中,南国(福建)的"孝肥"与海邦(琉球)的"礼瘦"形成了鲜明的对比,暗示了在琉球诗人们心中两者间的文化差距。

用仰视的目光注视福建,一直是不同时代琉球诗人的共同特点。在《闽山游草·自序》中,这种崇拜倾向便表露无遗:"淘山川钟毓之奇,实海峤人文治盛。至若学问才华,皆山斗曷胜仰慕之至。"此外,在《和答郑虞臣夫子见赠韵》之四中也有表现出相似的心理:"海不扬波有圣人,朝宗无误到南闽。山川钟毓真堪羡,愧我琉球之具臣。"这种自愧不如的心理反映了一种弱势文化对强势文

---

① 蔡大鼎:《闽山游草·和答郑虞臣夫子见寄韵之二》,同治癸酉年本,饮思堂藏版,福建师范大学馆藏。
② 蔡大鼎:《闽山游草·寄怀杨振采、杨振芬两位先生》,同治癸酉年本,饮思堂藏版,福建师范大学馆藏。

化的崇拜和臣服。琉球诗人们在这个倍感崇拜和臣服的"上国之邦",生活得并不开心,一心一意希望能早日归去。

> 返棹故园何日是,不胜远到五云东。
> ——《驿馆梦醒即事》之三

> 闽省羁身惹恨先,江南明月几回圆。
> ——《秋夜即事》之二

> 过雁难同归故园,寒梅开后滞他乡。
> ——《冬日即事》

> 他乡唯望整归鞭"。
> ——《接家信志喜》

与琉球有着密切血缘亲缘关系的福建同样是在琉球诗人笔下被疏远成了"他乡"。对于绝大多数的琉球诗人而言,福建与琉球不仅是单纯的文明传播者和接受者的关系,还有更深层次的血缘关系——由于在琉球闽人及其后裔具有文化上的优势,因此能够到福建来访学的琉球诗人一般都具有闽籍血统。如蔡铎、曾益、林世功、林世忠、蔡大鼎、程顺则等著名琉球诗人无一不是久米村闽人后裔。因此对于这些到福建的琉球诗人而言,在闽游历并不仅仅是一种单纯的学习行为,更是一种文化的溯源行为。

基于这层先天的源流关系,福建在琉球诗人眼中应显得特别的亲切。既然福建在琉球诗人的心目中是如此的崇高伟大,闽人是如此的热情好客、斯文有礼,在福州的生活是如此的舒心惬意,那为什么无法使这些海外苗裔产生认祖归宗的归属感呢?

原因自然是多方面的。

黄裔认为:"琉球小农经济孕育了人们对土地的依恋感,封建宗法制度统治与封建伦理观的熏染,强化了人们对族亲的依附,对父母的孝爱,因此一旦离乡背井,浪迹天涯,宦游异邦,求学中朝,乡愁便自然成为他们诗作的重大主题。"[1]

刘桂茹认为:"蔡的乡愁诗从文化的角度上讲是一种文化认同的缺失而产

---

[1] 黄裔:《琉球汉诗:中国诗歌移植的硕果》,见《梅溪集》,香港:天马图书有限公司,2003年,第195页。

生的困窘、迷惑感。……对于处于异域文化语境之中知识分子来说,一方面他们为了进入所在国的民族文化主流而不得不忍痛舍弃民族的文化,另一方面隐藏在他们的意识或无意识深处的民族文化记忆却又无时不在与他们新的民族文化身份发生冲突。面对这两种文化,知识分子陷入了做出选择的困窘处境中……这种窘境难免激起他们的飘零孤独感。于是,他表现出来的乡愁便是异质文化的产儿。"①

以上两种观点从不同角度论述了琉球汉诗"乡愁"主题表现的原因。但我们更希望从不同的角度来解读琉球诗人们的"思乡"心理。

土地狭小、资源贫瘠、文化相对落后的琉球比起地大物博、有着高度灿烂文明的中华帝国,差距是不言而喻的。身处福建,感受到闽文化的辉煌,文明差距本身带来的冲击自然显得分外明显。将福建形象无限拔高的创作手法一方面反映了琉球人对以闽文化为载体的中原文明的崇敬与向往,另一方面也给自身带来了难以言语的精神压力。

琉球诗人的文化身份使得诗人们在仰视福建时显得格外沉重。祖先对故乡的传说与描绘在这些闽籍后裔的琉球诗人的血液沉淀成为无限的崇拜,他们不约而同地将福建提升到琉球难以企及的文化高度。他们一方面将闽文化作为琉球文化的参照物,书写福建形象的目的不是在于给故乡的人们展示真实的福建,而是通过与诗人们笔下富足风雅的福建形象的对比来反思琉球文明,进而勾勒出琉球日后发展的宏伟蓝图。

当琉球的诗人们以仰视的目光注视福建时,闽地的负面因素被忽略了,优势得到进一步突显,福建成为琉球人心目中不朽的丰碑。琉球诗人们在自己所塑造的文明丰碑面前感到了越发的自卑,他们开始迷失了独立的价值判断。从琉球诗人的诗作中,可以发现他们完全是将中华文明推崇到了不加选择的地步,包括与妓女的交往都被当成足以夸耀的风流韵事。在《闽山游草·寄桂花妓歌》一诗中,诗人还颇为沾沾自喜地自比为:"恰如杜牧多情,狂言忽惊于座上。恍似乐天雅趣,寻声暗问于舟中"。毫不避讳地写了与妓女寻欢作乐的艳遇经历。正因为诗人们缺乏对本土文明发展规律和特点的认同,完全以中华文明作为判断的标准,琉球的一切便显得更加落后。强势文化与弱势文化的差距

---

① 刘桂茹:《〈闽山游草〉初探》,载《黔东南民族师范高等专科学校学报》2003 年第 4 期。

被人为地刻意夸大成鸿沟。挥之不去的乡愁是一种文化隔膜的具体体现,是文化自卑心理不由自主的宣泄,更是一种弱势文化的变相呐喊。

这种对福建的隔膜感只有当琉球诗人们有机会离开福建,前往更为陌生也更为核心的中原文化氛围中,福建才开始还原他本该有的在琉球诗人心中的亲切感。

福建在地理位置上是处于沟通京城和琉球本土的中介地带。琉球人来到中国无一例外地必须先来到福建,然后再从福建出发前往帝京。如果细读这些有机会离开福建到北京国子监进行进一步深造的诗人们的诗作,便可以发现一个有趣的现象:只有走出福建,福建才有了亲近感。

这些琉球诗人们是怀着兴奋的心情离开福建前往京城。程顺则在《雪堂燕游草》中的《琼河发棹》一诗中写道:"朝天画舫发琼河,北望京华雨露多。从此一帆风送去,扣絃齐唱太平歌。"可见诗人怀着对帝都的无比崇拜的心情,从福州内河琼河出发启程前往北京。到达帝都之后,却产生了高处不胜寒的冷清感:"神敬宫阙绕长濠,碧汉云清望彩斾。晓露喷黄仙菊润,秋山含紫帝城高。"[①]程顺则在《都门九日》一诗中塑造了高耸入云的神仙宫殿的形象折射出诗人心中的自卑彷徨。如果说琉球诗人笔下的福建是与故乡具有相似气息的世俗桃源,那么北京就是可望而不可即的神仙宫阙。

当他们面对北京城森严的宫殿和陌生的文化,一种无所适从的自卑感和悲凉感油然而生,诗人们开始怀念在福建的生活和友人:

> 久客他乡即故乡,并附风景似咸阳。
> 九秋听燕登高阁,半偈寻僧到上方。
> 黄叶黄河过水驿,孤舟孤月挂牙樯。
> 只因更宿燕台下,回首闽南一断肠。
>
> ——《雪堂燕游草》之《晚泊淮阴感赋》

只有在这种"只因更宿燕台下",琉球诗人们才会感悟到福建"他乡即故乡"的亲切之情。

[①] 程顺则:《雪堂燕游草·都门九日》,Sherman Han. *A thematic study of yen yu chao*(《燕游草》),见中琉文化经济协会编辑:《第一届中琉历史关系国际学术会议论文集》,1988年,第193页。

第二章
海洋文明——中国东南沿海的文化特征

第一节 海洋文明视野下的文化对话:"三山论学"

明末①以利玛窦②为代表的耶稣会传教士们带来了西方的技术知识和宗教文化③,拉开了天主教又一次进入中国传教的序幕。正如佛教融入中国文化要经历"从形式的依附于中国思想文化,到和中国传统思想文化的冲突明显化,而最后成为中国传统文化的三个阶段"④一样,明末福建便演绎着一场中西不同文

---

① 学术界对晚明一词的界定是:万历神宗(1573)以后至南明永历朝亡(1661),本论文则是以清康熙二十二年(1683)施琅进军台湾,郑氏投降为止为明末的下限。原因是郑氏家族在台湾始终是以明朝为正统,以闽台为主要活动区域,作为明末福建海商的代表,郑氏集团同西方海商有频繁的商业往来,从某种程度上说,郑氏集团同西方经济关系是闽文化同天主教文化联系的经济基础。

② 利玛窦:意大利人,1583年到华传教。他发扬罗明坚"补儒、附儒、超儒"的传教政策,学习儒家经典,运用汉语引经据典与士大夫们谈玄论道;引进西方的科学。开明士大夫称之"利夫子"。

③ 从1582年利玛窦来华到1773年耶稣会被解散的190年里,赴华的传教士达到470人,其中不少是著名的科学家和学者。据统计,耶稣会士这一时期在中国的译著西书437种,其中纯宗教书记251种,占总数57%;人文科学书籍55种,占总数13%;自然科学书籍131种,占总数30%。转引自刘小枫:《道与言》,上海:上海三联书店,1995年,第81—82页。

④ 汤一介:《中国传统文化中的儒道释》,北京:中国和平出版社,1988年,第212页。

化相遇的剧目。从传教士艾儒略和叶向高、曹学佺对天主教文化①的儒学式的解读——《三山论学记》,到闽籍士大夫对天主教神学、文化的不同层次的理解——《熙朝崇正集》《圣朝破邪集》,都见证了福建文化与以天主教为代表的西方文化积极互动的场面,凸显了福建文化具有与外来文化共同学习、相互启发的良好的文化适应能力。

作为最先感受到"扩张的、进行国际贸易的战争的西方同坚持农业经济和官僚政治的中国文明之间的文化对抗"的地区②,作为被农业文明边缘化的区域,发生在明末福建的这场文化对话不是偶然的,而是必然的。明朝中后期,随着手工业和商品经济的迅速发展,东南沿海出现了与传统不同的经济因素,即资本主义生产关系萌芽,同时催生出一个与之相适应的文化表述,这就是具有启蒙性质的李贽思想。李贽在《藏书》《焚书》《续焚书》等作品中提出了与传统的重农抑商思想背离的理念——重商、重视世俗化生活、重视个体,"商贾亦何鄙之有?挟数万之赀,经风涛之险,受辱于官吏,忍诟于市场,辛勤万状,所挟者重,所得者末"③。商人们不仅比贪官污吏高尚,而且对发展社会物质生产有积极作用,这些观念在中国社会引起了轩然大波。与此同时,以利玛窦为代表的耶稣会传教士带来了西方宗教、哲学、科学技术,他们尝试削弱佛教在中国的影响力,以便融入中国。已经被文艺复兴的思想照亮了天空的欧洲世界,具有重商、重视海洋文明的特性,这与中国沿海地区的文化需要相契合。因此,当天主教出现在闽士大夫们面前时,双方迅速地搭建平台,展开了明末中西文化的平等对话。明末封建政府的政治腐败和政策落伍,都促使着闽士大夫们不断地思考传统文化、福建文化的走向,他们把这个希望寄托在来自八万里远的传教士

---

① 1616年南京教案后来到福建避难的传教士罗如望是明代第一个来闽的传教士,然而真正拉开传教福建序幕的则是耶稣会传教士艾儒略。这个时期多明我、方济各等教会的传教士纷纷来闽,但他们所执行的传教方针同耶稣会不同,其影响也相对较小,故本文主要谈及耶稣会士为代表的天主教文化与福建文化的对话。耶稣会创建于1539年,其宗旨"首先是为了遵守基督徒生活和基督教义的灵魂的进步而工作,也为了以公开布道的方式传播信仰和作为上帝之道的传播手段而工作,以灵魂修行和慈爱的工作来进行,尤其要以少年人和没文化的人为基础,要听取诚恳的忏悔。"要成为一名耶稣会士必须要研究文学和哲学,要宣誓效忠教皇,还要经历长达11—14年的训练,只有熟练掌握了西方先进的文化知识,并怀着对上帝虔诚的心,才有资格踏上东方的旅程,成为明末中西文化交流的中介。转引自张国刚:《从中西初识到礼仪之争》,北京:人民出版社,2003年,第194页。

② 费正清主编:《剑桥中国晚清史》上卷,北京:中国社会科学出版社,1985年,第2页。

③ 李贽:《焚书》卷二《又与焦弱侯》,北京:燕山出版社,1998年,第37页。

们身上,渴望借西方文化体系来寻求解决自我文化困惑的答案。

中国文化源远流长,各地文化经过几千年的发展,带有鲜明的地方特色。福建简称闽,古代的闽包括福建全境/浙南/粤东部分地区,在闽文化的基础上,吸收中原文化和外来文化形成了多元融合的文化体系,他们是一群由三个源头不同的族群组成的:自古与海洋经济紧密结合的原住民—闽,在战乱时代以军人、罪犯或者躲避战乱的身份进入福建的农业体制的不安分子,以及来自海外的其他民族的文化。当这三股文化力量集合的时候,注定了闽人不安于现状、与海紧密结合的文化个性。从五代开始,闽人就充分利用舟船与东南亚各个国家地区有了频繁的贸易往来,宋元时期大量的外国人通过海路进入福建,带来摩尼教、印度教等宗教信仰,泉州甚至出现海外商民聚集地——"蕃巷"。以海为生的福建人在长期的海洋活动中滋生出一种强烈的冒险意识、一种"贫富在我不在天"的自我生存意识和拼搏精神,这些观念在明末已经成为福建区域的集体无意识。对商业文化的重视、对异质文化的接纳不仅渗透进普通民众的生活,也升华为闽文学的一部分。早在唐宋时期就有许多反映福建与外来文化经济文化交流的诗歌,王十朋曾这样描绘福州地区外商云集、贸易繁荣的情景:"大商航海蹈万死,远物输官被八壤"[1];晚唐薛能在《送福建李大夫》中说道:"洛州良牧帅瓯闽,曾是西垣作谏臣。红旆已胜前尹正,尺书犹带旧丝纶。秋来海有幽都雁,船到城添外国人。行过小藩应大笑,只知夸进不知贫。"[2]唐末闽人黄滔则描绘了商贾驾大舶追波逐浪、谋求厚利的情景:"大舟有深利,沧海无浅波。利深波也深,君意竟如何? 鲸鲵齿上路,何如少经过。"[3]唐人马戴有诗咏晋安(福州旧称):"宾府通兰棹,蛮僧接石梯。"[4]李洞亦有句:"潮浮廉使宴,珠照岛僧归。"[5]这些出自闽人或流寓福建作家的诗歌,展现了福建海外贸易船舶往来、各国僧人亦乘船接踵而来的场面,与中原文化强烈的"化外"情结不同,透露着朦胧的民族平等意识,为明末福建文学吸纳天主教文化奠定了基础。福建文化向来注重不同文化之间的交流,并给予这种交流以足够的空间,它不是静态

---

[1] 王十朋:《梅溪后集·卷17》,《提举延福祈风道中有作次韵》。
[2] 薛能:《送福建李大夫》,《全唐诗(中)》卷五五九。
[3] 黄滔:《莆阳黄御史集》,《全唐诗》卷七〇四。
[4] 马戴:《送李侍御福建从事》,《全唐诗》卷五五六。
[5] 李洞:《送沈光赴福幕》,《全唐诗》卷七二一。

地接受中原文化和外来文化,而是动态地经历着自己的特殊发展,故它能与异质文化积极互动。初来东方的西方人首先碰到的就是在东南亚海上贸易的福建人,在他们看来,福建人是中华帝国的代表,福建商人的一切举动都是中华文化。西方海商被执行海禁的中国政府拒之门外,却能够以各种手段同中国东南沿海居民进行贸易,具有独特区域色彩的闽文化是中华文明向欧洲人打开的第一扇窗。

《三山论学记》是由艾儒略记录的一次与福建士大夫之间的文化平等对话,它展示了1627年艾儒略与叶向高、曹学佺等在福州的一场论学,他们谈论了中西方文化相冲突的观念,如"天"、"善恶"等。这是一场彬彬有礼的论学,叶向高、曹学佺是中国政治体制下的高级官员,他们早已经闻到帝国腐败的气味,看到政治体制对福建商业的压制,国家政策完全背离了底层人民的生存方式,他们想要重振道德、政治却力不从心。"恶"的张扬、国家政治道德的败坏都迫使他们把眼光投向了天主教。耶稣会传教士的艾儒略,要把上帝的福音传播到中国这片土地,就必须采取"合儒"政策,争取士大夫们的支持。双方抱着各自的信念和目的站到一个平台,天主教顺利地进入闽人的视野。"三山论学"后,闽地出现了士人入教的高潮。面对传播日益广泛的天主教,福建文化产生了两种不同的声音:以福建漳州人黄贞为代表的闽浙文人和佛教弟子出于维护自身文化体系的目的,纷纷挥笔撰写反教文章,后辑成《圣朝破邪集》。该文集立足于夷夏观念,对西方"技巧"、"邪说"进行强烈的抨击;排教者已经明显感受到中国文化与天主教的截然不同。一部分士大夫们反其道行之,毫无保留地表示了对西方自然知识和传教士品格的好感,不断地赠送诗歌给传教士们,后结集为《熙朝崇正集》。闽人或尝试同天主教文化沟通,或直接指出其异质,都是文化对话的一部分。在风云巨变的时代,福建以其特有的区域文化性格行走于中西文化之间,对异质文化的集体反馈,事实上代表了整个中国文化对天主教文化的基本态度。在日益呼唤对话与合作的今日,重新审视和反思几百年前福建士大夫与天主教的对话,对进一步了解以闽文化为代表的中国东南沿海区域文化内涵、认识异质文化互动规律有着重要的意义。

通过产生于明末这一特殊的历史时期的《三山论学记》《圣朝破邪集》《熙朝崇正集》三部作品以及作者群体的整体研究,探讨天主教与福建文化产生的碰撞、误读,有重要的现实意义。在封建社会压制商业文明的年代,福建文人对封建专制文化的落后趋势、日益闭关的状况进行心灵叩问,表达了中国文化在东西方文化汇流时代中的生存焦虑。这场文化对话充分体现了闽文化开放性、包容性的特点,证明了以闽文化为代表的中国东南沿海文化拥有与异质文化积极对话的能力。我们的研究将以"搭建对话平台——持续对话——对话影响"为线索,体现文化传播、对话不断深化的特点。反思四百年前福建文化与天主教的对话,在当下依旧有着重要的借鉴意义,文化背景不同的双方要互相理解是困难的,只有以一种积极、平等的态度对话才能沟通和合作,在坚持保护传统文化的同时,也应当积极吸收外来文化的有利因素,以补充自身文化的营养。

不同文化之间,"由于相互间的差异,两种不同文化相遇后会产生文化间的冲撞,有征服、文化掠夺、交流三种可能性"①。这三种可能性在明末的福建是以"和平交流"的方式出现在"三山论学"以及文本《三山论学记》中的。1627年,闽籍士大夫叶向高、曹学佺与意大利传教士艾儒略在福州就中西文化冲突的观念进行讨论。"三山"是福建首府福州的别称,因福州城内有"于山"、"乌山"与"屏山"而得名。当年的论学之所就在于山。"三山论学"由叶向高主持论坛,艾儒略主讲,福建各地"士绅学子,前来问谈"。他们谈论"天学"、"人性"等中西文化不同的观念。叶向高提出了包括很多中国知识分子在内的对天主教的一些基本的疑问,比如,天主既然是万能的,为什么创造一个有污物、害虫和毒物的世界? 为什么基督耶稣不降生于中华大地等等。艾儒略将这次谈话编成《三山论学记》,成为耶稣会士著作中唯一的一部传教士与中国文人的谈话实录,是"耶儒辩论的理论高峰,也是历史上中西文化的一次重要对话"②。《三山论学记》流传较广,多次翻刻,有"1625年杭州刻本;1694年北京刻本;1847年未详刻本;未详年月,徐家汇刻本,马雷斯卡主教核准刊行,1923年土山湾重刻本"③。巴黎国家图书馆藏的多种刻本,北平图书馆的绛州段衮明刻本最为难得④。我们研究的文本主要参考吴相湘主编《天主教东传文献续编》中收入的《三山论学记》。

---

① [意] 埃科:《他们寻找独角兽》,见《独角兽与龙》,北京:北京大学出版社,1995年,第47页。
② 马琳:《〈三山论学记〉中关于"天主观念的文化对话"》,《世界宗教研究》1997年第4期,第28—36页。
③ 费赖之:《在华耶稣会士列传及书目》,冯承钧译,北京:中华书局,1995年,第138页。
④ 方豪:《中国天主教史人物传》,北京:中华书局,1988年,第194页。

"三山论学"是一次以平等姿态进行的"圆桌会议"①。这次充满差异性的文化对话,呈现于世人面前是双方极力以平等的姿态相互阐析,互相理解、包容。双方在不解、矛盾、冲突中增进了解、沟通,并在冲突中进行着选择和调适,实现了不断融合与汇通的文化交流目的。福建和西方的交流从海商贸易迅速扩展到文化、宗教领域的对话,谱写了中西文化交流史上引人注目的一章。促使背景完全不同的双方站到一起,这源于初来乍到的传教士对中国文化的"依附"政策,也源于福建士大夫们在异质文化体系中寻求现实问题解答的需要。明末中国士人们处于这样一种文化困境中,他们所依赖的传统文化出现停滞状态,道德底线呈现出不断滑落的趋势,登陆中国的西方文化不时刺激着他们对自身文化的思索。在道德涣散的明末社会里,传教士们的道德敏感性、对哲学和科学的热爱、基于共同思想兴趣形成的道德观"有助于培养一种统一感,让人认识到对全人类负有更广泛的责任"②,当天主教教士出现在福建士人视野时,他们毫不犹豫地伸出了友谊之手。

艾儒略(Giulio Aleni,1582—1649),字思及,1582年出生于意大利北部的一个中产阶级的家庭,1597年进入圣安东尼神学院学习,1600年加入了耶稣会。艾氏于1610年抵达澳门,1613年同其他几位传教士进入中国内地。艾儒略北上北京,行踪遍及上海、肇庆、南京、山西等地。1616年,南京礼部侍郎沈㴶先后三次向明神宗上疏要求禁天主教,山西、河南、陕西等几个省份反教风潮逐渐兴盛,教士们的处境十分困难。在杭州杨庭筠家中躲避的艾儒略遇到罢相归里的叶向高(1559—1627),两人甚为投机,叶向高邀其入闽。传教士对中国社会状态有着较为清醒的认识,天主教得到一个知识分子的支持,特别是像叶向高这样位及人臣的士大夫的支持与欣赏,比得到百个平民的支持来得有用得多。虽然叶向高始终没有入教,但是他对天主教抱着宽容和欣赏的态度。叶向高与艾儒略的私人关系也十分密切,其家人很多入教。叶向高的长孙曾捐款盖建了福州的大教堂。

---

① [意]柯毅霖:《晚明基督论》,王志成、思竹、汪建达译,成都:四川人民出版社,1999年,第90页。
② 原载 T. N. FOSS,How They Learned: Jesuits and Chinese, Friends and Scholars,载 ISMR,第4—5页,转引自柯毅霖:《晚明基督论》,四川人民出版社,1999年,第78页。

一、天主教的"合儒"政策

作为孕育天主教的西方文明,具有海洋文明的一切特性,欧洲海商用生命和智慧从事商业,正如黑格尔所说的:"从大海的无限里感到自己的无限的时候,他们就被激起了勇气,要去超越那有限的一切。大海邀请人类从事征服,从事掠夺,但是同时也鼓励人类追求利润,从事商业。——他们是冒了生命的危险来求利的。"①带有强烈传教使命感的传教士跨越浩瀚的海洋来到东方,从踏上传教征程的那一刻起,就同海洋结下了不解之缘,尽管他们传教的目的是让十字架插遍所有的土地,却于不自觉中成为西方封建主义向资本主义过渡的文化先锋。1578 年,远东教务视察员范礼安(Alexandre Valignahi,1538—1606)写信给耶稣会的总会长说,若要使中国这岩石裂开,"唯一可能的办法,必须改变目前在其他诸国所采用的传教法"②。在不失原则的前提下,利玛窦等传教士从儒学角度解读天主教教义,尊重中国人的生活习惯,允许中国教徒祭祖祭孔。如果说利玛窦辗转中国十几年,不断与统治阶级接触,致力于寻求传教的合法化,从而为后继的传教士们打开了通往中国的大门,那么,1624 年由叶向高邀请入闽的艾儒略便是根基于福建,努力使平民百姓"福音化"③。天主教传入福建主要可分为元代、明中后期、清初至康熙五十九年、雍正元年至鸦片战争、道光二十四年至 1919 年、1919 年至 1949 年这六个阶段。④ 明嘉靖以来,福建反复经历中央政府的"禁海"、"开海"以及欧洲各资本主义国家商业文明的双重冲击。西方商人在海禁政策下同福建商人进行走私贸易,客观上为天主教文化与福建文化平等对话提供了基础。福建在当时不仅是东西方海洋贸易的重要地区,也是各种宗教文化的汇集的前沿。除了儒家学说、佛教、道教之外,福建有许多民间信仰和外来宗教,如三一教、摩尼教、伊斯兰教等,要想在这文化大会合的地方寻求发展,艾儒略等传教士必然要进行自我调整以适应福建社会的需要。

---

① 黑格尔:《历史哲学》,王造时译,上海:上海三联书店,1956 年,第 94—97 页。
② 赖冶恩:《耶稣会士在中国》,陶为翼译,香港:香港公教真理学会,1956 年,第 17—18 页。转引自江文汉:《明清间在华的天主教耶稣会士》,北京:知识出版社,1987 年,第 21 页。
③ "事实上,很快就出现了在传教士之间进行角色分配。那些在北京的传教士们于宫廷中负责科学和技术,分散在各省的传教士们使平民百姓们福音化。"谢和耐:《中国与基督教》,耿升译,上海:上海古籍出版社,1991 年,第 33 页。
④ 何绵山:《福建宗教文化》,天津:天津社会科学院出版社,2004 年,第 151 页。

作为利玛窦之后的耶稣会士省会长,在传教策略上,艾儒略坚决奉行利玛窦制定的"适应"路线,力求通过"合儒""补儒""匡儒""比儒",使天主教信仰与儒家文化相适应。他用中国名字,学习儒家学说、中国经典和礼仪规范,最重要的是采用汉字进行著作传教。传教士在同中国士人接触中逐渐认识到,具有传播和宣传功能的书籍在中国社会远远比争论、辩论更有说服力。艾儒略是明末著书较多的传教士之一,在他入闽传教之前,已有《万国全图》、《职方外纪》、《西学凡》等一系列介绍西方地理、教育制度的著作。1624 年入闽到崇祯十二年(1637)教案发生,他又出版了 15 种书籍,其中包括第一部汉文世界地理书《职方外纪》、最早的圣经汉文节译本《天主降生言行纪略》,以及首次把亚里士多德和托马斯·阿奎那介绍给中国的《西学凡》①,艾儒略也被后来人称为当时来华传教士中学识最高的一位。

走上层路线、与主流文化保持密切联系是耶稣会在中国传教的原则之一,因为"一名知识分子的皈依较许多一般教友更有价值"②,如果没有叶向高和曹学佺的帮助,艾儒略就无法获得与闽人对话的平台。艾儒略 1624 年来到福建,直到三年后的三山论学,他在福建的传教事业才有所进展。除了叶向高、曹学佺外,巡抚张肯堂、状元翁正淳、云南布政使陈仪、督学周之训等都与艾儒略建立了良好关系。艾儒略不仅与上层人士密切接触,而且广泛联系社会各阶层的农、工、商,他在福建的 25 年里,游遍福建八州中的七州——即福州、兴化、建宁、延平、邵武、泉州、漳州,受洗教徒万余人,建大堂 22 座,小堂不计。③ 在三山论学中,艾儒略竭尽所能地向叶向高和曹学佺介绍天主教教义,虽然这场对话依旧没有解决叶向高的疑惑,但艾儒略的努力没有白费,在论学结束后"受洗者 25 人,中有秀才数人"④。同时也得到叶向高的高度赞扬,"照人心目,第常人沉溺旧闻,学者竟好新异,无怪乎歧路而驰也。先生所论,如披重雾而睹青天,洞乎无疑矣。示我圣经以使佩服"⑤。艾儒略卓越的传教成绩不仅得到耶稣会的

---

① 方豪:《中国天主教史人物传》,北京:中华书局,1988 年,第 193—194 页。
② 利玛窦:《利玛窦全集》第四册,刘俊余、王玉川译,台北:辅仁大学光启出版社,1986 年,第 365 页。
③ 李嗣玄:《泰西思及艾先生行迹》,巴黎国家图书馆,中文编号 1017;转引自林金水、吴怀民:《艾儒略在泉州的交游与传教活动》,载《海交史研究》1994 年 1 期,第 61 页。
④ 费赖之:《在华耶稣会士列传及书目》,冯承钧译,北京:中华书局,1995 年,第 135 页。
⑤ 艾儒略:《三山论记》,吴相湘主编:《天主教东传文献续编》,台北:台湾学生书局,1966 年,第 493 页。

认可,也得到了闽人的认同,他们亲切称之"西来孔子"①。艾儒略的传教策略无疑使他获得了最初的胜利。

二、闽士大夫的文化困境

从传统文化的"异端"李贽开始,福建文化阶层便承受着痛苦的焦虑,他们的焦虑无疑是对当时中国传统文化停滞和官方知识体系日益枯竭的双重失望,同时也昭示着这种文化焦虑在士人阶层的普遍存在,焦虑背后所隐匿的是知识群体重铸文化的渴望,正是这种焦虑和渴望,促使这群人向异质文化发出了对话的信号。

李贽(1527—1602),字宏甫,号卓吾,又号温陵居士,福建泉州人,嘉靖年间举人,嘉靖三十五年(1556)授共城教谕。三十九年,擢南京国子监博士。万历五年(1577),累迁至云南姚安知府,三年后弃官,寄居湖北黄安,后迁至麻城龙潭湖芝佛院,读书著述近二十年。李贽是自宋元以来中国东南沿海地区经济发展到一定阶段时的文化代表,受泉州较为开放的经商理念和文化气氛的影响,他养成孤独、自立、好洁、倔强自信的性格。② 李贽不满理学家吹捧孔子"天不生仲尼,万古如长夜"的宣传,提出了"穿衣吃饭,即是人伦物理,除却穿衣吃饭,无伦物矣"的进步思想③;他以"童心"作为人的根本,反对"以闻见道理为心"④,不仅肯定物质生活,并且尊重人们在这方面的追求;他强调个体,尊重个人的欲望、自由和权利,这些观念在明末中国引起了巨大反响。万历二十六年,明朝廷以"敢倡乱道,惑世诬民"的罪名将李贽捉拿下狱,后其自刎于狱中。

叶向高(1559—1627),字进卿,福建福清人,万历十一年(1583)进士,授翰林院庶吉士。为官忠勤耿直,敢于痛切直言国事,人称"有裁断,善处大事"⑤,却屡遭政治挫折。万历二十七年(1599),因上疏请罢祸民的矿税,被阉党排挤。万历三十五年(1607),叶向高被召回北京,推为礼部尚书、东阁大学士,后升任首辅,

---

① 方豪:《中国天主教史人物传》,北京:中华书局,1988年,第185页。
② 许建平:《李贽思想演变史》,北京:人民出版社,2005年,第12页。
③ 李贽:《答邓石阳书》,《焚书》卷一,北京:燕山出版社,1998年,第26页。
④ 李贽:《童心说》,《焚书》卷三,北京:燕山出版社,1998年,第76页。
⑤ 原载《明史》卷二四〇,列传一二八,第6233页 转引自 http://www.fjsq.gov.cn/showtext.asp?ToBook=36&index=220 福建省情资料库。

主持朝政,时称"独相"。神宗时,朝廷派别林立,叶向高认为"今日门户各党,各有君子,各有小人",主张"去其小人,用其君子,不论其何党,乃为荡平之道",建议多不被采纳,连上 62 疏,请求辞职,直到万历四十二年(1614)九月,才获准。数年之后,明熹宗即位,下诏命叶向高回朝为相,叶向高于天启元年(1621)复为首辅。当时宦官魏忠贤(1568—1627)逐渐得势,迫害朝廷忠臣。叶向高一向对阉党虚与周旋,借以保护一批正人君子,反被人诘责为姑息养奸。叶氏感到回天乏力,又不甘受误国恶名,便多次上疏,请求退隐。1624 年 7 月,明熹宗赠叶向高太傅之号,遣人护送回乡,1627 年于家乡去世。崇祯年间,追赠叶向高为太师,谥文忠。叶向高留有《纶扉奏草》、《续纶扉奏草》、《蘧编》、《苍霞草》、《苍霞余草》、《苍霞诗草》、《参补古今大方诗经大全》、《福庐灵岩志》、《玉堂纲鉴》、《福清县志》等诗文。

曹学佺(1574—1646),字能始,号雁泽,侯官县洪塘乡(今福州市区)人,明万历二十三年(1595)进士,1624 年任广西右参议。天启六年(1626)秋,曹学佺升任陕西副布政使,尚未赴任,魏忠贤党羽齐廷之弹劾曹学佺所著《野史纪略》是"私撰国史,淆乱是非",遂被免职,《野史纪略》书版也被毁。唐王朱聿键在福建称帝后,曹学佺任太常卿、礼部右侍郎等职。隆武二年(1646)清兵进入福州,曹学佺自杀殉国,留下著述三十余种,诗文总名《石仓全集》。

李贽、叶向高、曹学佺都以一种好奇的、探究式的眼光来审视天主教。1599 年在南京辩论会上,精通中国儒学佛学、拥有丰富学识的利玛窦给李贽留下深刻的印象,之后,两人彬彬有礼地互相赠送诗歌、文章,令许多人"惊异不已"[①]。李贽同利玛窦的交往成为中西文化交流史上一段佳话,他们超越国界和世俗的友情在当时显得十分引人注目。南京教案期间,叶向高曾公开表示支持、保护耶稣会士。利玛窦去世之后,叶氏又为他在北京申请墓地。曹学佺早在南京就与利玛窦结识,并赠诗道:"异国不分天,无人到更贤,应从何念起,信有夙缘牵。骨相存夷故,声音识汉便,已忘回首处,早断向来船。"[②]叶向高等人对天主教文化的开明态度在福建社会影响极大。

---

① 利玛窦,金尼阁:《利玛窦中国札记》下册,何高济等译,北京:中华书局,1983 年,第 358—359 页。
② 《曹大理诗文集》第一册《金陵初稿》,第 18—19 页,转引自林金水:《艾儒略与明末福州社会》,载《海交史研究》1992 年第 5 期,第 59 页。

以叶向高为代表的明末福建士人承受着文化上的双重苦难：第一重，明末中央政权的腐败打破了他们贤王良臣的梦。第二重，作为封建体制下典型的士人，他们骨子里渗透着两种完全不同的价值取向——来自官方教育农业文明的因子与来自本土现实生活的海洋因素，这两种价值经常在他们的思想里纠缠着。明末封建体制在发展到穷途末路时出现了"阉党"这样的畸形政治，忠贤良士的政治理想成为梦幻泡影，叶向高等人想要在这样的社会实现自己的抱负和理想，无疑是空想。他们曾经斗争、反抗、振作，却越发清醒地看到日益闭塞落后、腐败的政治文化。

"三山论学"中，叶向高提出这样的问题：为什么天主允许邪恶生物的存在，允许坏人享受荣华富贵，好人却偏偏遭殃？他们不断发出"何不多善少恶"的呼声，"且一恶人，不知害几善人，胡不惩于昭昭"[①]。叶、曹所说的恶人是指魏忠贤[②]们。明熹宗不理朝政，受明熹宗宠信的太监魏忠贤独断朝纲，被封为"九千岁"，专权跋扈，迫害正直清廉的士大夫。天启四年（1624），魏忠贤诬陷东林党的左光斗、杨涟、周起元、周顺昌、缪昌期等人有贪赃之罪，大肆搜捕东林党人。天启六年，魏忠贤又杀害了高攀龙、周宗建、黄尊素、李应升等人，东林书院被全部拆毁，讲学亦告中止，同时实行严格的思想文化控制。在魏忠贤的统治之下，各地官吏阿谀奉承，纷纷为他设立生祠。明末政治发出腐败的气味，身为人臣，叶向高、曹学佺无能为力。面对遭受政治挫折的闽士大夫们，艾儒略安慰他们：好人遭受痛苦是对他的一种考验，坏人享受世俗快乐与荣誉最终会被天主推翻。恶人的存在不是天主的错误，而是人后天导致的，人原有选择善和恶的权利。[③]在与本国的现实文化无法对话的情况下，这对叶、曹二人来说无疑是一剂聊胜于无的安慰剂。

内部腐朽的明帝国所执行的政策往往悖于国计民生，海禁政策完全违背了沿海人民的生存方式。嘉靖年间，东南沿海经常受到"倭寇"骚扰。实际上，倭寇不只是日本浪人。明帝国实行海禁政策，断了闽浙一带居民的生路，为了生

---

① 艾儒略：《三山论学记》，《天主教东传文献续编》第一册，第 466 页。
② 魏忠贤（1568—1627），原名李进忠。中国明朝末期宦官。北直隶肃宁（今属河北）人。出生于市井无赖，后为赌债所逼遂自阉入宫做太监，极尽谄媚事，甚得明熹宗欢心，逐渐专擅朝政，迫害东林党人。1627 年崇祯帝（思宗朱由检）登位以后，遭到弹劾，被流放凤阳，在途中畏罪自杀。
③ 艾儒略：《三山论学记》，《天主教东传文献续编》第一册，第 467—468 页。

存,不少沿海居民便与日本浪人联合在沿海一带打劫,他们又冒天下之大不韪下海走私,与西方海商联合抵制明政府的镇压。福建自古有着各种文化交融互通的传统,并在16世纪成为东南亚重要的商人群体。闽商远涉重洋、背井离乡定居海外,代表着帝国同海外进行经济和文化上的较量。中国的瓷器、丝绸、茶叶充斥着东南亚、中亚、欧洲各个著名的港口,海外商人想要与中国贸易,多少要懂得一些闽南语。永乐大帝的航海举措轰轰烈烈地完成之后,中央政权在没有任何外在压力的情形之下放弃了海洋,严格实行了扼杀民族海洋事业的"海禁"政策。中国东南沿海的商人为了生存,不惜以"寇"、"盗"的形式武装反抗中央封建专制,有一部分清醒的士大夫对这样一群闽人是十分同情的。许孚远①一针见血地指出了海禁与闽人生活的矛盾:"看得东南滨海之地,以贩海为甚,由来已久,而闽为甚。闽之福兴泉彰,襟山带海,地不足耕,非市舶无以助衣食。其民适波涛而轻生死,亦其习使然,而彰为甚。先是海禁未通,民业私贩。吴越之豪,渊薮卵翼,积有岁月,海波斯动。当事者尝为厉禁。然急之而盗兴,盗兴而寇入,嘉靖之季,其祸蔓延,攻略诸省,荼毒生灵。"②叶向高理解海上贸易对福建人的重要性,他指出当时猖獗的倭寇:"彼时倭来极多,亦不过千人,其余尽系漳泉之人。"③不以偏颇的眼光看待从事商业和参与走私的闽人,理解和宽容充满危险和不安定因素的航海事业,是叶向高等人能以开明的态度对商业特质浓厚的西方文明,同情漂洋过海历经磨难传教士的原因之一。

无论是李贽,还是叶向高、曹学佺,他们都希望有一股力量能扫清社会的污浊,如果天主教能够带来这样的效果,也就值得士大夫们追随。从《三山论学记》中对中西文化的认识,以及李贽、叶向高、曹学佺等人的困境,我们可以说,这些闽籍士大夫很大程度上是把天主教作为一种治世的道德伦理进行肯定与赞赏。然而,他们肯定、赞赏并试图接受的天主教文化只限于西学中的技艺、舆地以及作为劝世良言的天主教道德理论,而对于"三位一体"、"天"、"上帝"等教义却始终无法理解。

---

① 许孚远(1535—1604)字孟中,号敬庵,浙江德清人。嘉靖四十一年(1562)进士,授工部主事。隆庆初为广东佥事,招降大盗,擒获倭寇。万历时任福建巡抚,募兵垦海,筑城建营舍,聚兵以守。官终兵部左侍郎。卒,谥恭简,留有《敬和堂集》。

② 许孚远:《敬和堂集》,《明经世文编》卷四〇〇。

③ 叶向高:《苍霞正续集》,《明经世文编》卷四六一。

三、概念模糊的对白

所谓"误读"是指双方站在各自的文化立场上来阐述对方的文化。任何文化对话都存在一定的误读,是文化交流中的正常现象。传教士尽了最大的努力去学习中国文化,但是依旧带着"历史、文化偏见",拥有不同文化代码的闽士大夫受到自身文化的局限,在对天主教文化的理解上偏离本义是很正常的文化现象。"《三山论学记》,泰西艾子与福唐叶相国辩究天主造天地万物之学也。"[①]这场论学在叶向高于福州的府邸持续了两天,涉及天主教的基本教义,天主的至善、至爱、至公、至明,三位一体等等。[②]叶向高与曹学佺对艾儒略提出的"天"、"善恶"等观点多次发问,他们急于想从异质文化那里为自身文化的焦虑寻求出口。艾儒略为了传播福音,不断从中国儒学的视角阐述"上帝"、"天"等概念,促进了双方的进一步对话。尽管双方抱着不同的对话目的,但他们面对异质文化的不甚准确的误读,以及在此基础上展开的会通,使双方受益无穷。事实证明了,如果将两种文化相互对立,并在此基础上顽固排斥与自己不同的文化,只会使双方失去求同存异、融会创造的可能性。紧接着耶稣会进入福建传教的多明我会传教士就是一个典型例子,他们执著于对文化误读产生的创造性进行激烈的驳斥,成为康熙年间"礼仪之争"的源头。

(一)"天"、"天主"的中国化阐释

关于"天"、"天主"概念的阐释,在传教士的著作中都没有停止过,对于传教士来说,让儒学士大夫理解西方的"天主",接受造物主的存在不是一件容易的事情。反教者黄贞在《尊儒亟镜叙》中认为:"天"是中西方存在的最大差异,"其最受朱紫疑似者,莫若'上帝''天命'与'天'之五字。——子曰:'五十而知天命',知天莫若夫子矣。——天即理也,道也,心也,性也。"[③]"天主"是中国人理解西方天主教的上帝观念的症结所在。

中国文化范畴里的"天"受到儒家学说和道家学说的双重影响,儒学的"天"主要指宇宙、自然、人类社会共通的规则和理由。在精神层面,"天"高高在上,遥

---

① 艾儒略:《三山论学记》,《天主教东传文献续编》第一册,第 493 页。
② 三山论学时间当在"1627 年 5 月 21 日至 6 月 29 日"期间。参阅林金水:《艾儒略与明末福州社会》,载《海交史研究》1992 年第 2 期,第 41 页。
③ 黄贞:《尊儒亟镜叙》,见《圣朝破邪集》卷三,第 154 页。

不可及,又可使人的心灵有所寄托;在社会层面,"天"超越家族,又超越皇权,皇帝是作为"天子"存在,这是"君臣父子"伦理关系得以诠释的重要依据。随着儒家文化的阐释,"天"逐渐发展为天人合一思想的传统,成为儒家最基本的处世哲学。道家学说的"天"分为"外在之天"和"内在之天"两个层面,"外在之天"指大自然,具有客观必然性和不可战胜性;"内在之天"指人的"天性",人是大自然的产物,是大自然的一个组成部分。道家认为万物即相克又互相转换,"天"在道家的范畴里是顺应自然的规律,是朴素的自然观、宇宙观。中国士大夫知识体系中的"天"都是以儒家和道家的思维存在的。然而在西方天主教的范畴里,"天"、"天主"是超越万物、人事之上的存在。文化的根本差异使士大夫和传教士在阐释对方文化语境的"天"时,理解错位,因此不可能把对方的"天"纳入自身文化体系。

利玛窦采用"天"、"天主"、"万物主"来表示天主教中的 Deus,即万能的造物主。为了使叶向高等人理解西方的"天",同时解释西方"天"的不可超越性,艾儒略冒着极大的风险搬出了中国圣贤来比较,他说:"天主也者,天地万物有之真主也。造天、造地、造人、造神、造物,而主宰之,安养之。为我第一等大父母,心身性命。非天主孰赋畀。天下国家孰安排。——按释迦,乃净饭王子,摩耶夫人所生。则亦天主所生之人耳。虽著书立门,为彼教所尊。岂能出大邦义交周孔之右。今奉义文周孔之教者。亦但尊为先王先师。不敢尊为万物主。则奉释迦之道者,岂可不知敬信天主。"①艾儒略将天主教的"天主"分为两层意义:第一,天主是万物之主,包括人、物,甚至"天下国家"都是由天主一手创造出来的;第二,伏羲、文王、孔子只能尊为先王先师,不同于万物主,同样,释迦牟尼也不能成为万物主。艾儒略为了使闽士大夫们进一步理解天地万物之间存在一个创造者——"天主",继续补充说,"天主"无所不在,无时不有,无所不能,而且具有智慧、自由、圣洁、公义、善良、慈爱、永恒等各种属性。在听完艾儒略的论述之后,曹学佺似乎有所体会,他说道:"吾中国人事难,虽奉佛未尝不敬天,如元旦,启寅,必拜天地,后及祖考百神,即丧葬婚娶亦然,岂有含齿戴发,均为复载中人。"②他强调中国文化中也存在"天",在特殊的日子里敬神敬天,实际上他误解

---

① 艾儒略:《三山论学记》,《天主教东传文献续编》第一册,第 421 页。
② 同上书,第 439 页。

了"天主"一词,他把天主教的"天"理解为一切本原的终极意思,并等同于敬拜祭祀等礼仪中那个高高在上、可畏不可知的天。叶向高对超越于万事万物之上的那样一个"天主"同样感到难以理解,尤其当他得知"天"居然拥有造物的力量,他疑惑道:"今云有一天主,始造天地万物而主宰之,此说吾未之前闻。大抵先有我之身,然后有我之神,以为身主。未有是身,无是神也。有天地,斯有天柱主之,未有天地,云何有主?"①他认为应该先有天地,然后才可能产生一个天主来主宰万事万物,如何天主先于天地产生呢?艾儒略称赞叶向高"见解超伦",他解释说人的身体要受之父母,必然父母先存在,而父母的存在则是天主的"降衷",按照这个逻辑推理,如果没有天主赋予人类灵性,赋予人类躯体,那么人类从何而来?天下万物不会无缘无故出现,必然是有一个造物主。为了让叶向高等人明白自己的意思,艾儒略又拿出君臣关系作为类比,他说:"开国之君,为一国之主。肯构之人为一家主也。若云天地之先,无此全能大主,既有天地,方有之。请问天地从何而出?此主从何而来?且谁立之为主矣?"②

艾儒略深知不易使士大夫接受西方的"天主",便常使用"父母"、"子女"、"君国"的概念来解读西方的"天主"。在日后的布道中,艾儒略进一步阐述:"三纲五常,凡有道之邦,无不崇重,敝邦更然。盖天主教诫,自钦崇天主而下,即首孝敬父母。——第人伦之上,有一大伦,更为人所当尽者,乃最初造物之主,即所谓天主也。盖我人类皆为造物主所生、所养、所保存,必须念此大恩勿忘,小心事之,不啻至亲父、至尊王也已。"③在中国文化中,父母与子女的关系是中国伦理中的重要纽带,"父母"乃是身体发肤的实际给予者,是尽孝的对象,有了父母、国君,社会体系才能正常、健康地维持下去。以父母比喻天主不但可以使人联想到天主的造物能力,而且容易联想到"善良"、"慈爱"的意义。"忠孝"观是中国文化的重要内容,君臣国家是叶向高生活的重心,因此他认可了艾儒略的解释,在第二天的论学中叶向高就说道:"天主全能,化生保存万有,固无烦劳,如昨论甚悉。"④在为杨廷筠《西学十诫初解》写的序言中,叶向高不断赞同"天主"

---

① 艾儒略:《三山论学记》,《天主教东传文献续编》第一册,第 442 页。
② 同上书,第 443 页。
③ 艾儒略:《西方问答》卷上第 15 至 16 页,崇祯十年,晋江景教堂刻印,十五年武林超性堂重梓,转引自林金水:《试论艾儒略传播基督教的策略与方法》,载《世界宗教研究》1995 年第 1 期,第 36 页。
④ 艾儒略:《三山论学记》,《天主教东传文献续编》第一册,第 448 页。

的说法:"世儒非不口口言天,而实则以天为高远,耳目不接;若西士言天,直以为毛里之相属,呼吸喘息之下相通,此于警醒人世,最为亲切。"①毫无疑问,艾儒略强化了"父母"与"天"、"造物主"的联系,使叶向高更能理解"天主"。

(二)"善"、"恶"的中国化阐释

在福建区域内讨论善恶的命题,具有特殊的意义。中国传统文化在讨论人性时都与贫贱、富贵联系在一起,他们把人追求富贵安适的本能看作是一种自然现象,并不摆出道德家的面孔进行批判。随着明代理学家的倡导,追求富贵变成一件不光彩的事情。长期的海外经商活动渐渐养成了闽文化的外向性、商儒并重的价值观以及富贵在人的人生观。福建文化注重个人和社会"各尽其分"的道德秩序,讲究个人品性的坚韧,提倡行为抉择中的重义重利。正是这最后一点,使福建文化区别于农业文明而与西方文化相契合。

"善恶"、"贫贱"、"公义"等概念常见于艾儒略在闽的论著,如《西方问答》、《口铎日抄》。在三山论学中也不例外,叶向高提出一个问题:既然天主造物,为什么不多造善少造恶。反教者许大受在《圣朝佐辟》中也说道:"'道之大原出于天',圣学何尝不言天,然实非夷之所谓天也。彼籍曰:'善皆天主使为,恶皆尔之自为。'若是则人性皆恶,为天主者,何从得从恶种以蔓之人人?"②既然世间万物都是由天主创造的,那么拥有造物力量的天主为什么不全造善,而要造出"恶",并使之在世界蔓延呢?艾儒略解释说,父母都希望自己的孩子贤孝两全,所以常常身为榜样,时时教导之。但是世间依旧有无法教化的顽劣人,这不能怪其父母。人生来都是一样的,善恶都是由人自己选择的,天主并没有特意赋予性恶的道理。"人各有所为之善恶,自应各受善恶之报。而谓天主不加,亦无是理,若使天主赋性于人。定与为善,不得为善,虽造物主之全能,无不能者。故必如此而后方为善,则为善者天主之功。"艾儒略论述说世界万物原来也是完美的,善恶都源于人们的作为,人性才开始堕落,需要上帝的拯救,而不能说善恶都是天主创造出来的。这正好印证中国典籍对善恶看法,"实可其赏罚以劝惩天下万世耳。贵邦经中作善降之百祥,作不善降之百殃,与福善祸淫之说,正可相证"。事实上,天主教的"原罪说"不承认人本性是善的,人生来带有罪恶,但

---

① 叶向高:《苍霞余草》卷五,第22页—23页,见《叶向高集》第17册,福建师范大学藏本。
② 许大受:《圣朝佐辟》,见《圣朝破邪集》卷四,第189页。

艾儒略跳过了这一层概念,解释说可以通过努力由恶为善,善恶是由人自己选择的。①

双方对"天"与"善恶"的理解不同,但他们都在尽力消除文化壁垒,试图走向理解。艾儒略将中西文化中相似的部分联系起来,如由"三纲五常"引申到对上帝的尊敬和崇拜,由中国历史上"成汤之祷于桑林"传说,联想到耶稣为民受难救赎②,他将包裹中国文化外衣的天主教教义推到闽士大夫面前,并获得了成功。叶向高在为艾儒略《职方外纪》作的序说道:"泰西氏之始入中国也,其说谓天地万物皆有造之者,尊之曰天主。其敬事在天之上,人甚异之。……然其言天主,则与吾儒畏天之说类似,以故奉其者颇多。"③闽士大夫们依旧把"天主"等同中国所敬所祭的"天",但这不妨碍他们对天主教的推崇。艾儒略在闽传教 25 年,"每年受洗者约八九百人",交游的士大夫达到了 205 人。④"穷山僻壤,建祠设馆,青衿儒士,投诚礼拜,坚信其是而不可移。"⑤

叶向高在三山论学后不久就去世了,在传教士看来,遭受过政治挫折、对现实沮丧的叶向高,最适合加入天主教,若能使他入教,将扩大天主教在福建的影响力。⑥ 叶向高向天主教伸出的友谊之手,完全是自身文化焦虑诉说的需要,艾儒略竭尽全力地互通,也无法给他一个满意的答复。事实上,制度的恶、人性的恶、社会的恶是任何宗教、文化体系都无法完全解决的问题,这不仅是天主教的困境,也是全人类社会的困境,只能依靠社会的进步、文明的发展、制度的完善来抑制恶的产生,促进善的张扬。明清之际是中西方文化对话的高峰期,艾儒略和叶向高等人共同构建的对话平台无疑为天主教进入福建社会、福建社会接受天主教创造了一个机会。"误读从历史的角度看是一种健康的状态"⑦,这场概念模糊不清的对话引起了闽人的强烈反响,对话也进一步深入。

---

① 艾儒略:《三山论学记》,《天主教东传文献续编》第一册,第 445 页。
② 林金水:《从艾儒略与福建士大夫的交游看中西方不同文化之间的接触与对话》,见《基督教与近代文化》,上海:上海人民出版社,1994 年,第 76 页。
③ 叶向高:《职方外纪序》,《职方外纪校释》谢方校释,北京:中华书局,1996 年,第 3 页。
④ 林金水:《艾儒略与福建士大夫交游表》,载《中外关系史论》第 5 辑,北京:书目文献出版社,1996 年,第 182—202 页。
⑤ 费赖之:《在华耶稣会士列传及书目》,冯承钧译,北京:中华书局,1995 年,第 135 页。
⑥ 转引自[意]柯毅霖:《晚明基督论》,王志成、思竹、汪建达译,成都:四川人民出版社,1999 年,第 284 页。
⑦ 哈罗德·布鲁姆:《影响的焦虑》,南京:江苏教育出版社,2006 年,第 80 页。

第二节 寻找心灵的契合：李贽与利玛窦

16世纪末,中国官方势力已经从海上退回大陆,海上贸易和对外交流活动大大减少,而中国东南沿海的居民们却不改下海经商的生活习惯,从事着危险的"走私贸易"。但中国的社会文化仍然存在发展的可能,思想体系出现"一股受佛教渗濡与商业思想冲击而从传统文化母体中滋生出来的快乐式心学"[①]。其代表人物就是李贽,他蔑视传统的伦理道德,试图赋予孔子学说以新的时代精神；与此同时,利玛窦带来了西方宗教、哲学和科学,尝试削弱佛教在中国的影响力,在中国获得合法的传教地位。这一内一外的"异端"引起了中国传统文化中保守派的反击,使得万马齐喑的学术界泛起层层的涟漪。1599年在南京辩论会上,精通中国儒学佛学、拥有丰富学识的利玛窦给李贽留下深刻的印象,之后,两人彬彬有礼地互相赠送诗歌、文章,令许多人"惊异不已"[②]。李贽同利玛窦的交往成为中西文化交流史上一段佳话,他们超越国界和世俗的友情在当时显得十分引人注目。然而除了李贽送给利玛窦的诗歌和简短的评论以及利玛窦在《中国札记》中对李贽短短的描述之外,"异端"并没有擦出文化思想的火花。

一、异端的相遇

儒家学说经过不断阐释、解读和利用,在汉代获得了"独尊儒术,罢黜百家"的地位,形成了以儒家为主导、排斥个人主义为主要特色的文化传统,并完成了儒家学说从理论建构到政治制度的操作。"异端"一词出自孔子《论语·为政》："攻乎异端,斯害也已！"朱熹著《四书集注》时,更是把除了儒学以外的其他学说都看为异端,称"异端,非圣人之道,而别为一端,如杨、墨是也"。因此,当以异端自居,公开向理学和道学家们宣战的李贽和"变乱"中国道统的利玛窦出现时,便成为封建卫道者首要攻击的目标。

李贽强调个体,尊重个人的欲望、自由和权利的思想,以"异端"自居,摆开

[①] 许建平：《李卓吾传》,北京：东方出版社,2004年,第349页。
[②] 利玛窦、金尼阁著,何高济等译：《利玛窦中国札记》下册,北京：中华书局,1983年,第358—359页。

"堂堂之阵",举起"正正之旗",公开向理学和道学家们宣战:"今世俗子与一切假道学共以异端目我,我谓不如遂为异端,免彼等以虚名加我。"①万历二十六年,明朝廷以"敢倡乱道,惑世诬民"的罪名将李贽捉拿下狱,后其自刎于狱中。李贽在中国思想史和文学史上具有重要的意义,不但于生前掀起了汹涌的波涛,在他死后也产生了深远影响。闽人谢肇淛就对李贽十分不满:"近时吾闽李贽,先仕宦至太守,而后削发为僧,又不居山寺,而遨游四方,以干权贵,人多畏惧其口而善待之。拥传出入,髡首肩舆,前后呵殿。余时客山东,李方客司空刘公东星之门,意气张甚,郡县大夫莫敢与均菌伏。余甚恶之,不与通。"②在李贽死后,批判之声依然不绝于耳:"导天下于邪淫,以酿中夏衣冠之祸,岂非愈于洪水、烈于猛兽者乎!"③

利玛窦,意大利人,1583年到华传教。他发扬罗明坚"补儒、附儒、超儒"的传教政策,学习儒家经典,运用汉语引经据典与士大夫们谈玄论道,引进西方的科学,开明士大夫称之"利夫子"。以沈㴶为代表的排耶派,担心中国的"道统"和"心法"被邪说所"惑乱",极力排耶。他在《参远夷疏》中说道,天主教邪说"浸淫"人心,传教士欲"以夷乱华",闽浙反教人士汇反教文章成《圣朝破邪集》,"卫道"之心用之切切,他们认为传教士们图谋不轨,对为封建王朝的统治造成了巨大的威胁。"从其教者,至毁弃宗庙以祀天主,而竟不知祀天之僭,罪在无将。"④

万历二十七年(1599)春天,利玛窦北上来到南京,当时的大理寺卿李汝珍在其府内举办了一次儒释辩论会,汇集了当时南京名士,适逢李贽也在此做客。当时利玛窦以儒学身份同名僧雪浪大师同台辩论,双方针锋相对,利玛窦对儒学和佛学的熟悉程度,令李贽十分赞赏。⑤ 在回访李贽时,利玛窦把亲笔写的《交友论》赠送给李贽。李贽也回赠了两把宫扇并题诗:"逍遥下北溟,迤逦向南征。刹刹标名姓,仙山纪水程。回头十万里,举目九重城。观国之光未 中天日正明。"⑥万历二十八年(1600)夏天,利玛窦和西班牙人庞迪我到北京朝觐万历

---

① 李贽:《焚书·答焦漪园》。
② 谢肇淛:《五杂俎》卷八,第381页。
③ 王夫之:《读资治通鉴》卷末《叙记》三。
④ 虞淳熙:《天主实义杀生辨》卷五。
⑤ 许建平:《李卓吾传》,北京:东方出版社,2004年,第352页。
⑥ 李贽:《赠利西泰》,《焚书》卷六。

皇帝,途经济宁,特地投贴拜访在济宁漕署的李贽。① 利玛窦极力拉拢士大夫,据统计他在广东、江西、南京、北京所来往过的士大夫总计 129 人,另有道士 1 人、高僧 2 人、太监 2 人,还有 8 名中国籍耶稣会士。这些人中就包括了李贽。他在其游记特别提到了李贽:"他(此人为焦竑)家里还住着一位有名的和尚,此人放弃官职,削发为僧,由一名儒生变成一名拜偶像的僧侣,这在中国有教养的人中间是很不寻常的事情。"在利玛窦看来,这个"儒家的叛道者"在中国具有很高的声望,如果他认同天主教便会提高其知名度,这是利玛窦接触李贽的重要因素。利玛窦认为李贽是支持天主教的,因为"当人们得知他拜访外国神父后,都惊异不已。不久以前,在一次文人集会上讨论基督之道时,只有他始终保持沉默,因为他认为,基督之道是唯一真正的生命之道"②。但早已致士归隐、远离官场的李贽远远不能满足利玛窦的更多要求,因为要传播天主教义,便要依附于官场,这些都阻挡了李贽和利玛窦进一步深交的可能。

二、论交友——"异端"的文化契合

刊于万历二十三年的《交友论》是利玛窦向中国介绍西方道德观念的一个重要文本,也是利玛窦第一次用中文出版的书籍。利玛窦在写给耶稣会的报告中解释了自己出名的一个重要理由即《交友论》获得士人的欣赏。《交友论》中有 76 则格言分别引自欧洲古代 28 位作家的格言及 23 种古代作品,内容涉及交友的态度、目的、必要性等。利玛窦入华之后,就不断拜访显宦和皇室宗亲,与当地文人绅士交游,他敏锐地捕捉到友谊的重要性——传教士们要顺利进入中国大门,不能用暴力、船舰、大炮,而是友谊,正如他在序言描述他创作的原因:"窦也自最西航海入中华,仰大明天子之文德,古先王之遗教——因而赴见建安王. 荷不鄙,许之以长揖宾序. 设醴驩甚,王乃移席握手而言曰:'凡有德行之君子,辱临吾地,未尝不请而友且敬之. 西邦为道义之邦,愿闻其论友道何如?'窦退而从述,囊少所闻,辑成友道一帙,敬陈于左."③由此,利玛窦构建的西方友谊观使传教士们在一个相当具有敌意的世界里得到同情、保护,并获得更多的

---

① 采用许建平先生在《李卓吾传》(东方出版社 2004 年版)的说法:双方再会,指南京一次,济宁一次。南京时的互访与山东济宁的互访只看做一次。
② 利玛窦、金尼阁:《利玛窦中国札记》第 4 卷,何高济等译,北京:中华书局,1983 年,第 358—359 页。
③ 转引自[意]柯毅霖:《晚明基督论》,王志成,思竹,汪建达译,成都:四川人民出版社,1999 年,第 90 页。

传教机会。

　　16世纪的明末中国思想文化发生了重大的变化,涵盖了哲学、宗教、自然科学等方面的西方文化随着海舶进入中国门户,对中国封闭的农业文明产生了巨大的冲击。泰州学派、东林学派等具有新思想的群体在道德涣散的明末社会里逐步形成,他们的道德敏感性、对哲学和科学的热爱、基于共同思想兴趣形成的友谊观"有助于培养一种统一感,让人认识到对全人类负有更广泛的责任"①。《交友论》的出现正好满足了士大夫们的心理需求。该书从世俗伦理的角度谈及交友的目的、作用,人文色彩非常浓厚。《交友论》刊印之后在明朝士大夫中间获得了广泛的反响,先后被收入各种文集中,如李之藻的《人学初函》、陈继儒的《宝颜堂秘籍》、冯可宾的《广百川学海》、吴从先的《小窗别记》等。当李贽读到利玛窦的《交友论》时被深深地触动了,他命人誊录《交友论》,加上几句推崇的话,寄给他湖广一带的门生。

　　李贽的一生是求道和求友的过程,这和他个性、人生经历密切相关,"幼而孤,莫知所长"②而产生的孤独感随着李贽年龄的增长和学识增进演化为强烈的求友意识。他曾在嘉靖四十五年写的《富莫富于常知足》中说道:"朋友四方,声应气求,达之至也。"③他认为:"世人不知友之即师,乃以四拜受业者谓之师;又不知师之即友,徒以接交亲密者谓之友。夫使友而不可以四拜受业也,则必不可与之友矣;师而不可以心腹告语也,则亦不可以事之为师矣。古人知朋友所系之重,故特加师字于友之上,以见所友无不可为师者。若不可师即不可友。大概言之,总不过友之一字而已,故言友则在师中矣。"④朋友即是老师,老师即是朋友,两者是互相学习的关系。利玛窦在《交友论》中认为交友是为了"相须相佑",重在"在彼善长于我,则我效习之;我善长于彼,则我教化之",学习朋友的长处以完善自己的德行,这同求胜己之友的李贽不谋而合。

　　李贽曾在给焦弘的信中透露了求友的苦衷:"世间胜己者少,虽略友数个,或东或西,或南或北,令我终日七上八下。老人肚肠能有几许,断而复续,徒增

---

① T. N. FOSS, How They Learned: Jesuits and Chinese, Friends and Scholars, 载 *Ismr*, 第 4—5 页, 转引自《晚明基督论》,成都: 四川人民出版社,1999 年,第 78 页。
② 李贽:《焚书》卷三。
③ 李贽:《焚书》卷六。
④ 李贽:《焚书》卷二。

郁抑，何自苦耶！是以绝计归老名山，绝此邪念。"①他对朋友有着深深的期许，"我老矣，得一二胜友，终日晤言以遣余日，即为至快，何必故乡也"。甚至把自己患病的原因归结为"独坐穷山，足音不闻，欲无病得乎？"李贽一直把以道为命的圣人作为自己的榜样，闻道为命本身就具有一种志气，即超越世俗、摒弃贪恋功名富贵的人生观。他把为人自然、敢说真话作为朋友的一个标准，《交友论》也认为选择朋友要遵循一定的原则，即志同道合，"德志相似，其友始固"；要做好一个益并友不容易，朋友有直言相告的义务，"正友不常顺友，亦不常逆友，有理者顺之，无理者逆之，故直言独为友之责矣"。富贵贫贱不能成为择友的标准，不能因为今日富贵而抛弃旧友，警惕因贪图富贵而靠近的小人，今日贫贱则不能仰仗旧友，而新交的朋友是以道义为基础的朋友；应当观察变富贵的朋友，以仿我亲近他而他疏远我，今日落得贫苦的朋友，则应当敬重他，避免朋友疏远；应当同朋友互相分享，真正的朋友是情义上的吸引，而非物质的追求；危难之际不请自来的朋友乃真正之友等等。

《交友论》认为朋友犹如贫贱之际的财富，弱小者的力气，生病时的良药，甚至"国家可无财库，而不可无友也"，没有朋友，就仿佛"天无日，身无目"。李贽也说道："有胜我之友，又真能知我者，乃我死所也。……与其不得朋友而死，则牢狱之死，战场之死，固甘如饴也……"②朋友胜于生命。李贽心中的朋友乃是世间之真男子，但是真友难求，"若为学道计，则豪杰之难久矣，非惟出世之学莫可与商证者，求一超然在世丈夫，亦未易一遇焉"③。《交友论》说朋友间应该互利互惠，"各人不能全尽各事，故上帝命之交友，以彼此胥助，若使除其道于世者，人类必散坏也"，"上帝给人双目、双耳、双足，欲两友相助，方为事有成矣"④。朋友是很重要的，"吾友非他，即我之半，乃第二我也，故当视友如己焉"。真正的朋友可以达到"二身之内，其心一也"的境界。他们对个体价值和互利原则的认同，体现追求个体和个体之间的平等对话的观念，并在此基础上对交友观进行了重新的阐释。

李贽阅人无数，一生都在追求胜己之友，他十分欣赏利玛窦坚忍不拔的品

---

① 李贽：《寄焦弱侯》，《续焚书》卷一。
② 李贽：《与焦弱侯》，《焚书》卷二。
③ 李贽：《答骆副使》，《续焚书》卷一。
④ 转引自何俊：《西学与晚明思想的裂变》，上海：上海人民出版社，1998 年，第 108 页。

格和良好的学识。在友人问及利玛窦时,李贽回道:"承公问及利西泰,西泰大西域人也。到中国十万余里,初航海至南天竺始知有佛,已走四万余里矣。及抵广州南海,然后知我大明国土先有尧、舜,后有周、孔。住南海肇庆几二十载,凡我国书籍无不读,请先辈与订音释,请明于《四书》性理者解其大义,又请明于《六经》疏义者通其解说,今尽能言我此间之言,作此间之文字,行此间之仪理,是一极标致人也。中级玲珑,外极朴实,数十人群聚喧杂,仇对各得,傍不得以其间斗之使乱。我所见人未有其比,非过亢则过谄,非露聪明则太闷闷瞆瞆者,皆让之矣。"①利玛窦远涉重洋来到中国,发愤读书二十几年,李贽称赞他是"一极标致人也",并不惜笔墨地描述利玛窦对儒家文化的接受过程,这种在困境中不屈不挠的品质是李贽所欣赏的真男子的品质。他认为豪杰必须具有高度自信和顽强斗志:"欲以法治我则可,欲以此吓我他去则不可。——我可杀不可去,我头可断而我身不可辱。"②"宁义而饿,不肯苟饱;宁屈而死,不肯悻生。"③

在李贽的文化观念里,利玛窦的交友观的契合无疑强化了儒家的古训:"君子居其室,出其言善,则千里之外应之。"他们的友谊观都折射出朦胧的人文主义态度。来自西方的陌生人带来的道德观念、伦理道德竟然和儒家传统相容,为重振儒家道德精神与伦理规范的晚明士林带来刺激、欣喜和信心。李贽对《交友论》的推崇根植于中国传统文化之中,希冀中国文化的再次涅槃。他对利玛窦的交友观的认同促进了传教事业的发展,为天主教在福建的迅速发展埋下伏笔。

三、文化根源的契合——海洋文明的商业习性

福建天然的优良港湾是通往海外的起点,以海为生的福建人在长期的海洋活动中滋生出一种强烈的冒险意识、一种贫富在我不在天的自我生存意识和拼搏精神。李贽出生于在宋元时代就成为与埃及亚历山大港相媲美的东方大港——泉州,其先人以经商为业,后为泉州的巨商,虽到李贽时家族已经以读书为业,但他自幼受到商业文化的熏陶,沿海区域强烈的自我意识、冒险进取精

---

① 李贽:《与友人书》,《续焚书》卷一。
② 李贽:《又与耿克念》,《续焚书》卷一。
③ 李贽:《与城老》,《续焚书》卷一。

神、注重经济利益的处事原则,为李贽思想的形成提供了不可或缺的区域文化背景。

明朝海禁限制了正常的海上贸易,福建对外贸易走向私人贸易化,但是福建的人文传统和格局依旧呈现出旺盛的生命力。李贽坚持为商人争取平等地位,对遭受官府歧视和限制的商人表示同情和支持,力言"商贾亦何鄙之有?挟数万之赀,经风涛之险,受辱于官吏,忍诟于市场,辛勤万状,所挟者重,所得者末"①。公开为商人发声,在李贽眼里,商人们不仅比贪官污吏高尚,而且对发展社会物质生产有积极作用,这些观点完全背离了传统的重农抑商思想。他充分肯定人欲,认为追求享受、好货好色是人的天性,"穿衣吃饭,即是人伦物理"。他主张人人平等,"尧舜与途人一,圣人与凡人一","圣人不曾高,众人不曾低"。同时又坚决批判了男尊女卑、"妇人见短"等封建观念。李贽《藏书》《焚书》《续焚书》等作品包含了丰富的、先进的、带有启蒙思想的观念,具有论证追求世俗化生活的合理性的积极因素,这些都源于李贽重商思想的特质——即福建海洋文明中以诚信为本、讲究义气、务实求利、人人生而平等的思想。

利玛窦等耶稣会士从踏上传教征程的那一刻起,就同海洋文化结下了不解之缘。任何宗教文化行动必然有一个经济依托,这个依托就是日趋发达的西方航海事业,他们搭乘的是西方商人的船只,接受的是葡萄牙商人的资助。初来的西方海商的力量还没强大到与中华帝国相抗衡,他们不得不小心翼翼地和中国人接触。传教士们所依靠的西方海商与福建海商在明末中西经济文化交流史上有着举足轻重的作用,海洋文化的商业价值观念与农业文明下的价值观念存在极大差异,一切与利润无关的均被排除在行为之外。欧洲人深刻理解到在一个商业时代,赢得海洋要比赢得陆地更为有利,随着频繁的贸易往来于航路上的是各国传教士们,如西班牙多明我会与方济各会传教士,如到达福安的多明我会士高琦和黎玉范,他们就是于1621年由菲律宾经台湾来到福建的。在这场空前规模的文化交流、经济交流中,最为突出的一群人就是"海盗"。西方海商欲与中国贸易而常被拒之门外,他们总是以各种手段同福建沿海居民进行贸易、走私,成为明朝政府的心头大患。

海盗是统治者非常痛恨的敌人,他们总是与野蛮、愚昧、凶残、劳民伤国联

---

① 李贽:《焚书》卷二。

系在一起。李贽对海盗却有另一种看法,他认为海盗林道乾①是世间之真豪杰,有胆识的真男子。认为林道乾的才识远在自己之上,"余是何人,敢望道乾之万一乎?","夫道乾横行海上,三十余年矣。自浙江、南直隶以及广东、福建数省近海之处,皆号称财赋之产……倭夷远遁,民人安枕,然林道乾犹然无恙如故矣。称王称霸,众愿归之,不肯背离。其才识过人,胆气压乎群类,不言可知也"。林道乾在沿海一带亦商亦寇,引起举世哗然,其勇气和胆量非常人所比。李贽认为"设使以林道乾当郡守二千石之任,则虽海上再出一林道乾,亦决不敢肆。设以李卓老权替海上之林道乾,吾知此为郡守林道乾者,可不数日而即擒杀李卓老,不用损一兵费一矢为也"。李贽深知海商倭寇的厉害,也知道他们被逼下海营生,对被迫为寇的无奈。他披露在朝为官者的无能,整日无所事事,只会打躬作揖,"终日匡坐,同于泥塑,以为杂念不起,便是真实大圣大贤人矣。其稍学奸诈者,又挤入良知讲席,以阴博高官",一旦发生紧急事件,面面相觑,绝无人色,"甚至互相推诿,以为能明哲",丑态毕现。他因国家专用此类庸人而"弃置此等辈有才有胆有识之者而不录"感到痛心。如果国家能善用林道乾这样有胆识的人,"何止足当胜兵三十万人已耶!又设用之为虎臣武将,则阃外之事可得专之,朝廷自然无四顾之忧矣。唯举世颠倒,故使豪杰抱不平之恨,英雄怀罔措之戚,直驱之使为盗也"。达官贵人只懂取笑林道乾,他感到十分痛苦和惭愧,"余方以为痛恨,而大头巾乃以为戏;余方以为惭愧,而大头巾乃以为讥:天下何时太平乎?故因论及才识胆,遂复记忆前十余年之语。吁!必如林道乾,乃可谓有二十分才,二十分胆者也"。把强盗视为豪杰,把文官视为庸才,也只有李贽这样狂狷才能说出的话。很多人认为林道乾不过一介草民,李贽却为他正名:"无识安能运才胆而决胜也?夫古之有见识者,世不我知,时不我容,故或隐身于陶钧,或混迹于屠沽,不则深山旷野,绝人逃世而已,安肯以身试不测之渊也?纵多能足以集事,然惊怕亦不少矣。"②李贽清醒地看到中原主流农业文明对海洋文明的残酷压制,对此他却只能诉诸笔端以述感慨。从他对林道乾的赞叹可以看到他身上所具有的文化包容性。

---

① 注:《辞海》(1979年缩印本)第1272页条目载:"林道乾,明时海上武装势力首领。泉州(今属福建)人。嘉靖末年为明军所败。"《澄海县志》现代版:"林道乾(生卒年月不详)澄海县苏湾都南湾村人(今湾头镇)。明时海上武装力量首领,也是明代拓殖南洋的著名人物。"

② 李贽:《焚书》卷四。

四、闽文化个体的文化焦虑

李贽思想在某种程度上立足于他文化焦虑感的产生以及焦虑背后所隐匿的知识群体文化重铸的渴望。明末社会的知识分子们处于这样一种文化困境中：他们所依赖的传统文化出现停滞状态，道德底线呈现出不断滑落的趋势，登陆中国的西方文化不时刺激着他们对自身文化的思索。福建重商文化受到传统农业文明的压制和西方海洋文明的排挤，民族历史和文化传统生存面临着巨大的困境。福建知识分子更为深刻地体会到福建文化与中原农业文明的冲突，当他们敏锐地察觉到与福建文化些许地方契合的西方文明具有不可忽视的活力和进步性时，文化守望情绪开始得以释放。随着福建海洋经济的发展和民生百姓的发展，其内部应日益催生启蒙文化，然而对一直以精神指归与政治救赎为核心的传统文化来说举步维艰，农业文明不但不求新的方向，反而压制其他向外突破的力量，其中最典型的即明末政府日益严重的海禁政策，它向世人表明固守农业文明的决心，边缘化海洋文明的发展，甚至在泉州这片孕育出李贽的土地上，也盛行着桎梏思想的理学。农业文明面对介入中国社会的西方文明时自发产生排斥感，保守的文化卫道士们坚守着夷夏大防的观念，致力于构建一种心理防线。李贽显然意识到这种文化对抗，然而年老的他已经无力继续宣告一种全新的文化理念，无法使它生根开花结果，李贽停下回乡的脚步。

李贽是自宋朝以来东南沿海商业发展到一定阶段后所产生的一个思想领袖，海洋文化和商业文化在李贽身上得到集中体现。从文化心理来说，李贽的焦虑无疑是对当时中国传统文化的停滞和知识日益尘封的双重失望。同利玛窦会面时，李贽已经73岁了，他思想性格受佛学浸染，但对于天主教持一种宽容态度。他的敏感来自于开放性和包容性的福建文化，但即使在这样的文化氛围中，他对外来文化的态度仍有一些怀疑的态度，他"自幼倔强难化，不信学，不信道，不信仙、释"[①]。生前求道，但成为佛家弟子，死后却以伊斯兰教仪式入葬。他不是一个彻底的佛教徒，大同府推官李惟清曾经劝说李贽"同皈西方"和"禁杀生"；李贽则说西方并非平等极乐国土，他不愿专一求生西方，也不愿全戒杀

---

① 李贽：《焚书》卷一。

生。① 表示"西方是阿弥陀佛道场,是他一佛世界。若愿生彼世界,即是他家儿孙。……若仆则到处为客,不愿为主,随处生发,无定生处。既为客,即无常住之理。是以但可行游西方,而以西方佛为暂时主人足矣。非若公等发愿生彼,甘为彼家儿孙之比也"②。事实上,他把孔子、释迦牟尼、老子都视为以道为命的圣人,并无主次之分。"儒、道、释之学,一也,以其初皆期于闻道也。"③和其他文化一样,在李贽眼中利玛窦是类似于僧与道的化外者,他对利玛窦来华目的抱有疑问:"但不知到此何为,我已经三度相会,毕竟不知到此何干也。意其欲以所学易吾周、孔之学,则又太愚,恐非是尔。"④但又不得不认同其文化的优点。在辩论会上,李贽首次听到了西方的思辨方法,即有意识地分辨心里的影像与实物是二非一;分辨人性中天然之性与道德之性,运用实实在在的、有严密逻辑的论述理论。⑤ 传统的道学家把人的道德层面看得十分重要,重身心,轻实用,认为修身之类才是"实学",把具体的科技斥之为"器末",是不"入流"。李贽则提倡积极有为、经世致用,反对以古治今的恶习;在人性上注重自我,反对以古律己,"治贵适时,学必经世"。西方在重视人的道德层面的同时,提倡对自然的探求,这正是空谈"理学"的晚明社会所缺少的。⑥

毋庸置疑,明末的福建海洋文明赖以维系的物质基础始终牵引着文化纬度的世俗性。在此影响下,一种世俗情怀与利益追求为导向的文化心理形成。福建文化心理深刻地体现在该系统的各个阶层,甚至成为诠释福建文人的一个标向。中原日益保守的农业文明在东南沿海的海洋文明面前显得暗淡无光丧失活力,文化内涵重精神因素的清空已经昭示了传统文化中道德叩问的落伍。李贽在这场文化冲突中,意识到中原日益保守的主流文化与东南沿海以及西方文化的落差。虽然李贽自刎于狱中,但他的思想却成为向旧传统文化挑战的有力武器;天主教也一步步渗透入中国社会,两者对后世的影响都是巨大的。卫道者没有想到,在他们忙于卫道时,李自成崛起于陕西,努尔哈赤发起于关外。他

---

① 林海权:《李贽年谱考略》,福州:福建人民出版社,1992年,第328页。
② 李贽:《焚书》卷一。
③ 李贽:《三教归儒说》,《续焚书》卷二。
④ 李贽:《与友人书》,《续焚书》卷一。
⑤ 许建平:《李卓吾传》,北京:东方出版社,2004年,第354页。
⑥ 陈义海:《中西"实学"之辨——明清间来华耶稣会士对中国文化的影响》,载《上海师范大学学报》2003年第4期。

们更想不到的是：当南明小王朝偷生于福建一隅时，皇室内部流行起了天主教，竟然把复国的希望寄托在一封写给罗马教皇的求助信上。大航海时代的到来必然导致不同文化接触和文化冲突的频繁发生，对自身文化的生存和发展的焦虑无法避免，他们这段没有火花的交往昭示着异质文化可以寻找双方文化中契合的观念以增加更多合作、对话的可能。这种文化心理并没有随着李贽的去世而消逝，而是转向更为广大的福建知识分子阶层，他们一直是文化创造与文化诠释的主体，随着艾儒略入闽开教，一场文化对话开始了。

第三节 对天主教文化的双重接受：《熙朝崇正集》与《圣朝破邪集》

《熙朝崇正集》或称《闽中诸公赠诗集》，产生于明末（1573—1640）的福建地区，是当时一些与天主教传教士相知或相识的文人学士为表示友好，向外来传教士馈赠的诗作，其中 70 个诗人有 68 人是福建人，最终由"晋江天学堂"结集而成的。该书是研究天学诗的重要文本，由于其流传不广，因此对其在中西文化交流史和文学史上的意义和价值没有引起足够的重视。台湾顾保鹄神父在巴黎留学时将其从巴黎图书馆影印回国，1966 年左右出版发行了《熙朝崇正集》影印本，吴相湘的《天主教东传文献（下）》收入该书，本文采用的就是这个版本。顾保鹄在《熙朝崇正集影印本序》中介绍说："《熙朝崇正集》钞本，凡二十九页，每半页（每面）九行，行二十字，现藏巴黎国立图书馆，编号为钞本部中文 7066 号。……明末清初诸教士之著述，大抵往年上海徐家汇藏书楼均有收藏，而此书独无。海外收藏最富者为巴黎国立图书馆及梵蒂冈亦缺如。故巴黎图书馆此一钞本，可能是宇宙间唯一孤本，可见其价值之高矣。"[①]《熙朝崇正集》展现了明末福建文人与西方传教士们和谐交往的画面，像这样集中反映中西方文化交流现象的诗集在历史上是十分少见的。《熙朝崇正集》抄本封面写有"熙朝崇正集"，小标题为"闽中诸公赠泰西诸先生诗初集"。该文集可分为两部分，第一部分是"崇正集卷"的"目录"，第二部分则是"闽中诸公赠诗"的诗篇。如封面所记

[①] 顾保鹄：《熙朝崇正集影印本序》，见吴相湘主编：《天主教东传文献》（下），台北：台湾学生书局，1966 年，第 634 页。

载的,目录是按照诗作"相赠先后"的次序排列,分别注明赠诗者及其籍贯,共列有 70 人,列有 84 首诗歌。

《圣朝破邪集》又称《破邪集》,明崇祯十一年(1639)初刻于浙江,1640 年面世,共 8 卷,近 60 篇文章,10 万余言。崇祯十一年(1638)十一月,福建漳州书生黄贞(号"去惑居士"),以辟邪为己任,广结士子僧徒,"极力激劝,乞同扶大义,乃奔吴越之间"①,将闽、浙僧俗文人破邪论的著述汇集而成。谢和耐在《中国基督教》中叙述:"在文人阶层中,似乎并没有更多地注意保存辟基督教文献,《破邪集》的流传应归功于偶然。其著作被收入该文集中的数名作者都互相认识,似乎属于一个有限的小圈子。近来,其他辟基督教著作也是偶然发现的。《破邪集》的情况亦如此,它是由方豪主教于 1946 年或 1947 年在北京的一家旧书店中发现的。(见方豪《天主教东传文献续编》第一卷卷首的介绍)。"②谢和耐提到巴黎国立图书馆和华盛顿国会图书馆藏的《破邪集》都是"1855 年在日本翻刻的本子"。夏瑰琦以明崇祯十二年刻本之手抄本和日本安政乙卯本为校本,进行校点、注释,由香港建道神学院于 1996 出版,后收入《基督教与中国文化史料丛刊》。本文参考的是福建师范大学图书馆馆藏日本安政乙卯本,该本由夏瑰琦校点,收入《基督教与中国文化史料丛刊》。

《熙朝崇正集》和《圣朝破邪集》的产生与艾儒略在福建传教密切相关,艾儒略是《熙朝崇正集》赠诗的主要对象;"白衣弟子"黄贞"发愤排耶"的主要原因是艾儒略入漳州传教。除去"无锡贾允元"、"颍川陈衎"外,其余诗歌是福建人所创作,目录和正文中都注明作者的籍贯,如福唐、温陵、莆阳、三山、桃源、晋江、同安等。除去卷一卷二收录的南京教案期间的官方文件,《圣朝破邪集》中明确记载籍贯的共有 25 人,其中有 15 名是福建人。

从文化接受角度来说,对异质文化的认识都是由表及里、由浅入深、从表面到本质的过程。《熙朝崇正集》和《圣朝破邪集》反映了明末闽籍士大夫对天主教接受、理解、对话的不同程度和水平。明末福建士大夫视野里的天主教可以分为三个层次:第一,他们是历经千难万险、放弃世俗生活、忠于信仰和事业、品

---

① 黄贞:《破邪集自序》,见《圣朝破邪集》卷三,夏瑰琦编:《基督教与中国文化史料丛刊(之一)》,香港:香港建道神学院,1996 年,第 167 页。

② 谢和耐:《中国和基督教》,耿升译,上海:上海古籍出版社,1991 年,第 72 页。

德高尚的"西儒",他们的道德和品质得到了大多数士大夫的赞赏;第二,与传统中国技艺不同的西方地理、历法、天文、军事、物理、农业、医学等知识,这是传教士打开中国大门的一项重要工具,也是在中国流传最广、影响最大的一项内容;第三,与儒学根基相异的天主教教义,包括"天"、"天主"、"上帝"、"善恶"、"人性"、"忠孝"等基本概念,这是中国文化与天主教文化的最大差异,叶向高和艾儒略尝试就这些概念进行对话,得到的依旧是模糊不清的论述。明朝来华传教士有两层身份:传教士和科学家。《熙朝崇正集》的诗人们看到的是道德高尚的科学家;《圣朝破邪集》的作者们看到的不仅是道德败坏、以"夷技"收买人心的夷人,而且看到了鼓吹"邪说"、行径野蛮、居心叵测的传教士。相比之下,《圣朝破邪集》真实地描述了中西文化的差异,他们在同"夷人"的不断接触中,察觉出天主教与中国文化的相异性和"荒谬性"。无论是赞扬还是贬斥,都是闽士大夫排解文化焦虑或维护自身的文化体系的需要。

一、表象——"西儒"

《熙朝崇正集》对天主教的评价集中在传教士带来的自然技术知识和传教士的良好品质两个层次,这两个方面是形象光辉的"西儒"的主要特色。福建士大夫们对西方天主教"文化上的接受和适应"是通过传教士们热情传播科学技术来完成的。艾儒略和利玛窦的著作数量在所有来华传教士中名列前茅[1],这些知识对当时的士大夫来说是一门新鲜的学问,它弥补了晚明中国有的知识体系和内容。正如李约翰所评价的:"在耶稣会传教士进入中国后,中国的科学便和全世界的科学汇成一体了。"[2]

《熙朝崇正集》表达了诗人对西方自然知识的好感,叶向高坦然承认西儒"技艺制作之精,中国人不能及也"[3]。传教士修改历法、制造天文仪器,带来了地球仪、计时晷、望远镜、钟表、玻璃棱镜、宗教画、西方书籍等,给明末社会带来

---

[1] 艾儒略关于西方知识和科学的著作有:《万国全图》、《职方外纪》、《性学粗述》、《几何要法》等,利玛窦的科学知识著作有《天学实义》、《交友论》、《西国记法》、《二十五言》、《畸人十篇》、《辩学遗牍》、《西琴八曲》、《斋旨》、《奏疏》、《几何原本》、《同文算指》、《测量法义》、《勾股义》、《圆容较义》、《浑盖通宪图说》、《经天该》、《万国舆图》、《西字奇迹》、《乾坤体义》。资料源于徐宗泽:《明清间耶稣会士译著提要》,北京:中华书局,1989 年,第 350—352 页。

[2] 李约瑟:《中国科学技术史》第 1 卷,北京:科学出版社,1990 年,第 337 页。

[3] 叶向高:《〈西学十诫初解〉序》,《苍霞余草》卷五,第 22 页。

了一股新鲜的空气,打开中国人的视野,为中国科学技术的发展注入了新的活力。接受西方地理观对向来坚持中华为世界中心的中国士人十分不易,然而西方地理知识在福建影响极大,叶向高对艾儒略的地理学著作《职方外纪》给予高度赞扬:"今泰西艾君乃复有《职方外纪》,皆吾中国旷古之所未闻,心思意想之所不到,癸不能逐章,亥不能步者……"①莆田曾楚卿称赞西方地理知识:"目穷章亥步,九万风斯下。"②晋江蔡国铤称赞道:"地轴圆球有利君,年来西学又闻。周天日表图中见,二极星枢眼底分。"③彭宪范描述说"披图罗万国,受学溢千人"④。陈圳认为西方地图和数学知识可以指点迷津:"自是西方一伟儒,载将文教入中区。发挥原本几何理,指示微茫万国图。大道繇来传竹简,迷川何处问金桴。因君壹意尊天主,未卜凡胎可度无。"⑤并承认自己只是个俗身凡胎,期望可以得到天主的帮助。福清的薛凤苞指出闽人十分欢迎传教士带来的西方知识:"一叶航来渡海滨,闽中文献严书绅。西方有圣咸称主,此学无人不问津。万里迢迢频带水,千秋炳蔚不生尘。诸儒仰止钦山斗,至教原能善世身。"⑥

除了表示对"奇技异巧"的好感之外,传教士的崇高道德素养和在艰苦环境中坚忍不拔的品格也是诗人们所讴歌的,他们将来自"八万里"远的传教士们比作张骞。张骞于西元前139年和西元前119年,前后两次出使西域,历尽千难万险,路经了康居、大宛、大月氏、大夏、安息(今伊朗)、身毒(今印度)等国,开拓了丝绸之路,在中西文化交流史上留下了辉煌的足迹。诗人们将渡海八万里、历时三年多的传教士与张骞相比,表达了对传教士们的尊重。晋江许日升称赞道:"西来使者储奇诠,地脉乘风摄八埏。万国河山归一掌,四方朝贡拱三天。漫将印庆悬尖指,隧尔乾坤纳复拳。何多问楂张骞昨,只今海宇擎鸿篇。"⑦李师侗称赞道:"去国八万里,离家三十年。西海如一揆,北学未之先。羁旅禄随地,逢人主有天。喜图王绘盛,不事使张骞。"⑧池显芳也作诗说:"尊天天子贵,绝徼

---

① 叶向高:《职方外纪序》,见《职方外纪校释》,谢方校释,北京:中华书局,1996年,第3页。
② 《熙朝崇正集》,吴相湘主编:《天主教东传文献》(下),台北:台湾学生书局,1966年,第647页。
③ 同上书,第661页。
④ 同上书,第648页。
⑤ 同上书,第664页。
⑥ 同上书,第674页。
⑦ 同上书,第683页。
⑧ 同上书,第671页。

亦来庭。邹衍无斯识,张骞所未经。"①陈鸿说道:"客从远方来,云历五春夏。地既尽于兹,河汉已倒泻。其国敦敬天,衣冠佩玉化。艾君早慕道,每每著声价。若置碣石官,谈锋倍惊讶。利公乃齐名,腹笥何酝藉。遗以数千言,读之手常把。始知沧溟外,日月异昏夜。神山信可登,弱水本堪跨。泛海昔张骞,却是寻常者。"②陈鸿认为与利玛窦齐名的艾儒略,不仅谈吐锋利、著书千言,而且把来自未知世界的知识传播到福建,人们才知道沧海之外有一个与中华完全不同的世界。传教士们的勇敢精神、在不幸和苦难中的坚强性以及伦理道德严格性,在危机四伏的明末社会有着十分重要的意义。温陵周廷鑨不仅道出艾儒略不远万里把渊博知识带到中国的可贵精神,也透露了自己对天主教的向往:"西海先生艾,东游直至华。有天常作主,无地不为家。白眼藏奇服,玄珠托指车。知吾犹未晚,使我寸心遐。"③

《圣朝破邪集》以激烈的言辞、强烈的民族文化使命感站在《熙朝崇正集》的对立面。在《圣朝破邪集》中,"邪教"、"流毒"等字眼层出不穷,无论是有补益儒学的西方自然知识,还是受到诗人高度赞扬的传教士精神,他们都不屑一顾。《圣朝破邪集》明确指出"夷技不足贪,夷占不足信"④,认为西方技艺不值得学习。当时福建闽南区域理学风气尚浓,一部分士人从儒家学说"君子喻于义,小人喻于利"的义利观出发,将信教之人一概斥之为贪利的小人,将传教士自西洋带来的天文、几何以及自鸣钟等物一概斥为奇淫巧技。黄贞认为西方技术知识和相关书籍的流传是对中国传统文化的破坏,"艾氏说有七千余部入中国,现在漳州者百余种,纵横乱世,处处流通,盖欲扫灭中国贤圣教统,一网打尽"⑤。苏及寓在《邪毒实录》中说道:"此夷藏奸为市忠,助铳令人喜其有微功,祈雨令人疑其有神术,自鸣钟、自鸣琴、远镜等物,令人眩其有奇巧。且也金多善结,礼深善绣,惑一人转得数人,惑数人转得数万,今也难计几千亿万。"⑥同时固执地认为西方的技术要么不如中国,要么是剽窃自中国,根本不值得学习。福建松溪

---

① 《熙朝崇正集》,吴相湘主编:《天主教东传文献》(下),台北:台湾学生书局,1966年,第680页。
② 同上书,第687页。
③ 同上书,第651页。
④ 许大受:《圣朝佐辟》,见《圣朝破邪集》卷四,第36—37页。
⑤ 黄贞:《请颜壮其先生辟天主教书》,见《圣朝破邪集》卷三,第152页。
⑥ 苏及寓:《邪毒实录》,见《圣朝破邪集》卷三,第178页。

人士魏濬在《利说荒唐惑世》中说西方地理知识"直欺人以其目之所不能见,足之所不能治,无可按验","且如中国于且全图之中……全属无谓。古以阳城为天地之中,若专论地中,则应在昆仑高处。""玛窦所制测验之器,谓之自鸣钟者,极其精巧,此自是人力所能,如古鸡鸣枕之类耳。……但其法简于壶漏耳。"①传教士们以历法准确蜚声中国,排教者认为传教士制定的历法不置闰月不符合中国传统,中国各朝均有制定历法,已可供参考,"行之万世无弊",没有必要采用西方历法而摒弃中国历法。

《圣朝破邪集》描绘了一群品格低下、道德极度败坏、存心不良的传教士。排教者认为传教士为了掳获人心,布道时施于钱币,最可耻的是为妇女受洗。苏及寓十分反感传教士的传教方式,他说道:"教中默置淫药,以妇女入教为取信,以点乳按秘为皈依,以互相换淫为了姻缘,示之邪术以信其心,使死而不悔。""里中设邪寺,妻女驱入淫,又尝抽子以别母,抽夫以离妻,或抽本乡倏居别国,或抽此土倏往他邦,东西变换,南北移易,盖皆所以令熟者生,强者弱,勇者不得相通,智者不得相谋,是奸夷所以御吕宋、三宝颜、米索果等之毒法也。"这不仅触犯了中国男女大防,并使得天下"父不父、子不子、夫不夫、妇不妇、孩童难保其孩童"②。天主教的传教方式同中国传统宗教——佛教、道教完全不同,很容易令人联想到罗祖、白莲教、闻香教等邪教。③"慨自罗祖、白莲、闻香等妖辈出,而男女以混而混。今天主之邪说,阳教人谨邪淫,阴以己行贪欲,而男女名不混而实混。"④这些民间宗教在乱世的明末都有反动的倾向,是朝廷的潜在威胁,他们的共同点是"男女混杂";而天主教也有这样的"邪性",可见传教士不仅道德败坏,而且居心叵测。

在天主教传教士品格和西方知识方面,《熙朝崇正集》和《圣朝破邪集》展现出截然相反的态度,这与作者们的文化知识程度和社会地位高低有关。《熙朝崇正集》的大多数作者在当时具有很高的声望和地位,担任官职的人占总人数

---

① 魏濬:《利说荒唐惑世》,见《圣朝破邪集》卷三,第183页。
② 苏及寓:《邪毒实录》,见《圣朝破邪集》卷三,第178页。
③ "罗祖"是明清民间宗教,该教派不立文字,否定佛像、寺庙;"白莲"指元明清三代流行的民间宗教,发展自明朝,曾参与发动民间起义;"闻香",又称东大乘教,万历年间由王森创立,他称曾救一妖狐,狐断其尾相赠,有异香,自号闻香教主,势力遍及河北、山东、山西、河南、陕西、四川等地,信奉燃灯佛、释迦佛以及未来佛。
④ 许大受:《圣朝佐辟自叙》,见《圣朝破邪集》卷四,第189页。

的78.6%,其中有22位泉州名流;做官的有28个人,其中有确切记载的共有22人,15人在京为官,7人主要在地方做官;在作为京官的15人中,有6人曾供职于六部,2人官列五寺等。赠诗者们都具有相当的文学素养,大部分留下大量诗集、文集。《圣朝破邪集》的作者地位相对较低,在地方志中甚至找不到发起人黄贞的详细记载。黄贞等人反对天主教是维护传统文化责任感的使然,自古就有"闽道比蜀道更难"的说法。福建一方面具有与海外广泛交往的开明历史,又有长期以"蛮夷"的姿态接受来自儒家文化的教化,在"普天之下,莫非王土"的大一统观念下,形成的福建文化对中原文化的仰望姿态。因此,当"异端邪说"传入福建,并以三山论学为契机形成一个传教高峰时,排耶者与中原卫道者一致奋而趋之。他们以儒家社会正统的姿态来维护中国道统和文化,致力于保护它的纯洁性,作为典型的农业文明士人,他们又瞧不起实用技术、工具的操作。拥有较高文化程度的诗人们则以较为开明的态度面对异质文化,他们首先思考的是天主教能否为国家政治、社会道德的秩序化提供帮助。此外,明末实学思潮为西方自然知识的传播提供了氛围,是以福建为代表的东南沿海文化的双重性决定了不同文化的代言人对外来文化的不同态度。而貌似开明的却不识"天主"真面目;看似排外的又具有了民族文化的合作性。这才是由"三山论学"引发出的文化对话与互动的复杂性。

二、内核——"邪说"

《圣朝破邪集》对天主教的认识突破了"夷技"和道德层面,进入天主教文化的核心。排教者主要从中西文化差异和传教目的两方面驳斥天主教。首先,"邪说"与中国文化相异,彼此毫无联系,艾儒略的"合儒"政策实际上是"媚儒"、"窃儒",达到以"耶"代"儒"的险恶目的;第二,天主教不仅渗透进中国文化,还进行经济入侵,西方人在东南亚的强盗行径,对闽商的压制,无法让排教者对同样来自西方的传教士产生好感。事实上,传教士传教目的一直困扰着闽士大夫,先后三次与利玛窦会面的李贽始终对此抱有疑问:"不知到此何为,我已经三度相会,毕竟不知到此何干也。意其欲以所学易吾周、孔之学,则又太愚,恐非是尔。"[1]

---

[1] 李贽:《与友人书》,《续焚书》卷一,北京:燕山出版社,1998年,第90页。

《圣朝破邪集》作者们从对西洋历法和西方自然技术知识的鄙夷,延伸到对天主教教义的怀疑,排教者提出的问题十分尖锐,他们质疑耶稣基督的身份:"夫既以为天主之尊,天神为拥护,尚被盖钉死,是天主天神皆不灵无用之物也,焉能主宰万物乎?"①黄贞在《尊儒亟镜叙》中说道:"今观其尊刑枷之凶,夫贵钉死之罪人,恭敬奉持无所不至,诚为可悲。"②耶稣基督是被统治阶层钉在十字架上的罪人,这样的天主如何能主宰万物,崇尚"罪人"的传教士传播的"邪说"如何能够相信。如果说反教者排斥西方技艺是无谓地纠缠于细枝末节,那么此时他们已经敏锐地发现中西方文化存在的明显差异,这些差异甚至连饱读中西方诗书的艾儒略也无法解释。对传教士而言,要在以孝、忠为道德核心的中国社会生存,无疑是一个巨大的挑战,天主教明确规定禁止偶像崇拜,这与有着多神论信仰的中国文化不合,也同"信巫好鬼"的福建文化相抵触,其中以黄贞的一段论述最为代表性。《请颜壮其先生辟天主教书》中记录了黄贞与艾儒略的对话:

> 彼教中有十诫,谓无子娶妻,乃犯大戒,必入地狱,是举中国历来圣帝明王有妃嫔者,皆脱不得天主地狱矣。贞诘之曰:"文王后妃众多,此事如何?"艾氏沉吟甚久,不答。第二日,贞又问,又沉吟不答。第三日,贞又问曰:"此义要讲议明白,立千古之大案,方能令人怗然皈依而无疑。"艾氏又沉吟甚久,徐曰:"本不欲说,如今我亦说。"又沉吟甚久,徐曰:"对老兄说,别人面前我亦不说,文王亦怕入地狱去了。"又徐转其语曰:"论理不要论人。恐文王后来痛悔,则亦论不得亦。"③

天主教要求教徒遵守一夫一妻制,这在将一夫多妻的生活习俗与孝道结合的士大夫看来,意味着对中国文化的颠覆。黄贞以为此言"谤诬圣人,其罪莫容"。又见天主教教徒将菩萨、关圣帝君及梓潼帝君、魁星君、吕祖帝君等塑像,悉断其首,或置厕中,或投火内,这些做法完全伤害了儒家礼仪和宗教信仰,令黄贞"毛发上指,心痛神伤",他无法接受传教士的"邪说"对中国伦常的颠覆和讽刺,无法忍受其对中国佛教和民间信仰的不敬。颜茂猷在《圣朝破邪集序》中

---

① 谢宫花:《历法论》,见《圣朝破邪集》卷六,第305页。
② 黄贞:《尊儒亟镜叙》,见《圣朝破邪集》卷三,第161页。
③ 黄贞:《倾颜壮其先生辟天主教书》,见《圣朝破邪集》卷三,第149页。

说,传教士们"妄尊耶稣于尧舜、周孔之上,斥佛、菩萨、神仙为魔鬼",其邪说荒谬可笑,然而"世人不察,入其教者比比"①,为了引人入教,"蛮夷"往往以金钱诱骗。颜茂猷还特地提到"夷人"在东南亚等国的传教方法:"所统之人,皆欲断灭其智慧,不许其学习,必使人人为木偶,然后快于心。"②现在传教士潜入中国,以"邪说"媚众,如今"闽省皈依已称万数之人,九州播恶,实受无穷之害","如此夫一人能鼓数十人之信徒,数十人便能鼓数百人,既能鼓惑数百十人,即能鼓惑千万人,纵其教者人人皆信若斯,使之赴汤蹈火亦所不辞,又何事不可为哉"③。对此,排教人士痛心疾首,天主教不仅具有"似道非道而害道,媚儒窃儒而害儒"的特性,而且"流毒"的传播速度十分可怕,一旦一人信教便会引起连锁反应,严重威胁中国社会的稳定和纲常、伦理道德的秩序。

西方海商在东南亚的野蛮行径,决定了福建排教者对传教士的判断。如果说排教者对本土文化的礼仪、习俗的捍卫更多的是出自于对道统的本能保护,那么对闽商利益的维护则是出自于对国家安全的担忧。1571年,西班牙派黎牙实备率领船队占领菲律宾,时值明政府开禁,福建移居菲律宾的商人增多。西班牙殖民者担心华人的增长会危及自身的统治和贸易利益,开始限制和迫害华人。万历三十一年(1603),菲律宾发生西班牙人屠杀华人的大仑山惨案,被西班牙屠杀的2.5万名华侨中,福建漳州人约有2万。传教士入闽时,正值福建与荷兰殖民者作战,荷兰发兵攻澎湖,民众对外来传教士行动尤为注意。西方文明以强盗姿态进入东方视野,财富让他们变得疯狂、没有节制,他们不遵守固有的贸易秩序和商业原则,把贸易变为赤裸裸的抢劫行为,破坏了原有的贸易关系。据《东西洋考》记载:"向时舟所携货,有为红毛夷所特需者,倘遇佛郎机,必怒此舟非关我辈来,直是和兰接济,将货掠去,且横杀人。"④他们不仅限制中国海商,而且只要同闽商有生意来往的商人都加以排斥,就连欧洲人也不例外,葡萄牙人看见中国商船与荷兰人贸易,不仅将货抢去,而且把中国海商杀死。

在排教者看来,传教士是凶残和掠夺性的西方殖民者的帮凶,"邪说"是经济入侵的文化先行者,欲里应外合搞垮中华帝国。福州府左中右三卫千百户掌

---

① 颜茂猷:《圣朝破邪集序》,见《圣朝破邪集》卷三,第143页。
② 虞淳熙:《天主实义杀生辨》,见《圣朝破邪集》卷五,第261页。
③ 黄贞:《请颜壮其先生辟天主教书》,见《圣朝破邪集》卷三,第149页。
④ 张燮:《东西洋考》卷五,见《美洛居》,北京:中华书局,1981年,第102页。

印李维垣与福州府闽、候二县儒学生员陈圻等曾署名发表《攘夷报国公揭》,称天主之夷"吞我属国吕宋及咬口留吧、三宝颜、宿头朗等处,复据我香山澳、台湾、鸡笼、淡水,在以破闽粤之门户,一旦外犯内应,将何以御"①。苏及寓在《邪毒实据》中写道,西方传教士的传教活动和经济入侵是互相依存的关系,传教士历经千难万险来到中国,最终目的是为了侵占中国领土,破坏中国道统;艾儒略"立心诡异,行事变诈",凭借技艺博得世人欢心,"希投我圣天子之器,使胡公卿士大夫相率诗咏之,文赞之",不惜采用各种卑劣的手段来引人入教,都昭示着其险恶的、不可告人的目的。反教者严肃地指出日趋严重的局势,"最近而吕宋,而米索果,而三宝颜,而鸡隆、淡水,俱皆杀其主,夺其民。只须数人,便压一国"②。

的确,传教活动依附着西方航海事业来到东方,西方海商所到之处,必行天主教。当西方航海事业还未强大到与中国相抗衡的地步时,传教士自然会以毕恭毕敬的姿态进行传教,随着西方殖民势力的壮大和中华帝国的腐朽,传教活动逐步向殖民服务转化。海上贸易维系着闽人的生活,也维系着帝国在海上的权威,中国在南洋地区的势力日益衰弱令福建文人十分焦虑,他们首当其冲地承受着来自中西经济、文化碰撞的结果,道德使命感和民族责任感逼迫他们解读天主教文化,他们高度敏感并极其准确地描述了天主教文化与西方航海事业的关系,直接表露了对"红毛番"的愤怒。回顾历史,排教者排斥天主教有不可忽视的合理性,异质文化相遇后,必然产生消极和积极两种后果,对耶稣会士以"耶"代"儒"的质疑,对天主教在民众日益强大号召力的担忧,对国家安全潜在威胁的披露,是士大夫对消极后果深层思考的具体表现。

三、一致的文化焦虑

当两种文化相遇,接受者往往有三种选择:第一,接受异质文化,放弃本土文化;第二,维护自身文化的纯洁性,顽强抗拒异质文化;第三,坚守本土文化的精华,同时吸收异质文化的合理因素。明末的福建士大夫们受过传统农业文明知识体系的教化,他们习惯站在"夷夏"立场思考外来文化,天主教文化的优秀

---

① 李维垣:《攘夷报国公揭》,见《圣朝破邪集》卷六,第291页。
② 苏及寓:《邪毒实录》,见《圣朝破邪集》卷三,第178页。

部分——"技巧"得到的不过是几句赞叹。福建没有全盘接受西方天主教的文化语境,即使是和福建进行民间贸易的西方海商,在他们眼里也不过是一群渴望通商的"红毛番",西方文化的"科学思想"未能真正进入中国文化体系。《熙朝崇正集》和《圣朝破邪集》反映了明王朝走向穷途末路之际,体制内部的士大夫重建传统文化的渴望,他们充满困惑和焦虑,赞赏和排斥异质文化都是以维护自身文化、重建道德政治为最终目的。

福建巡海道兼按察使施邦曜在宁德县、福安县拿获西方传教士及华人教徒的《福建巡海道告示》中记录了审问福建籍教徒的经过。福安人黄尚爱在被问到为何入教时,他说道:"中国自仲尼之后,人不能学仲尼。天主入中国,劝人为善,使人人学仲尼耳。"[①]明末,受洗入教的中国人要么是被西方"奇技艺巧"所吸引,要么是曾被西方医术、传教士救助过,要么是被传教士崇高人格所感动,真正理解天主教进而加入天主教的只是少数。在国人眼中,天主教教义和传教士口中的"天主"离现实过于遥远,但在乌烟瘴气的明末社会,天主教传教士教人向善、医治穷人的行为本身已经具有重要的道德意义。《熙朝崇正集》的诗人们相信天主教能为晚明社会带来一些希望,大部分诗人把天主教义当作劝世良言,甚至在一定程度上起到感化人的重要作用,这与儒学的"修身、齐家、治国、平天下"理想符合。为此,诗人们尝试着和天主教对话和沟通,在当时反教氛围依然浓厚的情况下,他们不断为天主教的存在提出合理性的依据,最为突出的莫过于诗歌中对景教的描述。

把天主教与佛教相提并论,等同于西方的"释迦牟尼",是明末中国开明士大夫的普遍认识。《万历野获编》有一段话说道:"盖天主之教,自是西方一种释氏。所云旁门外道,亦自奇快动人,若以为窥视中华,以待风尘之警,失之远矣。"[②]景教即元朝聂斯脱利教派,被视为最早进入中国的基督教派,6世纪左右传入中国,各地都建有寺庙,与祆教及摩尼教并称唐代"三夷教"。845年,唐武宗会昌年间,灭佛浪潮爆发,逾万间佛寺被毁,波及景教,由此在中国趋于泯灭。对于这个古老的基督教派,中国人自唐以后在很长的时间里对它一无所知,直到明朝天启五年(1625)在西安发现"大秦景教流行中国碑",景教才重新进入中

---

① 施邦曜:《福建巡海道告示》,见《圣朝破邪集》卷二,第128页。
② 沈德符:《外国·大西洋》,《万历野获编》卷三十,北京:中华书局,1959年,第784页。

国人的视野。万历四十七年(1619)到崇祯十一年(1638)间,泉州出土 4 块景教十字碑,震撼了福建社会,连传教士也是在得知景教碑的出土以后,才意识到基督教早就传入了中华的事实。

诗人们纷纷作诗表达对这件事情的关注,林焌说道:"知天而事天,孔孟一宗旨。独有天主像,浏览今伊始;……掘地得唐碑,贞观天教起。沉埋乱世非,昭明清朝喜。"①福州周之夔说道:"捧出河图告帝期,经行万里有谁知。浑天尚有唐尧历,中国犹传景教碑。地转东南分昼夜,人非仙佛识君师。金声玉齿悬河舌,沧海茫茫不可疑。"②诗歌不仅提到了贞观景教的事情,还提到了景教碑。开明士大夫们不遗余力地重述景教之事,证明天主教存在的合理性,并非是对天主教的本质认同,而是中国文化传统的使然。凡事讲究渊源是中国文化传统,正是由于代代相传和后人的不断发扬,中国文化才能数千年连绵不断,保护传统文化根基、追溯和继承古代文化遗产是中国士大夫的首要任务。景教碑的出土使天主教具有历史的传承性和存在的依据,既然天主教早在唐朝就已经存在,那么当下就有继承天主教的必要,先人对外来文化并不采取非此即彼的武断态度,这种对外来文化的开放态度,自然值得子孙后代继承和发扬。由此可见,尊敬传统和先人遗产是士大夫能够接受天主教的真实原因,他们依旧站在维护中国文化的立场上评价景教碑的出现以及当下的天主教的存在。

任何文化对话都不是简单的拒斥或者迎合,而是充满了复杂、多样的选择,这种选择在不同情形甚至可以互相转换。即使在这场"更多地体现为一场思想论争"③的对话中,士大夫徘徊在拒斥和接受的两极,其文化取向都是基于一个最根本的准则——保护和重建传统文化。反教者和开明者都以维护儒家文化、重振传统文化为己任,这决定了开明者和反教者统一的文化心理,也注定了天主教在中国传播的坎坷命运。

取向表达的不一致在《熙朝崇正集》和《圣朝破邪集》得到充分体现,闽籍士

---

① 《熙朝崇正集》,见吴相湘主编:《天主教东传文献》(下),台北:台湾学生书局,1966 年,第 659 页。
② 同上书,第 650 页。
③ "总体而言,明末这些活动构不成一场反教运动,更多地体现为一场思想论争,首先因为它批判整个西学而不是天主教;其次在于该活动规模不大,且排斥者又不及与传教士结交的士大夫那样态度积极和层次高。文章深刻地体现了晚明儒学与天主教的内在冲突,并为此后士人排斥天主教奠定了立论基调。"转引自张国刚著《从中西初识道礼仪之争》,北京:人民出版社,2003 年,第 378 页。

人周之夔的文章证明了文化对话的复杂性和非单一性。周之夔,字章甫,闽县(福州)人,辛未(1631)进士,任苏州通判。① 他在福建名声显赫,是传教士争取的对象,曾与艾儒略有私交。《熙朝崇正集》中收录了他赠送艾儒略的诗篇:"捧出河图告帝期,经行万里有谁知。浑天尚有唐尧历,中国犹传景教碑。地转东南分昼夜,人非神佛识君师。金声玉齿悬河舌,沧海茫茫不可疑。"②艾儒略不远万里带来西方的地理知识、历法,为福建社会注入了新鲜的空气,周氏和其他诗人一样,把艾儒略当作是老师、益友。然而他又为《圣朝破邪集》作序,在序言中提出"西洋小夷多技,因而称雄于海外,然其为教,最浅陋,天主教与其从教者只宜视如禽兽,不当待以夷狄之礼。"③要求当政者警惕其不轨,将其尽除。

周之夔一边震惊于西方的技术文化,一边又将西方技术斥为夷人技巧,文化取向呈现矛盾。事实上,周氏同许多赞赏西方技艺的士大夫一样,对天主教的认识仅仅局限于西方技艺和传教士们的坚忍不拔的优秀品格,对天主教教义是懵懵懂懂。在排斥天主教时,甚至称传教士为"禽兽",连"夷狄"之礼都可以省去,愤怒的感情远远多于赞赏。站在"夷夏"立场审视天主教是明末清初士人阶层的视角之一,在周氏眼中,西方海商逐步控制东南亚贸易,占领中国邻邦,是蔑视和压制中华帝国的表现,在这样的情况下,双方就失去了对话的平台。与"蛮夷"本无对话的必要,特别是这些"蛮夷"在海外犹如"禽兽",在中国又居心不良。传教士打着传教的旗号,带来"奇巧技艺"以麻痹国人,唯一的目的是搞垮中华帝国。

福建士大夫受到农业文明和海洋文明双重影响,他们虽然深刻地体会到福建文化与农业文明的冲突,也敏锐地察觉到以天主教为代表的西方文明具有不可忽视的活力和进步性,一旦认识到西方文化是站在中国帝国的对立面时,士大夫们便会放弃对异质文化的幻想,自发地构筑一道防御体系。推崇西方技艺并不代表接受天主教教义,称赞拥有高尚品德的传教士不等于认可对国家安全

---

① "坐事罢。初太仓人张溥、张采集郡中名士为复社,里人陆文謦求入社,不许,诣脚言溥采为主盟,倡复社乱天下。之夔罢官。……时尚书张肯堂请以舟师由海道抵吴淞,招诸军为特角。之夔方家居,愿起兵报国,且熟于海道,肯堂并用之,后居僧寺中卒。"推官一般是府一级的官员,掌管勘问和刑狱等事。《福建通志》卷34《列传·明十四》,1938年。

② 《熙朝崇正集》,吴相湘主编:《天主教东传文献》(下),台北:台湾学生书局,1966年,第650页。

③ 周之夔:《破邪集序》,见《圣朝破邪集》卷三,第146页。

产生威胁的"红毛番",当自身的文化体系受到威胁和冲击时,高尚的"西儒"都是可疑的对象。如果没有尊重传统文化和保护国家安全这两个前提,异质文化和平共处的景象将不会存在。

四、对话的投影

　　大海在给福建带来潮湿气候的同时,也造就了闽人开阔的文化视野和狂热的冒险精神。福建依据自身的文化地理特点形成不拘一格、兼容并畜的文化特性,它出现过"冠带诗书,翕然大肆,人才之盛,遂甲于天下"的文化盛况。虽然明末福建社会内部存在着不同的声音,但是以天主教为代表的西方文化迅速地渗透进福建社会,对福建文人的创作产生了巨大的影响。这场文化对话不仅仅是几个上层士大夫与传教士的对话,而是整个文化群体与天主教文化的互动。文人们承载着以道统为核心的文化传统,是使用文化话语对社会整体文化的综合概括、扬弃提升的群体,在中国社会具有崇高的地位。处于帝国边缘区域的福建文人表现出整合统一的文化共性,他们更宽容地思考、分析异质文化。历史经验已经证明,文化传播或移植必然会受到本土文化的阻碍,无论是相遇、冲撞和吸收传播,实际上都是文化对话的过程。尽管黄贞等人拒绝将"邪说"纳入中国文化视野,然而《熙朝崇正集》和《圣朝破邪集》的出现,恰恰印证了天主教文化开始进入福建的文化体系。

　　在中国文化范畴里,"天学"一词最早指"天算之学",直到1595年在利玛窦的《天主实义》一书中,才将"天学"与天主教各种学说联系在一起①,后来"天学"泛指由传教士带来的各种西洋知识,包括宗教、科学、伦理等,"天学诗"这个概念便是在此基础上产生并发展起来的,它是以中国古典诗歌的文学形式表现天主教的宗教内容。诗歌作为一种文学体裁在明代已经十分成熟。福建是产生山水诗歌的最佳温床,这得益于它远离中原政治中心的地理环境。明代福建诗文主要推崇盛唐、李杜的拟古诗风,出现过以福清林鸿为代表的"闽中十子"。万历年间,在诗歌方面较有影响的是曹学佺、徐渤、谢肇制、邓原岳等人,他们以唐盛为法,声调圆稳,格律整齐,史称"闽派"。他们或描写秀丽明媚的山水,或描

---

① 利玛窦在《天主实义引》中称:"意中国尧舜之民,周公仲尼之徒,天理天学必不能移而染焉;而亦间有不免者。窃欲为之一证。"转引自徐宗泽编:《明清间耶稣会士译著提要》,北京:中华书局,1989年,第145页。

写登临送别咏叹的生活,或流露出对世态的不满和对下层民众生活的同情。①

天主教的出现使诗歌的视野中多了一个抒情的对象,作为明末福建文学的"异类",它的最大特色便是引入了新的文化因素——天主教文化。《熙朝崇正集》的84首诗歌都采用了中国传统格律诗形式,将儒释道文化和天主教文化结合成一体,真实反映了中国封建社会晚期士人们将新的文化因素融入中国传统格律诗歌的最初过程。诗集对天主教文化以及教义的理解是中西文化交流史上特有的文化现象。

《熙朝崇正集》使中国传统的文字具有奇特、神圣的宗教色彩,深受儒释道文化浸染的文人们对天主教教义虽是一知半解,却大胆地采用中国诗歌语言对天主教文化进行阐述。将天主教文化与儒家文化、佛教文化放置于同一平台的现象在诗集中比比皆是。何乔远在诗歌中说:"天地大矣哉,不是无胫足。安得一人教,普之极缅邈。准此一性同,不在相贬驳。且吾孔圣尊,其西则葱竺。并存宇宙内,谁复加臣仆。维此艾公学,千古入肠谷。吾喜得斯人,可明人世目。"②诗中囊括了"孔圣"、"葱竺"、"艾公"三个概念,即儒、释、耶文化。中国诗歌的纲领是"诗言志",注重的不是文学客观对象,而是诗人面对客观事物时表现的心理感受。何乔远朦胧地认为三者可以并存,可以明人目、喜人心。

中国诗歌一般具有抒情性和形象性,诗人们通过诗歌语言塑造出西方传教士的光辉形象,而形象的开拓又能产生出独特的神奇意境,其中最令人陶醉的是《熙朝崇正集》的宗教主题。闽士大夫在与传教士交往的过程中,多多少少了解了一些西方典故,如天主和《圣经》的故事就是诗集最有特色的东西。董邦康描写了上帝创造世界的过程:"生天生地生山川,日月星辰并植涎。天于生人心更怜,更生天神照护焉。"③曾楚卿写道:"生民溯厥初,粉黛一切假。十分婆子心,千占开聋哑。吾儒徒鑫测,著辩夸非马。所见域所闻,学问亦聊且。宝筏良在兹,洪绒同一冶。"④其中"十分婆子心,千古开聋哑"就是指《新约》马太福音第10章中的"赶出哑巴鬼"的故事。林燧的"主像亦非支,降生原有纪。异星三君

---

① 汪征鲁:《福建史纲》,福州:福建人民出版社,2003年,第232页。
② 《熙朝崇正集》,吴相湘主编:《天主教东传文献》(下),台北:台湾学生书局,1966年,第645页。
③ 同上书,第655页。
④ 同上书,第647页。

朝,神天宣庆社"①则借鉴了耶稣诞生时候的故事。还有林珣的"躯登十字怜黔首,学博三坟接素王"②,就是写耶稣为人类赎罪被钉在十字架上的故事③。

《熙朝崇正集》形式丰富,涵盖古体诗、近体诗体例,采用四言、五言、七言或杂言等多种形式,其中最有特色的莫过于林维造的两首诗歌——"回文诗"和"一字韵诗"。诗人林维造,字用章,晋江人,顺治初年以荫补陕西巩昌知府,寻擢西宁副使。顺治五年该地发生叛乱,林氏镇压叛乱,后逼降不成,被杀。林氏处于明末乱世,深刻感受到西方文化对福建文化的冲击,十分欢迎天主教文化特别是西方的知识,但和其他诗人一样,只是把天主教类比于佛教。他作诗道:"天主教传普众生,驾舟南来一蓬轻。年年抛断扫情事,篇篇着乘永挣莹。"《熙朝崇正集》的刊印者在诗旁注有"右论天",属于右回文。所谓"回文诗"是古典诗歌中一种较为独特的体裁,唐代吴兢在《乐府古题要解》中说道:"回文诗,回复读之,皆歌而成文也。"在创作手法上,突出地继承了诗歌反复咏叹的艺术特色来达到"言志述事"的目的,并产生强烈的回环叠咏的艺术效果。经过历代诗人的开发与创新,回文诗的形式多样,有连环回文体、藏头拆字体、叠字回文体、借字回文体、诗词双回文体。该诗回环读之如下:"莹净永乘着篇篇,事情扫断抛年年。轻蓬一来南舟驾,生众普传教主天。"此外,林维造的"一字韵"诗以"天"字为韵,全诗40句,用了20个"天"字。所谓"一字韵诗",即全诗仅以一字成韵的诗作。"西方有至人,所谈皆主天。闻道尽钦式,疑此翁是天。天乎不可问,吾儒自有天。不是昭昭多,不是苍苍天。孔子言知命,孟子言事天。至于紫阳氏,谓是主宰天。足方而履地,顶员而戴天。安受之谓顺,激幸曰逆天。如何世嗤顽,所行多违天。腑肺多欺昧,平旦失所天。易试才闭目,开目即见天。开目便入妄,闭目寻真天。发念常如在,方信溥博天。吠彼狂奔者,不知我有天。亦有尊奉之,为别一洞天。若言血气者,则皆可配天。我本中国产,我家有父天。父教未能习,焉能知主天。大愿世间人,修身莫怨天。下学而上达,知我者其天。"④诗歌中涉及孔孟学说、明代理学、天主教教义,并尝试将三者对"天"的理解做比

---

① 《熙朝崇正集》,吴相湘主编:《天主教东传文献》(下),台北:台湾学生书局,1966年,第659页。
② 同上书,第689页。
③ 参阅舒茜:《不该被遗忘的零类——明末〈熙朝崇正集〉中"自我"与"它者"形象探》,上海师范大学硕士论文,2004年,第34—35页。
④ 《熙朝崇正集》,吴相湘主编:《天主教东传文献》(下),台北:台湾学生书局,1966年,第663页。

较,突出对"天"的重视。

在明末福建发生的跨文化对话,影响了当时的文学创作和人文思想。《宋史·地理志》记载,福建在宋时便"向学喜诵,好为文辞"。福建方言之多、之复杂乃全国罕见,语言不统一反而促使福建民间文化出现丰富多彩的盛状,也造成闽籍文人长于论述。散文体制在中国源远流长,它具有很大的涵容性,可以叙事,可以议论,可以抒情,因此有叙事文、议论文、抒情文的划分,也可以将三者相结合,熔叙事、议论、抒情于一炉,甚至在文中穿插诗歌。《圣朝破邪集》将散文的特色发挥得淋漓尽致,将叙事、抒情、议论结合在一起。由于宗教、文化间的差异,黄贞等人的行文十分仓促,对天主教的批驳多在感性的层面上展开。

《圣朝破邪集》批判天主教以及耶稣基督,大多注重直观性和经验性,作者往往从中国传统文化中寻求相应的信息,采用事实论证、类比、演绎等方法证明天主教的荒谬性,对事实缺乏严密的分析与论证。排教者摆事实、讲道理说明传教士们居心不正,大多数文章一开始就提出天主教的邪教性质,继而从不同方面反复阐述天主教邪说破坏中国传统"孝道"和伦理纲常,他们运用模糊的概念和直观印象判断事物,在《圣朝破邪集》中这样的例子比比皆是。

儒家以"忠君"、"孝亲"为伦理之根本,天主教则以尊崇天主为人之根本。为了反驳天主教"独尊天主为世人大父,宇宙之公君"的说法,他们拿出了中国的"君臣观",说"至尊者莫若君亲,今一事天主,遂以子比肩于父,巨比肩于君,则悖伦莫大焉"。指出天主教教规"父母死,不设祭祀,不立宗庙,惟认天主为我等之公父,薄所生之父母,而弟兄辈视之",如果按照天主教宣扬的上帝面前人人平等的观点处事,"君巨昏以友道处之",中国的伦理纲常必将受到损害。为了证明中国一夫多妻制的正确性,他们又搬出中国古代帝王后宫妃嫔众多的史实,如文王武帝皆有后宫,古代帝王乃大贤大圣,纳妾为的是传宗接代,维继中国的道统。天主教提倡一夫一妻制,是想"以彼国忘亲之夷风,乱我国如生之孝源","乱我国至尊之大典",可恶之极。在排教者眼中,异邦"国中男女配偶,上自国君,下及黎元,正惟一夫一妇,无嫔妃姬妾之称",天主教的风俗、行为完全不符合中国传统文化,因此,天主教传教士被称作是"妖"、"魔"、"流贼"[①],这种文风已经达到漫骂的程度。为了证明中西文化存在不可逾越的鸿沟,他们找出中西

---

① 张广湉:《辟邪摘要略议》,见《圣朝破邪集》卷五,第 277—278 页。

文化相异的部分进行比较,比如中西品级的差异,"公卿百官各有品级,以一至九,显然定分,无容紊也。彼天主教之师徒,亦僭定品级。中国以一品为尊,彼则以九品为尊;中国以九品为卑,彼则以一品为至卑。"①署名为"清漳王忠信生甫"在《十二深慨》中,罗列了12项的有害态度和观点论证天主教教义的毒害,如"应其书札为之吹嘘","有闻及布金"以收买人心,"夷辈之毁佛、仙及神邸等像"等。②

综上所述,在排教者的意识中,凡是与中国文化相抵触的东西,不论是历法、科技还是教义都是邪说。中国传统的士大夫在对待外来文化时,往往站在"夷夏"观的立场上,排教者是这种文化心态的典型代表,文章中处处以中华中心主义审视异质文化,以中国文化中普遍概念来证明天主教文化的虚假性。黄贞在《尊儒亟镜叙》明确提到:"利玛窦辈相继源源而来中华也,乃举国合谋欲用夷变夏,而括吾中国君师两大权耳。今其国既窃读吾邦文字经书,复丁爵禄之等,年月考选其人之能,开教于吾邦者,大富贵之,此其计深哉。"③相对于开明者,反耶派对文化差异的感觉更为强烈,他们指出天主教传教活动与中国文化完全不符合,指出西学与儒学的迥异。

东西方汇流时代的到来必然导致中西方经济、文化冲突的频繁发生,毫无疑问,天主教文化已经成为被言说的对象。在对客观事物的表述过程中,士大夫们承受着文化冲突后的结果,经历了对异质文化的思考,他们在面对异质文化时的艰难抉择,令我们看到了那个时代别样的张力与魅力。

我们从解读言行上、观念上的矛盾入手,得出如下结论:首先,福建士大夫与传教士的对话能够持续进行,源于耶稣会在中国传教策略的改变,以及闽士大夫的文化困境诉求的需要;其次,《圣朝破邪集》和《熙朝崇正集》的作者们的对异质文化不同层次的认识都是基于对传统文化复苏的渴望。闽士大夫面对异质文化的不同表述,是这个特殊时期别样的张力与魅力的体现。这场对话启示着我们,文化对话不会停止,不仅发生在过去、现在,也将发生在未来;文化的差异所引起的矛盾和冲突不会停止,它将以不同形式不断深化和再现。任何文

---

① 黄虞:《品级说》,见《圣朝破邪集》卷六,第301页。
② 王忠:《十二深慨》,见《圣朝破邪集》卷六,第296页。
③ 黄贞:《尊儒亟镜叙》,见《圣朝破邪集》卷三,第156页。

化对话都不是简单的认同或压制,而是充满复杂、多样性的文化选择,不管是大肆的赞扬还是无情地批驳,都是文化对话的正常现象。对待异质文化,必须积极互通,吸取他方的有利因素为我所用,避免对话所引起的消极因素。

第四节　海洋文化与文学的积淀:《东西洋考》与《西海纪游草》

因其独特的地理条件和环境的影响,闽文化一方面保持着传统汉文化的精神,同时,又在与外来文化的碰撞交融中发展自己,形成鲜明的个性,具有海纳百川的宽大胸怀,很早就表现出了勇于冒险、对外开放的海洋性格。显然,闽文化及其文学从一开始就具有自发的生长性。这种自发的生长性也称为"内发性发展"。在日本学者三石善吉的《传统中国的内发性发展》一书中,"'内发性发展'指的是,在力图保持固有的'文化基础'的同时,积极地导入外来文化并加以实践,从而促进本国发展的一种模式。"作者在绪论中进一步谈到,发展中国家的发展轮廓是在传统的基础上创造性地转化外来因素,但这种发展必须是从各自的社会内部中创发出来;并提出,在考察中国的内发性发展时,必须把握住土著的、固有的自我发展和外来文化的导入、转化这两方面的内容。我们认为,这一观念也适用于闽文化及其文学,它们本身也具有这种内发性发展的个性,在本文中称之为自发的生长性。这一生长性,在福建明清这一特定时期表现得尤其明显。

明初,朝廷并未推行积极的对外政策,而是实施了严格的"海禁"政策,禁止百姓出海贸易。海禁使得明朝与海外的私人贸易关系突然中断,对于"以海为田"的闽人来讲,锁海无异于断绝闽人的生路,因此,福建沿海居民冒险犯禁下海"走私"。走私带来丰厚利润,走私之风气愈盛,这些事实,欧洲各老牌殖民国家皆有记载。在葡萄牙人占领满喇加(1509)之前,每年都有四艘漳州船运载金银生丝到此地和印度货品交易,漳州月港成为出名的私人走私港口。隆庆元年(1567),明政府应朝臣和地方官吏的强烈要求,在月港部分开放海禁。福建对外贸易更加活跃。经过几十年的发展,福建海商逐渐在南海贸易方面取得领导地位,万历年间为月港国际贸易的全盛时代。①

明朝在海禁的同时,积极推行"朝贡贸易"政策,规定"非入贡即不许其互市",将朝贡视为唯一合法的对外贸易方式。为了"耀兵异域,示中国富强"②,明王朝对来朝贡的国家实行了"厚往薄来"的原则,对前来朝贡的国家回赠品大大超过"贡品"价值,使得海外国家频来入贡,给自身带来了沉重的负担。洪武五年,明太祖下令限定贡期及贡品数量,随后对海外国家贡道进行限制。福建作为琉球、吕宋朝贡的登陆点,这使得福建与两地的交流日趋紧密。

在这个时期,以1492年(明弘治五年)哥伦布发现美洲、1498年(明弘治十一年)达·伽马开辟通往东方新航路以及1519年(明正德十四年)麦哲伦环球航行为标志的"地理大发现",为欧洲国家海外扩张和贸易提供了新的方向。而西欧国家的海外商业贸易活动,从一开始就"是和暴力掠夺、海盗行径、绑架奴隶、征服殖民地直接结合在一起的"③。西方殖民者前仆后继,纷纷东来,从东南亚开始,对亚洲进行侵略扩张。从16世纪中叶的葡萄牙、西班牙、荷兰,到19世纪中叶以英国为首的西方国家,无不对中国虎视眈眈。福建位于中国东南沿海,与东南亚有着海外交通、贸易的悠久传统,因此很快就进入西方殖民者的视野,成为西方殖民者"进入伟大中国的立足点和跳板"④。

一、从月港到厦门

16世纪中叶,西方殖民者相继来到东南亚地区进行掠夺和统治,我国的海外贸易出现严重威胁。明朝统治者为了维持收入,福建沿海商民也要确保海上贸易的正常进行,都需要对海外各国的历史情况,特别是西方殖民者来到东南亚后的情况和海外贸易,有一个比较全面的了解,这样,编写一本带有这一时代特点的海外贸易"通商指南"性质的书便提到日程上。位于福建南部沿海的漳州海澄(月港)是一个新兴的沿海通商城市,地方官非常重视发展海外贸易,因此,他们就邀请博学之士张燮担任编写工作。《东西洋考》就是在这样的情况下问世的。

---

① 参见朱维干:《福建史稿》下册,福州:福建教育出版社,1986年,第86—87页。
② 《明史》卷三〇一《郑和传》,第7766页。
③ 马克思:《资本论》第3卷,见《马克思恩格斯全集》第25卷,北京:人民出版社,1974年,第30页。
④ 转引自廖大珂:《福建对外交通史》,福州:福建人民出版社,2002年,第199页。

《东西洋考》成书于明末万历四十五年(1617),它取材丰富,包括了明代后期有关海外贸易和交通的历史、地理、经济、航海等各方面的知识,对我们今天研究中外关系史、经济史、航海史、华侨史等有重大意义,但更为重要的是:它是福建在明后期的对外交流的产物。

我们知道,福建自古以来就是海洋大省,闽人出洋通商已经成为一种风尚。清代闽南人蓝鼎元就这么说过:

> 宇内东南诸省皆滨海,形势之雄以闽为最……全闽九郡一州,以福州为省城,兴、泉、漳在其南……皆滨于海。……大海汪洋,万里屋脊,江浙、登莱、关东、天津,视若户庭;琉球、吕宋、苏禄、噶罗巴、遥罗、安甫诸番,若儿孙环绕膝下,气象雄壮,非他省所可比伦。①

明代,闽人交流的对象主要是东南亚,明末月港衰微,被其外港厦门取代后,交流的对象也大大扩充,特别是鸦片战争后,福建经济和对外贸易都被纳入世界资本主义体系,在一定程度上扩大了福建的对外交通,对外交流也较之以往更加密切。西方进入闽人的视野。我们所要研究的张燮与林鍼分别出生于明代的月港和清代的厦门,他们的《东西洋考》与《西海纪游草》一为对当时经常来到福建通商的东南亚地区的认识,一为走出福建到美国的游记。不管是与东南亚同质文化或是与美国异质文化的交流,都反映了闽人本身具有的开放性特征。

明代,"闽人通番,皆自漳州月港出洋"②。月港(今龙海县海澄),又名月泉港,在漳州城东南五十里,九龙江经由这里注入海洋。因其"外通海潮,内接山涧,其形如月,故名"③。16世纪以前,月港就有与海外交通的历史。据乾隆《海澄县志》记载,唐宋以来,月港已为海滨一大聚落。明景泰四年(1453),"民多货番"④,月港海外贸易开始兴起。成化、弘治年间(1465—1505),月港"风回帆转,实贿填舟,家家赛神,钟鼓响答,东北巨贾,竞鹜争持,以舶主上中之产,转盼逢

---

① 蓝鼎元:《鹿洲全集.福建全省总图说》,蒋炳钊、王钿点校本,厦门:厦门大学出版社,1995年,第238—239页。
② 《嘉靖东南平楼通录》。
③ 乾隆《海澄县志》卷一。
④ 沈定均:《漳州府志》卷二五。

辰,容致巨万……称小苏杭"①。正德以后,月港的海外贸易不但大大超过了福州港,而且也超过了广州港,成为我国最繁荣的外贸港口。

明初,海禁使得明朝与海外国家私人贸易关系突然中断,而对于以海为田的闽人来讲,锁海无异于断绝闽人的生路,特别在月港,清乾隆《海澄县志》记载了当时土地贫瘠狭小、农作不兴的历史状况,"闽土素称下下,而澄又实逼海口,平野可耕者十之二三而已",可耕面积狭小。为了获得衣食之给,当地人民只能向大海发展,"以舟为田,走洋如适市,朝夕皆海供",走私贸易成风,最后形成居民"以海为生,以津舶为家者十而九也"的景象。② 同时,走私又能够带来丰厚的利润。戴冲霄认为:"福建边海贫民,倚海为生,捕鱼贩盐,乃其业也,然其利甚微;愚弱之人,方恃乎此。其间智巧强梁,自上番舶,以取外国之利,利重十倍故也。"③例如:"丝每百斤价银五十六两,贩去者其价十倍";"水银,镀铜器之用,其价十倍中国;常因匮乏,每百斤价银三百两";"古文钱,倭不自铸,而用中国古钱,每千文价银四两。"④海外贸易的厚利更加引起人们的向往,下海贩贸者越来越多,而且阶层广泛。到嘉靖时期,下海通番成为公开的活动、普遍的风气:"有力者往往视波涛为阡陌,倚帆樯耜。凡捕鱼纬萧之徒,咸奔走焉。盖富家以赀,贫人为佣,输中华之产,骋彼远国,易其方物,以归博利十倍,故民乐之。"⑤

对此情形,明政府已无力禁止,不得不作事实上的承认。隆庆元年(1567),明政府正式取消"海禁",在月港开设"洋市"。此后,月港与海外的交通更加发展,海外贸易更加活跃,到万历年间(1573—1620)盛况空前。当时,"四方异客,皆集月港",往返商旅,相望于道,月港也因此盛极一时。《海澄县志》写道,"寸光尺土埒比金钱,水犀火浣之珍,虎珀龙涎之异,香尘载道,玉屑盈衢,画鹢迷江,炙星不夜,风流翰于晋室,俗尚轹乎吴门","嬉游歌舞日以卜夜"。它与印度支那半岛和东南亚各国,以及朝鲜、琉球、日本等国家和地区有着直接的贸易往来,并且以吕宋(今菲律宾)为中转站,与欧美各国及日本进行间接贸易。每年进出

---

① 蓝鼎元:《鹿洲全集・福建全省总图说》,蒋炳钊、王钿点校本,厦门:厦门大学出版社,1995年,卷一五。
② 顾炎武:《天下郡国利病书》卷九三。
③ 《筹海图编》:《福建为宜》。
④ 同上,卷二:《倭国事略・倭好》。
⑤ 《海澄县志》卷一一:《风土志》。

月港的大商船多达200余艘,少亦不下六七十只。① 由月港进出口的货物多达100余种。

16世纪,月港衰微,厦门取代了它成为东南沿海海上贸易的交通枢纽。明末清初,厦门成为对外贸易港市,商业渐臻繁荣。《闽海纪要》记载康熙十四年(1675)的厦门云:"先是厦门为诸洋利,癸卯(1663)破之,番船不至。至是英圭黎、万丹、暹罗、安南诸国,常以贡款求互市,许之。岛上人烟辐辏如前。"②1684年(康熙二十三),清政府在厦门设立海关,开放厦门为对外贸易港口,从此厦门的地位就愈加重要了。《厦门志》论厦门形势,"引嘉和海道说"云:"大小帆樯之集凑,远近贸易之都会";"据十闽之要会,通九泽之番邦"。③ 厦门在清康熙年间至鸦片战争前这一百多年中,"人民蕃庶,土地开辟,市廛殷阜,四方货物辐辏"④,成为闽南政治、经济的中心都市和新兴的港口城市。廖飞鹏在《鹭江志序》里说:"吾闽十郡二州,地多滨海,而鹭岛则为全省诸水道之要冲,可为舟楫聚处,港中舳舻罗列,多至于万计,虽穷陬僻壤之士,无不愿以一游为快,海国巨观至以极矣。"⑤港口的繁荣带动了市场的兴起:"由于港口优良,厦门早就成为中华帝国最大的商业中心之一,又是亚洲最大的市场之一。……许多商店摆满生活的必需品与奢侈品……在这个港内总计大约有一百五十只沙船,其中许多艘正在宽敞的船坞里修理,如果加上每日从台湾开来的米船,那数目就更多了。"⑥

1840年鸦片战争后,厦门是第一批正式开放的五个口岸之一,很快就发展成了"华洋杂处"的大码头。对外贸易的传统在这个时候得到了更为充分的体现。《鹭江志》云:"鹭门田少海多,居民以海为田,恭逢通洋驰禁,夷夏梯航,云屯雾集。鱼盐鹰蛤之利,上供国课,下裕民生。"⑦居民"以海为田",追逐的是鱼盐之利和通洋之利。而传统中国社会儒家文化提倡"君子谋道不谋食","君子喻于义,小人喻于利",商业被视为非生产性活动,是"末业",因而商人被斥以"背

---

① 《天下郡国利病书》卷九三。
② 《闽海纪要·康熙十四年》。
③ 《厦门志·卷二·形势》。
④ 同上书,《分域略二》。
⑤ 《鹭江志·廖飞鹏序》。
⑥ 郭士立:《中国沿海三次航行记》,见《鸦片战争在闽台史料选编》,福州:福建人民出版社,1982年。
⑦ 《鹭江志》:《卷一·庙宇》。

本趋末"、"唯利是图"、"无商不奸"成为商人的标准形象,商人和商业行为往往受到歧视。但在以海为田的闽人社会中却是不耻于言利、不惮于经商、崇商尚贾是其典型的心态。对于厦门人的经商才能,一个英国人是这样评论的:"厦门的港口是优良的……当地人民似乎是天生的商人与水手。由于他们家乡的贫瘠,多数人无业可就,但更主要的是他们的性格,驱使他们背井离乡;……无论他们到什么地方,就很少再贫困下去,相反的,他们往往变得富裕起来。由于他们资金多,人又勤劳和擅长经营,他们于是支配着全岛和全省的贸易……所以从当地居民经营的事业来看,这个贫瘠的地方却成为中国最富饶的地区之一。"① 厦门"服贾者以贩海为利薮,视汪洋巨浸如衽席,北至宁波、上海、天津、锦州;南至粤东;对渡台湾。一岁往来数次。外至吕宋、苏禄、实力、噶喇巴,冬去夏回,一年一次。初则获利数倍至数十倍不等,故有倾产造船者"②。所以,顾炎武说:"滨海之民,唯利是视,走死地如鹜,往往至岛外瓯脱之地。"③

可见,不论是月港还是厦门,都有长期对外交流的历史,因此,它的人民自然也就拥有了开放、冒险的性格,能够主动了解与之交流的外界情况。张燮没有出过洋,但是他通过访问和求证资料完成《东西洋考》,成为当时出海人的指南;林鍼在鸦片战争后漂洋过海,来到美国,亲身认识到了不同于中国文化的异质文明。两部作品均体现了福建中下层人民这种主动适应潮流、向外界探索的精神;后者不同于前者的"二手资料",而是亲身经历,比前者更为深入、更有说服力。

二、知识者的外向性选择

张燮(1574—1640),字绍和,别号海滨逸史,福建漳州府龙溪(今福建省龙海县)人。他出生于士大夫家庭,祖父、伯父以及父亲都曾是进士,担任官职。张燮于明万历二十二年(1594)中了举人,但他目睹明末政治腐败、沿海倭寇猖獗、人民怨声载道的局面,无心仕途,而寄情于山水之间。张燮自幼聪敏颖慧,后以"博学"知名于时。《东西洋考》原是他应海澄县令陶镕的请求而写的,后因事中

---

① 《鹭江志·廖飞鹏序》。
② 《厦门志·卷十五》。
③ 《天下郡国利病书·卷九十六》。

辍，不久又由漳州府督饷通判王起宗请他继续写完。成书于明万历四十五年（1617），由漳州地方官主持刻印出版。

《东西洋考》共 12 卷，从内容上看，可以分为两部分。卷一到卷六主要介绍"集中所载，皆贾舶所之"的东西洋各国的情况，包括地理历史、名胜古迹、物产及交易情况，有《西洋列国考》四卷，《东洋列国考》一卷，《外纪考》一卷。卷七到卷十二主要是与海外贸易有关的其他方面的介绍，分为《饷税考》一卷，《税珰考》一卷，《舟师考》一卷，《艺文考》二卷，《逸事考》一卷，依次记载了明政府在月港对往来海上贸易商船实行的饷税制度；在闽税监宦官高寀的恶行及由福建地方官、海商发起的驱高运动并取得胜利的经过；海上航行的实践经验总结；海外诸国受封的诏书、入贡表和奇闻逸事。

《东西洋考》里所提到的东西洋各国，即当时月港海外贸易的主要对象，所谓的"东西洋"，即自"交趾、柬埔寨、暹罗以西今马来半岛、苏门答腊、爪哇，以至印度、波斯、阿拉伯为西洋；今日本、菲律宾、加里曼丹、摩鹿加群岛为东洋"①。泛指今东南亚乃至印度洋地区。

在取材上，《东西洋考》大量搜集和记录了 16 世纪中叶以后的现实资料，作者张燮是有意这么做的。他在《凡例》中明确指出："诸国前代之事，史籍倍详，而明兴以来为略。每见近代作者，叙次外夷，于近事凡无可镂指，辄用此后朝贡不绝一语搪塞。譬之为人家做传，叙先代门阀甚都，至后来结束殊萧索，岂非缺陷？余每恨之。问采于邸报所抄传，与故老所传述，下及估客舟人，亦多借贷。庶见大全，要归传信。"卷一至卷六在记叙海外诸国历史时更多参考了各种历史史籍，如《汉书》、《后汉书》、《南史》、《北史》、《隋书》、《唐书》、《宋史》、《元史》、《广西通志》、《广东通志》等；在记叙名胜、物产及交易情况时较多参考了《水经注》、《山海经》、《博物志》、《本草纲目》、《异物志》、《草本状》、《林邑记》、《图经》、《香谱》等，并加与有关前人记录海外的书籍，如《交州异域记》、《华夷考》、《海上耳录》、《海上耳谈》、《交州记》、《星搓胜览》、《瀛涯胜览》、《方舆胜览》等。卷七至卷十二中《舟师考》及《艺文考》取材于长期参加海上贸易的海商、舟师的口述和见闻以及官府当朝邸报完成的。

如上所述，《东西洋考》一书并不仅仅是简单地对明末东南亚、印度洋一带

---

① 向达：《两种海道经·序》。

地理、历史的介绍,它详细记载了 16 世纪东西洋诸国和地区的历史沿革、形势、物产和贸易状况,保存了大量明代后期漳州地区有关对外贸易和商品经济发展的资料。同时,它对有关航海的技术知识和地理知识都有详细的记载,是作者根据沿海舟师们多年航海的实践经验写成的,它是福建在明后期的对外交流的产物。应该看到,在与东南亚、印度洋的交通、贸易过程中,儒家文化也随之传入南洋,影响了南洋文化,使之成为儒家文化圈中的同质文化。这种文化的进入最早是从具有实际意义的器物文化进入的,如衣饰、食用器物先被接受;词语,作为实物符号,也紧接着进入。在《东西洋考》中就可以看到这种文化交流的痕迹。

首先,表现在海外贸易,特别是商品的交易及其表现的文化交流意义。在《东西洋考》中,《西洋列国考》考察 15 个国家及其中的 9 个附属国,《东洋列国考》考察 7 个国家及其中的 12 个附属国,共考察 43 个国家和地区。这些国家与地区都与明朝有过"朝贡贸易"关系:如暹罗"嘉靖三十二年,使至,贡白象及方物。途中白象已毙,遗象牙一枝。使者以珠宝饰之,置金盘内,并贮白象尾毛为信。上嘉其意而礼遣之"。柬埔寨"七年,奉金镂表,贡驯象及方物,景泰三年,再贡"。至于海外贸易的产品,既有输入的,也有输出的:

> 海外之夷有大西洋、有东洋。大西洋则暹罗、柬埔寨诸国,其国产苏木、胡椒、犀角、象牙诸货物,是皆中国所需。而东洋则吕宋,其夷佛郎机也,其国有银山,有夷人铸作,银钱独盛。中国人若往贩大西洋,则以其产物相抵,若贩吕宋,则单得其银钱。是两夷者皆好中国绫、罗、杂缯、其土不蚕,惟籍中国之丝到彼,能织精好缎匹,服之以为华好……而江西之瓷器,福建糖品、果品诸物,皆所嗜好。

输出的商品中比较重要的依次为瓷器、铁器、糖、纺织品,此外还有水果、玻璃、麝香、地毯等数十种物品。王世懋《闽部疏》中的一段话,颇能概括出福建海外贸易商品的特点:"凡福之紬丝,漳之纱绢,泉之蓝,福延之铁,福漳之橘,福兴之荔枝,漳泉之糖,顺昌之纸……其航大海而去者尤不可计,皆衣被天下。"[①]而输入的外国货物,据《东西洋考》"陆饷"中记载,除了传统的香料、珍宝外,大部分

---

① 王世懋:《闽部疏》,第 12 页。

是农产品、手工业品和手工业原料,如大米、椰子、绿豆、番被、藤席、草席、夷瓶、照身镜、粗丝布、西洋布、漆等,还有各种皮货(鲨鱼皮、樟皮、獭皮、犀牛皮、马皮、蛇皮、猿皮等)以及各种矿物飞金、锡、铅、铜、矾土等等100多种。

可见,张燮在考察诸国时更为重视物产:"史详事迹而略于风土物产,此则详风土物产而略于事迹"①。因为这些物产即海外贸易的主要商品,在商品的输出与输入的贸易过程中,文化交流也随之产生,主要表现在丝绸、瓷器与白银的交换。

隆庆元年"海禁"正式解除后,福建漳州月港与马尼拉的大帆船贸易迅速发展起来。"1580年时,每年到菲律宾的中国商船有四五十艘。"②西班牙以菲律宾的马尼拉为中介,将从月港运来的生丝和瓷器运往已被它占领的美洲墨西哥,形成以月港为起点,马尼拉为中点,墨西哥的阿卡普尔科为终点的福建—菲律宾—墨西哥的海上丝绸之路贸易,其表现形式就是中国丝绸、瓷器与墨西哥白银的交换。在这一贸易过程中,中国丝绸等商品占墨西哥进口商品的63%,而墨西哥向马尼拉输送白银达4亿比索,这些白银大部分流入中国。③ 美丽的丝绸传入美洲,受到热烈的欢迎,"西班牙美洲对奢侈品的需求,几乎就像中国人供应这些东西的能力一样没有限度"④。它美化和改善了当地人民的服饰,不仅上层贵族都用中国丝绸打扮自己,连神父都用它来缝制法衣或装饰教堂,这是丝绸使用价值在文化艺术上的一种体现。同样,由福建传入美洲的中国瓷器超出了日常生活用品范畴而成为观赏的艺术珍品,在它们上面绘制的中国山水、风景、花鸟、名人书法和历史故事,反映了当时的时代风尚和审美观念,甚至成为贵族们衡量财富和文化修养的标志。⑤

对福建而言,丝绸大量输入美洲,刺激了福建丝织业和其他民族工业的发展,促进了福建沿海城市如漳州、厦门的兴起。宋应星《天工开物》中载:"凡倭缎制起东夷,漳泉海滨效法为之。丝质来自川蜀,商人万里贩来,以易胡椒归里。"《漳州府志》又载:"漳纱、漳缎、漳鍼、漳之物产也。"漳州的纺织品种类繁

---

① 《四库全书目录提要》。
② 《月港研究论文集》,第171页。
③ 陈炎:《海上丝绸之路与中、菲、美之间的文化联系》,北京:北京大学出版社,1996年。
④ William L. Schurz, The Manila Galleon, p. 27。
⑤ 陈炎:《海上丝绸之路与中、菲、美之间的文化联系》。

多,有天鹅鍼、土绸、绮罗、缎、吉贝布、苎麻布、蕉布、葛布等,其中天鹅鍼、绸缎、纱绢尤为精美,驰名中外。

同时,作为货币的白银的大量流入,满足了当时福建对白银的需求,加快了资本的原始积累,出现了资本主义的萌芽。如万历年间出现了"富家征货,固得载归来,贫者为庸,亦博升米自给"的情况,这是资本主义性质的生产关系。当时政和县的炼铁炉,每"一炉常聚数百人",炉主与工人的关系也是"去留难稽"、自由雇佣的关系。明末清初时,西班牙银元已在闽广两地广泛流通,到18世纪末则已通行于江浙一带等商品经济较为发达的地区。王胜时在《闽游纪略》中记述:"其曰番钱者,则银也,来自海舶,上有文如城谍,或有若鸟兽、人物形者,泉漳通用之。"①

通过这条海上丝绸之路,一些粮食作物和经济作物从美洲传入,改变了人们的生活方式。如花生,"番豆名落花生",原产于南美洲,福建到明代才有种植。② 番薯,"万历中,闽人得之吕宋"③,"初种于漳郡"④。烟草,明代由菲律宾传入福建。史载,"万历末,有携至漳泉者,马氏造之,曰淡肉果,渐传至九边",⑤由于种植"颇获厚利",其种植区迅速蔓延,不久,漳州的烟草"反多于吕宋"并"载于其国售之"。

当时在福建沿海一带,出洋蔚然成风。而与南洋一带的海上贸易联系早就有之,闽人对南洋的开发做出了一定的贡献,并同时带动了儒家文化对南洋的影响。以菲律宾为例,明朝在漳州月港部分开放海禁,准许私人出海贸易后,到菲律宾贸易的船只绝大多数是从月港的出海口厦门出航的。随船的商人多数也是厦门附近的闽南人,他们在菲律宾被称为 Sangley 或"厦郎"⑥。"Sangley"一词是厦门方言"生理"的音译,意思是"贸易",这是以他们的身份来命名;而"厦郎"一词则是说他们来自厦门,是以他们的籍贯来命名。这些商人有的因错过季候风,在菲律宾"压冬";有的因经营不善,破产不能归,不得不留在那里成为

---

① 王胜时:《闽游纪略》,载《小方壶斋舆地丛钞》第九帙。
② 陈汝威:《漳浦县志》卷四《风土志》下。
③ 《闽书》卷一五〇《南产志》。
④ [清]周亮工:《闽小记》卷三。
⑤ 方以智:《物理小识》卷九《草木类》。
⑥ 舒尔茨(W. L. Schurz):《马尼拉大帆船》,纽约,1959年,第63页。

华侨。他们把闽南文化介绍到那里,直接影响到菲律宾生活的各个方面。如菲律宾人穿着宽松的衣服,特别是裤子、拖鞋和围巾的使用,就是受到闽南人的影响。在菲律宾的语言中,有数百个词汇来自于闽南方言,尤其是与家庭有关的词汇,如 ingkong(祖父)、impo(祖母)、ate(姐姐)、Siyaho(哥哥)等①。这些华侨除了传播文化外,还为菲律宾的开发与繁荣做出了贡献。如今屹立在马尼拉的许多教堂、僧院和碉堡,都是当时移居马尼拉的闽南人所建,同时,华人中的木匠、缝衣匠、补鞋匠和一切手工业者为他们提供了日常生活必需品,甚至连菲律宾的第一印刷业也是由华人建造起来的。约翰·福尔曼(John Foreman)在《菲律宾群岛》一书中公正地评价说:"华人给殖民地带来了恩惠,没有他们,生活将极端昂贵,商品及各种劳力将非常缺乏,进出口贸易将非常窘困。真正给当地土著带来贸易、工业和有效劳动等第一概念的是中国人,他们教给这些土著许多有用的东西,从种植甘蔗、榨糖到炼铁,他们在殖民地建起了第一座糖厂。"②

其次,是有关航海知识及神灵信仰的传播。

从月港出发的海外贸易不同于前代的"夷人入市中国为主",而是"中国而商于夷"为主,③是为了追求"其去也,以一倍博百倍之息;其来也,又以一倍博百倍之息"④的高额利润。这时的海外贸易是一种互利的和平的正常贸易。要远涉重洋,为了能够顺利到达南洋诸国进行贸易,要求有坚固的大船,同时,航海经验的介绍和航路的选择非常重要。

漳州的造船业早在宋代时就与泉州、福州、兴化并称为福建四大造船点。明政府曾在漳州造过战舰,而民间商人也相继制造航海大船,远洋船舶造价甚高,相当于战舰的三倍,其坚固程度远胜于战舰。《舟师考》中就记载:"或谓水军战舰,其坚致不及贾客船。不知贾舶之取数多,若兵舰所需县官金钱,仅当三之一耳。"当时所造远洋商贾大船"高大如楼,可容百人","其帆桅二,其中为四层"。这类船舶除了"且高且深"、利于泛洋的特点外,还由于船上"弓矢刀楯战俱都备,猝遇贼至,人自为卫,依然长城,未易卒拔焉",保证了海商的安全。明代的

---

① 拜尔(H. O. Beyer):《早期中菲关系史》,见曼纽尔(E. A. Manuel):《他加禄语中的汉语成分》,马尼拉,1948年。
② 约翰·福尔曼(John Foreman):《菲律宾群岛》,伦教,1899年,第118页。
③ 《东西洋考》卷七,第154页。
④ 《天下郡国利病书》卷九六。

造船术可以说是处于当时世界的领先水平,而闽人出海有悠久历史,福建成为全国造船的基地。最显著的例子就是郑和七下西洋,所有船只都是在福建建造的,绝大部分水手和随从人员也都是在福建本地招募的。随着商船南下至东南亚各国,中国福建的造船术也随之传入。

远海航行,需要有坚固耐波的海船,更需要有航海经验的储备。张燮《东西洋考》卷九《舟师考》中,记载了丰富的航海经验。该考分为内港水程、二洋针路(二洋,即指东西洋;针路,用指南针导引,称为针路)、祭祀、占验、水醒水忌、定日恶风、潮汐等七项。这一考中,除了祭祀外,其他各目,"皆采之海师贾客之口,为传记之所未详"①,是实践经验的总结,为人所重视。

关于熟悉航道情况的航海技术人员的作用,张燮是这样记载的,以指南针为导引,以日月星宿定方位,以更数计航程,以沉省测水深浅:"如欲度道里远近多少,准一昼夜风利所至为十更。约行几更,可到某处。又沈绳水底,打量某处水深浅几托。"只有熟悉航道情况的人,才能知道某岛所在位置,海洋中何处有暗礁险滩,才能"鼓枻扬帆,截流横波……循习既久,如走平原,盖目中有成算也气"。

这一目中,最为重要的还是"二洋针路"。张燮以"西洋针路"和"东洋针路"这两系统,就所要到达的某一国家和地区应取的路线、针位、更数、水深、所经岛屿(有的还载明流向和沉礁、浅滩)等进行了记载。例如,从海澄港口出发,到交趾东京,就要先从内港航行,经过圭屿至中左所(厦门),出洋后,共经过镇海卫太武山、大小柑橘屿、南澳坪山、大星尖、东姜山、弓鞋山、南亭门、乌猪山、七州山、七州洋、黎母山、海宝山等 11 个地方,尔后就到达交趾东京。对于所经过的岛屿,如七州洋,他也记载得很清楚:"俗传古是七州,沉而过海,舶过,用牲粥祭海厉,不则为祟,舟过此极险,稍贪东,便是万里石塘(今我国南海诸岛),即琼志所谓万州东之石塘海也,舟犯石塘希脱者";"七州洋,打水一百三十托,若往交趾东京,用单申针,五更,取黎母山"。

除了针路外,《舟师考》中对于占验(预测风雨云雾)、潮汐的记载也比较详细。占验包括占天、占云、占风、占月、占雾、占电、占海、占潮八类,其中似韵非韵地编了许多生动的俗语,便于人们熟记。如"占天"中的一条:"天外飞游丝,久

---

① 《四库全书目录提要》。

晴便可期。清朝起海云,风雨霎时辰。"又如"占云"中:"红云日出生,劝君莫出行,红云日没起,晴明未堪许"、"风雨潮相攻,飓风难将避,初三须有飓,初四还可惧,望日二十三,飓风君可畏,七八必有风,汛头有风至,春雪白二旬,有风君须记"。再如"占风"中一条:"早白暮赤,飞沙走石。日没暗红,无雨必风。"这些气象都是航海必备的知识。

值得一提的是,在"祭祀"一目中,张燮介绍了海商的神灵崇拜,特别是对妈祖的崇拜。妈祖又称天妃,俗名林默娘,"天妃世居莆之湄洲屿,五代闽王时都巡检林愿之第六女也",为北宋初年人。"始生而地变紫,有祥光、异香。幼时通悟秘法,预谈休咎,无不奇中。乡民以疾告,辄愈。长能坐席乱流而济,人呼神女,或曰龙女。"年二十四余时升化。"厥后常衣朱衣飞翻海上",显灵佑民,常常救助海难船只和过往客商,这种慈悲善良而又勇于献身的精神,加之贤惠窈窕的女性特征,传扬开去,便成了女神的传说,妈祖崇拜应运而生,成为出海人所企盼的保护神。随着海外贸易的发展,妈祖从湄洲走向东南亚,成为航海者在海上与惊涛骇浪拼搏的精神支柱。直到今天,每年东南亚的华侨和华人都组团回到莆田湄洲湾祭祀妈祖。

可见,《东西洋考》中并不是普通的地理书那么简单,它体现了明末闽地及闽人的开放、冒险的性格,是记录明末闽地与东南亚文化交流的珍贵文献。

三、普通老百姓的外向性生存

鸦片战争后,厦门开辟为通商口岸,成为"华洋杂居"的大码头。林鍼于道光二十七年(1847)从厦门出发,到美国本土洋行教授华语,道光二十九年(1849)回国后,他将自己在美的亲历写成了《西海纪游草》一书。书成之后,稿本曾在厦门、福州等地流传,曾为左宗棠等洋务派欣赏,大约在同治六年(1867)付梓刊刻。

同样是对出洋的认识,张燮本人并没有到过东南亚,算是未出国而著书;厦门人林鍼则远渡重洋,到北美"睁眼看世界",他的《西海纪游草》留下了关于"外面的世界"的记载和自己的游历体会。对于与中国文明不同的异质文明,林鍼是如何记载的呢?作为沿海出洋之人,他的记载是否也体现了闽人的开放性格和外向精神的蛛丝马迹呢?在这里,我们有必要对作者及其作品作一个介绍。

厦门大学历史系杨国桢教授在《文物》杂志 1980 年第 11 期上首次报道了

他所见到的《西海纪游草》一个刻本：刻本封面有"家父西海纪游草/林古愚珍奉"墨迹两行，钤印章"古娱"二字。原书版框高14点5公分，宽9公分，连封面共50页。扉页所题年月为"道光己酉蒲月"（即1849年初夏）。杨国桢还在《我国早期的一篇美国游历记》中介绍了这本书："林铖于道光年间（即1847）赴美教习中文和游历，在道光二十九年（1849）写成《西海纪游草》一书。稿本曾在厦门、福州等地流传。"[①]流传的面集中在福建沿海一带。1949年以后，随着与外国交流的频繁，《西海纪游草》被挖掘出来，出版界将它视为"民国"以前国人亲历欧美的珍贵文献之一。该书今有杨国桢校点本，收入钟叔河主编的《走向世界丛书》，由岳麓书社出版。确切地说，这是一篇闽人在美亲历的文献。

林铖，字景周，号留轩，祖籍福建闽县，后随父辈移居厦门。鸦片战争后，厦门成为福建通商口岸之一。对于自小在厦门长大的林铖，"少时颇不好学"，同时以家境论，亦断无读书入仕之可能。在这个充斥着外国商人与水手的海港城市里，少年林铖很早就学会了外语外文，靠在洋商那里担任翻译和教授中文赚取工资，以"谋菽水之奉"。这似乎与传统儒家考取功名的观念格格不入，但在厦门这个有着浓厚海洋氛围的港口城市中却是很自然的一件事。在港市社会的人们看来，重要的是挣钱，没有钱便无法购买生活资料，也无法在家族中赢得尊重。把儒学当作谋生之路，是第二位的东西，从事儒学，多半是为了在科举上谋得功名，其目的十分明确，如果达不到这个目的，便放弃儒学，弃学从商。这即是闽人的开放性格和外向精神的表现。

道光二十七年（1847）二月，林铖"受外国花旗聘，舌耕海外"[②]。自厦门出发赴美教习中文。丁未二月由粤东（潮州）启程，六月到达美国，在美国工作了一年多之后，于己酉二月回国，道光二十九年（1849）二月返抵厦门，实际在美国时间约一年半。回国后，他在道光二十九年（1849）四月写成《西海纪游草》一书。刻本正文由《西海纪游草自序》和《西海纪游诗》组成，附录《救回被诱潮人记》、《记先祖妣节孝事略》2篇，首尾有序5篇、跋5篇和题诗20首，全书不分卷。

"行踪直到海西头，壮采奇情一览收。"[③]林铖在《西海纪游草》中以自己所见

---

① 杨国桢：《我国早期的一篇美国游历记》，载《文物》1980年第11期。
② 周见三：《西海纪游跋》，己酉年（1849）十月作。
③ 吴大廷：《题西海纪游》，同治六年（1867）春作。

所闻及亲身经历,生动地介绍了19世纪40年代的美国社会。值得注意的是,林鍼并不是典型的中国主流文化的代表,他是地道的福建人:有中国传统文化的某些积淀,又有海边民族的开放、外向、重实利的个性。林鍼所到达的美国,比之大多数闽人常至的南洋,无论从文化、语言、习俗上都有诸多的不同之处,特别是与南洋所受的中国儒家文化不同的基督教文化,与重农传统不同的科学技术和商业文明,更不用说语言的隔绝。可以这么说,当时的中国比南洋发达,而与南洋以及当时的中国相比,美国无疑是它们的"项背":科学更为发达,社会更为繁荣,而且也讲求实际利益。当作为海边民族一员的林鍼来到了美国之后,他眼中的美国与中国在文化和技术上都有着明显的差异。并且,当他这么一个外向、重实利的人来到了美国这个讲求实利的国家时,他观察和记载文化与技术差异时就戴了一副"实利"的眼镜。

首先,是文化的差异。

美国人信奉的是基督教,"天堂地狱,奉教兢兢;赎罪捐躯,超生——(西洋诸国多信奉耶稣、天主两教)。"都要做礼拜,"每七日为安息期,则官民罢业"。在基督教人人平等的思想下,"酋长与诸民并集,贵贱难分;白番与黑面私通,生成杂种"。这种思想表现在政治上,在选官制度上采取选举制:"士官众选贤良,多签获荐(凡大小官吏,命士民保举,多人荐拔者得售)";作为政府最高首脑的总统华盛顿因抗拒强暴,"有功于国,遂立彼为统领","总统制四年一更,四年复留一任,今率成例"。法律上废除死刑,"郡邑有司,置刑不用(其法:准原被告各携状师,并廿四耆老当堂证驳,负者金作赎刑,槛作罪刑)"。报纸舆论起到了宣传政要、监督这种平等关系的作用,"事刊传闻,亏行难藏漏屋(大政细务,以及四海新文,日印于纸,传扬四方,故官民无私受授之弊)"。

当时的美国在林鍼看来社会安定、商业繁荣、人口众多。大街上"百丈之楼台重叠,铁石参差;万家之亭榭嵯峨,桅墙错杂(学校行店以及舟车,浩瀚而齐整)";国内经济南方以农业为主,北方以工业为重:"南圃南农遍地,棉麦秋收;北工北贾居奇,工人价重。"而不管南北哪方,"田园为重,农夫乐岁兴歌;山海之珍,商贾应墟载市"。对外交流频繁,"舻舳出洋入口,引水掀轮(货物出口无饷,而入税甚重。以火烟舟引水,时行百里);街衢运货行装,拖车驭马(无肩挑背负之役)",引得"四海工商毕集,阜尔经营;卅省民庶丛生,年增倍蓰"。人民安居乐业,"浑浑则老少安怀,嬉嬉而男女混杂"。

在这样的背景下,当时美国的社会公共事业也是比较完备的。在《西海纪游草》中,林鍼提到了博物馆、盲人读书院和养老院、学校以及医院。"博古院明灯幻影,彩焕云霄(有一院集天下珍奇,任人游玩,楼上悬灯,运用机栝,变幻可观)";"刻字为碑,瞽盲摩读(瞽盲院华丽非常,刻板为书,使盲人摸读);捐金置舍,孤寡栽培(设院以济孤寡鳏独)"。学校内男女同校,学员众多,时间固定,作息合理,不同于中国的私塾。"术数经纶,学校男师女傅","其书院中有子女自六七岁至十六七岁者四百徐人,男女师长四人,均任其职。每日课定巳、午、未,每礼拜期放学二日,率此成例"。医院对贫民开放,精于手术,不同于中医的望闻问切法。"医精剖割,验伤特地停棺(每省设有一医馆,传方济世。凡贫民入其中就医,虽免谢金,或病致死,即剖尸验病,有不从者,即停棺细验)。"

在男女关系上,林鍼身上遗留的中国几千年儒家传统的"男女授受不亲"、"男尊女卑"观念和他所具有的闽人外向、开放的鲜明个性有着微妙的调和。传统观念使得初到西方的林鍼对于男女交往中"嬉嬉而男女混杂(男女出入,携手同行)"的行为大惊小怪,瞠目结舌,称之为"四毒冲天,人有奸淫邪盗";对于"归舟之出海,主事者每抱客妇在怀……恬不为怪"的行为就觉得"丑态难状"。但外向、开放的个性使得他对婚配自由、女子单身就没有一棍子打死,"男女自婚配,宜其有室家至乐矣",而惊讶于他的"红颜知己"雷氏女郎的"心坚似铁(尝语余以不嫁)",这种惊讶多少有点赞叹的成分在内,甚至他对于国外男女交往自如多少还是有点艳羡的。所以他就认为,一旦男女接触频繁,较为亲近就不同于普通朋友而别有深意了。因此,一和雷氏女郎"恒与围炉夜话","并肩把臂于月下花前",就误认为"胡妇多情",受雷氏女郎的救助感激涕零,"不意平生知己,竟出于海外之女郎。而余结草啣环,又在何日?兴怀及此,未尝潸然欲涕也"。情真意切的同时还要表扬一下自己恪守着儒家传统:"宋玉东墙,百礼防范围之制(予恒与洋女并肩把臂于月下花前,未尝及乱)。"在基督教教义中,人人皆是兄弟姐妹,应该互敬互爱。因此在外国特别是北美人看来,男女交流沟通是很自然、很正常的一件事。没有这么的柔肠百转。不过今天我们看林鍼,还是忍俊不禁,觉得自有他的可爱之处。

其次,是技术上的差异。这些技术的运用给人们的生活提供了方便,具有实用性。

在城市里已经用上了自来水:"沿开百里河源,四民资益(地名纽约克,为花旗之大码头,番人毕集。初患无水,故沿开至百里外,用大铁管为水筒,藏于地中,以承河溜;兼筑石室以蓄水,高与楼齐,且积水可供四亿人民四月之需。各家楼台暗藏铜管于壁上,以承放清浊之水,极工尽巧,而平地喷水高出数丈,如天花乱坠)。"

人们交通运货用上了蒸汽机轮船和火车,快捷方便,"以火烟舟引水,时行百里","集板印书,以及舟、车、舂、织、锤、铸等工,均用火烟轮,运以机器,神速而不费力"。站在实利的立场上,林鍼对于使用蒸汽机和舟车(汽船和火车)更是神往,认为"可以济公利私",值得中国仿效:"余独有志于舟车之学,可以济公利私,唯独力不支,苟吾人有志共成,不期年可以奏效也!"

科技上,林鍼介绍了美国的避雷针、温度计、照相术,形象而生动。避雷针在他看来根根向上,就像树枝那样,因此他称为铁支,"以石为瓦,各家兼竖铁支,自地至屋顶,以防电患"。对于照相机中能留住影像,他煞为惊叹,称照相机为"神镜",是一面神奇的镜子,称照相术为"神镜法",并饶有兴趣学习摄影。针对水银温度计"或风或雨,暴狂示兆于悬针;乍暑乍寒,冷暖悬龟于画指"的功能他称之为"风雨暑寒针"。

对于美国最早的电报,他是这么介绍的:"巧驿传密事急邮,支联脉络。暗用廿六文字,隔省俄通,每百步竖两木,木上横架铁线,以胆矾、磁石、水银等物,兼用活轨,将廿六字母为暗号,首尾各有人以任其职。如首一动,尾即知之,不论政务,顷刻可通万里。"

值得一提的是,《西海纪游草》附录《救回被诱潮人记》一文叙述了林鍼旅美期间解救26名被诱潮人的义举。

1847 年初,英国一个殖民商人在广州买了一条中国船,并且诱招了 26 名潮州人上船,"意欲归国借奇以获利",航行途中"因船值逆风,不得往英",漂流到美国纽约港。英船主竟举办华人"展览",而"土人闻汉船至,争欲观之,人与英人银钱半枚,始得上船遍览,(英人)日得银钱数千"。林鍼前往探望,众人泣诉:英人原来伪立合约,"而后船经其地而不入,众方知苦,然而悔之晚矣"。又诉及"长洋数受鞭笞之惨,求死不能",后英船主"诬众欲谋乱",押 7 人于牢中,"有额破足跛,血染征衣者,不堪卒视"。事发后,当地法庭审理此案。林鍼和一位鲁姓律师一同参加会审,林鍼充当翻译,说明英人诱拐华人的种种事实,而鲁姓律师"指驳英人,井井有条","只见英人战兢汗下,莫措一词"。法庭宣判被押 7 人无罪当堂释放时,"观者欣声雷动"。

在美国朋友的援救下,26名被诱潮州人取得了自由,从船上搬到"各国水手之会主"雷姓家中居住。这位会主"颇有血性,待众如同手足,不问月费"。鲁姓律师也仗义执言,出面"代众申冤,转告英人"。于是,当地法庭据实查封了英人船只,"罚英人以金作赎刑,即日配船,送众归国","虽一切工资,亦不许白吞"。8月26日,26名潮州人启程回国。回国后特地在潮州竖碑纪念林铖的义举。

但事情仍没有结束,英人败诉后怀恨在心,时林铖学习"神镜法"(照相术),英人于是串通其友"照镜师",诬陷林铖所买的照相机等物是盗窃得来。这时,林铖所认识的"各国水手之会主"的女儿雷氏女郎恳求其父以三百金保林铖在外候讯,并代觅律师,终于还他清白。

在这案中案的前前后后,不论中美两国人民的友好情谊,但从林铖的挺身而出和美国友人的鼎力相助来看,究其底,一方是儒家思想体系核心之"仁",一方是基督教的"爱"的思想,即"尽心、尽性、尽力"的"爱人如己"。作为林铖解救自己的同胞于水火之中是义不容辞的,难能可贵的是美国朋友能跨越国界、种族的仁爱的精神。同时,从这案件中又可以知道当时已经出现的"契约华工"在海外的悲惨处境。

福建沿海一带,明清时期出洋的方向即《东西洋考》里所记叙的南洋一带。鸦片战争后,中国的大门被经济、科技比自己更为强大的外国侵略者彻底打开,出洋打工也有了新的目的地:英属各殖民地。但和到南洋打工不同的是,这些契约华工被殖民者视为奴隶、"猪仔",饱受折磨。

契约华工出现在19世纪40年代,当时因英属殖民地废除了黑奴制度,奴隶被解放后,英属各殖民地,特别是西印度各地,都产生了劳动力不足的问题。英国等国不得不向印度、中国寻求足以代替奴隶的劳工。林铖的家乡厦门在当时是契约华工出洋的最大中心之一。外国侵略者在闽南各地招摇撞骗。他们欺骗说:在国内生活不下去,不如出洋。外国工钱高,生活好。不想长住外国,还可以回来。甚至开出这样的空头支票:每人每星期供应10磅肉、30磅面粉、1/4磅茶、1磅糖以及其他东西,此外,每个月还给两块半工钱。而19世纪末期以来,由于封建统治阶级和帝国主义的剥削,厦门和闽南各地劳动人民日益贫困,许多人不得不背井离乡,远渡重洋,去海外谋生。第一批从厦门出口的契约华工是在1845年,由一艘法国船运了400名到毛里求斯附近的布尔邦岛。澳洲于 1846 年从厦门运走第一批契约华工 121 名到悉尼；西班牙于 1847 年从厦门运走第一批契约华工 800 名到古巴；秘鲁于 1848 年底第一批从厦门运走 75 名。① 据统计，1895 年（光绪二十一年）前后，每年从厦门出国的契约劳工约 8 万多人，1905 年（光绪三十一年）前后每年从这个口岸出洋的契约劳工人数高达 10 万人左右。在国人看来，华工出国是可以赚大钱的。孰知外国侵略者并不把华工当作人，而是苦力，是"猪仔"，华工受到残酷的剥削和非人的虐待，苦力被装运出洋的情景非常悲惨。当时的英国香港总督包令（JohnBrowring）曾在厦门亲眼看到这种情况，他说："几百个苦力聚集在八拉坑（囚禁奴隶的地方）里，个个剥光衣服，胸前各自按照准备把他们送去的地方，分别打上'C'（加利福尼亚）、'P'（秘鲁），或者'S'（山德维治群岛，即夏威夷群岛）等印记。"② 船主为了多载赚钱，拼命把苦力往舱内塞，超载现象十分严重，如只能装载 450 人的船实际装了 700 人。每位苦力在船上仅给 8 英尺的位置，不能躺着睡，只能屈膝坐着。而当时的航程非常漫长，至古巴需 168 天，至秘鲁需 120 天，且大部分在赤道区内行驶。由于舱内长期缺乏阳光，空气窒息，饮水稀少而秽污，食物恶劣，疾病丛生，加上鞭笞、捆绑等种种虐待，华工在途中死亡率特别高。难怪人们将这种在运契约华工的苦力船称为"浮动地狱"。华工在漫长的航程中，忍受不了这种非人的折磨，经常奋起反抗。1852 年 3 月 21 日，美国船"罗伯特·包恩"（Robert Browne）号从厦门载运 410 名中国苦力往旧金山，出海后 10 天，船长借口保持清洁，把许多苦力的辫子强行剪去，并要他们到甲板上来，用冷水全身冲洗，水手们同时用大扫帚在他们身上扫刷。苦力们对此莫大侮辱异常愤怒，群起暴动，杀了船长、大副、二副及几名水手，然后命令其余水手将船开往台湾，结果误行到琉球八重山，苦力们登陆后，水手即将船驶回厦门。③ 苦力被运到目的地后，就像奴隶一样在市场上公开出卖。他们被剥光衣服，赤条条地让购买他们的人检验，试试他们的骨节，查看他们的口腔，让他们表演自己的活力，甚至用皮鞭抽打，以试他们筋肉反应能力的强弱。④

林铖对自己到美国游历有过一段谦虚的说法："去日之观天坐井，语判齐

---

① 陈泽宪：《从十九世纪盛行的契约华工制》，载《历史研究》1963 年第 1 期。
② 《华工出国史料汇编》第 2 辑，第 6 页。
③ 同上书，第 123—162 页。
④ 同上书，第 24 页。

东;年来只测海窥蠡,气吞泰岱。眼界森临万象,彩笔难描;耳闻奇怪多端,事珠谁记?"蠡是指贝壳,即用贝壳去测量海水,自喻到美国游历了一年多,所见所闻虽然十分壮观、丰富,但对于外部世界来说,不过是小小的一角,况且记述的也只是所见所闻的一小部分。但是比起没有接触过海甚至没有见过海的人来说,总算知道得多了一些。

由上述可知,《西海纪游草》记叙了一位普通的福建人眼中的与中国文化完全不同的异质文化。同样是游记的作者,时人把林鍼和徐霞客相提并论,说他"是霞客而后游之远而且壮者","视霞客游历之程仅三万余里者则有其过之"①。

其实林鍼的西海之游与徐霞客三游历有本质的区别,徐霞客游历的只是中国名山大川,而林鍼则远渡重洋,走出国门,到域外游历,感受与中国文化不同的异质文化。《徐霞客游记》中所记载的只是山川大河的地理概貌,而在《西海纪游草》中,作者林鍼的视野已经从对异域山河风貌的简单描述转移到对西方政治、法律、社会公共事务、发达的科技等的考察和叙述,他所记叙的都是与儒家文化截然不同的异质文化,体现了一种文化对另一种文化的接受和理解;虽然其中也有误区,但总比简单的地理概貌更有深意多了。可见,作为散文文体之一的游记,《西海纪游草》的内容突破了古代传统的散文内容:尊君、卫道、孝亲。②

清朝在统一台湾后虽然开放海禁,但仍严格禁止出洋,出国谋生和移民是非法的。鸦片战争之后,厦门被辟为通商口岸,成为华工出口的中心,是被外力胁逼的。但林鍼"以家贫谋奉旨甘"出国并没有受到多大的谴责,相反的,当时在福建的朝廷命官,如闽浙总督左宗棠、镇闽将军兼管闽海关印务英桂、福建巡抚徐继畬等都很看重这本书,都为《西海纪游草》作了题记。英桂还为该书作了序,认为"盖西游者,溯自汉纪及唐元以来,历有其人;然以游之远且壮者,莫留轩者也"。

我们知道,虽然"父母在不远游"是封建宗法社会的基本道德信条,但对于福建沿海闽人来说,在南洋或海外谋生是常事,"父母在不远游"显然不是闽人思考中的一个问题,出海谋生是更好的孝敬父母的表现。这种出洋谋生的生计

---

① 周揆源:《西海纪游序》,同治二年(1863)秋作。
② 郁达夫在《中国新文学大系·散文二集》导言中所提到的古代"散文的心"。

方式,已经获得了地方民众在文化价值观上的认同并代代相传。所以,在闽官员和士大夫们只有顺应这种"民风",对此加以褒扬。但又不能光明正大的直接表扬,因此这种褒扬就必须戴上"孝义"的帽子。比如英桂在序中就这么说:"余适逢镇闽南,得展其纪,既壮其游,复嘉其孝义为心,诚足以感人者。何也?留轩远在异域时,犹不忘祖母之训,尤述祖母苦节,表扬当世,孝足称也。更遇粤民为奸商诱陷,乃为营救,二十六人遂得生还,义足取也。""爰志数言,以表其孝义云尔。"而全书序跋中,大部分也是赞扬了孝道。有的甚至说他之所以能够"生入玉门",全是由于他的孝心感动了上苍,故而"履险如夷,吉人天眷"。

同时应该看到,这些在闽的朝廷命官,如左宗棠等人其实就是当时的洋务派人物。在鸦片战争彻底打破中国封闭的外壳后,在"严夷夏之大防"的环境里生活许久的士大夫们面对国门的开启、西方列国的出现表现出了两种不同的态度:仍然以"天国"自居,对西方或嗤之以鼻或视之为洪水猛兽,避之唯恐不及,坚决抵制先进科技的顽固派;继承林则徐、魏源的"师夷长技以制夷"思想,提出"中体西用"的洋务派。洋务派倡导西方新式兵法,引进机器生产,学习科学技术,派遣留学生和兴办学堂等活动。其代表人物有曾国藩、左宗棠、李鸿章等人。林鍼的《西海纪游草》中不仅介绍而且明确提出了要学习引进西方先进的科学技术特别是造船技术,这对于左宗棠们显然有着借鉴的作用。1867 年左宗棠就筹建了后来为当时远东最大的造船厂之一的福建船政局。故左宗棠们也要好好表扬林鍼一番了。

游记内容的变化引起了文体对传统游记散文的超越:兼有个人的抒情议论,并且具备了当代散文的特点:"个性、范围的扩大、人性、社会性和大自然的调和、幽默味。"①因此,我们认为,《西海纪游草》已经突破了传统游记散文的形式,成为近代意义上的散文。这种转变最主要的原因还应该归功于与外界的交流,正如王光业在序文中所写那样:"夫人跼蹐于一室中,老死于户牖之下,几不知天地之大,九州之外更有何物。一二儒生矫其失,则又搜奇钓异,张皇幽渺,诧为耳目之殊观。不知天元地黄,一诚之积也。诚之所至,异类可通。况在含形负气之伦宁有异性哉?"②意思是说,只要是"含形负气"的人,即使远在异域,

---

① 郁达夫在《中国新文学大系·散文二集》导言中所概括的现代散文在内容上的四个特点。
② 王广业:《西海纪游草序》,辛亥年(1851)秋月作。

未尝不可以彼此交通和互相理解。这种观念,比起把外国人单纯的看成虫穿犬羊的"异类"来说,显然是进步的。

如上所述,我们从福建中下阶层的知识分子、老百姓为代表的人物和他们的作品进行研究,可以发现,闽文化的外向性有其深厚的积淀,但单单从闽本地来体现闽文化的外向性未免薄弱。为了更好说明主题,接下来我们将选取徐继畲及其《瀛环志略》进行研究,来说明闽文化如何对由内陆来到福建的上层官员发生影响,使其积极主动与外界接轨,表现出外向、开放的性格的。

第五节 海洋文化与文学的延伸:徐继畲与《瀛寰志略》

1840年6月,鸦片战争爆发,英军进犯广东受阻,而北犯福建厦门。当时在福建汀漳龙道任代理道台的徐继畲与士兵同甘共苦,全力经营厦门防务。后厦门失守,汀漳龙道告急,徐继畲积极设防,筹划固守,发誓"与此土为安危,与此城为存亡",表现了坚强的抗敌决心。然而,由于清政府和战态度不定,以及英军武器精良等原因,清朝终于失败,被迫同英国签订了《南京条约》,付出了割地赔款、开放口岸、丧失国家主权的沉重代价。

堂堂天朝竟败在了"蕞尔岛夷"手下,着实使君臣们为之一惊。但这场战争毕竟只使君臣们慑于对手的"船坚炮利",中西之间还只是在器物层次上发生文化冲突。所以一时的忧患意识和战败的屈辱感很快随着和约的订立而烟消云散。"都门仍复恬嬉,大有雨过忘雷之意"[①]。君臣们仍然在自圆自足的文化心理支配下昏昏睡去。

与此同时,有一批在战场上与西方国家直接交锋、战后又亲自处理对外事务的东南沿海官吏,痛切地看到了中国与西方的差距,他们"扼腕切齿,引为大辱奇耻"[②],渴望了解西方、了解世界,在当时形成了一股"开眼看世界"的社会思潮。徐继畲就是其中一员。千年未有之大变,丧权辱国之大辱,震撼着这位有着传统卫国卫道之心的封疆大吏。丧权辱国使徐继畲在茫然中惊醒:"二百年

---

① 《软尘私议》,《鸦片战争》资料丛刊本,第5册,第529页。
② 梁启超:《清代学术概论》,第79页。

之国威,乃为七万里外之逆夷所困,致使文武将帅,接踵死绥,而不能挫逆夷之毫末。"①他开始睁眼看世界,认真探究西方各国的虚实,寻求盛衰迭代之理。他在办理厦门、福州两地的通商事务中与西方各国领事、传教士有广泛的接触,得其要领地探求西方知识。五阅寒暑,数十易稿,辑撰成《瀛环志略》10 卷,于道光二十八年(1848)刊行于世。在国内,该书在付梓之日即引起守旧派的反对,但曾国藩、李鸿章、王韬等都对徐继畲及其书予以肯定;康有为、梁启超分别在著述中承认他们是以读《瀛环志略》为起点对西学产生兴趣的。1852 年,魏源在增补的《海国图志》100 卷本中,多处辑录了《瀛环志略》中的内容。就国外来说,从 1859 年开始,《瀛环志略》在日本一版再版,被日本有识之士当作通识世界的指南,大有助于明治维新。

在人类认识史上,几乎每一次对旧观念的突破都是从最简单的常识开始的。而简单的地理是"诸学科之基础"②,它的变化往往是根本的变化,成为认识世界和走向世界的桥梁。欧洲 15、16 世纪的"地理大发现"大大开阔了西方人的视野,更改了西方人的世界概念,使欧洲走向世界,从而揭开资本主义发展的大幕。同样的,"中国人对世界的认识,是由地理推及其他的,是由地及史及政的"③。

19 世纪早期,中国人关于世界地理的观念基本上是模糊的,大致停留在"以我为中心"的认识世界阶段,他们认为:首先,在世界地理上,中国居世界之中心,君临四海,其他各国如众星拱月一般护卫着中国。人们对世界的描述仍然是:"中土居大地之中,瀛海四环。其缘边滨海而居,是谓裔,海外诸国亦谓裔。裔之言为边也。"④其次,中华帝国是天朝上国、礼仪之邦,四方各国是蛮荒之地、夷狄之居。外国只能向中国俯首称臣,接受中国的文化辐射。华夏文化是世界文化的中心。这一点利玛窦深有体会:"他们不知道地球的大小而又夜郎自大,所以中国认为所有各国中只有中国值得称羡。就国家的伟大、政治制度和学术名气而论,他们不仅把所有别的民族看成是野蛮人,而且看成是没有理性的动

---

① 戴逸、林言椒主编:《清代人物传稿》下编,第一卷,第 316 页。
② 梁启超:《饮冰室合集》,《文集之十》,北京:中华书局,1989 年,第 106 页。
③ 陈旭麓:《浮想偶存》,上海:华东师范大学出版社,1997 年,第 525 页。
④ 《皇朝文献通考》卷二九三,四裔考一。

物。他们看来,世界上没有其他地方的国王、朝代或者文化是值得夸耀的。"①因此,当西方殖民扩张触角伸向中国时,一代士人仍我行我素地"徒知侈张中华,未睹寰瀛之大",对"所谓欧罗巴者,尔时不知为何地"。清朝最高统治者道光皇帝在鸦片战争开战后两年,仍不知英国在何方,国土有多大。② 近代地理科学知识的传入,使中国人知道中国以外,不下百国,世界不是以中国为中心,不唯独中国具有文明世界,华夏文明之外还有其他文明,甚至有中国引以为师的国家和民族。

因此可见,世界地理知识的导入,对中国地理中心观念的否定,诱发了对中国文化中心论的否定,虚构的世界观念终于被科学现实的世界观念所冲垮和取代。从这个意义上来说,《东西洋考》以及《瀛环志略》都不是普通的地理学著作。

一、从内地到沿海

徐继畬,字健男,号松龛,乾隆六十年(1795)出生在山西省五台县的一个书香门第。在 1826 年进入翰林院之前,他的大部分时间都是在山西老家度过的。

山西北倚内蒙古,西、南以九曲黄河为界,既有高高的黄土地,光秃秃的群山,也具备广袤肥沃的河谷,以及陡峭如壁的峡谷,这使得山西农业的传统源远流长。早在古代,人民就在山西河谷种植小麦、谷子、高粱和一定数量的稻子。同时,山西富饶的自然资源也使人引以为傲:优质的烟煤和无烟煤、铁、朱砂、铜、大理石、天青石和碧玉。③ 同时,山西在华北的地理位置,使它成为经南北、东西贸易信道的水上运输和骆驼商队转换的枢纽地区。

汾河两岸成为繁忙的商业中心:在这里,大批中国出口商品聚集和转运到北方——福建的茶叶、丝绸,南京本色布、果脯等,由莫斯科和蒙古换回的呢绒、平绒、皮革、水獭皮和麝香。④ 到 19 世纪,山西票号林立,晋商驰名中外。

可见,青年时代的徐继畬生活在传统农业的氛围中,却又较早接触了商业贸易。

---

① 利玛窦:《中国札记》上册,何高济等译,北京:中华书局,1983 年,第 181 页。
② 魏源:《圣武记》卷一二;魏源:《海国图志》卷五二,英吉利国二。转引自《鸦片战争后中国人西洋观的嬗变》,载《历史教学问题》1996 年第 3 期,第 58 页。
③ 卫廉士:《中央王国》卷一,第 96 页;《五亿人口之国家》,第 267 页。
④ 《中国丛报》卷一四,第 280—288 页。

五台徐氏是山西的名门望族,徐继畲的祖先中曾出现过一些中级官员。同所有的士绅家庭一样,学而优则仕、兼济天下是这个家族的思想和抱负。徐继畲的父亲润第,在他出生那年中了进士,当过内阁中书、施南府同知等小官。徐继畲承家学渊源,弱冠中举。1826年(道光六年)32岁时中了进士,朝考荣获第一名,被钦点为翰林院庶吉士。后来担任翰林院编修、陕西江南两道监察御史。他指陈时弊,弹劾贪官,多篇奏疏引起轰动。1836年上《为政宜崇简要疏》,道光帝立即把他召进皇宫询问国事民瘼。徐继畲的应对使道光帝激动得"至为流涕",次日委任他为广西浔州知府做外吏。自此,徐继畲开始远离内陆,来到和内陆完全不同的南方"多事之地区"。1837年秋,徐继畲被调升为福建延建邵道道台。到任后,他考察治安,捕治盗匪,"境内肃然,上官赏其能"。从此拉开了徐继畲在福建长达13年的仕途生涯。这在他的政治生涯中有着决定意义。纵观当时全中国,最令朝廷头痛的莫过于时时受到西方侵扰、事端不断,以及素来又有开放氛围的远离朝廷视野的福建与广东两省。朝廷急需任命一位能办事又信得过的官员来主持东南沿海的事务。徐继畲就这样纳入朝廷视野。

　　1841年7月,徐继畲被派往海防前线,署汀漳龙道道台,恰值英国船舰沿海北上,途经厦门,中英双方互相炮击,相持半日,厦门被攻破,清军死难者千余人,徐继畲当时驻守在位于九龙江出海口、直通厦门与漳州的海澄,英国军舰也曾"直驶至海澄城下,因水浅退去"[①]。

　　第一次与西方列国有了面对面的接触后,徐继畲充分看到"狄夷"所掌握的先进技术的力量,他在给朋友的信中说:"……今见官兵连年败挫,知中国孱弱无能,其志愈侈,其谋愈狡,非大挫其锋,其势未有所止。而水战非我之所长,仓促无致胜之术。欲与之议和,则彼且索银一千数百万,又必索沿海各要地为码头,岂能听之耶!"[②]这个事实,使他在谴责以鸦片毒害大清朝、"不知信义,唯利是图"的"英夷"[③]的同时,陷入沉思,如何取得"致胜之术"[④],徐氏开始了极为艰巨的探索。1842年,徐继畲48岁,兼任粮台事,驻泉州,"清廉明达、有守有为"。同年4月17日被授为广东盐运使,5月24日,又被授广东按察使。8月,《南京

---

① 《松龛全集·文集》卷三。
② 徐崇寿编著:《徐松龛先生继畲年谱》,太原:北岳文艺出版社,1994年,第42页。
③ 徐崇寿编著:《徐松龛先生继畲年谱》卷一,太原:北岳文艺出版社,1994年,第42页。
④ 徐崇寿编著:《徐松龛先生继畲年谱》卷三,太原:北岳文艺出版社,1994年,第42页。

条约》签订,广州、福州、厦门、宁波、上海五口通商,第一次鸦片战争结束。9月,徐继畬迁福建布政使,奉命移驻厦门,兼办通商事务。在此之前他曾被道光皇帝召见,询问海外形势、各国风土人情等,徐继畬具以所知而对,遂命纂书进呈,从此徐更加留心外务,随时采访,广为征集资料。这就是《瀛环志略》的酝酿期。① 1844年,徐继畬继任藩司,往来厦门办理通商事务,同年7月,《瀛环志略》初有成稿。1846年10月,徐继畬授广西巡抚,途中又接上谕调补福建巡抚,于1846年12月抵福建。在闽期间,他与西方领事、传教士等进行了广泛的接触,得其要领地探求西方知识。五阅寒暑,数十易稿,辑撰成《瀛环志略》十卷,于1848年(道光二十八年)在福州刊行于世。

《瀛环志略》的付梓引起士大夫们的诽谤。1850年由于有两名英国人进驻福州城,引起"神光寺事件"。徐继畬与地方乡绅意见不合,且大拂刚刚退职回乡的林则徐之意,几经弹劾,被召回北京,降职为太仆寺少卿。咸丰皇帝召见徐,询问详情后,乃顾左右,顿足而东指曰:"乃老诚人,何谓欺诈!"同年秋,委任徐为四川乡试正考官。但不久又因在福建巡抚任内起解犯迟误被弹劾,罢免职务。徐继畬返乡后办防堵太平军、捻军的民团,又在平遥超山书院教书十年。

清朝在第二次鸦片战争中失败,"被迫"开放成为定局。1865年,年过七旬的徐继畬被召回北京,担任总理各国事务衙门大臣,兼总管同文馆大臣。他和恭亲王奕䜣一道,上疏主张聘请西方教师,扩大同文馆招生,广泛吸取西方知识,因而遭到大学士倭仁等攻击。他目睹国事日非,势力很大的守旧派依然徒肆虚骄,盲目排外,因而郁郁不得志。1869年告老还乡,1873年去世。

纵观徐继畬的一生,他从32岁中进士后,43岁开始外放为外吏,广东、福建,无一不是中国与外界交流的重要地区。特别是从1837—1850年,徐继畬一直在福建任职,官至布政使、巡抚,并办理厦门、福州两地的通商事务,成为朝廷倚重的封疆大臣。鸦片战争后门户开放,福建与外界的交流呈现出新的特点。徐继畬便是在这个重大历史转折关口来到福建沿海,身受闽地开放氛围的影

---

① 徐崇寿编著:《徐松龛先生继畬年谱》卷二,太原:北岳文艺出版社,1994年,第44页。关于徐继畬纂书是因皇帝的指派这种说法,任复兴等人并不认同,认为这只是徐的托词而已。

响,冲破中原传统文化与文学心态和价值判断的压力,主张了解和学习西方,并付诸笔端,这在文化及文学史上有着重大的意义。

二、上层官员的外向性选择

徐继畬编撰《瀛环志略》并非偶然,而是有其历史和现实的原因。

(一)闽地传统的影响。

徐继畬在鸦片战争期间来到福建,负责福州、厦门两地通商口岸的事务。福州是一座历史悠久的古城,它是福建省会,也是全省政治、经济、文化中心,手工业发达甲于全省,商业非常发达。潘思榘的《江南桥记略》描写道:"南台为福之贾区,鱼盐百货之凑,万室若栉,人烟浩穰,赤马余皇,估䑸商舶,鱼之艇,交维于其下;而别部司马之治,榷吏之廨,舌人象胥藩客之馆在焉。日往来二桥者,大波汪然,绾毂其中,肩磨趾错,利涉并赖。"①厦门自清初开港后,发展极为迅速,"环海而宅,南通诸藩,东控台湾,西北引泉、漳。海贾屯聚,民多客户,作闽南一都会"②。取代了月港成为重要的出港口。道光年间,厦门成为仅次于福州的商业城市。由此出洋的洋舶巨舟,北上到宁波、上海、天津等地,南下至粤东诸郡,"对渡台湾,一岁往来数次"。漂洋过海到日本、琉球以及南洋诸国的海船亦十分频繁。同时,它也吸引了许多外国船只,带来了外国领事、医生和传教士,在这里,西方的医学和各种知识被广泛地传播。徐继畬最早遇见雅裨理就是在厦门。

对徐继畬这样出生在北方的官员来说,他所要主持通商事务的这两个城市,无疑是福建这个海洋大省最具特色的城市,商业气氛非常浓厚。处于磁场中心地带的徐继畬,不可能不受到闽人海洋性格的影响。

(二)经世致用的精神使徐继畬选择了探索域外史地作为开眼看世界的起点。

在思想方面,中国士人向来有经世致用的传统,即使是处在清中叶乾嘉考据学极盛的时代,"传统的经世意识也并没有从中国思想史上完全消失,它仍然

---

① 陈寿祺:《重纂福建通志》卷二九,载《津梁》,第 677 页。
② 高澍然:《周公祠记》,载《厦门志》卷九,见《艺文略》,第 239 页。

深藏在儒学的底层"①。在学术上,重视地理沿革研究,是我国古代史学的优良传统。但"自来言地理者,皆详中国而略外夷。史记、前后汉书,凡诸正史,外夷列传多置不观,况外夷书乎?"②

"'鸦片战役'以后,志士扼腕切齿,引为大辱奇戚,思所似自湔洗。"③士大夫们认为中国在鸦片战争中的惨败,"正由中国书生狃于不勤远略,海外事势夷情平日置之不讲,故一旦海舶猝来,惊若鬼神,畏如雷霆,夫是以偾败至此耳!"④因此,他们一面发出"开眼看世界"的疾呼,一面身体力行,决心积极从事世界形势及各国历史、地理的研究以筹划出制夷之策,刊刻了不少有关世界史地方面的著作,据统计,从1840年起到1861年止,至少出现了22种之多,⑤其中以魏源的《海国图志》(1842)和徐继畲的《瀛环志略》(1848)最为重要。

徐继畲在开始著述的道光二十四年,曾在《瀛环考略》的稿本中留下一段涉及写作动机的文字:

> 方今圣泽覃敷,海外诸国鳞集仰流,帆樯萃集,其疆土之广狭,里之远近,任边事者,势难以于咨询。此说虽略,聊以为嚆矢云。

这段话清楚地揭示了徐氏著书与时势变化的密切关系:鉴于以往文献的记载"其说恢谲,其文瑰异,考之事实,或不尽然"不能适应实际的需要,因此,徐继畲将对外国史地的研究和现实的迫切需要结合起来。"谈瀛海故事",传播世界地理知识,"欲吾中国童叟,皆习见习闻,知彼虚实,然后徐筹制夷之策。是诚喋血饮恨而为此书,冀雪中国之耻,重边海之防,免于胥沦鬼域,岂得已哉"⑥。使国人了解"海外诸国"的"疆土之广狭"、"道里之远近",不再昧于外情。这就是徐继畲编著《瀛环志略》的初衷。徐继畲本来对舆地考证颇有心得,年轻的时候他就常常阅读中国传统史志,曾写过考订古国古都地名疆域的文章。在他进入福建后,这种经世致用的精神使他选择了探索域外史地作为"开眼看世界"的起点。

---

① 余英时:《中国思想传统的现代诠释》,南京:江苏人民出版社,1988年,第258页。
② 姚莹:《康輶纪行》卷九,自叙。
③ 《饮冰室合集》,专集之34,第52页。
④ 姚莹:《东溟文后集》卷八。
⑤ 费正清等编:《剑桥中国晚清史》(下),北京:中国社会科学出版社,1985年,第172页。
⑥ 姚莹:《东溟文后集》,《复光律原书》。

(三) 中西文化交流使徐继畬得以完成《瀛环志略》，与西人，特别是传教士的接触起到了一个桥梁和纽带的作用。

《瀛环志略》主要参考的资料有三类：一是中国文献记录，诸如历朝正史和有关地理著作，如《史记》等史书中的"诸夷"传志，唐代以后的专门著述《大唐西域记》《诸番志》《岛夷志略》《东西洋考》《瀛涯胜览》《星槎胜览》《西洋番国志》《中山志》《山海舆地经解》《天下郡国利病书》《薄海番域录》《吕宋纪略》《皇明四夷考》《海国见闻录》《海录》等。① 二是晚明以来西方传教士所写的中文书籍、刊物数十种，包括意大利传教士利玛窦的《万国舆图》、艾儒略的《职方外记》、比利时传教士南怀仁的《坤舆图说》等。三是直接访问西人所得的资料。西方人主要有传教士雅裨理、甘明，英国首任驻福州领事李太郭、继任领事阿礼国夫妇，其中对徐影响最大的是传教士雅裨理。

16 世纪末，欧洲传教士来华。他们在传教的同时，也带来了欧洲"文艺复兴"的成果。随着欧洲天文学、数学、地理学、医学、物理学和哲学的传入，中国人对西方的文化有所了解。与此同时，传教士又将中国的传统文化介绍到西方，成为西方文化的新血，促进了 18 世纪欧洲的启蒙运动。正是这种东西方文化的双向交流，给中国的知识分子带来了一股清新学风。然而，这种中西文化双向交流的黄金时代只持续了一个多世纪，到 18 世纪初期，清朝统治者由于与罗马教廷的"教仪之争"而"禁教"，完全隔绝了西学在中国学术界的传播。

鸦片战争爆发，"英国的大炮破坏了中国皇帝的权威，迫使天朝帝国与地上的世界接触"②。传教士再次踏上中国的土地。雅裨理作为最先到达中国的两位美国传教士之一，1830 年来到广州，在西方船员中传教，以后去南洋游历。1842 年 2 月，他抵达厦门，开启了新教传教士赴闽布道之先河。③

徐继畬与雅裨理首次会晤是 1844 年 1 月。当时，负责福建外交事务的布政使徐继畬，到厦门会见英国驻厦门首任领事记里布，进行有关外事谈判，能操闽语的雅裨理作为翻译出席。谈判之余，徐继畬提了许多关于世界地理的问题，雅裨理尽力作了回答。据雅裨理回忆：

---

① 赵庆杰：《徐继畬与〈瀛环志略〉》，载《辽宁师范大学学报（社科版）》1996 年第 6 期，第 78 页。
② 《马克思恩格斯选集》第 2 卷，第 3 页。
③ 德雷克：《徐继畬与〈瀛寰志略〉》，北京：文津出版社，1990 年，第 28 页。

在我所见到过的所有中国高级官员中,他是最为寻根究底的人。在他询问了许多有关外国的问题后,我们建议带一本地图册来,指给他看那些他所最感兴趣地方的方位和范围。对此,他愉快地同意了。我们竭尽所能,在不到一个下午的时间中,给予他尽可能多的常识。①

雅裨理原本就打算利用这个机会传基督福音,扩大宗教影响。② 徐继畬则是想从他那里得到外部世界的知识。1844年2月、5月,徐继畬因公来到厦门,又与雅裨理会晤了几次。雅裨理继续宣传他的上帝,徐继畬则继续向他询问各国的情况,对传教的事不那么感兴趣。这时,徐已在着手编撰《瀛环志略》。雅裨理后来在日记中失望地写道:

他既不拘束,又很友好,表现得恰如其分。显然,他已获得相当的知识。他对了解世界各国状况,远比倾听天国的真理急切得多。所画地图还不够准确。他要查对经度和纬度,以便算出确切的地理位置,更把目标放在搜集各国版图的大小、重大的政治事件和商务关系方面,尤其是与中国的商务关系。英国、美国和法国,被予以比其他国家更为详尽的考察。③

对于徐继畬来说,与雅裨理接触并阅读了他提供的书籍,打开了新的视野。他开始用新眼光审视这个行星上所有已知的陆地和海洋。在《瀛环志略》的序文中,徐继畬直爽地承认了雅裨理的贡献:"道光癸卯,因公驻厦门,晤米利坚人雅裨理,西国多闻之士也,能作闽语,携有地图册子,绘刻极细,苦不识字,因钩摹十余幅,就雅裨理询译之,粗知各国之名,然匆卒不能详也。明年,再至厦门。郡司马霍君蓉生购得地图二册,一大二尺馀,一尺许,较雅裨理册子尤为详密,并觅得泰西人汉字杂书数种。"

徐继畬在这部著作中,至少还有6处提到雅裨理。④ 通过雅裨理,徐继畬认识了甘明、雅的同事。在《瀛环志略》中,徐继畬提到过甘明,说他对瑞士一直了如指掌。⑤ 可见,徐继畬也从他那里了解了许多国外情况。

---

① 《中国丛报》卷十三,第236页。
② 同上书,第168页、第233页。
③ 《中国丛报》卷二〇,第170页。
④ 《瀛环志略》前言,见卷一,第4页、第6页;见卷三,第7页、第11页;见卷四,第27页。
⑤ 同上书,卷五,第31页。

徐继畲与李太郭的接触始于1844年7月,那是负责福建外交事务的徐继畲为调任驻福州领事的李太郭在城南安排寓所。徐和中国通李太郭之间没有语言障碍,他们经常交谈,从而了解到许多有关中东地区的地理和政治情况。李太郭的继任阿礼国和夫人对于徐继畲正在进行的著作也给予了热情的帮助。阿礼国送给徐继畲一个地球仪,其夫人给徐绘了一张世界地图,在图中将英、法、俄控制的各个国家和地区用不同颜色区别开来。"在得到这幅地图后不久,他送来一张条子,询问阿富汗为何被省略掉的理由,它是已合并于波斯呢,还是不再是一个独立的王国了。"①

徐继畲孜孜不倦探索外域史地几乎到了入迷的地步:"公事之余,惟以此为消遣,未尝一日辍也。"他的知识和见解大有进步,对外国情况的了解甚至使一些外国人都感到惊讶。1845年12月至1846年1月访问福州的传教士协会的乔治·史密斯在阿礼国处获得许多徐继畲的情况,他在报告中写道:

> 是一个思想解放的人。他对西方地理和政治的熟悉程度,简直令人吃惊,在所有当地的官吏中,在博学多闻和观点公正方面,这位署抚远远胜过其他人。……在他与英国领事交往中,提到许多欧洲近代史的著名事件,显示出他对欧洲政治的整个始末普遍熟悉。……他会连续数小时谈论地理学,并且在一本昂贵的美国地图册上贴上了中文名称,这本册子是他一个从广州来的下属提供的;此外,他不久将拥有一架地球仪,那是领事答应给他的。②

徐继畲为了更多地、更准确地了解外部世界,除了向西人请教外,还向曾漂洋过海的老舵师请教有关南洋群岛的情况。此外,他将通过各种渠道搜集流传在东南沿海地区的西洋人编写的介绍世界地理、历史的出版物,与中国传统史志、游记等文献进行比较、考订。"荟萃采择,得片纸亦存录勿弃。每晤泰西人,辄披册子考证之。于域外诸国地形时势,稍稍得其涯略,乃依图立说,采诸书之可信者,衍之为篇,久之积呈卷帙。每得一书,或有新闻,辄窜改增补,稿凡数十易。"

---

① 《中国丛报》卷一四,第216页。
② 同上。

徐继畲在1843年任福建布政使间开始着手写作，1844年书稿完成，名为《瀛环考略》，后"窜改增补,稿凡数十易",1848年《瀛环志略》付梓印行,取义于邹衍的中国之外环以大九洲、大瀛海的说法。必须看到,在成书的过程中,即从《考略》到《志略》的过程中,徐继畲本人对外部世界的认识也有了逐步的深入和提高。

首先,从《考略》稿本到《志略》刻本的目录上看:《考略》分为卷上、卷下:卷上介绍亚细亚和亚非利加,卷下介绍欧罗巴和亚墨利加,共收地球及世界各地区、各国的地图28幅,共4.5万字。《志略》分10卷:卷一至卷三为地球基本知识和亚洲各国概况,包括今东亚、东南亚、南亚、西亚地区的大部分国家;卷四至卷七为欧罗巴(欧洲),包括俄、英、法、意、荷、比、葡、奥等十余国;卷八为阿非利加(非洲)各国:卷九至卷十为亚墨利加(美洲),分北亚墨利加各国、北亚墨利加南境各国、南亚墨利加各国以及亚墨利加海湾群岛等。全书涉及大约80个国家和地区,比较全面地介绍了当时世界各洲各国的疆界位置、山脉河流、地形气候、人种肤色、历史沿革等情况。有地图42幅,共14万字。

其次,从取材与重点上看,《考略》所用的资料大部分取自于雅裨理的地图册子和口述的世界地理历史知识,参照中国的有关史地文献记录。从时间上可看出,稿本完成之后,徐继畲还不断地与在闽的西人接触,搜集外界信息的知识:"皆取之泰西人杂书,有刻本、钞本并月报、新闻纸之类并数十种。"可以发现,刻本增加的部分在欧美的介绍。全书以近一半的篇幅叙述欧美的情况。欧洲的英国、法国,美洲的美国,是当时对中国威胁最大、与中国文化反差最大的国家,也是世界强国。由此可见,作者已经从稿本的地理方位、风俗、物产、武器转移到刻本的以欧美政治制度为主的介绍了。

再次,从内容上我们可知作者的创作已突破了"猎奇"的心理。中国传统的关于外部世界的知识体系中,有关各处的奇异、风俗和物产的记载占了很大的比重。直到清朝雍正年间纂修《古今图书集成》,还把"一臂国"、"三身国"之类视为"边裔",列为"西方未详诸国"。[①] 划时代的大家顾炎武在他的《天下郡国利病书》中,记载佛朗机人来中国"负小儿烹而食之",并说其国人皆有食小儿肉之习惯:国王无日不食,臣僚们不一定能天天吃到,就到街上去买,有专售小儿之市,

---

① 转引自任复兴主编:《徐继畲与东西方文化交流》,北京:中国社会科学出版社,1993年,第91页。

几百文便能买到一个。这类传说的长期存在，成为人们正确观察和对待海外诸国的巨大思想障碍，以至于文人墨客言及海外，津津乐道于此，把对外部世界的探讨等同于猎奇。徐继畬随着认识的不断进步，排除了这种影响的干扰。考略《南洋图》说："有一种人名'尸罗蛮'，与人无异，但目无瞳子，夜眠，魂为狸狗，向水厕食粪秽，天将明，附魂。"《志略》南洋滨海各国中，这段文字被删去了。这种神狐鬼怪记载的被删除，说明《志略》不同于以往专门纪录一些蛮夷小国奇怪传说的地理著作。

最后，这种心理变化可以从称呼与书写上看。中国文化在漫长的自给自足的状态下，养成了以自我为中心的世界观，传统士大夫把与中国临近的诸游牧民族视为不开化的野蛮部落，用带有明显贬义的"东夷"、"西戎"、"南蛮"和"北狄"呼之。抱着这种居高临下的心态，英国人被称为"英夷"，办理外交叫作"夷务"。西方人不属于文明的范围，因此，中国在书写西方人时，一并加上个"口"字，表示牲口之意，引申为野蛮的禽兽，如西班呀（西班牙）、葡萄呀（葡萄牙）、哒国（丹麦）；另外就是用贬义字来译外国人名，如狄妥玛（托马斯·迪克）、吓厘士（哈里斯）、渣甸（查顿）等。

纵观从《考略》到《志略》的过程中，最早出现的"夷"字，在以后各稿中要么被删去，要么改换成别的字眼，如"夷目李太郭"改为"英官李太郭，"最早稿本中英吉利图说仅2429字，就有21个"夷"字，而到了刻本时，英吉利国达7819字，却不见一个"夷"字。在士大夫们以中国文化为中心、对外语十分不屑的年代，从事翻译的人大多是士大夫瞧不起的水手和洋行的雇员；而徐继畬作为一位封疆大吏，去关注只有水手、买办等层次注意的译名的书写，不能不让人感到十分钦佩。他不懂得外语，但他在面对已经译成中文的国外地理书时，同样也面临着一个如何使异域文化和本国语言相适应的问题。徐继畬能够自觉废除带有文化偏见的对西人的描述，清理自身的华夷观念中的病毒，是难能可贵的。

三、认识西方：对传统地理书的超越

《瀛环志略》的意义在于，它不仅传播了世界地理知识，而且还对西方有了新的认识，而后一点，恰恰就是它对于地理书的超越所在。

《瀛环志略》中传播了世界地理知识：关于地圆说、五大洲、四大洋、经纬度、

南北极等的介绍,并配以地图解释,使人"四海万国俱在目中,足破千年茫昧"。①

中国传统史地书籍,多言天圆地方,中国在地之中央,太阳和星宿绕着大地转,亦即绕着中国转。并说大地北冷南炎,南端可以铄金流石。传统汉文文献中大多以"东南洋"、"西南洋"、"小西洋"、"大西洋"来看待世界。即使魏源的《海国图志》的基本框架仍是分洋,而不是分洲。这种先把全球分为东南洋、西南洋、小西洋、大西洋、北洋、外大西洋六大块,并把各州附于各洋底下的模式,实际上仍然是以中国为中心来确定方位,将世界地理围绕着中国来叙述的。

徐继畬本人于1843年在美国人雅裨理处见到地球图时,对南极称为"南冰海"感到十分诧异。后来在雅的指导下,他明白了赤道、两极、经纬度、东西半球、环球等概念和相互关系。

首先,《瀛环志略》中介绍了地球:"地形如球,以周天度数分经、纬线,纵横画之,每一周得三百六十度,每一度得中国之二百五十里";"地球从东西直剖之,北极在上,南极在下,赤道横绕地球之中,日驭之所正照也。赤道之南北各二十三度二十八分,为黄道限,寒温渐得其平,又再北再南各四十兰度四分为黑道,去日驭渐远,凝阴沍结,是为南、北冰海"。关于四大洋和五大洲是这样的:"泰西人分为四土,曰亚细亚,曰欧罗巴,曰阿非利加。此三土相连,在地球之东半,别一土曰亚墨利加,在地球之西半";"土之外皆海也,一水汪洋,谁为界画?就各土审曲而势,强分为五,曰大洋海、曰大西洋海、曰印度海、曰北冰海、曰南冰海"。

在编写上,《瀛环志略》卷一"地球"以四大洲(亚、欧、非、美)和五大海(大洋、大西洋、印度洋、北冰洋、南冰洋)来划分全世界。在介绍各国时,也是往往以洲为主体,先讲一洲的概况,然后视东西南北和海路位置的不同情况,将洲划分为若干地区叙述;各区之下,又按国分叙,有时一国之中,根据地理历史情况的差异,再分小区叙述。叙述有详有略,夹叙夹议,常有按语表示自己的独特见解。可见,《瀛环志略》在编写体例上,不同于一般地理书。

其次,以图为纲,具体清晰。徐继畬认为:"地理非图不明,图非履览不悉,大块有形,非可以意为伸缩。"全书共有42幅地图,除日本和琉球的地图是取自中国资料外,其余都是从西方地图册中钩摹的。在当时中国刊印的外国地图

---

① 《今订中外四海舆地总图》,《康輶纪行》卷一六。

中,可以说是最好的了。徐又提倡"先图而辍之以说"。书中介绍的每个地区、每个国家,在正文前都有地图,然后辅以叙述、引证、注解、按语、评论。这种写法图文并茂,内容有的放矢,使读者一目了然。

再次,《瀛环志略》也纠正了外国人记载东方国家地理位置等方面的许多错误。如有的外国书籍和地图把日本错置于朝鲜半岛的北部,又把库页岛和中国东北领土错划为日本领土。徐继畬专门指出了这种重大错误,并绘出详图以作更正。

徐继畬承认了"大地之土,环北冰海而生,披离下垂如肺叶,凹凸参差,不一而形",这是对地球表层的形象描述,它把"大地之土"说成是"环北冰海而生",从而就否定了华夏地理中心说,认识到中国只是世界的一部分,破除了传统的华夏中心观。

华夏中心观由来已久,它是中国内陆在与西方隔绝的环境中创造自己文明而形成的一种闭塞的观念。它既是一种地理观念,也是一种政治观念、文化观念、种族观念。依这种观念来看,中国不仅在地理位置上处于"天下"的中心,而且中国的文化也是最优秀的,政治制度是最合理的,华夏民族是最优越的。因此,在"夏"与"夷"的关系上,只能"以夏变夷"。据利玛窦观察,在明清之际,能够进入中国的外国人只有三种:一种是从邻国每年自愿向中国皇帝进贡的人,一种是慑于中国幅员广阔而来向中国皇帝致敬的人,一种是羡慕这个伟大帝国的名声而来此永远定居的人,中国人认为他们是受了中国道德名望的吸引而来的。①

鸦片战争前的中国,虽然有极个别的人对外洋史地稍知鳞爪,但在整体上仍对世界茫然无知,即使开战后也是如此。道光二十二年,也就是鸦片战争开战后两年,道光皇帝还传旨询问:"英国女王年甫二十二岁,何以推为一国之主?……该国地方周围几许?所属国共有若干?其最为强大、不受该国统属者共有若干?又英吉利至回疆各国,有无旱路可通?平素有无往来?俄罗斯是否接壤,有无贸易相通?"②问题虽肤浅,但满朝文武居然无人可答。即使是林则徐,也曾经深信禁止茶叶、大黄出口即可卡住西方人的命脉,相信腿缠绑腿的英

---

① 《中国札记》,第 621—622 页。
② 《筹办夷务始末》卷九。

军"腰腿僵硬,一仆不能起"。对外部世界的这种茫昧,魏源批评说:

> 惟知九州之内,至于塞外诸藩,则若疑若昧,荒外诸服则若有若无……一至声教育不通之国则道听臆说,有其凿空……徒知侈张中华,未睹寰瀛之大。①

由上述可知,《瀛环志略》对中国人认识世界和宇宙,确实起到了基本认知的启蒙作用。更为重要的是,《瀛环志略》超出了简单的地理书范畴。

首先,对欧美的政治制度予以关注,力图探索西方的制度与国家独立富强之间的关系,以供中国借鉴。鸦片战争的爆发,西方各国破关而入,与外部世界发生联系成为不可逆转的趋势,中国不得不接受"侵略的西方"和"先进的西方"的双重挑战。一批开明的爱国者为了扭转这种被动局面,在坚决抵抗"侵略的西方"、坚决捍卫国家主权和民族独立的同时,面对"先进的西方",开始睁眼看世界,重新认识世情和国情,探求救亡图存之路。林则徐、魏源等人在抵抗英国侵略的斗争中,看到了"船坚炮利"的"长技"是西方各国所以制胜的原因,故魏源提出了"师夷长技以制夷"的主张。但是,这毕竟只是在物质层面上看到了"天朝上国"的短处和西方的长处。徐继畬高出一筹之处,就在于他初步触及到了制度层面,广泛介绍西方民主制度,大胆称颂西方的民主政治。

徐继畬运用了西方的材料和详细的统计数字,比较系统地记载了西方资本主义民主制度的形式、职能以及程序,对欧美的民主政治作了详尽的描述。在卷七"英吉利三岛"一节中,他介绍了英国两院制的议会制度:

> 都城有公会所,内分两所,一曰爵房(贵族院),一曰乡绅房(平民院)。爵房者,有爵位贵人及耶稣教师处之;乡绅房者,由庶民推择有才识学术者处之。国有大事,王谕相,相告爵房,聚众公议,参以条例,决其可否。复转告乡绅房,必乡绅大众允诺而后行,否则寝其事勿论。其民间有利病欲兴除者,先陈说于乡绅房,乡绅酌核,上之爵房,爵房酌议,可行则上之相而闻于王,否则报罢。……大约刑赏、征伐、条例诸事,有爵者主议;增减课税,筹办帑饷,则全由乡绅主议。

---

① 魏源:《海国图志·筹海三·议战》。

在述及美国时,徐继畬对这个从殖民地而成为独立、民主的年轻国家表现出极大的兴趣。他对美国"三权分立"的民主政体是这样介绍的:

> 米利坚政最简易,榷税亦轻,户口十年一编,每二年于四万七千七百人中选才识出众者一人,居于京城,参议国政。总统领所居京城,众国设有公会,各选贤士二人,居于公会,参决大政,如会盟、战守、通商、税饷之类,以六年为秩满。每国设行官六人,主谳狱,亦以推选充补。有偏私不公者,群议废之。

徐继畬在谈到美国的历史时,还详细叙述华盛顿率各部民众取得美国独立战争胜利后,废弃分封制、世袭制,实行共和制、联邦制、选举制的业绩:"得国而传子孙,是私也。牧民之任,宜择有德者为之。"在《考略》手稿中,他在"得国而传子孙,是私也"。这句话下面加以浓圈密点,以示强调。他将华盛顿和陈胜、吴广、曹操、刘备作比较,得出了高度的评价:"华盛顿,异人也。起事勇于胜、广,割据雄于曹、刘。既已提三尺剑,开疆万里,乃不僭位号,不传子孙,而创为推举之法,几于天下为公,骎骎乎三代之遗意。其治国崇让善俗,不尚武功,亦迥与诸国异。""米利坚合众国以为国,幅员万里,不设王侯之号,不循世及之规,公器付之公论,创古今未有之局,一何奇也。泰西古今人物,能不以华盛顿为称首哉?"(卷九)

在封建专制时代敢于喊出"得国而传子孙,是私也",敢于称赞"公器付之公论",确实有石破天惊之感。

其次,认识到西方国家强大的另一因素,就是军事和国防的建设。

徐继畬在介绍欧罗巴一卷中,卷首就介绍了西方各强国的雄厚兵力、武器装备、兵种等具体数字。然后,分别介绍了西方发明的现代武器,如鸟枪、火炮、兵船、火轮船、规模宏大的军工厂、制炮局。但是他认为,军事力量的强大,不仅靠武器装备精良,更主要的是靠人,是士兵素质的提高。

如关于英国的军事力量:共额兵九万,战时三十七万。印度兵三万,土兵二十三万。兵船大小六百余艘。其水兵师衣青,陆路衣红,重水师,而轻陆路,专恃枪炮,不工技击,刀剑之外无别械。兵船:极大者安炮一百二十门,次一百,次九十、次七十四、次六十;中等者,安炮四十四、次三十六、次二十八;小者,安炮二十、次十、次六。其船,大船三桅,长十五六丈;次者二桅,长约十丈。船形平直,船腹入水,深者三丈余,浅者两丈余,小者丈余。军船多装有铁炮:"铁炮熔铸精疑,内外滑泽,形粗而短,三千斤者。长才五尺许,炮架不用轮,上下两盘,施铁条,进退左右。拽之以绳,及其灵便,炮弹极圆滑,亦时时以油拭之,防锈涩也。"(卷七)

徐认为:"(欧罗巴)人性情缜密,善于运思,长于制器。金木之工,精巧不可思议,运用水火,尤为奇妙。""越七万里而通于中土,非偶然也"(卷四)西方许多国家都设有专门的军事学校,如普鲁士,国家规定"二十岁以上男丁,皆入伍学艺,三年放归。每岁秋操阅赏罚之。并设有武艺院,学击剑,故其国兵多而强"。

再次,认识到西方诸国扩张的本质是重商主义,要求有务实的外交。

福建在徐继畬所在的时代,同过去一样,仍然是"中国的腓尼基",它有着曲曲折折的海岸线,一个个优良的港湾。人民长期从事捕鱼和进行海外贸易:商船漂洋过海与东南亚各国通商,硫球和苏禄的正式使团定期地到福建向清朝纳贡,然后带回各种异国物产。侨居海外的福建人和祖居地福建保持着密切的关系。一切显得是那么开放、新鲜。对来自内陆的徐继畬来说,这里的一切都那么的不同,是一个新的"磁场"。

徐继畬看到了欧洲各国奉行重商主义,"欧罗巴诸国,皆善权子母,以商贾为本计,关有税而田无赋,航海贸迁,不辞险远,四海之内,遍设埔头","彼土以贸易为亲生,嗜利如命"。户口凑密,百货山积,估帆云集,贸易繁盛……都是他记载世界数百个城市、埔头时所用的赞词。同时他注意到,是日益繁盛的工商业促进了欧美各国的富强。比如英国人善于谋生,"骤至富强";西班牙因海外贸易而"愈益富饶";荷兰也因同样原因而"富甲于西土"。开发较晚的美国也因贸易繁盛而"骤至富强"。为以工商立国的西方诸强唱赞歌,实际上是徐继畬对中国传统重农轻商观的否定,也是对闽地重商气氛的赞赏。

基于这种事实,徐继畬深刻地感受到西方诸国对外扩张的本质就是通商贾,擅其利。他在谈到英国殖民者的贪婪嘴脸时说:"该四海之内,其帆樯无所不到,凡有土有人之处,无不睥睨相度。思睒削其精华。"两国之间的战争只是实现通商和贸易的一种手段:"英夷举动,与倭寇本不相同……不特偏僻之海口城邑无混行杀掠之事,即滨海著名城邑,不足以牵制全局者,亦未必无端攻扰。"

既然那么大张旗鼓地想方设法在中国沿海开放口岸,就是为了商业利益,由此可见商业发达对国家富强的重要性。而世界已经全部卷入这种氛围中了。

徐继畬在书中慨叹道："南洋诸岛国，苇航闽粤，五印度，近此古今一大变局。"过去五印度与中国"随壤地几于相接，而梯度绳悬，往来不易"。"今年英国货船自印度来(中国)者，十之六七。昔日之五印度，求疏通而不得，今日之五印度，求隔绝而不能。时势之变，固非意料所能及矣。"

面对着这一"求隔绝而不能"的千古大变局，徐继畬提出要有务实的外交。他认为，对于有悠久历史和与中国迥然不同的政治、经济、文化的西方各国，不应把他们视为古代狄夷一样看待，西方各国已经对中国形成包围之势，中国在外交中应该正视这些国家，设立使馆，与之通商。

四、文化的开拓性意义

《瀛环志略》刊刻后并未获得好评，在出版后的 10 余年中，它的流传和影响范围十分有限。徐继畬说"甫经付梓，即腾谤议"，杨笃也说"言者撼中外交涉事劾之，并指是书为口实，欲中以奇祸"[①]。

究其原因，主要是书中对外部世界特别是西方国家的叙述和评论引起了保守士大夫的不满，认为书中对西方欧洲各殖民国家的叙述是长了敌人的志气、灭了自己的威风与自信。

自幼饱读诗书的徐继畬，于 1842 年即《南京条约》签订的那一年，由一个汀漳龙道道员青云直上，一年之内三次升迁，成为福建布政使，跻身高层官员之列，奉命专办通商事务。四年后又升任福建巡抚，成为清朝封疆一方的 15 个巡抚之一。宦途和学术可谓齐头并进，蒸蒸日上。但是，在民族受创后愁云惨雾背景下的加官晋爵，很容易招致非议和嫉恨，尤其是他孜孜探求"夷"人情况，并毫不掩饰对"夷"的赞扬，这与当时耻言夷务的社会风气是格格不入的。所以当他把《瀛环志略》的前三卷赠给同乡好友、著名地理学家张穆时，张穆一方面承认其书"考据之精，文词之美，允为海国破荒之作"[②]，一方面又不无担心地告诫他"春秋之例，最严内外之词，执事以控驭华夷大臣而谈海外奇闻，不妨以彼国信史故作共和存疑之论，进退抑扬之际尤宜慎权语助……至周礼之教，不宜重译，正如心之精神不淆于脏腑，倘有邪气冲心，则扁卢为之色变，前明徐、李止缘

---

① 《五台新志》卷四。
② 转引自《徐继畬与东西方文化交流》，第 348 页。

未洞此义,遂尔负谤至今"①。张穆的担忧不无道理,在当时,被"天朝"观念蒙蔽了双眼的保守士大夫把普通的世界史地知识视为"海外奇闻",把介绍外界情况看作是引"邪气冲心",害怕知识流传会威胁到儒家礼乐之教的统治。这个政体已如"小心保存在紧密封闭的棺木内的木乃伊"②一样,是经不起任何震荡、容不得半点新鲜空气的。所以,当时凡是探求域外之事的书籍乃至思想都会被视为异端邪说、有碍"世道人心"而加以排斥,外来文化是被统统排拒在外的。

然而,徐继畬的这部著作仍然受到有识之士的欢迎。初版问世,魏源即从中辑录近四万字的资料,凡 33 处,占《瀛环志略》的四分之一,充实和修改他的百卷本《海国图志》。③ 大学士祁寯藻、云贵总督吴文镕等均向同僚们推荐此书。张南山在自己的诗中热情地赞扬此书说:"瀛环真善本,万国入双眸。"④当时在福建、浙江等沿海开放地区的大员们亲身与西人斡旋,深知了解西方的重要性,他们不但称赞此书,而且接受了徐的进步思想。闽浙总督刘韵珂在《瀛环志略》的序言中说,此书"智绝舆图之学,识精形势之言","有心斯世者,宜可深长思矣",还说此书"上之为远抚长驾,考镜得失之资;下之为殚识博通,援核后先之本"。接任徐事务的鹿泽长说,《志略》"于国家抚驭之策,控制之方,实有裨益","观先生此书,踌躇满志,不翅遗我以测土之圭,授我以缩地之术"。刘鸿翱称《志略》为"地球之指南"。由此可见,《志略》在当时开明士大夫中间播下了了解世界、追求先进的种子。

与《志略》在国内受到的冷落不同,旅居中国的西方人士很快就对此书做出反应,并给予该书和作者高度的评价。

当徐继畬在广东和福建担任高级官员的时候,美国及其他英语国家的读者就从《中国丛报》上知道了他。《中国丛报》是 1832 年至 1851 年在广州和澳门出版的英文月刊,宗旨是将中国的信息介绍给西方世界。⑤ 创办者裨治文⑥是美

---

① 转引自《徐继畬与东西方文化交流》,第 348 页。
② 《马克思恩格斯选集》第 2 卷,第 3 页。
③ 熊月之:《西学东渐与晚清社会》,上海:上海人民出版社,1994 年,第 248 页。
④ 转引自《山西大学学报》(哲社版)1989 年第 1 期,第 80 页。
⑤ 转引自《徐继畬与东西方文化交流》,第 22 页。
⑥ 裨治文,1801 年出生于马塞诸塞州的贝尔彻敦,1830 年受波士顿美国公理会的派遣到达中国,成为美国最早到中国的传教士。他在中国停留长达 30 年,用汉文出版了世俗和宗教的读物,其中有一部详细介绍美国历史、地理和当时情势的汉文著作,此书 1838 年以后出了多种版本。1861 年他在上海逝世。

国最早到中国的传教士。期刊广泛地论述关于中国历史和现实状况的一系列问题,于1843年报道了徐继畬作为广东按察使抵达广州。这是用英文出版的文献中第一次提及徐继畬。① 显然,裨治文已经注意到,徐继畬是一个对中国与海上来的西方人的关系的看法有重大转变的务实官员。期刊后来也报道了徐在福建的官方活动,例如,说他在1844年在厦门参观了欧洲人的住处。②

裨治文的同事卫廉士③在最后一年的《中国丛报》上用25页的篇幅详细分析了徐继畬和他的《瀛环志略》,赞扬著者"以尊重的措辞"谈到每个国家,并且注意到他"在提及这些国家的居民时,不用轻蔑傲慢的称呼和贬低的解说,这样,他的国人也就不得不努力随之纠正对遥远陆地的思想"④,徐书是"沿着正确方向迈出的一步",并提出徐继畬已经充当了中国现代世界观的创造者和宗师的历史性角色。⑤ "联想著者的教育和职位,是他创造性、公正和学识的丰碑;而且应被看作与英国的战争给予中国思想界的初始推动力之一。它将……在驱散中国统治者和学者们之中存在的夜郎自大和愚昧无知思想,向他们表明,在地球上,他们并不仅仅属于一个国家方面,发挥更多作用。"⑥1850年9月、10月,上海的英文报纸《北华捷报》发表长篇文章评论《瀛环志略》。文章介绍了徐继畬自序的内容、全书的主要内容,包括书中对天主教的看法。文章认为,这部在中国士大夫中可以自由流传的书,是一部很有价值的著作,它"对于改变中国人对我们西方人的粗暴、无理的看法,将产生非常有益的影响"。"通过此书,我们高兴地知道,西方自由、文明的制度,已引起这里人们的注意。作者没有将自己限制在地理学范围里,而是扩展开去,以公正的态度,介绍了世界历史、政治和宗教。"评论认为《瀛环志略》的所有这些介绍,对大多数读者来说都是新鲜事物。⑦

---

① 《中国丛报》卷十二,第328页。
② 同上书,卷十三,第168页。
③ 卫廉士,在美国接受印刷工的训练,1833年到华帮助裨治文出版《中国丛报》。他连年担任副主编、主编,在这过程中,他成了那个时代第一流的美国汉学家。他的生涯曲折多变,当过传教士、佩里在日本的译员、撰稿人、翻译家以及驻华外交官。最后,从1877年开始,在耶鲁大学担任汉文教授终其余年。
④ 《中国丛报》卷二十,第178页。
⑤ 同上书,第169—194页。
⑥ 同上书,第192页。
⑦ *The North China Herald*,1850年9月28日、10月26日。

可见,鸦片战争以后,在中国沿海地区的外国人已经正确地观察到,徐继畬试图促进中国读者对改变世界的力量作出现实主义评价,这一努力进一步增加了他在西方评论者中的声望。徐继畬在美国的声望,也由于他对美国的描述,尤其是对华盛顿的礼赞而上升。美国在华传教士,甚至节录徐继畬的有关对华盛顿的描述镌刻在一块花岗岩石片上,从宁波送回华盛顿特区的华盛顿纪念塔(如今镶嵌在西墙的240英尺高度)。

1867年12月21日,即将离任的美国驻华公使蒲安臣,代表美国政府向徐继畬赠送了一幅华盛顿画像。这幅画像是美国第17任总统约翰逊特地让国务卿西沃德请画家临摹美国著名画家斯图尔特所画华盛顿肖像画而成的,原作一直挂在白宫内阁会议室内。赠画仪式相当隆重,蒲安臣在演说中,对《瀛环志略》表示赞赏,对徐氏的遭遇表示同情。徐继畬作了简短而得体的答词。对这一中美文化交流史上的佳话,中文资料尚未见到记载,而美国方面有详细的报道。《纽约时报》1868年3月29日第4版以《美国在中国之影响》为题突出报道了此事,盛赞徐继畬是一位伽利略式的勇于探索真理的科学家:

> 这位著作家在二十年前,因称颂我们伟大的首任总统而遭到放逐。后因蒲安臣先生的斡旋,他似乎得到比以往任何时候都更高的荣誉和报偿。……到目前为止的25年中,对夷人的历史进行研究,成了中国人从事研究的学科中最危险的学科。而一位正直的地理学家却敢于重蹈伽利略的覆辙,这位作者就是徐继畬。①

同样,《瀛环志略》在日本受到欢迎和好评,在明治维新前后的日本更被视为"通知世界之南针"。1859年和1861年,日本两次翻刻《瀛环志略》,风传全国。1861年的《瀛环志略》"对峨阁刻本",地球全图用红、黄、绿三色印刷,人名、地名均用日文、英文注出,年代亦用日本年号注于边上,其印刷和装帧质量远远超过中国的版本。《瀛环志略》对日本的开明志士了解外部世界、进行维新改革起了积极的作用。日本当代史家评价《瀛环志略》的影响时指出:"如果说,幕府末期的日本的地理学,特别是有关东南洋的知识,是出于《瀛环志略》之赐,那也并非

---

① 载《纽约时报》1868年3月29日。

过甚其词。"①极具讽刺意味的是,后来,日本的《瀛环志略》刊本反过来传入中国,成为一些坊肆翻刻的摹本。②

《瀛环志略》在中国受到重视,是在19世纪60年代之后。1866年,总理衙门重新刻印了此书,1867年以后,该书成为同文馆的教科书。70年代以后,此书成为中国出使外国人员的手头必备书。

它影响的第一批人是洋务派,首任驻英公使郭嵩焘出任时携带此书,每到一处,便取出此书,与当地实际情况相对照,并感叹地说:"徐先生未经历西土,所言乃确实为是,且早吾辈二十余年,非深识远谋加人一等者乎?"③薛福成出使英、法、比、意时,不但参考此书,并且继续收集西方资料,主持编撰了《续瀛环志略初编》。曾国藩也因徐的著作"颇张大夷情",称他为"天下才"。

在此之后,受影响最深的是一批改良主义思想家。

以通晓时务而著名的思想家王韬认为,《瀛环志略》"综古今之,详形势之变迁,凡列国之强弱盛衰,治乱理忽,俾于尺幅中,无不朗然如烛照而眉晰"④,是"当今有用之书"。他从书中领悟到时局的变化及海外诸国富国强兵之途。

维新变法领袖康有为和梁启超都读过此书,并颇受影响。康有为至少两次细读此书,他自述第二次情况:光绪五年,薄游香港,见西人宫室宏丽,道路整洁,管理严格,"始知西人治国有法度,不得以古旧夷狄视之。乃复读《海国图志》、《瀛环志略》等书,购地球图,渐收西学之书,为讲西学之基础"⑤。梁启超在1890年乡试落第,途径上海,从坊间"购得《瀛环志略》读之,始知有五大洲各国"⑥。

到了辛亥革命时期,《志略》仍以它介绍域外的"先导"和"指南"作用,发生着新的影响。有更多的渴求了解世界的人捧卷案头,以此来唤醒朦胧未开的大脑。阎锡山就说自己是"窃读先生《瀛环志略》书",才受到启发,投身辛亥革命。1915年,阎锡山为《松龛先生全集》作的序言中对徐有很高的评价。他说:"先生

---

① [日]大谷敏夫:《海国图志与〈瀛环志略〉——中国近代的始刊启蒙地理书》,原载日本《鹿儿史学》第27期,中文摘译载《求索》1985年第5期。
② 《瀛环志略·原序》:"罕行世,见者亦不自重,自东瀛翻本出,而坊肆乃流传殆遍。"
③ 《郭嵩焘日记》,长沙:湖南人民出版社,1982年,第74页,第82页,第86页。
④ 王韬:《瀛环志略》跋,见《弢园文录外编》卷九。
⑤ 康有为:《康南海自编年谱》,见《戊戌变法》第4册,第116页。
⑥ 《三十自述》,见《饮冰室文集》之十一。

以硕学名臣,出入三朝,历台谏、任封疆,所条陈时务洞中机宜。"与百计狡赏的英人交涉,"问无可人,服其心而屈其计,而深识远虑,常烛照数计于数十年之前、数十年之后,泰西名硕烛敬礼先生,诸王大臣莫能似也。先生殁四十年矣,世益变而事益亟,而先生之一身始也"。

综上所述,徐继畲是福建上层社会的代表,作为从内陆来到闽地的官员,他在闽地的特殊环境下,受到闽文化及文学的影响,具有开阔的胸怀和更为广阔的视野,在中西方文化交流中采取积极主动的姿态认识西方,《瀛寰志略》是福建上层社会主动认识、学习西方的体现,表现了闽文化自发的外向性的延伸。

第三章
新文学传统——传统资源与外来文化之间的整合

第一节　林纾的译介情况与序跋中的比较文学思想

　　一个作家在文学史上的地位,或取决于其创作,或取决于其翻译,或取决于其文学主张和具体的文学活动,如办刊结社等等。有些人仅以作品著名,有些人却以提出了某个划时代的口号而被后人纪念,也有些人并没有什么伟大的作品,也没有宣扬过什么激动人心的理论,却依然在文学史中找到了自己的位置。那原因只能是,他生逢其时,是千载难逢的大好时机把他推上了历史的前台,从而书写了历史慷慨地赋予他的那一页或者那几行文字,一个为后人所熟悉的名字从此留在了文学史中。这就是历史。作为后人,我们尽可以写出各种翻案文章,化褒为贬或者相反,但这种现象本身已经说明了一个事实:我们无法摆脱历史留给我们的一切。在无奈之余我们所能做的也许就是找出一个我们自以为最好的解释。我们即是带着这样的想法,来探讨一下林纾、"林译小说"及林纾的创作实践是如何在中外文学的冲突和融汇的历史进程中处理中国文学传统与外国文学资源的关系。

　　林纾(1852—1924),字琴南,号畏庐。他之所以在20世纪中国文学史上占有一席之地,主要是由于他的翻译小说。林纾一生共翻译外国文学作品189种,史称"林译小说"。从本质上讲,林纾参与翻译外国文学的身份,与其说是译者,毋宁说是作家。作为清末典型的老派文人,林纾目不识西文,足不出国门,对于域外历史文化、风土人情的了解极为有限。他从事外国文学翻译的方式,基本上类似当今辑录他人口述历史的作家，但是林纾能够凭借其本土文学传统的卓越修养和艺术想像力，自觉地将笔录与创作合二为一，为20世纪初的中国文坛贡献了一份独特的滋养。19世纪末至20世纪初，在中国古代文学走向现代文学的大转折的历史进程中，"林译小说"以及林纾为它写的大量序跋，曾经起过不可低估的社会与文学作用。时至今日，他仍然不曾被历史所遗忘。瑞典学院院士、诺贝尔文学奖评委之一马悦然教授"对林琴南甚为推崇，说他译的狄更斯小说，在某种意义上甚至比原著还要好，能够存其精神，去其冗杂……已故英国汉学大师亚瑟·韦历也有同感"①。这是经历了将近一个世纪之后的历史回顾。

　　林纾是一个在光明与黑暗交错、希望与沉沦搏击的时代中的风云人物，他的文学活动，自近代迄于现代，深刻地体现着中西文化冲突和融汇的历史进程。作为一个文化转型时期的知识者，他的思想充满着矛盾与痛苦。他是一个热情的爱国者，又是一个顽固的卫道者；他是译述西洋文学的先驱，又是传统古文的殿军；他是"五四"文学潮流中的先驱者、启蒙者，又与白话文阵营的诸多文人意见相左。这是时代的矛盾、复杂，与人物性格的复杂性、文化演变的多层面，甚至是历史的偶然事件决定了人物选择的多重性与复杂性。在一个世纪中，对林纾的功过评说似乎是一个相当矛盾的问题。他曾经的激进和开放惊世骇俗，遭到文化保守势力的强烈抵制；而他晚年的顽固和执拗也曾招致舆论沸扬，成为众矢之的。时代洪流汹涌，历史潮汐激荡，人们对于林纾的认识逐渐由浅入深，由单向的、实用功利的价值取舍，转为宏观的、多元的综合研究，从广阔的时空视野来评价林纾其人，这个认识过程是漫长而曲折的，毁誉交加，大起大落，众说纷纭。

　　我们认为，中国新文化的诞生，林纾是其中的一位先驱，他所致力的事业是为社会提供一种中西合璧的文化产品：一方面力争最大限度地译介外国文学文本的文化内容；另一方面又着力将中国文学的艺术传统融入其所译的文本。他的翻译小说无异于一扇洞开的窗户，晚清中国人首先从这里瞥见西方的文化与人生。"林译小说"滋养了新文学的整整一代人，很多现代作家对西方文学的兴趣，就是从读"林译小说"开始的。中国小说现代叙事话语的形成，"林译小说"

---

① 《中国文学作品应有传神译本》，载《文汇报》1986年11月4日。

有开拓之功。值得注意的是,林纾是站在坚守中国传统的主流文化(文学)立场上开始探索中国文学和世界文学潮流的联系的,筚路蓝缕,其功不可埋没。

据统计,林纾在20多年的翻译生涯中,共翻译了英、法、美、俄、日、比利时、瑞士、西班牙、希腊、挪威等10个国家97位作家的189种文学作品。① 在这97位作家中,著名作家大约有20余位,他们是英国的莎士比亚、乔叟、斯宾塞、笛福、菲尔丁、斯威夫特、司各特、狄更斯、史蒂文生;法国的孟德斯鸠、圣·比埃尔、大仲马、小仲马、雨果、巴尔扎克;美国的华盛顿·欧文、斯托夫人、欧·亨利;俄国托尔斯泰;西班牙的塞万提斯;挪威的易卜生;日本的德富芦花;希腊的伊索等。名作家中,英法两国最多,这是因为林纾译介的作品多出自这两个国家;其次是美国。林纾共介绍了59位英国作家的100种作品,18位法国作家的24种作品,13位美国作家的17种作品,其他均只介绍1位作家。②

不少世界名著,林纾所译介的不是原本,而是他人的改写本。如英国兰姆姐弟改写的莎士比亚戏剧故事集《吟边燕语》。林纾在译介时标明此书是"莎士比亚原著",并未注明是兰姆姐弟将剧本改写成的散文故事。在林译本出版的前一年(1903),上海达尔文社曾出版过佚名翻译的同一书,题为《澥外奇谭》,共收10个故事。林译本则译了全部20个故事,使莎翁的重要作品为中国读者所知晓。此外,林纾还将查理·克拉克改写的乔叟作品《坎特伯雷故事集》介绍给国人。林纾翻译了其中的9个故事。文艺复兴时期英国著名诗人斯宾塞的优秀长诗《仙后》,林纾也译了其中的8篇,注明是伊门·斯宾塞原著。这样的做法就翻译的忠实性而言应该是不可取的,但它至少让我国人民了解到了这些重要作家及其作品,对于普及外国文学知识,帮助读者去进一步阅读和理解这些世界名著,都是大有益处的。

众所周知,身为著名翻译家的林纾是地地道道的"外语盲",他不通晓任何外国语言文字,用他自己的话来说,就是素不识"蟹行文字"。他的翻译,就只能是由通晓外语的朋友述说情节,他在做出记录之后,加工润色,"耳受手追",成

---

① 据马泰来《林纾翻译作品全目》共计184种,俞久洪的《林纾翻译作品考索》在马泰来《全目》之外,补充2种:《拿云手》《冰洋鬼啸》。连燕堂"林译小说"究竟有多少种》于此2种之外,又补充1种《九原可作》;张俊才补充北京图书馆存稿本2种:《秋池剑》、《美术姻缘》。共计补充5种。因此林纾翻译作品今日可知者,即马泰来《全目》提供的184种加此5种,共计189种。

② 此处统计没有包括林译小说中的未刊作品和国籍、作者不明的作品。

为以"译述"为突出特色的"翻译"。林纾的翻译由于以下三种原因的干扰，对"信"是很难达到的。一是讲述原著情节者的外语水平；二是他们的文化、审美的选择；三是林纾自身在此基础上的选择与加工。正因为他的翻译事业是在这样的特定情况下进行，其译品的误植、误译就在所难免，对原作的大幅度删改与增补，在"林译小说"中更是比比皆是，这是他屡屡遭受讥评的重要原因之一。比如茅盾就曾把林纾的翻译形容为"歪译"——"口译者将原文译为口语，光景不免多少有点歪曲，再由林氏将口语译为文言，那就是第二次歪曲了"。茅盾在这里所说的"歪"大概就是指不同语言迻译过程中难以完全避免的"讹"。①

不少人惋惜林纾不懂外文，受口译者所累，选择不精，浪费不少精力。我们认为在当时的文化环境中，不懂外文这个本来是致命的、不可原谅的缺点，在林纾反而成了无人可及的优点。如果他懂外文，最多只是精通一种外文，根本不可能译出十余国的作品。如果他精通外文，他在翻译时可能严于取舍，下笔时可能字斟句酌，在意译与直译之间痛苦挣扎，也许不可能在 25 年内译出 189 种作品。我们只要看与他齐名的严复，努力不懈，在 1894 年到 1915 年 21 年间，只能译出作品 11 部②，便知道林纾不懂外文与他译书数量之多有不可分割的关系。在那个外国文学作品极端缺乏的环境里，数量显然比质量更重要。所以要较全面地移植西方文学，最恰当的无疑是在翻译作品中夹杂不同民族风格、艺术风格。林纾的翻译小说背负着介绍中国以外的世界的重任，他在翻译时的广征博采，就是最符合历史需要的。曾朴（1872—1935）曾劝林纾改用白话翻译小说，也要有计划地精挑细选，可是林纾一口拒绝了。③ 林纾是不得不拒绝的，林纾要是听了他的话，林译便不成其为林译了。

"林译小说"书目的选择，毋庸置疑有着时代的因素及林纾自身文化选择的因素。林纾所处的时代，正是中华民族处于一个敏感的历史文化选择的时代，中国向何处去，中国文化如何重新定位，成了这个时代知识者最为关注的问题之一。处身于这个时代的知识者，只要对民族的生存处境尚有一点责任感，都会对民族的出路进行思考。

---

① 茅盾：《直译·顺译·歪译》，见《文学》月刊第 2 卷第 3 期，1934 年 3 月。
② 参商务印书馆编辑部编：《论严复与严译名著》，北京：商务印书馆，1982 年，第 11—12 页，第 166—167 页。
③ 见曾朴 1928 年 3 月 16 日写给胡适的信，载《胡适学术文集·新文学运动》，第 507 页。

19世纪末20世纪初可以说是中国翻译外国作品的一个新高峰,也是文学作品首先成为翻译活动重心的时期。当时文人翻译文学作品并不以"文学"为目标,促成文学翻译兴盛的原因亦非文学本身,在于为中国社会的变革引进新观念和新思想。当时的文人志士认为救国必先强民,要教育群众,实现根本的改革,最好的教育工具正是小说。这是当时文人译介外国小说的普遍心态。

作为一个受过中国文化深深浸润的文人,林纾在翻译外国文学作品的选择过程中也有着与当时文人志士相似的心态。林纾出生在首遭外敌入侵的海疆福建。1884年,近代史上著名的中法甲申之战就在林纾的故乡福州爆发。这次由于福建地方官员的大意和无能,导致洋务派苦心经营起来的马尾造船厂被摧毁,福建海军全军覆没。林纾得知此事后悲愤之极,曾与一好友向左宗棠拦马告状。这是林纾第一次直接参加的反帝爱国活动。福建这种特殊的地理条件,使林纾自幼就目睹了帝国主义的侵略罪行。列强侵略的严峻现实,清政府的腐败无能和中国的积弱不振,不能不给林纾以强烈刺激。因此他对种族、民族间的侵犯事件极为敏感。他看到了民族生存的危机,体会到了民族士气的盛衰。一方面是"今有强盛之国,以吞灭为性","以强国之威凌之";一方面又是"庚子之后,愚民之媚洋者尤力矣","偷安之国无勇志"。① 时局的氛围,直接地影响到他对译本的选择。

林纾看到了中国在数十年历史中的劫难衰落,也体会到由此而带来的文化危机,从一开始翻译小说,他就自觉地把自己的翻译工作与现实社会联系在一起。1901年,他谈到了自己从事译著的直接动机:"触黄种之将亡,因而愈生其悲怀耳。""余与魏君同译是书,非巧于叙悲以博阅者无端之眼泪,特为奴之势逼及吾种,不能不为大众一号。"他认为自己的译著虽然俚浅,"亦足为振作志气,爱国保种之一助"②。这种译介动机,几乎贯穿了他以后的翻译生涯,直到1908年翻译《玑司刺虎记》,1911年翻译《保种英雄传》,仍是由这样的情感所驱动。这种情绪,也符合当时众多读者的感情需求。

他的译介,常以有助于救亡图存为目的。他大量地翻译了有关其他国家人民反侵略的作品,对受到侵略的弱小国家和民族寄予同情,并对他们顽强的反

---

① 林纾:《单篇识语》,见《伊索寓言》,北京:商务印书馆,1903年。
② 林纾:《黑奴吁天录·序》。

侵略精神予以赞赏。更重要的是，他想以异国人民反侵略的精神来激励本民族的志气，使民族振作起来，能够自立自强。这才是他翻译此类作品的真正目的。他对域外种族和民族存亡的故事尤为用心，其中《黑奴吁天录》影响最大。1901年，美国正在掀起排华运动，在美华工受着与黑奴同样的虐待，而国内又刚刚经过八国联军入侵北京之役，亡国灭种之祸迫如燃眉。他是带着强烈的政治目的来从事这部小说的翻译的。他对欧洲各殖民国家的凌辱耿耿于怀，并从美洲黑人的命运看到了黄种人的命运。黑奴、华工在美洲的遭遇，与他们所处国家的"民生贫薄不可自聊"相关。自《黑奴吁天录》始，林纾已自觉地把自己的文学翻译事业与中国人民反帝救国的伟大斗争结合在一起了。这部小说的翻译传播，确实达到了很好的效果，包括鲁迅在内的许多读者深受感动。鲁迅感叹道："曼思故国，来日方长，载悲黑奴前车如是，弥益感喟。"①

1915年，林纾总结多年的翻译经历，对自己的翻译态度作了肯定，以为"至今十五年，所译稿已逾百种。然非正大光明之行，及彰善恶之言，余未尝著笔也"②。当然，林纾选择译本有他的道德标准，这些标准有自身的局限，但是，他不以哗众取宠为目的，而以严肃的态度一以贯之，这是他译介作品的非常重要的前提。

在林纾近20年的翻译生涯中，他比其他人更早也更多地接受了外来的思想文化。他所翻译的作品，在内容上涉及了欧美多国的社会生活，这些内容与中国社会生活迥然相异，尤其是价值观与中国传统价值多有冲突。在当时的中国，翻译者如果没有超于一般人的文化宽容态度，是很难这样长期地坚持翻译的；同样，像林纾这样一位将西方文化引进中国的先行者，也渐渐地磨炼了先于一般人的预见和敏感。

除了时代因素及林纾自身的文化选择外，"林译小说"还有他的口译合作者选择的因素。这种特殊的合作翻译，使得口译者的作用显得格外重要。林纾所译小说长短不一，原著文学性亦有强有弱，最主要的原因是与他的合译者的水准并不统一，因此所谓"林译小说"水平参差本是大家可以料想到的事。

林纾的翻译事业开始得很偶然。对此，钱基博如是说：

---

① 鲁迅：《致蒋抑卮》，见《鲁迅全集》第11卷，北京：人民文学出版社，1981年，第321页。
② 林纾：《鹰梯小豪杰·序》，北京：商务印书馆，1916年。

纾丧其妇,牢愁寡欢,寿昌固语之曰:"吾请与子译一书,子可以破岑寂,吾亦得以介绍一名著于中国,不胜于瘗额对坐耶!"遂与同译法国小(原文误作大)仲马《茶花女遗事》行世,国人诧所未见,不胫走万本。①

《茶花女》之译,对于林纾来说或许是借以破岑寂,而对于其口译者王寿昌,则含有一种自觉的动机,即"得以介绍一名著于中国"。加之出版后的不胫而走,泽遗百年,我们认为"林译小说"的历史地位其实是由它的第一个口译者王寿昌所奠定基础的。林纾的弟子朱羲胄也这样说:"王氏之奇功,已与先生(按指林纾)同不朽矣!"

口译《巴黎茶花女遗事》的王子仁,名寿昌,又名晓,字晓斋,福建闽侯人。他曾留学法国,就读于巴黎大学政治学院法律系。他除了精通法文外,尚工诗能文,著有《晓斋遗稿》。他的文学触觉敏锐,要把法国感伤尽致的爱情小说介绍进来,又慧眼独具,选中林纾作为合作者。他主要是看中了林纾的古文功力,也深识他是性情中人,是把法国文学介绍到中国来的最佳人选。果然,这本书在感动万千中国读者之前,已先赚了译者的情泪。②

后来的研究者在评价林译的诸多合作者时说:"只有王寿昌口授的《茶花女遗事》,不但是小仲马最出色的作品,而且译笔很好,误译的地方较少,译文又深得原作的精神风貌,可见他文学素养颇高,工作也很认真,可惜译了《茶花女遗事》后,就再没有和林纾合作了。"③《巴黎茶花女遗事》在1899年初出版,只印一百册,却马上轰动,文学史实不应忘记王寿昌的功劳。

魏易也是林纾口译合作者中重要的一人。魏易(1881—1930),字仲叔(一作聪叔),又字春叔,浙江仁和(今杭州市)人。早年曾在上海圣约翰大学学习,并任学部翻译官。1901年,魏易与林纾合作,用了66天时间,由魏易口述,林纾执笔记录,把《黑奴吁天录》翻译成书。林纾为此书写了一序一跋,把书中所述美国黑人遭奴役事,联系到当时美国歧视、虐待华工的浪潮,进而警醒国人国势衰弱、沦为奴隶的危机。显然,自《黑奴吁天录》始,林纾已自觉地把自己的文学翻

---

① 钱基博:《现代中国文学史》,世界书局,1933年。
② 林纾在1902年写的《露漱格兰小传序》(信陵骑侠译)中说:"余既译《茶花女事》,掷笔哭者三数。"转引自《女国男儿泪——林琴南传》,第133页。
③ 曾锦漳:《林译小说研究》,香港《新亚学报》第七卷第二期,1966年8月;第八卷第一期,1967年2月。

译事业与中国人民反帝救国的伟大斗争结合在一起了。魏氏与林纾合译的小说仅次于陈家麟,介绍欧美作品30余种;且"林译小说"中的优秀之作,如狄更斯的《块肉余生述》《滑稽外史》《孝女耐儿传》,司各特的《撒克逊劫后英雄略》、《剑底鸳鸯》,美国斯托夫人的《黑奴吁天录》、华盛顿·欧文的《拊掌录》,日本德富芦花的《不如归》,都是由他口译的。所以有人说:"假如林纾少了他(魏易),那么决不会达到这样的成功,那是可以断言的。"①"林译小说"的重要合译者还有陈家麟,字黻卿,直隶静海(今属天津市)人,他的口译外国作品很多,与林纾合译的小说达50余种。林译托尔斯泰和莎士比亚的作品,多由他口译。陈氏主要精通英文,有些作品(包括俄国托尔斯泰和法国巴尔扎克的作品),大约都是从英文本转译过来的。此外,他自己也翻译过若干外国小说。

除了以上合译者外,"林译小说"的口译合作者中比较重要的还有曾宗巩(字幼固)、王庆通(字秀中)和毛文钟(字观庆)等人。现在所知的林译合作者计有19人之多。② 谈到"林译小说"的成就,实不能忘记这些口译者。没有他们,就谈不上有"林译小说"。"林译小说"的成功与所有的这些合作者的大力相助是密不可分的。

后世的论者常指责林纾和他的口译合作者对原著不忠实,或对西方文学及文化缺乏认识,这种认识是基于新文学运动所建立起来的关于西方文学建制和文学翻译的种种想法。他们的评价完全与作者及作品的正统地位挂了钩,往往一举抹杀了那个时期的社会背景和文化需求。虽然"林译小说"很多都不是西方文学建制承认的经典,我们也应该同时明白,这并不代表林纾和他的口译合作者们缺乏文学判断力,更不表示他们的翻译能力不足或翻译态度不佳。我们应该记住,西方文学建制并不是他们最关注的事;后世论者往往忽视这一点,硬把"林译小说"和原作品在原作品文化中的地位挂钩,指责"林译小说"多为西方文学建制中被认为是二三流作家的作品,实在有点本末倒置。当时他们翻译外国小说的目的,主要是给更多的中国人以新观念和新思想,所以他们选择作品时并不主要根据作品的文学地位和艺术价值,介绍的作品多是当时欧美比较流行的读物,这类作品往往更符合大众的阅读习惯。所以评价晚清时期的译者和

---

① 寒光:《林琴南》。
② 参见:《春觉斋著述记》,另见曾锦漳:《林译小说研究》。

译作,不能忘了当时的需求和标准,作为一个特定历史时期的文化转移中介人,林纾与他的口译合作者们实在功不可没。

林纾多运用序、跋等对原作的意义或艺术进行阐明或赏析,这在林纾前期的译本中表现得尤为突出,可以说几乎每书必有序和跋,并还有《小引》《达旨》、《例言》《译余剩语》《短评数则》之类,甚至有些还有自己或旁人所题的诗词,在译文里还时常附加按语和评语。这些说明一般都在千字上下,像《爱国二童子传·达旨》那样长近三千言的并不多见。林纾在译序中对外国小说的介绍、评价、分析、称许,在中国文学史上是有划时代意义的事。

在"林译小说"的这些序、跋中,他有意识地将中国传统小说与外国小说进行对比,比较的结果是得出双方在小说的创作方法、情节结构、细节描写、艺术格调等方面各有所长。难能可贵的是,林纾是站在中国文化的立场上来对比中外小说,而不是一味贬低中国传统小说以抬高外国小说的地位。一方面积极地译介外国文学,另一方面中国的传统文学也未丧失其价值地位,仍然是中国文学发展的主要依据和基本资源,恐怕这才是正确的文学关系和文学形态。它保证了我们的民族文学在融入世界文学的过程中不致迷失自己的本性,并获得更为丰富和强大的发展。林纾对中外小说的比较使近代作家、文学理论家看到了中外小说的差异,进而对中国小说的不足有了清醒的认识,促进了传统小说观念在近代的变革。

一、文化心理之比较

林纾翻译了那么多外国小说,是能够感受到中西文化在深层结构中的巨大差异的。每个民族由于各自历史文化的积累沉淀而形成的文化心理是不同的。林纾敢于将西方文化作为参照系,冷静地审视反思我们民族文化传统,是一种"睁了眼睛看"的可贵的自省精神。

(一)关于国民性

近代文学的总体特征是:民族灵魂的觉醒。"改造国民性"是渗透于 20 世纪中国文学中的自审意识。国民性之反省与改造是近代中国觉醒的重要的一环,它一方面显示国人摆脱落后的努力,另一方面也显示了对大同世界的企盼。

中国近代思想家因外来冲击而展开的自省过程,是从鸦片战争之后开始的。最初的自省是着眼于物质的:我们科技不如人。跟着的自省是着眼于制度的：我们的社会制度不如人，没有外国的民主议会制度。其间也有一些思想家会在物质与制度之外思考到"人心"问题，可是这方面的反省是比较肤浅的，主要是针对朝廷大员因现存制度而形成的慵懒，如魏源在《海国图志·序》所提出的。当时思想家没有机会广泛接触、深入了解异国之民，无法从国民性的角度去比较中外的异同，见出一己民族之弱点，进而提出国民性的改造。梁启超在戊戌政变之后流亡海外，有机会直接比较中日的国民性，始能提出新民说，讨论改造国民性的问题。特别是日本"明治维新"的成功，给了梁氏诸多的启示。

在梁启超的影响下，林纾在翻译外国小说的时候也特别注意中外国民性的不同，以小说中的具体事例，比照自己的国民，从而呼应梁的号召，提出国民性之改造。这是用现代意识来观照民族灵魂的最初尝试。

林纾在译序中经常提到的国民性是怯懦与奴性。他在《剑底鸳鸯·序》中，因为其书"叙加德瓦龙复故君之仇，单被短刃，超乘而取仇头，一身见缚，凛凛不为屈。即蛮王滚温，敌槊自背贯出其胸，尚能奋巨椎而舞，屈桥之态，足以慑万夫"，进而讨论到民族性问题："究之脑门人躬被文化，而又尚武，遂轶出撒克逊、不列颠之上。今日以区区三岛凌驾全球者，非此杂种人耶？"他马上就以此和中国的国民性比较，而得出"吾种倦敝"的结论。① 林纾对于卑鄙、怯懦的奴性的批判实在是开"五四"批判国民性之先河。他对国民性的剖析，触及了民族文化心理结构的底蕴。

在《埃斯兰情侠传·序》中，因为小说中述及的埃斯兰之民，"洸洸有武概，一言见屈，刀盾并至……虽喋血伏尸，匪所甚恤"，联想到"英、法之人，重私辱而急国仇"，再反思中国的情况，"自光武欲以柔道理世，于是中国姑息之弊起，累千数百年而不可救。吾哀其极柔而将见饫于人口，思以阳刚振之"，因而提出敢于反抗欺凌压迫的尚武精神。而在《鬼山狼侠传·序》中，又因为狼侠洛巴革"始终独立，不因人而苟生"，而反思中国多苏味道（648—705）、娄师德（630—699）一类的奴才，"火气全泯，槁然如死人"，又多"茹柔吐刚"之败类，"往往侵蚀稚脆，以自鸣其勇，如今日畏外人而欺压良善者"②。林薇指出，这种在文学作品中对

---

① 《埃斯兰情侠传·序》，见《林纾选集·文诗词卷》，第178页。
② 《鬼山狼侠传·序》，见《林纾选集·文诗词卷》，第180—181页。

国民劣根性的反思,下开五四新文学中对国民性批判的先河。①

(二) 关于价值观念

中国传统的文化心理,历来都是热衷仕途经济,将蟾宫折桂、玉堂金马视为人生最高理想;而一切治生之术——百工、农艺以至医学、星历等都被为"小道"、"方技",至于历代的科举制度——中国的文化模式,形成了一种根深蒂固的官本位的价值观念。古往今来,千秋百代,我国多少民族精英都被捆绑在这种传统文化心理的轨道上,皓首穷经,浪费自己的才华和精力。这种传统文化心理并不因科举制度的废除而消失或削弱。

中外文化心理的巨大差异,也充分地体现在人生价值观念上。林纾本人有过"七上春官",未得一第的惨痛教训,因此,他内心中曾经经历过反省和重新抉择的风暴。林纾翻译的为数至多、包涵至广的外国小说中就反映了西方的人生观与价值观,对国人有他山之石的作用。林纾经常在译序中对比东西方人生价值观的不同,鼓励学习西方积极、进取、务实的人生态度。

首先,他大力肯定西方人重工商、重实业的价值选择。

他在《爱国二童子传·达旨》中说:

> 强国者何恃? 曰:恃学,恃学生,恃学生之有志于国,尤恃学生人从之精实业……凡朝言练兵,夕言变法,皆不切于事情. 实业之不讲,皆空言耳。
>
> ……
>
> 人人慕为执政,其志本欲以救国,此可佳也,然则实业一道,当付之下等社会矣。西人之实业,以学问出之,吾国之实业,付之无知无识之伧荒,且目其人、其事为贱役,此大类高筑城垣,厚储甲兵,而粮储一节,初不筹及,又复奚济?②

林纾这种重工商、发展实业的呼吁,对于打破旧观念,树立新的价值观念,无疑具有积极作用。《爱国二童子传》中言及法人孟叔及嘉纳在国家沦亡之际,脚踏实地,不枵响,不浮气,"培植子弟为工程师,立实业学堂无数",卒能制胜于外。这种"实业救国"的故事,对中国人固然新鲜而有启发意义。林纾还以之与

---

① 林薇:《百年沉浮——林纾研究综述》,天津:天津教育出版社,1990年,第232页。
② 《林纾选集·文诗词卷》,第225页,第197—198页,第186—187页。

中国人"状元宰相"的人生观对比,认为中国人自古至今都以官位名禄为人生目的,即使科举废行,学子仍以法政一门为尚,可见这种价值观念牢不可破。

在1913年写的《离恨天·译余剩语》中,他又一次为振兴实业、发展工商大声疾呼:

> 今之法国,则纯以工艺致富矣。德国亦肆力于工商。工商者,国本也。……工商者,养国之人也。聪明有学者不之讲,俾无学者为之,欲其与外人至聪明者角力,宁能胜之耶? 不胜,则财疲而国困,徒言法政,而为无米之炊乎?

可见林纾格外重视振兴实业、发展工商,以厚植国力。他通过外国重工商而致富的实例,把工商提到国之本的重视高度。他还对比了中外从商者的素质,认为中国以"无学者"从商,而外国以"至聪明者"从商,从人本的角度指出我国工商业不胜之原因。他的这种要提高从商者素质的观念有一定新意和独到之处,可以说是想时人所未想。

其次,他大力提倡办教育、育人才。

兴办新式教育事业,是改良主义运动所提出的"新政"之一。林纾也同样热心于此道。1897年,他曾呼吁兴办新式中学堂。在《不如归·序》中,他说:"方今朝议争云立海军矣。然未育人才,但议船炮,以不习战之人,邓以精炮坚舰,又何为者?"因此,他建议"广设水师及将弁学校,以教育英隽之士"。他对当时人们争学法政很为不满,认为学法政和习八股一样,都是为了角逐官场,于救国无补。

以上重实业、重教育等价值观的教育,是林纾借翻译小说带国人认识世界的一个重要贡献。

二、文学观念之比较

中国的传统文学观念视小说为"小道",将小说创作看成是"游戏笔端,资助谈柄"的文字游戏,或视小说为"资治体,助名教"的工具,强调小说应有裨于世道人心。在这样的文学观念支配下,小说创作便存在两种倾向:一种是尚怪尚奇,不直接反映社会现实,多是通过写志怪、寓言、讲史、公案、神魔等方法,迂回曲折地反映社会。小说创作专注于小说的娱乐性、游戏性,往往以极轻浮随便的态度来对待人生,轻视人生体验及对人内心世界的探求,一味追求情节的热闹和结局的美满;另一种是带有较强的急功近利色彩,以劝惩教化为目的,人物正邪忠奸分明,缺乏对社会的深刻认识和对人生的真正体验。因此,这样的文学观及其创作方法对于文学的健康发展无疑是极为不利的,因为"娱乐派的文学观,是使文学堕落,使文学失去天真……传道派的文学观,则是使文学干枯失泽,使文学陷于教训的桎梏中"①。那么在亟待变革维新的时代,中国传统小说如何才能克服自身的局限,发挥其应有的作用呢?林纾在翻译外国小说的过程中所进行的中西文学比较观照,蕴涵着一种文化批判意识——对于艺术倾向与审美规范的重新抉择。他的多篇翻译小说的序跋中,都包含着中外文学观念的比较。

首先,他从文学作品与社会现实的关系着眼来比较中外小说存在的差异,指出中国小说应像外国小说那样揭露现实弊端,描写人物的真情实感。他在《伊索寓言·叙》中就表现出对中国笔记小说的一种痼弊——游戏消闲倾向的针砭:

> 伊索氏之书,阅历有得之书也,言多诡托草木禽兽之相酬答,味之弥有至理。欧人启蒙,类多摭拾其说,以益童慧。……有或病其书类《齐谐》小说者,余曰:小说克自成家者,无若刘纳言之《谐谑录》、徐之《谈笑录》、吕居仁之《轩渠录》、元怀之《拊掌录》、东坡之《艾子杂说》,然专尚风趣,适资以侑酒,任资以侑酒,任为发蒙,则莫逮也。余非黜华伸欧,盖欲求寓言之专作,能使童蒙闻而笑乐,渐悟乎人心之变幻,物理之歧出,实未有如伊索氏者也。

显然,林纾不满于中国笔记小说"专尚风趣,适资以侑酒",而于社会人生无甚启迪价值的游戏作风,要求小说能够如《伊索寓言》那样发挥其发蒙启智的作用。林纾赏识《伊索寓言》的,不只是它的活泼谐妙,更重要的是它那睿智、隽永的哲理意蕴,读了令人感到一种洞彻世态、洞彻人生的喜悦。对照中国的笔记小说,往往缺少那种深刻蕴涵,而流于游戏笔墨。

中国古代小说溯源于神话传说、六朝志怪。这种历史渊源,构成了中国小

---

① 郑振铎:《新文学观的建设》,见《文学旬刊》1922 年第 37 期。

说的传统特色——多记神仙怪异之事,带有大量的非现实的因素,对神的膜拜和宗教迷信渗透于小说的深层结构之中。林纾在他的自撰小说《洪嫣蟉》跋语里,明显地表示了他对非现实的创作原则的扬弃:

> 为小说者,惟艳情最难述。英之司各得,尊美人如天帝;法之大仲马,写美人如流娼,两皆失之。惟迭更司先生,于布帛粱米中述情,而情中有文,语语自肺腑中流出,读者几以为确有其事。余少更患难,于人情洞之了了,又心折迭更司先生之文思,故所撰小说,亦附人情而生。或得新近之人言,或忆诸童时之旧闻,每于月夕灯前,坐而索之,得即命笔,不期成篇。词或臆造,然终不远于人情,较诸《齐谐》志怪,或少胜乎?①

在这篇跋语里,林纾将迭更司写实的创作原则与《齐谐》志怪的中国小说传统相比较,拈出"人情"二字,强调"于布帛粟米中述情"。这是从比较和历史沉思中酝酿而出的一种具有现实主义精神的观念——要求小说切近社会,切近人生,对世俗的芸芸众生投以前所未有的关注;要求文学探索人性、人情——个体意识和感情世界,"语语自肺腑中流出",朴素自然地表现人的真情实感;要求感情的真实与艺术的完美达到和谐统一,"情中有文"。这是一种新的艺术追求,是在更深层次上对于传统的审美价值和文学观念标尺的否定。中国古代的旧式小说,往往带有过于浓重的政治功利色彩、伦理道德色彩、英雄传奇色彩,这些淹没了个人的情感。柴米油盐的琐屑人生,喜怒爱嗔的世俗情感,都被视为卑微的、渺小的、不足道的。所以,林纾提出的"于布帛粟米中述情",体现了一种"人"的觉醒——人对自身价值的发现和肯定。要求小说表现普通的平凡的人的真情实感,虽无惊天地、泣鬼神的崇高、壮美,但却有血有肉,有"歌哭无端字字真"的本性流露。这无疑是新的小说潮流勃兴的信号。这篇跋语概括地表述了林纾的比较文学观和新小说观。

他的《斐洲烟水愁城录·序》一文,对照比较了中外文学中虚拟幻境、寄托理想的手法运用。这里有他对于中国小说的总体性的反思:"余四十以前,颇喜读书,凡唐宋小说家,无不搜括。非病沿袭,即近荒渺,遂置勿阅。"千部一腔、千人一面的小说程式,以及"不问苍生问鬼神"的创作心态——"沿袭"和"荒渺",

---

① 林薇选注:《林纾选集·小说卷上》,成都:四川人民出版社,1985年,第145页。

这两点都为林纾所不取。西方文学中也有荒诞不经之作。哈葛德的《斐洲烟水愁城录》记白人探险故事，穷非洲之北，出火山穴底，另辟一新世界，得白种人部落，其迹近于桃源。林纾有感于此，引用中国文人虚拟幻化的理想境界相对照：

> 陶潜恶刘寄奴之将篡晋，乃有《桃花源》之作，尽人均知其为寓言也。而余独怪宋之王明清作《投辖录》，谓祥符中，真宗皇帝招群臣入别殿假山下小洞中，忽而天宇豁然，千峰百嶂，杂花流水，与二道士款洽欢宴而出，明清且自云闻诸欧阳文忠。文忠生平颇不言神仙事，而何为有此语？尤寓言中之无谓者耳。

陶潜的《桃花源记》，静穆冲淡，远离尘嚣；王明清《投辖录》中之一节，本为媚俗之作，格调甚卑。相形之下，林纾之所以对白人探险故事发生兴趣，恐怕还是取其热烈地执著于现实的精神，"一身胆勇，百险无惮"，显示了一种坚强的人性——充溢着锐意进取、大胆开拓的蓬勃活力。这大约就是林纾的醉心之处吧！由此才可解悟林纾的感慨："综而言之，欧人志在维新，非新不学，即区区小说之微，亦必从新世界中着想。……愁城者，书中所有者也，较之桃源及别殿之洞天，盖别开一境界矣。"

虽然同样是写幻境，但是中国文学导向消泯自我，纵浪大化，甚或成为点缀现实的东西；而西方文学则导向张扬自我，与世抗争。对于西方文学中的那种强烈的自我意识，林纾是直观地捕捉到了。

其次，林纾从文学作品所描写的人物和题材着眼，比较中西小说存在的差异，倡言中国小说应由描写"忠臣、孝子、义夫、节妇"、"名士美人"转而"专为下等社会写照"，"刻画市井卑污龌龊之事"，强调了从英雄传奇到"惟叙家常平淡之事"的人情小说的转变，体现了现代小说意识的觉醒，这是林纾在小说理论上的重要突破。

他在《孝女耐儿传·序》里这样写道：

> 天下文章莫易于叙悲，其次则宣述男女之情。等而上之，若忠臣、孝子、义夫、节妇，决溅血，生气凛然，苟以雄雅健之笔施之，亦尚有其人。从未有刻画市井卑污龌龊之事，至于二三十万言之多，不重复，不支厉，如张明镜于空际，收纳五虫万怪，物物皆涵涤清光而出，见者如凭栏之观鱼鳖虾蟹焉；则迭更司盖以至清之灵府，叙至浊之社会，令我增无数阅历，生无穷

感喟矣。

中国古代小说作家,由于受儒家伦理道德观念的影响,在观察人物、探索人生时,往往只注重人物的伦理道德表现,加上儒家的政教工具论的文学观念的制约,所以作家总喜欢去刻画那些非凡的理想人格,大忠、大孝、大节、大烈,具有浓重的伦理道德色彩和强烈的道德感化力量,也即林纾所谓的"忠臣、孝子、义夫、节妇";或去着意刻画理想化、诗意化的才子佳人,也即"名士美人"。这样的形象如果去掉它所蕴含的伦理道德内容,多半就只剩下性别年龄、长相服饰、出身经历等像蝉蜕一样薄薄的躯壳,很难有深刻动人的艺术魅力。因为专注于刻画伦理道德的理想人物,所以生活在社会底层的芸芸众生及"卑污龌龊"的市井人情,往往很难进入作家的艺术视野。林纾看到了古代小说脱离普通民众及其日常生活的不良创作倾向,所以才一针见血地指出中国古代小说作家从未有人能像狄更斯那样惟妙惟肖、刻骨尽相地"刻画市井卑污龌龊之事",并获得令人"感喟无穷"的艺术成就。

他还将狄更斯的小说与《红楼梦》比较,发表自己关于小说创作的新见解:

> 中国说部,登峰造极者无若《石头记》。叙人间富贵,感人情盛衰,用笔缜密,著色繁色,制局精严,观止矣。其间点染以清客,间杂以村妪,牵缀以小人,收束以败子,亦可谓善于体物。终竟雅多俗寡,人意不专属于是。若迭更司者,则扫荡名士美人之局,专为下等社会写照,奸狯驵酷,至于人意所未置想之局,幻为空中楼阁,使观者或笑或怒,一时颠倒至于不能自已,则文心之邃曲宁可及耶!余尝谓古文中叙事,惟叙家常平淡之事为最难著笔。①

他推崇《红楼梦》这部"登峰造极"之作,承认它"巧于体物",得写实之妙,并有布局严密之优点,但其素材却局限于当时的贵族社会。林纾觉得它"雅多俗寡"远逊于迭更司对下层社会深入膜里的描绘。这一评断似欠妥当,因为他忽视了两者题材的不同,片面认为"专写下等社会家常之事,用意著笔尤难"。但是,通过比较,他却准确地把握了迭更司小说人物、题材的特征,即"扫荡名士美人之局,专为下等社会写照"、"刻画市井卑污龌龊之事"、"叙家常平淡之事"等。

---

① 《孝女耐儿传·序》。

他所译的狄更斯之作《孝女耐儿传》、《贼史》、《块肉余生述》等,都刻意摹写了生活在社会底层中的被侮辱被损害者的不幸和痛苦,举凡伧父、钱房、市侩、恶棍、踽踽街头的流浪儿、卑微猥琐的小人物……无不神形毕肖、栩栩如生。

鲁迅将中国文学称为"瞒"和"骗"的文学。读过很多古书的林纾对此也是深有体会的。古书中的虚浮、夸诞之辞,比比皆是,这是大一统的文化环境所致,蒙昧主义和实用哲学渗透于文化的深层结构之中,弘扬圣德、犬羊戎狄之类的高调,实为满足自欺亦复欺人的心理需要。林纾说:

> 吾国史家好放言,既胜敌矣,则必极言敌之丑敝畏葸,而吾军之杀敌致果,凛若天人,用以为快,所云'下马草露布'者,吾又安知其露布中作何语耶?若文明之国则不然,以观战者多,防为所讥,措语不能不出于纪实。①

他明显地表示了对于虚浮、夸诞的纪事原则的反感,并与外国文学的"纪实"原则相比较,构成文明与蒙昧的鲜明对照。这是林纾对于中国的文化蒙昧主义的批判。

林纾进行中外文学比较,所举的例证不一定都很贴切,但是,他的那种与世界文学沟通、重构文学观念的强烈愿望是十分可贵的。综观林纾的中西文学比较,可以发现一个颇值得玩味的事实:林纾全然没有以文明古国自诩、视异邦为蕞尔小国的心态,那璀璨辉煌的文化传统,纵然是可眷恋的,但是置于世界文明进化的大背景中,他不能不清醒地意识到巨大的时间落差。这是我国第一代睁了眼睛看世界的知识分子的共同惶惑,仿佛在一个早晨突然发现我们这个落后、贫弱的民族正面临着被挤出人类文明社会的危险,由此而产生了全面的危机感。我们不仅面临着富国强兵的问题,而且也面临着改造民族素质、汇入现代人类文明的问题——其中也包括了文学观念的全面更新。正是基于这种自省精神,他第一次用世界文学的眼光,对我国传统的文学观念进行了宏观的扫视,其中贯串着文化批判意识就无足为怪了。

三、叙事结构之比较

我国古代小说理论家对小说的结构向来是比较重视的,他们一般都强调小

---

① 林纾:《不如归序》。

说在结构情节方面要做到"首尾呼应"、"前后关锁"、"脉络贯通",这都反映了对小说结构的美学要求。可惜的是这些评论多带有一语破的的直观性质,缺乏对小说叙事之框架结构系统、整体的把握。近代的小说理论虽然颇有建树,但又多半着眼于小说与政治、社会现实之间的关系,以及小说的艺术魅力等方面,很少有人对中外小说的叙事结构作具体深入的比较研究。因此,林纾能够着眼于小说的叙事结构,将中外小说放在一起加以比较研究,从中择取可贵的艺术经验,这在当时不能说是空谷足音,但也算是开台锣鼓,先声夺人了。

研究者们一向都注意到:林纾在评论外国小说时,大谈其古文义法。内田道夫(日)说:"林琴南曾对《水浒》、《红楼梦》与《史记》的笔法互相对比,并与迭更司等外国小说的结构加以比较。"①钱锺书指出:"林纾反复说外国小说'处处均得古文义法','天下文人之脑力,虽欧亚之隔,亦未有不同者',又把《左传》、《史记》等和迭更司、森彼得的叙事来比拟,并不是在讲空话。"钱锺书旁征博引说明:将古文与白话小说混为一谈的情况,中国古已有之,有一些古文家"简直就把白话小说和八家'古文'看成同类的东西";他进而一语道破:林纾所大谈的"古文义法"——"一句话,叙述和描写的技巧"②。

陈平原认为:"林纾以史汉笔法解读迭更司、哈葛德小说,悟出不少穿插导引的技巧。"③钱锺书也肯定林纾对于小说的艺术匠心的体会,具体指出:"《离恨天·译余剩语》讲《左传》写楚文王伐随一节最为具体。据《冰雪因缘·序》看来,他比直接读外文的助手更能领会原作的文笔:'冲叔(魏易)初不着意,久久闻余言始觉。'"④

中国的古典传统以经、史为重,因此林纾要为外国小说寻找定位,引用作比较的并非旧小说,而是这些传统有权威地位的文种。在翻译外国小说时,林纾将外国小说与中国的史传文学相比较,借以捕捉外国小说的精妙运思,总结小说构设情节的艺术经验。他发现并指出外国小说与左史笔法类似。"哈氏文

---

① [日]内田道夫:《林琴南的文学评论》。
② 钱锺书:《林纾的翻译》。
③ 陈平原:《"史传"、"诗骚"传统与小说叙事模式的转变》,载《文学评论》1988年第1期。
④ 钱锺书:《林纾的翻译》。

章,亦恒有伏线处,用法颇同于《史记》"①,"西人文体,何乃甚类我史迁也"②。并具体言明外国小说"往往于伏线、接笋、变调、过脉处,以为大类吾古文家言"③。剖析这些笔法,既可获知外国小说有类似古文笔法,也能清楚地明白古文亦具有"小说义法"。

如他将《冰雪因缘》与《左传》、《史记》相比较,指出:

> 左氏之文、在重复中能不自复,马氏之文,在鸿篇巨制中,往往潜用抽换埋伏之笔而人不觉,迭更司亦然。虽细碎芜蔓,若不可收拾,忽而井井胪列,将全章作一大收束,醒人眼目。有时随伏随醒,力所不能兼顾者,则空中传响,回光返照,手写是间,目注彼处,篇中不著其人,而其人之姓名事实时时罗列……④

在1905年写的《斐洲烟水愁城录·序》中,林纾进一步以此小说与《史记》的《大宛列传》相比,得出了"凡鸿篇巨制,苟得一贯串精意,即无虑委散"的结论。诸如此类,时有若干真知灼见,能够给人以艺术匠心的启迪的论述在"林译小说"的序跋中时常可见。他的这些比较将翻译小说的层次提升到了传统"史"的地位,是借取旧传统里更有利于新标准的成分。这些"史"的旧传统规范可以帮助翻译小说的新标准"扎根",从而更容易为中国的读者所接受和认可。

林纾在1901年写《黑奴吁天录·例言》中说:

> 是书开场、伏脉、接笋、结穴,处处得古文家义法。可知中西文法,有不同而同者……所冀有志西学者,勿遽贬西书,谓其文境不如中国也。⑤

这是林纾沿用中国古代文论的术语将古文的布局谋篇的技巧与外国小说的叙事结构相比较。

他在《孝女耐儿传·序》与《块肉余生述·前编序》中,则直接将中外小说与古文进行了比较阐释。指出"余尝谓古文中叙事,惟叙家常平淡之事为最难著笔","史班叙妇人琐事。已绵细可味矣,顾无长篇可以寻绎者,惟一《石头记》",

---

① 《洪罕女郎传·跋语》。
② 《斐洲烟水愁城录·序》。
③ 《撒克逊劫后英雄略·序》。
④ 《滑稽外传·短译数则》。
⑤ 《黑奴吁天录》,北京:商务印书馆,1981年,第2页。

"叙人间富贵,感人情盛衰,用笔缜密,著色繁丽,制局精严,观止矣。"而迭更司此书"伏脉至细,一语必寓微旨,一事必种远因";不仅有似古文之结构,而且在"曲绘家常之恒状"上为古文所不及。这些对比和分析不仅大胆地肯定了古文与小说的叙事状物摹人之法息息相通,同时也在向世人宣示古文创作免不了亦有"小说义法"。他将大雅之古文与俗媚之小说混而相类,甚至在写作方法上画等号,这在一定程度上揭开了古文创作的神圣面纱。这些从理论到文学创作上的对比和分析,不仅表现了林纾这位古文大家少有的坦诚与理论勇气,也反映出"小说义法"已经可以堂皇入室,具有正统和正宗的价值和地位。至此,"小说义法"得到了公开而充分的肯定,并取得了理论的认同。

林纾还通过对狄更斯小说叙事结构艺术的把握,拈出"锁骨观音"一词,用来概括狄更斯构设小说情节的高妙艺术手段。这是对中国旧式的"欲知后事如何,且听下回分解"的小说格局的突破。

所谓"锁骨观音"式的结构艺术,是指小说情节环环相扣,前后关锁,起伏照应,一笔不漏,主干与枝节钩联,而又突出显豁,成为贯穿全书之动脉。这种结构方式显然不同于《儒林外史》式的结构方式。《儒林外史》的结构方式诚如鲁迅所言"全书无主干,仅驱使各种人物,行列而来,事与其俱起,亦与其俱讫,虽云长篇,颇同短制"①。《儒林外史》的这种结构固然有其特点和成因,不宜一笔抹杀,但从长篇小说结构艺术的角度来说,它又是不太成功的。如《缺名笔记》中谈到:"《儒林外史》之布局,不免松懈,盖作者初未决定写几何人几何事而止也,故其书处处可住,亦处处不可住。……此其弊在有枝而无干。"②然而,当时的小说界颇流行这种"其记事遂率与一人俱起,亦即与其人俱讫,若断若续"③的松散结构方式,如《官场现形记》、《文明小史》、《负曝闲谈》等小说皆有此病。加之 20 世纪初以来,由于出版印刷业的发达,报章杂志如雨后春笋,连载小说盛行,文学商品化的倾向方兴未艾,作者撰写小说并无总体构思,每每急就成章,逐日打发几百字,甚或在歌楼酒榭仓促命笔。因此,小说结构松散,芜杂枝蔓,甚或情节错迕,性格前后矛盾,亦属屡见不鲜。在这样的历史背景中,林纾对于

---

① 鲁迅:《中国小说史略》,北京:人民文学出版社,1973 年,190 页。
② 转引自蒋瑞藻:《小说考证·拾遗》,北京:古典文学出版社,1957 年,第 561 页。
③ 鲁迅:《中国小说史略》第 28 篇,见《鲁迅全集》第 8 卷,北京:人民文学出版社,1957 年,第 241 页。

小说的艺术匠心的强调,无疑具有匡救时弊的意义。他既能欣赏外国小说叙事结构的新颖,千门万户,运思精妙;同时又能产生与中国古文——特别是叙事文的共鸣,从而得到艺术匠心的启示。这是我国比较文学的最初实绩。

四、描写技巧之比较

林纾十分重视小说的描写技巧,"写生逼肖"是他锲而不舍的艺术追求。因此,当他纵览中外"写生妙手"的文学作品,颇有一些"观古今于须臾,抚四海于一瞬"的妙悟。这是他在中外文学的比较观照中,捕捉到了同样的审美体验。

(一)"身口妙肖",即描摹人物之声情口吻,惟妙惟肖

在《撒克逊劫后英雄略·序》里,他对作者描摹人物之声口惟妙惟肖的高超技巧大加赞赏。他说:

> 吾闽有苏三其人者,能为盲弹词,于广场中,以相者囊琵琶至,词中遇越人则越语;吴人、楚人则又变为吴、楚语;无论晋、豫、燕、齐,——皆肖,听者倾靡。此书亦然,述英雄语,肖英雄也;述盗贼语,肖盗贼也;述顽固语,肖顽固也。虽每人出话恒至千数百言,人亦无病其累复者。此又一妙也。

我们知道,人物塑造的核心问题就是人物性格的个性化,即写人物必须写得"人有其性情,人有其气质,人有其形状,人有其声口"[①],让人看了"定是两个人,定不是一个人"[②]。司各特能就人物的不同身份、气质,描画出人物的声口,并且"恒至千数百言",而无"累复"之病,确实是大手笔。无怪乎林纾要激赏其手法之高妙了。他还举出书中人物——老奸巨猾的华德马为例:

> 华德马者,合贾充,成济为一手者也,其劝喻诸将,虽有狡诈者,亦将为之动容。天下以义感人,人固易动,从未闻用篡窃之语,宣之广众,竟似节节可听者,则司氏词令之美,吾不测其所至矣,此又一妙也。

贾充是魏晋时大臣,为司马昭所宠信,参与窃夺曹魏天下的密谋,曾奉命指使成济杀魏帝曹髦。曹髦率太监等围攻司马昭时,成济亲手杀死曹髦,刃出其背。林纾将华德马与贾充、成济相比拟,是赞叹作家的生花妙笔,竟将那些大奸

---

① 金圣叹评本:《水浒传·序二》。
② 金圣叹评本:《水浒传》第二回评。

似忠、大伪似真的正人君子刻画得入木三分、活灵活现。这种遥相感应、水乳交融的比较观察,构成审美的思维辐射,从而推进了中国小说技巧的成熟。

(二) 对细节描写的强调

中国先秦两汉产生的史传著作上承神话,下启小说,是我国叙事文学的艺术宝库。史传孕育了中国的小说文体。小说自成一体后,在它的漫长的成长过程中仍然师从史传,深受史传文学的影响。而且中国传统小说还由"说话"艺术的特点所规定,有"讲故事"的叙事传统。为适应听众的心理和口味,就要有头有尾,交代人物出身、经历和结局,追求故事的完整性。这样难免只注重故事情节的大体把握,只叙事件来龙去脉、人物行为动作,不重视叙情,少有细腻入微的心理刻画和细节描写。外国小说则常用传神的细节描写提示人物的内心世界,透露灵魂深处的心弦震颤。

林纾注意到中国的史传文学里的一些细节描写,并与他所翻译的外国小说中的细节描写进行对比,表现了他对细节描写技巧的推崇。他不止一次地举出《史记·外戚世家》中的一段描写:汉文帝之际,窦皇后弟窦广国幼年家贫被人掠卖,流落为奴,后来他听说姐姐在宫立为皇后,因此上书自陈:

> 文帝召见问之,具言其故,果是。又复问他何以为验,对曰:"姊去我西时,与我决于传舍中,丐沐沐我,请食饭我,乃去。"于是窦皇后持之而泣,泣涕交横下。

原来窦皇后当年以贫家女被选入宫,稚弟恋姊,囚首垢面,依依姊侧,相别于旅舍中;而门前车马已集,行色匆匆,姊明知一去当永诀,仓皇之间,乞水来给稚弟洗,求食来给稚弟吃,最后一尽手足之情,方始登车而去。这段描写得到林纾的赞赏,赞叹寥寥数语,惨状悲怀,尽皆呈露。他认为迭更司的文笔"强半类此",如《孝女耐儿传》一书"精神专注在耐儿之死。读者迹前此耐儿之奇孝,谓死时必有一番死诀悲怆之言,如余所译《茶花女》之日记。乃迭更司则不写耐儿,专写耐儿之大父凄恋耐儿之状,疑睡疑死,由昏瞆中露出至情,则又于《茶花女日记》外,别成一种写法"①。两者都是于平淡无奇的文字中流露出天地间之至情。这显示了小说艺术技巧的圆熟,透露了现代小说美

---

① 《孝女耐儿传·序》。

学意识的觉醒——由叙事型转为描写型,由粗糙转为细腻,由宏观世界转为微观世界,运以出神入化之笔,揭开人物灵魂的帷幕,展现那撕心裂肺的爱和恨、病苦和挣扎。林纾对中外小说细节描写所作的审美观照,颇有一些"照花前后镜,花面交相映"之妙。

(三)"杂以诙诡",此言小说笔调之诙谐俏皮,异趣横生。在一些序跋中,林纾还把外国小说中亦庄亦谐的笔调与中国的史传文学相比较

比如在《撒克逊劫后英雄略·序》中,他将小说中对弄儿汪霸的刻画与《汉书》的一些片段相比较:

> 《汉书·东方曼倩传》叙曼倩对侏儒语及拔剑割肉事,孟坚文章,火色浓于史公,在余守旧人眼中观之,似西文必无是诙诡矣。顾司氏述弄儿汪霸,往往以简语泄天趣,令人捧腹。文人之幻,不亚孟坚,此又一妙也。

这里是就中外文学的艺术笔调立论的。林纾"其人好谐谑"[①],其为文也主张要有"风趣"、"情韵",因此他对司各特小说亦庄亦谐的笔调能心领神会,得其三昧,并指出以诙诡笔调写人叙事所具有的娓娓动人的艺术魅力。

总之,林纾对中外小说所作的比较研究对于中国传统小说的变革的确曾起到过积极的推动作用。孔立指出,中国近代的作家们正是通过林纾的翻译和比较,才打开了眼界,"逐渐地把西洋文学的优点和中国文学的传统经验结合起来,打破了旧小说的框架,这不论在内容或形式上,对于中国文学的发展,都起了促进作用。"[②]台湾学者陈敬之也说:"中国小说演变的历史说来,他实在是一个主要的功臣",正是由于他和梁启超等人的共同努力,中国小说才"由此而产生了新的形式、新的内容以至新的描写,并进而引导它走向新的道路。"[③]因此,林纾的比较研究是极有价值的,它初步显示了用比较文学的研究方法研究中外小说所带来的丰硕成果,而这对于中国比较文学学科的产生和发展无疑也是起到了一定的建基作用的。

---

① 林纾:《撒克逊劫后英雄略·序》。
② 孔立:《林纾和林译小说》,北京:中华书局,1962年,第31页。
③ 陈敬之:《中国文学的由旧到新》,台北:台湾成文出版社,1980年,第80—81页。

第二节 "林译小说"与林纾自身创作实践的关系

从民初至1917年这短短四五年的时间内,林纾的小说创作数量不菲,仅长篇小说就有五种:《剑腥录》①、《金陵秋》②、《劫外昙花》③、《冤海灵光》④及《巾帼阳秋》⑤。短篇小说数量更大,先后出版小说集《践卓翁短篇小说》(1913)、《技击余闻》(1914)、《铁笛亭琐记》(1916)、《畏庐笔记》(1917)等,其中有不少都是发表于《平报》的,共400篇左右。另外还于1917年出版了《蜀鹃啼传奇》、《合浦珠传奇》和《天妃庙传奇》三部剧本并发表数百首诗。在林纾的创作实践中,无论在内容还是形式上都可以看到"林译小说"的影响。

一、内容方面

(一) 现代爱情观念的觉醒

中国的封建道统历来是以理制情,尊奉男尊女卑、夫唱妇随的伦理规范,将女性的人格、个性扼杀殆尽,对性爱更是讳莫如深。"林译小说"较之我国传统的思想文化是进步的,小说中的爱情描写就带有个性解放、人格独立、男女平等的意识。"无边春色旖旎,借好风吹送。"⑥正是时人对林译言情小说的恰评。这些小说歌颂忠贞、纯洁的爱情,传播了近代西方追求个性解放、爱情自由的新思潮,带有资产阶级启蒙性质。林纾对于那些爱情炽烈、如火如荼、执著专一的女性投以由衷的赞美。在他的译作中出现了很多矢忠于爱情的完美的艺术形象。如《茶花女》中的马克尼格尔;《迦茵小传》中的迦茵;《橡湖仙影》中的安琪拉;《不如归》中的浪子……她们顶着社会的、世俗的巨大压力,深情不移,百折不悔,甚至以身殉情。林纾所译的爱情小说是与中国传统的道德观念背道而驰。最明显的例子是《迦茵小传》(Joan Haste)。英国哈葛德的《迦茵小传》在世界文学史上影响不大,林译本一出,不仅扩大了它在中国的影响,同时也引起卫道者的攻

---

① 又名《京华碧血录》,1913年10月由北京都门印书局出版。
② 1914年4月商务印书馆出版。
③ 发表于1915年1—2月《中华小说界》第1卷第1期至第2期,1918年1月中华书局单行本。
④ 发表于1915年10月至12月《小说月报》第6卷第10期至第12期,1916年6月商务印书馆出版。
⑤ 1917年8月上海小说社出版,后改名为《官场新现形记》。
⑥ 金为:《金缕曲——〈玉雪留痕〉题词和补柳翁》,见《玉雪留痕》。

击,在近代文坛上掀起了一场轩然大波。这犹如一枚精神炸弹,对千年铸就的中国传统道德心防进行轰击。

《迦茵小传》原有蟠溪子(杨紫麟)和天笑生(包公毅)的合译本(1901),但此书只译了一半,托言"惜残缺其上帙。而邮书欧美名都,思补其全,卒不可得"①。其实是译者有意删节,目的是为了隐去迦茵与男爵之子亨利热恋、怀孕并有一私生子的情节。译者这样处理,大约是为了保全迦茵之"贞操"。林纾于1905年出版了全译本的《迦茵小传》,将迦茵完整的艺术形象展现在中国读者面前。这便引起了卫道者的攻击,寅半生(即钟骏文)是其代表。寅半生在《读〈迦茵小传〉两译本书后》中云:

> 吾向读《迦因小传》而深叹迦因之为人清洁娟好,不染污浊,甘牺牲生命以成人之美,实情界中之天仙也;吾今读《迦因小传》,而后知假因之为人淫贱卑鄙,不知廉耻,弃人生义务而自殉所欢,实情界中之蟊贼也。此非吾思想之矛盾也,以所见译本之不同故也,盖自有蟠溪子译本,而迦因之身价忽登九天,亦有林畏庐译本,而迦因之身价忽坠九渊……
>
> 今蟠溪子所谓《迦因小传》者,传其品也,故于一切有累于品者皆删而不书。而林氏之所谓《迦因小传》者,传其淫也,传其贱也,传其无耻也,迪因有知,又曷贵有此传哉!

由寅半生的攻击,正可以窥见林纾鲜明的反封建思想。在林纾的笔下,迦茵是一位备受凌辱而又富于反抗精神、追求爱情幸福的女性,林纾以饱蘸感情的浓墨重彩,再现了这样一个美丽、善良而又甘心于牺牲个人成全他人幸福的女郎,表现了林纾不同于世俗的反封建进步意识。由《迦茵小传》两种译本,我们不难分辨出"林译小说"在传播、引进新的价值观念和道德观念方面是有所建树的。

"林译小说"中的爱情描写,从马克格尼尔、迦茵到洪罕女郎,都完全突破了传统"发乎情,止乎礼"的"虚伪",都能将灵与肉结合在一起,具有现代的性爱意识。这点我们可以从郭沫若青少年时代读《迦茵小传》的体会,感悟到林译言情小说的现代爱情观念:

---

① 蟠溪子:《迦茵小传·引言》,见《晚清文学丛钞·小说戏曲研究卷》,第283页。

林琴南译的小说在当时是很流行的,那也是我所嗜好的一种读物。我最初读的是 Haggard 的《迦茵小传》。那女主人公的迦茵是怎样的引起了我深厚的同情,诱出了我大量的眼泪哟。我很爱怜她,我也很羡慕她的爱人亨利。当我读到亨利上古塔去替她取鸦雏,从古塔的顶上坠下,她张着两手去接受他的时候,就好像我自己是从凌云山上的古塔顶上坠下来了一样。我想假使有那样爱我的美好的迦茵姑娘,我就从凌云山的塔顶上坠下,我就为她而死,也很甘心。①

这种开放的心态和爱情观念,只有在现代青年中才能产生共鸣。"林译小说"中的爱情描写确实和中国古典爱情作品有差别。比较起来,林纾的思想显然豁达得多,大胆得多。对于迦茵这样一个身世畸零、备遭社会凌辱而敢于抗争、热烈追求爱的权利、但终不免被黑暗势力所吞噬的女子,他给予了无保留的同情和肯定,丝毫不曾斥之为"淫"、为"贱"、为"无耻"。林纾是新旧交替时代的人物,也还信奉"发乎情,止乎礼义"的儒家说教。但他又是一个多情的人,西方的爱情观对他有巨大的冲击和影响。故林纾不同于一般的老夫子,他的思想中颇有些新因素。他曾在《橡湖仙影(Dawn)·序》中讽刺道学先生:"宋儒嗜两庑之冷肉,宁拘挛曲踞其身,尽日作礼容,虽心中私念美女颜色,亦不敢少动,则两庑冷肉荡漾于其前也。"②倒是颇有一点现代的性心理学的味道,表现了他对于虚伪、矫情的深刻憎恶,其揶揄之辛辣,令人联想起鲁迅的《肥皂》、《高老夫子》。

在中国小说从旧式才子佳人的爱情故事到表现现代意义的爱情这一历史飞跃中,"林译小说"可说是不可缺少的中间媒介。透过他的这些翻译,西方的爱情观得以在中国排闼直入,动摇了传统礼教的基础,推进了 20 世纪中国社会个性解放、妇女解放和婚姻自由的浪潮,一直延绵到五四新文学中,成了作家最热衷于探索的题材。从龚自珍(1792—1841)就开始倡导的个性解放,经历几十年,不见得有重大的突破。林纾以他翻译的外国小说,仔细述说西方男女追求爱情的轰轰烈烈的故事,使中国读者有一个具体比较的基础,才使这个诉求由涟漪突变为巨浪,推动了文学和社会巨变的实现。

给中国文化带来如此不同爱情观的林纾自身创作起爱情小说来又是如何

---

① 《少年时代》,北京:人民文学出版社,1979 年,第 113 页。
② 《晚清文学丛钞·小说戏曲研究卷》,第 230 页。

呢？在这些外国言情小说的影响下，林纾也在自身的小说创作中刻画了一系列一往情深的痴男痴女，宛转道出他们绸缪之态，恋慕之情。《盈盈》描写了一位不堪后母之虐，被迫在水仙庵为尼的少女，虽身坠空门，却无法熄灭情爱之火，因此当她与少年书生施鉴相遇后，一见倾心。两人不顾礼教束缚，私下书信往还，互表爱慕。后来施鉴大胆向庵主求婚。庵主亦不忍盈盈在空门蹉跎到老，遂许二人成婚。在这里，爱情的力量甚至冲破了森严的佛门界域而取得成功。《桂珉》描写了富商之女与渔民之子倾心相爱的故事；《蛾绿》叙述了两家世仇子女终成眷属的经过，在这里，爱情的力量冲破了"门当户对"、"世仇之间不联姻"的世俗观念，取得了胜利；《裘稚兰》刻画了一个身世飘零、空怀绝技的女子对于爱情的热烈执著的追求；《吴生》刻画了一个格调不俗、嗤鄙八股的狐女，都写得饶有韵味，表现了作者思想上自由无拘的一面。

正如陈烦壂所说的，"他是一个多情的人"，一缕情根并未泯除。林纾在《洪罕女郎传·序》说：

> 居士（畏庐居士自称）且老，不能自造于寂照，顾尘义则微知之矣。前十年译《茶花女遗事》，去年译《迦茵小传》，今年译《洪罕女郎传》，其迹与摩登伽近。居士以无相之摩登伽坏人无数戒体，在法当入泥犁；不知居士固有辞以自辨也。

他认为情幻本为心所自生，"幻妄之来，不自外来……即心所照"，眼色为缘，"则此心立化为百千万之摩登伽，又将化为百千万之茶花女、迦茵、洪罕女郎"。他以谈禅论佛的机锋，含蓄曲折地表达了对于这种生命冲动的肯定。他也颇有一些看破世相的超脱见解，大胆地撕破了假道学的面具。尤可注意的是他的那篇《冷红生传》：

> 冷红生，居闽之琼水。自言系出金陵某氏，顾不详其族望，家贫而貌寝，且木强多怒。少时见妇人辄隅匿，尝力拒奔女，严关自捍，嗣相见，奔者恒恨之。迨长，以文章名于时，读书苍霞洲上。洲左右皆妓寮，有庄氏者，色技绝一时，夤缘求见，生卒不许。邻妓谢氏笑之，侦生他出，潜投珍饵，馆童聚食之尽，生漠然不闻知。一日群饮江楼，座客皆谢旧昵，谢亦自以为生既受饵矣，或当有情，逼而见之，生逡巡遁去，客咸骇笑，以为诡僻不可近。生闻而叹曰："吾非反情为仇也，顾吾褊狭善妒，一有所狎，至死不易志，人

又未必能谅之,故宁早自脱也。"所居多枫树,因取"枫落吴江冷"诗意,自号曰"冷红生",亦用志其癖也。生好著书,所译《巴黎茶花女遗事》,尤凄婉有情致,尝自读而笑曰:"吾能状物态至此,宁谓木强之人果与情为仇也耶?"

这是一篇极为别开生面的自传。自古至今,几乎很少有人这样来为自己作传的。这里有林纾受外国小说影响而具有的谐谑幽默,也有林纾本人性格的直率执拗,可以说是一幅带有漫画意味的林纾的心灵自画像。他用坦白的、心理分析的手法记录了自己的罗曼史,提示了在意识的深层结构中理与情、灵与肉的冲突。文中所记都是事实。林纾妻子悼亡后,确实有名妓慕才垂青于他而被他所拒。他的《七十自寿诗》曾忆及这段往事:"不留宿孽累,不向情田种爱根。绮语早除名士习,画楼宁负美人恩。"自注:"余悼亡后,有某校书(妓女)者,艳名震一时,初不谋面,必欲从余,屡以书来,并馈食品。余方悲感,卒不之报,且不与相见,同辈恒以为忍。"①这段不无遗憾的往事,林纾一直耿耿于怀。他后来写过好几篇这类题材的小说:《秋悟生》、《赵倚楼》、《穆东山》等。这几篇写的都是爱情幻灭的悲剧,同一主题变奏的反复出现,绝非偶然。"水榭当时别谢娘,梦中仿佛想啼妆"②,那魂萦梦绕的刻骨相思:"春风如剪,把缕缕情丝中断。"③他所写的并不是痴心女子负心郎的社会悲剧,而是情负于理、灵肉分离的人生悲剧。

毋庸讳言,林纾是个深受旧学熏陶的人,很难挣脱那渗透于灵魂之中的礼教的魔障。他在文章中动辄言及"礼防"、"以礼自律"。他的"礼防"观念极重,他笔下的主人公皆"深于情而能持以正",即使极相倾慕,但都彬彬以礼自持,不及于乱。甚至在《谢兰言》中,那对英伦的翩翩青年也大谈"礼防",二人遇难流落荒岛,男的提议按照西俗结婚,女的却侃侃而谈:"礼防所在,吾不能外越而叛名教!"语后,凛然若不可犯。

这里所说的"礼防",当然有封建的一面,但主要是指男女之间不为苟且遇合之事,因而仍应给予一定的肯定。清末民初的中国都市社会,随着进一步殖民地半殖民地化,社会风尚之坏也是空前的。这从当时大量泛滥的狭邪小说、淫荡小说中可见一斑。林纾对此深表忧虑,因此他的言情小说虽言情却决不涉

---

① 林纾:《七十自寿诗》,《林畏庐先生年谱》第2卷,第46—47页。
② 林纾:《秋悟生》,见《林纾选集·小说卷上》。
③ 林纾:《赵倚楼》,见《林纾选集·小说卷上》。

于淫乱,而且着力表现男女主人公既倾心相爱又决不越礼失节、苟且遇合的情操。所以说在林纾自身的言情小说创作中,既有借鉴外国言情小说的部分,又坚守着本身的传统意识,即在对待婚姻爱情问题上,林纾既坚守"礼防",但也不简单地排斥自由。在作品中,他时而表现出顽固老人的迂腐,时而表现出忠厚长者的赤诚,时而也表现出新派人物的开通。

(二) 小说的社会批判价值

林纾屡言"效吴道子之写地狱变相",批判现实、针砭时弊始终是他的创作宗旨,这也和"林译小说"的影响有关。

在林纾的五部长篇小说里,《冤海灵光》是唯一一部既不取材史事也不取材时事的社会问题小说,因此无论是内容还是艺术上都更接近近代的批判现实主义小说。作品以同治末年清代社会为背景,叙写福建省建阳县知县陆象坤审理一恶妇谋杀亲夫案件的经过。此类题材在中国传统小说中并不鲜见,但林纾不是一般地表彰清官的廉正,而是暴露中国传统司法制度的弊端。因此,这部小说的题材虽有些一般化,但他不以写历史为对象,就比那些含有"春秋笔法"的历史小说要有趣得多,而且也细腻得多。

在《冤海灵光》中,他有意识仿效狄更斯的做法,表现的不再是英雄佳人,而是他在《孝儿耐女传·序》中所言"以至清之灵府,叙至浊之社会"。他佩服狄更斯:"从未有刻画市井卑污龌龊之事,至于二三十万言之多,不重复,不支厉,如张明镜于空际,收纳五虫万怪,物物皆涵涤清光而出,见者如凭栏之观鱼鳖虾蟹焉"。林纾在小说中细致地描绘了下层社会的众生相。如他把县衙隶役借陆象坤决定亲自下乡验尸之机向事主勒索银钱的劣迹描写得绘声绘色、淋漓尽致。书中写到的衙役有四名,分别叫张千、李万、马德、牛强,其中,张、李伪为谦和,马、牛则恣意勒索。陆知县尚未启轿,他们四人软硬并施,已迫使事主答应:"洋锒百元,专为取保而言,他事别议。"此后,讼师、传记之吏、大门役、仪门役、舆夫之首领等十数人也蜂拥而至,将事主团团围住,"口语繁杂,厥声汹汹",竞相索要"门礼"、"堂礼"、"经管礼"、"差礼"、"相验搭台礼"、"班头轿价"——此外,"忤作宜格外别馈五十金"。结果,事主觉得"祸变至此,已稔声且勿问,宁计其家,请即货其田产以偿。"在这里,晚清吏治之腐败、衙役胥吏之贪婪可见一斑。作品显示出与狄更斯小说相类似的对社会现实的辛辣批判与讽刺。

小说写的是一庄户人家所娶恶妇与仆相通、谋杀亲夫的故事。林纾将笔触

延及这一刁顽悍妇的日常表现,描写她有析产、称霸于室的所作所为:

> 阿三(引注:女之父,霸一方者)遂导女以力争,于是遇刀砧之声与咒骂之声疾徐互答;遇盘碗则无晨无夕皆——铿鸣;鸣时亦挟诟厉之声,如浮屠育经之必助以钟磬铙钹者,翁媪不能堪。

读了林纾这段文字,只觉得满屋子的诟骂之声不绝于耳,悍妇形象跃然纸上。这类文字的风格超出于归有光的闲谈絮语式,在中国的古文中可谓前所未有。林纾认为中国小说中惯有的是"英雄美人",他也未尝没有意识到自己也在写那些风雅老套的英雄美人的故事。怎样写出一种如狄更斯的"扫荡名士美人之局,专为下等社会写照"的作品来,对林纾是一个诱惑。《冤海灵光》这部小说可以视为这方面的一个很有成就的尝试。

此外,在林纾的另两部自创长篇小说《京华碧血录》和《官场新现形记》里,也有强烈的谴责和批判现实性。林纾本着揭举弊端、针砭时政的创作思想,有力地揭露和鞭挞了晚清以慈禧为代表的统治者和辛亥以后袁世凯集团昏玻、腐朽、残忍、狡诈、卑鄙、无耻的本性,以及他们贪私贪权、祸国殃民的罪行。《京华碧血录》第四十三章在叙及八国联军入侵时,林纾写道:"非大憨误国,胡至外人入梗中国之事?"同时,又借他人之口说:

> 上阳(慈禧)所为,乖忤人心。去年之乱,谁则肇之?乱肇自上而祸胎于民。赔款之巨,天下膏血皆竭。爱新觉罗氏,宁能久存?

在《官场新现形记》第十八章,林纾针对袁氏"称帝"时伪造民意的行径写道:

> 有人谓制造民意,真知言哉!天下怀设之人,虽矢日誓天,人亦无动者,言不由衷也。本无感人之诚,人焉得感?且所谓民意者,吾亦知之,外省之代表,多半废言,有留京数十年,竟能知本省人民之意旨?谓之制造民意,吾谓尚不肖,当曰抢劫民意,方为近之!

这些谴责之词虽然有"辞气浮露,笔无藏锋"的缺憾,但众所周知,我国近代文学自辛亥以后已开始衰落,侦探、黑幕、狭邪、言情等小说泛滥成灾,谴责小说的战斗精神和批判锋芒渐趋式微。林纾的这些长篇小说却能不为流俗所染,继续发扬着批判现实、针砭时弊的写作风格。他说此类文字"要皆归本于性情之正,彰瘅之严,此万世之公理,中外不能潜越"。① 这是我国传统的小说创作方法在外国文学的影响下,在近代特定的历史条件下开始革新的信号。

二、形式方面

林纾创作的文言小说不仅在内容上与"林译小说"有千丝万缕的联系,在形式上也吸取了某些外国小说的技法。林纾一方面借鉴外国小说,一方面不脱离中国散文叙事传统,形成了其小说形式结构上有别于中国传统小说的突出特点。他的这种创作实践影响了中国小说叙事模式的转变。

（一）放弃"章回"体和"欲知后事如何,请听下回分解"等中国传统小说的旧套子,采用"倒叙"的手法

我们知道,中国传统小说起自市井说话,长篇小说大都是在宋元讲史话本基础上发展起来的,故在结构体制上以分章标回为显著特征。作者在每个章回都有所侧重地详述一两个事件,于章回末,以事件的高潮或转折造成悬念,挽系"扣子",又于下章之首解开"扣子",展开新的事件的叙述。章回之间虽有一定联系,但又有各自的独立性,结构不太严密。在形式上,每章之首常以诗词领起,有"话说"、"且说"、"看官"、"诸公"等字样,而结尾又有"欲知后事如何,请听下回分解"等套语。这样的叙事结构体制,虽然在后来的一些世情小说中有所突破,但终无大的改观,一直到近代仍有绝大多数的小说家在继续承袭这种叙事结构体制。

可以说在"林译小说"大量出现以前,"章回"体是我国传统的长篇小说的唯一格式。林纾本人首先受他翻译的外国小说的影响,自觉地将其比较中西小说所获得的体会和经验有效地渗透到他自己的创作实践中去。因此他在近代创作的五部长篇小说,就没有一部是采用"章回"体这种固定格式的。郑振铎就非常推崇这一点,他在《林琴南先生》一文中指出:"中国的章回小说的传统的体裁,实从他而始打破——虽然现在还有人在做这种小说,然其势力已经大衰……什么'话说'、'却说',什么'且听下回分解'等等的格式在他的小说里已绝迹不见了"。林纾受外国小说的影响,成为近代小说家中较早放弃"章回"体惯例和"欲知后事如何,请听下回分解"等旧套子的一人,他正是中国长篇小说创

---

① 林纾:《孝儿耐女传序》。

作在格式上向"现代"化前进的一个先行者。①

在《块肉余生述》第五章中，林纾在译完大卫给壁各德写信的情况后用括号特意加了一段评注说："外国文法往往抽后来之事预言，故令观者突兀惊怪，此用笔之不同也。余所译书，微将前后移易以便观者，若此节则原书所有，万不能易，故仍其本文。"林纾在这里介绍的显然是"倒叙"的手法。面对着对西方文体还很不习惯的中国读者，他不得不"微将前后移易以便观者"，但另一方面他更愿意让中国的读者对西方的文体逐渐习惯起来，因此这种"前后移易"只能"微"，碰到明显的"用笔不同之处"则"万不能易"，并用类似于传统的"评点"手法加以说明。因为翻译时受外国小说潜移默化的影响，他在自创小说《京华碧血录》里也运用了"倒叙"的手法。《京华碧血录》第一章，先叙"有一少年"出游福州忠定祠，在水边得一宝剑，后叙此少年返回家中收到友人高铸龙自杭州来信，从高氏来信的称谓中，读者方知少年名叫邴仲光。第二章始以"邴仲光者，季汉邴原裔也"开始，用整整一章的篇幅详述他的家世、生平。显然，这第二章对全书来说是插叙，对第一章来说正是倒叙。

(二) 强调整体思维的小说构思和半开放式的结尾

整体思维的构思是针对"章回"小说而言，是其结构的一个提升，这一功劳非林纾莫属。中国传统小说中章回体的形式动因并非为着回目的漂亮，而是因为在口头叙事中遗传下来的断片连缀制约了小说结构的进化。中国的传统小说除《红楼梦》外，其他的小说无不具有断片的特征，这是人所共知的事实。

在以历史叙事为主的小说中，林纾常常效法英法小说的构成方式，截取一大段自己生活在其中、对中国现代社会发生了巨大影响的历史进程为叙述对象，立下一个"正大"的宗旨，杜撰一对德、才、貌具备的青年男女，以男女成其大礼来结束叙事。这样就具备了历史阶段性（无结局）的整体叙事的特征，目的是为着"证史"。男女情爱故事所起作用是"笋"、"线"、"脉络"，这样他的小说在不同层面上就呈现出不同的结构风貌，在历史层面上它是开放的，但在男女情爱层面上却又是封闭性的。从林个人的仕途特征来看，他从未真正地参政，对社会历史的变动总是抱一种旁观的态度，对政局有一种距离感，有一种静观其发

---

① 郭延礼在《中国近代文学发展史·第二卷》（济南：山东教育出版社，1991）中指出："中国近代长篇小说最早摆脱章回体的是苏曼殊的《断鸿零雁说》（1912），先于林纾的《剑腥录》（1913）。"见 1547 页。

展的审视,所以他在翻译、见识了许多的外国小说以后,很自然地采取了开放式的结尾而摒弃了"三国归于晋",或者是"真命天子出世"的民间历史叙事的结局方式。然而,林纾又是个坚守儒家人伦道德的君子,人伦使命决定了他的生命价值观,男大当婚,女大当嫁,为贯串情节而设计的青年男女也必须服从成其大礼的人伦要求,这正是中国叙事文学的共同旨趣所在——"大团圆"。现实历史的发展带有了某种程度的悲剧性,忧道不忧贫的君子可以抱定宗旨"穷则独善其身",却不甘心忍受悲剧性的历史定命,唯一可以对此进行调剂的就是一个圆满的个人生活结局,虽然缔结一个既让长辈满意又惬合己意的婚姻只是新的生活阶段的开始,但传统的中国叙事文学则将其看做一段美满生活的结束——"大团圆"。林纾小说中杜撰的人物,男者必定是一个英雄,他的历史处境虽不是英雄末路,却也不可选择自己的道路,唯有一条现成的礼法之路可以维持其心理的平衡。而心境的那一个砝码正来自于女方的德才兼备,林纾对女性的态度在那一时代可谓相当开放,因为整个小说叙事除了正史由男性承担其叙述外,其他的部分日常生活叙事靠她们维持着。林纾笔下的女子较传统女性有相当的自由,但她们的意识却自觉地与传统伦理保持一致,这正是他所谓的"律之以礼,必先济之以学;积学而守礼"的女子。男女故事结构的封闭性大部分是由她们决定的。历史叙事的开放性与情爱叙事的封闭性共同构成了林纾小说的结构特点——半开放性。就是这样,林纾带着中国小说从基本封闭的结构模式——"大团圆"走向了相对开放的现代结构模式。

(三) 注重文章的结构方式

中国文章学当然不能脱离历史叙事的背景,但从纯粹文体上说,林纾更注重的是他曾总结过的文章的结构方式,即是他所说的:"伏线、接笋、变调、过脉"等等,这些地方往往最能看出林纾的匠心所在与文章功力。

《冤海灵光》中有一段女主人公素素的肖像描写,就能看出其中"接笋"之妙。林纾将肖像描写设置在第八章,在阿良与素素出场数度,彼此交换了许多文章世道的看法以后。当时,素素正边读书边与阿良谈论政局,阿良"语次院视素素,则仍低首翻石经,发黑如漆,不粉而额润过羊脂之玉,双眉侵入鬓间,自鼻以下不之见,然其状已足倾城。良默然痴立,久不做声。"这是一段严格的现实手法的描写,大致符合西方绘画投影理论,视线与所见都是科学的写法,"不做声"所含意思实已昭然。接着二人谈论了一段宋诗,进食莲子,"阿良见素素樱

第三章　新文学传统——传统资源与外来文化之间的整合 | 243

唇微动,齿白如牛乳,因私叹谢安石于盛暑中,食热白粥而不汗,方之玉人,其风度盖过之也。"前后两部分,将唇齿与上文的由顶及鼻部分续接,这才构成了一个完整的肖像,为什么不爽快点一气画成一幅美人图呢? 这就是林纾古文的顿宕与接笋的妙处,它很像作者自叹能解而不能为的韩愈文章,或者说这里是有意地追随韩文的妙处:"因事设权,每制一文,必创一格,近断而远续,伏于无心而应于弗觉,变化微妙。"①本章并不是专为写素素的肖像,更重要的一点是写政局,然而如果一览无余地写后者,必然寡味,肖像与政局的相互调剂就使得一篇文章生出波澜变化来,这调剂过程中最难者是"断续"、"伏应",更难者是能够做到续得变化多端,应得婉转曲折。半幅肖像已经构成倾城的效果,如再加上齿白唇红的一般描画则无味,所以下文改变了静态的描写,在其进食过程中写其樱唇皓齿,愈增动人处。林纾运笔还有难能、难见的妙处,这就是为何有下文的谢安石三伏天吃热粥而不出汗的典故的用途。这是写此刻阿良对素素,在能见的肖像之外,顺着原来的描写思路而下,有了出神之想;而这种想象却又难免有亵渎之嫌,借着食粥而不汗(其时十月十日,袁世凯就任总统)的凉爽感与下文直接描写的"方之玉人",正好构成一种"冰清玉洁"的感受,所以能在易于走向亵续的思想中来个光明正大。这一系列的隐微曲折的用意与写法,实在是很难得的匠心,也是很可怜的礼法拘禁下的庄重表现。这也是为什么叙述至第八章才进入到对女主人公肖像的描写,因为阿良对素素的了解过程是渐进的,此时的肖像的打量方才能证明阿良不是那种一见钟情、为"色"所迷的浮浪子弟。林纾的种种线索脉络的安排与展现都有人所不及地方,在《剑腥录》、《金陵秋》中也随时能够遇见,即如邴仲光与刘丽琼从会面到结合之间的线索安排若断若续,追寻起来,是一种很愉快的阅读游戏。

总体地评价林纾的创作小说在中国小说形式发展史上的意义,不仅在于表面的形式变化,而且在于文体形式上最重大的发展变化。在这些变化的背后,是中国文章学的价值体系与西方小说的价值形态的部分整合。尤其值得留意的是:在中国小说因为报刊连载形式而使小说结构散乱成风的时候,林纾以他古文家对"义法"的严格要求,配合了他对狄更斯等小说家作品的体会,他的创作小说在组织结构上追求严谨完美,显示出近代小说在艺术形式上由旧向新逐

---

①　林纾:《百大家评选〈韩文菁华录〉·序》。

步过渡的迹象,为五四新小说树立了良好的先例。①

三、矛盾复杂之处

外国小说曾一度是林纾满足叙事审美需求与表现才华的对象,当他回归到根深蒂固的古文,用它来创作小说,他更有了坚守精神家园的成就感。外国文学影响不知不觉地促使他进行文体(理解与实践)上的整合,根深蒂固的传统又让他固守着古典的语体。他作小说采取古文文体,仍是一个历史时期内中国的知识分子对小说现代化的思考及方向的合理选择;在逐渐形成的现代化环境中选择古典文体,使他不期而然地成了一个集合着悖反文化内容的过渡时期的文化象征。这些小说虽然展示了一些他所理解的外国小说的影响,但他并未大量运用新手法、新技巧。② 就题材而言,这五篇小说与晚清谴责小说家的作品颇为相似。《剑腥录》、《金陵秋》和《巾帼阳秋》是鲁迅《中国小说史略》所说的那种"揭发伏藏,显其蔽恶"的小说,与李伯元(1868—1906)的《官场现形记》、吴研人(1886—1910)的《二十年目睹之怪现状》、刘鹗(1857—1909)的《老残游记》、曾朴的《孽海花》相类。《劫外昙花》是历史小说,近于吴研人的《痛史》;《冤海灵光》是公案小说,近于吴研人的《九命奇冤》。③ 林纾虽是有名气、有影响力的翻译家,但一着手于创作,他仍摆脱不了谴责小说作家走过的路。

首先是对世事之不满与政治上保守的矛盾。在文学观上,林纾由于翻译外国小说,对小说的社会作用有着较为深刻的认识,认为"西人小说,即奇恣荒渺,其非寓以哲理,即参以阅历,无苟然之作"④。这种认识显然不同于一般的儒者。同时他也很推崇清末文坛上出现的《孽海花》、《官场现形记》等揭露现实黑暗的所谓"鼓荡国民英气之书",并呼唤文坛上多出现像狄更斯、老残、曾朴这样有使"社会之受益宁有穷耶"的作家。就林纾自己来讲,他的许多作品都具有一定的社会批判与社会讽喻的意义。如短篇小说《破产知县》写某知县强行索贿造成

---

① 《林纾著译系年》,载《林纾研究资料》。林纾另有《技击馀闻》、《铁笛亭琐记》等《见闻笔记》。
② 胡适:《林琴南先生的白话诗》,见姜文华主编:《胡适学术文集·新文学运动》,北京:中华书局,1993年,第461页。
③ 林薇:《百年沉浮——林纾研究综述》,天津:天津教育出版社,1990年,第128页。
④ 林纾《译余剩言》,转引自《中国近代文学论文集》(小说卷),北京:中国社会科学出版社,1983年。

无辜者破产,《水先生》写的是官府与豪绅互相勾结勒索财物夺人妻女的丑恶现象;长篇《剑腥录》《金陵秋》《官场新现形记》则着意描写从"戊戌变法"至"袁世凯称帝"这一段历史的重大历史事件,较为客观地反映了近代以来中国社会的种种矛盾和各种势力之间错综复杂的斗争,同时对晚清以来封建统治者集团的腐朽狡诈、卑鄙无耻的本性及其贪权夺利、鱼肉百姓的罪行作了有力的揭露和谴责。尤其是在《官场新现形记》中,林纾一反"不喜议时政"的表白,明确表示要将混乱"如丝"的"时事"写出来。如题目所言,小说对袁世凯从策划兵变、巧拒迁都、制造"宋案"、胁迫议会选举自己做正式大总统、宣布称帝直至毙命归天的全过程,作了辛辣的嘲讽与暴露,颇具现实主义的力度。但在这些反映历史与现实生活、针砭时弊的作品中,林纾又带着立宪派人和遗老的墨色眼镜,常常将一切斗争都看成是毫无可取之处的。像《剑腥录》中将拳民们描写成一群愚昧无知的群氓和拦路抢劫的强盗;《官场新现形记》中则把革命党人与专权弄利者等量齐观,把他们看作是利欲熏心、心术不正的小人。如此自然不能对历史与现实中的事件与人物作出符合事物本质的正确描写,充分表现了他一方面极为强调爱国同时又对现实绝望,一方面崇尚社会的进步同时又满怀对封建秩序的依恋等思想矛盾。

其次是伦理道德上反封建与恪守封建之道的矛盾。林纾自称写作时喜"拾取当时战局,纬以美人壮士",且以"野史"自居。[①] 他甚至还说:"小说一道,不著以美人,则索然如吱蜡然。"[②]这自然与当时文坛的创作风气也不无关联。如此形成了他大多小说"以爱情为纬,以国事为经"的结构模式,因此而涉及诸多关乎情爱、道德领域的思想。林纾既是一位颇讲"婚姻自主,仁政也"的维新派,在小说中自然地宣传了比较开明的爱情婚姻观。但林纾的小说创作,总的看来虽然承认并尊重男女之间那种倾心相爱的真挚感情,却并没有冲破那套"发乎情,止于礼义"的封建观念。这不仅表现在有些作品直接鼓吹忠孝节义等封建意识,即使在"循时尚"、"稍涉于自由"的小说中,他也绝不让主人公放纵情欲,反复表现的是男女之间既相爱又决不越礼失节、苟且遇合,"言情"而不"言性",更不

[①] 林纾:《〈劫外昙花〉序》,见陈平原、夏晓虹编:《二十世纪中国小说理论资料》(第1卷),北京:北京大学出版社,1989年,第485页。

[②] 林纾:《译余剩言》,见张俊才:《林纾评传》,天津:南开大学出版社,1992年,第198页。

涉于淫乱。对此林纾自有一套见解,他认为"女学当昌,即女权亦当讲,惟不当为威斯马考之狂放";他提倡的是一种"有学而守礼"的女子解放,对"女权既大伸,而为之夫者,纲维尽坠,不敢钳制,则恣其所为,无复过问"颇不以为然。① 可见"唯女子与小人难养也"的观念在其思想中是根深蒂固的,纵有对情爱自由的渲染,也不脱去这层厚重的外壳。

最后,林纾的内心矛盾还表现在其作品的艺术形式与美学追求之中。一方面,他得力于西方美学思想的熏陶,在艺术表现手法、艺术结构、文学语言等方面尝试创新。如其言情小说就有意于突破传统爱情小说中男女"中间必有诨构之人"的陈规俗套,而寻求用不同的方式处理不同的爱情故事,表现出由旧向新逐步过渡的痕迹。在语言文体上,他则力求"平正简洁",颇具创新意味。如陈平原在《二十世纪中国小说史》中所言,其文体既"不算高古艰涩,也不算浅陋近俗","最适于调适古文与小说之间的距离,也最便于一般读者的阅读接受,故林纾的小说文体在清末民初独步一时"②。但另一方面,林纾小说的形式在总体上仍然过于陈旧,人物形象一般说来都不够鲜明,描写性的语言大都较为陈腐。尤其在文学主张上,越到后期其保守性愈趋鲜明,以致其创作上的进步性与价值在后人眼中就大打折扣了。

林纾仿效外国文学的尝试,在中国文学从传统走向现代的路途上是不容忽视的。在近代文学事业上,他与梁启超有许多相似的地方:他们翻译了外国小说以作学习的楷模,又建立理论,指示新方向,更进而身体力行,粉墨登场,示范创作,去推动中国文学的现代化。所不同的是,梁启超以左手搞文学,林纾以右手搞文学,他不但在文学的质与量两方面弥补了梁启超的不足,更修正了梁氏过于功利,单纯注意小说的政治作用和社会作用而暴露出其艺术性上的干瘪,他的重要性不容忽视。

---

① 转引自陈平原:《陈平原小说史论集》(中),石家庄:河北人民出版社,第824页。
② 陈平原:《陈平原小说史论集》(中),石家庄:河北人民出版社,第778页。

第三节　林纾与新文化运动的关系：值得反思的历史

我们知道，在中国的传统观念中，小说一向被视为"小道"，被视为无聊文人的呓语侈言，不登大雅之堂，直到戊戌维新时期，这种旧的观念才开始受到冲击。小说的社会作用、政治作用被维新志士普遍重视，小说的地位陡然上升，被提到了"文学之最上乘"。"小说界革命"成为维新志士的响亮口号之一。林纾走上大规模引进和介绍外国文学的道路，得力于维新思潮的影响，而他对西方文学的推崇及翻译实践更是对传统观念的有力否定，有利于新思想、新观念的巩固和发展。

一、林纾与康梁维新思想

梁启超在1920年写的《清代学术概论》中提及林纾的只有寥寥数句：

> 有林纾者，译小说百数十种，风行于时，然所译本率皆欧洲第二三流作者；纾治桐城派古文，每译一书，辄"因文见道"，于新思想无与焉。①

林纾晚年已成了人人皆得而骂之的"歹角"，不骂他好像就显不出自己的进步。梁启超在这种情势下有意忽略林纾的进步性，是可以理解的。不过如果我们回顾在19、20世纪之交林纾对改良事业的支持、对康梁的同情以及他的翻译事业对引进西方文化的贡献，梁氏的这几句评语便显得很不近人情了。"因文见道"，指的是林纾利用了古文家的特长，在1913年以前的译书中，大量加插序跋，借题发挥，呼应康梁的维新、立宪主张，发挥了他们力所不及的功效，此"道"乃康梁宣传的维新思想，他全面地把西方社会介绍到中国读者面前，使梁启超介绍的新思想、新学理可以落地生根，是梁氏的功臣，不能说"于新思想无与"。梁氏透过日本文献接触西方文学，他肯定知道林氏翻译的莎士比亚、狄更斯、巴尔扎克、孟德斯鸠、雨果、托尔斯泰、小仲马诸家，无论如何都不能算是"欧洲第二三流作者"。（事实上梁氏也一再称引莎士比亚，又在《新小说》上刊登过雨果、托尔斯泰诸人的肖像。）林纾的古文宗尚唐宋，也曾感于知遇之恩，为桐城派"护法"，可是他从来没承认自己是桐城派，也不高兴人家把他列为桐城派。在桐城

---

① 《饮冰室合集》，北京：中华书局，1989年，专集第34页，第72页。

派被视为"谬种"的时候,梁启超特意给林纾派一顶桐城派的帽子,颇有落井下石之嫌。林纾以后对梁启超深表不满,恐怕也与梁氏在《清代学术概论》中这几句有失分寸与敦厚的说话有关。①

出于爱国救国的热情,林纾曾在一段很长时间内把康梁的言论奉为北斗明星。1897 年初,梁启超在《时务报》发表了《变法通议》的"论幼学"专章,林纾马上以村塾教师的身份加以回应,取白居易(772—846)讽喻新乐府之体,用浅白近理的语言,写了《闽中新乐府》32 首作为童蒙教材,在 1897 年底付梓印行,在戊戌变法之前。诗集中反映的都是鼓吹变法、倡导新政的思想。这说明那时的林纾曾经站在时代潮流的前列。他在自序中说:

> 儿童初学,力图强记,骤语以六经之旨,则悟性转窒。故入人以歌诀为至。闻欧西之兴,亦多以歌诀感人者。闲中读白香山讽喻诗,课少子,日仿其体,作乐府一篇,经月得三十二篇。吾友魏季渚爱而索其稿,将梓为家塾读本。②

他对传统教育的反省、新教学形式的尝试,以至他对西方的认识与取法,都明显与《变法通议》中"论幼学"的主旨是相通的。"论幼学"比较了中国与西方的童蒙教育,批判了幼学授经的做法,提出了"歌诀书"的构想,这些都为《闽中新乐府》所遵循。《闽中新乐府》32 首的内容,尤其紧贴着梁氏所列举的激发国耻、旁及彝情、宦途丑态、试场恶趣、鸦片顽癖、缠足虐刑各项③,而且能够把中国同世界比较,从而看到中国的处境和问题。这里面有警醒瓜分之祸的《国仇》("激士气也"),有敦促认清当前中外形势的《渴睡汉》("讽外交者勿尚意气也"),有检讨童蒙教育的《村先生》("讥蒙养失也"),有揭发社会问题如苛徵杂捐的《关上虎》("刺税厘之丁横恣陷人也"),有讽刺科举取士的《破蓝衫》("叹腐也"),有感叹鸦片之祸的《生骷髅》("伤鸦片之害也")。

戒缠足、兴女学,是近代中国有识之士所普遍关注的问题。林纾在《小脚妇》中也形象地揭露了缠足对妇女的残害,"下轻上重怕风吹,一步艰难如万

---

① 据张俊才:《林纾年谱简编》,林纾曾于 1921 年 10 月致书朱羲喦,对梁启超表示极大不满。见薛绥之、张俊才编:《林纾研究资料》,福州:福建人民出版社,1982 年,第 55 页。
② 见林薇选注:《林纾选集·文诗词卷》,成都:四川人民出版社,1985 年,第 267 页。
③ 梁氏所举各项见《饮冰室合集》文集一,第 54 页。

里",同时林纾也把兴办女学誉为盛举。其《兴女学》一诗陈述女学的重要意义时写道:"果立女学相观摩,中西文字同切磋。学成即勿与外事,相夫教子得已多。""女学之兴系匪轻,兴亚之事当其成。"他把兴办女学提到了关系国家兴衰、民族存亡的重要地位。平心而论,林纾在妇女问题上的主张颇有维新派思想家的思想特征,这些主张对于传统的"男尊女卑"、"女子无才便是德"的陈腐观念无疑有所突破,表现出一定的男女平等思想。

这组诗与康梁的政论有共同的主题:取法西方,改良中国。它表现了作者对世界的认识以及他学习西方的迫切之情。胡适(1891—1962)在近30年后才看到林纾的《闽中新乐府》,大为惊讶,认为这组诗说明作者"做过社会改革的事业",也"做过很通俗的白话诗"①。当梁启超和夏曾佑(1863—1924)、谭嗣同(1865—1898)还在以"得绘新名词"为"诗界革命"的时候,林纾已经跨出了更大的一步,以白话写诗表达他的新思想了。

出于对改良派理念的认同与宣扬,林纾在文章中不断提出要学习西方,要吸收新学,他也常引西事作举例。他在1900年写的《译林叙》中说:

> 今欲与人斗游,将驯习水性而后试之耶?抑摄衣入水,谓波浪之险,可以不学而狎试之,冀有万一之胜耶?……亚之不足抗欧,正以欧人日勤于学,亚则昏昏沉沉,转以欧之所学为淫奇而不之许,又漫与之角而自以为可胜,此所谓不习水而斗游者矣。②

他在1902年撰《尊疑译书图记》,称美严复(1854—1921)翻译的《群学肄言》〔Herbert Spencer(1820—1903):The Study of Sociology〕,强调西学的重要;③在1905年写的《洪罕女郎传·跋语》中他提到自己讲学时"敦喻诸生,极力策勉其恣肆放西学,以彼新理,助我行文,则异日学界中定更有光明之一日"④。在《伊索寓言》识语中更强调不学则要沦为奴隶。⑤ 可是林纾与康梁有一点本质上的不同。康梁以参与政权或夺取政权作为实现改良的一个重要基础,他们的一切

---

① 胡适:《林琴南先生的白话诗》,载姜文华主编:《胡适学术文集·新文学运动》,北京:中华书局,1993年,第461页。
② 见林薇:《百年沉浮——林纾研究综述》,天津:天津教育出版社,1990年,第128页。
③ 见《林纾年谱简编》,第90页。
④ 见林薇选注:《林纾选集·文诗词卷》,成都:四川人民出版社,1985年,第23页。
⑤ 见薛卓:《林纾前期译书思想管窥》,载《林纾研究资料》,第389页。

活动莫不以此为出发点,他们的政治取向是很清楚且毫不掩饰的。他们是政治家。林纾却不然,他始终坚持"书生"的身份,从 1899 年起更绝情仕宦。他关心政事,是因为"国家兴亡,匹夫有责"的责任感。他结识了一些改良派行动家,如林旭(1875—1898)。他差不多毫无保留地认同改良派的政治理想,在实际行动和言论上也加以宣扬鼓吹,可是他从来没有参加改良派的政治团体。他的性格近于"任侠",为了理想,乐助人之成,但他却不愿受政团的约束[①],他愿意以康梁的同路人自居,却不愿党同康梁。他始终最珍惜自己"古文家"的身份,以此为荣,远过王侯,古文家这特殊身份使他的翻译事业带有特殊的色彩。

二、林纾与新文化运动的论争及有关史实

那么,导致林纾后来撰文反对白话的原因是什么呢?迄今为止,人们通常有以下几种解释。有的从政治思想的角度,认为林纾本质上始终是一个封建守旧者,此说对林纾自身的思想矛盾重视不够;有的则从性格上找原因,认为林纾性情孤高捐介、疾恶如仇且又固执己见,这导致了他晚年的如此言行;还有的归之于环境的原因,认为林纾中年时期结交的都是新派人物,而晚年交往减少且有交往者也大都是复古派。这些说法各有其价值,然而也有着片面性或缺少进一步的分析。他们没有认识到文化本身的复杂性问题以及白话文运动自身的不足之处。

我们认为应该从以下三个方面来评价林纾在这场论争中的表现:一、林纾与某些人的个人恩怨,导致他有一些过激的言论。二、白话文自身存在的偏颇。我们应该看到,"古文"仅是一种表情达意的语言工具,不能因为传统的礼教及观念是用"古文"来表述的,"古文"就应该完全废止。"五四"时期的新文化运动并没有看到这一点,所以正是其褊狭之所在。三、在论争中个别人不甚光明的行为。还是让我们先看一下有关的史实,再作出恰当的结论吧。

1906 年,林纾开始任教于京师大学堂(即北京大学之前身),起初讲授伦理学,自从 1909 年起受文科聘,主文科讲席。当时京师大学堂基本上被桐城派把持,林纾自然颇受推崇,虽然他一再否认自己是桐城弟子。民国之初,林纾仍在

[①] 参蒋英豪:《自写风怀与兼贻史料——林纾剑腥录析论》,载《传统与现代之间》,香港文德文化事业有限公司,1991 年。

已改名为北京大学的京师大学堂任教,然此时北大风气已变,林纾多次慨叹江河日下、世风不古。当时的文坛"有魏晋文派与唐宋文派之争,大抵崇魏晋者,以章太炎为宗师;尊唐宋者,推林纾为盟主"①。而民国之初,章氏之威望与学识大大压过林纾,其革命主张和传奇式的经历更是世人皆知,在北大中魏晋文派势力日增。林纾与其不合,终于在1913年愤而辞去大学讲席,和他同时辞职的还有桐城派古文家姚永朴。这里有必要谈一下章太炎与林纾的个人积怨之深达到何种程度。林纾在《畏庐笔记》中有一则《马公琴》,借人物对话对章氏之治学大加嘲讽:"某公者,挦扯饾饤之学也。记性可云过人,然其所为文,非文也。"章太炎对林氏更是鄙视,他在《与人论文书》中点名指斥林纾,"下流所仰,乃在严复、林纾之徒","汝纶既殁,其言有无不可知,观吴汝纶所为文辞,不应与纾同其谬妄","然特视林为不足依傍桐城,更无论司马迁辈也"。而且,章太炎还对林纾自视甚高的小说大加贬斥:"林纾之书得之小说署者,亦犹大全讲义诸书传于六艺儒家也。"由此可以见出二人相轻的程度,所以林纾被排挤出北大,自会愤慨之极,此种心情可见之于他的《与姚叔节书》。那么,这与林纾的后来反对白话有何关系呢?原来,林、姚二人辞职后,章氏一派势力大增,特别是姚叔节辞去北大文科教务长一职后,由夏锡祺主持北大文科,夏氏倾向章氏,遂引进了一大批章太炎一派学者。其中正是钱玄同,后来与刘半农合演"双簧",将林纾等痛骂一通。由于这些原因,林纾还能忍耐得住吗?

蔡元培接任校长后,大胆聘用一批年轻有才华的青年为教授。他们之中又有不少人曾留学国外,归国之后更是雄心勃勃、不可一世,其言谈举止和写诗作文都大有"舍我其谁"之气概。这在已迈入老年而又不甘人下的林纾看来,自是"是可忍也,孰不可忍也"。正如寒光所言:"秉性服善甚笃而疾恶如仇,他之所以不甚满意于新文化、新思潮者,也就错拿了这种主意,和受了一时感情冲动的蒙蔽。"②

众所周知,白话文运动展开之际,蔡元培与林纾有过一次著名的交锋。林纾反对白话文时提出一个独特的见解,"非读破万卷,不能为古文,亦不能为白话",作为"白话之至"的《水浒》《红楼》,"作者均博览群书之人"。蔡元培则挺身

---

① 参阅林薇选注:《林纾选集》小说卷上,成都:四川人民出版社,1985年,第327—328页。
② 寒光:《林琴南》,第209页。

辩护道:"北京大学教员中,善作白话文者,为胡适之、钱玄同、周启孟诸君。公何以证知非博览群书,非能作古文,而仅以白话藏拙者?"显然,仅在学术修养层面辩护此一问题并无太多意义。蔡氏声言"五四"新人不只"新知深沉",且"旧学邃密",这并没有错,然这与林纾所关心的其实如南辕北辙。或许林纾的确是借此讥讽新学之辈以"白话藏拙",但究其本心,真正的危机意识无疑是感受到传统作为"知识资源"的失落。这个论辩的关键是如何看待文言以及用文言为载体的中国传统文化,究其本质即是关于中国传统文化能否作为这一代人的"知识资源"。

1917年,林纾首先写了一篇反对白话文的文章,题目是《论古文之不当废》,说:

> 知腊丁不可废,则马班韩柳亦有其不宜废者。吾识其理,乃不能道其所以然,此则嗜古者之痼也。①

今天,我们揣测林纾之意,乃说拉丁文虽然早已不再被普遍使用,但是,西洋人并没有把拉丁文完全废弃。既然西洋人尚且如此,我们中国人又怎能把古文完全丢掉呢?这两句话说得十分有理,但因后边两句话说得太坦白了,结果被胡适与陈独秀抓住小辫子,就"吾识其理,乃不能道其所以然",大肆抨击,弄得林纾颇有点招架不住。

1918年,林纾又写了《论古文白话之相消长》,主张"古文者,白话之根柢,无古文安有白话?"他认为古文是白话文的根底,白话不能完全脱离文言的传统。这个观点是完全正确的。

1918年3月15日《新青年》第四卷第三号同时发表钱玄同化名王敬轩写的《给〈新青年〉编者的一封信》和刘半农的《复王敬轩书》,聚讼焦点之一即是对于林纾和"林译小说"的评价。王敬轩的来信模仿林纾的崇拜者的口吻,说:

> 林先生为当代文豪,善能以唐代小说之神韵,译外洋小说。所叙者,皆西人之事也,而用笔措词,全是国文风度,使阅者几忘其为西奇,是岂寻常文人所能企及;而贵报乃以"不通"相低,是真出人意料……喻里贵报休矣!林先生渊聪之古文,则目为不通;周君(指周作人)赛涩之译笔,则为之登

---

① 上海《民国日报》1917年2月8日。

载,真所谓弃周鼎而宝康瓠者炙。林先生所译小说,无虑百种,不特译笔雅健,即所定书名,亦往往斟酌尽善尽美,如云《吟边燕语》,云《香钩情眼》,此可谓有句皆香,无字不艳.

刘半农的复函则逐一驳斥,痛加抨击。

> 林先生所译的小说,若以看"闲书"的眼光去看他,亦尚在不必攻击之列,因为他所译的"哈氏丛书"之类,比到《眉语莺花杂志》,总还"差胜一筹",我们何必苦苦的"凿他背皮"。若要用文学的眼光去评论他,那就要说句老实话:便是林先生的著作,由"无虑百种"进而为"无虑千种",还是半点儿文学的意味也没有!何以呢?因为他所译的书,第一是原稿选择得不精,往往把外国极没有价值的著作,也译了出来;真正的好著作,却未尝或者是没有程度过问;先生所说的"弃周鼎而宝康瓠者",正是林先生译书的绝妙评语。第二是谬误太多:把译本和原本对照,删的删,改的改,"精神全失,面目全非"……林先生遇到文笔謇涩,不能达出原文精奥之处,也信笔删改,闹得笑话百出。以上两层,因为林先生不读西文,即使把译本原本,写了出来对照比较,恐怕先生还是不懂,只得"一笔表过不提";待将来记者等有了空,另外做出一篇《林译小说正误记》来,"以为知者道"。……第三层是林先生之所以能成其为"当代文豪",先生之所以崇拜林先生,都是因为他"能以唐代小说之神韵,译外洋小说";不知这件事,实在是林先生最大的病根……当知译书与著书不同,著书以本身为主体,译应以原本为主体;所以译书的文笔,只能把本国文字去凑就外国文,决不能把外国文字的意义神韵硬改了来凑就本国文。

王敬轩来函中"香钩情眼"云云,本来就是意在出林纾的洋相,刘半农就此大加挖苦讥诮:"先生拥戴林先生,北京的一班'捧角家',洵视先生有愧色矣!……这'香钩情眼',本来是刁刘氏的伎俩;外国小说虽然也有淫荡的,恐怕还未必把这等肉麻字样来做书名;果然如此,则刁刘氏在天之灵,免不了轻展秋波,微微笑曰:'吾道其西!'况且外国女人并不缠脚,'钩'之香与不香,尤非林先生所能知道。"

林纾成为新文学运动首当其冲的抨击对象。应该说这是白话文阵营中的文人先以这种"不善"的手段把林纾及其"林译小说"当成了攻击的靶子,而后才有林纾后来的反击。这也正是"林译小说"在当时巨大影响力的反证！事实上，钱玄同、刘半农在1918年3月合演"双簧"，对林纾之翻译与创作大加嘲讽，而林纾是在一年之后才进行反击，即写了那一封致蔡元培的信，应当说他已经很能忍耐了。有些文学史谈到这一段历史时却不提时间，仿佛钱、刘一骂，林纾就马上反驳，其实这中间还差一年呢。而且，林纾无论撰文还是写小说影射，在很大程度上是对人不对事，是含有很多泄愤出气成分的，而这样做正好满足了《新青年》的要求，陈、胡等正急于找一个新文学的反对者而林纾主动送上门来，这怎能不使他们又惊又喜。历史就是这样地富于戏剧性，就是这样地复杂而又简单。郑振铎回顾当时那场论战："不久真正有力的反抗运动也便来了，古文家的林纾也来放反对的第一炮。"[①] 同样，郑的说法也是忽略了钱、刘的"双簧"与林纾"反击"的时间间隔，是不公允的。

1919年春，林纾在上海的《新申报》连续发表文言短篇小说《荆生》[②]、《妖梦》[③]。林纾在《荆生》中游戏于小说之中，造出三少年"皖人田其美"、"浙人金心异"和"不知其何许人"的"狄莫"。写三人在陶然亭聚饮，田生大骂孔子，狄生主张白话文，此时一伟丈夫荆生破壁而入，痛殴田、狄，怒斥金生，三人抱头鼠窜而去。小说结尾黯然叹道："如此混浊世界，亦但有田生、狄莫足以自豪耳，安有荆生？"局中人一眼便能看出那三人即是陈独秀、钱玄同和胡适，而荆生则是会武术、写过《技击余闻》的林纾本人，这与1913年的《剑腥录》以会剑术的主人公邴仲光自况如出一辙。现在当然很难猜测林纾何以出此下策，或许"木强多怒"的他被打击压抑得太久，乘机在文字中好好发泄一通，甚至可能他以为这只是"性滑稽"的表现。《妖梦》的主旨和《荆生》相同，小说讲到阴曹中有一白话学堂，影射北京大学。"校长元绪、教务长田恒、副教务长秦二世"，"田恒二目如猫头鹰，长喙如狗，秦二世似欧西之种，深目而高鼻"，分别指陈独秀和胡适，而"谦谦一书生"的元绪影射的是一直置身事外的蔡元培，最后罗睺罗阿修罗王"直扑白话学堂，攫人而食，食已大下，积粪如丘，臭不可近"。如果说《荆生》还可算是逞一时之快的话，《妖梦》则是有些言辞过分了。

---

① 郑振铎：《中国新文学大系·文学论争集导言》。
② 载《新申报》1919年2月17、18日。
③ 载《新申报》1919年3月18—22日。

与此同时,林纾又发表了一封长篇的公开信——《答大学堂校长蔡鹤卿书》。① 他对新文化运动的指责主要有二:一曰"覆孔孟,铲伦常";一曰"尽废古书,行用土语为文字,则都下引车卖浆之徒,所操之语,按之皆有文法……凡京津之稗贩,均可用为教授矣"。

信的发表引起轩然大波,支持林纾的老派文人大为喝彩,辗转传诵,把它比作韩愈的《原道》。新文学阵营则予以反驳。蔡元培当即发表《答林君琴南函》,逐条一一驳斥,阐明了"思想自由"、"兼容并包"的办学宗旨。复函结尾处给林一击:"譬如公曾译有《茶花女》、《迦茵小传》、《红礁画浆录》等小说,而亦曾在各学校讲授古文及伦理学,使有人诋公为以此等小说体裁讲文学,以狎妓奸通争有夫之妇讲伦理者,宁值一笑矣?"

一时,在《旬周评论》、《新青年》等刊物上,抨击林纾的文字纷纷涌现。守常(李大钊)发表了《新旧思潮之激战》一文,指责林纾"鬼鬼祟祟的,想用道理以外的势力,来铲除这刚一萌动的新机(指新文化运动)",声称:

> 我正告那些顽旧鬼祟、抱着腐败思想的人:你们应该本着你们所信的道理,光明磊落的出来同这新派思想家辩驳、讨论……你们若是不知道这个道理,总是隐在人家的背后,想抱着那位伟丈夫的大腿,拿强暴的势力压倒你们所反对的人,替你们出出气,或是作篇鬼话妄想的小说快快口,造段谣言宽宽心,那真是极无聊的举动。须知中国今日如果有真正觉醒的青年,断不怕你们那伟丈夫的摧残;你们的那伟丈夫的摧残;你们的伟丈夫,也断不能摧残这些青年的精神。②

如果说林纾"鬼祟"的话,那钱、刘二人的"双簧"应该是更为"鬼祟"的行为了。正常的学术论争应该注意的是态度和气量问题,双方都应该遵循"虚己服善"的原则,树立一种服膺真理、不文过饰非的学风。特别应该强调对论争对手的尊重与宽容。容忍不同的声音存在,并不等于抑制批评,批评本身也是不同的声音。所以,在这一点上应该说双方都有错,都过于情绪化。而且争端是由钱、刘先引起的,是他们缺乏"讨论"的雅量与心胸,在一开始就没有用光明磊落

---

① 1919年3月18日《公言报》。
② 1919年3月9日《每周评论》第12期。

的方式与林纾进行"讨论"。所以李大钊在文中仅仅指责林纾一方是不够公正的。

也有一些批判文章流于谩骂和人身攻击,如贵兼在《每周评论》的通讯栏中写道:

> 他(指林纾)是只知道'艳情小说'的人,配用批改中学生作文卷的文法去批改他吗?(我以为只知道'艳情小说'的人,他的知识,就和做'黑幕'、画春宫的人一样断断不必和他讲'文学'两个字)。①

在此我们还有两个例证来说明林纾的本意只是在泄愤而并非从根本上反对白话,一是他在1919年发表小说《荆生》、《妖梦》的同时,他又在北京《公言报》上发表"劝世白话新乐府",这已是他第三次写这样的白话诗了。该报为此特辟专栏,并加按语说:

> 林琴南在《平报》作白话讽喻新乐府百余篇,近五年已洗手不作矣。然世变日屻,悲者不自胜,乃复为冯妇,请本报拓一栏容之,不收润笔。……琴南年垂七十,与世何争,既不为名,亦不为利,所争者名教耳。阅报诸君,当能谅之。今世人既行白话,琴南亦以白话为之,趋风气也。

倘若林纾是反对白话的,他又怎会再三地写白话诗呢?须知他是一个多么固执己见的老人啊!其二即为《荆生》、《妖梦》的发表,遭到《新青年》同人的痛斥,林纾也自感手法过于恶劣,遂写信给北京各报馆承认错误,此举也得到了陈独秀的称赞,在《随感录》中说:"林琴南写信给各报馆,承认他自己骂人的错处,像这样勇于改过,到(倒)是很可佩服。但是他那热心卫道、宗圣明伦和拥护古文的理由,必须要解释得十分详细明白,大家才能够相信咧。"②如今的现代文学史,往往只讲林纾写小说骂人,不讲他的道歉,这是不公平的。1919年4月5日,大约是林纾在报上就自己的《荆生》、《妖梦》向蔡元培等道歉之后,《公言报》上发表了林纾的《腐解》,剖心肝以自白于天下。文章开宗明义地写道:"蠢叟(林纾别号)者,性既迂腐又老而不死之人也。"这篇文章使我们读到了林纾作为一个历史悲剧人物的孤独和无奈:

---

① 1919年3月30日《每周评论》第15期。
② 陈独秀:《林琴南很可佩服》,载1919年4月13日《每周评论》第17期。

……予乞食长安,蛰伏二十年,而忍其饥寒,无孟韩之道力,而甘为其难。

名曰卫道,若蚊蚋之负泰山,固知其事之不我干也,憾吾者将争起而吾弹也。然万户皆鼾,而吾独作晨鸡焉;万夫皆屏,吾独悠悠当虎蹊焉!七十之年,去死已近。为牛则羸,胡角之砺?为马则驽,胡蹄之铁?然而哀哀父母,吾不尝为之子耶?巍巍圣言,吾不尝为之徒耶?

苟能俯而听之,存此一线伦纪于宇宙之间,吾甘断吾头,而付诸樊于期之函。裂吾胸,为安金藏之,剖其心肝。皇天后土,是临是监!子之掖我,岂我之惭?

可见林纾的人格绝对比新文学阵营中的某些人要真诚得多。但林纾自然不能体察,新文化的激进其实更多是一种姿态,或一种策略,目的是使白话迅速获得"言文合一"的合法地位。林纾与新文化的论战,颇像一位器量狭窄的老者与一群明知故犯的顽童的对骂——在论战中双方都因对方的存在而常常"被迫"有些非理性,但后者带着游戏发动者的自信,而前者却当真了,这是林纾较真的性格使然。然而,后来的文学史家们在叙述这段纷争时往往将它过分理性化,并加入了过多的道德评价,历史事件原本具有的偶然性和非理性被梳理成正反力量阵线分明、真理永远胜利的正剧——历史的叙述者往往是势利的,他们纷纷站在胜利者的一边,败者就只合是"寇"了。历史对林纾有些不公,在史家的笔下,他成了小丑。与新文化的交锋不仅令林纾自讨其辱,而且他不识时务的历史姿态竟成为他作为文学家历史终结点的"永恒姿态"。

如在郭志刚、孙中田主编的《中国现代文学史》第二章第一节《从思想启蒙到文学革命》中就有这样一段话:①

任何一次真正的改革运动都会受到来自保守势力方面的阻碍,文学革命也不例外。胡适发表《文学改良刍议》(1917 年 1 月)不久,曾经用古文翻译过大量西方文学作品的林纾便迫不及待地写了一篇题为《论古文之不当废》(1917 年 2 月)的文章,盲目地维护文言文的正宗地位。他说:"知

---

① 郭志刚、孙中田主编:《中国现代文学史》,北京:高等教育出版社,1993 年,第 58—59 页。

腊丁之不可废,则马班韩柳亦自有其不宜废者。吾识其理,乃不能道其所以然,此则嗜古者之癎也。"对此,胡适在1917年4月写给《新青年》的公开信中作了有力的反驳。他在指出林纾由于"学古文而不知古文之'所以然'"而写了"不合文法"病句后写道:"林先生为古文大家,而其论'古文之不当废','乃不能道其所以然',则古文之当废也,不亦明且显耶?"(胡适《寄陈独秀》,《中国新文学大系·建设理论集》)文学革命来势迅猛,出乎保守派人物的意料之外,他们除了瞠目结舌,一时似乎有些茫然不知所措,因而在此后的一年多时间里,新文学阵营没有遇到什么有力的对抗。

……

1919年初,趁政治形势日趋严峻之机,保守派便对文学革命以至整个新文化运动发起了疯狂的反攻。……同年3月,刘师培、黄侃等人创办了《国故》月刊,以所谓"昌明中国固有之学术"为宗旨,反对新文化运动。同时,林纾重新披挂上马,发表了致当时北大校长蔡元培的公开信《致蔡鹤卿书》,攻击当时主要由北大教师编辑的《新青年》是"覆孔孟,铲伦常","尽废古书,行用土语为文字",企图以此压迫蔡元培,再通过蔡元培去牵制《新青年》骨干。蔡元培立即写了一封题为《答林君琴南函》的公开信,据理反驳了林纾的责难,并且声明了自己的治校原则:"对于学说,仿世界各大学通例,循'思想自由'原则,取兼容并包主义"。几乎与此同时,林纾还在《新申报》上连续发表了两篇文言小说《荆生》和《妖梦》,影射和诋毁新文学倡导者,希望有侠客和神魔出来痛打或吞噬他们.这一切充分暴露了逆历史潮流而动的保守派人物希图用武力解决思想斗争问题的虚弱本质和阴暗心理。

这段文学史有失公允之处有三:首先,认为林纾的《论古文之不当废》中的那段文字是"盲目地维护文言文的正宗地位",这是不正确的,具体原因在上文中已有阐述;其次,林纾对"古文之不当废"是有其鲜明观点的,不能说是"不能道其所以然";最后,隐去有关史实,只提林纾所写攻击文章,而对其前因后果隐去不谈。这种只站在一种立场上选取一些对其有利的史实来编写文学史,不真实、公正地展现历史全貌的做法是不对的。可见文学史上对林纾的评价是多少的不公允。

三、林纾与白话文运动

其实我们只要仔细看看林纾关于白话的所有言论，就会发现他并没有反对白话，相反，他对《红楼梦》《水浒》《官场现形记》《老残游记》等白话小说推崇备至，这与胡适的观点几乎一模一样。① 林纾所主张的只有三点，一是文言之不可废是因为它还有保存古典文化的价值，在文学创作中文言仍有用武之地，也即白话与文言可以并存不悖；二是文言作为白话的基础与补充，也不当废弃；三是白话并不是口语的简单照搬，它仍需加工提炼。自然，因为是论战，林纾所言不免偏激，带有意气用事的成分："若尽废古书笔用土语为文字，则都下引车卖浆之徒所操之语，按之皆有文法……据此则凡京津之稗贩均可用为教授矣。"② 但意思还是明确的，他还说："总之非读破万卷不能为古文亦并不能为白话。"③ 应该说林纾是看出了白话与文言的继承与发展关系的，在《论古文白话之相消长》中他也谈到了这个问题，这甚至从题目本身即可看出。遗憾的是，由于历史的原因和时代的要求，当时的某些新文学提倡者不能也不可能看到林纾反对意见中有价值的东西，而只能一笔抹杀和一棍打死。也正是由于在当时过于强调白话的明白如话，强调白话的口语性和通俗性，从而使白话在今天依然呈现出不够含蓄和表达不周密等不足，而这与五四时期过分轻视、摈弃文言是有关系的。对此已有学者论及。我们只是说明今天再看林纾，应该更客观更全面，或者如《新青年》同人所说，更"平心静气"一些。其实，《新青年》同人在"平心静气"之后，还是能对林纾作出比较实事求是的评价，如胡适、陈独秀、周作人等在后来都写过这样的评价文字。他们尚且能够如此，我们难道还不能更加客观地对林纾进行评价吗？我们应该认识到，历史的价值是可以以多种角度去获得的。

1923年，鲁迅在写给日本学者增田涉的信中谈及他和周作人在东京留学期间翻译《域外小说集》的情况时说过这样一段话：

《域外小说集》发行于1907年或1908年，我与周作人还在日本东京。

---

① 参见林纾：《论古文白话之相消长》。
② 参见林纾：《红礁画桨录·译余剩语》。
③ 林纾：《致蔡元培书》。

> 当时中国流行林琴南用古文翻译的外国小说,文章确实很好,但误译很多。①

这里鲁迅指出林译的"文章确实很好",首先是因为他是一位古文家,所以他的语言质朴简练、通达流畅,用词造句能写照传神,富于情韵。这是他译文确实很好的一个重要原因。正是这种对古文语言充分的理解与运用,使他用文言来翻译的情况一直延续下去,造成他后来推崇古文而反对白话文的因素之一。为什么"林译小说"坚持不用白话,甚至林纾本人也反对没有古文功底的白话文呢?

客观上看是这一代知识者的知识结构所决定的。林纾学的是古文,中举后又专写古文,出名后又拜桐城派古文大家吴汝伦为师,两人纵谈古文源流及现状,吴也看过林纾写的部分文章,极力称许,谓"是遏抑掩蔽,能优其光气者"。所以他觉得用白话文在表情达意上远不如文言顺手。在他看来,用文言同样可以传达新的思想与观念。此外,其翻译小说的读者里也有一批"出于旧学界而输入新学说"的士大夫。

另一方面,中国古代语言、文字长期分离造成巨大的裂缝,把这一代作家逼到两难的窘境。从理论上讲,白话小说更符合文学发展趋向,可白话的浅白却又限制了现代思想的传播及现代人情感的表达。例如梁启超主张以白话取代文言,但他在翻译《十五豪杰》时,却只能采用文言,原因是白话未能表达自己的意思。鲁迅译《月界旅行》也是"初拟译以俗语",后嫌其冗繁无味而只好"参用文言"。使用书面语,文言有它难以克服的弊病:艰涩、僵化、远离生活现实;但它的雅驯、含蓄、合文法、有韵味,却又是生动而粗糙的白话所缺乏的。同时翻译小说阅读者大都是"出于旧学界而输入新学者",是他们的阅读习惯,把翻译小说推向书面语,从而使得翻译小说文言趋向更加浓厚。林纾作为这一代的知识分子,又深受传统古文影响,难免在译书时多以文言为主。这也是他的译文为什么一出世就受到那么多人的称赞和欢呼,其中很大的原因得力于他古文的功底。我们认为白话小说全面代替文言未必是件好事,只要有人读古文小说,就应该有创作古文小说的人。一个国家的文坛不应该只允许有一种声音,那未免

---

① 《鲁迅全集》第 5 卷,1981 年。

过分单调了。

在小说实践中坚守古文体制正是林纾的一贯处,即使白话小说成了主流、全面代替了文言之后,也不可否认他的古文小说在中国小说由传统向现代化的过渡过程中仍是一种可贵的探索。他的文体创新在一段时期里证明了古文在古代向现代社会转型时期仍然具有的生命力。清末小说读者对古文小说的接纳更加强了他对古文文体的信心。1908年,徐念慈在《余之小说观》中谈到古文小说与白话小说的出版比例:"就今日实际上观之,则文言小说之销行,较之白话小说为优。"他对为什么文言小说胜于白话小说的销行进行过市场分析,因为小说读者是:

> 百分之九十出于旧学界而输入新学说者,其百分之九,出于普通之人物,其真受学校教育而有思想、有才力、欢迎新小说者,未知满百分之一否也?所以林琴南先生,今世小说之泰斗也,问何以崇拜之者众?则以遣词缀句,胎息史汉,其笔墨古朴顽艳,足占文学界一席而无愧色。

从旧派中来,惯于读古书、作古文的小说接受者,仰慕林纾当时的古文名气,所以特别地能够欣赏林纾。即使这样,他的翻译小说印数一般的也不超出一万!徐念慈立足于当时的书业的分析是客观的,但并不足以说明其影响。还有一个材料可以构成补充,施蛰存在事隔80年后说:

> 林纾用古文翻译外国小说,还在题记序跋中阐发原作者的文笔,有与司马迁、班固异曲同工之妙。这样,他首先把小说的文体提高,从而把小说作为知识分子读物的级别也提高了。《巴黎茶花遗事》一出版,风行一万余册,读者都是知识分子。他们一向读古文、写古文,可是从来没有读过用古文写的长篇言情小说。这种形式的小说,文体既不是唐人传奇,内容又不同于《红楼梦》,于是,他们对小说另眼相看,促成了文学观念的一大观念。①

这表明在清末民初小说从传统向现代转化的过渡时期,古文小说曾经发挥过巨大的作用。在中西文化现代沟通的发端期,林纾就努力地要在东西方的叙事文学作品之间建立起一种合乎他的理想的互融关系,在翻译介绍大量西洋作

---

① 施蛰存:《近代中国文学大系(1840—1919)》,见《翻译文学集·导言》,上海:上海书店出版社,1990年。

品的过程中他有了许多属于自己的发现。这些外国小说的叙述与中国的历史散文叙述相比较,竟然有那么多相通的东西,于是他就在自己创作的小说中将二者事例呈现出来。他写的不是章回小说,而是古文掩盖下的西式结构的小说,他是第一个有意地将东西方的叙述进行整合的小说家。林纾在翻译和自己创作小说中运用古文走过了一段不短的路程:始于提升小说品格的功臣,继而是积极的文体探索者,抓住即将失去活力的古文工具局部地整合西方语言,努力使中国的小说向前走出一大步,终于在五四新文化运动兴起时为坚持古文而反对白话,因而被看作是历史前进的障碍。朱自清先生曾经提示过批评的任务是"将中国还给中国,一时代还给一时代"①。本着这样的精神,对林纾这样一位产生过巨大影响的人物,我们必须将他放回到当年中国小说的历史情境中才能作出令人满意的解释,否则就不好对那段中国历史作个交代。就古文论古文,林纾的文体成就很高,这并不因为章太炎对他的摒斥和胡适对他的抨击而变得毫无价值。尤其是他在小说中运用古文,是对这一文体的可塑性的一次重要的探究,事与愿违的结果不能归罪于这一文体和林纾的动机。梁启超自撰的《新中国未来记》同样是用古文创作的,但在文体方面几乎没有什么创新,而在文体创新上,林纾却走出了一大步。

四、关于"林译小说"及"五四"新文学运动的一些思考

为什么"林译小说"及其创作能够在中国传统文学的规范中协调好与外国文学的关系并体现出中国文学的革命性,而以革命为目的的新文学竟反而制造了中外文学间的紧张和对立关系并流于极端、偏激而不自觉?

我们的解释是,从清末民初到五四时期,西方文化(文学)虽然是以一种强势姿态进入中国的,但是,林译坚守的是中国传统的主流文化(文学)立场,在文化心理上,他不允许也没有弱势和自卑之感。面对西风东渐的历史潮流,他仍然以中国传统文化(文学)来对抗西方文化(文学),"林译小说"也就是这种对抗的产物,从中显示出更多的是林纾对于中国传统文学的自信。五四新文学的思想价值取向却与此完全不同。可以说,五四新文学的地位是处在了纵横两方面的双重劣势之下。在纵的方面,五四新文学秉承的是中国自康梁维新以来的新

---

① 朱自清:《诗文评的发展》,见《朱自清散文全集·中集》,南京:江苏教育出版社,1996年。

文学——中国白话文学的历史传统,但是,在中国传统文学的格局中,相对于文言文学的主流地位,白话文学则始终是受到轻视,甚至无视的。新文学的革命性就是要改变中国文学传统中的历史结构,使白话文学取得文学正宗的地位,只是新文学面对的是一份先天弱势的历史遗产。在横的方面,西方文学对于在自身文学结构中处于弱势的中国白话文学,其强势地位和形象更不待言。而这又恰好迎合了中国新文学的时代需要,它正可以利用和凭借西方文学的强势影响,来达到颠覆中国文学传统和结束传统文言文学的统治地位的目的。革命是如此的迫不及待,以至于陈独秀宣称"决不允许有讨论的余地"。那么,在文学的价值资源问题上,西方文学之排斥中国传统文学,自然是符合新文学的思维方式,但从中多少也透露出了些许新文学的不自信。

从"林译小说"和当时外国文学翻译的盛况来看,中国的传统文学并未与外国(欧美)文学产生尖锐的对立关系。我们不难发现这样两种基本事实,其一,外国文学的翻译先驱,不管其文化倾向是保守的还是激进的,或有没有国外留学的经历,他们并没有因文学翻译活动而形成对于中国传统文学的排斥和否定,即使是鲁迅,也是直到五四前夕才发表了激烈的反传统言论;早期的外国文学翻译,完全是由中国文学自身的需要而以某种自然状态进入中国文学之中的,并且,它们也都兼容在中国文学之中,成为中国文学中的一种崭新的历史内容。其二,中国传统文学的语言形式和文体形式,并没有构成外国文学翻译的障碍,相反,外国文学都能够顺利地融入中国文学的传统形式之中,成为中国文学形式的有机组成部分,进而丰富了中国文学的审美经验。这也就意味着,外国文学的翻译是以中国文学自身的更新和创造为前提的,同样,坚持中国传统文学和中国本位文化的立场,并不妨害同时可以把外国文学作为中国文学的更新和创造的基本资源。——"林译小说"正是在中国传统文学及其时代潮流的情境中,最为突出地完成并代表了中外文学的历史性融合。

因此,从林纾到以鲁迅为代表的新文学第一代作家,虽然外国文学经由他们的译介和创作而成为中国文学的实际资源,但并未因之使中国文学趋于消亡或成为西方文学的中国版。否则,将如何理解中国新文学的诞生呢?中外文学在资源价值上的分化和对立,其实是在五四以后的文化和政治因素以一种极端的方式介入中国文学之后才逐渐变得尖锐起来的。

如果说五四新文学既有其自身发展历史逻辑的中国白话文学传统,作为再生的文学资源,同时又得到了以强势文化姿态进入的外国文学资源的强大支援——此外,还有一点也很重要,清末民初以"林译小说"为主要代表的中国传统文学与外国文学融为一体的翻译文学,也为五四新文学革命提供了客观价值方面的思想和文学资源,那么,相比之下,中国新时期文学在文学资源方面的先天条件就不但毫无优势可言,而且还显得相当的窘迫和尴尬。

"林译小说"及林纾的创作实践的意义是多方面的,它开创了中国近代翻译文学的新局面,在中西文化交流史上,"林译小说"乃是西方资产阶级文化与蜕变中的中国近代文化融合的结晶。它的出现对中国近现代文学有着积极的影响,可以说"林译小说"是中国20世纪文学的新资源。

首先,林纾的翻译及创作实践,自觉不自觉地适应了古老中国走向现代化的历史进程,为历史的发展及时地提供了精神食粮。林纾出现的时代,正是古老中国向近现代中国转型的历史关键时刻,亟需新的价值尺度、新的伦理观念、新的处世原理、新的社会理想作为变革古旧的中国的参照系。"林译小说"正是及时地满足了这种历史的需求,为变法维新的时代先驱提供了一幅与传统中国社会完全不同的新的社会图景。林译小说从人物系列、故事情节,到体现在其中的价值观念、伦理思想,以及社会制度、文化氛围,都与中国既有的一切形成鲜明的对照,从而显示出变革的必要性与迫切性、合理性与可能性。

其次,"林译小说"为中国文学向外国文学的学习提供了一个窗口,遂使近代小说的创作在格式、技巧诸方面,出现了一些虽是稚弱但却是有决定意义的革新迹象。近代文学创作的任何一点进步,都必然以直接或间接的方式加惠于"五四"新文学。"五四"小说的现代化,可以说是由此迈开第一步的。林纾不仅自己在创作中主动接受了外国小说的影响,而且在翻译过程中也曾比较注意介绍和学习外国小说的创作方法和描写技巧。因此可以说我国比较自觉、比较正规的文学翻译事业是由林纾奠基的,也可以说林纾的翻译及其创作实践是中国现当代文学的一种新资源。

我们研究林纾的翻译及其创作实践的意义何在呢?任何一种文学资源的现实性价值,必须依靠自觉的文学意识去加以激活和发现。但是,新时期文学与其自身的中国文学传统的疏离和隔膜,却使得它在多方面表现为被动状态。如果外国文学资源能够有助于促成中国文学的自觉——理论上应该如此,那么,它对中国文学的影响无论如何巨大而深刻,都不足以令人产生任何质疑。

但如果因此使得其他文学资源无法激起足够的热情，那么无论如何这种文学所处的依然是一种弱势的文化情境，并且，它注定了是极其软弱和不自信的。因此，提出中国文学的基本价值资源问题，其实想唤起的是中国文学对于外国文学的一种抗衡意识——百年之前，"林译小说"就是这样做的。只有抗衡，才能改变中国百年来形成的那种文学宿命——我们从不认为中国传统文学是被外国文学打垮的：革命的力量只能源自并依赖于其本身内部的机制或结构。中国现代早期的白话文学由此成为胜利者，但它在相当程度上又必须为中国现代文学的偏执和极端承担责任。无奈的是，中国当代的新时期文学承受了这份遗产。那么，所有的代价也就只好由它来偿付了。

第四节　梁遇春的创作与英国文学的关系

　　Essay，有人将它译作小品文、随笔、论文、散文，因此，小品文的提法往往与散文的概念联系在一起。至于小品文、散文的概念以及两者之间的关系，学术界有多种说法。现代文学中的"四分法"，将散文视作与小说、诗歌、戏剧并列的文学样式。所谓"散文"，林非认为"就狭义散文领域而言有小品、随笔、游记、日记、书信这些体裁，就广义散文领域而言有杂文、政论、学术小品、序跋、回忆录、人物特写、报告文学、传记文学这些体裁"[①]。林非从广义和狭义两个角度来认识散文，并涉及"小品"与散文的关系，其认识有可取之处。我们认为小品文属于散文。20世纪二三十年代的小品文，多是指那种短小轻松、抒写人生启悟、富有情趣的散文。我们在这样一个认识背景下来探讨小品文。

　　20世纪二三十年代，中国现代小品文创作形成一定气候，给现代文坛带来了深远的影响。这也是中国现代小品文走向成熟的一个标志。它的兴盛并非偶然。中国现代小品文汲取中外文学的滋养，特别是英国小品文对其产生了重要的影响。

　　20世纪初，中国的大变革为现代小品文的发展提供了广阔的背景，也带来

[①]　林非：《现代六十家散文札记》，天津：百花文艺出版社，1980年，第2页。

了难得的发展机遇。摧枯拉朽的大变革高扬民主、科学的大旗,要挣脱封建专制的桎梏,那种对旧传统的质疑,对旧权威的挑战,那种追求身心解放的呼唤,汇成历史潮流。① 时代大潮对众多文学样式提出了新的要求。其次,社会的急剧变化让人沉思,让人对社会、人生的方方面面进行再思考。由于生活节奏的加快,人们不可能花大量的时间和精力对所有这些思考进行精雕细镂,形成文字。这些文字既要及时、准确,又要亲切,让人接受,不能拒人于千里之外。更由于定期出版物的大量出现,其对文章篇幅的要求以及读者的口味都对不同的文学样式提出了新的要求。这些都为小品文的繁荣带来了必要的读者与出版载体。

在大量译介外国作品的 20 世纪二三十年代里,外国小品文受到越来越多的中国学人的关注,于是兴起译介外国小品文的风气。不同国度、不同流派、不同风格的作家的文章都得到中国翻译者的青睐。如俄国作家果戈理、屠格涅夫、列夫·托尔斯泰、契诃夫等作家的短小文字,印度泰戈尔那富有哲理色彩和音乐感的诗文,法国的伏尔泰、卢梭、帕斯卡等作家的哲理文章,美国作家欧文、爱默生、喀拜尔、安伯罗斯·皮埃尔等作家的散文,还有"缓缓地,从容不迫地赏玩人生"②的日本写生文都译成了汉语,成为中国新文学作家习得新的写作手法与内容的重要手段。

不过,翻译较多的还是英国随笔,不仅有随笔理论的介绍和随笔作品的大量翻译,还有随笔名家的评传和随笔小史一类文章陆续问世。如此,不仅比较系统地介绍了英国随笔的历史和现状,也比较全面地阐发了英国随笔艺术的特长。

梁遇春,笔名驭聪、秋心、春、蔼一,福建闽县(今福州市)人。1928 年,梁遇春从北京大学英文系毕业,到上海暨南大学任外国语言文学系助教,讲授英国散文。后来梁遇春到北大图书馆工作。1932 年,年仅 28 岁的梁遇春病逝于北平。第一部小品文选集《春醪集》是梁遇春生前由北新书局出版,第二部散文集《泪与笑》是梁遇春病逝后由废名(冯文炳)搜集他的遗著编成,于 1934 年由开明书店出版。两集之外的作品发表在《语丝》、《新月》、《北新》等几个刊物上。他翻

---

① 陈独秀:《文学革命论》,《新青年》第 2 卷第 6 号。
② 周作人:《知堂书话》,钟叔河编,海口:海南出版社,1997 年,第 77 页。

译的文学体裁有小品文、诗歌、小说,翻译的作品,据吴福辉为《梁遇春散文全编》写的前言里介绍,"'二十四种'一说差不大格"。[①] 其中影响较大的译作有《英国小品文选》、《小品文选》和《英国诗歌选》。

梁遇春是"在几个特选的牧场上嚼嫩叶的牛"[②],他的"特选的牧场"就是翻译和小品文创作,而这两者又有密切的关联。

梁遇春在长期的翻译实践中,对外国作品朝夕聚首,有诸多启悟和灵感。他将这些启悟和灵感与时代气息相结合,形成自己现代的民主精神、独立不阿和理想主义的人格,而这一切都渗透在他小品文中的字里行间。特别是对英国小品文把玩得"纯熟",终于能得其精髓,练就了一手"绝活",并将其与中国读者的接受心理结合起来,调和得恰到好处,因此,他的小品文让人感到新鲜有力,情趣盎然。

梁遇春一生译作有 20 种之多,包括翻译英国狄更斯、笛福、高尔斯华绥、哈代等人的创作,较有影响的是《英国小品文选》、《小品文选》、《小品文续选》和《英国诗歌选》。对于诗歌,他"不喜欢流利之艳体",[③]而最爱"涵有极多之思想的悱怨之作"。[④] 梁遇春曾说过:"小品文的妙处神出鬼没,全靠着风格同情调,是最难迻译的。"[⑤]正因为他深得英国随笔的精神,对小品文的特点有着独到的认识,因此,梁遇春的译文没有风格的僵化和情调的变味。我们不敢说他的译笔已达到了所谓的"化境",但至少他把小品文的特质活灵活现地译了出来,加之他所译的小品文都是十分切合人生的论题,每每让人沉醉其中。梁遇春的翻译对他自己的创作产生的影响很明显,但是他不是简单的引用,而是将其作为养料,吸取其精华,结合中国文学的实际,进行新的创造。

过去,有些读过梁遇春小品文的人,曾说他的作品洋味十足。今天,读梁遇春小品文,仍会感觉外国文学作品对他的启发很大。梁遇春小品文的创作在构思、语言以及弥漫在有些小品文中的情绪等方面都可以在他翻译的英国小品文中找到类似的影子。

---

① 吴福辉:《梁遇春散文全编》,吴福辉选编,杭州:浙江文艺出版社,1992 年,第 15 页。
② 李冰封整理:《梁遇春致石民信四十一封》,载《新文学史料》。
③ 同上。
④ 见梁遇春:《从孔子到门肯》,载《新月》第 2 卷第 6—7 号合刊。
⑤ 《死》,见《英国诗歌选》,梁遇春译注,北新书局,1930 年,第 139 页。

梁遇春的很多小品文曾受到其所译的外国文学作品的启发。"懒惰汉的懒惰想头",梁遇春声明是来自英国小品文作家杰罗姆·凯·杰罗姆(Jerome K Jerome)的文集名称的;《论麻雀及扑克》多受兰姆《拜特尔太太谈打牌》一文的启发,《拜特尔太太谈打牌》谈的是"play for love"(男女做爱)的游戏,而《论麻雀及扑克》从游戏谈赌钱,谈中国的礼节,说到理发匠,将北京的车夫与上海的车夫比较,发现"他们是专以礼节巧妙不出血汗得些冤枉钱的"。进一步分析"赌钱也是为满足占有冲动",那些"输了钱占有冲动也不能满足,那更是寻乐反得苦了。"《论麻雀及扑克》的文眼在于点破中国旧礼节中的虚伪。我们把他翻译的英国小品文中哈兹里特(William Hazlitt)的《死的恐惧》、史密士(Aleaander Smit)的《死同死的恐惧》拿来读读,便知道他为什么会想出这么一个《人死观》怪题目的了。

在他翻译的《英国诗歌选》中,还有一篇《死》的诗,或者说我们了解这首诗后,就更容易去理解梁遇春所译的许多有关与"死"的小品文了。

  Death stands above me。whispering low

  I know not what into my ear;

  Of his strange language all I know

  Is,there is not,a word of fear.

死神站在上面,低低地向我的耳朵说些我不懂的话儿;他那奇怪的言语,我所知道的只是里面没有一句使人害怕的话儿。①

这首诗的内涵是很丰富的,不过其中有一层意思是说"死"本身没有什么可怕。《死的恐惧》与《死同死的恐惧》也有类似的意思。梁遇春自己创作的《人死观》里也有说到这个意思。史密士(AlezanderSmith)的《死同死的恐惧》里面也多有"向死挑战的句子",进而谈"死不大理我们的冷讽与隐讥;向他扔一把标枪或者一朵玫瑰都是一样的"②。"死只当现在眼前时我们才觉得可怕。当在远处,或者我们以为是在远处,我们能够漫骂他或者低声喊他,而且,甚至于跟他开玩笑。"③

---

① 史密士(Alexander Smith):《死同死的恐惧》,见《小品文续选》,上海:北新书局,1935年,第129页。
② 同上书,第131页。
③ 同上书,第149页。

> 你我的生活这样一天一天地过去是件够无聊的事情；但是我们一想起它必得结束，一样的考虑，不是关于自己的，却是关于别人的，都奔到心头，乏味之感登时消灭了，生活假使'如是'过下去将停滞而腐烂了。激动生活打扰生活的种种希望，忧愁同追悔使生活保留它的新鲜同健康，正如海是因潮流的骚乱而生气。在一个都还舒服的世界上，没有死这件事，我们真不容易看出这些健全的忧愁，追悔同希望会从何方来。照眼前的情形，我们命运里的震动和哀苦的够多的，但是我们必得记住就是因为有这些震动和哀苦，我们才是呼吸有思想的动物。①

史密士在这里点出"因为有这些震动和哀苦，我们才是呼吸有思想的动物。""忧愁同追悔使生活新鲜同健康"，"没有死这件事，我们真不容易看出这些健全的忧愁，追悔同希望会从何方来"，文章中比喻"激动生活打扰生活的种种希望，忧愁同追悔使生活保留它的新鲜同健康，正如海是因潮流的骚乱而生气"。② 梁遇春在自己的翻译中，对外来句式的处理可谓恰到好处，并吸取有益的成分，使自己的语言活泼，有灵气。

值得注意的是，在梁遇春翻译的《英国诗歌选》里，后半部的许多诗歌并没有按照诗歌原来的形式组织语言，而是用散文的语言形式来排列的。这固然有节约纸张的因素，重要的是，他用散文语言的形式更适合自己来表达诗歌原有的意思，传达诗歌原有的精神，从中我们可以看出梁遇春是重实质而不受形式约束。

如何看待生活中的"悲哀"，《英国诗歌选》里，梁遇春选译布朗宁的《假面具》、《悲哀》以及他自己创作的《"失掉了悲哀"的悲哀》等小品文多有涉及，它们既有同，又有不同。

在梁遇春翻译布朗宁（Elizabeth Barrett Browning）的《假面具》一诗里，他的翻译就有"在你这酸苦的世界"，"皮笑是代价不轻的假面，"而且"悲哀的真实做成了人生的活剧"③。梁遇春在他翻译的《英国诗歌选》中，很多作品表达了类似

---

① 史密士（Alexander Smith）：《死同死的恐惧》，《小品文续选》，上海：北新书局，1935年，第129页。
② [英]布朗宁（Elizabeth Barrett Browning）：《假面具》（The mask），见《英国诗歌选》，梁遇春译注，北新书局，1930年，第210—211页。
③ 同上书，第214—215页。

的思想。又如在他翻译的《英国诗歌选》中布朗宁另外一首诗《悲哀》里,他将 I tell you, hopeless grief is passionless① 翻译成"没有希望的悲哀是冰冷的"②。梁遇春在自己写的《"失掉了悲哀"的悲哀》里这样写道:"人们一定要对于人生有了肯定以后,才能够有悲欢和哀乐。不觉得活着有什么好处的人,死对于他当然不是件哀伤的事。"他借"青"的话说"无论如何,他非是有些希冀,他的生活是不能够有什么色彩的。人们的目的是靠人们的价值观念而定的。倘若他看不出什么是好,什么是坏,他什么肯定也不能够说了,他当然不能够有任何目的,任何希冀了"。无论是其思想还是用词,梁遇春的翻译和自己的创作存在有很多相似之处。

梁遇春翻译的诗歌和小品文里有一些流露出"哀伤的忧愁"的情绪,这种情绪对他的小品文的创作不无影响。《又是一年春草绿》和《春雨》里面的思想情绪在雪莱(Percy Byshhe Shelley)的《哀歌》、《云雀歌》和罗杰(Roger Wray)的《秋》里就有许多相似的地方。下面我们看看梁遇春翻译的《哀歌》、《云雀歌》、罗杰的《秋》与他自己创作的小品文《又是一年春草绿》、《春雨》之间的微妙关系。

雪莱(Percy Byshhe Shelley)的《哀歌》一诗也是写生活中的悲哀。

    A LAMENT

    O World! O life! O time!

    On whose last steps I climb,

    Trembing at that where I had stood before

    Whell will return the glory of your prime?

    Na mare-Oh. never more!

    Out Of the day and night

    A joy has taken flight:

    Fresh spring, and summer, and winter boar,

    Move my faint heart with grief, but with delight

---

① [英]布朗宁(Elizabeth Barrett Browning):《假面具》(The mask),见《英国诗歌选》,梁遇春译注,北新书局,1930年,第210—211页。

② [英]雪莱(Percy Byshhe Shelley):《哀歌》(A Lament),见《英国诗歌选》,梁遇春译注,北新书局,1930年,第178—179页。

NO more-Oh, never more!

哀 歌

呵世界！呵人生！呵光阴！我踏着我的残年上登,看到我从前站足的地方,我浑身发撼,青春的光荣哪时回来？再也不——呵,绝不再来！

朝朝夜夜欣欢渐渐地远走高飞,阳春,夏天同皓冬使我微弱的心儿感到悲哀,但快乐之感是再也不——呵,绝不再来里！[①]

《又是一年春草绿》和《春雨》开始的文字就与《哀歌》有许多相似的地方：

一年四季,我最怕的却是春天。夏的沉闷,秋的枯燥,冬的寂寞,我都能够忍受,有时还感到片刻的欣欢。灼热的阳光,憔悴的霜林,浓密的乌云,这些东西跟满目疮痍的人世是这么相称,真可算做这出永远演不完的悲剧的绝好背景。

《春雨》里写春雨：

整天的春雨,接着是整天的春阴,这真是世上最愉快的事情了。我向来厌恶晴朗的日子,尤其是骄阳的春天。

雪莱(Percy Byshhe Shelley)的《哀歌》里慨叹世界、人生、光阴,"呵世界！呵人生！呵光阴",我要"发颤",接着我感到"阳春,夏天同皓冬使我微弱的心儿感到悲哀"。《又是一年春草绿》和《春雨》的措辞语句就与《哀歌》有许多相似,而不同的地方在于,他们表达的感觉和心情是不一样的。在《哀歌》里,"青春的光荣哪时回来？""绝不再来！""快乐之感""绝不再来见""我浑身发颤"[②],我的心"感到悲哀"。而在《又是一年春草绿》里,"夏的沉闷,秋的枯燥,冬的寂寞,我都能够忍受,有时还感到片刻的欣欢"。在《春雨》里,"整天的春雨,接着是整天的春阴,这真是世上最愉快的事情了"。《哀歌》基调是哀,《又是一年春草绿》和《春雨》则是述说自己心境的不止有"哀",还有"欣欢"。

梁遇春翻译雪莱(Percy Byshhe Shelley)《云雀歌》(*TO A SKYLARK*)中的几行诗句：

[①] 雪莱(Percy Byshhe Shelley):《哀歌》(*A Lament*),见《英国诗歌选》,梁遇春译注,北新书局,1930年,第178—179页。

[②] 同上书,第167页。

> Waking or asleep,
>
> Thou of death must deem
>
> Things more true and deep
>
> Than we mortals dream,
>
> Or how could thy notes flow in such a crystal stream?
>
> We look before and after,
>
> And pine for what is not:
>
> Our sincerest laughter
>
> With some pain is fraught:
>
> Our sweetest songs are those that tell of saddest thought.

> 醒着或者睡着，你必是把死看做是真实而有深意的东西，不是我们世上的人们所尝梦到——否则你的音调怎能如此流利晶清？
>
> 我们前瞻俊顾，常感不足而心酸；我们最真挚的大笑声杂有苦辛；我们最甜蜜的歌曲是诉出最哀伤的忧愁。①

在他翻译的《小品文选》里，他选译了罗杰(Roger Wray)的《秋》，其中一段文字：

> 今天早上当我到乡下去做个长时间的漫步时候，我心里完全以为会看到秋的衰老的悲哀表象。
>
> 但是一开头我就碰到一个光荣赫赫的惊愕，我的心境由哀伤而变为狂喜。我从阴郁的诗的幻境走到生气充植的现实，从惆怅的幻想走到有力的畅伏，高歌忧郁的诗人们的一切预言像秋叶一样地四散凋零了。谁能够看着秋色的照耀，而说它们是严肃呢？谁能深深地吸进一口秋风，而说他是老迈呢？②

雪莱的《云雀歌》一诗认为生活中的人们应该"把死看作是真实"，"我们前瞻后顾"是因为我们"常感不足而心酸"，我们的"笑声""实际上杂有苦辛"，因此，"最哀伤的忧愁"是"最甜蜜的歌曲"。罗杰(Roger Wray)的《秋》里，"我"并没有

---

① 罗杰(Roger Wray)：《秋》，见《小品文选》，梁遇春译注，北新书局，1930年，第528页。
② 同上。

看到"秋的衰老的悲哀表象",而是"碰到一个光荣赫赫的惊愕","我的心境由哀伤而变为狂喜"①。有了上面的文字,我们不难理解梁遇春在自己创作的《第二度的青春》里谈的却是"乡愁"、"春愁";《又是一年春草绿》里"看到阶前草绿,窗外花红",感到的是"宇宙的不调和气"可哀唯有人间世刀;《春雨》说的是"我向来厌恶晴朗的日子",而"骄阳的春天""完全显出宇宙里的白痴成分",而"春雨缠绵""真可以做这个哑谜一般的人生的象征"。梁遇春在《泪与笑》里的篇什多流露这类思想情绪,抒情气氛较浓。

英国小品文偏好玩味普通的生活感情经验,梁遇春也是以他敏感的心灵从身边事物里抽出有趣的话题,由家常中发现精妙之处。梁遇春解剖悲哀人生后所得的是返朴归真的境界,他要求透过小品文的简单味显现出日常生活中的美丽。这一点,我们不能用简单的借用来概括。他深得英国文学的精髓,英国文学作品对他的诸多启发,他都有深刻的把握;不过,他结合中国文学的实际,他的兴奋点始终是他自己对人生的独特看法,他称之为探索"人生之谜"。

至于他在自己的作品中引用英国文学界的事例,可谓比比皆是。

引用外国的逸闻趣事,就很耐人玩味。在《人死观》里,在谈到"不止我们平常时都是想着生",他举出 Hazlit 在弥留的时候说:"好吧!我有过快乐的一生。"他并没想死是怎么一回事。又举 Charlotte Bronte 临终时候对她的丈夫说:"呵,我现在是不会死的,我会不死吧?上帝不至于分开我们,我们是这么快乐。"在提到"好多人一说到死就只想将死时候的苦痛",他举恺撒的逸事:被暗杀前一夕,有人问哪种死法最好?他说:"要最仓猝迅速的!"疾病苦痛是生的一部分,同死的实质满不相干。

这多少有点英国小品文中特有的那种诙谐、戏谑的笔调。看看他翻译的英国小品文,就会发现这种思想、这种语气的文字可谓比比皆是。梁遇春太了解中国读者,所以,他从英国小品文里那种调侃和戏谑的风调中汲取营养,形成自己独特的笔法,并运用到自己的创作中,让读者"松散一下",使文章"沁人心脾",这样才有"回甘的好处"。例如,《谈"流浪汉"》这篇小品文里,他也是从英国文学中找到很多有说服力的文字:

---

① 艾迪生:《论健康之过滤》,见《英国小品文选》,梁遇春译注,开明书店,1929年,第25页。

若使我们翻开文学史来细看,许多大文学家全带有流浪汉气味。Shakespeare(莎士比亚)偷过去世人家的鹿,Ben.Jonson(本·约森,英国诗人,剧作家),Marlowe(马娄,英国作家,诗人)等都是 Mermaid Tavern 这家酒店的老主顾,Goldsmith(古尔德史密斯,爱尔兰文学家)吴市吹箫,拿着他的口笛遍游大陆,Steele(斯蒂尔,英国小品文家)整天忙着躲债,Charles Lamh(兰姆,英国作家),Leigh Hunt(亨特,英国作家)颠头颠脑,吃大烟的 Coleridge(柯勒律治,英国诗人,哲学家),Deuincey(德昆西,英国小品文家)更不用讲了,拜伦,雪莱,济茨那是谁也晓得的。就是 Wordsworth(华兹华斯,英国诗人)那么道学先生神气,他在法国时候,也有过一个私生女,他有一首有名的十四行诗就是说这个女孩。目光如炬专说精神生活的塔果尔,小孩时候最爱的是逃学。Browning(勃朗宁,英国诗人)带着人家的闺秀偷跑,Mrs.Browning(勃朗宁夫人)违着父亲淫奔,前数年不是有位好事先生考究 Dickens(狄更斯)年轻时许多不轨的举动,其他如 Swinburen(斯文伯恩,英国诗人,批评家),Stevenson(斯蒂文生,英国小说家)以及《黄书》杂志那班唯美派作家那是更不用说了。

他列举英国作家的逸闻趣事不仅很有说服力,而且还显出一种诙谐来。如在《救火夫》里,他说"我们虽然自命为旁观者","人间世的喜怒哀乐还是跟我们寸步不离",那"故意装作超然的旁观态度,真是个十足的虚伪者"。"天下最显明地自表是个旁观者,同最讨厌的人无过于做旁观报的 Addison 了,但是我想当他同极可敬爱的 Steele 吵架的时候,他恐怕也免不了脱下观客的面孔,捞个愚蠢的人生里一个愚蠢的满腔愤恨的角色了。"读到这里真让人忍俊不禁。

同样在《"还我头来"及其他》一文里,在谈到"朋友的结合,因为二人同心一意虽多,而因为性质正相反也不少",他举出中国的"心思精密的管仲同性情宽大的鲍叔,友谊特别重",又举英国的"拘谨守礼的 Addison 和放荡不羁的 Steele。厚重老成的 Soutbey 和吃大烟什么也不管的 Coleridge,也都是性情相背,居然成历史上有名友谊的榜样"。

从这些"洒脱"近似"胡闹"的文字,我们可以看出梁遇春可谓深得英国小品文的精髓,里面的文字绕过来绕过去,在那里津津有味地调侃,在那里"胡闹",不是急于破题,而其中"含有默思的成分,才能蕴藉,才有回甘的好处"。梁遇春从英国随笔里的游戏、调侃、讽刺中提炼出智慧。而且古今文学知识的上引下联,不仅能说明自己的观点,也使文章更有情趣,活泼有灵气。因此,他的文章不仅有趣,而且还可以拿来用作学习英语、了解英国风土人情的学习材料,这也是他的小品文在当时受欢迎的重要原因。

他将在长期的翻译实践中对一个西方知识者的风调的认识与中国读者的接受心理结合起来,并且调和得恰到好处,创造性地形成了自己新的观察问题、思考问题的方法,而这一切又无不洋溢着时代精神,充满青春的朝气。

梁遇春自己写的一篇篇小品文,多能看出他翻译的小品文对他的启示。如:艾迪生《论健康之过虑》里,叙述者在叙述完自己的经历后接着是有滋有味地说:"对于死的恐惧常常可以致命,人们怕死,找法子来救命,这法子倒是不错地把他们害死。"[1]"逃走死的比打仗死的还要多几千;这也可以用于那班自己想是有病的人们,他们吃药太多,身体弄坏,为的要力躲开死,反自己丢到死的手臂中去。"[2]将吃药和人生的意义联系起来。"只研究怎样保存生命好像是人生唯一的目的,保护我们的健康当作毕生的事业,除开养生吃药外什么也不干",认为"这种法子不仅仅是危险的,而且是理性的动物所不应该做的"。艾迪生谈吃药、打仗、保命,最后悟到"生命的保存应该是第二种重要的事,生活的处理当做最重要的事"[3]。

看看梁遇春创作的《文学与人生》,就知道他受艾迪生《论健康之过虑》之类的文章的影响之大。在《文学与人生》里,他的许多观点尽管有值得商榷的地方,但针对当时一些人看问题爱走极端而有所感喟,因此,他的《文学与人生》无疑是对将文学视为"认识人生唯一的路子"的观念的反拨。他说:"文学同人生中间永久有一层不可穿破的隔膜。大作家往往因为对于人生太有兴趣,不大去念文学书,或者也就是因为他不怎么给文学迷住,或者不甚受文学影响,所以眼睛还是雪亮的,能够看清人生的庐山真面目。"接下来他举英国作家的例子来分析:

> 所以真真跑到人生里面的人,就是自己作品也无非因为一时情感顺

---

[1] 艾迪生:《论健康之过虑》,见《英国小品文选》,梁遇春译注,开明书店,1929年,第25页。
[2] 同上书,第27页。
[3] 梁遇春:《小品文选·序》,北新书局,1930年。

笔写去,来表现出他当时的心境,写完也就算了,后来不再加什么雕琢功夫。甚至于有些是想发财,才去干文学的,莎士比亚就是个好例。他在伦敦编剧发财了,回到故乡作富家翁,把什么戏剧早已丢在字纸篮中了。所以现在教授学者们对于他剧本的文字要争得头破血流,也全因为他没有把自己作品看得是个宝贝,好好保存着。他对人生太有趣味,对文学自然觉得是隔靴搔痒。就是 Steele. Goldsmith 也都是因为天天给这光怪陆离的人生迷住,高兴地喝酒,赌钱,穿漂亮衣服,看一看他们身旁五花八门的生活,他们简直没有心去推敲字句,注意布局。文法的错误也有,前后矛盾地方更多。他们是人生舞台上的健将,而不是文学的家奴。热情的奔腾,辛酸的眼泪充满了他们的字里行间。但是文学的技巧,修辞的把戏他们是不去用的。虽然有时因为情感的关系文字非常动人。Browning 对于人生也是有具体的了解,同强度的趣味,他的诗却是一做完就不改的,只求能够把他那古怪的意思达到一些,别的就不大管了。

两篇文章,艾迪生的《论健康之过虑》是由吃药联系到人生,梁遇春的《文学与人生》讲文学与人生的关系,《论健康之过虑》最后点出"生活的处理当做最重要的事",梁遇春的《文学与人生》始终关注那些"真真跑到人生里面的人",并且指出莎士比亚"对人生太有趣味,对文学自然觉得是隔靴搔痒"。无论是莎士比亚,还是 Steele. Goldsmith,梁遇春称赞他们"是人生舞台上的健将,而不是文学的家奴"。他的分析虽然有些偏颇,但在 20 世纪二三十年代里,在倡导思想自由、鼓吹个性解放的时代潮流中,他的文章无疑是一服清凉散。

可见,梁遇春长期浸泡在英国文学中,英国文学作品对他的启发可谓无时不在。他从英国文学中得其精髓,并将其与中国文化的实际结合起来,形成自己新的观察点,于是,梁遇春有了一个新的视野。

第五节 梁遇春的目标: 创作"带着中国情调的小品文"

梁遇春对小品文有着清醒的认识,更有一种不懈的追求:"在世界小品文里面能够有一种带着中国情调的小品文。"①梁遇春在小品文的创作中,与其说是借鉴英国的例子来论证,倒不如说是受英国文学作品的启发,他秉承中国文学的精神,大量运用中国文学上的雅词典语、逸闻趣事,驰骋自己的奇思妙想。在对问题的分析中,他始终着眼于中国的现实,探讨的是中国当下的问题,渗透在文章中的是中国当下的时代精神。

在小品文中,他对生命的思考,扣问人生的意义,他分析问题的方法、文章的构思、语言句式以及文体风貌等方面,都努力探索如何创作出"带着中国情调的小品文"②,从而使当时的读者读他的作品既感到新异,洋溢着时代气息,又感到亲切熟悉,那么富有活力,这也是他的小品文耐人咀嚼,常品常新的重要缘由。

在创作小品文里,梁遇春在阐明自己的认识时,将中国古典文学作为重要的资源,因此,小品文的字里行间无不透露出中国文化的底蕴,显示出他不懈追求的是小品文中的"中国情调"。读梁遇春的小品文,我们可以和他一路尽情去领略中国文学的无限风光。

首先,梁遇春小品文引用中国古代诗词中的词句,营造一种意境,或阐明一种认识。我们看看他的小品文《坟》、《第二度的青春》、《途中》和《她走了》。《坟》谈"我"心中的"坟":

> 可是,我心里却也不是空无一物,里面有一座小坟。"小影心头葬",你的影子已深埋在我心里的隐处了。上面当然也盖一座石坟,两旁的石头照例刻上"春秋多佳日,山水有清音"这副对联,坟上免不了栽几棵松柏。这是我现在的"心境",的的确确的心境,并不是境由心造的。负上莫明其妙的重担,拖个微弱的身躯,蹒跚地在这沙漠上。

用"小影心头葬"来说明"我心里却也不是空无一物,里面有一座小坟",那是"你的影子已深埋在我心里的隐处了"。

"小影心头葬"是取自龚自珍的词"万劫千生再见难,小影心头葬"。"春秋多佳日,山水有清音"对联为集句,上联"春秋多佳日"取自陶渊明《移居》中的"春

---

① 梁遇春:《小品文选·序》,北新书局,1930年。
② 梁遇春:《小品文续选·序》,北新书局,1935年。

秋多佳日,登高赋新诗",下联"山水有清音"摘取左思《招隐》中的"非必丝与竹,山水有清音"。用对仗工整的对联"春秋多佳日,山水有清音"来衬托自己"心境","我""拖个微弱的身躯","负上莫明其妙的重担"。接下来,说到"天天过坟墓中人的生活"的"我"时,说"我"的"心里却又有一座坟墓",梁遇春是这样来道出"我"的心境:

> 正如广东人雕的象牙球,球里有球,多么玲珑呀!吾友沉海说过:"诉自己的悲哀,求人们给以同情,是等于叫花子落出胸前的创伤,请过路人施舍。"
>
> 旨哉斯言!但是我对于我心里这个新家颇有沾沾自喜的意思,认为这是我生命换来的艺术品。

他用"广东人雕的象牙球"做比,从另外一个角度来形象地道出"我"心里"颇有沾沾自喜的意思",认为"这是我生命换来的艺术品"。另外,"旨哉斯言"这句古色古香的短语,其用语之精粹,甚是老到。

《第二度的青春》里,在分析人们"对于自己的事情感到厌倦,觉得太空虚"时,有这么一段文字:

> 其实人们一走出情场,失掉绮梦,对于自己种种的幻觉都消灭了,当下看出自己是个多么渺小无聊的汉子,正好像脱下戏衫的优伶,从缥缈世界坠到铁硬的事实世界,砰的一声把自己惊醒了。这时睁开眼睛,看到天上恒河沙数的群星,一佛一世界,回想自己风尘下过千万人已尝过,将来还有无数万人来尝的庸俗生活,对于自己怎能不灰心呢?当此"屏除丝竹入中年"时候,怎么好呢?

"屏除丝竹入中年",则是摘取清代诗人黄仲则《绮怀》中的诗句"结束铅华归少作,屏除丝竹入中年"。当谈到自己为"风尘下"过的"庸俗生活"而灰心时,他用"屏除丝竹入中年"一句来道出自己的心境,深入浅出,真是妙不可言。

《途中》写"我"在车上所见所感:

> 外面的蒙蒙细雨是看不见的,看得见的只是车窗上不断地来临的小雨点,同河面上错杂得可喜的纤纤雨脚。此外还有粉般的小雨点,栖止在我的脸上。我虽然有些寒战,但是受了雨水的洗礼,精神变成格外地清

醒。……醉生梦死久矣的我真不容易有这么清醒,这么气爽。再看外面的景色,既没有像春天那娇艳得使人们感到它的不能久留,也不像冬天那样树枯草死,好似世界是快毁灭了,却只是静默默地,一层轻轻的雨雾若隐若现地盖着,把大地美化了许多,我不禁微吟着乡前辈姜白石的诗句,真是"人生难得秋前雨"。

"人生难得秋前雨",是出自姜白石的《平甫见招不欲往》里的诗句。"外面的蒙蒙细雨"是看不见的,"车窗上不断地来临的小雨点","从破了的玻璃窗进来"的"粉般的小雨点""栖止在我的脸上","我""虽然有些寒战",但是这是"受了雨水的洗礼",于是,我的"精神变成格外地清醒","醉生梦死久矣的我","真不容易有这么清醒",此时,"我"意识到外面的景色"好似世界是快毁灭了,却只是静默默地,"那"轻轻的雨雾"是在"把大地美化"。面对外面如此的景色,他用"人生难得秋前雨"来道出面对此时此景的心情,真是再恰当不过。

在《她走了》一篇中,作者用苏轼浣溪沙一词里的短句述说"我"的凄凉的心境:

> 所以这两年来我的心里的贫血症是一年深一年了。今天这朵小花,上面还濡染着我的血,却要随着江水——清流乎?浊流乎?天知道!——流去,我就这么无能为力地站在岸上,这么心里狂涌出鲜红的血。
>
> "谁道人生无再少,门前流水尚能西。"但是我凄惨地相信西来的弱水绝不是东去的逝波。否则,我愿意立刻化作牛屎满面的石板在溪旁等候那万万年后的某一天。

用"谁道人生无再少,门前流水尚能西"来点出自己的心境。上面一段文字,可以看作是梁遇春化用苏轼《浣溪沙》一词。苏轼《浣溪沙》原词是这样的:

> 游蕲水清泉寺,寺临兰溪,溪水西流。
> 山下兰芽短浸溪,松间沙路净无泥。萧萧暮雨子规啼。
> 谁道人生无再少,门前流水尚能西。休将白发唱黄鸡。

梁遇春化用苏轼《浣溪沙》一词来述说"我"的凄凉的心境,运用仿化这一修辞技巧,化用"门前流水尚能西",引出"西来的弱水"、"东去的逝波"。可以说梁遇春的这段文字是受苏轼《浣溪沙》一词的启发来表达自己的心境。种种都说明梁遇春不仅有着丰富的中国古代文学知识,而且还有扎实的中国古典文学的功底。这就使他在阐述自己的观点时能纵横捭阖,左右逢源,进而使文章丰满圆润,耐人品读。

其次,梁遇春有的小品文直接引中国古典原诗词来拓展文思。如《春醪集·序》里用《洛阳伽蓝记》一段文字做引子:

> 刘白堕善酿酒,饮之香美,经月不醒。青州刺史毛鸿宾贲酒之落,路逢劫贼,饮之即醉,皆被擒获。游侠语曰:"不畏张弓拔刀,但畏白堕春醪。"
> 我读了这几句话,想出许多感慨来。我觉得我们年轻人都是偷饮了春醪,所以醉中做出许多好梦,但是正当我们梦得有趣时候,命运之神同刺史的部下一样匆匆地把我们带上衰老同坟墓之途。这的确是很惋惜的一件事情。但是我又想世界既然是如是安排好了,我们还是陶醉在人生里,幻出些红霞般的好梦罢,何苦睁着眼睛,垂头叹气地过日子呢?所以在这急景流年的人生里,我愿意高举盛到杯缘的春醪畅饮。
> 惭愧得很。我没有"醉里挑灯看剑"的豪情,醉中只是说几句梦话。

用《洛阳伽蓝记》里"不畏张弓拔刀,但畏白堕春醪"的笑谈趣闻,引出自己对人生的执著:即使被"带上衰老同坟墓之途",我还是愿意"高举盛到杯缘的春醪畅饮"。

"醉里挑灯看剑"一句出自辛弃疾的《破阵子·为陈同父赋壮语以寄》一词,原词:

> 醉里挑灯看剑,梦回吹角连营。
> 八百里分麾下炙,五十弦翻塞外声。
> 沙场点秋兵。马作的卢飞快,弓如霹雳弦惊。
> 了却君王天下事,赢得生前身后名。可怜白发生!

原词既有"醉里挑灯看剑"的豪情,又有"可怜白发生"的慨叹,这里只取豪情一意。梁遇春可谓深得辛弃疾词的精髓,极力言说其"梦话"之"荒唐",实乃显示其小品文的"洒脱"、"闲适"。

在《谈"流浪汉"》里,他举例说中国的"《儒林外史》的杜少卿、《水浒》的鲁智深、《红楼梦》的柳二郎、《老残游记》的补残老是深深地刻在读者的心上,变成模范的流浪汉"。他提出:"无论如何,在这麻木不仁的中国,流浪汉精神是一服极好的兴奋剂,最需要的强心针。"最后,他列举苏东坡一首《西江月》作结:

> 照野弥弥浅浪,横空隐隐层霄,障泥未解玉骢骄,我欲醉眠芳草。可惜一溪风月,莫教踏碎琼瑶,解鞍敲枕绿杨桥,杜宇一声春晓。
>
> 顷在黄州,春夜行蕲水中,过酒家,饮酒醉。乘月至一溪桥上,解鞍曲肱,醉卧少休。及觉已晓,乱山攒拥,流水锵锵,疑非尘世也。书此语桥柱上。

中国古诗词炼词锻句,讲究凝练。"醉眠芳草","踏碎琼瑶","过酒家,饮酒醉",几个词用在这里,便托出"流浪汉"那种放浪不羁、快活洒脱的心境,而且余音绕梁,令人回味无穷。这些古词雅句用在这里,使得小品文有着中国文学的底蕴,这也是小品文的"蕴藉"之处,从而有着"回甘的好处"。①

再次,梁遇春小品文中引用中国古代名人名言,画龙点睛,甚是精到。如《善言》里,用曾子的话"人之将死,其言也善"来引出人们到将瞑目时候,说出"极通达的、含有诗意的妙话"。说宇宙是"大江流日夜"般演进。"大江流日夜",出自南朝齐人谢朓一首诗《暂使下都夜发新林至京邑赠西府同僚》里的熔裁警句。当说到天下人做事的心态时,他这样说道:

> 这些话并不是劝人们袖手不做事业,天下真真做出事情的人们都是知其不可而为之。诸葛亮心里恐怕是雪亮的,也晓得他总弄不出玩意来,然而他却肯"鞠躬尽瘁,死而后已"。这叫做"做人"。若使你觉无事此静坐是最值得干的事情,那也何妨做了一生的因是子,就是没有面壁也是可以的。总之,天下事不完亦完,完亦不完,顺着自己的心情在这个梦梦的世界去建筑起一个梦的宫殿罢,的确一天也该运些砖头。明眼人无往而不自得,就是因为他知道天下事无一值得执著的,可是高僧也喜欢拿一串数珠,否则他们就是草草此生了。

"鞠躬尽瘁,死而后已",出自诸葛亮的《后出师表》。文中用这句话来托出"心里恐怕是雪亮"的"天下真真做出事情的人们"的心态,接下来是那"无往而

---

① 梁遇春:《小品文续选·序》,北新书局,1935年。

不自得"的"明眼人"也"知道天下事无一值得执著的",还有那"拿一串数珠"的"高僧"也不愿"草草此生"。从南朝齐人谢朓到运筹帷幄的诸葛亮,再到"拿一串数珠"的"高僧",文中的雅文典语无不透出中国文化的信息,有着中国文化的底蕴,从而使他的小品文"含有默思的成分,才能蕴藉,才有回甘的好处"①。

在《"还我头来"及其他》一文里,由"关云长兵败麦城",引出"还我头来"这个命题。

> 关云长兵败麦城,虽然首级给人拿去招安,可是英灵不散,吾舌尚存,还到玉泉山,向和尚诉冤,大喊什么"还我头来!"这是多么惊心动魄的事,万想不到我现在也来发出同样阴惨的呼声。

用关云长"还我头来"一语,来强调保持独立思考的重要性,给人以猛醒。
《滑稽和愁闷》——《醉中梦话(二)》里谈"说愁说恨"时,他又举我国古代晋朝人的"谈吐":

> 晋朝人讲究谈吐,喜欢诙谐,可是晋朝人最爱讲达观,达观不过是愁闷不堪、无可奈何时的解嘲说法。杀犯当临刑时节,常常唱出滑稽的歌曲,人们失望到不能再失望了,就咬着牙齿无端地狂笑,觉得天下什么事情都是好笑的。这些事都可以证明滑稽和愁闷的确有很大的关系。

从晋朝人"最爱讲达观"反衬出"不过是愁闷不堪",并发现他们"咬着牙齿无端地狂笑","觉得天下什么事情都是好笑的"正是最愁苦时。从古人那里找到"滑稽和愁闷的确有很大的关系",这种分析问题的方法,以及得来的认识,虽然不敢让人苟同,却着实让人玩味。

在小品文中,梁遇春将中外文学资源结合起来,关注中国当下的时代问题,洋溢着中国当下的时代精神;在对人生的思考,在分析问题的思路以及文体风格等方面,都努力探索如何创作出"带着中国情调的小品文",从而使当时的读者读他的作品既感到新异独特,又感到亲切熟悉,是个熟悉的陌生人。隐藏在字里行间的活力,不仅对当时人们的认识有所反拨,而且超越了岁月的阻隔,使今天的读者同样能产生共鸣,并感受到飞扬于小

---

① 梁遇春:《小品文选·序》,北新书局,1930年。

品文中的生命的激情。

中华民族的传统文化源远流长,博大精深,有着灿烂辉煌的历史。一方面,传统文化培育了吃苦耐劳、勇敢乐观的民族性格;另一方面,传统文化中保守、封闭、僵化的消极因素,也造成了民族性格中病态的文化心理、精神上的痛疾。20世纪二三十年代,革古求新,人的解放、思想的解放要求人们打破种种禁锢,破除迷信,挑战所谓的权威,时代呼唤着这样的作品,呼唤着这样的作家。有出息的作家和有生命力的作品,总是回应时代的呼唤,洋溢着时代激情。

梁遇春正是这样。梁遇春欣逢一个"王纲解纽"、思想自由的时代,伴随着西方各种文艺思潮的涌入,东、西方思想文化处于不断的交流、碰撞之中,其中有矛盾、苦痛,这些都促使包括梁遇春在内的现代知识分子重新审视周围的一切。年轻、敏感的梁遇春不是一个"旁观者",他积极参与,深入其中。他将从英国小品文中的所悟,与中国传统文化思想相结合,形成自己现代的民主精神、独立不阿和理想主义的人格,所以能以一个清醒的知识者的眼光来直刺中国民众"个性"中的瘤疾。他的小品文多有一种怀疑的眼光,渗透着一种大勇的批判精神,显示出其秉持知识分子卓然特立的文化批判立场。

在英国小品文作家里,梁遇春对兰姆有着深刻的认识,他在《小品文·序》里说:"兰姆的小品文是非常结实的,里面的思想一个一个紧紧地衔接着;却又是那么不费力气样子。"[①]可见他很关注作品的"思想",以及"不费力气"的"样子"。梁遇春在翻译的《英国小品文选》里选的兰姆的《读书杂感》,《小品文选》里选的《一个单身汉对于结了婚的人们的行为的怨言》,《小品文续选》里选有的《除夕》《梦里的孩子》,这些随笔小品从头至尾几乎没有几句话是直截了当的,文章漫话絮语,娓娓道来,显出生活的可爱。梁遇春虽然受到这些篇什的启发,但在自己的创作实践中,无论是在文想上,还是具体的创作方法上,其间渗透的"中国的情调"[②]都表现出对兰姆的超越。

对于读书学习,兰姆的《读书杂感》与梁遇春的小品文《"还我头来"及其他》与《做文章同用力气》,都有谈及这个话题,但他们的侧重点多有不同。兰姆的《读书杂感》中谈书的装订:

---

① 梁遇春:《小品文选·序》,北新书局,1930年。
② 兰姆:《读书杂感》,见《英国小品文选》,梁遇春译注,开明书店,1929年,第47—49页。

有坚固的背脊,清清楚楚地订着,这是一本书不可少的条件。然后再谈到华丽。就是办得到讲究华丽,我们也不应该毫无分别地花费在一切书的上面。好像,我不情愿把一套杂志穿上整整齐齐的衣服一样。便服或者半装订(老是用俄国皮做背脊)是'我们'的装束。将一本莎士比亚或者密尔敦(除非是第一版)盖上艳服完全是纨绔虚荣爱慕浮华的行为。这种浓妆不能增加它们的价值。说来也奇怪,这种外表(这外表是那么普通的)不能引起快感,也不会增加书的主人占有的愉快。还有汤姆生的《四季》这本诗集最漂亮的时候(我是这样主张的)是有些撕破处同折卷的页子。由一个真真爱念书的人看来,"流通图书馆"的老旧的汤姆朱黎斯同威克菲尔牧师傅的玷污的纸页同破烂的外表是多么美丽,而且,若使我们不因为过于讲究而忘却人类的温情,那种气味(俄国皮以外的气味),也是何等的可爱!这些破书指示出曾经有个手指快乐地翻那页子!——有的由它们得些快乐的寂寞女缝匠做帽戴首饰的,或者勤奋的做女衣者,在她长日工作之后,已经入了深夜,她由睡眠里勉强地偷出一个钟头,一字一字地拼出那迷人的内容,好像将她的烦恼浸在一杯忘川的水里头!谁愿意这些书少有些污点?我们能够希望它们有什么更好的形相吗?①

这里谈书的装订,"讲究华丽,我们也不应该毫无分别地花费在一切书的上面"②,将书"盖上艳服完全是纨绔虚荣爱慕浮华的行为"③,"这种浓妆不能增加它们的价值"。由莎士比亚的书想到汤姆生的诗集,由"真真爱念书的人"想到"寂寞女缝匠",不经意地提出不该"过于讲究而忘却人类的温情"。兰姆的《读书杂感》谈自己怎样读书,怎样找书,谈书的装订、版本,谈在草上和一个"很熟的小姐"读书,等等。在路旁书摊上,感到自己"没有钱来买书同借租书",只好"偷些学问",那老板"老在那里不高兴地看着",并发现他们舍不得"捡来些充满恐惧的快乐"。作者似乎无意专注于某一事物和情感的完整表现,在他的杂感里,谈的多是与书有关的自己的经历,自己的经验,其中不乏诙谐幽默的成分。

同样是谈读书治学的,梁遇春在《"还我头来"及其他》里,从自己小时候的

---

① 兰姆:《读书杂感》,见《英国小品文选》,梁遇春译注,开明书店,1929年,第47—49页。
② 同上。
③ 同上。

感受,到学校里全知的人们;从名士才子,到了解社会下层的作家,他都娓娓道来。他抓住梁启超开书单、胡适治哲学史的方法来理析:

> 思想界的权威者无往而不用其权威来做他的文力统一。从前晨报副刊登载青年必读书十种时候,我曾经摇过头。所以摇头者,一方面表示不满意,一方面也可使自已相信我的头还没有被斩。这十种既是青年所必读,那么不去读的就不好算做青年了。年纪轻轻就失掉了做青年的资格,这岂不是等于不得保首级。回想二三十年前英国也有这种开书单的风气。但是 Lord Avebury 在他《人生乐趣》(The pleasure of Life)里所开的书单的题目不过是《百本书目表》(List of 100 Books),此外 Lord Acton, Shorter 等所开者,标题皆用此。
>
> ……
>
> 梁启超先生开个书单,就说没有念过他所开的书的人不是中国人,那种办法完全是青天白日当街杀人刽子手的行为了。胡适先生在《现代评论》曾说他治哲学史的方法是唯一无二的路,凡同他不同的都会失败。我从前曾想抱尝试的精神,怀疑的态度,去读哲学,因为胡先生说过真理不是绝对的,中间很有商量余地,所以打算舍胡先生的大道而不由,另找个羊肠小径来。现在给胡先生这么当头棒喝,只好摆开梦想,摇一下头——看还在没有。总之,在旁边窥伺我们的头者,大有人在,所以我暑假间赶紧离开学府,万里奔波,回家来好好保养这六斤四的头。

梁遇春在《做文章同用力气》里,他由当时胡适提出的"做文章是要用力气的……"谈起,认为"Walter Pater 一篇文章改了几十遍,力气花到家了,音调也铿锵可听,却带了矫揉造作的痕迹,反不如因为没钱逼着非写文章不可的 Goldsmith 的自然美了"。他谈读书得出的结论"'信手拈来,都成妙谛'的文字都不是用力气",还为我们抄录了下面两句话:"你想要得新意思?请去读旧书;你要找旧的见解吧?请你看新出版的。"(Do you want to get at new ideas? Read old books; do you want to find old ideas? Read new ones.)

梁遇春始终关注中国当时知识界的思想动态。在《还我头来》及其他》里,他看穿了"思想界的权威者无往而不用其权威来做他的文力统一",还发现"在旁边窥伺我们的头者,大有人在",所以他提出了"年纪轻轻就失掉了做青年的资格"的担心,并借用关云长一句诉怨,来棒喝一声"还我头来!"在《做文章同用力气》里,他不信"做文章是要用力气",而赞同"信手拈来,都成妙谛"。

就小品文中如何表达自己的思想,梁遇春有着自己的认识:"国人因为厌恶策论文章,做小品文时常是偏于情调,以为谈思想总免不了俨然;其实自Montaigne一直到当代思想在小品文里面一向是占很重要的位置,未可忽视的。"①他的旨趣在于"能够把容易说得枯索的东西讲得津津有味,能够将我们所不可须臾离开的东西——思想——美化,因此使人生也盎然有趣"②,他主张"描状情调时必定含有默思的成分,才能蕴藉,才有回甘的好处"③。梁遇春就是要以轻松的形式来加上沉重的内容,在"漫话絮语"中蕴涵自己的思想。

如果说梁遇春翻译的英国小品文里有亨特"整天笑哈哈"的气息,或者兰姆伤感、忧郁的情绪,那么梁遇春的有些小品文中多少有一种天真率直之气。20世纪二三十年代,正是提倡个性解放、摆脱旧思想束缚的时代。他为当时中国"人云亦云"的现状而着急,就对此进行深入的分析,他说"他们的态度,观察点总是大同小异——简直是全同无异",主张要用自己的头脑独立地思考,推翻所谓"正宗"而不应迷信权威。他甚至挖苦当时的导师梁启超,说他给学生开书单的办法完全是"青天白日当街杀人的刽子手行为",然后他又意犹未尽地嘲讽了胡适的自以为是。他几乎谈遍了人生的所有命题,并且不说一句无关痛痒的废话,每有所论,必发人所未发,三言两语点中要害,而且语气措辞洋溢着率真直白一派天真而无城府之气。

在梁遇春翻译的《英国诗歌选》中,有许多小短诗是用生活中的小材料来表达深刻的哲理,而且显出其中的趣味来。在梁遇春自己创作的小品文中,有些作品体现出的思想就与他翻译作品中蕴涵的哲理有相似之处,其中分析问题的思维方式以及语言句式无疑对梁遇春产生过诸多的启发。

在行文的理路上,梁遇春的小品文与英国小品文又有所不同。他将事物置于矛盾对立的关系中,从一个新的角度对人们习以为常的旧观念进行分析,创造出一种似非而是的诙谐,从而使他的文章既新异,又亲切,那么富有活力。下

---

① 梁遇春:《小品文续选·序》,北新书局,1935年。
② 梁遇春:《小品文选·序》,北新书局,1935年。
③ 《英国诗歌选》,梁遇春译注,北新书局,1930年,第316—317页。

面是《英国诗歌选》中 Stephen Phillips (1868—1915)的一首诗,接下来分析梁遇春自己的创作:《醉中梦话》和《泪与笑》。先看 Stephen Phillips (1868—1915)的一首诗:

> My dead Love came to me, and said:
> "God gives me one hour's rest,
> To spend upon the earth with thee:
> How shall we spend it best?"
> "Wby, as of old,"I said, and so —
> We quarrelled as of old。
> But when I turned to make my peace,
> That one short hour was told。

> 我已死的爱人来对我说:"上帝给我一点钟的休息,到地上和你相聚:我们要怎样地好好用这时光呢?"
>
> "当然是照旧过活。"我说,于是我们照旧吵嘴。但是当我转身来向她说和,那短暂的一点钟却已过去。①

本想好好用这一点钟时光,可我们还是"照旧吵嘴",当我要说和,那"一点钟却已过去"②,其间微妙的关系,使小短诗既含哲理,又富情趣。

英国小品文中往往有一种调侃戏谑的成分。梁遇春小品文中的诙谐与他翻译的英国小品文中的戏谑又有所不同,梁遇春往往运用矛盾对立的方法创造出一种似非而是的诙谐,进而使自己的小品文多一份理性的色彩,同时显出其中的趣味来。

他在《醉中梦话(二)》说:

> 因为诙谐是从对于事情取种怀疑态度,然后看出矛盾来,所以怀疑主义者多半是用诙谐的风格来行文,因为他承认矛盾是宇宙的根本原理。Yoltaire, Montaigne 和当代的法朗士,罗素的书里都有无限滑稽的情绪。③

---

① 《英国诗歌选》,梁遇春译注,北新书局,1930 年,第 316—317 页。
② 梁遇春:《醉中梦话(二)》,见《春醪集》,上海:上海书店出版社,1983 年。
③ 贺拉斯:《诗艺》,北京:人民文学出版社,1982 年,第 155 页。

古罗马诗人贺拉斯说:"含笑谈真理,又有何妨?"①对于事情取种怀疑态度,"用诙谐的风格来行文"②,因为"矛盾是宇宙的根本原理"③。梁遇春在自己的创作中,借鉴这种作文的技巧,并结合中国人的欣赏习惯,努力使自己小品文中的"诙谐""含有默思的成分",将平常的话题翻出新意,让人们发现原来不曾注意的东西,从中透露出不可多得的智慧。他在《醉中梦话》中的《笑》里还有一段话:

> 什么是人呢?希腊一个哲学家说人是两个足没有毛的动物。后来一位同他开玩笑的朋友把一个鸡拔去毛,放在他面前,问他这是不是人。有人说人是理性的动物。但什么是理性呢?这太玄了,我们不懂。又有一个哲学家说人是能够煮东西的动物。我自己煮饭会焦,炒菜不烂,所以觉得这话也不大对。法国一个学者说人是会笑的动物。这话就入木三分了。Hazlitt 也说人是唯一会笑会哭的动物。所以笑者,其为人之本欤?④

用"拔去毛"的"鸡"去否定"人是两个足没有毛的动物";而"人是能够煮东西的动物",可是,"我自己煮饭会焦,炒菜不烂",这些都形成矛盾。就这样,梁遇春运用矛盾对立的"观察点"来静思默想周围的一切,并且发现其中的"谐趣"。死,爱,读书,梦幻,是英国小品文家惯用的命题,而他都涉笔成章。一般人这么说的道理他偏能反其意用之,又用得符合自己一贯的思想。他说真正读书不能在课堂上,而只能在床上、炉旁、烟雾中、酒瓶边。"酒瓶边"似乎荒唐,想想斗酒篇的中国积习也就信然。梁遇春说:"真正的浪漫情调不一定在夺目惊心的事情,而俗人俗事里布满了数不尽可歌可叹的悲观情感"⑤,还说"通常的恋爱约略可以分作两类:无情的多情和多情的无情"⑥。流浪汉和救火夫最可爱,人死观比人生观重要,睡懒觉是一门艺术,罗素赞古老少变化的中国并不值得高兴,等等。梁遇春不是故意以"立异为高",他只是要说自己的话,凭自己的性情、爱好、知识修养来来思考,来说话,使他的小品文别有一番理趣。尽管听得你绝不想

---

① 梁遇春:《醉中梦话(二)》,见《春醪集》,上海:上海书店出版社,1983 年。
② 同上。
③ 同上。
④ 梁遇春:《查理斯·兰姆评论》,《春醪集》,上海:上海书店出版社,1983 年。
⑤ 梁遇春:《无情的多情和多情的无情》,《泪与笑》,载 1930 年 12 月 6 日《现代文学》第 1 卷第 6 期。
⑥ 梁遇春:《泪与笑》,见《梁遇春散文全集》,杭州:浙江文艺出版社,1992 年,第 123—124 页。

跟着作者的观点走,但还是忍不住往下看。这些似非而是的观点倒真能引发读者去独立思索。尽管他的有些认识有待商榷,他的文章还是显示出梁遇春对生活有过深刻的思考。梁遇春可谓是将书本上得来的和生活中的点点滴滴咀嚼得透彻,最后酿成一服清凉散,让我们清醒,为的是让我们好好对待自己的生活。

《泪与笑》一文从"泪与笑"这组矛盾的关系,引出梁遇春关于中外文学精神的见解:

> 哪个有心人不爱看悲剧,亚里士多德所说的净化的确不错。我们精神所纠结郁积的悲痛随着台上的凄惨情节发出来,哭泣之后我们有形容不出的快感,好似精神上吸到新鲜空气一样,我们的心灵忽然间呈非常健康的状态。Cogol 的著作人们都说是笑里有泪,实在正是因为后面有看不见的泪,所以他小说会那么诙谐百出,对于生活处处有回甘的快乐。中国的诗词说高兴赏心的事总不大感人,谈愁语恨却是易工,也由于那些怨词悲调是泪的结晶,有时会逗我们洒些同情的泪,所以亡国的李后主,感伤的李义山始终是我们爱读的作家。天下最爱哭的人莫过于怀春的少女同情海中翻身的青年,可是他们的生活是最有力、色彩最浓、最不虚过的生活。①

短短几句话,由亚里士多德的"净化"看出西方悲剧有着"凄惨情节",由"亡国的李后主"到"感伤的李义山",由怀春的少女到情海中翻身的青年,看到中国的"诗词说高兴赏心的事总不大感人",而"谈愁语恨却是易工",将中国文学悲情的美学精神概括出来。而且,"谈愁语恨"、"怨词悲调",单单这几个短语,就已经显出地道的中国味。可见梁遇春的小品文没有被"西化",他用的是中国味的语言,谈的是中国的问题,渗透着中国当下的时代精神。

如何看待人生,如何探求人生的意义,梁遇春翻译的英国小品文多有涉及。如斯梯尔(R. Steele)的《毕克司达夫先生访友记》、亨特(Leigh Hunt)的《更夫》(WATCHMEN)、《在监狱中》,史密斯的(Logan Pearsall Smith)《玫瑰树》(THE ROSE),文中多是写"我"的那段经历是如何不寻常,"我"如何从那段时光中感受到生活的快乐。《毕克司达夫先生访友记》里的开头有这么一段文字:

---

① 斯梯尔:《毕克司达夫先生访友记》,见《英国小品文选》,梁遇春译注,开明书店,1929年,第3页。

有些人有许多快乐同玩意儿在他们的手头,他们自己却没有享受。所以有谁把他们本有的幸福说给他们听,使他们注意那容易忽略的好运气事情,这倒是一件仁爱的好事。结婚了的人们常需要这么个教导者;他们看着自己的单调不变的生活情形,悲闷着埋怨,愁苦地度过他们的时光,但是由别人看来,他们的生活却包含着人生上一切快乐的综合,又是远离人生各种苦痛的躲难所。①

许多人"没有享受""他们的手头"的"许多快乐同玩意儿",斯梯尔的小品文《毕克司达夫先生访友记》就很关注"人生上一切快乐的综合"。英国小品文中许多篇什就是写如何享受人生、如何玩味生活的乐趣。梁遇春创作的小品文的立意不在于享受人生、玩味生活的乐趣,却在于人生的意义应该有更高的追求。他并不是简单地将人生追求理解为只是享受生活。梁遇春自己始终关注周围的世界,对当时中国的现实有着清醒的认识,明白当下的人生意义。《救火夫》里"但是若使我们睁开眼睛,举目四望,我们将看到世界上——最少中国里面——无处无时不是有火灾,我们在街上碰到的人十分之九是住在着火的屋子的人们。被军队拉去运东西的夫役,在工厂里从清早劳动到晚上的童工,许多失业者,为要按下饥肠,就拿刀子去抢劫,最后在天桥上一命呜呼的匪犯,或者所谓无笔可投而从戎,在寒风里抖战着,自己不知道什么时候会变做旷野里的尸首的兵士"。处在水深火热的人们"无时无刻不在烈火里活着,对于他们地球真是一个大炮烙柱子,他们个个都正晕倒在烟雾中,等着火舌来把他们烧成焦骨"。他赞美救火夫"并不是一眼瞧着受难的人类,一眼顾到自己身前身后的那般伟人,所以他们虽然没有人们献上甜蜜蜜的媚辞,却很泰然地干他们冒火搭救的伟业,这也正是他们的胜过大人物们的地方"。梁遇春对救火夫的评价倒是实实在在,对当时生活的芸芸众生所应该肩负的责任也有清醒的认识。

"我们都是上帝所派定的救火夫,因为凡是生到人世来都具有救人的责任",他为"我们"的失职而自责,我们"却见死不救,还望青天歌咏我们从来没有见过的夜莺。若使我的朋友的房子着火了,我们一定去帮忙,做个当然的救火夫。现在全地面到处都是熊熊的火焰,我们都觉闲暇得打出数不尽的呵欠来,

---

① 蒙田:《诗之自由随意》,见《蒙田随笔》,梁宗岱、黄建华译,长沙:湖南人民出版社,1987年,第298页。

可见天下人都是明可察秋毫而不能见泰山,否则世界也不至于糟糕得如是之甚了。"

梁遇春特别关注当下的人们的精神状态:

> 我们现在时时刻刻听着不断的警钟,有时还看见人们呐喊着径前奔,然而我们有的正忙于挣钱积钱,想做面团团,心硬硬,人蠢蠢的富家翁,有的正阴谋权位,有的正搂着女人欢娱,有的正缘着河岸,自命清高地在那儿伤春悲秋,都是失职的救火夫。有些神经灵敏的人听到警钟,也都还觉得难过,可是又顾惜着自己的皮肤,只好拿些棉花塞在耳里,闭起门来,过象牙塔里的生活。
>
> ……
>
> 若使我们城里的救火夫这样懒惰,拿公事来做儿戏,那么我们会多么愤激地辱骂他们,可是我们这个大规模的失职却几乎变成当然的事情了。天下事总是如是莫测其高深的,宇宙总是这么颠倒地安排着,难怪波斯诗人喊起"打倒这糊涂世界"的口号。

对于救火,应该如何行使自己的使命,他并不是肤浅地认识:"有些人的确是去救火了,但是他们只抬一架小水龙,站在远处,射出微弱的水线。他们总算是到场,也可以欺人自欺地说已尽职了,但是若使天下的救火夫都这么文绉绉地,无精打采地做他们的工作,那么恐怕世界的火灾永不会扑灭,一代一代的人们永远是便没在这火坑里,人类始终没有抬头的日子了。"

他对救火夫的使命有着深刻的认识:"真真的救火夫应当冲到火焰里,爬上壁立的绳梯,打破窗户进去,差不多是拿自己的命来换别人的生命,一面踏着危梁,牵着屋角,勇敢地拆散将着火的屋子,甚至就是自己被压死也是无妨。要这样子才能济事。救火的场中并不是卖弄斯文的地点,在那里所宝贵的是胆量和筋肉,微温的同情是用不着的,好意的了解是不感谢的。果然真是热肠的男儿,那么就来拖着水龙,望火旺处冲进去吧。个个救火夫都该抱个我不先入地狱,谁入地狱的精神,相信有一人不得救,我即不能升天的道理,那么深夜里,狂风怒号,火光照人须眉的时候,正是他们献身的时节。袖手拿出隔江观火的态度是最卑污不过的弱者。"

这些文字里,梁遇春分析了人们的普遍心态,及其应有的责任,还分析了救火夫的胆识和勇气,从中显露出人生应有的追求:"真是热肠的男儿,那么就来拖着水龙,望火旺处冲进去吧。"而且"该抱个我不先入地狱,谁入地狱的精神,相信有一人不得救,我即不能升天的道理",难怪梁遇春想当一名救火夫。

从文章的构思上讲,小品文创作的思维方式往往是环绕一个轴心,或者导向某种中心性结论。与英国小品文作家的创作相比,英国小品文中的漫话絮语往往很"散",有时近乎"离题"。蒙田曾说:"我的离题与其说是不经意,倒不如说是有意放纵。"①而梁遇春的小品文大多收得"紧"。在《小品文续选》里的《梦里的小孩》在一个童话般的氛围里,讲述老祖母飞尔德年轻时的种种故事,无论小亚丽斯顽皮,还是约翰·兰游猎以及锯腿变"跛脚",他们个个都单纯可爱,"虔诚善良"。在叙述的过程中,文中描写得很细,小亚丽斯的动作、眼神、表情写得过于细琐,其文思显得很"散"。梁遇春自己创作的《"春朝"一刻值千金》,其文思尽管飞扬灵动却都是有关"迟起艺术"的,作者紧紧扣住它"迟起",放胆来谈它的妙处和艺术性。

从事物的表面和细微处入手,曲折前进,逐步深入,最后得到一个核心概念,是梁遇春喜欢采用的方法。他在介绍英国传记作家"斯特刺奇的方法"时说:"他先把人所能找到的一切文献搜集起来,下一番扒罗剔括的工夫,选出比较重要的,可以映出性格的材料,然后再从一个客观的立场来批评,来分析这些沙砾里淘出的散金,最后他对于所要描写的人物的性格得到了个栩栩有生气的明了概念了,他就拿这个概念来做标准,到原来的材料里去找出几个最能照亮这个概念的逸事同言论,末了用微酸的笔调将这几段百炼成钢的意思综合地、演绎得娓娓说出……"②这多少也是对梁遇春自己创作理路特点的概括。在《查理斯·兰姆评传》中,梁遇春引用兰姆给骚塞的信,"我从来没有根据系统判断事情,总是执著个体来理论",然后评价道:"这两句话可以做出他一切著作的注脚。"这就是从《伊利亚随笔》里"淘出的散金",是"最后"得到的"一个栩栩有生气的明了概念"。梁遇春在《黑暗》一文里,"将世人分做知道黑暗的和不知道黑暗的"。他认为,"这个宇宙不过是两个黑暗中间的一星火花","黑暗可说是人生核

---

① 梁遇春:《Giles Lytton Strachey》,见《梁遇春散文全编》,吴福辉编选,杭州:浙江文艺出版社,1992年,第226—228页。

② 李冰封整理:《梁遇春致石民信四十一封》,载《新文学史料》。

心"、"人生的本质",而"人生的态度也就是在乎怎样去处理这个黑暗"。文章的构思虽然是受到兰姆的《两种人》的启发,却与后者大异其趣。实际上,兰姆在标出他的"理论"后便陷进"个体事件"中,不仅没有任何归纳和抽象演绎,而且越写越琐细,结果,开始的理论命题完全深陷于具体的私人经验之中,让抽象命题在具体经验中逐渐销蚀。兰姆的怀疑思想产生于材料自身的具体组合关系中,而梁遇春则直截了当地概括出人生的"黑暗"本质,并始终从"本质"的层次上展开分析,给自己的怀疑赋予理性的思考。作者在给友人石民的信里谈到《黑暗》时说,"那是我这两三年入世经验的结晶"①。如果说兰姆着眼于"经验"本身,那么梁遇春更看重对"经验"进行理性思考的"结晶"。

三、梁遇春小品文的语体风貌

梁遇春的小品文洋溢着青春的活力。他用一种勇气和智慧审视着中国当下的社会生活,用一种特有的话语方式给以言说。在他的小品文里,他打通时间的隧道,让古今在这里对话;汇集中外文学资源,让它们在这里沉淀。于是,历史在这里凝固,面对当下的社会生活翘首召唤。梁遇春的一篇篇小品文,是为我们酿造的一杯杯春醪,让我们回味、让我们开怀。

梁遇春小品文的别致,还体现在他的语体风貌的语言清新、富有活力上。他引用的事例有古代的、今天的,凡是用得着的,他都拿来,而且调和得有滋有味。例如,"忆念"这个话题,很多人谈过,然而在他的《毋忘草》里,梁遇春用生活中不经意的材料,将其与古代的、今天的事例联系在一起,再加上他那有趣味的语言,整篇文章让人读起来觉得有滋有味。先是由 Butler 和 Stevenson 主张人们的"衣袋里放一本小薄子,把心里一涌出什么巧妙的念头抓住记下"谈起,再谈老子的《道德经》"信言不美,美言不信",后来认为"忆念是没有目的,没有希望的,只是在日常生活里很容易触物伤情,想到千里外此时有个人不知道做什么生。有时遇到极微细的,跟那人绝不相关的情境,也会忽然联想起那个穿梭般出入我的意识的她,我简直认为这念头是来得无端"。

在谈到不何我不同意 Butler 和 Stevenson 的主张时,他解释说:"一则因为我总觉得文章是'妙手偶得之'的事情,不可刻意雕出。那大概免不了三分'匠'

---

① 参见《躯体》,见《英国小品文选》,第 134—135 页。

意。二则,既然记忆力那么坏,有了得意的意思又会忘却,那么一定也会忘记带那本子了,或者带了本子,没有带笔,结果还是一个忘却,倒不如安分些,让这些念头出入自由罢。"他引了庄子的"道隐于小成,言隐于荣华"来总结"天下许多事情都是翻筋斗"。梁遇春用自己的感受来解析"忆念",用"人间别久不成悲"来概括自己"惆怅的情绪","当一个人的悲哀变成灰色时,他整个人溶在悲哀里面去了,惆怅的情绪既为他日常心境,他当然不会再有什么悲从中来了"。"妙手偶得之"、"匠"意、"道隐于小成,言隐于荣华"、"万千种话一灯青",这些语言用得都恰到好处。他的文章,特别是里面化用中国的俗语典故,也成为一种语体风貌。

从中外文学材料点化引申,使自己的思路无拘无束伸展开来,是梁遇春小品文创作的一个语体风格。

在《"还我头来"及其他》一文里,他从英国诗人Chaucer的诗中引申来作为论据。他先说"当看到好风景时候,不将一己投到自然怀中,却来摆名士架子,说出不冷不热的套话。"接着就引用英国诗人Chaucer的英文诗句:

> "When that the monthe of May
> Is comen, and that 1 here the foules singe,
> And that the floures gynuen for to springe,
> Faturl my boke and my devocon."
> Legende of Good Women。

诗的大意是:当五月来的时候,我听到鸟唱,花也渐渐为春天开,我就向我的书籍同宗教告别了。要有这样的热诚才能得真正的趣味。

这种直接从英国文学作品中引用出来的思想和材料用在这里,不仅形象生动,而且饶有情趣,形成了梁遇春小品文的语体风格。

《途中》一文从电车上看到的林林总总,想到"路上源源不绝的行人";从"十丈红尘里奔走道路的人",想到"面壁参禅,目不窥路的人们";从杭州西湖"崎岖难行的宝石山"到"烟霞洞的烟霞同龙井的龙角",体悟到原来"途中是认识人生最方便的地方。车中、船上同人行道可说是人生博览会的三张入场券"。因此,"走路的确是了解自然的捷径。"接下来他进一步慨叹:

> "行"不单是可以使我们清澈地了解人生同自然,它自身又是带有诗意

的,最浪漫不过的。雨雪霏霏,杨柳依依,这些境界只有行人才有福享受的。许多奇情逸事也都是靠着几个人的漫游而产生的。《西游记》《镜花缘》《老残游记》,Cervantes(塞万提斯,西班牙小说家)的《吉诃德先生》(Don Quixote),Swift(斯威夫特,英国文学家)的《海外轩渠录》(Gulliver's Travels),Banyan(班扬,英国作家)的《天路历程》(Pilgrim's Progress),Cowper(科伯,英国诗人)的《痴汉骑马歌》(John Gilpin),Dickens(狄更斯)的《Pickwick Papers》(匹克威克外传),L Byron(拜伦,英国诗人)的《Childe Harold's Pilgrimage》(恰尔德·哈罗尔德游记)Fielding(菲尔丁,英国小说家)的《JosephAndrews》,Gogols(果戈理)的《Dead Souls》等不可一世的杰作,没有一个不是以"行"为骨子的,所说的全是途中的一切,我觉得文学的浪漫题材在爱情以外,就要数到"行"了。

从中国的《西游记》《镜花缘》《老残游记》,到外国的《吉诃德先生》《海外轩渠录》《Pickwick Papers》,不用费神的推理,不用绞尽脑汁的演绎,如此丰富的中外文学材料,我们也会信然:中外文学中"不可一世的杰作,没有一个不是以'行'为骨子的","许多奇情逸事也都是靠着几个人的漫游而产生的"。接下来,他抄录了陆放翁的《剑南道中遇微雨》和《南定楼遇急雨》来点出"行"的浪漫。

剑南道中遇微雨
衣上征尘杂酒痕,远游无处不销魂,
此身合是诗人未,细雨骑驴入剑门。

南定楼遇急雨
行追梁州到益州,今年又作度泸游,
江山重复争供眼,风雨纵横乱入楼,
人语朱离途桐獠,棹歌欸乃下吴州,
天涯住稳归心懒,登览茫然却欲愁。

梁遇春用中国的古诗来点化出"行"的诗意。他说:"'行'是这么会勾起含有诗意的情绪,所以我们从'行'可以得到极愉快的精神快乐,因此'行'是解闷销愁的最好法子,将濒自杀的失恋人常常能够从漫游得到安慰,我们有时心境染了凄迷的色调,散步一下,也可以解去不少的忧愁。"他似乎担心这种解释不够充分,于是还举出 Howthorne 同 Edgar Allan Poe 以及托尔斯泰的笔下是如何用"行"来驱散悲哀,减轻"心中的重压"。他举出英国小说家 Stevenson(斯蒂文生)的《流浪汉之歌》,认为"行"具有绝大的趣味,把别的趣味一齐压下,接下来引出一段文字:"财富我不要,希望,爱情,知己的朋友,我也不要;我所要的只是上面的青天同脚下的道路。"他在自己文章中还把原诗列出:

> Wealth I ask not, hope nor love,
> Nor a friend to know me;
> All I ask, the heaven above
> And the road below me。

接下来,梁遇春又列出 Walt Whitman 的《大路之歌》原诗:

> A foot and light-heated I take to the open road,
> Healthy, free, the world before me,
> The long brown path before me leading wherever I choose。

他用 Walt Whitman(惠特曼,美国诗人)的诗歌颂"行",还认为《大路之歌》真是"行"的绝妙赞美诗。文中举例中西结合,既有东方云游四方的豪迈飘逸,又有西方浪迹天涯的潇洒超脱。读者仿佛清晨洗完脸到院子里散步,感到浑身清爽。梁遇春总是力求创造出这种效果。

读过20世纪二三十年代作家作品的人会感觉到,特别是南方作家的写作,用现代汉语语法知识来衡量,他们作品中的语言读起来很拗口。而梁遇春作品中的语言浅显易懂,现在读起来并没有太大的障碍,这与他在长期的翻译实践中练就的驾驭语言的功夫分不开。随便找一处,如在他翻译的《躯体》(This Body)里,有一句:

> There are occasional items of news in thepapers that pull us up and tempt us to examine ourattitude in regard to some question as if for the first-time。
> (报纸里偶然有些新闻使我们看时停住,引起我们去考察我们关于一个问题的态度,好像这是第一次才想到的样子。)

pull us up 作者的翻译是"使我们停住",tempt us toexamine our attitude"引

起我们去考察我们……态度",as if for the first time"好像这是第一次"。英语句子有自己的结构特点,要想把它的原意完整地恰当地翻译过来,就不能不顾及这些语言上的特点。外语系出身的梁遇春曾有过大量的翻译实践,对语言的这些特点有着深刻的体会。这对克服他南方方言的障碍也有一定的帮助。尽管有些句子还未完全摆脱英文原句句法的束缚,其精髓是出来了。梁遇春尽量用这类句式去翻译,使人读起来流畅自然,这也是他的作品受欢迎的重要原因。在他自己的创作中,这种驾驭语言的功夫就运用得相当纯熟。在《救火夫》里:

> 从那时起,我这三年来老抱一种自己知道绝不会实现的宏愿,我想当一个救火夫。他们真是世上最快乐的人们,当他们心中只惦着赶快去救人这个念头,其他万虑皆空,一面善用他们活泼泼的躯干,跑过十里长街,像救自己的妻子一样去救素来不识面的人们,他们的生命是多么有目的,多么矫健生姿。我相信生命是一块顽铁,除非在同情的熔炉里烧得通红的,用人世间的灾难做锤子来使他迸出火花来,他总是那么冷冰冰,死沉沉地。惆怅地徘徊于人生路上的我们天天都是在极剧烈的麻木里过去——一种甚至于不能得自己同情的苦痛。可是我们的迟疑不前成了天性,几乎将我们活动的能力一笔勾销,我们的惯性把我们弄成残废的人们了。

"我相信生命是一块顽铁,除非在同情的熔炉里烧得通红的,用人世间的灾难做锤子来使他迸出火花来","他总是那么冷冰冰,死沉沉地,惆怅地徘徊于人生路上的我们天天都是在极剧烈的麻木里过去"。像这样的长句,只要读一下,看看里面的一些关联词"除非……",小短语"使他迸出",还有副词的连用"冷冰冰,死沉沉地,惆怅地徘徊于人生路上的";在古汉语里,副词很少这样用,而在英语里则经常用到。梁遇春受着翻译外来语形成的句式的影响自不待语。在很多情况下,他是用这种从翻译英国小品文实践中炼就的话语方式进行创作。

在文白夹杂、古汉语还有相当影响的二三十年代里,能用现代气息浓厚的语言来创作,确实不易。梁遇春之所以能做到这一点,而且语言浅显易懂,这与他在大量的翻译实践中练就的驾驭语言的功夫分不开。他运用在翻译中学来的驾驭语言的本领,不仅神形兼备地表达了自己的思想,使文章亲切生动,而且对推动当时白话文运动起了积极的作用。

在他自己的创作中,直接引用英语词句的地方很多。由于中国传统文化、传统道德的影响,"情人"一词在中国古代的文学作品中较少用到。梁遇春的《无情的多情和多情的无情》就是谈"情人"之间恋爱与挚爱。由于当时对西方科学的介绍,像"显微镜""解剖学"之类的外来词就很多。梁遇春在自己的作品中引用这类词,在当时的确很时尚,有时代感。有些文章就是从谈翻译开始的。如:《谈"流浪汉"》一文由讨论如何翻译"Gentleman"和"Vagabond"谈起。《"失掉了悲哀"的悲哀》,也探讨到 Spenser 的诗句,文中"青"对"我"说:

> 你记得吗?当我们在大学预科时候,有一天晚上你在一本文学批评书上面碰到一句 Spenser 的诗——He could not rest, but did his stout heart eat. 你不晓得怎么解释,跑来问我什么叫做 to eat one'heart,我当时模糊地答道,就是吃自己的心。现在我可能告诉你什么叫做'吃自己的心'了。把自己心里各种爱好和厌恶的情感,一个一个用理智去怀疑,将无数的价值观念,一条一条打破,这就等于把自己的心一口一口地咬烂嚼化,等到最后对于这个当刽子手的理智也起怀疑,那就是他整个心吃完了的时候,剩下来的只是一个玲珑的空洞。

用 to eat one's heart 来引出对活的种种理解。对于"无数的价值观念","一个一个用理智去怀疑",最后对于"理智"也起怀疑。

《"还我头来"及其他》在谈"中国人缺乏 enthusiasm(热情)"时就大段地引用英语的句子或段落。值得注意的是有不少英汉对照。在《谈"流浪汉"》里,梁遇春为了强调纽门说的"'君子'的性情温和",他单独注释出"The gentleness andeffeminacy of feeling"。至于为什么梁遇春要用英汉对照,一个重要的原因是当时译名未统一,有些翻译容易引起歧义,写下原文要比只有译文会省掉不必要的麻烦。像这些在文章里直接探讨英语字词的翻译,并从中获得创作的灵感,还说明梁遇春的许多文思是从外语翻译中获得启发。

化用英语短语,用另一种方式来组织自己的语言,使小品文有一种新面孔,更富有活力。在《救火夫》里,他嘲讽那些"歌颂那大家都无缘识面的夜莺的中国新文人"的时候,他说:"我除开希望北平的刮风把他们吹到月球上面去以外,没有第二个意思。"像这样的句式,使人想到英语里 nothing but 的句式. 这种句式在用汉语进行创作的文学作品中并不多见,而熟悉英文的梁遇春这样用就不觉得奇怪了。在梁遇春创作的小品文中,受英语句式的影响来组织语言,从而形成句子,这样的句子并不少,且形成了梁氏的语体风貌。

他诅咒"人性已朽烂到这样地步",但他不说希望地球毁灭,而说"彗星和地球接吻的时候真该到了"。接吻,在欧美等国家里,既是一种见面问候、告别时的一种方式,也是表达爱意的一种方式,用得较普遍。因此,在他们的作品中用得也较多。接吻,中国人在公开场合很少这样做,在文学作品中用得就不多。"彗星和地球接吻"用在这里,形象生动,意思就很明朗,而且诙谐百出。像这样的用法在"五四"以前的文学创作中用得并不多见,或许说正是这样的语言给人一种"陌生化",使人顿觉眼前一亮,让人倍感新奇。语言上有如此的魅力,使人觉得他的文章越品越有味。

梁遇春小品文中的语言句式,也有受到外国小品文的启发。兰姆有的文章就用到破折号,兰姆用破折号的句式表达一种"思想的不完整性",实际上指的是表达上的不完整状态,是"种种初始思想"的未完成状态的呈现过程。兰姆在给P.G.帕特默的信里说:"我们思想的秩序应该成为我们写作的秩序。"人们在谈话中表达自己的思想时,总会有点偏离话题,"你一定得重视那些最初涌现的非连续性症状"——"那最初的混乱的无序"。从这种观点出发,作者解释了他随笔中大量出现破折号的原因(这是他此信的实际动机):在他思考的过程中,"破折号最先出现"。这种思想秩序在《穷亲戚》开始部分得到了最充分的展现,他以一连串俏皮的定义来说明"穷亲戚究竟是什么东西",幽默、诙谐之中又暗藏着一丝凄苦味:

> 穷亲戚——是一种浑不似的人物,这是一种叫人厌烦的交往,——一种令人反感的亲近,——一种使人良心不安的因素,——这是当你事业兴旺如日方中之时,偏偏向你袭来的一片莫名其妙的暗影,——这是一种不受欢迎的提醒,——一种不断重现的羞辱,——一种废用的廉费,——一种对你尊严的无法忍受的压力,——这是一种成功之中的缺憾,——一种发迹之时的障碍,——一种血缘里的污染,——一种荣耀中的瑕疵,——这使得你的仇敌为之得意,——为此,你却要向朋友们加以解释,——这是一种可怜无补之事,——收获季节偏来一阵冰雹,——一磅蜜糖之内却

加一两酸醋。①

密集的破折号,使语句处于一种极为松弛的结构关系里,这种散漫的行文方式,正好说明思想是"涌现"的,写作是"线形"的。破折号连接的一般为同位及补充说明的成分,这表明众多的语句始终停留在一个层面上,种种意念同时涌现,相互触发。

梁遇春的《"春朝"一刻值千金》里有这样一段描述:

> 我天天总是在可能范围之内,尽量地滞在床上——那是我们的神庙——看着射在被上的日光,暗笑四周围人们无谓的匆忙,回味前夜的痴梦——那是比做梦还有意思的事,——细想迟起的好处,唯我独尊的躺着,东倒西倾的小房立刻变作一座快乐的皇宫.②

这段文字中破折号的连续使用,仅凭直观便可见出梁遇春是受兰姆文章的启发。不过,与兰姆的文章又有所不同,从形式上看,破折号后的文字不单单是解释,表示思维的连续性,而且读起来还有诗的韵律;从内容上看,字里行间不单单有诙谐的口吻,里面更"含有默思的成分",从而有一种"蕴藉","有回甘的好处"③。

更为独特的是,在脚注里常有精辟的认识,他充分利用这块小场地,引经据典,大发感想,其中不乏灼见,读来让人不觉为之一振。如:《英国小品文选》第8页的注释里:

> 凡是做小品文章的人,多数都装说自己是个单身汉而且是饱经世故的老人,因为单身汉同老头子对于一切事情常有种特别的观察点,说起话来也饶风趣。④

看看这些文字,再想想梁遇春自己的一篇篇文章为什么有一种特别的味道,也就不难理解他为什么称赞流浪汉和单身汉,原来在于他们"对于一切事情常有种特别的观察点","说起话来也饶风趣"。

---

① [英]兰姆:《伊利亚随笔选》,刘炳善译,1987年,第297页。
② 梁遇春:《梁遇春散文选集》,鲍霁编,天津:百花文艺出版社,1983年,第65页。
③ 梁遇春:《小品文选·序》,北新书局,1930年。
④ 参见《英国小品文》,开明书店,1929年,第8页。

《英国小品文选》第60页的注释里说：

> The nymph or the swain,水泽女神或牧羊少年。英国十七八世纪文人好以牧羊郎自况,来做情诗或他种诗歌,Milton 的 Lycidres(吊他大学朋友的哀歌)也是假设一个牧羊郎迷他死俊同伴哀悼的情形。Lamb 行文以十七八世纪古文家为法,故用此种的前朝滥调。但是 Lamb 攀仿十七八世纪的作家很能够得他们的神韵,却不至给他们束缚住了。他并且能运用古文,使生出好多诙谐来,所以他的文章比真正十七八世纪的散文大家的著作更饶兴趣。它那套古色斑斓的意思,好似一定要那种瑰奇巧妙的文体才能表现得出来。理想的文体是种由思想内心生出来的,结果和思想成一整个,互为表里,像灵魂同躯壳一样地不能离开——这种对于文体的学说是英固批评家自 Hazlitt 以至 Spencer,Pater,Middleton Murry 所公认的,也就是 Buffon 所谓"The style is the man"的意思。Lamb 文章所以那么引人入胜,也在于他思想和文体有不可分的关系。可见模仿古文,做古文都是无妨的,最要紧的是不忘丢了自己的性格,而能运用奇怪的文体,将心灵更透彻地表现出,不然,又何贵乎模仿他人的调子,白使读者念时费力,又不能得到什么呢?①

这个注释里,有17、18世纪作家的"神韵",有介绍兰姆的诙谐与古文的关系,分析兰姆文章"更饶兴趣"的原因,并且得出认识:"理想的文体是种由思想内心生出来的,结果和思想成一整个,互为表里,像灵魂同躯壳一样地不能离开。"②

梁遇春在他翻译作品的注释里,用小品文的笔法讲一些趣闻笑谈,不乏诙谐幽默。《英国小品文选》第一篇斯梯尔(R. Steele)的《毕克司达夫先生访友记》一文,第一个在为 Mr. Bickerstarf 注释里还讲一个给占星家开玩笑的小故事。

> Mr. Bickerstarf-一这是 Steele 编 Tatle 时用的假名。这个名字倒有一段很有趣味的历史,在十八世纪开头那几年,伦敦有一位名气很大的星相专家,名叫 John Patridge;他每年出版一本历书,预言一年里的大事情。不

---

① 参见《英国小品文》,开明书店,1929年,第60页。
② 同上。

幸得很,在他正交好运的时节,偏来了一位刁钻古怪,专爱捣乱的Swift——做"Gulliver's Travels"和"Tale of a Tub"的Swift——和他开玩笑。在1707年,Swift用Issac Bickerstaff这个假名,也印行一部历书,叫做"Bickerstaff Almanac"(毕克司达夫历书),书里有照着天上星宿算出的关于1708年的预言。这章预言就有底下这几句刻毒嘲笑的话:"我第一个预言无关紧要的,但是我要说出来,证明那班自命为星相专家的人对自己的事情都是不明白的,我的预言是关于历书的Partridge,我把他生时天上所照他的星宿拿来算了一下,算出他在三月二十九晚上十一时会发狂热病而死;所以我劝他留心些,把一切事情先期安排好罢!"三月三十日那天,Swifft在报上登出Partridge死的消息,将他死的情形说得详详细细;过了一天,又有一篇堂皇与典雅的哀诗。这么一来,谁都相信Partridge君已经死了,自然没有人再去算命。Partridge赶紧登报否认;Swift也作篇文章来辩护自己,说根据星象的原理算Partridge是死了,现在登报声明的这个人是想冒名顶替的骗子,把Partridge弄得哑巴吃黄连说不出苦来。Steele的Tatler是1700年发刊,正是Issac Biclerstaff历书这件事传遍伦敦的时候,所以Steele把这个名字拿来做他的笔名。①

这里介绍了Mr. Bickerstarf名字的来由,还为我们讲述了一个趣味横生的小故事,从中我们还可以对18世纪英国社会风土民情窥豹一斑。他的这些注释里,有的介绍作家的风格,有的介绍文章的文体特色,还有一些逸闻趣事、风土民情,中间穿插有梁遇春很多精辟的文学见解。这里少有板板的面孔,多一份情趣,多一分惊喜。梁遇春在这个地方又发现一个新的文学天地。

梁遇春小品文创作给我们的启示是多方面的。梁遇春小品文是"五四"新文化运动中的产物,是中西文化融合的结晶。他的出现对中国新文化运动,尤其是对现代文学产生了一定的影响。

梁遇春的小品文有着强烈的时代气息,20世纪二三十年代,革古求新,人的解放、思想的解放要求人们打破种种禁锢,破除迷信,挑战所谓的权威。时代呼唤着这样的作品,呼唤着这样的作家。梁遇春将从英国小品文中所悟,形成自

---

① 参见《英国小品文》,开明书店,1929年,第2—3页。

己现代的民主精神、独立不阿和理想主义的人格。在他的小品文中,直刺中国民众"个性"中的痼疾,并努力探索如何创作出"带着中国情调的小品文"。他并没有多么系统地对人生进行长篇大论,不过是顺着漫谈个人生活感受的笔路,随时点化。别看梁遇春在那里漫不经心地谈来谈去,实际上他的内心燃着一团"火"。他就是用这团"火"去烧毁人们头脑中的那些旧观念、旧思想,去拨亮人们摧毁封建铁屋的心火的。

梁遇春小品文为中国现代小品文的发展提供了新的范式。我国小品"古已有之",内容广泛,体式丰富,向来占据文学正宗的地位。但总体上说它是与新文学异质的旧文学的一个组成部分。梁遇春熔古今为一炉,纳中外为一体,结合中国的实际,就如何创作出"带有中国情调的小品文"进行不懈探索。梁遇春深得小品文的精髓,使自己的小品文在文体风格及语言体式,尤其是思想风貌上,完全摆脱了旧体的束缚,使人顿觉耳目一新,使人们对小品文的创作更充满信心。

梁遇春独特的思维方式和观察点不断启示着后来者:鉴古取今,融合中外,别立新宗,将古代的与今天的、外国的与中国的文化知识有机地结合起来,使之与时代精神结合起来,融入自己的血肉中,创造性地审视周围的一切。他的小品文所谈的话题涉及平时生活的方方面面,人们总感到那么熟悉、那么亲切。原因在于,他能将人们平常不经意的话题翻出新意,化腐朽为神奇。不同的时代、不同的人还会从中读出不同的"意思"。因此,他的小品文历久弥新,有着永恒的魅力。

梁遇春勇敢地冲破旧思想的束缚,有一种积极探索、勇于开拓的创新精神。在"振兴中华"的伟大事业中,我们要继承和发扬这种创新精神,开动脑筋,解放思想,锐意进取,敢于突破旧模式,打破旧框框,发现新思路,发明新方法,敢于走前人未曾走过的路,开创前人未曾开创的事业。

第六节 中国"世界文学"学科与教材发展的历史回顾

文学史作为对文学史实的"表征和解释",首先涉及的问题是编者的世界观与文学观念问题。从某种意义上来说,对世界各国文学史实的选择,对作家的评价和作品的阐析,都是建立在编者对于世界各国的文学关系、文学本质、功用及其价值理解的基础上。这里,"审美"标准与"功利"标准的统一是编者文学观中最重要的一个因素。从世界文学学科的特性来看,世界文学史的编写还要求编者具备比较文学的视野。换言之,编者应该处理好民族文学与世界文学的关系,努力探求本民族文学的特性,为本民族文学寻找世界文学发展的参照系,在理念上使本民族文学成为世界文学的一个组成部分。同时,编者应将全人类的文学发展视为不同民族、国家的文学不断交流冲突的结果。只有这样在比较文学视野下编写的世界文学史才能真正适应时代和社会的需要。

应该承认,目前我国关于世界(外国)文学教材的现状并不乐观。有鉴于此,我们有必要对我国的世界(外国)文学教材作一番反思。

如果说1903年晚清政府在京师大学堂设立"西国文学史"课程标志着我国高校世界文学学科的诞生,那么这一学科在我国高校至今已走过了百年的历史。百年来,世界文学学科的名称大体上是沿着国别文学史、洲际文学史、外国文学史、世界文学史、比较文学与世界文学的轨迹演变,其间,以20世纪50年代、80年代为界,大致可分为三个阶段:

20世纪前半叶是我国高校世界文学学科发展的第一个阶段。处于萌芽期的世界文学学科从名称上看,主要是以国别文学史、洲际文学史来命名;从内容上看,则以英国、俄国、法国、日本、德国的文学史编写为主。从编者相关的"世界"理念看,存在着将"中国"与"欧洲"对立的姿态,这与当时许多文化人视"外国"高于本国,介绍"外国"文学就是引来"外国"的"先进"武器有关。

19世纪60年代初,晚清政府为适应外交的需要,培养通晓外国语言文字的翻译人才,开始在洋务学堂设立翻译机构。① 此时开设的外国文学课程着眼于学生外国语言的学习,不涉及系统外国文学知识的传授。1898年京师大学堂成

---

① 据《恭亲工等:奏设同文馆折(附章程)》,同治元年(1862)"欲悉各国情形必先谙其言语文字,方不受人欺蒙。各国均以重资聘请中国人讲解文义,而中国迄无熟悉外国语言文字之人,恐无以悉其底蕴"。参见舒新城编,《中国近代教育史资料》上册第115页,人民教育出版社1981年3月。又据《李鸿章:请设外国语言文字学馆折》,同治二年(1863)二月"互市二十年来,被酋之习我语言文字者不少……而我官员仲达中绝少通习外国语言文字之人,各国在沪均设立编译官二员。遇中外大臣会商之事,皆凭外国翻译官传述,亦难保无偏袒捏架情弊。"同上书,第126页。

立后,其章程中也没有规定设立外国文学专业。[①] 尽管如此,但它培养的翻译人才为以后外国文学的翻译、研究提供了坚实的基础。

1903年,清政府颁布《奏定大学堂章程》。章程正式提出大学设置外国文学专业,属于文学科。其中,将"文学科"分九门:中国史学门、万国史学门、中外地理学门、中国文学门、英国文学门、法国文学门、俄国文学门、德国文学门、日本国文学门。章程同时规定中国文学专业的课程设置应包括西国文学史等,而英国文学专业的课程设置中补助课包括英国近代文学史等6门。西国文学史、英国近代文学史应该是我国高校最早设立的一批外国文学课程。从当年清政府对这些国家的选择看,清朝一开始就将"外国文学"之学习和国家外交之需求结合在一起。至此,中国从"救亡图存"的意义上开启了世界文学学科的建设。

中华民国成立后,教育部颁布的《大学规程》对大学所设置的学科及其门类进一步作了原则性规定,其中文科分为哲学、文学、历史学和地理学四门。文学门又分为八类:中国文学类、梵文学类、英文学类、法文学类、德文学类、俄文学类、意大利文学类和言语学类。以英文学类为例,与文学史有关的科目包括英国文学史、希腊文学史、罗马文学史、近世欧洲文学史四门。可以看出,此时外国文学学科课程范围已经扩展到欧洲文学,内容也更为丰富。1915年,新文化运动的爆发对教育产生了一定的影响。教育部无法制定统一的课程、大纲,各校多自定课程。以国立北京大学英文学系教授会制订的1924—1925年度课程设置表为例,与文学史有关的科目包括英国文学史略、欧洲古代文学史。前者教材用书为 Manly: English Prose and Verse,后者教材用书为 Zucker: Western Literature, Vol. 1 使用的都是国外的原版教材。

20世纪前半叶比较有影响的外国文学研究论著和教材主要包括《欧洲文学史》(周作人著,《北京大学丛书》,1919年商务版)、《法国文学史》(王维克著,1924年泰东版)、《俄罗斯文学史大纲》(张传普著,1926年中华版)、《日本文学史》(谢六逸著,1927年开明版);《文学大纲》(郑振铎著,1926年商务版)和《英国文学史纲》(金东雷著,1937年商务版)。

[①] 据《钦定高等学堂章程》规定,该校大学专门分科中的文学科下设七类,其中第七类即为外国语言文字。外国文设有英、德、法、俄、日五种语言,教法要求只包括文法、翻译、作文。参见舒新城编《中国近代教育史资料》中册,北京:人民教育出版社,1981年,第536页。

众所周知,外国文学史的编写是和翻译事业的发展分不开的。值得注意的是,20世纪前半叶我国外国文学作品的翻译大都带有很强的启蒙功利色彩,翻译家们主要是从政治启蒙的角度而不是从文学审美的角度进行翻译对象的选择。

1862年,北京成立了同文馆,接着在1863年和1864年,上海和广州也成立了同文馆。当时设馆的目的在于"培植翻译人才,以为外交之助",可以说与文学无关。1894年甲午中日战争之后,译书之风大兴,国人以富国强兵为目的译书,大都为实用类的政治、军事等。比如华蘅芳译《代数术》、严复译《天演论》。林纾是近代翻译大家,1897年11月他和夏穗卿在天津《国闻周报》上发表的《本馆附印说部缘起》一文中指出:"……且闻欧、美、东瀛,其开化之时,往往得小说之助……文章事实,万有不同,不能预拟,而本原之地,宗旨所存,则在使乎民开化。"林纾翻译欧美小说的目的极为明确,即"使乎民开化"。梁启超的观点和林纾较为接近,在他看来,"欲新一国之民,不可不先新一国之小说。故欲新道德,必新小说;欲新宗教,必新小说;欲新政治,必新小说;欲新风俗,必新小说;欲新学艺,必新小说;乃至欲新人心,新人格,必新小说。何以故?小说有不可思议之力支配人道故"①。梁启超把小说的地位提到了显著的地位,认为小说与道德、政治、风俗、人心息息相关。这表明:国人不是以审美的眼光来要求"新"小说,而是因为认识到小说的社会作用,从文学的功利角度出发,希望借小说来移风易俗。1908年,鲁迅发表了《摩罗诗力说》,介绍了"立意在反抗,指归在动作"的"摩罗"(恶魔)诗人。② 同一年鲁迅还翻译了《裴多飞诗论》,专题介绍这位匈牙利爱国诗人的生平和诗作。鲁迅之所以特别注意东欧诸国的作家及其作品,其原因在于"那时满清宰华,汉民要制,中国境遇,颇类波兰。读其诗歌,即易于心心相印"③。换言之,也就是为了中国革命的需要,要介绍为争取民族解放而斗争的被压迫、被损害的弱小国家民族和人民的作品。

五四运动以后,外国文学作品大量涌入中国。首先,"五四"前后出版的《新青年》杂志,成为译介外国文学作品的重要阵地。当时曾介绍过屠格涅夫、托尔

---

① 梁启超:《论小说与群治之关系》,载1902年《新小说》创刊号。
② 鲁迅:《摩罗诗力说》,见《鲁迅全集》第1卷,北京:人民文学出版社,1998年,第66页。
③ 鲁迅:《题未定草三》,见《鲁迅全集》第6卷,北京:人民文学出版社,1998年,第355页。

斯泰、莫泊桑等人的小说,王尔德等人的剧本。1921年初,文学研究会成立,翌年沈雁冰亲自主编革新版的《小说月报》,出版了《俄国文学研究号外》、《被损害的民族的文学号》、《法国文学研究号外》等。他在主持1920年《小说月报》的"小说新潮栏"时指出:"现在新思想一日千里……所以一时间便觉得中国翻译的小说实在是都不合时代。……中国现在要介绍新派小说,应该先从写实派、自然派介绍起。"他还拟了一个包括欧洲20位重要作家的43部主要作品的目录。瞿秋白在为《俄罗斯名家短篇小说集》写的序言中也说:"只有中国社会所要求我们的文学才介绍——使中国社会里一般人都能感受都能懂得的文学才介绍。"20世纪30年代前后,随着"左联"的成立,翻译文学进入新的阶段。苏联的文学作品大量被介绍进来,其中尤以高尔基的作品影响最大。40年代抗日战争和解放战争期间,翻译文学并没有停止,包括国统区、解放区和上海"孤岛"在内的各类报纸和杂志大量译介了有关苏联人民抗战的作品。如曹靖华在重庆中苏文化协会主编《苏联文学丛书》;戈宝权编辑《高尔基研究年刊》、《普希金文集》、《俄国大戏剧家奥斯特洛夫斯基研究》等。

在特定的时代,翻译服务于政治变革的需要必然为社会的发展做出巨大的贡献。但是,从另一方面来看,文学是一种审美艺术,忽略"审美"在翻译标准中的作用在一定程度上限制了国人的视野。这对于整个世界文学学科的发展是不利的。

总的来说,这一时期世界文学学科建设体现了这样几个特点:

首先,文学史建设和文学作品的翻译一起承担了较多社会启蒙的责任。比如1928年6月由北新书局刊行《德国文学概论》(刘大杰著)将关注的重点聚焦于德国文学与德国国民性的关系等问题,这正是对当时国内思想文化界着力以文化批判的方式改造中国国民性的诸般努力的一个侧面的响应。[①] 再如,郑振铎《文学大纲》的编写也是围绕社会政治启蒙的目的来进行的。

其次,作为一门新兴的学科,当时国内高等学校许多世界文学学科教材建设以翻译国外相关论著为主。据统计,仅世界文学史,从1911—1949年,国人就先后翻译了日本木春毅的《世界文学大纲》、美国约翰·玛西的《世界文学史

---

① 参见俞仪方:《二十世纪前期中国学者对德国文学与德国国民性关系的探究》,载《德国研究》2000年第2期。

话》、苏联柯赓的《世界文学史纲》近10部。① 应该看到,国人自己编写的外国文学史也是有的,但是数量不多,质量不高。以1919年周作人撰写的《欧洲文学史》为例,该书分为三卷,从古希腊文学一直谈到18世纪各国文学。在当时作为《北京大学丛书》之三,由北大编译会审定,商务印书馆出版。该书的内容单薄,范围有限。时间上停留在18世纪,范围主要包括英法意德,而且对于欧洲各个国家文学之间的相互联系影响论述较少。它留下了草创期国人编写外国文学史的痕迹。

第三,从学科的隶属对象来看,这一时期的外国文学课一般在外文系开设,即便是综合性的文学史也是为外文系学生编的,而一般大学的国文系即中文系是不开设外国文学课的。比如1926年清华大学成立外语系,最初被称为西洋文学系,后改称为外国语言文学系。1930年,当时在该系担任讲师的R. D. Jameson主编的教材《欧洲文学简史》出版。该教材的使用就是以英语为教学语言的。这部专门为学习英国语言的学生编写的教材把整个欧洲的文学集合在一起,打破了外语系文学课程单一化的格局。由中国人自己编写的外国文学史也存在这种情况。周作人撰写的《欧洲文学史》在涉及各国作家作品原文时就大都不附汉文译名,而是直接加以引用。② 在谈到英国诗人威廉·布莱克时有这样一段:"十九世纪初,Wordsworth 等出,力抑古典派文学,去人为而即天然。Blake 诗云,Great things are done when man and mountains meet; This is not done by jostling in the street. 即示此意。Marriage of Heaven and Hell,为预言书中最要之作。"这里,威廉·布莱克的诗并没有翻译成汉语,而是以原语的形式被摘引。

在世界文学史的写作中,保留原文尽管不利于文学的普及,因为它需要接受者具备基本的语言知识,但却显然更有利于接受者深切地了解作品的精髓。

50年代到80年代,我国世界文学学科建设进入了第二个阶段。处于调整期的世界文学史编写同社会政治结合较为紧密,而且在相当长一段时期内,主要以借鉴苏联文学史为主。

从1949年到1960年,国人编写文学史教材处于沉寂阶段。由于建国伊始,

---

① 北京图书馆编:《民国时期总书目(1911—1949)》,北京:书目文献出版社,1981年。
② 周作人:《欧洲文学史》第三卷,长沙:岳麓书社,1985年。

百废待兴,政治任务成为压倒一切的根本任务。世界文学学科主要是向苏联学习。国内高校大量翻译并使用苏联的教材,其中包括1959年由戴馏龄等翻译出版的《英国文学史纲》(苏联阿尼克斯特著)。而由中国人自己编写的文学史极少,只有冯至编写的一本《德国文学简史》。借鉴苏联的教科书,为文学史的编写开辟了一条新的途径。但是,苏联教科书也存在一定缺陷,主要表现为"资料丰富,但逻辑结构不太好,有的问题还没有讲清楚,又跳到另一个问题上去了。……条条罗列,条条之间没有联系,一般的讲就是教条主义。……没有内部联系,说服力不强"①。

60年代初,情况有了一定的转机。1961年在中宣部的直接领导下召开了高等学校文科教材编选计划会议。会议总结了解放以来尤其是1958年以来教材编写的经验教训,决定集中有关力量编写出高水平的高校文科教材。在这次会议上还确定编选中文、历史、哲学、经济、教育、政治教育、外语等方面14个专业所需要的教材,共273种。高校文科教材编选计划会议的召开,为教材的编写提供了相对宽松的政治环境。当时提出的一系列教科书编写原则基本上是正确的,比如"教科书不能只讲政策,要写规律性的知识……教科书主要是要以规律性的知识武装学生的头脑,这同政策解释、工作总结都不一样"②。"在教材中,正确的观点、立场、方法不仅表现在正确的论断上,而且要表现在知识的正确选择和介绍上。论断必须要有材料作依据。摘引马克思主义经典著作中的某些词句,把马克思主义的现成结论作为套语,空发议论,乱贴标签,不但不能起教科书应有的传授知识的作用,而且首先是违反马克思主义的。"③这些原则的提出为新教材的编写创造了良好的环境。

就世界文学学科建设而言,由杨周翰等主编的《欧洲文学史》就是在这一会议精神的指导下编写的。这本供当时高等学校欧洲文学史课程使用的教科书分上、下两卷,"概括地叙述了从古希腊开始到1917年俄国十月社会主义革命为止的欧洲文学发展的历史","每章的概论总括了一个时期欧洲文学的轮廓,并

---

① 周扬:《在文科教材政治、哲学组汇报会上的讲话》,见《周扬文集》第4卷,北京:人民文学出版社,1991年,第135页。
② 同上。
③ 周扬:《关于关于高等学校文科教材编选情况和今后工作意见的报告》,见《周扬文集》第4卷,北京:人民文学出版社,1991年,第145页。

注意到文学同当时的历史（包括经济发展和政治情况）与思潮（包括哲学思潮和社会学说等）的关系"。《欧洲文学史》所开创的崭新的编写体例和"材料翔实，不发空论，寓褒贬于叙述之中"[①]的编写风格对后世影响深远。然而由于成书于极"左"思潮盛行的六七十年代，《欧洲文学史》不可避免带有那个时代的局限。比如往往从政治概念出发进行简单的价值判断，关于作家作品的评价则局限于引用马、恩、列、斯的原话等等。

70 年代，极"左"思潮泛滥，世界文学学科的发展几乎中断。

80 年代至今，我国世界文学学科建设进入第三个阶段。

经过"拨乱反正"，新时期世界文学学科的建设取得了巨大成就。首先是世界文学史编写的基础性工作有了很大突破。其次，各种文学通史、国别文学史、断代文学史、类型文学史纷纷涌现。再次，编者对"世界文学史"编写的认识也在不断深化。

这一时期，国内翻译、编辑、出版了大量的文学作品、理论著作、文学史和教材，其中包括社科院外文所编辑出版的《外国文学研究资料丛书》等。根据国家社会科学规划办公室组织的外国文学科组"九五"调查报告的不完全统计：从70 年代末到 90 年代中期的 15 年间，我国编撰出版的外国文学史、地区文学史和国别文学史总数达 150 种之多，一批新编的不同类型的外国文学史纷纷涌现。比较重要的有柳鸣九主编的《法国文学史》、董衡巽等主编的《美国文学简史》、叶水夫等主编的《苏联文学史》、季羡林主编的《东方文学史》、王佐良等主编的《英国 20 世纪文学史》、郑克鲁主编的《外国文学史》、吴元迈主编的《20 世纪外国国别文学史丛书》、王忠祥等主编的《外国文学史》等。

这一时期影响较大的主要有这样几本高校教材。

1985 年 8 月，由朱维之、赵澧主编的《外国文学史》由南开大学出版社出版。该书是教育部委托编写的高校文科教材，供高等院校中文系、外语系学生使用。

全书分为欧美部分、亚非部分。依据"系统介绍和重点突出相结合"的基本原则，该书"系统地介绍了自古至今欧美文学发展的历史过程，时间的下限大致定在本世纪 50 年代，对于这二三十年间欧美文学史上所发生的文学现像包括文学思潮、文学流派的演变以及代表性的作家作品都按时间的先后一一作了论

---

① 据《欧洲文学史》编委会"编者说明"，见《欧洲文学史》第一卷，北京：商务印书馆，1999 年。

述"。从教材的体例来看,该书"以时间为序,按文学发展的不同时期分章。每章的第一节,概述这一时期欧美各国的历史情况和文学发展情况,介绍一般性的作家及其作品。各章之间前后衔接,以体现历史的联系和文学史知识的完整性"。《外国文学史》在外国文学知识的传授和普及上有着一定的影响,但也存在明显的缺陷。首先,它没有从中国文学传统的角度来看外国文学,《导论》中第一句话即将中国文学排除在外:"外国文学,是指我国文学以外世界各国的文学。"其次,编者虽然意识到中外文学之间的相互影响,"对于那些文学史上占有极其重要的地位、在我国产生巨大影响的作家,如莎士比亚、歌德、巴尔扎克、托尔斯泰和高尔基等,我们则把他们列为重点给予较多的篇幅"。但在实际的编写中并没有具体说明中外文学之间的影响史实。

1991年4月由陶德臻、马家骏主编的《世界文学史》上中下三册由高等教育出版社出版。该书为高等师范院校中文专业本科教材之一。教材在时间和空间上较以往著作都有新的突破,对当代文学介绍到20世纪80年代,并增加了对澳大利亚和非洲文学的介绍。其主要特色表现为"它采用东、西方文学各成系统又彼此结合的体例,改变过去教材中的西方文学部分横向划分过细的做法,而加强对各国各地区文学纵向发展的整体评述,同时也注意横向的影响与比较"。《世界文学史》的编写也存在一定缺陷,表现为:首先,从名称上看,该书虽然以《世界文学史》为名,却没有包括中国文学部分。其次,关于一些作家的评价还停留在政治的层面上。

1997年,教育部对我国高校的学科目录进行了调整,为了适应新的专业"世界文学与比较文学"的需要,1999年9月由王忠祥、聂珍钊主编的《外国文学史》由华中理工大学出版社出版。作为高等学校文科教材,该书开始用比较文学的视野来编写世界文学史。在《绪论》中编者指出:"顾名思义外国文学不包括本国文字,系指本国文学之外的世界各国文学。但它又必须与中国文学彼此呼应,相互关照。从东方到西方,从古代到现代,由亚洲、非洲、欧洲、美洲和大洋洲各国文学所组合成的世界文学,多方面地反映了人类社会的嬗变过程与人类审美思维发展的轨迹。"《外国文学史》第一次在体例上引入了中国文学。在对文学史进行叙述时,强调运用比较文学的理论进行东西中外文学的比较,从比较的观点探讨文学创作的发展轨迹、文学思潮的嬗变过程、文学批评理论的衍化更新,探讨文学史、文学思潮和文学批评理论之间的影响和接受。编者认为该书的特点在于:"各章均有世界文学背景,在背景中突出中国文学概况。各章第一节'概述'运用比较文学理论进行东西中外文学比较,如'古代希腊罗马时期的世界文学''文艺复兴时期的世界文学'以及'二十世纪的世界文学'等。各章设置专节的作家评论,尽可能论述他们在中国的影响及其接受中国文学的影响。"它应该是世界文学史编写中较有特色的一部。

新时期较有影响的教材还有由蔡茂松、符玲美主编,1991年广东高教出版社出版的《世界文学发展纲要》。该书主要运用"文化圈"的理论来编写世界文学史,并作了积极的探索。①

概括地说,20世纪后半期我国世界文学学科建设体现了这样几个特点:

首先,外国文学课程从早期的外文系转到中文系。1949年以前的外国文学是在外文系开设的,外文系是外国文学系的简称。1952年,经过院系调整之后,外文系改称外语系,以学语言为主,主要培养翻译与外语教学人员。中文系则有了外国文学课。1953年开始五年计划建设,中文系不但开设苏联文学,而且开设用汉语讲授的欧美文学课。这样,在中国的大学中文系形成了一种世界文学课(习惯叫《外国文学》或《外国文学史》),它不同于外语系高年级用该国别语种语言教学的国别语种的文学。它的特点表现为:整体性、综合性、理论性、宏观概括性。但也存在着"普及性有余,学术性不足"的缺陷。②

其次,在编写外国文学史时,编者逐渐意识到以中国文化的传统即比较文学的视野来编写世界文学史,特别是强调用比较的方法进行教学和研究工作。例如1980年出版的石朴编写的《欧美文学史》就强调了欧美文学对中国现当代文学的影响。1985年王忠祥主编的《外国文学教程》也强调了中外文化的交流,主张"运用比较文学方法,比较研究各个时期、民族、国家之间的关系,比较研究中外文学的关系,把握和理解世界文学发展的普遍规律和我国文学发展的特殊规律"。

20世纪末,随着国家对高等教育资源的进一步调整与分配,高等教育出版社在出版高等院校的教材上独领风骚,特别是推出了"面向21世纪课程教材"中的《外国文学史》(上、下)。该教材依然采用"欧美"与"东方"的"对峙"态势;

---

① 相关论文参考张明慧、叶继宗:《新的观点、新的思维、新的构筑》,载《外国文学研究》1993年第4期。
② 参见马家骏:《"世界文学"学科的特性》,载《外国文学研究》1995年第1期。

"欧美"意味着"先进","东方"包含"亚洲与非洲"是"非西方的"、"落后的"。在篇幅上全书 794 页,"亚非文学"只有 145 页的篇幅。教材在世界观上依然是深受"欧洲文化中心"的浸染。在文学观上,依旧将世界文学"限定"在国别、洲际的范围之内,少见各民族文学之间相互交流、启发的描绘。虽然 2005 年作了一些修订,但其作为指导思想的世界观、文学观并无区别。

我们在这样的背景下来考察郑振铎的《文学大纲》,其在新文学观之下进行的新文学史建构就显得特别有意义。

第七节 新文学观与文学史的建构——以《文学大纲》为例

福建长乐人氏郑振铎(1898—1958)无疑是中国五四新文学运动的重要代表人物之一,《文学大纲》是郑振铎及其同仁在 20 世纪 20 年代用中文撰写完成的一部重要文学史著作,全书共四大卷,约 80 万字。郑振铎在 1923 年下半年开始撰写该书。1924 年 1 月起在《小说月报》上开始连载,至 1927 年 1 月止,共三年余。其间有些补充章节还曾发表于《一般》等刊物上,该刊同时连载与此书相关的《中国文学者生卒考附传略》,以及他与茅盾合写的《现代世界文学者略传》。1926 年 7 月 9 日,作者修订了序言及部分书稿,并交商务印书馆出版单行本,第一卷于同年年底出版,第二、三、四卷出版时作者却因大革命失败而避难欧洲。全书的跋作于 1927 年 6 月 10 日,至 1927 年 10 月出齐。《文学大纲》在 1931 年 4 月前,由商务印书馆印行了三版。1933 年 8 月,该书又出国难后第一版,删去了原有的彩色版图,并列入大学丛书中;1986 年,上海书店根据商务版影印;1992 年上海书店又影印重版,收录民国丛书中;1998 年 8 月,商务印书馆国际有限公司重印《文学大纲》四卷本,由陈福康在卷首撰写了重印序言。

《文学大纲》成书于 20 世纪 20 年代中期,当时的国人正迫切地"别求新声于异邦"。作为一部贯串古今、横跨欧亚的世界文学史著作,我们认为,《文学大纲》在编写过程中不仅参考了大量外国人编纂的文学史资料,尤其是英国戏剧家 John Drinkwater 编的 *The Outline of Literature* 与美国作家 Macy 编的 *The Story of Worlds Literature*,同时也凝结了郑振铎及其同仁的共同劳动。关于

《文学大纲》与外国人编纂的文学史资料的关系,郑振铎在《文学大纲》的序言与跋中曾有明确的说明。

1924 年 1 月,《小说月报》第五卷第一号《文学大纲》序言中,编者谈到自己在选择参考资料编写《文学大纲》时,认为自己采用的是翻译以外的另一种方法:即"以此书为蓝本而加以增删编辑一本与他相类的书。他的第一章至第九章,除了第四章外,我们几乎全部采用,仅加进了关于中国等几部分的材料。至于第十章以下,则编次与他不同:与英国方面的叙述删除了些;而与其他诸国方面则增加了些,至关于中国的一方面则完全是新加进去的。插图的大部分都是采用此书中所有的,其他的小部分,则为新加入者"。在 1926 年 7 月 9 日该书修订版序言中,郑振铎再次简单地提到《文学大纲》与参考资料的关系:"编者尤其感谢的是 John Drinkwater,他编的《文学大纲》的出版,是诱起编者做这个同样工作的主因;在本书的第一卷中,依据她的地方不少,虽然以下并没有什么利用。Macy《世界文学史》(The Story of Worlds Literature)也特别给编者以许多的帮助。"在全书最后的跋中,著者声明"为本书帮助最多者,为谢六逸与徐调孚二君。本书中关于日本文学的一部分,几乎全为谢君的手笔,而最后一册的校对,及年表四等等,则全出于徐君之手"。而在另一篇文章《忆六逸先生》中,郑振铎再次提到:"我写《文学大纲》的时候,对于日本文学的一部分,简直无从下手,便是由他(谢六逸,笔者注)替我写下来——关于苏联文学的一部分是由瞿秋白先生写的。但他从来不曾向别人提起过。假如没有他的有力的帮助,那部书是不会完成的。"

根据这些相关的资料可以知道,参与《文学大纲》编写的人员除了郑振铎外,还包括谢六逸、瞿秋白等人。而英国戏剧家 John Drinkwater 编的 *The Outline of Literature* 与美国作家 Macy 编的 *The Story of Worlds Literature* 则是《文学大纲》欧洲部分的主要参考资料。

一、考证:《文学大纲》研究的基础

《文学大纲》出版后,在学术界产生了一定的影响,曾被誉为"中国自新文化运动以来的一部最伟大的著作"[①]。30 年代,蔡元培先生在《世界文库·序》中称

[①] 佩书:《文学大纲》,见陈福康:《郑振铎论》,北京:商务印书馆,1991 年,第 626 页。

该书为"纲举目张、开示涂径"，"材料丰富、编制严谨"的空前之作。① 90年代初期，李文俊也提到该书对其编译《世界文学史》的影响。他说："回想青年时代对世界文学概貌有一初步了解，还应归功于郑振铎先生1927年出版的四卷本80万言文图并茂的《文学大纲》。"②

然而，与《文学大纲》的这一影响不相对称的首先是对《文学大纲》研究的忽视，特别是近年来出版的文学史研究著作中鲜有发现。以笔者所见的有限的几篇有关该书的研究论文来看，大多因为没有分清该书中郑振铎的观点与参考资料的来源，因而有着难以避免的遗憾。比如曾为郑振铎研究做了大量工作的陈福康，在《文学大纲》的研究中也有一些值得商榷的地方。

在该书商务印书馆重印序中，陈福康认为："在第一章里，郑振铎在提到古代东西方民歌与民间传说经常有相同之处时，就介绍了当时西方有关比较文学的三派理论。一派认为'这种的相同，完全是偶然的事'，此说他不同意；另一派认为'所以相同者，因为他们的祖先是同源'，对此他也不赞同；又一派说这'是普遍的经验与情感的结果'，他认为此说是最令人满意的解释。当时，国外的比较文学理论尚处在初建阶段，郑振铎对此作了介绍，并有比较明确的个人见解，这是很难得的。"

这里，陈福康认为：郑振铎提到古代东西方民歌与民间传说常有相同之处；郑振铎在介绍当时西方有关比较文学的三个理论派别时，态度分别为"不同意"、"不赞同"、"认为最令人满意的解释是普遍的经验与情感的结果"；郑振铎有比较明确的个人见解较为难得。

陈福康所根据的很可能是郑振铎《文学大纲》第一章《世界的古籍》中的这一段落："我们研究民歌与民间传说，有一件事实觉得极重要而且极有趣味。东方所歌咏的事物与西方所歌咏的事物都有很相同的地方，而许多同样的故事，也同样为世界一切人民所传述。这种神话的广播的原因，曾有许多理论来解释过它。有的说，这种的相同，完全是偶然的事：但这是很可笑的事。有的说，印度人、波斯人、希腊人、罗马人、德意志人、斯堪的那维亚人、俄罗斯人及克尔底

---

① 蔡元培：《世界文库序》，生活书店出版社，1935年。
② ［瑞典］托·柴特霖姆、［英国］彼得·昆内尔著，李文俊译：《彩色插图本世界文学史》，南宁：漓江出版社，1990年。

人所有的故事,所以相同者,因为他们的祖先是同源,都是阿利安人;当他们没有西迁之前,都是同住在亚洲高原的。这种解释似乎理由很充足,但他们忘了一件事;有些阿利安族所传述的故事,在非阿利安族,如中国人与美洲的印第安人那里,他们也都同样的传述着。最令人满意的解释,是说,同样神话之所以有普遍性,是因为他们是普遍的经验与情感的结果。"

实际上,郑振铎《文学大纲》中的这一相关段落是从 John Drinkwater 编的 The Outline of Literature 翻译而来的。其原文如下:

> There is no more interesting and important fact in humanhistory than the universality of folk-songs and legends. There is an amazsimilarity between the subject of the songs of the East and the songs of the West, and stories are common to all the peoplesof the world. Many theories have been devised to explain the widedistribution of myths It has been suggested that the stories, common to Indians, Persians, Greeks, Romans, Germans, Scandinavians, Russians, and Celts, were known to the ancestors of them all, the Aryan tribes, who lived on central Asian tableland before they emigrated westward, in several great waves, to found the European nations. This seems a plausible enough explanation, but it ignores the fact that the stories known to all the Aryan peoples are also, in some instances, known to none-Aryan peoples like the Chinese and the American Indians. Probably the most satisfactory explanation of the universality of myths is that they are the result of universal experience and sentiment.

对照译文与原文,不难发现陈福康的结论是值得商榷的。郑振铎选择翻译原文中该段的事实,可说明郑振铎是同意原文作者的这些观点。但是,郑振铎只是附和了这些观点,并非独创这些观点。

类似的错误在《文学大纲》外国文学部分中还有很多。主要原因在于研究者忽视甚至忽略了《文学大纲》与其参译资料的复杂关系。

19世纪法国文学批评家朗松在《文学史的方法》中曾经概括了四类文学史编写的主要错误,其中第一类即"在对事实的不完整或是错误的认识基础上工作;对所研究的作品没有进行充分的调查;很不了解前人所做的工作和取得的成果"①。

从文学史著作研究的角度来看,对事实的完整认识、对作品的充分调查,同样是文学史编写的一个重要原则。区分独创与模仿、翻译与编写,因此也就成为文学史研究中最初也是最重要的环节。考证,正是在这背景下,成为我们研究《文学大纲》的重要补笔。离开这一环节,就很难保证文学史研究方法的科学性。

根据我们目前所作的比较工作,可以发现《文学大纲》前三册的编写与英国戏剧家 John Drinkwater 编的 *The Outline of Literature* 关系较为密切,而第四册的编写则部分参考了美国作家 Macy 编的 *The Story of Worlds Literature*。《文学大纲》并非如郑振铎在序言中所说的"在本书的第一卷中,依据她的地方不少,虽然以下并没有什么利用"。结合本书的中国文学部分以及上面的统计,如果要给该书下结论的话,我们更倾向于将其编写方法定性为编译。当然,编译并不等于完完全全地照译,在原文的基础上,编者还是做了一系列小范围"增删调改"的变动,而所有的改动都不仅仅是编排的问题,而是那个时代以及编撰者个人文学观的具体体现。因此探讨文学观对《文学大纲》编写的影响是很有必要的。

二、文学观与《文学大纲》的编写

从某种意义上说,一切历史都是思想史。由于文学史编写者主体思维的差异及思想观念的不同,对文学事件的选择和描述或多或少都带上文学史家关于世界与文学的"个人偏见"。建立何种的文学史模式,实际上是一种文学观念的具体表现,而文学观又是世界观在文学上的具体实现。作为一部编译的世界文学史著作,《文学大纲》增删调改原文的过程更突出地反映了编写者的文学观念。考证该书的参译资料,不仅仅有助于修正《文学大纲》研究中可能出现的种种偏差,更重要的是,我们通过对编者"增、删、调、改"原著过程的考证,可以为后人研究编者的文学观及当时的写作语境提供有益的信息,进而为后来的文学史编写提供借鉴。

郑振铎的文学思想是一个丰富而复杂的整体,其主要特点表现为它的开创

---

① [美国]昂利·拜尔编,徐继曾译:《方法、批评及文学史》,北京:中国社会科学出版社,1992年,第22页。

性和启蒙性。他无意于建立理论体系,没有用心去区别那些不同时代不同国度与流派的观点是否有矛盾之处,而主要以是否有益于社会启蒙作为选择标准。一种"中国就在世界之中"、"中国是世界的重要组成部分"的理念贯穿始终。从他的思想资源来看,其中既有传统的"文以载道"及"诗言志"的因素,又有包括俄、日、法、英等不同国家、不同形态的文学思想。就《文学大纲》的编写而言,"世界是包含中国在其中"的世界观,以及文学上的"为人生"的现实主义文学观和比较文学观对他影响最大。因此考察郑振铎的上述文学观的发展过程及其特点就成为本文论述的重点。

作为一部编译而成的世界文学史著作,《文学大纲》首先反映了郑氏的翻译原则。郑振铎十分重视翻译的功用。在他看来,"翻译家的功绩的伟大决不下于创作家。他是人类的最高精神与情绪的交通者"[1]。另一方面,他要求翻译家慎重地担负责任。郑振铎的文学翻译要求表现为"无论自己编或是翻译别国的著作,他的精神必须是:平民的,并且必须是:带有社会问题的色彩与革命的精神的"[2]。

在比较了文学作品的研究与介绍的区别后,他认为介绍文学作品的方针应该是"不是一切自己所喜欢研究的都要搬出来介绍给别人,乃是把自己最喜欢研究的,所认为对于读者最有益的作品,慎之又慎的介绍出来,这种介绍才有力量,才能有影响于一国文学界的将来"[3]。"现在的介绍,最好是能有两层的作用,(一) 能改变中国传统的文学观念。(二) 能引导中国人到现代的人生问题,与现代的思想相接触。"[4]译介应该慎重地加以选择,应该是对读者最有益的,应该与现代的思想接触,这些思想反映了郑振铎对于文学翻译的功利思想,所谓"对读者最有益",其实也就是应对中国读者进行社会政治启蒙有益,这是"为人生"的现实主义文学观的具体表现。

(一)"为人生"的文学观

1917年2月,陈独秀在著名的《文学革命论》一文中提出"建设新鲜的立诚的写实文学"的口号。之后,新文化运动的先驱李大钊、胡适等人也都对"写实

---

[1] 郑振铎:《俄国文学史中的翻译家》,载《改造》1921年7月。
[2] 郑振铎:《光明运动的开始》,载《戏剧月刊》第1卷第3期。
[3] 郑振铎:《无题》,载《文学旬刊》1922年第46期。
[4] 同上。

文学"加以论述。20年代初,文学研究会成立后,开始对现实主义理论作了深入系统的阐述,"他们比'新青年'派更进一步揭起了写实主义的文学革命的旗帜的"。其中,茅盾和郑振铎的成就最大。"为人生的艺术"是文学研究会的共同文学观和理论旗帜,它反对视文学为游戏消遣的封建旧文学观,即"文以载道"和"文学娱乐观",突出体现了文学研究会功利的文学观点。

就郑振铎的现实主义文学理论而言,他的思想武器主要来源于19世纪40年代以来俄国革命民主主义作家别林斯基、杜勃罗留朵夫等人。他先后在《俄罗斯名家短篇小说集·序》、《写实主义时代之俄罗斯文学》、《俄罗斯文学的特质与其略史》等论文中,深入分析了俄国现实主义文学的基本特点,肯定了俄国进步作家以文学为"发挥意见的第一件武器"的现实主义传统,同时联系国内实际,指出:"我总觉得中国现在正同以前俄国一样,正在改革的湍流中,似乎不应该说闲坐在那里高谈什么唯美派……而应该把艺术当作一种要求解放、征服暴力、创造爱的世界的工具。"①他所主张的是"文人们必须和时代的呼号相应答,必须敏感着苦难的社会而为之写作。文人们不是住在象牙塔里面的,他们乃是人世间的'人物'更较一般人深切的感到国家社会的痛苦与灾难的"。显然,郑振铎接过俄罗斯文艺理论家的武器,其目的是为了强调文学与人生的密切关系,强调文学的功利性,他把文学看成反映人生、改造社会的理想工具。

在《文学大纲》中,他是以与人生、与社会关系的密切程度,来决定作家作品的翻译与否。译介的重点往往是那些于读者最有益的、与现代的思想相接触的作品。

郑振铎对同一时期不同国家的文学的重视程度是不同的。如18世纪的英国文学与法国文学,前者在原著中占100多页,编译后仅占30多页;而后者在原著中仅占30多页,编译后却还有近30页的篇幅,除了小部分删除外,几乎全盘翻译。法国文学之所以在译文中受到重视,恐怕与当时的写作语境和编者的文学观有关。鲁迅曾认为:"十八世纪的英国小说,它的目的就是在供给太太小姐们的消遣,所讲的都是愉快风趣的活。"②在郑振铎自己看来:"自文学在英美职业化了以后,许多作家都以维持生活的目的来做他们的作品,未免带着铜臭,且

---

① 郑振铎:《艺术论》序言,商务印书馆,1921年。
② 鲁迅:《文艺与政治的歧途》,见《鲁迅全集》第7卷,北京:人民文学出版社,1998年,第113页。

也免不了有迎合者的心理的地方。"①比起已完成资产阶级革命后相对平静的英国社会来,18世纪正处于资产阶革命高潮的法国社会,与五四运动前后的中国社会自然有着更多的相似之处,所以这一时期的法国文学得到重视应在情理之中。

从对个别作家的选择来看,编者也是采用了这种取舍标准。在第25章《十八世纪的英国文学》中,编者谈到英国作家笛福时作了这样一些修改。原文为"He wrote history and biography, books of travel and poems, treatises on the complete gentleman and the complete tradesman, manuals of conduct for parents and lovers, political pamphlets and satires"。(他写作历史与传记、游记与诗歌,关于真正绅士与商人的专题论文、父母与情侣的行动指南、政治论文与讽刺文。)在《文学大纲》中则编译为"他还写历史与传记,游记与诗歌、政治论文,讽刺文等等"。这里,编者保留了"政治论文与讽刺文"。其原因与编者社会启蒙的意图不无关系。

对比郑振铎的《文学大纲》与John Drinkwater编的 *The Outline of Literature*,我们还可以发现:同一章中占原文六页之多的英国小说家简·奥斯丁在郑振铎的《文学大纲》中却只字未提。简·奥斯丁作为一个现实主义者,在原著者看来"As a realist, within her own delicately drawn pen-and-ink circle, she was perfect"。(作为一个现实主义者……她是完美的。)Mr Saintsbury对于她的作品也赞誉有加。认为她在某些方面与司各特、萨克雷相比毫不逊色。"Not even Scott's or Thackerays characters dwell in the mind more secretly than John Thorpe, the bragging, babbling undergraduate in Northanger Abbey, and the feather-brained cold-hearted flirt, his sister Isabella."然而很可能因为这样的评价,即"She was the chronicler of that most breathless and fascinating fairy-tale in the world, the fairy-tale of our own daily life",简·奥斯丁没有进入郑振铎编写文学史的选择范围。

奥斯丁的小说没有正面去表现时代风云,也没有多少流连于山水之间的笔墨,她创作的六部世态小说,内容无非是请客吃饭、弹琴跳舞等日常生活。但是从现在的眼光看来,"20世纪对奥斯丁的评价越来越高,开始可能和形式主义的

---

① 郑振铎:《盲目的翻译》,载《文学旬刊》1921年6月30日。

盛行有关,但现在人们发现,她的作品对于当时社会经济、意识形态、初期的殖民主义扩张等也有很大的认识价值"①。

(二) 文学情感观

"为人生的艺术"不仅要求文学反映人生,还要求文学能起到指导人生、改造社会的作用。在文学如何指导人生、改造社会这一问题上,郑振铎是寄希望于文学的情感力量的。早在1921年,他就认识到文学与科学的不同之处在于:一、文学是诉诸情绪,科学是诉诸智慧;二、文学的价值与兴趣含在本身,科学的价值则存于书中所含的真理,而不在书本的自身。文学的价值与兴趣,不唯在其思想之高超与情感之深微,而且也在于其表现思想与情绪的文字之美丽与精切。这里,他强调文学与情感和想象的关系。不同于科学的认识,文学是以情感作为自己的表现对象的。② 在许多文章中,他都强调文学情感的感化力,认为文学的使命和价值"在于通人类的感情之邮","扩大或深邃人们的同情与慰藉,并提高人们的精神"③。

和创作社作家不同,郑振铎强调文学情感的真实不仅仅是从文学作为艺术本身的要求,更主要是根据文学的社会功利目的来要求这一点的。1921年的《文学与革命》这篇论文体现了他的想法。他指出:"因为文学是情感的产物,所以它最容易感动人,最容易沸腾人们的感情之火",并担任"引起一般青年的憎厌旧秽的感情的任务。""革命就是需要这种感情,就是需要这种憎恶与涕泣不禁的感情的,所以文学与革命是有非常大的关系的。"他所希望的是作家要有改革时代的精神,去创作与"雍容尔雅"、"吟风啸月"的作品相对立的"血与泪的文学",去点燃青年胸中的"革命之火"。

从《文学大纲》的叙述来看,编者带有强烈的情感色彩。他善于在叙事的过程中抒发感情,在某些时候甚至直接站出来发表见解。这与编者的文学情感观不无关系。

第26章在介绍由法国作家卢梭创作的被称为"革命圣经"的《民约论》时,原文与《文学大纲》就有着较大的差异。

---

① 李赋宁总主编,彭克巽主编:《欧洲文学史》第二卷,北京:商务印书馆,2001年,第842页。
② 郑振铎:《文学的定义》,载《文学旬刊》第1期,1921年5月10日。
③ 郑振铎:《新文学观的建设》,载《文学旬刊》,第37期,1922年5月31日。

原文为："The state in the eighteenth century was the king. It should be the people, and the one duty of the state should be to look after and educate all its citizens. The Social Contract was the gospel of Jacobins, and Saint-Just and Robespierre moulded their legislative decrees on Robesseaus teaching. Rousseaus literary power appears its fullest in his Confessions, the most famous and surprising autobiography in all literature."

译文则为：

"18 世纪的国家就是国王,这必须是人民才对。国家的义务之一应当留心人,教育人民,这个福音的宣传,使世界起了一个大变化——由个人的专制变到全民的政治,由压迫的生活变而为有意义的自由的生活,现在还在走着这条大路呢。第一声唱歌这幸福的就是卢梭,第一声大声宣传着人类的福音的便是卢梭。但卢梭在文字上的最大成功,却不在这极伟大的《民约论》而在他的《忏悔录》。"

可以看出,译文与原文的文本差异较大。编者改写了原文,直接站出来表达自己对自由、对世界革命的看法。

同样的,在第 27 章《十八世纪的德国文学》中,译者介绍完德国作家席勒所创作的以瑞士革命为题材的名剧《威廉·退儿》之后,也用自己的话直接抒发了对英雄的崇拜之情:"这个大胆无畏的英雄,为国家的自由而奋斗。当他在舞台上出现时,每每不禁跳动着无数人的崇高的为国而献身的灵感。在席勒的剧中,更有许多抒情的美歌,与伟大无比的背景使读者移神。""当瑞士三邦人民在红日将升时,于阿尔卑斯山之顶互抱立誓反抗暴政,或当牧人樵夫歌声悠扬,山雨欲来时,或当威廉·退儿在射苹果时,或当他们在黎明的红光中报告胜利的消息时,不知怎样的总使读者感到一种莫可言说的感动。"

(三) 文学平民观

郑振铎的文学观中值得重视的还有他的文学平民观。早在维新时期,梁启超就提倡兴办新式学堂、普及平民教育;之后陈独秀主张推翻贵族文学,建设平民文学;周作人也号召建设平民文学。郑振铎是这一观念的有力支持者。他认为文学的真正价值在于真的精神、人的文学及平民文学。基于这一考虑,郑振铎大力主张在民众中普及文学常识,让文学为平民服务。

从《文学大纲》的编写意图来看,贯串始终的是编者在《明年的小说月报》一文中提到的这样的思考:"中国读者社会的文学常识缺乏是毋庸讳言的;明年的本报拟刊载《文学大纲》一种,系'比较文学史'的性质,自上古以迄近代,自中国以至欧美、日本、阿拉伯各国的文学都有叙到,同时并拟逐期登载'诗歌概论'、'戏曲概论'一类的文字,这两种稿子,至少总可以给一般读者及初次研究文学的人以很大的帮助。"由此看来,"平民"观还是为现实的文学的另一种表现而已:向民众普及文学常识,也就是普及了政治常识。在该书序言中编者再次提到"《文学大纲》将给读者'以文学世界里大的创造心灵所完成的作品的自身之概略'。"着眼于在本国读者中普及文学常识这一写作意图,编者对原著进行了一定的修改。

首先从宏观的角度来看,编者删除了原著中带有分析性质的篇幅,代之以介绍性的文学常识。《文学大纲》所采用的基本叙述模式是"人物生平加代表作加故事情节"。以第20章《欧洲文学文艺复兴时期的文学》中关于莎士比亚的介绍为例。原著中莎士比亚作为专章(第10章)加以介绍,篇幅达36页,经过删改后在《文学大纲》中只保留了6页篇幅,而且主要是简单介绍莎士比亚代表作的剧情。这在一方面固然有莎士比亚在当时并不为编者所重视的原因,另一方面也可以看出该文学史的编写意图只是在于普及文学常识。

其次,本着普及文学常识的目的,编者选译了大量作家作品的趣闻轶事,以此增强该书的趣味性。"史话体"也称故事体,即像讲故事一样将文学史的一些重要片段介绍给读者。第21章郑氏选译了赫里克饮酒的趣闻。"赫里克是台文萧(Devonshire)的一个牧师,他有20年住在一个荒僻的乡村中,对于在他四周的生活都极感兴趣。他的性情很奇怪。据说,他常教一只猪从酒瓶饮酒,又有一次,他在聚会讲道时,因为他们不注意听讲,他便把讲稿抛掷去了。他是忠于英王而憎厌清教徒的,所以当共和时代,他被他们所驱逐。"第25章18世纪的英国文学中谈到了伦敦贵妇人晓妆看报的有趣故事。"自史狄尔及爱迪生的杂志出来之后,变通社会才引起看报纸的兴趣。相传伦敦的贵妇人,每于晓妆时等待着要看爱迪生的《旁观报》(Spectators)。"

第三,编者还在《文学大纲》中有意识地选用了大量色彩鲜明的插图。在文学史中附插图是郑振铎编写文学史时常用的方法。在他看来,插图能够把许多著名作家的面目,或把许多我们所爱读的书本的最原来的式样,或把各书里所写的动人心肺的人物或其行事展现在我们面前。他认为"这当然是足以增高读者的兴趣的"。

三、比较文学视野与《文学大纲》的编写

比较文学思想是郑振铎文学思想的另一个重要组成部分。他不仅在理论上较早倡导开展比较文学研究,在实践中也力所能及地以比较文学的视野进行文学研究,取得了一定的成就。郑振铎的比较文学活动主要包括两方面,首先是积极介绍国外最新的比较文学研究专著。1923年初,他向中国读者介绍了波斯奈特(h. m. posnett)写的世界上第一部比较文学理论专著《比较文学》,1925年初介绍了法国洛里哀(f. loliee)写的比较文学史。同时郑振铎还吸收国外先进文学思想,撰写了大量相关的比较文学论文。在早期的《文艺丛谈》、《处女与媒婆》、《新旧文学的调和》等论文中,他立足人类情感的相通性,强调文学无国界,欧洲文学与中国文学之间并没有高低优劣之别,倡导开展世界文学的统一研究。

"文学是没有国界的。"[1]"我们看文学应该以人类为观察点,不应该是限于一国。新文学的目的,并不是给各民族保存国粹,乃是超过国界","求人们的最高精神与情绪的流通的"[2]。这种全球性的视野与胸怀的确是我们在建设"新"文学传统时需要牢牢记取的。

郑振铎第一篇系统和深刻地阐述他的比较文学思想的论文是1922年8月发表的《文学统一观》。论文从当时国内外文学的研究谈起,指出有断代史、国别史、类型史等文学研究,但就是没有"以文学为一个整体,为一个独立的研究的对象,通时与地与种类一以贯之,而做彻底的全部的研究的"。接着,他深入地阐述了文学统一的定义,认为"我们所谓文学的统一研究就是综合一切人间的文学为主观点,而为统一的研究"。郑振铎这里提出的"统一研究"实际上同世界文学一样是一种宏观、广义的比较文学研究。之所以提倡这样的研究,郑振铎认为原因有二:首先,文学本身是一个整体,换言之"文学的时与地与人与种类,都是互相关联的,不于全体文学界有统一的研究,则于局部的研究也不能有十分的精确与完备的见解"。其次,人类本身也是一个整体。"因为人类虽相

---

[1] 郑振铎:《杂谭》,载《文学旬刊》第4期,1921年6月10日。
[2] 同上。

隔至远,虽面色不同,而其精神与情绪究竟是几乎完全无异的。"在论述完文学统一研究的必要性后,他又论述了这种研究的可能性。在他看来,尽管这种研究中存在着语言文字、地方色彩等方面的困难,但还是可以通过文学翻译来实现的。

作为特定时代的比较文学论文,《文学统一观》尽管存在着一系列偏颇之处,比如他强调了世界文学却忽视了各民族文学的特色,过分地扩大了文学情绪的作用而忽视人类的阶级性等等。但是作为我国比较文学史上最早提倡并系统阐述比较文学观念的论文,其意义还是极其重大的。郑振铎这种努力的原因在于:首先,不让中国从世界之轨上被抛下;其次,他拥有全球的广阔胸怀与勇气。

郑振铎不仅积极倡导比较文学研究,而且撰写了一系列比较文学论文。比如《民间故事的巧合与转变》等,而比较文学思想在文学史编写中则体现为洋洋洒洒四大卷本的《文学大纲》。

建立在文学统一观基础上的世界文学史著作,必须要求编者对世界各国文学之间的联系与共通作出解答。"艺术作品之间的最为明显的关系,即作品渊源和相互影响的关系是最常被探讨的问题,并且构成了传统研究的重心"[①]这一点深为郑振铎所知,他1927年撰写的《研究中国文学的新途径》指出了中国文学研究的主要方法,其中第一个便是研究中国文学的外化的问题,换句话说,即研究中国文学究竟在历代以来受到外来的影响有多少,影响的状况又是如何的。这种观点在《文学大纲》中得到了充分的体现。

据我们粗略统计,全书论及不同的国家间文学联系多达30多处,尤其是在每章的开头部分,编者往往将所论述的一国一地文学置于全球的范围内进行探讨,凡编者所知的各国文学之间的影响都在论述之列,或引用,或阐述,意在引起后人的注意。

具体来说,在影响研究中,郑振铎首先注重对文学史上具有世界性影响的作家作品的把握,在编译中呈现了这些经典作家作品在整个文学发展过程中的脉络作用。他们主要包括古希腊的荷马,法国的莫里哀,英国的拜伦、司各特,挪威的易卜生等。

---

① [美]韦勒克、沃伦著,刘象愚等译:《文学理论》,北京:生活·读书·新知三联书店,1984年,第297页。

以《荷马史诗》为例,作为欧美文学源头中的主要文学类型之一,《荷马史诗》在整个文学发展中所起的重大作用不言而喻。因此编者不仅专列一章予以详细论述,而且在以后的许多章节多次予以强调。在第25章18世纪的英国文学中,编者谈及英国当时最伟大的诗人蒲伯的成就时,提及"他又译了荷马的大史诗伊利亚特,这是一部异常成功的译品",在第27章18世纪的德国文学中,提及"委蓝之外,尚有福士介绍荷马的大史诗奥特赛及伊利亚特"。在第34章19世纪的法国诗歌时提及高蹈派的中坚人物台李尔时,指出"他译了荷马的二大史诗伊利亚特与奥特赛"。"他对于古典文学极有研究,是一个专门的希腊学者。"在第43章美国文学里论及第一个美国重要诗人白莱安特时,最后不忘提及"他还译了伊利亚特和奥特赛"。直到第46章新世纪的文学时,编者还指出"阿德留兰是一个荷马史诗的译者,一个诗人,一个传记作家,一个有权威的神话研究者"。

其次,编者还注重于研究跨越东、西方文化不同时期的相互影响。19世纪的德国诗人鲁卡特深受东方文学的影响,"他出了好些部的诗集,大部分都是印上东方的波斯与阿拉伯的诗的色彩,幻想微妙而音调可爱的"。19世纪少年德意志运动之后的爱国歌声中,弗莱里格拉"正以早期的罗曼派的风格作诗歌,染以很浓的东方色彩"。19世纪80年代瑞典诗人海滕斯顿"他的想像染上埃及的及东方的色彩"。另一方面从西方对东方文学的影响来看,19世纪日本明治维新创作新文化时唯一的典型就是欧美文化,"欧洲各国的文学思潮给文坛诸人的印象颇强,后来的日本文学虽然是继续独创发达,而以前的文学却大都在欧美文字的影响之下"。20世纪的中国文学,"另有一个崭新的面貌了,开头是受了英法小说的影响"。

文学史上由于社会政治经济各方面因素的作用,作为某地区文化传播中心的国家可能发生新的变化,这种现象在《文学大纲》中也得到了体现。在第28章19世纪的南欧与北欧文学中,编者针对意大利的文学现状指出:"始初为欧洲的智慧中心的意大利,现在却需要别的国家的影响来复兴她自己了。她在英国、法国以及德国的大作家中求她的模范"。与意大利文学的发展轨迹相反的是俄罗斯,"她的文学开头是受先进诸国的影响的,到了后来却给予很大的影响与世界的文坛。无论德呀英呀,乃至东方的日本呀中国呀都受到她的感化"。

至于国与国之间、跨语种作家之间的文学影响,《文学大纲》中则论述得更多。第16章中世纪的印度与阿拉伯文学中,论及印度文学时谈及三藏法师至印度取回佛经的事,编者指出:"在那时印度的戏曲已是很发达了,中国戏曲在中世纪的后半期之突然发生,受印度的影响想必都不少。"论及文艺复兴时代意大利文学对英国大作家如史宾塞、莎士比亚的影响时,他举出实例:"罗密欧与朱丽叶及第十二夜的结构,便是从彭特洛所写的故事里取来的。"

作为"第一部真正的世界文学史"(陈福康语),《文学大纲》除了对确有影响史实的文学联系作出研究之外,还必然要求编者以"文学性"为尺度对相似或相异的文学现象加以关注。不难看到,《文学大纲》的编者在这点上也有着较自觉的意识。

编者首先注重于抓住跨民族跨语言的文学相似相异现象,进而作出分析。其编写模式可概括为"相同或相异+原因"。具体来看,第6章印度史诗中,论及《拉马耶那》时谈及令人诧异的相似点即《伊利亚特》以海伦的被掳而兴师而围城,而《拉马耶那》也以赛泰的被掳而兴师而围城","其结果与事迹之相同,几令人相信为一个故事的演变。"之后编者列举其可能原因,并指出"二者之源皆在于阿利安族未南迁及未西迁之时民间所流传之传说"。这一解说比较可信。

值得注意的是,在这类研究中,编者往往突出中西之间的文学平行研究,其中涉及不同的文学发展阶段、不同的文学类型之间的平行研究。就发展阶段来看,第13章中编者就比较了同处于中世纪的欧洲文学与中国文学,指出欧洲文学"可算是在黑暗的时代,重要的作家极少,不朽的名著除了神曲及诸国民歌外,也并不多见"。但与之形成强烈反差的是"中国文学却出现十分绚烂的光华,重要的诗人,不朽的名著以及伟大的小说家时时地出现于文坛"。

就文学类型来看,第7章《诗经》与楚辞中,论及中国文学发展的最初类型时,指出"中国在她的文学史的第一章乃与前述的希腊与印度不同,中国无伊与奥无马与拉,乃至并无一篇较伊诺大史诗简短的劣下的足以表现中国古代的国民性与国民生话与大人物的文学作品"。分析其原因,编者认为最大原因在于,"没有伟大天才的诗人如所谓荷马称瓦尔米基之流以集合之融冶之"。其一小部分的原因则在于中国的大学者"完全忽略了国民的文学资料的保存的重要,这真是我们的一种极大的损失"。

除了上述较为具体详尽的研究外,《文字大纲》中更多的是散见于各章中的即兴式的平行比较。这类研究往往简练明了,点到为止,其模式可概括为"正如……"、"同样地"等句式。

第 12 章中世纪的欧洲文学中论及但丁时指出:"正如莎氏比亚之没有后来的英国诗人足与他相比,李杜之后没有后来的中国诗人足以他们相比一样,但丁在意大利文学上也是如此的高高的站立着。"第 2 章荷马中论及荷马的影响时指出:"史诗中'她的美丽如海伦'等类的话,在欧洲人的谈话或文字里,已如'有西施之貌'等类的话在我们中国人的谈话或文字里一样的熟悉了。"第 33 章 19 世纪的法国小说中论及大仲马的《三个火枪手》中的武士形象时指出:"至今全欧洲与美洲的少年人,差不多没有一个不晓得这几个武士之姓名、性格与行为的,正如我们的少年之熟悉武松、秦琼一样。"

文学史的编纂需要有内在的结构,而文学的统一观为影响与平行研究奠定了坚实的基础。这正是初步运用比较文学的视野来构建文学史的意义所在。

《文学大纲》的编写和我国世界文学学科的发展历程对后代世界文学史的编写有着一定的借鉴意义。具体表现在以下几方面:

(一) 文学观与世界文学史的编写

文学史作为文学史实的"表征和解释",实际上是时代及编纂者个人文学观念的具体体现。从我国世界文学学科的发展过程来看,长期以来,文学功利观占据了主导地位,反映在文学史编写中表现为对作家作品的分析批评,往往强调政治思想倾向,强调作品的社会思想意义,而不是其审美价值。一部世界文学史成为社会各阶层、各阶级兴衰更替的斗争史,成为人类思想唯物与唯心的形象反映史。

成书于 20 世纪 20 年代的《文学大纲》有着那个时代的局限,尤其是编者以"为人生"为指导思想,偏重于从"功利"的角度,也就是主要从社会政治启蒙的角度,而不是从"审美"的角度来选择外国作家作品,这样必然把大量优秀的文学作品排除在文学史体例之外。这对于整个世界文学学科的建设是极其不利的。

再以杨周翰、吴达元、赵萝蕤主编的《欧洲文学史》与李斌宁任总主编的三卷本《欧洲文学史》为例,原《欧洲文学史》因为成书于极"左"思潮盛行的 20 世纪六七十年代,也明显带有那个年代的烙印。它以政治标准对"浪漫主义"进行解读,将其分为所谓的"积极浪漫主义"和"消极浪漫主义",认为积极浪漫主义"符合广大人民的利益和愿望,它们强烈要求摆脱封建束缚,追求个性解放,这种激情往往体现在他们描写大自然中"。而"消极浪漫主义"诗人华兹华斯因其"颂扬统治阶级的国内外反动政策"的政治立场,不予讨论。新《欧洲文学史》对浪漫主义的形成、发展及其主要特征进行较为全面完整的论述,指出:"浪漫主义是对18世纪理性的一种反动","对工业化的恐惧和憎恶"是促使"诗人到大自然去寻求解脱"的原因。原先遭到排斥的华兹华斯现在得到了应有的重视,对他诗歌的分析十分深刻精彩,篇幅甚至超过拜伦和雪莱,证明了他"稳居伟大作家的高位"。华兹华斯在文学史地位中的变迁,表明中国的世界文学研究已经注意克服"五四"以来形成的世界文学史编写中简单教条的毛病。

(二) 比较文学视野与世界文学史编写

世界文学的概念最早是由歌德提出的。1827年,歌德在同艾克曼的谈话中,敏锐地感觉到"世界文学的时代已快来临"①。歌德所说的"世界文学"实际上是希望人们能冲出民族文学的狭小圈子,放眼于世界各国文学的广阔天地,倡导各民族文学之间的互相交流、互相理解和互相融洽。20年后,马克思、恩格斯在《共产党宣言》中也使用了这个词:"过去那种地方的和民族的自给自足和闭关自守的状态,被各民族的各方面的互相往来和各方面的互相依赖所代替了。物质的生产是如此,精神的生产也是如此。各民族的精神产品成了公共的财产,民族的片面性和局限性日益成为不可能,于是由许多种民族的地方的文学形成一种世界的文学。"②马克思、恩格斯发展了歌德提出的世界文学思想,他们以世界性市场的开拓为前提,对世界文学的现实基础和历史必然性作出了科学论断。

世界文学史正是适应世界文学发展的必然结果。它的编写客观上要求编者具备世界文学意识。所谓世界文学意识,指的是对世界文学历史进程的自觉意识。这里,编者的比较文学视野显得尤为重要。之所以这样说是因为:首先,从学科的起源来看,诞生于上一个世纪之交的比较文学学科实际上源于人们对世界文学现象的迫切关注。从中国——东方学者的立场来看,比较文学视野还是非西方国家的文学意识形态如何从世界文学相互交流、影响的事实出发,突破"文化一元论"、"欧洲文化中心主义"的藩篱的有效方式。我们可以说比较文

---

① 艾克曼辑录,朱光潜译:《歌德谈话录》,北京:人民文学出版社,1978年。
② 《马克思恩格斯选集》第1卷,北京:人民出版社,1972年,第255页。

学视野的现实基础,正是世界文学现象事实上的存在。其次,从比较文学的研究对象来看,它面对的不是民族文学,而是世界文学这一各民族文学共同体。比较文学自诞生 100 多年来,经历了三个阶段。它的定义至今仍在争论之中。法国比较文学家卡雷在为基亚《比较文学》一书撰写的前言中认为:"比较文学是文学史的一支:它研究国际的精神联系,研究拜伦和普希金、歌德和卡莱尔、司各特和维尼之间的事实联系……"在法国学派看来,"比较文学就是国际文学关系史"[①]。与法国学派的看法不同,美国比较文学家亨利·雷马克在《比较文学的定义和功用》一文中认为:"比较文学是超出一国范围之外的文学研究,并且研究文学与其他知识和信仰领域之间的关系……简言之,比较文学是一国文学与另一国或多国文学的比较,是文学与人类其他表现领域的比较。"苏联日尔蒙斯基在为《苏联大百科全书》(1976 年版)撰写的历史比较文艺学的条目中写道:"历史比较文艺学是文学史的一个分支。它研究国际文学的联系和关系以及各国文学现象之间的相似和区别。"从上述一系列典型的比较文学定义来看,它们尽管各有不同,但所强调的都无法脱离比较文学"跨国界"、"跨民族"这一研究范围。如果将"全球性"、"历史性"的理念与"跨国界"、"跨民族"联系在一起,"欧洲文化一元论"与"欧洲文化中心论"的观念就不攻自破了。

世界文学史并不是世界各国文学的简单相加。它所研究的范围也不仅仅是世界各国文学,而且还包括各国文学之间的联系与交往。它所要揭示的是世界文学发展的一般规律。文学研究无法回避对于各民族文学关系的探讨。比较文学恰恰是在各民族文学研究的基础上,展开对跨民族、跨语言文学关系的探讨。正是在这个意义上,编者的比较文学的视野与世界文学的意识显得尤其重要。比较文学意识要求编者在民族立场与世界文学之间首先努力探求本民族文学的特性,为本民族文学寻找世界文学发展的参照系,真正融入世界文学。其次,编者应将全人类的文学文明发展视为不同民族、国家的文学文明不断交流冲突的结果。只有这样,在比较文学视野下编写的世界文学史才能真正适应时代的需要。

(三) 世界文学史编写的民族性

从我国世界文学学科的发展过程来看,郑振铎在《文学大纲》中是比较重视

[①] 基亚著,颜保译:《比较文学》,北京:北京大学出版社,1983 年,第 4 页。

寻求中国文学在世界文学发展中的参照系的,并重视各国文学之间影响与平行研究。

20世纪初欧美世界文学史的编纂往往存在着以欧美文学为中心、忽视东方文学的缺陷。如何看待中国文学在世界文学史中的应有地位,如何认识中西方文学的不同价值,成为摆在"五四"学人面前的重大课题。"五四"启蒙时代,中国学者往往将封建与传统等而待之,将外来的一切都看作是先进的、反封建的。这也导致了"欧洲中心论"的漫延。在这一点上,郑振铎有着自己的清醒认识。

在《文学大纲》序言里,郑振铎谈到由John Drinkwater编的《文学纲要》是诱发编者做这个同样工作的主因;而通读John Drinkwater编的《文学纲要》不难发现,该书主要是为了英国及美国的读者而编辑的,所有的叙述都以英美二国为中心,"至于欧洲以外的诸国,则仅于首数册里略略提及而已",中国文学则几乎没有提及,因而实在称不上一部真正的世界文学通史。郑振铎在随后写的《各国文学史介绍》一文中,又指出当时国外出版的所有世界文学史,包括《世界文学史略》(玛西著)等都有这一通病。基于这一认识,郑振铎在《文学大纲》中不仅确立了新的世界文学的传统与经典,而且也确立了中国文学新的传统与类型。

《文学大纲》按照时间顺序排列中西文学,重新摆正中国文学在世界文学史中的应有地位。全书80余万字,中国文学部分约占四分之一篇幅,在46章中,中国文学部分占12章,这就首先从数量上充分肯定了中国文学的重大成就。另一方面从文学类型来看,编者按照时间顺序先后论及诗经与离骚,中世纪的中国诗人,中国戏曲小说,直到19世纪的中国文学,其中对戏曲小说还具体划分为第一期、第二期。换句话说,编者不仅仅列举了被视为正统文学的诗文辞赋,而且列举了小说、戏曲等非主流类型,将中国文学的丰富性充分地展示在世人的面前。编者的这一思想还体现在关于中国文学的具体论述当中。他往往将中国文学放在世界文学的背景中突显其地位。第四章诗经与楚辞在论及楚辞的地位时,编者不无自信地提到:"但它在文学上的影响,本身在世界的不朽的文学宝库中也能占到一个永恒不朽的最高的地位。"第10章汉之赋家历史学家与论文家论及汉代文学时,同样对于司马迁的《史记》作出了较高的评价,认为它"较罗马的李委尤为伟人,是今古无匹的大史书"。

从写作意图来看,郑振铎在《文学大纲》序一言中提到:"关于中国的一方面则完全是新加进去的,插图的大部分都是采用此书中所有的,其他的小部分,则为新加入者。像这种的办法,我们觉得对于中国读者似乎更为有益;因为这样编辑的《文学大纲》较之翻译的《文学大纲》至少是更适宜于中国的读者。"这里可以看出两者的区别在于:原著"以英美二国为中心,为英美读者而编辑";译文则以中国读者为对象,注重中国文学的相互发展。不同的视角在一定程度上决定了两者文本的差异。

第3章《圣经的故事》谈到《圣经》的影响时,编者删去了这样一句话:"And, moreover, the translation into English which We know as the Authorized Version is the foremost classic in our language."(而且,我们知道的权威版的《圣经》英译文在我们语言中是最重要的经典之作。)在该章的参考书目中,同样谈到《圣经》的译本,编者除了翻译原文的参考书目外,还增加了这样两条:一、《新旧约》的中译本,《新旧约》的中译本很多,有《官话译本》,还有上海、广东、福建各处的方言的译本;二、《圣经字典》赫斯丁著,共五册,1900年到1904年出版。此书的中译本已出版,由上海广学会发行。不难理解,外国作品英译本的价值对于英美读者来说是巨大的,而对于中国读者而言,要接触、研究外国文学,同样作品中译本的价值恐怕更大。编者基于上述考虑而作出的增删,反映了因写作意图的不同而带来的叙述内容的变化。

站在本国文学的角度,凸现其在世界文学发展中的轮廓,使其真正融入世界文学,这一努力显然为后代世界文学史的编写提供了极重要的启示。

(四)世界文学史的编写体例

从世界文学史的编写体例上看,最近几年的通用教材一般都采用三种类型:第一种,块面式,把外国文学分为东西两大块,单独或者分别编写。如杨周翰的《欧洲文学史》,石璞的《欧美文学史》,朱维之、赵澧的《外国文学简编》的欧美部分和亚非部分。这种体例史料和分析较为详尽,学习时视角较小,易于集中。但无法进行东西方文学的观照,而且在教学实际中往往只重西方、不重东方。第二种,点线式,也就是以西方文学发展史为主链,按时间顺序嵌入东方文学之内容,统一编排成一条龙式,可简略看到外国文学的发展概略。以林亚光的《简明外国文学史》、山东聊城师院的《欧洲文学简编》为代表。点线式重点突出,文学的直线发展顺序符合我国传统的线性思维,教学时学生易于理解,也能大致了解一点东西方文学在同一个时序上发展的不平衡,但其接触的知识面相应少了,难以看到东西文学史的全貌。第三种,国别式,即以地域和国别为单位,按照文学发生发展的时间为序,从古到今单独编排的国别体的文学史。它完整地展示了某个国家、地区的文学的发生、发展、繁荣、演变的纵向发展,但对同一个时期世界各地区、各文学的走向与联系、共性与差异却难以把握。

这些编写体例各有其优缺点。只有取长补短,建立一种多源头、全方位、多层次的宏观叙事体例,才能实现全球性的文学观照,才能打破"东方""西方"的对峙思维模式。就《文学大纲》而言,它所努力的方向在于编写一本"比较文学史"性质的世界文学史。① 相应于这种世界文学观念,《文学大纲》在编写体例上没有运用后世通行的按区域划分的方式,即以欧美文学、俄苏文学和亚非文学三大板块并列,而是采取了东西方文学合一的历时性的方式,即将整个世界文学按古代、中古、近代、现当代的时间顺序进行划分,每一部分均有东西方文学主要国家的文学。这种文学史编写体例不以地域为界限,突出文学本身"史"的概念,更易于开拓文学的世界眼光,如果再运用"文化圈"的理论加以补充,则是一种极其有益的尝试。世界文学史的编写还涉及语言与教材等问题。在高校使用国外原版教材进行教学在一定程度上有助于克服普及性有余、学术性不足的缺陷。

作为一门以"世界文学"为研究对象的学科,世界文学学科建设迫切呼唤文学史教材的改革。尤其是在新的时代,文学史的写作决不能仅仅满足于五四时期社会启蒙的功能。这里,我们认为,只有当编者具备世界文学意识,并以比较文学的视野、以审美的要求去编写世界文学史时,才能真正推动整个世界文学学科的进步,满足我们这个时代的要求。

学术界"重写文学史"的呼声高涨,尤其是对于以往文学史教材中存在的以"阶级斗争"解读代替审美解读的做法,提出了种种批评。就世界文学史学科而言,情况更为复杂。我们认为,以往世界文学史的编写至少存在以下几方面的缺陷。首先,文学史大多倾向于思想性,忽视艺术性,因而在编写内容上相对滞后。其次,文学史编写,大多缺乏全球性、比较文学的视野,尤其是割裂了本民族文学与世界文学的联系,没有将民族文学真正融入世界文学。

---

① 郑振铎:《明年的〈小说月报〉》,载《晨报副镌》1923年12月25日。

第三,文学史是以中文作为教学语言的,存在着"普及性有余,学术性不足"的缺陷。

文学的发展,社会的变迁,必然深刻地影响到文学史的写作,因此,每个时代都对文学史的编写提出了自己的要求。在当今全球化的背景下,编写一部"我们这个时代"的世界文学史,已摆上了重要议题。

第四章
东学西渐——向西方传播中国文明

第一节 "东学西传"中的福建三杰

文明的交流从来都是双向的、互动的,而非单线的输入输出。自七百多年前成吉思汗及其后继者如飓风一般席卷亚欧大陆,建立起东起太平洋、西至东欧多瑙河、北迄西伯利亚、南达波斯湾的庞大帝国后,东西方文明交流出现了空前的繁荣。对于西方而言,东方以强硬的姿态出现在他们的面前,而不再是隔着千山万水的遐想。短暂的蒙元帝国给西方开辟了进入东方的陆路、海路通路,在这两条崎岖不平、波涛汹涌的道路上,东西方文明可以面对面地交流,无需再借助于阿拉伯人的辗转中介。

也就从这个时代起,"东学西传"、"西学东渐"就作为两条交织的线路,或隐或显地在中西交流史的不同阶段上演绎。以 18 世纪中期为界限,之前的五个多世纪中,"东学西传"为显。中国的器物—制度—思想三个层面的"中国风"逐渐由西方的商人、传教士、外交使臣等带入西方世界,并在西方知识界的想象中构建了富裕、光明的东方圣人国形象。但当西方世界进入工业文明后,由于西方的价值标准产生了变化,其眼里的"中国"就一反原来"中国"在欧洲文明中的意义——哲人王的理想社会,而倒转成为"停滞的历史",是野蛮、愚昧、贫穷、亟待拯救的堕落世界。配合着中国知识界对当局腐败政体的极端失望,"西学东渐"成为主流。

中国的近代史,"西学东渐"占上风,在欧洲老牌资本主义国家鸦片与长枪的胁迫下,现实中清醒的知识分子纷纷以救亡为己任,由于对现存政权的失望,他们致力于批判传统,输入西方现代文明,轰轰烈烈地开展"洋务运动—百日维新—君主立宪—辛亥革命—五四运动—抗日救亡—解放战争"。数千年历史在这里形成断代,西方的各种学说如救世主般纷至沓来。有趣的是,他们也依旧遵循着器物—制度—思想这样的路线向中国传播西方的"文明"与"进步"。

在这样的背景下,有三位福建人是值得大书特书的,他们有感于当时西方文明里中国形象的"妖魔化",皆以其独特的文化立场,倾其毕生致力于为中国传统文明代言,向西方介绍中国文明的深邃与灵动,力图打破"西方文明"就是"世界文明"的文化"神话",甚至以古老的中国文明为西方文明的救赎和出路。

陈季同、辜鸿铭、林语堂并称"福建三杰",就近代中国人而论,唯有其三人用西文所写的介绍中国及其文化的著作,在西方真正畅销过。也就是说,他们的著作真正影响了西方的知识界与普通民众,他们用西文所撰之中国传统文化之书籍也就在一定程度上构成了西方知识谱系的一部分,进而达到了打破"西方文明"既"世界文明"的"强权"文明控制,而在西方文化里"渗透"了些许的中国文明因素。陈季同以法文写作,故影响主要发生在法国,其著作流行于19世纪80至90年代;辜氏著作走红西方是在20世纪头20余年,尤以在德国影响为大;林语堂的畅销时期是本世纪30至50年代,英美读者对之最表欢迎。[①] 但他们在境外受欢迎的程度却与其在国内受冷遇的程度形成反比,究其当时所处的社会环境,很久以来,他们的思想著作及其在东西方文化交流史上的特殊贡献都被"西学"的主流尘封或扭曲了。

晚清外交家:陈季同

陈季同(1851—1907),字敬如(镜如),号三乘槎客,西文名 Tcheng ki-tong (Chean Ki Tong),福建侯官(今属福州)人,先后担任清廷驻德、法参赞,代理驻法公使并兼比利时、奥地利、丹麦和荷兰四国参赞。在巴黎居住16年之久。

作为福州船政学堂派往欧洲的第一批留学生,陈季同通晓法文、英文、德文和拉丁文,特别是法文造诣在晚清中国可谓独步一时。不过,陈季同的最为难

[①] 黄兴涛:《近代中西文化交流史上不应被遗忘的人物——陈季同其人其书》,载《中国文化研究》2000年夏之卷(总第28期)。

能可贵之处，尚不在于其高度的西学修养和对西学的传播，而在于他能在西方世界弥漫着歧视中国人及其文化的时代氛围下，在"西方文明"成为"世界文明"的"代名词"时，自觉、主动而富有成效地向欧洲人介绍和传播中国文化，苦心孤诣地证明着中华民族的文明在世界文明史上的意义。他一生用流畅的法文写作、翻译了大量著作，但无论是著还是译，他都始终围绕着一个不变的宗旨：让西方人更好地了解和认识中国人、中国文化及其价值，让中国文明在世界文明中拥有自己应得的席位。

研读陈季同的书，需要明确一个背景，那就是如我们上文所说的，自18世纪中期以来，中国人及其文明在西方的形象产生了巨大的落差，由天堂跌入地狱，中国成为修罗场，恰如陈氏书中所言：他在欧洲期间，"不仅常被问及一些极为荒谬可笑、愚不可及的问题，而且发现，甚至那些自称要描述中国的书籍也谈到了许多怪诞不经的事情"[①]，这些误解往往带有侮辱的性质。"没有什么东西比旅行笔记更为不完备和不可靠了；对于旅行者来说，第一个遇到的傻瓜往往就代表了一个民族的众生相。一个失去了地位的流浪者的一番话，很可能被当作宝贵资料……实际情况常常是，旅行尚未进行，而书已经写好，原因很简单，旅行的目的就是出书，只求弄出300页的印刷品，管他真实不真实！相反，为了书好卖，其中还必须掺和些调味的佐料，诸如奇闻、恐怖、社会罪恶、恶意的诽谤或令人作呕的细节。"[②]"把中国描绘成一个野蛮的堡垒，正是一种时尚。"[③]

在这样的背景之下，陈季同率先把《聊斋志异》译成法文(译作名为《中国故事》)，他认为《聊斋》中每一篇都"构成了一个民族的自身生活"，在一定意义上，它"比所有其他形式更能完美地表现一个民族的内心生活和愿望，也能表现出一个民族理解幸福的独特方式"[④]。事实证明，他取得了成功，该书出版后一版再版，并被译介成为英文，受到荷兰著名汉学家施古德(Gustave Schlegel)的推荐。无独有偶，六十多年后，林语堂同样选择了中国古典传奇小说为载体，从《太平广记》、《聊斋志异》、《京本通俗小说》等唐代以来传奇小说中选出20篇有

---

① 陈季同：《中国人自画像》，黄兴涛等译，贵州：贵州人民出版社，1998年，第3页。
② 同上书，第4页。
③ 黄兴涛：《近代中西文化交流史上不应被遗忘的人物——陈季同其人其书》，载《中国文化研究》2000年夏之卷(总第28期)。
④ 陈季同：《中国人自画像》，黄兴涛等译，贵州：贵州人民出版社，1998年，第297页。

代表性的传奇加以英译,并运用现代小说的手法作了改写,使之适应现代西方读者欣赏习惯。

陈季同还将中国文化、中国戏剧介绍给西方读者。其他暂且不谈,《中国人自画像》和《中国人的快乐》却不得不说,这是两本在西方影响很大的书,而且都被译为英文。陈季同写这两本书的目的是让西方世界了解中国,了解中国人的生活、习俗和娱乐,从而更好地了解中国人的内心世界,他"打算在这本书中实事求是地描述中国——按照自己的亲身经历和了解来记述中国人的风俗习惯,但却以欧洲人的精神和风格来写。我希望用我先天的经验来补助后天的所得,总之,像一位了解我所知道的关于中国一切的欧洲人那样去思考,并愿意就研究所及,指出西方文明与远东文明之间的异同所在"[①]。《中国人自画像》生动而富有情趣地描述了中国社会有关的宗教哲学、文学教育、家庭生活、娱乐消遣等各个侧面。《中国人的快乐》则是专从娱乐消遣的视角:就节庆、游戏、仪式、艺术等各个方面来描述中国,他表明:"再也没有什么比娱乐更能显示一个民族的性格的了。告诉我你怎样娱乐,我便可以告诉你,你是什么样的人。"[②]

1904年,陈季同出版了他的最后一部法文作品《英雄的爱》。然而,在陈季同半世纪生平中,虽有不少伴随巴黎都市生活而来的浪漫插曲,总体却是悲剧人生,那是一个民族在一个时代的悲剧。

东西南北人:辜鸿铭

可以毫不夸张地说,在近代西方,论名头之响,声誉之隆,都没有一个中国学人可与辜鸿铭相提并论。俄国的托尔斯泰曾与辜氏通信;法国的罗曼·罗兰说他"在西方是很为有名的";英国的毛姆曾专程拜访他,称他是"中国孔子学说的最大权威"和"声高望重的哲学家";瑞典的勃兰兑斯赞扬他是"卓越的中国学者","现代中国最重要的作家";印度的泰戈尔曾与之交流思想并合影留念;甘地则称他是一个"可敬的中国人"[③]。

辜氏一生,极富传奇色彩,"生在南洋,学在西洋,婚在东洋,仕在北洋"。[④]

[①] 陈季同:《中国人自画像》,黄兴涛等译,贵州:贵州人民出版社,1998年,第5页。
[②] 同上书,第172页。
[③] 参考黄兴涛:《旷世怪杰:名人笔下的辜鸿铭,辜鸿铭笔下的名人》,上海:东方出版中心,1998年。
[④] 参考黄兴涛:《文化怪杰辜鸿铭》,北京:中华书局,1995年。

撇开其他，这里简单介绍辜氏的学术背景。约在1869年前后，辜鸿铭由义父布朗带往欧洲留学，师从卡莱尔（Thomas Carlyle），1877年获爱丁堡大学文学硕士学位。此后，又赴德国莱比锡大学获得土木工程师文凭；接着在法国巴黎、意大利等地游学，历时11载。独特的西方游学经历锻造了他极高的语言才能，他简直堪称天才，精通英语、德语、法语、意大利语、拉丁语、希腊语、马来语，还略懂日语和俄语；与卡莱尔等人的交往，也奠定了他思想中的浪漫主义倾向，即批判否定西方近代的工业文明的态度。待辜氏回国接触了儒家传统文化后，两相印证，互相启发，最终形成了他独有的文化保守思想和立场，也正是从这一立场出发，辜氏超越了当时的社会背景，一反"西学东渐"的潮流，大肆抨击西方文明，提倡"我的确相信，欧洲人民对于这场大战之后，将在中国这儿，找到解决战后文明难题的钥匙。……因为它拥有欧洲人民战后重建新教文明的奥秘，而这种奥秘就是我所谓良民宗教"①。

辜氏一生大都用西文写作，他以确凿的事实控诉揭露了西方老牌资本主义国家对华态度、政策，以及西人特别是传教士在华的丑恶行径：

前不久，在辛博森先生《远东的新调整》一书和其他著作的启发下，我曾致力于为中国学生编过一本盎格鲁·撒克逊观念的手册。结果，迄今为止，我编来编去，不过是以下这些东西：

1. 人最主要的目标是什么？

人最主要的目标是使大英帝国荣耀，为大英帝国增光。

2. 你信仰上帝吗？

是的，当我上教堂的时候。

3. 你不在教堂的时候，信仰什么？

我信仰利益——你给我什么报酬。

4. 什么是最正当的信念？

相信人人为己。

5. 工作的当然目的是什么？

挣钱装腰包。

---

① 辜鸿铭：《中国人的精神》，黄兴涛、宋小庆译，桂林：广西师范大学出版社，2002年，第24页。

6. 何为天堂？

天堂意味着能住进百乐街（Bubbling Well Road，当时上海最时髦的住宅区），拥有敞篷车。

7. 何为地狱？

地狱乃意味着不成功。

8. 何为人类完美的状态？

罗伯特·赫德爵士在中国的海关服务。

9. 何为亵渎神明？

否认罗伯特·赫德先生是一个天使。

10. 何为极恶？

妨碍大英帝国的贸易。

11. 上帝创造四亿中国人的动机何在？

为了英国发展贸易。

12. 你如何祈祷？

感谢你，主啊！我们不像邪恶刻毒的俄国佬和蛮横残暴的德国佬那样，想要瓜分中国。

13. 在中国，谁是最伟大的盎格鲁·撒克逊观念的传布者？

莫理循博士，《泰晤士报》驻北京记者。

如果说以上便是盎格鲁·撒克逊观念的一个真实全面的表述，可能失之公正。但是，不论何人，假如他不惮其烦地去阅读一下辛博森先生地著作，就不会否认，以上确实是辛博森先生以及读过他著作地约翰·史密斯所传布的盎格鲁·撒克逊观念的一个公正的具有代表性的陈述。①

简单地梳理辜鸿铭的著书活动及文化立场，我们不难看出，辜氏在东西方文化交流史上的特殊地位，他站在哲学的高度，第一次系统而非零星散乱地形成了中西文明的比较观，大力抨击西方近代文明，弘扬中华民族的传统文化。在只有特定区域意义的西方文明无限地膨胀、扩张而为人类普适性的文明时，辜氏"力推"中国传统文化，力图打破这种文化霸权的绝对统治，颇有唐·吉诃

---

① 辜鸿铭：《中国人的精神》，黄兴涛、宋小庆译，桂林：广西师范大学出版社，2002年，第98—100页。

德与风车作战的精神。今天。我们在理解辜氏在树立中国传统文明为世界文明的救赎之道上,他那种只有"东、西方"的互补、交融才是人类文明的发展方向的寓意不是更有启发意义吗？而在百年前,辜氏早就敏锐地捕捉到了西方文明的自身系统的残缺性,自身都难保,如何做世界的救世主？1915年底,严复坦然地表示,他完全赞同辜氏否定西学的看法,严氏由开一代西学之风的带头人转而成为"保守派"的代言人,这是意味深长的。

从当代的视野看,辜氏是个文化的先知。只是在近百年前,他走得太远了,远到那个时代的人都看不到他的身影了。

脚踏东西文化: 林语堂

"两脚踏东西文化,一心评宇宙文章",这是林语堂的治学涉世之道。他的一生都在从事着中西方文化交流这一事业:"对外国人讲中国文化,而对中国人讲外国文化。"比较起来,他对外国人讲中国文化,是大大多于对中国人讲外国文化的。

粗略地讲,"对中国人讲外国文化",有这些事件值得提点的:一是倡导"幽默风"(就连"幽默"二字的由来,也是林语堂先生的发明);二是编写了《开明英文读本》《开明英文文法》《开明英语讲义》等英文教材,普及英文知识;三是编纂出版了《当代汉英词典》,这在中西文化交流史上是件功德无量的大事,美国《纽约时报》评价为"世界上两大语系沟通上的里程碑"[①]。

在林语堂旅居国外的30年生涯中(1936年赴美写作至1966年回台湾定居),主要运用他所精通英语之所长,"对外国人讲中国文化",多方位开展中华文化的宣传、推介工作,概括起来集中在他的翻译与创作上。

在翻译方面,他同辜鸿铭一般,选择了中国的传统经典:《孔子的智慧》,译者对文章的编排做了创新,但在《论语》《中庸》的译文上,仍尊重辜氏译法;《老子的智慧》是林语堂英译的《道德经》,虽然《道德经》在西方译本种类之多仅次于《圣经》;但是林语堂还是以自身行云流水、明白晓畅的译文,赢得更多的英文读者,为中西文化的交流作出了贡献。

如果林语堂的中西文化交流活动仅仅限于作品的翻译,那么他至多也就是

[①] 郭济访编:《幽默大师林语堂》,北京:中国青年出版社,1994年,第2页。

位出色的翻译家,但他同时却还是位在国内用汉语、在国外用英语进行创作的著名作家,是中国作家而主要用英文进行创作,"这在中国现代文学中可以说是个破例"①。

综观林语堂在国外创作的英文著作,体裁大致有三类,一类是"闲谈体"的小品文,代表作当推《吾国与吾民》、《生活的艺术》;一类是长篇小说,以《京华烟云》为代表作;一类是传记文学,《苏东坡传》在其笔下经典地重塑了中国人的形象。

《吾国与吾民》1935年出版,书的内容分为两部分:第一部分谈中国人的生活基础,即种族上、心理上、思想上的特点。第二部分则说中国人生活的各方面,诸如妇女、社会、文学、艺术等。书一出版,立刻引起美国社会的高度注意,"在美国的畅销书目上成了第一本。"著名书评家伯发(Nathaniel Peffer)所作书评说:"这本书是以英文写作以中国为题材的最佳之作,对中国有真实、灵敏的理解。凡是对中国有兴趣的人,我向他们推荐这本书。"②

正如《中国人的快乐》是陈季同《中国人自画像》中"娱乐"一章的扩大一样,《生活的艺术》是由《吾国与吾民》中的"生活的艺术"一节扩展开来。按照陈季同所表明的:娱乐尽管各个国家、民族都有,但"它们却有发自于各个民族共同的民族观念的独特个性","再也没有什么比娱乐更能现实一个民族的性格了"③。想来,林语堂也是基于类似的观点,才会不遗余力地向外国读者专门介绍中国人的艺术生活,中国人如何品茗、如何行酒令、如何观山玩水、如何养花蓄鸟、如何吟风弄月等等。

据不完全统计,林语堂先后出版了《京华烟云》、《风声鹤唳》、《啼笑皆非》、《枕戈待旦》、《唐人街》、《朱门》、《远景》、《红牡丹》、《赖伯英》、《逃往自由城》等英文小说。《京华烟云》为林语堂小说的代表作,这部长达70余万字的小说,"以书中人物的悲欢离合为经,以时代荡漾为纬。作者以传神的水墨画式的素描笔法,描绘了从义和团拳匪之乱到抗日战争四十年来的中国社会生活"④。1939年初版到1947年的8年间,《京华烟云》仅在美国就已销售25万册。至于小说带

---

① 廖小云:《论林语堂对中西文化交流的贡献》,载《青海师范大学学报》(社会科学版)1996年第4期。
② 朱艳丽:《幽默大师林语堂》,武汉:湖北人民出版社,2005年,第75页。
③ 陈季同:《中国人自画像》,黄兴涛等译,贵州:贵州人民出版社,1998年,第172页。
④ 金宏达主编:《林语堂名作欣赏·京华烟云》,北京:中国和平出版社,1993年。

来的社会影响,美国《时代周刊》评论员的文章认为:"很可能是现代中国小说的经典之作。"1975年国际笔会第四十届大会在维也纳召开,《京华烟云》膺获大会诺贝尔文学奖候选作品的提名。

林语堂对中西文化交流的贡献是巨大的,他以西文著作为载体为中国争得世界各国人民的了解,进而促进中西文化交流。他用英语创作的一系列作品曾轰动欧美文坛,并且影响深远,其中有的被选为教材,有的被政府高层倚为了解中国之必读书,一直被视作阐述东方文化的权威著作。许多外国人在提到中国的文学与思想时,古知孔子,现代则知林语堂,足可见林语堂作品对沟通文化、促进各国相互了解的影响。

陈季同、辜鸿铭、林语堂,这一脉相承的中国传统文化的守护者、颂扬者,他们的努力让我们能够从西学的大潮中稍微转身,看到另外一种反向运动的潮流,即"东学西传"。世界文明的健康发展,需要多元文化的参与建设,如何能够立足于自身的传统,更好地借鉴其他文明,这仍是当代知识分子的使命与难题。

第二节 从卡莱尔与辜鸿铭的关系看中西文明交流

辜鸿铭,名汤生,英文名为 Ku Hong-Ming,别署汉滨读易者,祖籍福建同安。辜氏一生极富传奇色彩,"生在南洋,学在西洋,婚在东洋,仕在北洋"。约在1869年,辜鸿铭由布朗带往欧洲留学,中学毕业后进入爱丁堡大学,师从卡莱尔(Thomas Carlyle)[①],1877年获爱丁堡大学文学硕士学位,此后又赴德国莱比锡大学获得土木工程师文凭,接着在法国巴黎、意大利等地游学,历时11载。独特的西方游学经历锻造了他极高的语言才能,他简直堪称天才,精通英语、德

---

① 托马斯·卡莱尔(Thomas Carlyle,1795—1881):19世纪英国杰出的思想家、预言家、文学家和史学家,浪漫主义思潮的代表人物。他的一生著述丰厚,强烈谴责资本主义社会弊端和文明的缺陷,诸如《旧衣新裁》、《法国革命》、《宪章运动》、《文学史讲稿》、《英雄和英雄崇拜》、《过去与现在》、《克伦威尔》、《普鲁士腓特烈大帝史》、《书信集》等。他是对辜鸿铭思想影响最大的西方人之一。据说,辜氏在爱丁堡大学留学时,卡莱尔正是他的名誉老师,这是可能的,因为辜氏在爱丁堡期间,卡莱尔任校长。他对于该校唯一的祖籍中国的优秀学生给予眷顾,在情理之中。他的论著中提及中国,纵然得自其他记载,但可以看做是他有兴趣与辜鸿铭接触的理由。

语、法语、意大利语、拉丁语、希腊语、马来语,还略懂日语和俄语。①

辜鸿铭与卡莱尔等人的交往,奠定了他思想中文化保守的倾向,待辜氏回国接触了儒家传统文化后,两相印证,互为启发,最终形成了他"众人皆醉我独醒"的文化思想和立场。也正是从这一立场出发,辜氏超越了当时的社会背景,一反"西学东渐"的潮流,大肆抨击西方近代文明,提倡"我的确相信,欧洲人民对于这场大战之后,将在中国这儿,找到解决战后文明难题的钥匙。……因为它拥有欧洲人民战后重建新教文明的奥秘,而这种奥秘就是我所谓良民宗教"②。他在清末民初的中国吃力地演着保护中华文明的悲剧。

在艾恺的笔下,卡莱尔与辜鸿铭同属于反现代化的文化守成者,是这一思潮——反现代化思潮在世界范围内的个案③。那么,辜鸿铭的文化主张与其师卡莱尔究竟在哪些方面互通有无,他又是如何为中国传统文明代言,以古老的中国文明为西方文明的救赎和出路?

一、理想政治:君主政治

1840年以来的中国近代史,随处可见的都是溃烂的伤痕,面对着国内日渐日贫的窘境,国内大多的知识分子不得不低头承认西方的"坚船利炮",从而开始了价值倾向的西化,大规模地输入西方文化。如何保住本民族的生存权利,是首要考虑的问题,至于中华民族如何在摆脱西方侵略的同时还能"保种保教",在硝烟弥漫的背景下,暂时搁置在了一边。正是在这一片西化的浪潮声中,辜鸿铭以自己独特的敏锐开始借西方的视角反思和重塑中华文明,因此,西方对中国"他者"形象的描述一直是辜氏关注的焦点。

当其时,"黄祸论"是弥漫在西方的关于中国威胁的集体想象,而1900年爆发的义和团运动则是关于这一想象的应验,有关义和团事件的各类报道出现在西方,西方几乎所有有关义和团报道都在重复同一个故事、同一种恐怖的场景。在这些叙事中,义和团事件已不是义和团驱逐洋教洋人的冲突,而是野蛮对抗文明、中国对抗世界的冲突。这样,八国联军入侵中国就不是民族与国家之间、

---

① 黄兴涛:《文化怪杰辜鸿铭》,北京:中华书局,1995年,第5页。
② 辜鸿铭:《中国人的精神》,黄兴涛、宋小庆译,桂林:广西师范大学出版社,2002年,第24页。
③ [美]艾恺:《世界范围内的反现代化思潮——论文化守成主义》,贵阳:贵州民出版社,1991年。

宗教之间的简单褊狭的仇杀,而是文明征服野蛮的正义之战,体现着历史进步必然规律的行动。

在这甚嚣尘上的反华声中,辜鸿铭指出了所谓"黄祸"的虚妄,这是德国皇帝的一个"地地道道的梦魇",不但如此,正是在中国的外国势力——在华传教士、驻华公使及整个在华外国团体的不道德——导致了这场人类文明的灾难。

首先是传教士。传教的目的在于提高人民的道德水平,对人民进行理智启蒙,开展慈善工作,但结果完全背离了目的。"在中国人中只有卑鄙、软弱、无知、贫穷和贪婪的人才是传教士们呼吁改信基督教的人"[①];"在中国的整个传教事业,只不过是一个为了那些从欧美来的失业的专职人员利益的一种巨大的慈善计划罢了"[②]。除此之外,造成中国目前混乱情况的是比治外法权更恶毒的"治内法权",它造成了"官员被任命到一个重要位置,必须首先从外国官员那里接受一个半官方的许可证"[③]。而在华的外国势力又是扮演着什么样的角色?在辜氏的5篇中国札记中,英国人傲慢,德国人自私,法国人伪善,美国人粗俗,俄罗斯人残暴;而"在中国,越来越多的外国人的唯一工作就是让别人借用他们的名义在各通商口岸开展各种声名狼藉的商务活动"[④]。鉴此,辜鸿铭用了一个形象的比喻来描述中国人民当时的处境:"我的房子被烧时,却无人肯向我赔偿损失;相反,我却要向制造事端的人赔礼道歉并赔偿损失。"[⑤]中国人民丧失了国泰民安的权利,"当通情达理和以礼待人的民众遭到凌辱时,就会爆发一场地方政府无法平息的动乱","这就是中国问题的根源"[⑥]。

如前所述,辜鸿铭分析了义和团运动的正当性;但辜氏需要为西方眼中义和团运动的残暴、狂热进一步给出解释,拔高义和团运动的精神价值,以引起同情,舒解恐慌。他得出了奇特的结论,他把人民对于统治者的忠诚作为不可抗力,对外国舆论做出回击。在中国,几千年来,国民奉行的是"忠诚教"(即"良民宗教"),内在的道德教化使得中国人民不需要警察和现代政府之类的物质力

---

① 汪堂家:《乱世奇文——辜鸿铭化外文录》,上海:上海人民出版社,2002年,第30页。
② 同上书,第33页。
③ 同上书,第46页。
④ 同上书,第47页。
⑤ 同上书,第58页。
⑥ 同上书,第48页。

量,仍旧保持着井井有条的秩序和对于在上位者无私无我的热爱。正是这样的热爱使得人民听闻外国势力粗暴干涉中国内政,将要剥夺国母慈禧太后的统治职权时,连十三四岁的中国少年都可以木头木脑、不顾一切地冲向现代欧洲人的枪口。中国人民这样狂热地尊敬和崇拜皇帝陛下、太后陛下,所谓"万死不辞",是一种崇高而美好的感情。这种感情的幻灭造成了中国良民们的孤注一掷,而原本他们甚至愿意"做出牺牲地付出一笔合情合理的赔款"来换取和平。中国人民不可能主动侵略西方,拥有良民宗教的中国人是世界的一笔宝贵财富,如果西方人糟蹋了中国人,"让他们变成了一种需要教士和军警才能委身秩序的人",也就"变成了文明和人性的一种危险和威胁"①,那才是真正意义上的黄祸。

这里涉及了辜氏对于当时中国的统治者——满族的定位与评价。《中国牛津运动故事》就是他为满族统治者所倾诉的一首奇特的赞歌,书里把清帝国的翰林院比作英国的牛津大学,把清代同光之际的"清流"活动比作那以前30年的"牛津运动",对故事中出现的中国人物,以西方历史上具有相似地位和某些相似特点的人物来比拟。"正是由于满族有更好的文明,准确一点说,有比明末的中国人更好更高的文明,所以才只有这些游牧人民能够统一中国,成为伟大的中华帝国的主人。"②但是满族也并非十全十美,贵族的血统虽好,但由于长久的和平受到了损害,更为致命的是,"他们没有文化修养,一般都没有思想并且不能理解思想"③,因此,清末的"这些满族显贵们不愁生计、贪图享受、腐败堕落、无恶不作却享有特权",终于导致了太平天国起义,"他们滔天的罪行得到了不折不扣的惩罚"④。鉴此,实现满族的复兴势在必行,"中国的满族贵族需要领袖——一个有思想并且能理解思想的带头人……他必须兼有对古老中国文明的道德价值和美好事物的真正鉴别力与对现代欧洲文明的发展观念和进步思想的深刻理解力"⑤。

从以上的辜氏理论中,我们至少可以看到三处奇怪的表述。第一:不顾社

---

① 辜鸿铭:《中国人的精神》,黄兴涛、宋小庆译,桂林:广西师范大学出版社,2002年,第23页。
② 汪堂家:《乱世奇文——辜鸿铭化外文录》,上海:上海人民出版社,2002年,第222页。
③ 同上书,第204页。
④ 同上书,第224页。
⑤ 同上书,第228页。

会现实,对统治者怀有强烈的热爱及崇拜,由此阐发了义和团运动爆发的深沉道德原因,抨击了所谓"黄祸论";第二,由于统治阶级丧失好勇尚义之心,丧失崇高理想,道德沦丧,铺张浪费,加之外国贸易品和鸦片的介入,"人民只能发疯,起来反抗,以暴烈的方式摘去毒瘤"①,"太平起义是欧洲的法国革命在中国的翻版,两者都是要砸烂不公正的腐朽的社会秩序"②;第三,理想的社会方案为:复兴满族贵族,提倡实施高等教育,使得在上位者有德有仁,良民宗教得以执行,"中国的好政府始终取决于统治者的道德品质"③,"我们东方文明中所说的王道,指的就是民主社会的理想,也就是拥戴有德君主之治"④。

回头看看卡莱尔的论述⑤,他们之间有着惊人的相似。卡莱尔主张英雄崇拜,在专著《英雄和英雄崇拜》中,他列出了六种英雄:神明英雄(沃丁)、先知英雄(穆罕默德)、诗人英雄(但丁、莎士比亚)、教士英雄(路德、诺克斯)、文人英雄(约翰逊、彭斯、卢梭)、帝王英雄(克伦威尔、拿破仑)。他的主导思想是世界历史是伟人的历史,英雄具有自身独特的品格和价值:英雄气概、独创精神、高尚品德——真诚、公正、人道、诚实不图虚假。他认为:任何时代只要能找到一个非常伟大的人,一个非常智慧和善良的人,它就不会走向毁灭,这个人有真实的觉察时代的需要之智慧,有领导它走上正确道路的勇气,从而使时代得到拯救。另外,他把那些一般的慢慢吞吞的时代即无信仰、苦恼、困惑的时代,具有倦怠的怀疑特点或混乱环境,无力地陷入最终灭亡的灾难之中的时代比作一堆干柴,等待着来自天堂的火光点燃它。不过也正是沿着这一思路,在晚年,卡莱尔进入了误区:最终,暴君政治无奈地成为他所歌颂的对象。辜氏与卡氏是相似的,皇帝/君王被赋予了绝对的超自然和全能的力量,取消皇帝/君王等于取消信仰,皇帝/君王是权威是英雄的象征。另外,辜氏还将皇室同中国文明联系在一起,这就是辜氏极力为清王朝及慈禧太后辩护的原因。现在我们再来听辜鸿铭的心声:"我的许多外国朋友笑话我,说我对大清王朝愚忠。但我的忠诚,不仅是对我世代受益承恩的王室的忠诚,在这种情况下,也是对中国国教的忠诚,

---

① 汪堂家:《乱世奇文——辜鸿铭化外文录》,上海:上海人民出版社,2002年,第177页。
② 同上书,第180页。
③ 同上书,第240页。
④ 辜鸿铭:《中国人的精神》,黄兴涛、宋小庆译,桂林:广西师范大学出版社,2002年,第170页。
⑤ [英]A·L·勒·凯内:《卡莱尔》,段忠桥译,北京:中国社会科学出版社,1987年。

对中华民族文明理想的忠诚。"①

卡莱尔也提出了他的政治理想:第一,民主是不现实的,社会需要建立一个"有机的文士阶级",实现贵族政治。他参考了中国文明后提出了文人当政的主张②,认为"在人们的一切运动中和在每一个地方,君王是必不可少的"③,"如果说最近半个世纪以来的、剧烈的拼斗厮杀给可怜的欧洲人带来了什么样的教训,那就是欧洲需要真正的贵族政治"④。他主张用教育解决问题,培养统治阶层的道德品质,以承担社会责任。卡莱尔认为当前英国的社会问题就是由于统治者的错误所造成的,因此,政府的行为方式要能具体体现社会的责任。他的理想社会就是人们信仰笃实,乐于接受来自上层的统治,双方建立永久型契约关系,当然双方都必须恪守道德。他说:"毫无疑问,人们的所有的权利都是最无可置疑的(当然,愚昧的人的权利要由聪明的人来支配)……自由不论对统治阶级和被统治阶级来说,都是一种神圣的权利和义务,一切社会责任都存在于这种权利和义务之中。"⑤第二,他看到了传统的基督教或许无法再继续存在:但要有一种绝对的、超验的道德秩序,使得生活受到一种强制的、严厉的道德鞭策;如果违犯了神圣公正原则,历史将做出惩罚。正是基于这一原则,他写出了《法国革命》,在英国历史上第一次把法国革命置于一种道德标准之上,提出法国旧君主和贵族的政权是罪有应得,那些最终导致革命的经济和政治的危机只不过是法国统治阶级根本性的道德腐败的征兆。而英国的统治者要小心,宪章运动已是历史惩罚的征兆了。

在这里我们看到了辜鸿铭对于卡莱尔的呼应,中国的良民宗教一改而成了西方的"君主政治","民主制度下,为了维持权力的稳定必须有君王的存在"⑥。这是一首无可奈何的挽歌,这是最后一个贵族统治拥护者发出的抗辩词,随着他的消失,中国步入了一个新的时代。

---

① 夏丹、孙木犁:《辜鸿铭作品精选》,武汉:长江文艺出版社,2004年,第385页。
② 葛桂录:《雾外的远音》,银川:宁夏人民出版社,2002年。
③ [英]卡莱尔:《英雄和英雄崇拜——卡莱尔讲演集》,张峰、吕霞译,上海:上海三联书店,1998年,第370页。
④ 同上书,第166页。
⑤ [英]A·L·勒·凯内:《卡莱尔》,段忠桥译,北京:中国社会科学出版社,1987年,第96页。
⑥ 辜鸿铭:《中国人的精神》,黄兴涛、宋小庆译,桂林:广西师范大学出版社,2002年,第167页。

二、理想文明：东西方文明的结合

根据艾恺的反现代化理论，所谓现代化，指的是一个范围及于社会、经济、政治的过程，其组织与制度的全体朝向以役使自然为目标的系统化的理智运用过程，其中包含两个关键的概念："擅理智"和"役自然"。在这一过程中，由功利主义标准判断人类价值时，它将个人"非个人化"了，把人变成了物。显然，这与传统的人性道德观念发生了冲突，现代化天然地倾向道德破产和孤僻失落。因此，孕育而生了一个反向的对立运动——反现代化，即针对腐蚀性的功利主义原则，尝试对历史衍生的文化与道德价值做出意识性的防卫。对应现代化的世界效应，反现代化也是世界范围内的思潮，其中各国因国情不同而姿态各异，但在基本模式上是一样的。欧洲主要国家的反现代化思想家因为现代化的原则和过程并不被视为外来的东西，也并不和本国的传统或文化相对立，因此他们的文化危机感来源于人群关系的变化及社会规范崩溃，同时预置了前现代社会（中世纪宗法制社会）作为理想的生活范本，这种文化变迁并不产生认同危机或自惭形秽。在非西方国家（尤其是亚洲／东方），反现代化的现象变得更为复杂，因为它是现代化的受害者，面对强大的异质文明，本国知识分子需要反省自身文明并做大规模文化输入。东方的反现代化者有两种典型的反应：第一种是无条件地绝对地拒斥所有外国（现代）文化的成分，包括科学、技术、经济组织方法等，声称它们是次等的文化——次等精神和道德，宣扬本民族的精神道德优越论；第二种反应较为普遍：希冀本国的道德精神（精神文明）能调和所引进和采用外国现代化文化（物质技术），让后者为前者服务，即中国典型的"体用"思想。无论哪种，都极易滋长本国文明的优越感，甚至发展成为以本国文明为世界文明的出路的极端国家主义运动，如日本的"大东亚共荣圈"。在艾恺的理论中，卡莱尔属于英法的现代化的批评者，辜鸿铭则属于极端的东方文化守成者。[①]

卡莱尔一生都在关注"英国问题的社会条件"，他认为工业革命和工业社会既神圣又邪恶，他没有否认资本主义带来的巨大创造性成就，但他更注重它的

---

① 参见［美］艾恺：《世界范围内的反现代化思潮——论文化守成主义》，贵阳：贵州人民出版社，1991年。

负面影响。首先是大批劳动者物质上的贫困。他在《过去和现在》一书中描绘了当时英国社会的状况,列举许多骇人听闻的悲惨事实后指出:"生活在无限财富中间的人民却死于饥饿;住在黄金屋里和围在谷仓中间的人民,没有一个人生活得到保障和满足"。"我敢说,自从社会产生以来,千百万无声无息、劳累不堪的人的命运从来没有像现在这样难以忍受";更为重要的是随之而来的道德上的堕落,功利主义试图把人类的情感变为某种可以用数量计算的东西,把人的关系变为一种机械的互相作用,把人与人之间的交往变成一种纯粹地利益得失的计算。这样,在人与人之间所剩下的唯一的联系就是"现金交易关系",即仅仅是为了挣钱而相互利用的买卖关系,人的本性中所包含的责任心、忠诚这些更为重要的品质都被否认了,而且这种否认达到了极端的、令人不能容忍的程度①。在《文明的忧思》中,卡莱尔以辛辣嘲讽的笔触揭示了19世纪英国这个"日不落帝国"所面临的重重危机,整个社会道德沦丧,政治腐败,唯利是图和拜金主义盛行,金钱支配一切,懒散、愚昧、伪善、荒唐更是随处可见。正如卡莱尔所说:"人类丢失了自己的灵魂,在经过一段相当长的时间以后,现在人类发现了这种缺失。这种缺失是罪恶的真正渊薮,是整个社会坏疽的根本,这种缺失正用可怕的死亡威胁着现代一切事物"。整个社会陷入"一种使人绝望的信仰",那就是"利己主义、唯利是图、崇尚享乐与虚荣"②。

回到过去是当时英国普遍弥漫的怀旧情绪。卡莱尔虽然批判了基督教,指出:教会在人们心目中曾是神意的权威象征,但现在只剩下了一个空壳。但他也回到了过去,在《过去与现在》一书中,专门一个篇章"古代的僧侣"理出了12世纪晚期圣·埃德蒙修道院的生活,但他崇尚的是,那里的生活还没有受到利己主义的侵蚀,人与人之间的关系靠义务而不是金钱,而且那里的人们都有一种识别英雄的本能。

卡莱尔砸烂了一个旧世界,但他没有建成一个新世界,他不知道在哪里才能实现自己的家园,东方进入了他的视野,也仅仅是一个参考对象,他最终走到了英雄崇拜的尽头。他批判得深刻,但他的药方中却没有可以实现的前景。正如亚瑟·休·克勒夫所评论的:"卡莱尔把我们带出但又带入了那个令人困惑

---

① [英]A·L·勒·凯内:《卡莱尔》,段忠桥译,北京:中国社会科学出版社,1987年,第97页。
② [英]卡莱尔:《文明的忧思》,宁小银译,北京:中国档案出版社,1999年。

的世界,并把我们丢在了那里。"①

东方的辜鸿铭沿着导师的轨迹,进一步阐释了世界文明的出路问题,如果说辜氏在政治上是保守的,他的文明观则超越了他的时代。所以,他与泰戈尔一道被誉为"东方圣哲"。

鉴于辜鸿铭对于西方文明的熟悉,特别是对于他的导师及朋友关于反现代化理论的了解,辜氏得以站在另一个角度批判西方,"当整个中华民族形成了抛弃自身的文明而采纳现代欧洲文明的想法时,帝国上下竟然没有一个受过教育的人对现代欧洲文明的真实情况稍有了解"②。这句话虽然有些偏颇,还是道出了辜氏独特的文明立场。

在辜氏的著作中,他分析了中西文明的根本差异:西方文明崇尚物质力,中国文明则崇尚道德力;前者的理想是"进步、进步、再进步,它们所谓的进步就是尽量提高物质生活水准";后者的理想则是淳朴的生活,追求人的道德和心灵的发展。因此,在征服自然方面,近代西方文明固然取得了成功,创造了值得称道的成就,但在征服人类自身情欲方面却完全失败了。因为他们所赖以调控情欲的力量根本上是一种物质力,具体而言即两样东西:一是宗教,再是律法。大战之后的欧洲人陷入了进退两难的境地:"如果他们消灭了军国主义,动荡与混乱就会摧毁他们的文明,然而,如果他们依然保持军国主义,欧洲文明又会在战争的破坏与损耗中趋于毁灭。"欧洲人到底怎样才能既取缔军国主义而又能保护文明呢?以武力嘛?那结果只能是普鲁士的军国主义消灭了,英国军国主义又产生;重新招回教士,给欧洲人以基督教道德的感召吗?欧洲人心目中的上帝已黯然失色。反观中国,社会秩序赖以维系的主要是一种道德力量,公理和正义被公认为一种高于物质力的力量,而道德责任感被公认为一种必须服从的东西。中国的政教是一种"君子之教",在此教义之下的中国男人奉行"忠诚",女人是"无我"。因此,千百年来,中国在根本上不依靠教士和兵警,却在实际上保持了和平与秩序。"要估价一种文明,我们必须问的问题是,它能够生产什么样子的人,什么样的男人和女人。"③中国文明的优越感油然而生。接着,辜氏又在

---

① [英]A·L·勒·凯内:《卡莱尔》,段忠桥译,北京:中国社会科学出版社,1987年,第157页。
② 汪堂家:《乱世奇文——辜鸿铭化外文录》,上海:上海人民出版社,2002年,第194页。
③ 黄兴涛:《文化怪杰辜鸿铭》,北京:中华书局,1995年,第3页。

个人生活、教育问题、社会问题、政治问题、文明等方面指出了东西方文明的差异,认为:"东洋文明就像已经建成了的屋子那样,基础巩固,是成熟了的文明;而西洋文明则还是一个正在建筑当中尚未成形的屋子。它是一种基础还不牢固的文明。"①

但辜氏并没有满足于仅对中西文明的差异进行比较和做出优劣评判,他还特别注重揭示其相同或相通之处。前者是他进行文化选择的思想依据,后者则成为他判断中西文明共同归趋的逻辑前提。② 首先,中西文明在精神上有相同成分,正如卡莱尔所说:"伟人们由于都出于自然之手,所以都是同一种东西;沃丁、路德、约翰逊、彭斯,这些人最初都是一种材料,只是因为世界对他们的接受以及他们采取的形式,他们才成为如此多种多样,难以估量。"③可见各民族文化的精粹部分是相似的,变化的只是具体的表述。辜鸿铭自身的文化批评思想就是东西方文明互相印证的结果,而《中国牛津运动故事》及其著述中的中西合璧更是辜氏的作文特色,是中西文明相互阐发的成果,特别是在对中国国教"良民宗教"的解释中,他进行了概念上的转移,终究将之解释成为:爱的宗教。"宗教的生命与灵魂是君子之道,君子之道由爱而生","人类所有纯真的情感均可以容纳在一个中国字中,这就是仁。在欧洲语言中,古老的基督教术语中的神性一词与仁意义最接近。在现代术语中,仁相当于仁慈、人类之爱,或简称爱"④,这就将儒教世界化了,成为人性之本能需求。其次,因为中西文明在精神上是相通的,它们最终的归趋必然相同,殊途同归,中西文明必将走向融合,"东西方的差别必定会消失并走向融合的,而且这个时刻即将来临。虽然双方在细小的方面存有许多不同,但在更大的方面,更大的目标上,双方必定要走向一起的"⑤。在辜氏的分析中,两者的文明只是程度的差别,是完成与未完成、成熟与未成熟的差异。基于对中西文明有相通之处的理解,以及对于中国文明优越性的认识,辜鸿铭很自然地推导出西方必须走中国文明道路的结论。而中国文明成功的典范却不在中国,而是在日本,正是由于日本保留了汉唐时候的中国古

---

① 夏丹、孙木犁:《辜鸿铭作品精选》,武汉:长江文艺出版社,2004 年,第 400 页。
② 黄兴涛:《文化怪杰辜鸿铭》,北京:中华书局,1995 年,第 193 页。
③ [英]卡莱尔:《英雄和英雄崇拜——卡莱尔讲演集》,张峰、吕霞译,上海:三联书店,1998 年,第 69 页。
④ 辜鸿铭:《中国人的精神》,黄兴涛、宋小庆译,桂林:广西师范大学出版社,2002 年,第 57 页。
⑤ 夏丹、孙木犁:《辜鸿铭作品精选》,武汉:长江文艺出版社,2004 年,第 399 页。

风,它才能抵御蒙古人的入侵,才能在近代再次成功地保家卫国,重振国威。"日本所以能有今天的强大,其原因不在于采用了铁路、飞机、军舰等西洋物质文明,而在于日本民族固有的伟大精神的苏醒和发扬,这伟大精神,就来源于古老的东方文明。"[①] 从这个意义上说,辜氏不能算是艾恺所定义的第一种的东方反现代化思想者,他应该是"独特的中西文明融合论者"[②]。

在卡莱尔思想的引导下,辜鸿铭最终完成了他独具一格的世界文明的理想,尽管他的理论当时在国内几乎无人呼应,至今还是应者寥寥,反而被冠之种种不是与罪名;但在国外,由于一战的爆发恰恰部分印证了辜氏的思想,西方知识界失望于自身文明,由此滋生出对东方文明朦胧的欣羡,东方文化思潮蔚然勃兴。战前战后,辜氏走红于西方。

简单地论述了辜鸿铭的著书活动及文化立场,不难看出,辜氏在东西方文化交流史上的特殊地位,他站在了哲学的高度,第一次系统而非零星散乱地形成了中西文明的比较观,大力抨击西方近代文明,弘扬中华民族的传统文明。他以其敏锐的思维捕捉到了西方文明自身系统的残缺及东方文明的价值,西方自身都难保,如何做世界的救世主?1915年底,严复坦然地表示,他完全赞同辜氏否定西学的看法,由开一代西学之风的带头人转而成为保守派的代言人,这是意味深长的。继而,林语堂部分地继承了辜氏这种东西方文明的理想,他凭借着自己的表述,再次走红于西方。

诚然,辜鸿铭是保守的,也许我们从文化的保护、守成的角度来理解,或许我们从世界文明的多元化、人类生活的多样性,以及不同文化互相启发、相互学习的层面来理解将更有意义。

第三节 陈季同的中国:理想与现实之间

一、"三千年未有之变局"——晚清中西文化交流概况

晚清是个喧扰的时代,社会变动不居,文化新旧杂陈,各种社会风潮、变革

[①] 辜鸿铭:《中国人的精神》,黄兴涛、宋小庆译,桂林:广西师范大学出版社,2002年,第163页。
[②] 黄兴涛:《文化怪杰辜鸿铭》,北京:中华书局,1995年,第209页。

层出不穷。随着来华传教士、外交官以及贸易商日增,留学之风日盛,来自西方世界的各种学说在晚清知识界掀起巨大风暴。

中国的历史进入 19 世纪后,在中西关系中,掌握着主动权的一方已由自认为德威无远弗届的"天朝"变为被李鸿章称为"数千年未有之强敌"的西方国家。1840 年鸦片战争之后,被英国的炮声首先震醒的当属以林则徐、魏源为代表的一批有识之士。林则徐苦心钻研西方国情,编写了中国历史上首部较为系统的世界地理志《四洲志》,开创了近代先进的中国人自觉了解和学习西方的先例。此后相继出现了魏源的《海国图志》、徐继畬的《瀛寰志略》、汪文泰的《红毛番英吉利考略》等研究西方国家的著作。魏源在《海国图志》中提出"师夷长技以制夷"的主张。从"夷狄之有君,不如华夏之无也"、"东方一隅为中国,余皆夷狄"到"师夷长技以制夷",这种观念的转变虽然只发生在少数有识之士身上,其代表的文化交流方面的意义仍是巨大的。除了中国人主动了解西方国家外,在鸦片战争之后,西方文化通过来华的传教士、外交官、贸易商等人开始以空前强硬的姿态大规模地传入中国,渗入到中国社会的各个层面。晚清时期的中国各阶层对于西方国家及西方文化几种主要观点如下:

以李鸿章为首的洋务派主张"中体西用","体用"意即"道器"。《易·系辞》说:"形而上者谓之道,形而下者谓之器。"王韬(1828—1897)[①]则说:"形而上中国也,以道胜;形而下西人也,以器胜。"[②]"道器"之辩成为洋务派的指导思想,并被具体化为"中学为体,西学为用"的洋务思潮。"中体西用"其实是延承了魏源的"师夷长技以制夷",道、体(纲常政教)不变,再嫁接以器、用是洋务运动中的主流观点,因而该时期向西方的学习是以器物层面的学习为主要特征,西欧各国仍是"夷狄",虽然这些"夷狄"从过去的"恭顺"的"朝贡"国变为气势汹汹的强盗;但"中体西用"使得这群士大夫在文化心理上仍然有着优越感。

保守派的观点:无法接受以"蛮夷"为师,仍寄望于闭关锁国。虽然当时洋务派的观点已经得到许多有识之士的响应,但保守派的影响仍是不可小觑,洋务运动的最终流产即是最鲜明的例证。19 世纪后半叶中国士大夫们的保守观

[①] 王韬是中国第一位赴英国访问的作家和学者,曾游历欧洲各国及日本,撰写《漫游随录》、《普法战纪》、《扶桑游记》等。

[②] 王韬:《弢园尺牍》,北京:中华书局,1959 年。

念和文化优胜心态从驻外公使郭嵩焘的遭遇中可见一斑。郭嵩焘(1818—1891)于1876年从上海出发出使英国,后将旅行日记《使西纪程》寄回国内,其中称赞英国"政教修明"、"环海归心"的说法令朝野上下一片哗然,而郭嵩焘受命出使欧洲时,朝中甚至传出这样的赠联:"出乎其类,拔乎其萃,不容于尧舜之世;未能事人,焉能事鬼,何必去父母之邦!"①

观念层面的改变常常滞后于耳目的冲击与知识的获取。除了少数对时代变幻敏感的人,19世纪末中国人眼中的西方仍旧是蛮夷之地,西方人是夷狄番鬼,郭嵩焘对西方国家的赞美之辞自然被斥为大逆不道,失了天朝的体面。与此相对的,从18世纪后半期到19世纪,欧洲人对中国基本是以否定性的评价为其主导性潮流,欧洲思想家眼中的中国是停滞不前、落后愚昧的,特别是在两次鸦片战争和一系列不平等条约签订之后,19世纪的中国在西方人眼中渐渐沦为软弱可怜、被侮辱、被蔑视的对象。14—16世纪,中国在欧洲人心目中是神奇、瑰丽的东方乐土,《马可·波罗游记》的问世,更是引发了欧洲人对东方世界的狂热,国力强盛、物产丰富、人口众多的契丹令当时的欧洲人心驰神往。这种热潮持续到18世纪,伏尔泰塑造的"理想国"代表了欧洲人对中国文明向往的一个极致。伏尔泰认为"东方是一切学术的摇篮,西方的一切都是由此而来的","东方民族全不需要我们,而我们则需要他们"②。伏尔泰之所以极力地赞美中国文化,努力塑造完美的中国形象,是想借着以"纯洁的道德"为基础的"理想国"反观"欧洲正限于谬误和腐化堕落之中"③的现象。同样是在18世纪的欧洲,孟德斯鸠在《论法的精神》中从反对封建专制主义的角度出发,谈论的更多的是负面的中国形象。到了19世纪,中国作为欧洲人理想中的奇妙国度已经彻底成了一个被遗忘的梦。伴随着西方中心主义的形成,西方文化在自我扩张之余,迫切需要通过对另一种文化的否定来认同自我,而长期以来作为西方文化的"他者"形象出现的中国文化(东方文化),此时理所当然"承担"起被否定的角色。当欧洲人利用罗盘仪、印刷术、火药迈入现代文明的门槛时,他们发现,这些伟大发明的故乡——中国似乎已处于一种文明停滞的状态。于是,启蒙运

---

① 转引自周宁:《天下/夷狄辩:晚清中国的西方形象》,载《书屋》2004年第6期。
② 钱林森:《光自东方来——法国作家与中国文化》,银川:宁夏人民出版社,2004年,第89页。
③ 同上书,第88页。

动时期对"古老文明"的热切崇尚转而成为对"古老"的反面意义——"停滞"的一种否定,中国不再是丰饶的乐土,而是落后的、缺乏生机的古老帝国。中国的"停滞"正印证了西方的"飞速发展"。当时的欧洲人对中国的描述大都是低下的、负面的,他们并不要求得到被描述对象的任何反馈,更不用谈及文化上的互相理解。文化强权所引发的畸形自豪感正是文化交流中的最大障碍。

同时,古老的中国文化传统在历经了漫长的相对静态的历史之后,内部已经产生了变革的冲动,这种内在的力量与西方社会在经济、军事上的强势所带来的外部压力相遇,使得中西双方在文化的交流上的优势地位为西方所占据。许多有识之士在接触到充满活力与征服感的西方文明后,顿时察觉到引进西方科技与文化的重要性。鸦片战争、英法联军入侵、太平天国运动……晚清社会遭受着内忧外患,处于风雨飘摇中。西方各国在战争中显示出的强大实力,也使得中国人看待西方的眼光由对"蛮夷野兽"的俯视,转为畏惧佩服的仰视。积极介绍西方科技文化,对于国家的强盛和进步固然有诸多好处,但在学习西方的同时,许多人看待本土文化也不自觉地带上了西方的眼光,对种种为西方人所诟病的现象深感羞耻,并以西方的标准评判中国文化,于是中国文化各种"弊病"立刻凸显,而引进西方文化以变革中国的传统文化就显得十分迫切。这样的思维在中西交流上存在着危险的一面,即中国文化并不是以真实的面貌与西方文化进行对话。诚然,以西方为参照物来反观中国,探求中国文化的整体特质,让两种文化在碰撞中达到更好的沟通与学习,是有积极意义的;但另一方面,晚清的中西文化交流包含了军事、外交与经济上的接触,而这几方面的交流又是不平等的,人们对待中西两种文化的态度也受制于此。于是,西方与东方两种气质各异、各有特色的文化被加上了"进步"与"落后"的标签,而受这种两极分化的观念毒害最深的恰恰是中国人(及至20世纪30年代,更有偏激者如撰写《中国文化的出路》与《东西文化观》的陈序经提出"全盘西化"的理论)。

18中后期至19世纪,在中国文化的对外关系中,真正能站在人类文明一体的高度来评价中西两种文化的很少见,与此相对,来自传教士、旅游者、贸易商的对中国的片面介绍却在欧洲大行其道。传教士、旅游者、贸易商在中国的活动范围有限,所见所录受区域的限制,来华目的不同的人关注点也不相同;再由于原有的文化观念和视角的影响,对中国的介绍和评价很容易以偏概全,有失偏颇。尽管这些介绍者当中有些人的初衷确实是为了让西方人了解中国(例如新教传教士英国人马礼逊、美国传教士汉学家卫三畏等都为研究汉学付出很大努力),但正如M·G·马森所言:"呈现在19世纪公众面前的大多数材料是不严肃、不准确的。……在1842年之后的很长一段时间里,西方公众的确对中国拥有许多稀奇古怪的看法。"①猎奇的心态,西方中心的优越感,基督教的观念……这些先入为主的心态与观念,使得来自西方的"叙述者"所呈现出来的只是一个契合了他们自身以及他们的同胞的想象的中国形象。"那种强调中国的古老性,并坚持认为中国多少个世纪以来从没有任何变化的认识倾向,在1840年到1876年期间始终存在着。……另外一种通常在西方文献中出现的对中国人的认识——特别是1850年之后,是中国的腐败堕落。"②西方人对中国人的认识长期停留在野蛮、奴性等负面的解释上,而许多中国人也用西方人的文化观念与标准看待中国与中国文化,中西文化的交流处于完全不平等的状态,让西方人对"遥远国度"有真正的了解更显得难上加难。

二、19世纪末20世纪初中西交流中陈季同的位置

陈季同(1852—1907),字敬如(一作镜如),号三乘槎客,法文名Tcheng-Ki-Tong,福建侯官(今属福州)人。在晚清,陈季同是闻名中外的外交官、翻译家及文人,是近代中国走向世界的先驱人物之一。在近代中国历史许多重大事件(如中法战争、保台运动等)中,我们都能找到他的踪迹。作为在近代中西文化交流史上的重要人物,他以法文写作介绍中国文化的著作在19世纪80、90年代的欧洲广为流传,影响深远。这比同样以西文写作传播中国文化并获得巨大成功的辜鸿铭要早了近20年,比林语堂早了近半个世纪。同时,由于同为福建籍人士,陈季同与辜鸿铭、林语堂被并称为世界文化交流的"福建三杰"。与辜鸿铭、林语堂相比,陈季同在国内特别是文化界似乎声名不显;实际上,陈季同在欧美的影响要远远大于国内,欧美图书馆里大多能找到其外文著作。

1867年,陈季同考入福州船政局附设的求是堂艺局前学堂学习。前学堂即造船学堂,聘用的教员基本都是法国人,以法语授课,使用的教材也多是法文原版教材,其中法语课每日早晨一个小时,晚上一个半小时,这为陈季同日后优秀

---

① M·G·马森:《西方的中华帝国观》,杨德山等译,北京:时事出版社,1999年,第25页。
② 同上书,第98—99页。

的法语水平打下扎实的基础。1875年初,陈季同毕业并以"西学最优"为船政局录用,"历经甄别,皆冠其曹"①,任办公所翻译。此外,陈季同的中文功底也十分深厚,《福建通志》所载《陈季同传》曾有记载:"时举人王葆长为所中文案,一日,论《汉书》某事,忘其文;季同曰:'出某传',能背诵之。"②

1875年3月,陈季同随福州船政局前船政监督法国人日意格(Prosper Gioquel)赴欧洲采购机器,游历了英、法、德、奥四国,并为清廷向西方各国派驻使节之事进行考察。次年归国,著有《西行日记》四卷,以此作为游历报告,呈于总理衙门。通过这份报告,陈季同的才干深受当时朝廷洋务派高级官员李鸿章等人的赏识。

1876年冬,沈葆桢会同直隶总督李鸿章奏派洋员日意格带领随员马建忠、文案陈季同、翻译罗丰禄以及学习制造和驾驶的学生分赴英、法等国留学。③ 留学使团于1877年3月31日出发,1877年7月初抵欧后。为了"学习交涉切用之律",陈季同和马建忠进入巴黎政治学校(Ecole des Sciences Politiques),"专习交涉律例等事"。《福建通志》载《陈季同传》(沈瑜庆所撰):"季同自兼习英、德、罗马、拉丁各种文字,尤精熟于法国政治并拿布仑律;虽其国之律师学士号称老宿者莫能难。""陈季同后任外交使节,出任过驻德、驻法参赞,代理驻法公使兼比、奥、丹、荷四国参赞。"1891年因私债风波回国,陈季同在欧洲前后生活了16年之久。

陈季同在当时欧洲外交界是个活跃人物,与俾斯麦、甘必大等德、法政界要人私交颇佳,并时常出入欧洲上流社会的沙龙。1878年,李凤苞出任驻德公使,陈季同随同赴任,不久,李凤苞让陈季同加入设于柏林的噶西努俱乐部。该俱乐部会员多为柏林的官绅以及各国驻德外交人员,由德皇担任主席。在噶西努俱乐部,陈季同的外交才能得到充分发展。此外,陈季同在欧洲还结交了许多大学教授、报刊主笔和著名的艺术家等,这些都大大拓展了这位外交官的眼界。④

身为外交官,对于中国被西方人轻视与误解的事实,陈季同感受尤深:"旅

---

① 《福建通志》卷二四,福建通志局纂修,1922年。
② 同上。
③ 《福建文史资料》第五辑,中国人民政治协商会议福建省委员会文史资料编辑室编,1981年。
④ 据李凤苞《使德日记》,参桑兵:《陈季同述论》,载《近代史研究》1999年第4期。

居欧洲十年,我发现中国是世上最不为人所知的国家。但人们对中国并不缺乏好奇心。"①可见,这种"不为人所知"并不是真正的湮没无闻,而是以一种被扭曲的面目出现在欧洲人眼中。陈季同为此感到愤怒:"我在法国最久,法国人也接触得最多,往往听到他们对中国的论调,活活把你气死。"②如前所述,欧洲人的中国观是用欧洲的观念(并且是不断变化发展的观念)来解读中国,中国是西方的文化参照物,他们很难对中国文化和中国人的性格习俗作出不失偏颇的分析,"用欧洲语言对这些问题所发表的看法是绝对不可靠的。"③但关于中国的"不可靠"的看法却充斥了西方人的头脑:非基督教化——野蛮、古老——落后停滞、保守——不思进取……简单而危险的推论因为偏见而变得理所当然。消除谬见,才能赢得尊重,而让西方人领略中国文化美好的一面,挖掘出中国文化中能与西方文化平等对话的精神内核,则是关键所在。

陈季同用法文发表了《中国人自画像》、《中国人的戏剧》、《中国故事》、《中国人的快乐》、《黄衫客传奇》、《吾国》、《中国人笔下的巴黎》、《巴黎人》,以及《英勇的爱》等介绍中国文化或比较中西文明的作品。在西文作品中,陈季同将中国重新塑造成人和政通、美丽丰饶的"东方乐土"。著作以优美的文字、新颖的见解和广博的知识为陈季同在法国文学界甚至整个欧洲社会赢得了声誉。陈季同的作品被翻译成英、德、意、西、丹麦等多种文字,"西国文学之士无不折服"。尊陈季同为自己"法国文学的导师"的曾朴说,陈季同"所作法文的小说、戏剧、小品等,极得法国文坛的赞许。阿拉托尔佛朗士,向来不容易称赞人的,也说他文笔诚实而轻敏,他的价值可想而知了"④。

1891年归国后,陈季同虽因私债风波身份不再显赫,但由于李鸿章的赏识,1892年陈季同就复职留在李鸿章幕中助理洋务文案。16年外交生涯的历练使陈季同在任职北洋期间也有颇多作为,其中比较突出的就是1895年中日战争期间参与的保台活动。不久,陈季同携家人到上海居住。在上海,陈季同结交各界人士,特别是与维新人物梁启超、谭嗣同等人的交往,将陈季同也引入了维新运动中。首先是参与中国女学堂的创建活动。陈季同的法国夫人赖妈懿及

---

① 陈季同:《中国人自画像》序言,黄兴涛等译,贵阳:贵州人民出版社,1998年。
② 曾朴"曾先生答书",收入胡适《胡适文存三集》卷八。
③ M·G·马森:《西方的中华帝国观》,杨德山等译,北京:时事出版社,1999年,第196页。
④ 曾朴:"曾先生答书",见胡适:《胡适文存三集》卷八。

陈季同的二女陈骞(字槎仙)、陈超(字班仙)也参与其间。此外,1897年9月,陈季同在上海创办了《求是报》(6个月后因经费不足等原因停刊,但在当时影响颇广)。《求是报》的内容主要涉及外交、法律、商务、科技各方面。戊戌维新前夕,他先后在《求是报》上刊登过《拿布仑立国律》《拿布仑齐家律》《法兰西报馆律》等共12篇,并曾以"三乘槎客"为笔名在《求是报》上连续译载法国作家贾雨(1854—1928)的纪实性小说《卓舒及马格利》。

三、理想中国——重塑"东方乐土"的文明形象

陈季同的西文作品中,中国是个制度合理、民风淳朴、人民安居乐业的"东方乐土",陈季同将中国描绘成一个理想而完美的国度,这个"东方乐土"与19世纪欧洲人眼中的中国形象显然迥异,而更接近于18世纪耶稣会士们对中国的描述。陈季同笔下的理想中国与19世纪中国真实的图景也有很大差距,探究理想与现实的差距及模糊性,可以令我们对这位晚清文化人的文化困境有初步了解。

> 这个黄种人(指陈季同)和"真正的西方英雄"以纯粹的法语说道:"我们准备并且有力量从你们那里拿走一切我们所需要的东西——你们的精神和物质文化的全部技术;但我们却不要你们的任何信仰、思想或者爱好,我们只相信自己并且推崇强力。我们从不怀疑我们的力量,他比你们的力量更强大。你们在无休止的试验中弄得筋疲力尽,而我们却利用你们实验成果来加强我们自己。我们很高兴你们取得的进步,但我们不积极参与;我们不需要这样做,你们自己已经为我们准备好了一切征服你们所需要的手段。"①
>
> 他(指陈季同)身着漂亮的紫色长袍,高贵地坐在椅子上。他有一副饱满的面容,年轻而快活,面带微笑,露出漂亮的牙齿。他身体健壮,声音低沉有力又清晰明快。这是一次风趣幽默的精彩演讲,出自一个男人和高贵种族之口,非常法国化,但更有中国味。在微笑和客气的外表下,我感到他内心的轻蔑,他自知高我们一等,把法国公众视作小孩……听众情绪热烈,

---

① [德]海因茨·哥尔维策尔:《黄祸论》,北京:商务印书馆,1964年,第122页。

喝下全部迷魂汤,疯狂鼓掌。……在今晚的四个讲演者中,无疑,伏尔泰会觉得这个中国人是最有法国味的。①

这两段话均出自西方人,前者是俄国哲学家索洛维也夫(W·S·Solowjew,1853—1900)1888年5月18日在巴黎聆听陈季同的一次演讲后所记,后者是罗曼·罗兰(Romain Rolland,1866—1944)回忆了1889年2月18日陈季同在巴黎索邦大学演讲的情景。从这两段记载中可以看出来,陈季同在西方公众面前是一位对本民族文化充满了自信的中国人,在他"微笑和客气的外表下"甚至表现出了东方人的优越感。

除了演讲,陈季同在西文作品中更是极力赞美中国的一切。19世纪末,关于中国的负面形象充斥于欧洲公众的脑海:鸦片、小脚、辫子、纳妾、溺婴、凌迟……这些刻板印象构成了西方人眼中社会黑暗腐化、人民愚昧昏沉的中国形象。针对这种情况,陈季同在他的作品里重塑了一个民风淳朴、制度完美、人民安居乐业的"东方乐土"的中国形象。

陈季同以法文写作在法国发表作品,从1884年到1904年,先后发表了八种法文著作:

《中国人自画像》(1884年巴黎加尔马恩·莱维出版社)

《中国人的戏剧》(1886年巴黎加尔马恩·莱维出版社)

《中国故事集》(1889年巴黎加尔马恩·莱维出版社)

《中国人的快乐》(1890年巴黎夏尔朋铁出版社)

《黄衫客传奇》(1890年巴黎夏尔朋铁出版社)

《一个中国人笔下的巴黎人》(1891年巴黎夏尔朋铁出版社)

《吾国》(1892年巴黎出版)

《英勇的爱》(1904年由东方出版社在上海出版)

---

① 《罗曼·罗兰高师日记》,转引自李华川《晚清一个外交官的文化历程》,北京:北京大学出版社,2004年,第53页。

据考,《中国人自画像》与《中国人的戏剧》是陈季同与蒙弟翁①(Foucault de Mondion,1849—1894)合著。陈季同介绍中国文化的著作在19世纪末的西方产生很大反响,Tcheng-Ki-Tong 这一法文名更是引起西方读者的关注。陈季同的著作被翻译成英、法、意、西、丹麦多种文字,影响至今,陈季同在作品中从制度、文化、人们的生活各个层面重新建构了一个如诗如画、祥和宁静的"东方乐土"形象。

(一)完美的社会制度

1884年与蒙弟翁合著的《中国人自画像》是陈季同在西方世界影响最大的一本书,也是他的成名作。1900年,美国芝加哥 Mcnally 出版社编辑出版的《中华帝国:它的过去与现在》(*The Chinese Empire: Past and Present*),共收录了《中国人自画像》中的"妇女"、"结婚"、"离婚"和"宗教与哲学"四部分内容,采用詹姆斯·米灵顿(James Millington)的英译本(米灵顿将此书译为 *The Chinese Painted by Themselves*)。出版前言称:"它们显示了作者异常广博的见识和敏锐的洞察力,表明中国人是有能力的。"②《中国人自画像》的内容涉及中国社会的政治、经济、家庭、宗教、教育、文学等各个侧面,特别是用大量的笔墨描绘中国完美的社会制度:

> 我们的政府比某些西方国家拥有更为开明的自由观念……我们的各种功名不仅是荣誉的标志,也是其自身优越性的体现。③

儒家的"家天下"的文化理念中,"天下之本在国,国之本在家"(《孟子》),社会结构以家庭结构为基础,同时与家庭结构又有着同构性,建构社会的根本在于宗法伦常。陈季同对"家天下"的社会结构十分推崇,"君主乃是社会大厦的拱顶之石,也是所有家庭的共同族长——为他献出一切乃理所当然"④。同时

---

① 蒙弟翁,生于法国沿海小城,少年好学并受良好教育,20岁时成为比利时王子什迈(Chimay)家的家庭教师。1877年陈季同来法后,蒙弟翁成为陈季同与马建忠的法文老师。中法战争期间,他曾利用与中国使馆的关系,为法方提供情报。后成为律师、记者兼政治评论家。与陈季同在《中国人自画像》、《中国人的快乐》二书的著作权上有过争论,与陈的友谊也最终破裂。蒙弟翁去世时,《费加罗报》以"爱国者"、"间谍"评之。——据李华川《晚清一个外交官的文化历程》。

② 黄兴涛:《一个不该被遗忘的文化人》——《中国人自画像》中译本序,贵阳:贵州人民出版社,1998年。

③ 陈季同:《中国人自画像》,黄兴涛等译,贵阳:贵州人民出版社,1998年,第45页。

④ 同上书,第10页。

他认为这种古老的制度能真正实现"和平与平等"①,相反,西方国家的体制中并没有"哪一种原则配称是民主的或自由的。"②中国社会是以宗法制为基础的,家长的权威和孝的观念被提升到至高的地位。许多到过中国的西方人对中国传统的孝道都有着深刻的印象。西方人在认同中国人孝道教育的正面特色的同时,往往更强调其负面影响,批评孝道原则对个体的漠视,认为"它(孝道)颂扬个人的服从和公共义务,但却忘却了普遍的人权"③。针对这种置疑,陈季同承认"东方人与西方人之间的家庭观念的差异极其鲜明而有特色"④,但在《中国人的家庭生活》《结婚》《离婚》《祖先崇拜》《娱乐》等篇章中,陈季同强调的更多的是从宗法制度对"平等"与"友爱"的实现以及保护家庭及社会稳定的正面意义。"家产统一调配,资金统一开销,所有收入无论多寡一律归公。""中国的各种习惯性制度只有一个目标:维护社会安定。"⑤同时,陈季同也强调了中国的家庭中个人对家庭的责任:"每个家庭成员的一举一动,都必须以不影响全家的和睦为原则,这是一种责任。"⑥孝悌忠义等原则保证了家庭关系包括婚姻关系的牢固,在此基础上,中国的家庭表现出了强大的社会力量——长者权威、严格的家规、奉父母之命媒妁之言又十分稳定的婚姻、家族成员间的相互扶助等。

陈季同尤为崇奉的是中国的科举考试制度:"世界上再没有比考试更为民主的制度了。""参与考试的权利本身,比受人崇奉的'永恒原则'或'人权'中所载明的所有条文都要珍贵得多。"而且"你能仅凭你的学术声誉而得到升迁。"因此,他为"西方国家竟没有想到要实行这个制度"⑦感到遗憾。此外,陈季同认为,中国的教育比之欧洲教育也要高明许多,"中国的教育制度被建构得经久耐用,就像我们所见到的那样,反映出在建构它们时那种极为精细的智慧。通过对这些教育制度的研究,我们可以看到别的教育制度存在着何种缺陷"⑧。中国的教育中,陈季同认为最可贵的在于对人的美好品格的培养以及对家族观念的

---

① 陈季同:《中国人自画像》,黄兴涛等译,贵阳:贵州人民出版社,1998年,第48页。
② 同上书,第44页。
③ M·G·马森:《西方的中华帝国观》,杨德山等译,北京:时事出版社,1999年,第230页。
④ 陈季同:《中国人自画像》,黄兴涛等译,贵阳:贵州人民出版社,1998年,第7页。
⑤ 同上书,第7页、第108页。
⑥ 同上书,第7页。
⑦ 同上书,第43—45页。
⑧ 同上书,第75页。

灌输:"总而言之,教育指导我们首先必须理智地生活,要走正道,记住我们自己的身份,如果我们自尊自爱,会成为什么样的人,等等。"①

（二）悠久的历史与丰富的文学

中国悠久的历史和高度发展的文学也是陈季同努力向西方人宣讲的内容。在《史前时代》中,陈季同不无骄傲地宣称:"中国是世界上有历史记载的、拥有人类最为合理传统的最古老国家。""我们的治国之道远在埃及法老拟定他们的法典之前就已健全。"悠久的历史沉淀了中国人的智慧和复杂的情感,也造就了灿烂的文化。"借助于诗行的韵律,传统得以代代相续、不断衍传。"②在《诗经》与《古典诗歌》两节中,陈季同译介了许多中国诗歌中的经典之作,以诗歌作为描述中国人生活方式和情感的载体。陈季同评价《诗经》为"未经雕琢的宝石",在《陟岵》中,陈季同特别强调蕴涵在其中的"和平之爱、劳动和家庭之爱",认为正是这样的理想"构成了我们这个民族的特征"。《出其东门》、《静女》、《柏舟》等"纯洁而自然"、"浸透着微妙细腻令人着迷的情感"的诗篇,被陈季同认为是"如实描绘了当时人们的生活方式和风俗习惯。"③陈季同在《古典诗歌》中介绍了唐诗,所译介的唐诗多达 18 首(其中部分选用法兰西学院院士圣德尼的爱尔维侯爵的《唐诗选》的译文),最精彩的译笔当属白居易的《长恨歌》和《琵琶行》两首千古名作。前者被陈季同引为"作品中诗人的兴趣爱好与华丽的文体、生动的文采浑然一体"的最佳例证,后者则是"为了避免雷同和令人生厌","具独创性的"叙事诗的代表。④

除了译介诗歌,陈季同还选取了《聊斋志异》中《辛十四娘》、《聂小倩》等 26 篇编译成《中国故事集》。《中国故事集》表现了中国人丰富的精神世界。1889年,陈季同以编译的方式将中国的文学名著《聊斋志异》译成法文,在巴黎出版。译作名为《中国故事》,收入了《聊斋志异》中 20 多篇具有代表性的故事。⑤《中国故事集》一出版即在法国成为畅销书,一年中曾三次再版。次年,其英译本在

---

① 陈季同:《中国人自画像》,黄兴涛等译,贵阳:贵州人民出版社,1998 年,第 78 页。
② 同上书,第 90 页。
③ 同上书,第 96—104 页。
④ 同上书,第 135 页、147 页。
⑤ 分别是《王桂庵》、《白秋练》、《青梅》、《辛十四娘》、《陆判》、《乔女》、《香玉》、《侠女》、《仇大娘》、《画皮》、《恒娘》、《金生色》、《续黄粱》、《宦娘》、《云萝公主》、《婴宁》、《莲花公子》、《罗刹海市》、《黄英》、《张鸿渐》、《崔猛》、《聂小倩》、《巩仙》、《晚霞》、《阿宝》。

伦敦等地出版后,也大受英语国家读者的欢迎。陈季同将《聊斋志异》的每一篇都看作一个故事,认为"故事这种文学形式比所有其他形式更能完美地表现一个民族的内心生活和愿望,也能表现出一个民族理解幸福的独特方式。"① 在中国传统的文学中,像《聊斋志异》这样以鬼狐为主要角色的志怪小说,虽不能登入主流文学的门槛,却最能体现出市民阶层活泼丰富的精神世界,里面充满了奇幻的想象、动人的情感,特别是对女性角色的刻画异常生动,无论是女鬼或狐女,都有着鲜明的个性和执著的情感。在这些故事中,有对妇德的赞赏(《画皮》中的王生贪恋美色,被乔装女子的狞鬼裂腹掏心,王的妻子陈氏为救丈夫,甘心忍受食唾之辱),更多的则是对女性的情和欲的真实表现,女主人公为了自己的爱情和欲望,可以生死相随。《阿宝》讲述了美丽的少女阿宝和孙子楚之间的爱情,起初,孙迷恋阿宝成痴,魂魄跟着阿宝回家,又化为鹦鹉与其朝夕相伴。阿宝为孙子楚的深情感动,以鞋子为信物,待孙苏醒后与之成亲。几年后,孙子楚病卒,阿宝殉情,冥王为阿宝的深情与忠贞感动,赐孙子楚再生。有时,她们也可以自荐枕席,或是为了道义,做出令人惊叹的举动。《侠女》塑造了一个不爱言笑且身怀家仇的贫穷女子的形象,女子与男主人公顾生是邻居,顾母对女子多有照应,女子来到顾家,将顾生身边白狐化身的娈童除去,为顾生育一子。后来女子复仇心愿了却,离开顾生,并告诉顾生:"为君贫不能婚,将为君延一线之续。"从自荐枕席、生子到离去,侠女的选择完全处于自己的意愿。《婴宁》则描写了一个由鬼母带大的狐女,生长于山野,狡黠快乐,天真烂漫,与传统礼教之下的女子大相径庭。这些丰富生动的人物形象与西方人原有的想象是那样不同。西方人以为中国妇女只是一种弱小的没有主见和欲望的生物,中国人是呆板缺乏想象力的民族。婴宁、侠女等女性形象的出现,对于消解西方人的偏见无疑具有积极意义。

　　文学作品是一个民族个性与情感的集中体现,文学中传达的感情比一场争辩更容易打动人心。"一个民族理解幸福的独特方式"受到尊重与认可,这个民族才有可能被认同与接受,这应是陈季同传播中国文学的初衷。

　　在《东方与西方》中,陈季同表现出对中国戏剧艺术的喜爱与自豪:"我希

---

① 陈季同:《中国故事集》前言,见《中国人自画像》,黄兴涛等译,贵阳:贵州人民出版社,1998年,第297页。

望不久的将来,能有机会编辑出版中国舞台艺术的经典之作。……中国文学流派纷呈,以风格多样见长,有大量值得西方世界学习的东西。"在陈季同之前,有些法国学者曾零散地介绍了一些中国戏曲,例如儒莲(Stanislas Julien,1797—1873)曾翻译过《灰阑记》,此外还有巴赞翻译的《中国戏剧》和《琵琶记》。《中国人的戏剧》则是中国人首次以西文撰写的较为系统地向西方传播中国戏剧的作品,1886年出版后受到法国读者欢迎,一年内连印三次,评论界称赞此书具有"伏尔泰的讽刺和孟德斯鸠的深刻",甚至书中某些部分被誉为"可与柏拉图相媲美"①。这些评论都表明了该书的思想性与趣味性。前面提到,传播中国戏剧到西方,陈季同并非首创。1732年,耶稣会首批汉学家之一的马若瑟就曾翻译过元代纪君祥的《赵氏孤儿》,但马若瑟的译作仅译宾白,删去曲文,只保留了原剧的重要情节,未顾及中国古典戏曲有曲有白的统一性,以至于后来的欧洲作家、评论家等都只将眼光集中在该剧的故事离奇有趣或讲求"理性主义"等上面。此外还有王实甫的《西厢记》、李潜夫的《灰阑记》等在陈季同的《中国人的戏剧》出版之前也都有了法译本,但译者也均未对中国古典戏剧的特征作过详细分析。对此,陈季同认为"他们的文章尚不足以形成衡量我们文学精神特质的准绳"②。

　　陈季同的《中国人的戏剧》则结合了中西戏剧的比较,详尽解说了中西戏剧在舞台布景、戏剧情节安排、人物类型等方面的不同,并引入了"虚化"的概念,使西方读者对中国戏剧的特点有了一个更直观深入的了解。这可以说是弥补了此前中国古典戏剧对外传播中的一项空白,意义重大。另外,陈季同将该书的副标题定为"比较风俗研究",全书也确实是从中西文学比较的角度来阐述中国戏剧的特征。例如前面提到的"虚化"概念,亦即今天我们评价中国古典戏剧时常说的"写意"特征,如果不通过与西方戏剧的比较,是很难得出如此透彻的结论的。在比较中西戏剧的特点之外,通过《琵琶记》等剧目来宣扬中国传统的伦理价值是陈季同写此书的重要目的。除《琵琶记》外,该书还引用了《灰阑记》、《赵氏孤儿》、《看钱奴》、《来生债》等传统剧目。以陈季同多次引用的《琵琶记》为例,陈季同通过它向西方人解释了"孝",孝敬也是一种强烈而感人的情感。它

---

① 转引自李华川:《晚清一个外交官的文化历程》,北京:北京大学出版社,2004年,第31页。
② 陈季同:《中国人自画像》,黄兴涛等译,贵阳:贵州人民出版社,1998年,第155页。

激发伟大的行为和牺牲；这是一种指引行动的力量。……《琵琶记》……表现的孝的义务，可以用来定义我们的哲学……事实上，只是因为有了这种情感的影响，一个贫寒家庭才会有希望。① 陈季同甚至设想《琵琶记》的上演打动了全巴黎人的情景："这些迷人的中国趣味打动了全巴黎，全巴黎都被天朝征服了。"②

（三）幸福祥和的生活图景

完美的制度、灿烂的历史与文化，这些或许还比较抽象，构建"乐土"的重点当然是居住在其上的人。陈季同通过他的西文作品，极力描摹了一幅国泰民安、幸福祥和的生活图景。

幸福的生活衬以美丽的风景会更显其美妙。虽然生长于福建，陈季同却在《中国人的快乐》一书中谈到人们的日常生活时屡次以苏杭美景作为背景："夜晚，湖上、河上布满了灯火明亮的游船，到处飘荡着歌声笑语。岸边的别墅灯火闪烁，那里所能看到的只有迷人和幸福的笑容。"说到杭州西湖，在引用了许多著名诗句如"欲把西湖比西子，淡妆浓抹总相宜"之后，陈季同意犹未尽地声称："人类是无力描绘这位伟大的艺术家——大自然所慷慨馈赠的全部美景。"③

《中国人的快乐》一书出版于1890年，介绍了中国的传统节日、乡野之乐、各种娱乐游戏，最后以一位哲人所谈"达观者之乐"揭示出中国人所崇尚的快乐的实质——天伦之乐与达观的态度。

陈季同在该书的《序言》中说："游戏、仪式、节庆，尽管就实质而言，它们无论何处都一样，但是在每个国家，它们却有发自于各个民族共同的民族观念的独特个性。""我们的娱乐取决于我们的道德和哲学的观念，以及政治和社会的看法。"端午节、中秋节、七夕、春节……这些节日或是为了纪念先人，或是为了亲人团圆，表达的都是中国人重视祖先与天伦之乐的民族性格。

在描述节日习俗时，陈季同还引入了许多动人的民间传说和历史典故。牛郎织女的美丽爱情，财神爷的传说，各处名胜的典故，诗词……中国文化特有的质素的加入使《中国人的快乐》在整体风格上显得轻松风趣、意境优美。在《中国人自画像》一书中，陈季同谈论中国文化时笔调还较为严肃，而《中国人的快

---

① 陈季同：《中国人的戏剧》，李华川、凌敏译，桂林：广西师范大学出版社，2006年，第53页。
② 转引自李华川：《晚清一个外交官的文化历程》，北京：北京大学出版社，2004年，第74页。
③ 陈季同：《中国人的快乐·乡野之乐》，黄兴涛等译，贵阳：贵州人民出版社，1998年。

乐》中对中国社会的描绘是完全理想化的,愉快的心态流露在字里行间。作品本身的论题(娱乐与游戏)是影响行文风格的一个原因。此外,陈季同身居异国他乡,对家乡的怀念也会借着节日和童年游戏的回忆表达出来,书中诸多赞颂中国的溢美之词,其实是陈季同去国怀乡的心理投射。

"我找到了……一种假日里生活在家人和亲友之间的快乐!"①这句话正体现了陈季同的心态。

当然,陈季同写《中国人的快乐》的最大目的是向西方读者描述中国的节日和娱乐,并揭示中国人的民族性格。生活在欧洲,陈季同了解到"拥有娱乐的天赋是欧洲人最引以为豪的事"②。实际上,欧洲人对中国人的娱乐方式也十分感兴趣,中国人是否懂得娱乐以及怎样娱乐是陈季同在欧洲常常被问到的问题。基于此,《中国人的快乐》可以看成是对欧洲人的疑问的回答,扭转偏见的努力也依然贯穿在此书中。例如,在"餐桌上的快乐"一节中,陈季同谈到一位伯爵夫人,这位夫人养了一群小狗,却担心中国侨民会吃掉它们,于是她写信到中国使馆,声称万一她的一条狗不见了,她会放火烧掉公使馆大楼。陈季同则告诉伯爵夫人,如果哪天真丢了狗,还是先去问问待领处的警察。尽管故事带有一种嘲弄的意味,但被西方人想象成"凶狠的动物或野蛮人"③。对陈季同而言,这是一种感情与自尊的伤害。陈季同也意识到,消除成见不是短时间的努力就能达到的。通过描绘中国人的娱乐,将中国人的善良、知足、快乐、优雅、富有想象力等人性中美好的品质展示在西方读者面前,是消解西方人对中国的恶劣印象的最佳途径,因为民族的性格通过娱乐,"比通过任何一种方式都更能表现得淋漓尽致"④。

四、现实回望——19世纪末的中国与"东方乐土"的差距

陈季同曾在《中国人自画像·史前时代》中说道:"在整个古代史上,中国遥听着远处战场的搏杀之声,注视着每个社会灾难却与之无干。"以一派和平来描述中国古代社会显然有悖于事实,回望19世纪末的中国,国力衰退,阶级矛

---

① 陈季同:《中国人的快乐·达观者之乐》,黄兴涛等译,贵阳:贵州人民出版社,1998年。
② 陈季同:《中国人自画像》,黄兴涛等译,贵阳:贵州人民出版社,1998年,第114页。
③ 陈季同:《中国人的快乐·餐桌上的快乐》,黄兴涛等译,贵阳:贵州人民出版社,1998年。
④ 陈季同:《中国人的快乐·序言》,黄兴涛等译,贵阳:贵州人民出版社,1998年。

盾激化，特别历经了两次鸦片战争(1840—1842,1854—1860)以及太平天国起义(1851—1862)的打击之后，吏治腐败、经济危机、自然灾害等社会问题更加严重。陈季同出生于1852年，对于战争也许记忆不深，但他的成长以及求学阶段，晚清社会仍遭受着内忧外患，盛清的辉煌不再已是不争的事实。为何陈季同在作品中向西方人描述的中国仍会是个理想完美的国度呢？那些被陈季同有意无意遮蔽的事实是基于怎样的文化心态？从陈季同的经历与创作初衷上探究，有助于我们解开这个疑惑。

陈季同出身于书香门第，与其弟陈寿彭自小都受过良好的教育，虽然到陈季同兄弟这一代，陈家已经没落，但陈季同的成长过程一直相当顺利。[①] 由于陈季同聪明好学，16岁时参加船政局的考试也顺利通过，而从船政学堂的学生到毕业即被船政局录用，后随日意格游历欧洲，及至第二次随留学使团出国，年仅26岁的陈季同职务已是文案，一路走来，平平坦坦，意气风发。晚清困顿的现实并未在陈季同身上留下太多痕迹。到了欧洲，陈季同突出的外交才干和活跃性格更使他在外交界以及欧洲上流阶层中如鱼得水。这样的人生经历也令陈季同在回望自己的祖国时，视线中总是更多的是中国社会美好的一面。

去国离乡，对故土和亲人的追忆往往会通过作家的创作表露出来。怀乡的心情是影响陈季同描述中国时的客观性的又一个原因。陈季同在描述中国的各种节日习俗时，对于自己曾经的生活总是包含感情。在《中国人的快乐》一书中，陈季同集中描写了中国人的各种节日习俗和娱乐方式，这也是陈季同的著作中笔调最为轻盈的一部作品，"乡野之乐"、"餐桌上的快乐"、"各种游戏"……这些既是中国习俗的描绘，也是对过往生活和孩提记忆的重温，美好的感情自不待言。

个人的经历对于作家的创作或许只是种不自觉的影响，相比之下，写作目的之于作家的影响则带上更多自觉性的色彩。陈季同著书立意十分明确，即他在《中国人的快乐》序言中所说的，他所从事的是一项"让西欧了解东亚的使命"。了解的前提是具备正确的知识。如前所述，当时的欧洲人对中国的误解达到了惊人的程度。商人眼中可以获取利润的源泉，传教士眼中需要基督教文明拯救的民族，旅行者笔下有着种种怪诞传说的国度……那些从未到过中国的

---

① 据李华川：《晚清一个外交官的文化历程》，北京：北京大学出版社，2004年。

欧洲人更是对这个遥远的国度"既陌生又熟悉",用一套定型的话语解释着这个古老的东方民族。身处欧洲的陈季同对此感到无奈:"在欧洲,我不仅经常被问及一些极为荒谬可笑、愚不可及的问题,而且发现,甚至那些自称要描述中国的书籍也谈到了许多怪诞不经的事情。"他意识到:"错误的形成来源于偏见"。①

  以扭转偏见为的目的创作心态,首先体现在作者对材料的选择和夹叙夹议的写作方法上,《中国人自画像》正是最好的说明。除了从制度、文化和生活方式等方面重塑完美的"东方乐土"形象以消解西方人对中国的刻板印象之外,针对纳妾、缠足、弃婴等遭到西方人置疑的现象和问题,陈季同也积极予以回应。陈季同专门设了"妇女"一节来讨论中国妇女的地位问题,他并不否定中国存在缠足和纳妾现象,但他向西方读者说明了一点,缠足现象的存在,不能证明中国妇女是整天被关在家里的默默无闻的奴隶:"中国妇女也出门散步或乘轿出行,且从不戴面纱,不怕不怀好意的窥视。"②陈季同之所以作这样的辩白,原因在于西方人当时对缠足比较流行的一种解释是:"中国男人为了阻止自己的妻子成天在外面游逛而强迫她们裹脚。"③缠足更不能作为中国妇女整体愚昧无知的证据。由此出发,陈季同在文中进一步说明中国妇女在家庭中所具备的地位:"一旦迈进家门,男人就进入了女人的领地,中国妇女用欧洲女人从未有过的权威经营着这块领地。"④通过比较,陈季同认为中国妇女在家庭中实际的地位高于法国妇女。尽管妇女的荣耀是通过"相夫教子"获得的,是依附丈夫与孩子的,但陈季同的描述显然有助于改变西方人对中国妇女的想象——"可怜的生物"、"愚昧"、"默默无闻"。同样,对于纳妾制度,陈季同并没有捍卫它,而是通过与西方社会普遍存在的婚外情的现象进行比较,探讨纳妾制度在中国存在的合理性——避免了"私生子被抛向社会以后,身上带着无法抹去的污点,无依无靠"⑤。当然,辩解有时会引起矫枉过正,给人护短的印象。对于妇女问题,陈季同决口不提缠足和纳妾等习俗对妇女身心的伤害;而针对弃婴现象,陈季同除了强调政府的惩戒措施外,并未对人们的观念进行批评。但将陈季同的"矫枉

---

① 陈季同:《中国人自画像·序言》,黄兴涛等译,贵阳:贵州人民出版社,1998年。
② 陈季同:《中国人自画像》,黄兴涛等译,贵阳:贵州人民出版社,1998年,第33页。
③ M·G·马森:《西方的中华帝国观》,杨德山等译,北京:时事出版社,1999年,第225页。
④ 陈季同:《中国人自画像》,黄兴涛等译,贵阳:贵州人民出版社,1998年,第35页。
⑤ 同上书,第36页。

过正"放在晚清中西文化交流的背景之下来看待,又是可以理解的心态。西方人眼中被极度扭曲的野蛮的中国形象对于身处欧洲、对祖国怀有美好情感的陈季同而言,所引起的愤怒是可想而知的。

晚清社会现实与陈季同笔下"东方乐土"的差距,与其说陈季同无视于中国当时现状中的黑暗面造成认识上的失真,毋宁说是这种"失真"恰好是文化情感复杂性的表征。

第四节 陈季同的女性观:"新女性"与"传统女性"的错位

陈季同以西文作品重塑了一个"东方乐土"的文明形象,他消除偏见的努力也确实收到了效果:"在中法战争后,黑旗军遗留在法国人的脑海中,一种极恐怖的印象,陈季同将军来调和此事。他的意思是在越南稻田中的凶暴强盗之外,还有茶香之间可爱的中国。于是乎大家就满意。"①这"茶香之间可爱的中国",不仅拥有悠久的文明,人民的生活方式和思维方式也都值得赞赏。作者尤其花了很多篇幅描述中国的女性。女性的美、女性的生活和社会地位,传统的富有坚贞品质和牺牲精神的女性在陈季同的书中更是被屡屡表现。在他笔下,中国的女性形象是完美的。

陈季同 1891 年归国之后,在中西文化交流上主要是致力于引进西学。此外,陈季同还参与了当时一系列重要的社会活动,其中与妇女问题有关的就有参与上海中国女学堂及中国女学会的创建以及《女学报》的创办。这一系列活动对于女权、女学的积极倡导与陈季同在其西文著作中关于女性的表述体现出如下矛盾:西文作品中,他向读者展示的是充满智慧的妇女形象,她们生活幸福,享有相当高的社会地位,她们即使不接受教育也已经具备了"优雅与温柔……两大法宝",而"深奥的学问对于女人是无用的负担"。但他归国之后为提高妇女地位所作的努力又说明,对于当时中国妇女地位低下的现实陈季同是有着深刻的认识的。如果说这仅仅是理想与现实、想象与真实的错位,归国之

---

① 盛成:《海外工读十年记》,长沙:湖南人民出版社,1986 年,第 172 页。

后提升女权的活动是基于更清醒的认识,那么,陈季同在晚年创作《英勇的爱》仍然极力歌颂张樱桃这样的传统的坚贞女性,又是基于怎样的考虑?更有意思的是,陈季同在法国时娶法国女子赖妈懿为妻,晚年又纳了李氏姐妹为妾,这些选择又反映了陈季同怎样的女性观?本章所要探讨的正是这种矛盾背后的深层原因,力求对陈季同的女性观的形成以及变化做一溯源与追问。

一、"兴女学、倡女权"——"新女性"

对于妇女问题诸如女权、女子教育等问题的关注是晚清社会文化的一大特征。女性生活的状况,往往可被作为衡量一个社会文明程度的尺码。晚清的中国妇女问题中,最为西人诟病的是缠足,其次是妇女的地位问题以及与之相关的弃婴现象等。这些在来华传教士、外交官及外国商人笔下皆有详细记载。随着这些日记、游记在西方社会的出版,中国女人的小脚与中国男人的长辫成了中国人在西方人心目中的刻板印象。直至今日,这种成见仍未能完全消除。妇女缠足这一陋习可追溯至南唐后主时期,沿袭千年,其间亦不乏抗议之声,而自清朝顺治皇帝开始,清朝君主更是不断发布禁令,甚至以严刑峻法来禁止缠足。然而畸形的审美观却有着异常顽强的生命力,缠足在汉族女子中屡禁不止。中国妇女的裹脚招致了西方人诸多的非议。晚清文人也往往引用西人之言,痛陈裹足这一丑陋的社会现象。

陈季同于 1891 年归国,适值晚清社会反缠足运动方兴未艾,戒缠足已成为当时士大夫阶层普遍接收的共识。有识之士还把反缠足与兴女学联系起来,认为解放缠足只是使妇女成为有用之人的第一步,随之应是知识的扩充,一改"女子无才便是德"的传统思想。晚清知识界(尤指男性知识分子)看待妇女的观念的转变与甲午战败有很大关系。知识分子开始反省传统的政教理论、道德教育的弊端,而英国传教士李提摩太(Timothy Richard)有关生利分利之说(生利是指创造财富,分利是指产品分配),在以梁启超为代表的知识阶层中间影响很大,被广泛运用于反缠足与兴女学的讨论中。缠足女子与不学女子被归入分利者(即消费者)一类中。1897 年 4,5 月间,梁启超在《时务报》连载《变法通议》的《论女学》一章,论说兴女学之重要性,认为"妇人不学"为中国衰弱的根源。至此,妇女自养以使国家逐渐富强,成了梁启超为代表的维新派在女学问题上的基本观点,兴办女学也自然成为有识之士当务之急的一项事业。提倡女学,不可避免地遭到了一些保守人士的反对,蒋维乔就认为推及自由与女权,前提是女性要获得普遍的学识与道德,否则就如对着"三尺小孩,而语以自由自由,其不紊乱败坏者几希"①。但纷争虽多,女学仍是轰轰烈烈兴办起来了,女子教育被纳入社会教育体系,已成为不可逆转的潮流。在兴女学、倡女权的论争中,陈季同很显然是站在支持者的一方,并成为推动这一潮流的举足轻重的人物。

1897年11月5日,《倡设女学堂启》在《时务报》首要位置刊载,陈季同是中国女学堂最主要的创办者之一。光绪二十三年(1897)十月,陈季同与经元善②、严信厚、郑观应③、施则敬、康广仁、袁梅、梁启超等人首次集议设立中国女学堂。1897年11月21日,陈季同参加了筹备学堂的第二次集议,并提出由其法国裔妻子赖妈懿拟定日课章程:"他们之意,第一年先习语言、女红,第二年起察看材质,再进习他种学问,如医学、算学、史学、舆地、乐律等学是也。"④除了妻子赖妈懿积极参加学堂的创建活动,任女学堂的洋提调之外,陈季同的两个女儿陈骞、陈超亦参加了女学堂的各次活动。如1897年12月6日的中西女士的盛大聚会,此次聚会即是中国女学堂的第四次筹备会议。⑤ 陈季同所办的《求是报》1897年11、12月也刊出《创议设立女学堂启附章程》。

作为近代女学先驱者的中国女学堂,尽管未完全摆脱传统女教的痕迹,如课程中保留了与传统的"妇工"内容相近的缝纫、烹饪科目,《女孝经》《女四书》等也仍列入学习书目中,但整体上,中国女学堂还是趋新多于守旧,采用"中西并重"的教学方针,向当时教会所办的女子学校取法,特别是西学课程,更由中西女塾(*McTyeire Home*)的创办人林乐知(Allen·Young John,1836—1907年,美国新教监理会来华传教士)帮忙排出一至十年的课表。与传统女学相比,中西女学堂更强调女子的学识才能与国民意识的培养,在反对缠足等问题上更是十分严格。中国女学堂首次公布的章程中即已声明:"兹暂拟有志来学者,无论已缠足未缠足,一律俱收。待数年以后,始画定界限,凡缠足者皆不收入学。"次

---

① 转引自夏晓虹:《晚清女性与近代中国》,北京:北京大学出版社,2004年,第84页。
② 经元善(1840—1903),曾任上海机器织布局、中国电报局沪局会办,在沪创办经正书院,后改为经正女学。上海中国女学堂的主要创办人。著有《趋庭记述》《居易初集》等。
③ 郑观应(1842—1922),近代改良主义思想家和实业家,著有《救时揭要》《易言》《盛世危言》《罗浮待鹤山人诗草》等。除梁启超、经元善、郑观应外,其他所列也皆是沪上维新名士。
④ 参见李华川:《晚清一个外交官的文化历程》,北京:北京大学出版社,2004年。
⑤ 参见夏晓虹:《晚清女性与近代中国》,北京:北京大学出版社,2004年。

年又刊出修正章程,更加强调"尤以不缠足为第一要义"①。在这里,女子教育其实已担当起妇女解放的重任,并作为妇女解放的一部分成为晚清社会变革的一大亮点。

除了创办中国女学堂的活动中我们可以寻见陈季同的身影外,在其他的有关晚清妇女的文化活动中我们亦可找到这位文化人的踪迹。现今已知的第一份女报就是由上海中国女学堂的主持人创办的。从1898年5月17日开始,《新闻报》即连续刊出《中国女学堂拟增设报馆告白》。办报缘由则是"女塾初开,仅此一隅,终虑不足振动遐迩",故要"以通坤道消息,以广博爱之心"。《拟增设报馆告白》由学堂女提调与女董事共同署名,邀"中西贤淑名媛"为女报主笔。陈季同之弟妇薛绍徽得知,遂通过陈季同传话,表示愿意每月为《女学报》撰稿六千余字,且不取稿酬。由此可知,《女学报》虽由女子主笔,但其创建过程中陈季同功不可没。与中国女学堂创办宗旨一致,《女学报》一开始就偏重女子教育的内容安排,同时也很关注女权问题。"必使妇人各得其应有之权"早已写在中国女学堂的章程上。②

在晚清社会,与女子教育以及女权问题相关的还有女子团体的兴起,而开风气之先的依然是中国女学堂的创办者们创建的中国女学会。前述《女学报》即为中国女学会的会刊。女学报的主笔潘璇曾作过精妙概括:

> 这女学会、女学堂、女学报三桩事情,好比一株果树:女学会是个根本,女学堂是个果子,女学报是个叶,是朵花。……那女学会内的消息,女学堂内的章程,与关系女学会、女学堂的一切情形,有了女学报,可以淋淋漓漓的写在那里。③

潘璇的话正解释了女学堂、女学报、女学会三位一体的关系。根据《中国女学会书塾章程》,学会女董事为中国女学堂的出名捐资人,初时称"内董事",与由男性组成的"外董事"相区别。出于女子社团初创时期的中国女学会,其真正

---

① 参见夏晓虹:《晚清女性与近代中国》,北京:北京大学出版社,2004年;又参见夏晓虹《晚清文人妇女观》,北京:作家出版社,1995年。

② 参见夏晓虹:《晚清文人妇女观》,北京:作家出版社,1995年;夏晓虹《晚清社会与文化》,武汉:湖北教育出版社,2001年。

③ 参见夏晓虹:《晚清文人妇女观》,北京:作家出版社,1995年。

的灵魂并非居于幕前的内董事,而是位于幕后的陈季同、经元善、梁启超、郑观应等外董事。在 1897 年女学堂第四次筹备会议上,有西方妇女表示愿意任董事,各位女提调与女董事则答以"容转商外董事,在行送册,请列芳名",这正揭示了内外董事的真实关系。

从以上陈季同所参与的晚清涉及女学、女权的活动中,我们不难得出这样一个印象:这位学贯中西的前外交官在对待妇女问题上是持着较为开放的观念,积极投入提升妇女地位、提高女权意识的努力中。

二、西文作品——理想的"传统女性"

在西方人对中国的误解中,最令陈季同感到不快的是对中国的妇女的形象的误解:"我要大胆纠正一个错误,那就是把中国妇女当成愚昧、古怪的生物,以为她们默默无闻,到人间来只是为了生儿育女。"①《中国人自画像·妇女》针对的是 19 世纪西方人对中国妇女地位问题的诘难,对于西方人时常提到的纳妾、缠足等现象都作出了解释。在陈季同的笔下,中国的妇女活动的范围确实是以家庭为主,却不像西方人所想象地那般缺乏自由,妇女专攻家政之学,是一种恰当的"命中注定"的社会角色。关于中国妇女的家庭地位,陈季同强调,在家庭中,"中国妇女用欧洲女人所从未有过的权威经营着这块领地"②。母凭子贵、妻以夫荣,在陈季同看来,这是最正常不过的,同时也是妇女提高自身地位的方法。总之,陈季同在文中极力想表明的是,中国的妇女并非是"可怜的生物",她们有着相当的自由与家庭地位,即使有缠足习俗与纳妾制,中国妇女仍能够过着幸福安乐的日子。对于"小脚"问题,作者则是如此解释:"中国妇女和你我一样走路,她们甚至能踮着小脚跑动。"纳妾制的存在,是男女地位不平等的最突出体现,陈季同却对此避而不谈,反而认为纳妾制的设立可以有效避免因男人出外猎奇而使私生子被抛向社会的罪恶发生,他甚至从《圣经》中亚伯拉罕与妻子的女仆同房的事例为纳妾制寻找合理的辩护。陈季同觉得性别的差异并未给妇女造成不幸,因为,"增进女人的幸福是我们的传统"。夫贵妻荣、母凭子贵,这些将女性依附于男性的观念对于陈季同而言,似乎再自然不过。观察之下,

---

① 陈季同:《中国人自画像》,黄兴涛等译,贵阳:贵州人民出版社,1998 年,第 33 页。
② 同上。

陈季同发现,欧洲人在宣扬妇女地位的表现下,妇女并没有真正掌握自主的权利:"世上没有比法国妇女更依附于丈夫的人","法国妻子其实没有任何权利"。这些论述是不无道理的,即使陈季同自身也摆脱不了男性中心的观念但男女不平等的现象并非中国独有的问题。(男性优越感的存在甚至也不是某个时代的疾病,"把男性优于女性视为规律",至今仍是一个世界性的问题)谈到女性的教育问题,作品这样说道:"我们认为深奥的学问对于女人是无用的负担,这并不是羞辱她们……学问会使她们误入歧途。……家庭生活是最好的教育,它造就了中国妇女。"①作者认为中国妇女真正施展才干的领地是在家庭当中,男女有别则有利于形成和谐的社会风俗。

如上所述,陈季同所作的诸多关于妇女问题的辩白,虽然是针对当时欧洲人的偏见,②但是男女有别、男性优于女性、女子无才便是德,这些男性中心的观念在陈季同的西文作品中也时有体现。

此外,陈季同西文作品中着墨更多的是美丽、坚贞的具有传统女性美德的女性形象。

在《中国人的快乐》一书中,《永恒的女性》一章向西方读者展示了一幅诗意的美丽的女子画卷。《爱美的女性》一节详细描述了中国女性的装扮,对女性的风情大加赞赏:"她们知道如何征服即便是最严肃的男人,并以其夺人魂魄之物和不可抗拒的妩媚,奴役着我们每个人。"《著名的美人》描述历史上赵飞燕等以美丽闻名的女性;《半上流社会的女子》讲的虽是青楼女子,陈季同却对她们极力赞美,认为她们是兼有智慧与美貌的"珍珠"。对于这些女性的描绘最能体现陈季同身上传统士大夫"风流"的一面。在中国历史上,青楼女子与中国士人的关系千丝万缕难以斩断,她们的才情与柔情、美貌与身世,都是文人着迷并大力描写的对象。封建社会男女之大防使得文人们只能从这些处于社会下层的女子获得与异性交往的经验,但也正是她们当中,产生了历史上最才华横溢的女子,像写出"花开不同赏,花落不同悲。欲问相思处,花开花落时"的薛涛,怒沉百宝箱的杜十娘,还有秦淮八艳,一个个都是个性美貌才情深情兼备,没有她们,

---

① 陈季同:《中国人自画像·妇女》,黄兴涛等译,贵阳:贵州人民出版社,1998年。
② 古伯察《中华帝国》第1卷:"中国妇女的状况是最惨的,受苦、受难、受歧视,各种苦难和贬抑无情地伴她从摇篮一直走向坟墓。"参约·罗伯茨编:《十九世纪西方人眼中的中国》,蒋重跃、刘林海译,北京:时事出版社,1999年,第104页。

中国历史上就少了许多美丽的诗歌辞赋。如果说其他的篇章是陈季同为扭转西人偏见而极力辩白的话,对这些青楼女子的赞赏却是发自内心的。

《中国故事集》选译了《聊斋志异》中的《王桂庵》、《青梅》、《侠女》、《聂小倩》、《婴宁》、《辛十四娘》等故事,篇中的主角多为机智、善良的女性。陈季同所选译的篇章展现给欧洲读者一幅极富中国情调的世俗风情画,而这幅色彩纷呈的画中最吸引读者的应是诸多女性形象。中国传统文人酷爱"才子佳人"题材以及深藏的"妾妇情结"在陈季同身上留下很深的印记。《中国故事集》中所描写的那些为男性而勇于牺牲自己的善良、坚贞的传统女性,如《画皮》中王生之妻陈氏,那些自荐枕席、在男性主人公落魄颠沛之际给予精神与身体上的双重抚慰的美丽女性,其实大大有别于传统意义上的贞女贤妇,陈季同却依然将她们作为代表中国女性精神的经典向西方人宣扬,其中看似有观念上的矛盾,但实际上,无论陈季同眼中理想的传统女性具备怎样的品质,所谓"传统的女性美德"是以女性对男性的依附性为评判前提:女子的坚贞,其对象是男性;女子的守节,是男性对于女性的期望与要求;自荐枕席的行为,满足了男性肉体享受与精神受抚的需要,甚至是心理猎奇的需要;美丽与灵气,也是在男性的欣赏要求之下呈现的品质。

三、从"传统女性"到"新女性"

陈季同西文作品中表露的对传统女性美德的赞赏与他归国后在兴女学、倡女权方面所作的努力,显示出许多"错位"之处。例如他的文章中认为"学问于女子是无用的负担",但他的两个女儿陈骘、陈超都有相当的学识,归国后,创办女学堂、女学报,更是极力提倡女子受教育;他极力赞扬中国传统女性的贤良美德,却开华洋通婚的风气之先,娶法国女子赖妈懿为妻;他提倡女权,参与创办女学堂、女学报、女学会,却在晚年纳李氏姐妹为妾……

但是,"错位"仅仅是种表象,从"传统女性"到"新女性",陈季同的女性观的内核其实并没有本质的变化,无论是对坚贞传统的女性的赞美,还是对于所谓具有独立精神的女性的呼唤;无论是认为"女子无才便是德",还是积极提倡女学与女权,其实都是男性知识分子对女性的期望,他们所赋予理想女性的色彩,折射出的都只是男性中心的要求,而陈季同复杂的女性观仅是其中一个典型而已。以此为基点,对陈季同的女性观的理解,则是"错位之下并无实际差异,矛盾之中更有一致之处"。

实际上,清末维新人士整体上都存在着"矛盾"的妇女观。梁启超的《倡设女学堂启》开篇即是"上可相夫,下可教子,近可宜家,远可善种",据此可看出当时除了限于客观环境(保守派对"兴女学"的阻挠)不得不作的让步外,维新人士在妇女观上自身已经存在矛盾,提倡女子接受教育,开启女子自立自强自主的意识,看似十分高韬的言论,但这些对于大部分处于深闺中的女性期望过高不说,仔细考究,却发现这些期望仍旧摆脱不了男性中心的笼罩。女性仍是处于从属地位,一切都是从男性角度出发,相夫教子是传统思维,即使谈到"远可善种"或是振兴国家,也仍是在传统对女性的要求之外再添设了另外的责任,女性主体自身的声音并未得到表达,她们究竟想要怎样的生活?男女平等究竟是怎样的局面?这些问题显然都没有得到充分考虑。以梁启超、陈季同等人创办的中国女学堂为例,居于幕前的虽然是女性团体(内董事),但她们并没有独特的言论,所言说的其实仍是男性的期望。

清末时期在女学、女权等问题上,单是维新人士内部就已经意见繁杂。提倡女学与女权并非一件单纯的事,倡导者还要面对随之而来的各种社会问题,而争论本身已表明观念存在的不确定性和摇摆性。"新女性"比之"传统女性"应该有哪些方面的"更新"其实并非关键所在,问题在于,当对"新女性"的呼唤是由一群男性发出时,"新女性"与"传统女性"的差异就仅是一种表象的陈述,正如"巾帼英雄"与"红颜祸水",前者是男性的"身体"缺失时对女性的要求,后者是男性的精神承担缺失时对女性的指责。女性的价值或功过对错是以男性对女性的要求为转换的,所谓对女性的社会职责的要求,在本质上仍然是男性对女性的要求。陈季同娶法国妻子,是文化心态开放的体现,陈季同纳妾,难道就是思想趋于保守的证据?其实,当社会始终将女性的价值附庸在男性身上时,解放妇女本身就已经是一种悖论,那么,在男性的妇女观中,所谓的"开放"与"保守"并没有清晰的界限,或者说,"开放"与"保守"本身并无本质区别。

关于纳妾问题,在当时一举一动"为众人所仰望"的梁启超也不能避免两难境地,他虽拒绝了爱慕者何蕙珍,后来却纳夫人的侍婢王来喜为妾。而当时以男性为主体的报刊中,从《时务报》到《清议报》,也并未有反对蓄妾的文章。不缠足至关重要,因为关乎保种;兴女学也不可不提,因为"兴国智民,靡不始此"①,但为何不对纳妾制严加反对呢?一夫而多妻,显然是对女性的极度不尊重,陈季同、梁启超们对此问题却不像兴女学那般振振有词,又是为何?我们认为,在清末社会,男性知识分子在提倡女权时,主要是从"兴国保种"出发,并非真正的女权主义者,他们骨子里是不愿意提升妇女的社会地位的。因此这个时期关于女性的话语中,男权的色彩仍是非常浓厚,陈季同、梁启超在女权与纳妾问题上的"矛盾"仅是其中的一种反映。

可见,陈季同在西文作品中不遗余力赞美的"传统女性",与归国后和梁启超等维新同仁共同提倡的"新女性"之间并没有本质的区别,"新女性"的定义并不是以消解"传统女性"的内涵为前提。所谓"传统美德"与"女权"的提出者都是男性,是男性中心在不同时代与不同需求中的表现。陈季同于1904年发表的最后一部西文作品《英勇的爱》更是印证了这一点。《英勇的爱》刻画了张樱桃这位传统女性的形象,颂扬的仍是女子的坚贞美德。樱桃的未婚夫林长庚赴京会试,喜得高中,归途中不幸遭遇风暴,帆船在台湾附近海面沉没。长庚遇难消息传回来,樱桃仍坚持要嫁入林家,为从未见过的林长庚守节。在喜宴上,长庚意外归来,皆大欢喜。如果说张樱桃的形象代表了陈季同对"理想女性"的期望的回归,倒不如说陈季同的女性观其实从未有真正的变化。

第五节 陈季同的焦虑:游走在中西间的文化认同

一、中西文化观的"悖反"

一个古老而文明的国度,从历史文化到社会制度都臻于完美,这是陈季同向西方读者描述的"茶香之间可爱的中国"。通过陈季同的法文作品,我们看到的是他对中国文化诚挚的热爱,对自己的祖国深深的赞美。通过《中国人自画

---

① 《倡设女学堂》曰:"上可相夫,下可教子,近可宜家,远可善种,妇道既昌,千室良善,岂不然哉,岂不然哉!……夫男女平权,美国斯盛;女学布濩,日本以强。兴国智民,靡不始此。三代女学之盛,宁必逊于美日哉?遗制绵绵,流风未沫,复前代之遗规,采泰西之美制,仪先圣之明训,急保种之远谋。"——梁启超:《饮冰室合集》第一册(二),林志钧编,北京:中华书局,1983年,第19页、第20页。

像》《中国人的快乐》等书籍,陈季同向欧洲读者展现了一个祥和宁静的国度,人民富有智慧、性格平和,国家制度甚为完美,中国文化光辉灿烂……

陈季同的法文作品影响遍及欧洲,有英、德、意、西、丹麦等多种文字版本。欧洲人对这位东方人和他的思想之所以感兴趣并由衷欣赏,不是因为在他身上找到他们熟悉的东西,恰恰相反,陈季同的东方论调激发了欧洲读者的好奇心。陈季同面对欧洲公众表现出对中国文化的强烈自信,这种自信甚至令罗曼·罗兰感到"在微笑和客气的外表下",陈季同对欧洲人有着一种"内心的轻蔑"。

的确,陈季同在西文作品中不但极力赞美中国的一切,对于欧洲的批评也时常流露出来。通过中西的比较,陈季同发现了欧洲社会许多不尽如人意的地方。例如,陈季同认为中国的纳妾制度有其合理的地方,欧洲人以为纳妾制十分"粗俗下流",是因为他们没有反思欧洲社会自身存在的相似的、却更为不道德的现象——"欧洲男子找情妇相当容易,一男两家在基督教世界也并非闻所未闻"。这个现象引发的恶果就是私生子在社会上没有依靠、遭受歧视。陈季同说:"这些罪恶比纳妾制的残忍更加深重。"①陈季同对欧洲国家民主体制和自由原则提出质疑②,对西方文明的"侵犯性"特点更是觉得反感:"无法说服我们,让我们相信尚武精神是文明的一部分。恰恰相反,我们认为那是回归野蛮。"③旅欧的生活丰富多彩,陈季同在欧洲时几乎每天都要仔细记录所遇到的各种各样的事情,并称自己的记录为"质疑集"和"惊叹集"。可是,在饱尝了"西方树上"所结的"色味俱佳"的果实后,陈季同却认为:"欧洲的确是地球上旅游观光的最佳去处。但是,西方社会所能满足的毕竟只是那些属于人的肉体享乐的一面,且这种满足将会以厌倦乃至放荡不羁而告终。"④可见,陈季同对西方的认同更多的是在物质层面上。与此相对,陈季同对中国文明的独创性倍感骄傲:

地球上没有哪个国家能把某个文明体系的形成归功于它自己,并宣称它们的文明自成一体,也就是说它是独创性的,唯有我们中国人能够理直气壮地作出这种自豪的宣告。我们没有模仿任何人。华夏文明(Chinese Civilization)只存

---

① 陈季同:《中国人自画像》,黄兴涛等译,贵阳:贵州人民出版社,1998年,第36页。
② 同上。
③ 同上。
④ 同上。

在于中国。"对于中国的文学,陈季同更是认为"有大量值得西方世界学习的东西"①。甚至在演讲中骄傲地宣称:"我们不要你们的任何信仰、思想或者爱好,我们只相信自己……"②

在他的叙述中,读者时时能感受到他对西方文化的批评,对中国文化的褒扬。然而,在他的弟子曾朴的记忆中,陈季同表现了不同的文化观念。他不仅给曾朴详细地指导法国文学的知识,各个流派的风格,指点法译本的意、西、英、德各国的作家名著,表现出广博的西文知识,他更语重心长地告诫曾朴:

> 我们在这个时代,不但科学,非奋力前进,不能竞存,就是文学,也不可妄自尊大,自命为独一无二的文学之邦;殊不知人家的进步,和别的学问一样的一日千里,论到文学的统系来,就没有拿我们算在数内,比日本都不如哩。……弄成这种现状,实出于两种原因:一是我们太不注意宣传,文学的作品,译出去的很少,译的又未必是好的,好的或译得不好,因此生出重重隔膜;二是我们的文学注重的范围,和他们不同,我们只守定诗古文词几种体格,做抒发思想情绪的正鹄,领域很狭,而他们重视的如小说戏曲,我们又鄙夷不屑,所以彼此易生误会。我们现在要勉力的,第一不要居于一国的文学,嚣然自足,该推扩而参加世界的文学;既要参加世界的文学。入手方法,先要去隔膜,免误会。要去隔膜,非提倡大规模的翻译不可,不但他们的名作要多译进来,我们的重要作品,也须全译出去。要免误会,非把我们文学上相传的习惯改革不可,不但成见要破除,连方式都要变换,以求一致。然要实现这两种主意的总关键,却全在乎多读他们的书。③

加强沟通与交流,才能促进文化的相互理解,文学也是一样。但是,沟通并非简单的相互观望,可以看出,对待中西文学的交流上,陈季同已经意识到中国文学走向世界的最大障碍是嚣然自足的心态以及对其他民族文学的成见。事实上,文化是相互影响的,也是可以相互借鉴的,西方文化特别是文学有许多值得中国借鉴之处,中国若想真正获得西方的了解与尊重,前提是破除成见。

褒赞之外,陈季同在引进西学方面也有相当作为。戊戌维新前夕,他为了

---

① 陈季同:《中国人自画像·东方与西方》,黄兴涛等译,贵阳:贵州人民出版社,1998年。
② [德]海因茨·哥尔维策尔:《黄祸论》,北京:商务印书馆,第122页,1964年。
③ 曾朴:"曾先生答书",见胡适:《胡适文存三集》卷八。

让国内民众了解西方的法律,决心把法国的《拿破仑律例》译成中文,以使中国能够效法西方国家依法治国。陈季同在《求是报》上为翻译《拿破仑律例》开设了"西律新译"的专栏,栏目卷首即开宗明义:"拿破仑律例实为泰西各国律例之宗旨,即万国公法亦莫不引援而斟酌之。是拿破仑一律,洵泰西立国始基、富强之根本也。"①《求是报》总共出了12期,刊登了《拿布仑立国律》、《拿布仑齐家律》、《法兰西报馆律》等共12篇,包含了《拿破仑律例》的主要内容。陈季同还曾以"三乘槎客"为笔名,在《求是报》上连续译载法国作家贾雨的《卓舒及马格利小说》。除了法典和文学作品,陈季同还做了许多新闻类的翻译,登于在《求是报》的"西报译编"一栏中,内容多摘自法国报刊。

我们看到,同样是针对中西文化的差异,陈季同的观念表现出明显的"悖反",面对中西两种不同文化,以今天比较理性的眼光看,文化有差异存在,但并无优劣之分。但对于百多年前的知识分子,在对两种文化比较之余,"孰优孰劣"的疑问一定会时时叩击心房。陈季同同样表达了这样的疑惑:"在许多事情上,这两种文明是相反的,我们的想法和行动都不同于欧洲人。这是好是坏?我不知道,只有未来才能做出裁决。"②

二、解读"悖反"

针对陈季同的中西文化观的"悖反",我们从下面几点原因来进行解读:

(一)"沙子与大梁"之争——面对偏见的辩白心态

如前所言,文化强权引发的自我膨胀的心理是文化交流的障碍,陈季同称之为:"批评邻居眼里的沙子巨大,却看不见自家的大梁。"③意识到本民族文化自身的缺陷,才能以客观平和的态度看待不同的文化,才是解除对异质文化的偏见、理解其他民族习俗的关键所在。19世纪的欧洲恰恰处在高度的自我膨胀之中,随着西方的自我扩张,西方人的自我认同也不断加强,与此同时,中国之于西方的"他者"形象则被放置在停滞、落后、野蛮的位置上。带着西方中心的优越感,西方人在看待中国的文化和习俗时,总是以西方的价值判断和道德标

---

① 《求是报》第1期"西律新译",参李华川.《晚清一个外交官的文化历程》,北京:北京大学出版社,2004年。
② 参见李华川:《晚清一个外交官的文化历程》,北京:北京大学出版社,2004年,第134页。
③ 陈季同:《中国人自画像》,黄兴涛等译,贵阳:贵州人民出版社,1998年,第18页。

准为前提,如果说这是"主观的误解",那么,一些以猎奇为目的的旅行者带回的笔记将中国描绘成一个神秘甚至怪诞的国度,则在客观上更加深了那些并未到过中国的欧洲人对这个"遥远的东方国度"的偏见。"事实上,人们只有通过比较才能了解,而只有相互接触的东西才能比较,否则我们就会进入误区。现在流行的关于中国和中国人的所有偏见,根源即在于此。"[①]陈季同发现,欧洲人在对中国似是而非的了解中,看到的总是"邻居眼里的沙子",却往往"看不见自家的大梁"。在西方人看来,"邻居眼里的沙子"有哪些呢?纳妾、缠足、弃婴……对这些具体可见的问题的责难,实际上有一定的道理,但西方人往往借此从整体上否定中国和中国人,"未开化"的蛮族成为西方人形容中国人的套话。

怀抱着美好的理想、以外交官的身份来到欧洲的陈季同却发现,他深爱的祖国在西方人眼中是这般不堪的模样,此时的陈季同心里的失落感可想而知。面对西方文化,陈季同首先是一个中国人,一位中国外交官,他的言行代表的是中国的立场,当他"按照自己的亲身经历和了解来记述中国人的风俗习惯"[②]时,其文化心态也是中国的。欧洲的生活经历给予陈季同不同的生活方式和思考方式,但成年之后到了欧洲的陈季同,他的文化心性是源自中国的。

西方人看中国有诸般缺点,中国人看西方也有许多不足。陈季同在作品中时常以"邻居"代称东西方,表明中西之间的密切关系,但"沙子与大梁"之争在陈季同的西文作品也时时出现,更是这位文化人在面对偏见时的辩白心态的体现。陈季同著书目的在于扭转偏见,"让西欧了解东亚"。在他的作品中,对中国文化多有溢美之词是十分自然的。在辩白的心态之下,赞美中国而贬抑西方是陈季同的一种写作策略,同时也是中西对比的结果。欧洲读者对于陈季同通过比较得出的结论,包括陈季同对欧洲社会的一些批评(如婚外情、人心的冷漠等)似乎并不排斥,陈季同西文著作在欧洲的畅销即是证明。

作为一个有着中文功底,同时也熟悉西方文化传统的文化人,陈季同描写中国的作品在欧洲获得成功,还有赖于其身居欧洲而对欧洲读者的阅读口味相当熟悉的写作优势。法国汉学家考狄就曾说:"我从未见过比陈季同更彻底地

---

① 陈季同:《中国人自画像》,黄兴涛等译,贵阳:贵州人民出版社,1998年,第62页。
② 同上。

接受欧洲风格的中国人,实际上他对欧洲习俗的理解甚于他对本国风俗的理解。"[1]考狄所谈的是陈季同接受欧洲文化影响的方面,其实,我们不妨将之理解为陈季同对欧洲读者心理的准确把握。他知道,欧洲读者会对他的东方论调感兴趣,除了猎奇的心理,了解遥远他乡的民俗风情也是人的天性。如果说旅行者笔下的中国是以神秘甚至野蛮满足了西方读者对中国的想象,陈季同笔下的中国则是以美好的故事与美好的人物来说话,并逐渐消解了西方读者对中国的刻板印象。在特定的写作动机之下,策略既是对特定读者的期待视野的揣度,也是作家在叙述时所选择的特定角度。陈季同所理解的中国文化未必与他所表达的完全一致,中国文化在他身上的影响也是多方面的,而文化传统本身就是一个发展的而非静止的概念。但是,当一个作家想将他的祖国文化传达给一些具有完全不同的文化背景的读者时(尤其是这些读者对中国已经有了先入为主的"印象"),他的叙述是有选择的,在叙述的过程中,过滤掉一些东西,凸显一些东西,或是表达一种被美化的文化理想,都是很正常的。

(二)理性的反思与文化情感的不一致性

作为一个站在时代前列、对中西两种文化都有着深入了解的文化人而言,固守某一种文化而对其他国家的文化视而不见是不现实的。从陈季同的表现中我们发现他的文化观其实也并不偏执。归国后他在维新活动中的表现,创办女学堂、女学报,创办《求是报》引进西方法律典籍等,都说明了他面对中西两种不同的文明时,态度是理性的,并无妄自菲薄,也不狂妄自大。前文提到,他曾对曾朴分析中国的文学在世界文学中没有占据应有的地位的原因:"一是我们太不注意宣传……生出重重隔膜;二是我们文学注重的范围和他们不同。……所以彼此易生误会。"陈季同所分析的情况是确实存在的,在他眼里,中国的文学与别国的文学差异不在谁优谁劣,而在于传统的相异与沟通的缺乏造成的隔膜。陈季同在译介中国文学时也并没有"守定诗古文词几种体格",《中国人的戏剧》《中国故事集》等正是西方人所重视的戏曲小说,而晚年创作的轻喜剧《英勇的爱》,更是直接借鉴了西方的戏剧形式。可以说,在传播文化方面,陈季同并非想树立一种东方中心主义来压倒西方中心,尽管罗曼·罗兰谈到陈季同时说:"他自觉高于我们',将法国公众视作孩童……"但结合陈季同归国后的言

---

[1] 参见李华川:《晚清一个外交官的文化历程》,北京:北京大学出版社,2004年,第45页。

谈以及他一生中各个时期的努力,我们认为,"努力缩小地球两端的差距,缩小世上两个最文明的民族间的差距"①才是陈季同对中西文化最由衷的态度。从当时中西交流不平衡的背景来看,陈季同看待两种文明有着如此平和的心态是难能可贵的。尽管身在欧洲,陈季同去国时已是一个思想相当成熟的人,外交官的身份也使他不可能与国内完全脱节,现实中的中国是什么模样,陈季同不会一无所知,但他西文作品中所描绘的中国,为什么又是一幅完美的图景呢?这就涉及了理性反思与文化情感的不一致的问题。

"每一个人生活在世界中,又总是通过比较来寻找自己在文化传统中的位置。"②具备开放的文化接受心态使陈季同在看待两种迥然不同的文化时能有一个相对客观而整体的眼光,但当时中西交流的现状以及身处异乡所遭遇的文化冲突都使这位晚清外交官面临着比国内的知识分子更严峻的文化认同的问题。成年后才离开祖国,对于中国本土的文化往往已经有了先入为主的体认,而裹挟在异族他乡陌生的环境中,文化的迷失与焦虑也使得他必须找到自己的文化归依,这是一种文化情感的归依,理性的选择在此时往往成了更浅层的表现。诚如林语堂在《林语堂自传》中所说:"自我反观,我想我的头脑是西洋的产品,而我的心却是中国的。"比林语堂有过更深的中国文化浸润的陈季同更是如此,他也曾这样形容自己:"我已经学会了按欧洲人的方式来思考和写作。"③但思维方式无法代替文化情感的归属。

(三) 游走中西间的文化认同

作为一个旅居欧洲的中国人,身处异乡,脚踏两种文化,在西方文化的比照之下,当陈季同向祖国的一切回望时,"中国人"、"中国的"已被置于一种更宽阔的文化视野中,即一种中西比较的文化视野。另一方面,来自对传统文化的情感却往往因空间的疏离而更加浓厚。对西方文化在知识上的获得(陈季同在福州船政学堂时就已接触大量关于西方的知识)与真正面临西方文化的冲击,是完全不同的两码事。"前者有一个逐渐启蒙的过程,后者则会感到头晕目眩,在

---

① 《罗曼·罗兰高师日记》,转引自孟华为:《晚清一个外交官的文化历程》所作前言,北京:北京大学出版社,2004年。
② 胡勇:《文化的乡愁——美国华裔文学的文化认同》,北京:中国戏剧出版社,2003年,第62页。
③ 陈季同:《中国人自画像·序言》,黄兴涛等译,贵阳:贵州人民出版社,1998年。

精神上受到强烈的冲击和地震般的震撼。"①

在欧洲生活的16年,中西文化的对比或对话可以说无时无刻不摆在陈季同面前,而他给自己的定位是"传播中国文化的使者",并"就研究所及,指出西方文明与远东文明之间的异同所在"②。陈季同认为自己作为一个中国人,比那些旅行家们"更有资格"来向西方读者描述一个真实的中国。由此可见,在确认自己的文化身份时,陈季同首先是作为一个中国人在说话,无论他接受多少西式的教育,也无论他了解多少西方的观念,甚至无论他的思考习惯接受了多少西方思想的影响,他仍然是一个中国人,他的身上仍然刻着中国文化深深的烙印。特别是身处异国面临另一种文化的冲击时,文化身份的体认成为陈季同寻找自我的一种方式。胡勇在《文化的乡愁》中是这样表述人与文化传统的关系:"文化通过血缘、宗教信仰、风俗习惯、道德价值等塑造出有灵魂的人,即人总是从文化上证明自身的存在。"

文化认同与民族传统、历史文化、社会习俗等是联系在一起的,在不同的时空又有不同的表现姿态。身处异国,游走在中西两种文化之间,文化认同的焦灼感自然更为突出,而19世纪末中西方文化沟通上的隔膜、西方人对中国的偏见更使得陈季同必须以对立的姿态来表明文化认同,贬抑西方文化、将中国文化完美化,其实是陈季同在异质文化的强压之下的正常反应。通过对中国文化的认同,陈季同寻找到的是一种文化自信与归属感。回国之后,陈季同所感受到的来自西方强势话语的压力减轻许多,为中国辩白、扭转西方人对中国的偏见,此时已不再是"当务之急",对待西方文化的态度也自然不同。国内引进西学的热潮以及陈季同自身具备的西学背景和开放的文化接受心态,都是陈季同归国后对待中西文化态度发生转变的影响因素,但并不意味着对中国文化的认同发生根本改变。

尽管19世纪中国的文人士大夫们还称不上是真正意义的知识分子,很大程度上他们的生活还依附于统治阶级,但从他们的思考与影响社会的方式来看,我们仍是将陈季同等在18世纪末19世纪初这一群文人称为知识分子。从陈季同的身上,我们看到了在清末民初,社会产生巨变,人们的生活方式与思考

---

① 陈季同:《中国人的戏剧》前言,李华川、凌敏译,桂林:广西师范大学出版社,2006年。
② 陈季同:《中国人自画像·序言》,黄兴涛等译,贵阳:贵州人民出版社,1998年。

方式都发生根本变化的时期,处在时代与社会特殊位置的知识分子对文化的思考与反应。我们对社会转型期知识分子文化困境的考察,主要将对象锁定在清末民初与西方文化有过密切接触的知识分子身上,以陈季同为一个典型的例子,从文学著作、个人活动和文化认同的层面,探讨知识分子在面临异质文化交汇时的心态。

首先,对于陈季同,24 岁到了西方,虽然在成长过程中也接受过西方文明的一定影响,但在他身上所积淀的文化情感与文化人格,更多的是来自中国的文化传统。而陈季同生活在欧洲的时间是 1875 年到 1891 年,正是西方人对中国的印象以负面形象为主的时期,"传播中国文化"就显示出了另一层含义——让中西文明真正平等地交流。当时情况下,平等交流的前提是相互尊重,如何让中国赢得他国的尊重? 陈季同的作法是,用中国的伦理价值与西方的思想平等对话,以中国文化中美好的一面吸引西方读者,消解此前在西方人眼中野蛮落后的中国形象。

陈季同笔下所构筑的理想化的中国,与晚清社会现实实际上是有差异的,他在作品中宣扬的具有传统美德的女性形象与他在维新活动中所呼唤的新女性形象也似乎存在矛盾,不同时期陈季同的中西文化观更是表现出了"悖反"的姿态。我们从解读言行上、观念上的矛盾入手,得出如下结论:首先,晚清社会现实与陈季同笔下"东方乐土"的差距,是陈季同所处的文化困境在创作中的体现,"失真"恰好是文化情感复杂性的表征;其次,陈季同观念中的"理想传统女性"与"新女性"在男性中心的话语本质中,并无根本的区别,只是男权话语在不同时空的表述;再次,陈季同中西文化观的"悖反"是与其游走中西间的文化认同问题相联系的,文化姿态的改变并不意味着文化认同的根本改变。

晚清时期是中国传统文化的转型期,当代表着没落的农业文明的中国传统文化遭遇了代表新兴工业文明的西方文化,文化的冲突与融合在知识分子的观念与言行中表现得尤为明显。以陈季同为代表的晚清知识分子在面对多元的文化观念时的艰难抉择,是这个特殊时代别样的张力与魅力的体现。历史的复杂性,往往正是通过表象的矛盾揭示出来的,而知识分子的选择则代言了这种矛盾。

第六节 论林语堂笔下的苏东坡形象

中国的近代史,乃至世界史都是"西风压倒一切",西方的经验在强势军事与经济的裹挟之下,成为全球普适的经验。在这样的背景下看林语堂,就有其独特的意义。有感于当时西方文明中中国形象的"妖魔化",以及中国本土古典文明的消散、新继西化的粗陋,他以其独特的文化立场,倾其毕生致力于为中国文明代言,向西方也向东方读者介绍中国文明的深邃与灵动,甚至将其升华为生活的哲学,化东方文明为日常生活的理想状态,"无论如何只有人类的幸福才是一切知识的最终目标","在评定文明的时候,让我们不要对人类生活的真正归宿和理想视而不见"①。

"两脚踏东西文化,一心评宇宙文章",这是林语堂的治学涉世之道。他的一生都在从事着中西方文化交流这一事业:"对外国人讲中国文化,而对中国人讲外国文化"。比较起来,他对外国人讲中国文化是大大多于对中国人讲外国文化的。在林语堂的《八十自叙》中,他列出自己 36 种英文著述清单,总结道:"我的雄心是要我写的小说都可以传世。我写过几本好书,就是:《苏东坡传》、《庄子》;还有我对中国看法的几本书,是《吾国与吾民》、《生活的艺术》;还有七本小说,尤其是那三部曲:《京华烟云》、《风声鹤唳》、《朱门》。"②

本文拟从《苏东坡传》这部"好书"入手,分析林语堂笔下的苏东坡形象及其所代表的中国文明,为林语堂研究也为中西文明的交流再现一经典案例。

一、研究综述

名人书写名人本来就是一个十分丰富的话题,"近数十年影响最大的苏轼传,应算林语堂先生旅美期间用英文写成的《苏东坡传》"③,但林氏与苏氏的关系,以及林氏对苏氏的形象塑造,并没有得到很好的研究,大多情况下,苏东坡只是作为林语堂喜欢的一名中国古典作家,草草一提。

在大陆的林语堂研究中,万近平的《林语堂评传》、李勇的《自由的本真:林

---

① 林语堂:《中国人》,沈益洪、郝志东译,上海:学林出版社,1994 年,第 334 页。
② 林语堂:《八十自叙》,台湾:远景出版事业公司,1980 年。
③ 曾枣庄:《苏轼研究史》,南京:江苏教育出版社,2001 年,第 438 页。

语堂评传》与施萍的《林语堂：文化转型的人格符号》中，对林语堂的《苏东坡传》有独立章节。

万近平在书中第 16 章《失意年代的得意之作——〈苏东坡传〉和弘扬炎黄文化的译者》中，重点分析了苏传。成书背景中交代了《枕戈待旦》的触礁、打字机的倾家荡产、朋友的交恶、家事的不顺。但在这样的失意下，"林语堂根据自己所掌握的有关苏东坡的史料以及对苏东坡的认识，运用文学手法，塑造中国宋代大作家、大诗人苏东坡的形象。简单说来，就是把苏东坡这个人物写得站立起来了。无论读过苏东坡的作品与否，读《苏东坡传》都能留下较为深刻的印象"①。形式上，林的苏传对传记写作的手法作了新的尝试和开掘：特写式②，纵横交错的结构③，散文笔调④。同时分析了此书的缺点，认为在写作宋代变法及苏与王的关系方面，贬王扬苏，不尊重历史的真实性。

李与施的论述凸现了林笔下的苏东坡的人格魅力，以此潜在的将苏与林等同起来，倾向上用苏的形象为林代言。两者都立足于文本，对苏东坡形象进行分析。在前者中，强调苏东坡百折不挠的独立人格，不从众，不媚俗，永远都在怀疑、批判与否定，虽九死一生，但仍坚持自我，是不停思索、不停探求的"一个真正意义上的知识分子形象"；后者也侧重分析了苏东坡的品格，但偏重"快乐"二字，是一位身处逆境但仍超越苦难，努力获得幸福快乐的真实天才，不但在肉体上享受，精神审美中也是愉悦的，把"快乐"作为一种自我的生存哲学，从而坚持自我的一种美的历程。

在台湾，宋碧云翻译的林语堂的《苏东坡传》，1977 年由远景出版社出版后，陆续为之质疑、补正和评价的文章有：王保珍的《〈苏东坡传〉（林语堂著）的欣赏与补正》⑤；亮轩的《平原走马不系之舟——林语堂著，宋碧云译〈苏东坡传〉》⑥；

---

① 万近平：《林语堂评传》，重庆：重庆出版社，1996 年，第 255 页。
② "没有采取编年式平铺直叙的写法，而是把诗人生平分为若干阶段，每个阶段中选取苏最富有特色的活动、事迹来描写"见万近平：《林语堂评传》，重庆：重庆出版社，1996 年，第 362 页。
③ "时间为经，但横向穿插，特别是关于苏的逸闻趣事，增加了传记的丰富性和生动性"见万近平：《林语堂评传》，重庆：重庆出版社，1996 年，第 363 页。
④ "《苏东坡传》的写法虽近似于小说，但并未全用小说体，传中有不少类似于小说的情节和对话，而全书总的看来采用作者擅长的纪实散文，并且时而融入议论。""夹叙夹议，以今证古或以古证今，是林语堂常用的笔法，也是一种挥洒自如的杂文笔法。"见万近平：《林语堂评传》，重庆：重庆出版社，1996 年，第 364 页。
⑤ 载《书评书目》1977 年第 11 期。
⑥ 载《书评书目》1979 年第 4 期。

陈香的《评介三本苏东坡传(曾普信著〈苏东坡传〉,林语堂著、宋碧云译〈苏东坡传〉,邱新民撰〈苏东坡传〉)》①。从这三篇文章上看,亮轩主要持赏激态度,"字里行间,随处可见林语堂对苏东坡的痴爱,得意时为他庆幸、危险时为他焦虑、失意时为他愤愤不平……这一份赤子之诚,借着林语堂灵智闪动的彩笔……生龙活虎地表现出来,让读者得以和东坡先生也结下不可磨灭的缘分,我们真是有福气"。王保珍分析了林氏版本的苏东坡形象的可赞之处,"原序写得极其潇洒、痛快"。简单地就勾勒出了苏东坡的可爱、可敬之处,同时也指出了林氏笔下的苏东坡形象与史实不符处,包括:诞生日起、母亲的受教育程度、与堂妹间的感情色彩、赤壁赋的翻译、与王安石的关系等等,但并未深入分析产生差距的原因。陈香就以批判为主体了(承认是个大胆的尝试,英文版可打60分),他认为林语堂的苏东坡传是有意写给外国人看的,"支离破碎地割裂掉我们民族文化的优美气氛,扼杀掉亲切感"。

因此,本文拟在前人研究成果的基础上解决以下问题:林语堂塑造了什么样的东坡形象,他与中外其他同人传记相比有什么差异及如此差异的成因是什么,又说明了什么?

二、"儒、释、道"三位一体的经典中国人

"传记文学,顾名思义,既包含传记的真实性,又包含文学的形象性……成败取决于人物形象的塑造。"②《苏东坡传》首先是本传记,它要最大限度地忠实于历史;但传记隶属于文学,它又要尽可能地突破历史。一张一弛间,林语堂塑造了中国历史上最为高大丰满的文人经典——苏东坡。苏东坡是中国文化所粹养的最好结果——儒、释、道三位一体的经典人物。"确实,要对苏东坡的'人品个性做解释'是'徒劳无功的',但时至今日仍以林语堂的解释最为成功。"③

中国文明到底有何可取之处,为何它能延续上下五千年之久?儒教作为中国士人阶层信奉的圭臬,从古至今培养了许多苏东坡这样忧国忧民的仁爱大家。所谓圣人君子,苏东坡当之无愧。

---

① 载《书评书目》1980年第6期。
② 万近平:《林语堂评传》,重庆:重庆出版社,1996年,第255页。
③ 曾枣庄:《苏轼研究史》,南京:江苏教育出版社,2001年,第440页。

拆"国家"一词,展开而论。《孟子·滕文公上》载:"使契为司徒,教以人伦:父子有亲,君臣有义,夫妇有别,长幼有序,朋友有信。"五伦是儒家思想的精粹,那么,苏东坡是如何建立他的"礼治"世界的?

苏东坡是好儿子、好兄长、好父亲。父慈子孝、兄友弟恭,父母兄弟骨肉情如四川眉山丰腴的山水滋润着苏东坡的灵魂,整个卷一(除了第一章对苏东坡的生平作了个概述)用四章文字构建了一个其乐融融和睦美满的家庭。第五章《父与子》讲述了三苏与两位儿媳举家迁徙、途中畅游三峡的美妙经历。家和万事兴,三苏能成就如此大名,是与他们的家庭密不可分的。至于他与子由的手足之情则是文章的重点,贯穿全书始终,他们互相唱和,互相牵挂,互相扶持……"兄弟之间的友爱与以后顺逆荣枯过程中的手足情深,是苏东坡这位诗人毕生歌咏的题材"①,《水调歌头》一出,天下写"月"篇为之黯然。

朋友,则是他生命中不可或缺的部分,上至王公贵族,下至走卒贩夫,无论尊卑,都能获得东坡居士的真诚相待。看他对敌人的宽容,就可以窥见他对朋友的忠义。当王安石退出朝政幽居南京,苏东坡由黄州晋京上任官职时路过,他拜会了王安石,两人"探讨诗与佛学多日"②,不再有剑拔弩张的对立,相逢一笑泯恩仇。当年政敌章惇迫害苏东坡甚深,晚年也遭贬至雷州半岛,他的儿子担心苏东坡再次当权后会还施报复,写信与苏,以得他一言③。当时的苏东坡已重病在床,但仍提笔回信,宽其心思,"某与丞相定交四十余年,虽中间出处稍异,交情固无所增损也。闻其高年寄海隅,此怀可知。但已往者更说何益?惟论其未然者而已"④。

当然,还要再提及的是,虽然苏东坡一生命运坎坷,历尽天堂和地狱,但在其最苦最落魄之时总有佳人相伴左右,这让多少文人骚客追思景仰慨叹不已?从元配夫人王弗到续弦妻子王润之到侍妾朝云,哪个不是贤惠温柔,一直同甘共苦、祸福相依?文人大丈夫,可以不要江山社稷,不要万贯家财,不要美酒美食,但岂能没有佳人相伴红袖添香?她们是东方女性的代表,美丽、聪慧而母性,这也是林语堂关于女性魅力的最高标准。

---

① 林语堂:《苏东坡传》,张振玉译,天津:百花文艺出版社,2000年,第31页。
② 同上书,第240页。
③ 同上书,第367页。
④ 同上书,第368页。

在儒家体系中,家庭是国家的基础。"'五伦'中的四项关系都与家庭有关……家庭成了所有道德行为的出发点"①,"家庭的道德教育是全社会道德教育的基础,通过家庭的道德教育,应该出现一个人民生活幸福和谐的社会"②。

苏东坡真正实现了儒家理想。他出仕为国,兼善天下,抱着治国平天下的宏愿,激扬文字,涤荡陈腐,气势横流;他不知道明哲保身,也无所谓宠辱生死,他的一生起起落落,都在流放的路上行走。

尽管文字为祸,却疾恶如仇,遇见不平,则"如蝇在食,不吐不快",虽九死而不悔,而且环境越险恶,诗文越丰收精彩。"他自然常遭遇到道德的矛盾,一方面要保持英雄本色,不失其与生俱来的大无畏精神;另一面又要顾到同样重要的明哲保身这一人生的本分……往往他宁愿保持他的英雄本色。"③因此,苏东坡除了山水田园的优美诗文,还留下了大量动人的抗暴诗、奏议、政论、札记等作品,用文章说话。他要求"广开言路",力争文人应独立思考、敢于批评;反映了底层劳动人民生活之艰难,表达了对苦难的同情;还单枪匹马,只身向朝廷的腐败无能宣战,写出了对小人的蔑视挖苦,但也流露了对未来的隐忧不安,对无能为力的无奈叹息……"乌台诗案"是莫须有的文字狱,苏东坡为此遭受了莫大的精神屈辱与折磨。"顷刻之间,拉一太守,如驱犬鸡。"④苏东坡及其家人因之担惊受怕,皆以为必死无疑。但其获释出狱后,却又当天赋诗如下,继续犯"对帝王大不敬之罪":

> 平生文字为吾累,
> 此去声名不厌低。
> 塞上纵归他日马,
> 城东不斗少年鸡。⑤

苏东坡不仅仅是文人,为官一方也政绩卓绝。乌台诗狱的被贬流放,并未使其消沉隐退;东坡居士的平民生活,让他更加了解民生疾苦。"苏东坡若回到

---

① 林语堂:《中国人》,沈益洪、郝志东译,上海:学林出版社,1994年,第181页。
② 同上书,第184页。
③ 林语堂:《苏东坡传》,张振玉译,天津:百花文艺出版社,2000年,第135页。
④ 李一冰:《苏东坡大传(插图本)》,北京:九州出版社,2006年,第146页。
⑤ 林语堂:《苏东坡传》,张振玉译,天津:百花文艺出版社,2000年,第195页。

民众之间,那他就犹如在水中的海豹。"① 在《工程与赈灾》、《百姓之友》两章中,林语堂集中描述了苏东坡在杭州当政期间,贴近百姓,体恤民情,竭力造福百姓的种种举措,包括修官舍、建城门、缮谷仓、实施公共卫生方案、兴修水利、改善供水系统、疏浚运河、改造西湖、设立医院、公布药方、赈济灾民、破除陋习,等等。这些都表明了苏东坡是实实在在的"百姓之友"。他曾七次上表皇上太后,请求宽免贫民债务,以减轻王安石新政之恶果;他未雨绸缪,深信"一分预防胜过十分救济",灾年饥荒是可以防止的,但别人却无动于衷,反而唱高调谎报丰收,至于赈灾款项批下来后,却又被各路权小拦截剥夺……

苏东坡无可指责,但为什么他的努力却付之东流,不见成效?要理解苏东坡,就要进一步地了解当时的历史背景。

当其时,"王安石变法"及其一系列的政治斗争,影响了苏东坡的一生,也正是在这些政治斗争中,林语堂表述了他对于专制制度的批判。

然而,王安石变法又是中国历史上一桩几经变动而又难以了结的历史公案:晚清以前近800年的评价大抵持否定态度,王安石变法"祸国殃民",变乱祖宗法度,各项新法是聚敛之术、兴利之道。到了20世纪上半叶,梁启超的《王荆公》为王安石及其变法彻底翻案,他用社会主义学说类比王安石新法措施,把王安石称为社会主义学说的先行者。1949年以来的评价,肯定王安石及其变法:变法是地主阶级的一个改革运动,代表着中小地主阶级利益,变法在实现其富国强兵、加强宋朝封建专制统治的同时,还推动了宋代社会生产力的发展和历史的前进。值得一提的是,他们把王安石变法的失败原因一般归结为保守势力的强大、变法派内部的分裂以及宋神宗的动摇和过早的去世,完全否定了司马光及其反对派,认为以司马光为首的守旧派的政治运动阻碍了历史的前进。②

克罗奇说:"一切历史都是当代史。"朱光潜在《克罗齐的历史学》论文中曾对这一命题作了阐发,引述如下:"没有一个过去史真正是历史,如果它不引起现实底思索,打动现实底兴趣,和现实底心灵生活打成一片,过去史在我的现时思想活动中才能复苏,才获得它的历史性。所以一切历史都必是现时史……着

---

① 林语堂:《苏东坡传》,张振玉译,天津:百花文艺出版社,2000年,第199页。
② 李华瑞:《一桩难以了结的历史公案》,载2005年3月7日《北京日报》。

重历史的现时性,其实就是着重历史与生活的连贯。"①所以,我们必须从现时的角度解读王安石变法的那一段历史。

在林语堂笔下,改革者王安石是专制的代表人物,固执狂妄、雄心勃勃且不近人情。他是作为苏东坡的反衬形象来塑造的,东坡快乐自由富于人情,他则阴沉专制僵硬呆板。全书用了三章,即第七章《王安石变法》、第八章《拗相公》、第九章《人的恶行》,比较集中地描写了王安石及其变法,认为:王安石人性上有缺陷,刚愎自用,但王本人却不是大奸大恶之辈,相反,还是为官清正,不好金钱与女色。② 王安石变法欲以"国家垄断资本主义"取代"自由竞争的私人资本",从而增加财政收入,实现国富兵强。抛开在不同文化语境下由表述策略所需而采用的这些奇怪称谓,林语堂对此次变法基本持否定的态度;但他并非从措施的初衷上批判,他是就变法的结果而言,认为这次改革彻底地失败了。这些措施设定的本身并没有问题,出发点都是为了人民。那么,我们要思考的问题就是,为什么一个人加一个皇帝就可以与整个朝廷的官员作对?为什么大臣反对的命令能够得到执行?为什么"这项美丽纯正的计划原本是为农民之利益而设,结果竟一变而为扰民,弄得农民家破人亡?"③为什么一个人可以毁灭一个帝国?谁应该为朝代的兴衰更迭负责?谁之过?

林语堂在《苏东坡传》中大肆颂扬御史监察制,认为这是祖宗之法的根本,大有深意所在,它包含了两重的政治理想:一是君权民授,一是政当容清议④。儒家的政治体系总是摆脱不了"君子治国",要有名君明主,才能寄托并实现自身的政治抱负。但无名君明主之时,国家怎么办?

林语堂的故事讲出了另外一个变法失败的重要原因,那就是专制的必然结果。孔子所谓仁政,是基于圣贤当道的假设,"民贵君轻"是重要的治国基础,监察督护是必要的行政手段。但在专制下,就算统治者是明君,也还有小人作祟,导致再好的变革举措也成为白费,"对国运为害之烈,再没有如庸妄之辈大权在

---

① 于沛:《如何看待"一切真历史都是当代史"》,载 2006 年 4 月 4 日《光明日报》。
② "王安石的悲剧是在于他自己并不任情放纵,也不腐败贪污,他也是迫不得已。要把他主张的国家资本计划那么激进、那么极端的制度付诸实施,必得不顾别人的反对。"见林语堂:《苏东坡传》,张振玉译,天津:百花文艺出版社,2000 年,第 103 页。
③ 林语堂:《苏东坡传》,张振玉译,天津:百花文艺出版社,2000 年,第 90 页。
④ 同上书,第 116 页。

握、独断独行时之甚的了"①,"官僚总会有办法把圣旨变成一张废纸的"②;不但如此,他们还能竭尽所能地歪曲事实,因为他们知道,"官吏的腐败是受到鼓励的,因为没有刑罚"③,专制滋生腐败,受苦的永远都是百姓及那些正直的儒臣们。人民"只有两条路走:一是遇歉年,忍饥挨饿;一是遇丰年,锒铛入狱"④。这是注定的结局,正如苏东坡所属的保守党预测的一般,他们从经验出发,在历史的教训中已经明白了事情的结果;但反对无效,他们因正直的固执,送掉了自己的仕途,甚至搭上性命。如果国家的最高统治者连基本的德行都不具备,就如书中的宋哲宗,国家将陷入腥风血雨,好人唯一的去处就是监狱。"若把这第二次对儒臣的迫害和王安石的放逐政敌相比,第一次迫害,只是小孩子的把戏而已。"⑤苏东坡等元祐党人在小人当道的荼毒之下,陷入极为悲惨的境地。小人们不计后果不留余地地整治政敌,甚至连死人也不放过,同时制订了一整套摧残政敌及其子女后代的计划。北宋帝国就此在劫难逃。

儒家的治国理想在专制体制下,只能破产。再完美的计划,在专制体制下都是行不通,注定要失败的。"中国人追求情理的精神以及由此产生的对逻辑感到的极端痛苦,导致了一种不良后果:中国作为一个民族很难对一种制度树立起任何信心。因为一种制度,一个机器,总是非人道的,而中国人则痛恨任何非人道的东西。对法律和政府的机械观念的痛恨非常强烈,使得一个法治政府在中国简直无法生存。"⑥中国人明白专制的缺陷,但上下五千年来都深陷在专制的怪圈中,并没有找到适合儒家政治的土壤。

然而,仅仅是儒生,并不是太讨人喜欢,苏东坡的伟大在于,"他是道地的中国人的气质。从佛教的否定人生,儒家的正视人生,道家的简化人生,这位诗人在心灵识见中产生了他的混合的人生观"⑦。正是在这样人生观的指引下,苏东坡成就了他的灿烂天才。

儒家是出仕的哲学,佛道则是隐世的生活态度。但在苏东坡身上,儒、释、

---

① 林语堂:《苏东坡传》,张振玉译,天津:百花文艺出版社,2000年,第7页。
② 同上书,第298页。
③ 林语堂:《中国人》,沈益洪、郝志东译,上海:学林出版社,1994年,第212页。
④ 林语堂:《苏东坡传》,张振玉译,天津:百花文艺出版社,2000年,第304页。
⑤ 同上书,第319页。
⑥ 林语堂:《中国人》,沈益洪、郝志东译,上海:学林出版社,1994年,第121页。
⑦ 林语堂:《苏东坡传》,张振玉译,天津:百花文艺出版社,2000年,第9页。

道是一体的,出而为官,他放达旷逸;遭贬流放,仍忧国忧民。

在杭州任判官时,苏东坡游历周边名山古刹,与山僧主持说禅论理,甚至玩笑地让名妓与高僧在神圣的庙堂会面。在与佛家交往的趣闻轶事里充满了思辨顿悟的快乐与机智狡黠的佛理。在林语堂的笔下,苏东坡明白佛教的真意——生命是某种东西刹那间的表现,正是因为世事无常、时间无情,所以才更应该珍惜;但他却不愿意接受人生是重担、是苦难的说法。苏东坡的卓越之处在于,他是彻悟了人生之后又更加热爱人生,是空而后的执。在经历了乌台诗案的死里逃生后,苏东坡开始思考人生的意义,这个时候的佛理就转换了原来快乐的基调,回归到现实。他说"生命犹如爬在旋转中的磨盘上的蝼蚁,又如旋风中的羽毛"[1]。"但他的儒家思想又把他拖往了另一个方向……倘若佛教思想正确,而人生只是一种幻觉,人应当完全把社会弃之不顾,这样人类就非灭绝不可,那一切都空空如也才好呢……所谓解脱一事,只不过是在获得了精神上的和谐之后,使基层的人性附属于高层人性,听其支配而已。一个人若能凭借理性上的克己功夫获得此种精神上的和谐,他就不需完全离开社会才能获得解脱了。"[2]

道家则是每个人心底自发的浪漫主义,"人具有隐藏的情愫,愿得披发而行吟,可这样的行为非孔子学说所容许。于是那些喜欢蓬头跣足的人走而归于道教"[3]。道家强调返归自然。苏东坡写得最好的文章总是在自然中汲取了力量,他的意象、他的题材、他的精神都来自自然的给予。他吟诗作画、题字建屋、游山玩水、赏花观月、宴饮歌舞、酿酒造食、练功炼丹、健体养生,无论身处何地,总能自得其乐。苏东坡遭贬黄州,贫困并未消其志趣,反而成就了"东坡居士"的美名。他整日与自然为伍,《赤壁赋》一章中,饮酒夜游处处体现了东坡的旷达自在。

显达的荣华富贵,孤独的颠沛流离,政治不管翻多少花样,苏东坡依然保持天真淳朴,这是经历了大喜大悲之后的宠辱不惊、返璞归真。并不是所有的人都能忘却痛苦,即使李白,浪漫诗情中脱不了苦闷的抑郁,但苏东坡却可以消解

---

[1] 林语堂:《苏东坡传》,张振玉译,天津:百花文艺出版社,2000年,第200页。
[2] 同上书,第201页。
[3] 林语堂:《中国人》,沈益洪、郝志东译,上海:学林出版社,1994年,第124页。

他经受过的磨难。"他的一生是载歌载舞,深得其乐,忧患来临,一笑置之"。挫折给了他丰富的情感沉积,一次次变迁给他思想升华提供了基点,因此,当他以精神自由俯瞰人生时,他的灵魂终于无拘无束、放达无为。难怪林语堂称之为:"为父兄、为丈夫,以儒学为准绳,而骨子里则是一纯然道家。"①

总之,苏东坡是中国文化粹炼的结果,代表着富于活力的中国文化所能给养的富于魔力的中国心灵。"苏东坡是个秉性难改的乐天派,是悲天悯人的道德家,是黎民百姓的好朋友,是散文作家,是新派的画家,是伟大的书法家,是酿酒的实验者,是工程师,是假道学的反对派,是瑜伽术的修炼者,是佛教徒,是士大夫,是皇帝的秘书,是饮酒成瘾者,是心肠慈悲的法官,是政治上的坚持己见者,是月下的漫步者,是诗人,是生性诙谐爱开玩笑的人。"②这些还不能概括其全貌。

三、中西视野里的苏东坡形象

从以上分析中,我们不难看出林语堂塑造了快乐天才——苏东坡的形象。我们接下来要探讨的是,这一形象与同人传记中的形象有何差异及产生差异的原因。

林语堂笔下的苏东坡是快乐的、积极的,这是与国人塑造的苏东坡形象最大的不同之处。国人笔下的苏东坡形象是沉重的,虽也肯定其艺术成就,但在苏东坡的整个人生塑造上是悲怆的,政治抱负被压抑,不断遭贬流放,生活困顿不安,甚至在诗文中也充满着"对人生的厌倦与感伤"③,带着"彻底解脱的出世意念"④。"苏轼一方面是忠君爱国、学优而仕、抱负满怀、谨守儒家思想的人物……但要注意的是,苏东坡留给后人的主要形象并不是这一面,而恰恰好是他的另一面,这后一面才是苏之所以为苏的关键所在。苏一生并未退隐,也从未真正'归田',但他通过诗文所表达出来的那种人生空漠之感,却比前人任何口头上或事实上的'退隐'、'归田'、'遁世'要更深刻更沉重。因为,苏轼诗文中所表达出来的这种'退隐'心绪已不只是对政治的退避,而是一种对社会的退

---

① 林语堂:《苏东坡传》,张振玉译,天津:百花文艺出版社,2000年,第8页。
② 同上书,第6页。
③ 李泽厚:《美的历程》,天津:天津社会科学院出版社,2001年,第264页。
④ 同上书,第267页。

避……而是对整个人生、世上的纷纷扰扰究竟有何目的和意义这个根本问题的怀疑、厌倦和企求解脱与舍弃。"[1]

为什么会产生这样的区别？我们拟从林语堂独特的中西文化观上作出解释。

"林语堂完全明白应当如何对付西方读者——在开始写小说之前就懂。"[2]但了解西方的胃口并不代表迎合西方的胃口，至少在《苏东坡传》中不是这样的。作者立足自己的东西方文明观，巧妙运用西方想象并重塑西方想象，在这个意义上体现了自身的学术价值。

资料表明，林语堂在写苏东坡时，正是他处境艰难之时。明快打字机的发明让林语堂"十几万美元"[3]的财产付诸东流，还背上了一大笔债务；"义女金玉华来美又回国，大女儿林如斯的逃婚，给林语堂情感打击不小"[4]。因此，林语堂把苏东坡当作自己的精神导师，用他的形象梳理自己的精神信仰，在至为艰难的时候，通过苏东坡慰藉自己，从中汲取"信仰"的力量，让自己在逆境中能够处变不惊，安然渡过。

王兆胜在《林语堂：两脚踏中西文化》中，从各个方面分析了林"两脚踏东西文化"的种种现象，说明"一团矛盾"的林语堂是"西洋头脑、中国心灵"，"这是他能够将中西文化沟通和融合最核心的圆点"[5]。那么，林语堂将中西文化融合成了什么？

在著作《信仰之旅》中，林语堂探求了自己一生的思想历程。他自小信仰基督教，中间产生怀疑，转而探求东方宗教（儒、道、佛等），最后又回归基督教。"在别人推理的地方，耶稣施教，在别人施教的地方，耶稣命令。他说出对上帝的最圆满的认识及爱心，要彼此相爱。"[6]要彼此相爱，这可以说是所有宗教的归宿，也是一切思想可以融合的基点。在这个意义上，林语堂将东、西方宗教的本质统合在一起。"我们在这里面对着一种宇宙的奇怪的事实，即是人有纯洁的、神

---

[1] 李泽厚：《美的历程》，天津：天津社会科学院出版社，2001年，第262—263页。
[2] 赵毅衡：《林语堂与诺贝尔》，见张立国《速读中国现当代文学大师与名家丛书——林语堂卷》，北京：蓝天出版社，2004年，第241页。
[3] 林太乙：《林语堂传》，台北：联经出版事业公司，1989年，第193页。
[4] 万近平：《林语堂评传》，重庆：重庆出版社，1996年，第352页。
[5] 王兆胜：《林语堂：两脚踏中西文化》，北京：文津出版社，2005年，第198页。
[6] 林语堂：《信仰之旅》，胡簪云译，北京：新华出版社，2002年，第219页。

圣的、想为善的愿望,而人爱人及帮助别人是不需要解释的决定的事实。"①林语堂称这种愿望为直觉,而不是信仰,是一种健全的本能,天赋的道德意识。宗教是个人的事,他反对教条和教派,称其为"性灵上的独断主义",损害了本能。"这种经院派方法的傲慢和精神的独断,伤害我的良心。""这些教条中许多是不相关的,且掩蔽了基督的真理。""按他们教训的比较而言,耶稣知道得最少。"②

但林语堂的宗教观深深打上了美国文化的烙印。他扎根于"天职观",将人生立足于日常生活,但他改造了性恶论的观点,认为人具有向善的本能。这些都与美国文化息息相关。

在宗教改革之后,加尔文教彻底否定了通过教会和圣事可以获得拯救③,从而确立了基督教的"天职"观:"完成每个人在尘世上的地位所赋予他的义务。这就是他的天职。"④这一理念使得克欲、简朴、努力工作成为一种系统的行为、内心精神的需求,而不是偶然的外在刺激——金钱、权欲的刺激。这种新教伦理随着"五月花"号上的移民传到美国,形成了美国清教。"正如清教教义所示,凡心怀愿望且努力工作的人必将得到成功的报偿——所谓'有志者事竟成'。从这种观念来看,个人成就的取得并不以他人为代价。美国广袤的土地与丰饶的资源能为每个追求者提供充裕的回报——无论财富、地位还是名望……美国人习惯将失败看做个人意志缺乏和努力不够的表现。按照清教的伦理标准,一个人拥有大量的财富,表明他是蒙受上帝恩惠的选民。"⑤

但美国的清教在特殊的土壤中形成了自己独具特色的宗教观。"在美国,

---

① 林语堂:《信仰之旅》,胡簪云译,北京:新华出版社,2002年,第183页。
② 同上书,第29页。
③ [德]马克思·韦伯:《新教伦理与资本主义精神》,彭强、黄晓京译,西安:陕西师范大学出版社,2005年,第84页。
④ "不错,包含在这种天职概念中的对于尘世日常行为的积极评价,早在中世纪,甚至早在古希腊晚期就已萌发,对此我们后面还要谈到。但是至少有一点,即把完成世俗事务的义务尊为一个人道德行为所能达到的最高形式,无疑是新颖的。正是这一点,不可避免地使日常的俗世行为具有了宗教意义,并且由此第一次创造出这种意义上的天职概念。于是,这种天职概念为全部新教教派提供了核心教义。这种教义抛弃了天主教将伦理训诫分为'命令'和'劝告'的做法,认为上帝所接受的唯一生活方式,不是用修道禁欲主义超越尘世道德,而是完成每个人在尘世上的地位所赋予他的义务。这就是他的天职。"同上书,第56—57页。
⑤ [美]爱德华C·斯图尔特、密尔顿J·贝内特:《美国文化模式——跨文化视野中的分析》,卫景宜译,天津:百花文艺出版社,2000年,第110页。

自然与物质世界应当受人控制并服务于人的观念占据着主导地位。"①从发现新大陆到西部大开发,都是美国人征服自然的步骤。"美国人将物质上的富裕和舒适几乎视为一种个人权利。"②"物质财产及物质幸福这两个价值观在美国生活中的相互交叉产生了具有重大影响力的社会进步准则。"③"与社会进步的思想交织在一起的人本主义概念产生于启蒙运动时期,正值美国历史上推翻英国殖民统治并建立美利坚合众国的伟大时期。那个时候卓越的思想家们都是理想主义者与人本主义者,他们拒绝接受基督教关于人生天性为恶的原初观念——即人是在罪恶之中出生、成长和死亡的。在他们的眼中,人是可以完善自己的,人类的历史是由低级向高级文明不断进化的过程,从'野蛮人'的原始生活发展到了体现人类文明高度的欧洲生活方式。文明成为人类完善自己的工具,人类被认为是他们自己命运的创造者。"④"美国人对未来普遍持乐观的态度也是美国文化中社会进步观不可分割的部分。大多数美国人都这样认为:只要努力奋斗,人人都能拥有一个更加美好的未来;而且,个人的成功决不损害他人的幸福和进步。美国是一个经济发达、资源丰富、幅员辽阔的国家,生活在这个国家的人民怀有确凿的信念——每个人都能获得充裕的物质需求。"⑤因此,"虽然基督教是以人性本为恶这条教义为其根基,但大多数美国人却对此没有多加考虑。他们更普遍的看法是:人即善与恶的混合体,或为环境和经验的产物。强调人的变革之力则是更具代表性的美国观点:'现代美国宗教一般具备至善论(perfectionism)和乐观主义的显著倾向',这反映了人们对人性可臻完美的深刻信念,即人是能够变好的。其次,达到人性的完美既可通过传统的宗教信仰的途径,也可通过理性的手段来实现。有史以来或许从没有人像美国人这样坚信教育具有改善人的能力。人是可以趋于完美并可不断进步的信念超越了基督教的原罪教义——事实上原罪说更多的是在告诫人们改变自己的必要,而不是宣判一切都不可改观——人类能够改变自己和完善自己,而且他们

---

① [美]爱德华·C·斯图尔特、密尔顿·J·贝内特:《美国文化模式——跨文化视野中的分析》,卫景宜译,天津:百花文艺出版社,2000年,第156页。
② 同上书,第161页。
③ 同上书,第162页。
④ 同上书,第163页。
⑤ 同上书,第167页。

有责任这样做。"①

正是在美国宗教的影响下,林语堂才解决了困扰他的问题——基于人性恶论基础上的疑问。"自从我接受长老会教义熏陶的童年以来,我一直为灵魂和原罪的问题所困扰"②,但"我总不能设想一个无神的世界。我只是觉得如果上帝不存在,整个宇宙将至彻底崩溃,而特别是人类的生命……'如果我们不信上帝是天父,便不能普爱同人,行见世界大乱了,对不对呀?''为什么呢?''我们还可以做好人,做善人呀,只因我们是人的缘故。做好人正是人所当做的咧。'"③当年,正是此处对白,林语堂同基督教最后的一线关系剪断了。如今,又是美国人的理性主义将他重新拉回了基督的怀抱。

如何实现基督教的归属、完成直觉?林语堂摈弃了西方的模式:所谓的民主和自由,"当然,西方世界也相信两种灵性的价值:民主和自由,但在二者上都加了限制"④。林语堂将目光转向东方,把东方宗教转为达到彼岸的方式,发展了自己独特的中国文明观。他改造了儒家的观念,重塑了孔子,认为他是一位近情、富有幽默感的伟大人物。他认为儒家的理想就是实现人生的真谛,重视人的日常生活,"人生的真谛在于享受淳朴的生活,尤其是家庭生活的欢乐和社会诸关系的和谐"⑤。因此,他发展了中庸哲学,主张近情、明理、常识崇拜。"相较于传统中庸以'仁'为目的不同,林语堂以'人'为他中庸现实的最终目标。他是以人性内在平衡的实现为目的的,更注重个人自在的日常生活状态"。林语堂中庸内涵的完整表述就是:以回归人本性的近情、明理和常识精神来实现个体的人的幸福、和谐与平衡。但儒家并不代表了东方哲学的全部,"孔子学说依其严格的意义,是太投机、太近人情又太正确。人具有隐藏的情愫,愿得披发而行吟,可这样的行为非孔子学说所容许。于是那些喜欢蓬头跣足的人走而归于道教"⑥。道家是放任旷达的,对自然好奇,返璞归真,无为而治。佛教则教人以禅意的方式关照生命,拯救生命,普度众生,但林语堂的立足点仍是在现世的生

---

① [美]爱德华·C·斯图尔特,密尔顿·J·贝内特:《美国文化模式——跨文化视野中的分析》,卫景宜译,天津:百花文艺出版社,2000年,第154页。
② 林语堂:《美国的智慧》,刘启升译,西安:陕西师范大学出版社,2006年,第38页。
③ 林语堂:《林语堂自传》,工爻、张振玉译,西安:陕西师范大学出版社,2005年,第53页。
④ 林语堂:《信仰之旅》,胡簪云译,北京:新华出版社,2002年,第221页。
⑤ 林语堂:《中国人》,沈益洪、郝志东译,上海:学林出版社,1994年,第110页。
⑥ 同上书,第124页。

活上,而非来世的幸福。这些与他基督教中的"天职观"是一脉相承的。

因此,可以看出,林语堂的东方哲学为其"大爱"提供了可具操作的途径。"达则兼济天下,穷则独善其身",可出仕庙堂,可纵情山水,个人以一种不受社会限制的方式超然于外,甚至对抗社会。

《苏东坡传》正是林语堂中西方文化观的最佳图解。苏东坡的一生遭遇正是东方文明的最佳代言。他是一个活生生的人物,而非枯燥的道德训诫、伦理教条、伪道学模式。"修身、齐家、治国、平天下",虽罹难百劫而不悔,正义凛然得"富贵不能淫,贫贱不能移,威武不能屈",同时,游山玩水、诗词歌赋、修书著述……这是东方文化所养育的最为优秀的中国知识分子典型,人性之善可以达到这样的程度。"他(苏东坡)不回避人生的痛苦、社会的黑暗,但他更强调以元气淋漓的生命力超越苦难、获得幸福的可能性,提供了外在重重障碍中让身体和心灵一起舞蹈的方式,他甚至将这种个人的幸福拓展到人类福祉高度。"①

统合了林语堂的东西文化观,我们再来关注基于此文化观基础上的苏东坡形象的特殊性。

关于人性论的基本命题,中国的意识形态主张人性本善,所以才会有儒家、道家;西方一开始就是本恶论,所以才有耶稣。换句话说,东方一开始就在做梦,所以才会认为世间的苦难都太沉重、太悲痛了,理想与现实不符,我们要逃到梦里、桃花源中;而西方一开始就是现实的,清醒地认识到了人世间的丑恶,所以,才有可能在丑恶中寻求救赎。

这里还有一个更为深刻的物质基础的原因。东方的农耕经济注定了在资源匮乏下的爱是狭隘的,或者说是稀有的,给了这个那个就没有了,中国传统文学的命题就是"忠孝不能两全",所有的冲突也都建构于此。这并不是没有爱的自觉,而是没有爱的实力。在中国,至今,工作对于大部分人来说,还是满足生存的需要。因此,国人笔下的苏东坡自然地带着沉郁厚重的悲剧色彩。在物质生产丰富的资本主义国度,尤其资源丰富的新大陆,情况就不一样了。首先,爱并不是可怜的、吝啬的、需要斤斤计较的,社会生活保障体系的健全,使得工作选择成为自由。因此,有更多的人成为自愿者、做善事、行大爱,爱不是给了一个就没有了,可以源源不绝。"美国人对个人成功及经济资源的富饶所持的开

---

① 施萍:《林语堂:文化转型的人格符号》,北京:北京大学出版社,2005年,第240页。

阔视野,同世界大部分地区普遍存在的有限财富的观念形成了鲜明的对照。有限财富的观念不仅说明在经济贫乏的社会中个人的追求与潜在的成就必定受到限制的事实,它还是产生社会归属观——通过人际关系维持现状——的重要根源。传统的农业社会物质匮乏,劳作是为了糊口而不是敛财。"①从林语堂一生的经济状况中,我们也可以明白他与他所构建的东西方文明之相通处。"在现代文坛上,没有任何一位文人作家学者比得上林语堂经济上的大起大落。"②小时候穷困,林语堂凭借着自己的聪明、冒险与努力,成为响当当的版税大王、全球的畅销书作家,积累了大笔财富;又是因为生性中的浪漫与幻想,他宁倾其所有,也要发明出"不造模型也可推销"③的真正打字机。

林语堂到美国生活后,他敏锐地捕捉到了美国人关于东方的想象及其自身的文化需求。如前所述,"美国人习惯将失败看作个人意志缺乏和努力不够的表现",正是这样的背景差异,使得美国人看中国文化时有一种误读和扭曲,认为中国人是懒、脏、愚笨、麻木的代表,不是上帝的选民,是下等人,是弃民。林太乙在其自传《林家次女》中描述了这一文化震撼:"你抽鸦片吗?中国人也会伤风吗?中国有桌椅吗?你是用敲鼓棍子吃饭吗?你吃鸟巢吗?你为什么没有裹足?"④

针对这一想象,林语堂一改《吾国吾民》中批判儒家的立场,"任何一个有点头脑、有点历史常识的学生都会看到依靠所谓的道德力量,用孔子的方式建立起来的政府总是世界历史上最腐败的政府之一"⑤,直接用苏东坡形象为中国文明代言,批判的对象转换成为东西文明中共同的现象——专制主义。

林语堂注意力的焦点始终集中在"人"上,他认识到人生悲剧的根源在于人的物化所导致的人性的异化和个性、自由的丧失。个体精神的绝对自由才是个性独立的保障,才能使人远离工具理性的束缚,实现人作为社会存在的独立性,专制是自由的死敌。王安石的形象就是以专制的符号出现的,这也是书中王安

---

① [美]爱德华·C·斯图尔特、密尔顿·J·贝内特:《美国文化模式——跨文化视野中的分析》,卫景宜译,天津:百花文艺出版社,2000年,第110页。
② 郭济访:《幽默大师:林语堂》,北京:中国青年出版社,1994年,第141页。
③ 林太乙:《林语堂传》,台北:联经出版事业公司,1989年,第204页。
④ 林太乙:《林家次女》,北京:西苑出版社,1999年,第88页。
⑤ 林语堂:《中国人》,沈益洪、郝志东译,上海:学林出版社,1994年,第214页。

石形象变形扭曲之故。同样被扭曲的形象是林语堂的另一本传记《武则天传》："这个女人活了八十二岁,权倾中国达半个世纪之久。有时候,她的暴乱奢侈,她的刚愎自用,看来甚至滑稽好笑。她爱生活,生活对她一如游戏,是争权夺势的游戏,她玩得津津有味,至死不厌。她的成功,除了她的具有忍耐力的,异常冷静而万无一失的谋略之外,应归功于她的异常的残忍。由于她所突破的格局是前所未有的,她的排斥异己的屠戮也是前所未有的。就非战争时期而言,武则天的时代是杀人最多的时代。她任用谄佞之人,酷刑逼供,罗织株连,朝廷中敢于发出不同声音的文臣武将,唐室的王公贵族,她自己的皇子们,亲生的和非亲生的,凡是有碍于她的非凡的野心的,都将从肉体上被消灭。"[①]为什么塑造了一系列成功女性形象的林语堂,对待中国历史上这唯一的女皇帝是这般表现?我们认为,林语堂将武则天作为了专制体制的代表,对之大肆批判。专制膨胀欲望,扭曲人性,即使是温柔如水的女性,也抵不过欲望的疯狂。林语堂在中国浩瀚的历史长河中,选择苏东坡与武则天为之立传,这一正一反的人物形象,正好生动地体现了他的中西文明观。

另外,我们还要关注美国文化的另外一个方面,即美国人的生活方式。"美国思想关注更多的是未来,而不是过去;它关注的是进步和繁荣,这是一个全新的主题。"[②]"讲求效率,讲求准时,及希望事业成功,似乎是美国的三大恶习。美国人所以那么不快乐,那么神经过敏,原因是因为这三种东西在作祟。"[③]因此,林语堂在交代《生活的艺术》由来时指出:"因为中国人之生活艺术久为西方人所见称,而向无专书,苦不知内容,到底中国人如何艺术法子,如何品茗,如何行酒令,如何观山,如何玩水,如何看云,如何鉴石,如何养花、蓄鸟、赏雪、听雨、吟风、弄月。……夫雪可赏,雨可听,风可吟,月可弄,山可观,水可玩,云可看,石可鉴,本来是最令西人听来如醉如痴之题目。《吾国与吾民》出,所言非此点,而大部分人注目到短短的讲饮食园艺的《人生的艺术》末章上去,而很多美国女人据说是已奉此书为生活之法则。实在因赏花弄月之外,有中国诗人旷怀达观、高逸退隐、陶情遣兴、涤烦消愁之人生哲学在焉。此正足于美国赶忙人对症下药。

---

① 林语堂:《武则天正传》,张振玉译,西安:陕西师范大学出版社,2006年,第69页。
② 林语堂:《美国的智慧》,刘启升译,西安:陕西师范大学出版社,2006年,第135页。
③ 林语堂:《生活的艺术》,越裔汉译,西安:陕西师范大学出版社,2003年,第129页。

因有许多读者欲观此中底奥秘及一般吟风弄月与夫家庭享乐之方法,所以书局劝我先写此书。不说老庄,而老庄之精神在焉,不谈孔孟,而孔孟之面目存焉。这是我写此书之发端。"①这用来说明《苏东坡传》的写作目的也是合适的,林语堂希望通过塑造快乐的东坡形象,教会忙碌的美国人悠闲自在的生活方式,实现东方式修行。

1950年,林语堂出版了《美国的智慧》,梳理了美国文学中的另外一种传统:"我们周围大多数人过着非常普通的生活,知道如何享受生活的人比其他人更加明智、更加幸福。在美国作品中我四处搜寻这类智慧,盼望着出现更多像戴维·格雷森一样的人。这类智慧使我更加坚信了对美国性格的信念。有人说,美国是一个和平、幸福的国家,的确如此。那么,为什么很少有人谈起普通男人和普通女人的快乐?"②书中,林语堂根据自己的行文思路,连串起霍姆兹、爱默生、梭罗、艾伦·坡、桑塔雅那、富兰克林、林肯、杰弗逊等文章,重新讲述了美国的故事。这是个快乐自由的国度,明白生活的智慧,享受生命的旋律,追求生活的艺术,热爱自然与上帝,渴望自由与幸福,懂得幽默,生活适度……急急忙忙和拥挤喧嚣是美国人主导的生活状态,但显然,这和人类的天性相悖。《美国的智慧》讲述了林语堂笔下的东方哲学能在西方引起共鸣的另外一个原因——快乐自由是人类的天性。

众所周知,"美国人的自我观在美国人的思想中占据了主导性地位,它以个人主义的形态渗透在人们的行动之中,并影响到了每一个活动的领域"③。但"自主与自我选择的极大自由并非存在于社会的真空之中。个体被期待按照众人的希冀去进行自己的选择,这种模糊而专制的期望现实了社会的控制,甚至于某种形式的社会压迫。"④"美国文化的个人主义没有为个体规定任何具体的社会责任,但它同时也未给自我表达提供多大的自由。"⑤因此,苏东坡形象在这里被赋予了另外一层的含义,"尽管在传统的农村人们强调行为的一致性,但也

---

① 林语堂:《中国人》,沈益洪、郝志东译,上海:学林出版社,1994年,第418—419页。
② 林语堂:《美国的智慧》,刘启升译,西安:陕西师范大学出版社,2006年,第135页。
③ [美]爱德华·C·斯图尔特、密尔顿·J·贝内特:《美国文化模式——跨文化视野中的分析》,卫景宜译,天津:百花文艺出版社,2000年,第177页。
④ 同上书,第186页。
⑤ 同上书,第188页。

有属于个人的空间。人们一旦履行完他们对家庭、社会或习俗的义务之后,便可能获得自我表现的充分自由"①。苏东坡就是这样一例个性丰富的生命代表,成为自我实现的模范。

国人写传,多以苏东坡为古代封建社会的宋朝人,其思想必然带着那个时代消极的阶级性,用现代人的眼光去批判他。林语堂的立场不同,他认为苏东坡是超越了时空的人,虽身处古代,却超前地具有现代的精神:"今天,我们确实可以说,他是具有现代精神的古人。"②以苏的形象批判现实的社会,这应该是林传与国内传记差异为大的缘故。

我们通过"林语堂笔下的苏东坡"的个案研究——已被认可的林氏苏东坡形象是如何被创造的过程——呈现文化交流中的经典案例。苏东坡是林语堂采用了双重视角过滤的结果,首先是美国文化(异质文化)视角下审视中国文化,反过来又是基于这种差异再次选择中国文化,如此裁剪出来的人物。这是一个经典的中国形象国际化的过程,为我们当今文化交流提供了可以遵循的积极范本。

第七节 再论林语堂笔下的苏东坡形象

"近百年来,欧、美也开始出现苏轼的爱好者和研究者,特别是林语堂先生以英文出版《苏东坡传》以后。"③"苏东坡引起西方学术界的重视,得归功于林语堂以英文写成的《乐天知命的天才:苏东坡》一书,这是在欧美流传最广、影响最大的苏东坡的传记。"④林语堂采用什么方式塑造了苏东坡形象,使之能被广大西方读者接受? 被广为接受的苏东坡形象又对西方的中国形象产生什么影响? 这是我们关注的重点。

---

① [美]爱德华·C·斯图尔特、密尔顿·J·贝内特:《美国文化模式——跨文化视野中的分析》,卫景宜译,天津:百花文艺出版社,2000 年,第 112 页。
② 林语堂:《苏东坡传》,张振玉译,天津:百花文艺出版社,2000 年,第 16 页。
③ 曾枣庄:《苏轼研究史》,南京:江苏教育出版社,2001 年,第 22 页。
④ 同上书,第 705—706 页。

特殊的写作策略

林语堂的写作原则是将苏东坡的生平作为主线,编成"一条绳子",数不清的中国文化事例串于其上,成为这条绳子上的"海带"。这是林语堂"对外国人讲中国文化"的写作目的所决定的写作方法及作品结构。

西方受众与英文写作决定了林语堂《苏东坡传》的特殊性。"重要的是,他意图中的读者对象是谁。这个意图性极端重要,无可掩饰,会从作品的各种特征表现出来。第一个特征在文风:哪怕像林语堂这样,中文是典雅的中文,英文是漂亮的英文,也无法做到写中文'一如'写英文。……应当说,林的中文好到无法翻成英文,他的英文也好到无法翻译成中文。两者都已是炉火纯青:'缺少可译性',是文之至美。林语堂的中文散文,绝对不会写成英文延绵环连;他的英文传记、小说,也绝对不可能用中国人赞叹的简约并置。"①

西方大众,这是林语堂写《苏东坡传》的读者定位。作者不打算写成曲高和寡的阳春白雪,而是走大众消费路线。那时西方读者对中国社会现实懵然无知,除了少数汉学家以外,他们对中国历史文化的了解微乎其微。而《苏东坡传》是以东坡的足迹为线索的中国指南,东坡走到哪里,介绍到哪里,包括中国的城市格局、政治制度、风俗民情等等内容,信手拈来。书中还用了不少文字介绍宋时的历史和文化,如中国的科举制、官职、监察机构、娼妓制度、古诗与词、中国年龄计算法、避讳的习俗、姓名字号、门阀制度、守丧守节等等,在中国读者看来当然过于繁冗、杂沓,但在外国文化背景下却不可缺少,对于读者了解人物所处时代和环境是有助益的。而且,林语堂的介绍不是呆板的、不靠边的历史背景,他将中国知识融入苏东坡的行为中,成为故事的有机组成。例如,在介绍科举制时,林语堂描写了苏的逸闻趣事:东坡本为状元,因为欧阳修的避讳,成为榜眼;但考试中,他大胆地创新,同样也由于判官的避讳,成功过关。一波三折地介绍了考试方法、考试评判、考试结果等等内容。

林语堂采用的是微观叙事的角度,落脚点在生活琐事中,力求表现一种精致生活,追求生活的艺术。全书按时间顺序写出苏的生平,介绍苏大起大落的

---

① 赵毅衡:《林语堂与诺贝尔》,见张立国:《速读中国现当代文学大师与名家丛书——林语堂卷》,北京:蓝天出版社,2004年,第240页。

人生经历,但其中穿插着无数趣闻轶事、野史掌故,文章就在这样的叙事中娓娓而行,夹杂着作者画龙点睛的评论。在介绍了王安石变法后,接着的是"诗人、名妓、高僧"的潇洒生活;在遭遇迫害流放之后,是"赤壁夜游"、"瑜伽与炼丹"的逍遥快意。这也不符国内传记的习惯,国内的人物传记偏向塑造人物的高、大、全形象,多从大处着墨。关于宏观与微观,借用一下陈平原写周作人的话:"记得林语堂说过:人的一生,就好像过马路,先看看左,过了中线以后,再看看右。三十岁以前不激烈,没出息;五十岁以后还激烈,这人也挺可怕的。1930年代的周作人、林语堂、梁实秋等,大致都过了热血沸腾的年龄,其鄙薄文化上的功利主义,追求精致的生活趣味,不能说一无是处。当年很多青年人看不起周作人等,觉得他们只顾自己安逸的生活,精神萎靡,格局太小。可过了几十年,我们明白宏大叙事与私人叙事之间的缝隙,了解政治与审美的距离,也明白崇高与幽雅是两种不同的生命境界,学者对于激进而粗糙的革命想象,开始有了几分认真的反省;同时,对于周作人之强调文化上的精致,也有了几分同情的理解。"①时过境迁,林语堂等提倡的性灵生活是对物质世界的反拨,属全人类共同的财富,不分东方、西方。

《苏东坡传》在写作笔法上是散文式的历史传记。我们先来看看林语堂对散文的理解:"品味普通生活的乐趣,展现在普通的日常环境和家庭琐事中的人类的情感,让这些事情散发出真正情感的光和热——这正是真正散文家的主要艺术使命。我这里谈的当然不是指哲学随笔或者评论性文章,而是文学意义的散文,一半是叙述性的文字,另外一半是反思的内容。文章的作者以前者——某个简单的事例抑或行为——为出发点开始回顾、思索,以及睿智的反省。在当代美国文学中,这种风格的散文几乎没有了踪迹……是谁是什么因素扼杀了散文的生命?或许,由于美国时事变化太快,让人目不暇接,直接影响了反思必需的超然态度和平和心,所以现在很难进行睿智的反思。"②上述文字也从侧面表明了林语堂的文章能在美国畅销的原因。

林语堂是个散文大家,他所有的作品都具有明显的"散文化"倾向。他把闲谈式的散文方式融入了叙事性的写作中。这样,林语堂以他得天独厚的散文作

---

① 陈平原:《文学的周边》,北京:新世界出版社,2004年,第11页。
② 林语堂:《美国的智慧》,刘启升译,西安:陕西师范大学出版社,2006年,第134页。

家的优势,将其闲适、性灵的散文笔调糅入他的小说、传记中。林语堂承认在小说故事性特点的基础上加入了作者主观的抒情情绪,"散文是思想状态的反映。它表现的不仅仅是普通思想,而是闪烁着情感火花的思想内容,而且永远是这样"①。因此,林语堂在他的叙事中不断加入自己的议论与抒情。林语堂的散文没有绚词丽语,也没有丝毫的说教成分,仿佛是知心好友间的娓娓闲谈,谈生活谈思想谈艺术谈情趣,在不知不觉中犹如一汪清泉沁入人的心脾,让人心旷神怡。尽管他的散文风格看似闲谈,却也并非散而无形,他对散文创作有自己的追求。林语堂认为理想的散文"乃得语言自然节奏之散文,如风雨之夕围炉谈天,善拉扯,带感情,亦庄亦谐,深入浅出,如与高僧谈禅,如与名士谈心,似连贯而未尝有痕迹,似散漫而未尝无伏线,欲罢不能,欲删不得。读其文如闻其声,听其语如见其人"。②

而英文的特色又符合了他"娓语体"的写作风格,"林语堂曾这样说:英文用字很巧妙,真可以达到生花妙笔的境界,英文可以语大语小,能表现完全的口语化,因此,往往感人深,一些看起来很平常的语句,却能永远留在人的心底。"③

"事实上,他的十几种英文著作风行英语国家,甚至有不少种高居全美畅销书排行榜首位。这充分说明了他的英语是完全可以被懂英语的人所欢迎的。据说当时有不少读者为林语堂优美文章所吸引,每天只看几页,舍不得一下子看完,就像爱吃糖的孩子得到了一块糖,每天打开舔几下,再包起来一样。林语堂的女婿黎明曾任职联合国和香港政府新闻处,他的英文很棒。他开始读林语堂作品并不觉得有多好,心里憋着劲要超过他,但努力了数年以后再来谈林语堂的作品,他不得不惊叹了。他说林语堂用字简单、妥切,语言明白、晓畅,看似不经意,其实韵味深厚,不是一般人可以达到的。"④

苏东坡形象的意义

现在我们回过头看看"东学西传"过程中两个不可避免的问题:传什么?

---

① 林语堂:《美国的智慧》,刘启升译,西安:陕西师范大学出版社,2006年,第134页。
② 张立国:《速读中国现当代文学大师与名家丛书——林语堂卷》,北京:蓝天出版社,2004年,第3页。
③ 黄肇珩:《林语堂和他的一捆矛盾》,上海:东方出版中心,1998年。
④ 郭济访:《幽默大师:林语堂》,北京:中国青年出版社,1994年,第33页。

谁来传？

王尔敏在《中国文献西译书目》中广泛地收集了西方翻译的中文书，上起先秦，下至近代，以中国思想文化与历史书籍为最："《老子》译本多达一百四十余种，其次《四书》译本在百种以上，《庄子》译本近三十种，《诗经》译本达二十余种。及至简略的《三字经》，亦有十八种译本，《千字文》有十一种译本"；而几百年西方翻译中国图书的基本总数："搜录了西文所译之长短文献共计三千余种，分类编排，成此书目"。王尔敏这部书主要展现了西人翻译中国古籍尤其是先秦古籍的状况，而未能清楚展示西方人翻译中国20世纪著作的情况。西人翻译20世纪中国学者著作之少，恰与中国20世纪全面翻译西人著作达十万册之多形成鲜明的对比。①

这些典籍的译者又是谁？即便同情中国者如赛珍珠，她也认为：中国人无法把握自己的文明，"由于中国的发展遗漏了一些重要的时期……中间的空隙是巨大的，远非人的心力所能弥补"。"他们认识到这一点，是得到别人帮助的……是西方人帮助了他们，我们西方不仅从反面帮助他们，比如让他们看到在我们的文明中也有一些漏洞；我们也从正面帮助他们，必然让他们看到我们的自然生活倾向。"②虽然她也宣称："《《中国人》》这是迄今为止最真实、最深刻、最完备、最重要的一部关于中国的著作。"③因此，不难想像，从马可·波罗到近代的传教士，再到现代汉学家费正清、宇文所安等，他们对于中国文明的阐释方式必然带着西方中心主义的眼光和思维，从各自政治立场出发，取舍中国文化并对之发挥，误读在所难免，由此产生的贬斥和侮辱才是值得深思的。

在这样的情况下，林语堂所塑造的苏东坡就有其独特的意义：

以具体演绎抽象

中国的原典著作，就是现在的我们读起来，还是需要花费很大的力气，更不用提有语言与文化背景障碍的国外读者。因此，很大部分西传的著作被所谓传教士、汉学家们束之高阁，中国总是作为一种遥远而抽象的名词，间或出现在文

---

① 王岳川：《发现东方与文化输出论纲》，见文化研究网(http://www.culstudies.com)。
② 林语堂：《中国人》，沈益洪、郝志东译，上海：学林出版社，1994年，第6页。
③ 同上书，第8页。

字或者图形的幻象里,隔绝于普通民众的生活之外。林语堂的《中国人》一出就产生了轰动效应,这也从反面说明了林书的大众化路线。他不是再现经典,而是解读经典。随后的《生活的艺术》《苏东坡传》则是他《中国人》一书更进一步的具体图解。《生活的艺术》是由《中国人》中的专章扩充而来,这已是公认的事实,无需累述。至于《苏东坡传》,它是具体历史时空下鲜活的中国人所演绎的日常生活图景,主角当然是集中国文化之大成的东坡居士。于是,中国文化具象化了。林如斯说:"《京华烟云》在实际上的贡献,是介绍中国社会于西洋人。几十本关于中国的书,不如一本道地中国书来的有效。关于中国的书有如从门外探头进入中国社会,而描写中国的书却犹如请你进去,登堂入室,随你东西散步,领赏景致,叫你同中国人一起过日子,一起欢快、愤怒。"①这个说明对于《苏东坡传》是更为确切的。另外,苏东坡这一形象不但具体可感于西方,在东方也有相同的效果。中国的人物传记虽有几千年历史,但都是短篇,史学家们秉持的"春秋笔法"更加剧了人物形象的扁平。中国传记文章之长至排印成册者,似乎是受之西方、始于近代,但为数不多,而林语堂的《苏东坡传》是榜上有名的。林语堂取西方传记的文学形式,但骨子里是东方的,是东西杂糅的结果,双方都耳目一新了。

以美好消解邪恶

近代的中国人形象,在西方文化体系中可谓一落千丈,让人简直不敢相信自己的眼睛和理智。人们总是根据自己的意愿讲故事,至于真实,那是别人的事。因此,由于众所周知的各种原因,什么样的脏水都泼到了中国人的头上。以美国世界里的中国形象为例。1882 年美国通过了"排华法案",严格限制中国向美国移民。在一个由移民组成的国家里,中国人被视为劣等民族而禁止加入美国籍,这是何等讽刺。这种情形一直延续到 1943 年,珍珠港事件爆发后美国必须取得中国的支持,两者结为盟友,排华法案才得以废除。但一个世纪以来凝固在美国想象中的中国形象仍就没有得到纠正,大众还停留在过去的想象里。关于中国,"中国人渐渐被看成了一个庞大的饥饿的民族:数以百万计的人濒于死亡,悲惨、疾病、乞丐和瘦骨嶙峋的儿童……竞相争夺船上抛弃的垃圾,

---

① 林语堂:《京华烟云》,张振玉译,西安:陕西师范大学出版社,2006 年,第 8 页。

到处都是饥饿、不足、文盲、无知和迷信"①。关于华人移民:"早期华人移民被美国社会定格在这样一种套话:软弱、胆小、狡诈、男性女性化、消极"里②,是没有思想的洗衣工,没有快乐自由可言。20世纪初,美国文化塑造了一个众所周知的华人形象:"傅满洲形象让西方人把华人定格在狡诈、阴险和凶残的历史画面里。甚至在20世纪末,这个人物也依旧滞留在美国人的头脑里。"③现在,苏东坡出现了,故事有悲有喜。悲叹专制文化极易滋生的腐朽,这种腐朽注定了"哲人王"统治的悲剧。林语堂毕竟是五四时代过来的人,他不可能如他所推崇的前辈——辜鸿铭一般,仍旧做着"良民政治"的美梦。喜看中国人的生活哲学已修炼得炉火纯青,物我合一而两两相忘。掩卷沉思,苏东坡于是乎铭刻于心了。"中国乃伟大过于她的微妙的国家,无需乎他们的粉饰。她将调整她自己,一如过去历史上所昭示吾人者。"④

以世界大同取代中西差异

从五四过来的人都知道"民主"的分量。但何谓民主,林语堂作了反思:"民主观念是同样大胆的设想,认为可以通过用机器统计一下并不怎么会思考的普通人杂乱的意见就可以发现真理"⑤。由于故事背景的限制,林语堂并未论及西方文明,但他设计了王安石的形象,如前所述,他是专制的代表,除了怪僻、固执,这个当权派为了达到自己的目的不惜同小人为伍,正是小人干政,整个大宋的江山都断送了。专制导致腐败,东西方皆然。特别让苏东坡不能容忍的是:王安石压制清议,也就是现代的"言论自由"。这说明,专制无论是以何种形式出现,都是自由的死敌,东西方亦同。然东西方终有不同,东坡居士几经迫害,仍旧保持着动人的微笑,"自歌自舞自开怀,且喜无拘无碍"。拈花微笑,他已然成佛。八仙过海的传说中本是有第九朵莲花的,那是东坡居士得道成仙的证明。但他终究留在了人间,还是舍不下这凡尘俗世吧。虽有苦有悲,还是笑傲由人。由此,东方文明在这里上升了一个高度,作为生活的方式,成为实现最高

---

① 杨博华:《19世纪美国文学想象中的中国》,载《外国文学研究》2001年第1期。
② 薛伟中:《美国的中国形象与华裔美国文学》,载《北方论丛》2005年第3期。
③ 同上。
④ 林语堂:《中国人》,沈益洪、郝志东译,上海:学林出版社,1994年,第10页。
⑤ 同上书,第122页。

理想——相亲相爱——的必经之路,它消解了东方、西方的冲突。既然冲突在社会制度的范畴内没有结局,就回到生活上来,假若人人都如苏东坡一般,世界就可大同了。如果说到国家制度上,林语堂较偏向"有条件民主和自由"的西方文明;在生活模式上,他回到了东方。林语堂最终平衡了东西文明,"吾上可陪玉皇大帝,下可以陪卑田院乞儿。眼前见天下无一个不好人"[①]。这是对苏东坡的评价,也是林语堂自己倾毕生之力希望能修成的正果。

---

① 林语堂:《苏东坡传》,张振玉译,天津:百花文艺出版社,2000年,第8页。

索　引

[福州南台]琼河
[河北]沧州
[江苏]太湖
[浦城]仙霞岭
[扬州]广陵
[镇江]京口
"禁海"
"开海"
"五四"批判国民性
"五四"文学潮流
"五四"新文学
"五四"运动

A

阿拉托尔佛朗士
阿礼国
阿列克谢·米哈伊洛维奇
阿尼克斯特
阿特拉斯

埃斯兰
艾迪生
艾恺
艾克曼
艾伦·坡
艾儒略
爱德华C·斯图尔特
爱迪生
爱默生
安伯罗斯·皮埃尔
安德列·马尔罗
安南
安琪拉
安史之乱
安政乙
昂格米
昂利·拜尔
盎格鲁·撒克逊
奥地利
奥甫相尼科夫
奥斯丁

澳大利亚
澳门

B

Banyan(班扬,英国作家)
Ben. Jonson(本·约森,英国诗人,剧作家)
Browning(勃朗宁,英国诗人)
八国联军入侵
八重山
巴尔扎克
巴黎
巴柔
巴特·穆尔-吉尔伯特(Bart Moore-Gilbert)
白光勋
白话文运动
白莱安特
百日维新

柏林	Charles Lamh（兰姆，英国作家）	沉睡
拜伦		陈超
班固	Chaucer	陈初源
邦特库	Coleridge（柯勒律治，英国诗人，哲学家）	陈村富
北监		陈独秀
北京	Cowper（科伯，英国诗人）	陈福康
北京大学	蔡大鼎	陈高华
比利时	蔡铎	陈广宏
彼得	蔡国铤	陈鸿
俾斯麦	蔡宏宁	陈辉
毕沅	蔡茂松	陈季同
裨治文	蔡如茂	陈继儒
变法维新	蔡世昌	陈家麟
别林斯基	蔡温	陈敬之
冰心	蔡文溥	陈平原
拨乱反正	蔡应瑞	陈圻
波斯	蔡元培	陈其芳
波斯奈特(h. m. posnett)	蔡肇功	陈其湘
波斯湾	蔡灼	陈骞
伯发(Nathaniel Peffer)	蔡自山	陈胜
伯莱拉	曹操	陈寿彭
勃兰兑斯	曹大理	陈王寿
博克舍	曹靖华	陈香
渤海湾	曹髦	陈旭麓
薄伽丘	曹卫东	陈序经
布朗宁	曹学佺	陈学海
	查理·克拉克	陈仪
C	长安(喻指北京)	陈义海
Celleni（Bo 塞里尼，意大利作家，雕刻家）	常绍民	陈镛
	常州延陵	陈玉申
Cervantes（塞万提斯，西班牙小说家）	朝贡贸易	陈元辅
	朝云	陈允溥

陈圳
成吉思汗
成济
成中英
程嘉禾
程门立雪
程顺则
程抟万
程逊我
池显芳
楚迦王国
楚文王
慈禧太后
刺桐港
崔寿峸

D

Deuincey(德昆西,英国小品文家)
Dickens(狄更斯)
Donne(约翰·顿,英国教士,诗人)
达·伽马
大仲马
岱摩
戴冲霄
戴施
戴维·格雷森
戴翼
丹麦

但丁
岛芃胜太郎
德富芦花
德国
邓恩
邓原岳
狄更斯
迪亚士
笛福
丁日初
丁韪良
定海(或梅花)
东国兴
东学西传
董衡巽
董率
窦广
窦皇后
独立战争
杜勃罗留朵夫
杜牧
段映红
多瑙河

E

俄国
鄂多力克
恩格斯
恩纳岳
二十四桥

F

法国
法郎士
蕃巷
范礼安
方豪
放鹤亭
飞来峰
菲尔丁
费赖之
费正清
枫桥
冯秉正神父
冯可宾
冯梦龙
冯文炳
冯至
佛朗机
佛罗伦萨
弗莱里格拉
伏尔泰
符玲美
福安
福尔摩莎岛
福建
福建三杰
福建同安
福清
福唐

福州
福州府
福州忠定祠
妇女解放
赴琉招抚
傅泛际
富兰克林

G

Goldsmith(古尔德史密斯,爱尔兰文学家)
改良主义运动
盖伯特·伯来拉
甘必大
甘明
甘英出使大秦
高寀
高尔基
高尔斯华绥
高国
高令印
高攀龙
高琦
戈宝权
哥伦布
歌德
葛桂录
葛浩文(Howard Goldblatt)
葛兆庆
工业革命

龚自珍
姑米岛
辜鸿铭
古伯察
鼓浪屿
鼓山
顾保鹄
顾彬
顾宁
顾卫民
顾炎武
挂剑台
关云长
贵兼
郭秉学
郭济访
郭沫若
郭璞
郭嵩焘
郭延礼
郭志刚
果戈理

H

Herrick(罗·赫里克,英国传教士,诗人)
哈代
哈葛德
哈葛德小说
哈罗德·布鲁姆

哈兹里特(William Hazlitt)
海盗倭患
海滕斯顿
海洋变通途
海因茨·哥尔维策尔
寒光
寒山寺
韩素音
韩一宇
韩愈文
汉斯·孔
汉文帝
杭州
郝志东
何俊
何绵山
何乔远
何室
何宗穆
荷兰
荷马
贺拉斯
赫拉克勒斯
赫斯丁
黑格尔
黑奴
亨利王子
亨特(Leigh Hunt)
洪罕女郎
侯官
胡波
胡适

胡勇	**I**	蒋重跃
湖心亭	I. T. 赫德兰吴自选	交趾
虎丘		教仪之争
华德马		杰弗逊
华工		解放战争
华蘅芳	**J**	金东雷
华盛顿	John Drinkwater	金宏弼
华盛顿·欧文	基亚	金尼阁
华兹华斯	记里布	金溥
滑铁卢战场	季羡林	金圣叹
淮阴	济宁	金型
黄安	加斯帕·达·克路士	金元远
黄嘉略	迦茵	进京朝贡
黄侃	嘉纳	晋安
黄乃裳	甲午海战	晋江
黄尚爱	贾充	晋陵
黄滔	贾雨	禁教活动
黄晓京	简·奥斯丁	京口
黄兴涛	建宁	京师大学堂
黄虞	建宁府	经元善
黄肇珩	建溪	敬如
黄贞	剑津	久米村
黄衷	江都	瞿秋白
黄仲昭	江郎山·江郎石	
黄朱苐	江山	
黄壮猷	江文汉	
黄尊素	江晓原	**K**
霍姆兹	姜克诚	喀拜尔
霍有光	姜文华	卡莱尔
	蒋瑞藻	卡雷
	蒋维乔	开海贸易
	蒋英豪	开洋裕国

康广仁	黎牙实备	李应升
康有为	黎玉范	李勇
考狄	礼仪之争	李玉刚
柯赓	李白	李约翰
柯毅霖	李斌宁	李约瑟
科举制度	李冰封	李泽厚
克路士	李长策	李之藻
克伦威尔	李大钊	李植
克罗代尔	李鼎元	李贽
克罗奇	李洞	李自成
克洛代尔	李凤苞	利国安神父
孔立	李赋宁	利玛窦
孔子	李贺	良间岛
昆内尔	李鸿章	梁邦翰
	李华川	梁邦基
	李华瑞	梁成楫
	李琼	梁津
L	李汝珍	梁启超
Leigh Hunt(亨特,英国作家)	李商隐	梁实秋
Lord Avebury	李师侗	梁学弘
拉达	李时珍	梁镛
赖妈懿	李嗣玄	梁遇春
赖冶恩	李太郭	梁允治
兰姆	李提摩	亮轩
兰溪	李提摩太(Timothy Richard)	廖飞鹏
狼侠洛巴革	李惟清	廖世奇
朗松	李维垣	列夫·托尔斯泰
老残	李文俊	林蔽
老尼克	李文敏	林成琏
老子	李欣	林道乾
雷蒙·道森(Raymond Dawson)	李一冰	林非
	李义山	林国平

林海权	刘白堕	罗伯特·赫德爵
林鸿	刘半农	罗丰禄
林徽	刘备	罗钢
林金水	刘大杰	罗杰(Roger Wray)
林焌	刘福祥	罗马尼亚
林肯	刘广京	罗曼·罗兰
林乐知(Alleno Young John)	刘家愚	罗素
林麟焻	刘克庄	洛里哀(f. loliee)
林默娘	刘林海	
林琴南	刘纳言	
林庆元	刘启升	
林荣洪	刘清涛	**M**
林如斯	刘师培	MoGo 马森
林世功	刘小枫	Macy
林世忠	刘耘华	Marlowe(马娄，英国作家，诗人)
林纾	刘韵珂	
林太乙	刘志琴	Mrs. Browning(勃朗宁夫人)
林潭	柳鸣九	Montaigne
林薇指出	柳永	妈祖
林维造	娄师德	马埃斯·蒂贤奴斯
林旭	露筋祠	马戴
林珣	卢公明	马丁·德·拉达
林亚光	卢梭	马噶尔尼
林忆龄	卢沟桥	马家骏
林译小说	鲁卡特	马建忠
林语堂	鲁迅	马可·波罗
林玉岩	陆德元	马克格尼尔
林则徐	鹿儿岛	马克思
林鋆	路德	马克思·韦伯
林铖	吕居仁	马雷斯卡
灵隐寺	吕实强	马礼逊
凌敏	屡任使臣赴闽至京	马廉颇

马琳	门多萨	南京辩论会
马尼拉	蒙弟翁(Foucault de Mondion)	南京教案
马清文	蒙田	南平
马若瑟	孟德斯鸠	尼古拉·斯帕塔鲁·米列
马尾造船厂	孟华为	斯库
马小朝	孟坚	倪静
马悦然	孟叔	聂珍钊
马执宏	米列斯库	宁德
玛西	密尔顿 J·贝内特	纽门 G. H. Newman
麦高温	闽	纽约克
麦凯	名护	努尔哈赤
麦利	明恩溥	挪威
麦利和	明太祖	诺贝尔文学奖
麦哲伦	明太祖册封琉球中山王	诺克斯
毛国珍	明毅	
毛鸿宾	明治维新	
毛姆	明佐	
毛启祥	缪昌期	**O**
毛世辉	莫泊桑	欧·亨利
毛泰永	莫哈	欧文
毛文哲	莫里哀	欧阳修
毛文钟	莫理循	
毛有庆	默里	
毛允丽	木春毅	
毛知传		**P**
毛自义		Pickwick PapersL Byron(拜伦，
茅盾		英国诗人)
茅元议	**N**	帕斯卡
湄洲湾	Nietzsche 尼采	潘思矩
美狄亚	拿破仑	潘璇
美国	内田道夫	蟠溪子
美洲黑人	南怀仁	庞迪

裴化行	钱锺书	阮宣诏
彭强	乔叟	瑞典
彭斯	乔治·史密斯	瑞士
彭特洛	秦观	润州
彭文宇	秦家懿	
彭宪范	秦悦	
彭小樵	清兵入关	
蓬莱(喻指皇宫)	邱新民	**S**
澎湖	球阳	Shakespeare(莎士比亚)
莆田	驱高运动	Steele(斯蒂尔,英国小品文家)
莆阳	权遇	Stephen Phillips (1868—1915)
葡萄牙人占领马六甲	泉州	Stevenson(斯蒂文生,英国小说家)
蒲安臣	泉州府	
蒲松龄	泉州港	Swift(斯威夫特,英国文学家)
浦城		Swinburen(斯文伯恩,英国诗人,批评家)
浦添驿王		
普鲁士		萨宏
普希金	**R**	萨摩军入侵
	R. D. Jameson	塞万提斯
	Reynolds 雷诺兹	赛义德
	人类全球化活动	赛珍珠
Q	人类以海洋为媒介的文明交往	三佛齐
七上春宫		三山
栖茂	日本	三山对话
祁隽藻	日尔蒙斯基	三石善吉
启蒙运动	日意格(Prosper Gioquel)	桑兵
契丹	柔远驿	桑得
契诃夫	儒莲(Stanislas Julien)	桑塔雅那
契逊	入北监	森彼得
钱基博	阮超敦	莎士比亚
钱林森	阮贵德	山东半岛
钱玄同	阮维新	上海达尔文社

上里贤一注	史狄尔	苏味道
尚纯	史蒂文生	苏州
尚弘毅	史景迁	孙木犁
尚益	史密士(Aleaander Smit)	孙尚扬
尚元鲁	史密斯(Logan Pearsall Smith)	孙思九
邵武	士马丁·拉达	孙铉思九
邵武府	士马黎诺里	孙衣言
设立"番坊"	释际立	孙中田
神光寺事件	释迦牟尼	孙自昌
神京	释照乘	梭罗
沈葆桢	舒茵	索洛维也夫(WoSoSolowjew)
沈大力	衰世凯	
沈德符	司各特	
沈福伟	司马光	
沈光	司马迁	**T**
沈榷	司马昭	塔果尔
沈雁冰	斯宾塞	台李尔
沈益洪	斯帕塔鲁	台湾
圣比埃尔	斯特剌奇	台文萧(Devonshire)
圣琼·佩	斯梯尔(R. Steele)	太平起义
盛成	斯托夫人	太平天国运动
施邦曜	斯威夫	太平洋
施古德(Gustave Schlegel)	松溪	太祖遣杨载至琉球
施琅收复台湾	嵩焘	泰安
施萍	宋碧云	泰戈尔
施则敬	宋神宗	泰西艾
施哲存	宋应星	泰西诸
石璞	苏堤	谭述
石朴	苏东坡	谭嗣同
石雄斌	苏曼殊	汤姆生
实业救国	苏轼	汤显祖
史宾塞	苏轼浣	汤一介

唐·吉珂德	**W**	王寿昌
唐军	Walt Whitman(惠特曼,美国诗人)	王韬
唐文基	Walter Pater	王文治
桃源	Wordsworth(华兹华斯,英国诗人)	王逸
陶德臻		王岳川
陶东风	外番沦陷	王兆胜
陶潜	万近平	王忠
陶镕	万里石塘	王忠祥
陶铁柱	汪霸	王子仁
陶渊明	汪大渊	王佐良
特拉法尔加海战	汪堂家	威廉布莱克
天津	汪文泰	威尼斯
天笑生	汪征鲁	维吉尔
汀州府	王安石	维克多·塞加朗
同安	王安石变法	维尼
桐城派	王保珍	维新变法
图尔特郭	王大海	维新思潮
屠格涅夫	王尔德	维扬
托·柴特霖姆	王尔敏	维也纳
托尔斯泰	王夫之	卫景宜
托勒密	王弗	卫廉士
托马斯·卡莱尔(Thomas Carlyle)	王光业	卫三畏
	王明清	畏庐居士
托玛斯·阿奎那	王明佐	魏濬
	王起宗	魏学贤
	王庆通	魏学源
	王润之	魏易
V	王胜时	魏源
Voltaire(伏尔泰)	王十朋	魏忠贤
	王实甫	温陵
	王士性	文克继
	王世懋	文学研究会成立

文艺复兴		谢恩使团
文艺复兴	X	谢恩使团来华驻闽
翁贝尔托·埃科	西班牙	谢宫花
翁兆连	西班牙人占领菲律宾群岛	谢和耐
翁正淳	西伯利亚	谢六逸
翁自仪	西草湾之战	谢履
倭仁	西风东渐	谢朓
沃丁	西湖	谢肇淛
乌塔	西蒙娜·德·波伏娃	辛博森
乌台诗案	西沃德斯	辛亥革命
吴彬	西学东渐	辛弃疾
吴从先	希伯来	兴化
吴达元	希腊	兴化府
吴福辉	席勒	熊三拔
吴广	席龙飞	熊月之
吴国贤	戏马台	休塔城
吴兢	下西洋	胥门
吴汝伦	夏丹	徐葆光
吴世俊	夏德宣	徐伯英
吴文镕	夏瑰琦	徐渤
吴县程泰祚墓	夏穗卿	徐光启
吴相湘	夏锡祺	徐弘祖
吴元迈	夏晓虹	徐继畬
芜城	夏曾佑	徐家汇
五四运动	厦门	徐露
午门颁币	仙霞岭	徐念慈
午晴	暹罗	徐日升
戊戌变法	向德宏	徐榦
戊戌维新	向克秀	徐霞客
戊戌政变	向龙翼	徐小匆
	小武当	徐晓望
	小仲马	徐振

徐宗泽	亚瑟·韦历	叶水夫
许大受	延津	叶向高
许孚远	延平	伊波普猷
许光华	延平府	伊门斯·宾塞
许建平	严复	伊萨贝拉
许理和	严信厚	伊索
许日升	严英	义和团事件
许田湖	阎守诚	易卜生
叙曼倩	阎锡山	奕欣
薛凤苞	阎宗临	意大利
薛福成	颜保	寅半生
薛君度	颜茂猷	印度
薛令之	扬州	英桂
薛能	杨博华	于沛
薛绍徽	杨德山	于文秀
薛绥之	杨笃	于语和
薛伟中	杨慧林	余英
薛卓	杨涟	俞仪方
雪莱(Percy Byshhe Shelley)	杨茂	虞淳熙
雪莱济茨	杨乃乔	宇文所安
雪浪大师	杨天宏	宇炎
	杨天佑	雨果
	杨庭筠	郁达夫
	杨文凤	郁永河
	杨有穰	元怀
Y	杨载	袁梅
Yoltaire	杨泽裕	袁氏"称帝"
鸦片战争	杨仲揆	袁伟
雅裨理	杨周翰	约·罗伯茨
雅的	洋务运动	约翰·福尔曼
雅各·德安科纳	姚新勇	约翰·兰
亚伯兰	姚永朴	约翰·玛西
亚里士多德	叶继宗	约翰·史密斯
亚历山大港		

约翰·汤姆森	张墨	郑成功
约翰·汤普生	张穆	郑成功收复台湾
约翰逊	张南山	郑观应
月港	张骞	郑和七下西洋
岳王坟	张潭	郑弘良
越南	张维华	郑克鲁
	张侠	郑克塽
	张先清	郑明良
	张燮	郑省三
	张振玉	郑孝思
Z	张之洞	郑学楷
曾楚卿	章受祐	郑义才
曾国藩	章太炎	郑瀛
曾锦漳	漳州	郑永安
曾朴	漳州府	郑永功
曾益	漳州月港	郑虞臣
曾枣庄	赵澄	郑元伟
曾宗巩	赵飞燕	郑振铎
詹姆斯·米灵顿（James Millington）	赵澧	郑芝龙
	赵林	郑宗德
张伯伦	赵萝蕤	郑祚昌
张诚	赵汝适	中法甲申之战
张传普	赵文楷	中法马尾海战
张广湉	赵毅衡	中国风
张国刚	赵翼	钟骏文
张宏生	浙江	钟叔和
张家湾	浙江宁波	钟叔河
张京媛	浙江仁和	周宁
张俊才	珍珠港事件	周启孟
张肯堂	郑秉均	周起元
张立国	郑长水	周顺昌
张明慧	郑常	周廷鑨

周新命	朱涛	竺天植
周扬	朱纨	卓琮
周寅易	朱维干	资产阶级革命
周之夔	朱维之	资产阶级启蒙
周之训	朱羲㖞	子胥被夫差赐死
周宗建	朱羲胄	走马溪
周作人	朱聿键	左光斗
朱笛特	朱自清	左藤春夫
朱光潜	诸葛亮	左宗棠
朱生豪		